Midnight Eyes – Schattenträume

Juliane Maibach

Midnight Eyes

— Schattenträume —

Weitere Bücher:
Midnight Eyes – Finsterherz (Band 2) erscheint im Sommer 2015
Midnight Eyes – Tränenglut (Band 3) erscheint spätestens Anfang 2016

Necare – Verlockung (Band 1)
Necare – Verlangen (Band 2)
Necare – Versuchung (Band 3)
Necare – Verzweiflung (Band 4)
Necare – Vollendung (Band 5)

Impressum
1. Ausgabe 2015

www.juliane-maibach.com
Umschlaggestaltung: Guter Punkt, München
Umschlagmotiv: © Kim Hoang, Guter Punkt unter Verwendung von Motiven von thinkstock
Lektorat: Marta Ehmcke

„Nicht den Tod sollte man fürchten, sondern dass man nie beginnen wird, zu leben."

– Marcus Aurelius –

Prolog

Die Lichter flackerten, tanzten vor seinen Augen und verschwammen stetig mehr und mehr. Ihm war schwindelig, übel und kalter Schweiß stand ihm auf der Stirn. Mit schweren Schritten schleppte er sich in die Mitte des Raumes; seine Hände zitterten, als er sie ausstreckte, um den dunkelroten Teppich beiseitezuziehen.

Wie sehr er diesen Zustand, diese unerträgliche Schwäche verabscheute. Er sehnte sich nach seiner ursprünglichen Gestalt zurück. Nach der Kraft, die ihm früher innegewohnt hatte. Einst hatte er zu den Mächtigen gehört, mittlerweile war er nicht viel mehr als ein fahler Schatten seiner selbst, war dem Tod weit näher als dem Leben.

Er biss die Zähne zusammen, während unter dem Teppich das kreisförmige magische Symbol zum Vorschein kam. Es war mit neun geschwungenen Zeichen versehen, mehrere Linien schnitten und kreuzten sich.

Er konnte sich kaum mehr auf den Beinen halten, alles um ihn herum schwankte bereits.

Da hörte er die Tür hinter sich aufgehen. Schnelle Schritte eilten auf ihn zu.

„Meister, lasst mich Euch helfen“, sagte Isigia, das große, schlanke Mädchen mit der schneeweißen Haut und dem silberblonden Haar, als sie ihn erblickte. Sie griff nach seinem Arm, zog ihn auf die Beine und führte ihn langsam in die Mitte des Zeichens.

Sie war seine Dienerin und Getreue, und dennoch verabscheute er es aus tiefstem Herzen, von solch einem niederen Wesen wie ihr abhängig zu sein. Bald, so sagte er sich ständig, würde das alles ein Ende haben. Er musste nur dieses eine Mädchen töten, das er dazu auserkoren hatte. Mit ihrem Tod würde alles enden und er konnte auferstehen.

Ein kaltes Lachen stahl sich auf seine Lippen, während er sich von Isigia losriss. „Tritt beiseite!“, verlangte er mit lauter Stimme, die donnernd durch den Raum hallte. „Ich benötige deine Hilfe nicht.“

Die Dienerin tat wie geheißen, auch wenn sie der Aufforderung nur widerwillig nachkam. Die Sorge um ihn stand ihr offen ins Gesicht geschrieben.

Ein weiteres Mal atmete er tief durch, faltete schließlich die Hände und wirkte den Zauber, der sofort als gleißendes grünes Licht aus dem magischen Symbol hervorschoss und ihn einhüllte. Er konnte die Wärme und die Kraft spüren, die in diesem Spruch lagen. Sein Körper begann zu beben; es fiel ihm schwer, diese Macht aufrechtzuerhalten. Kurz fragte er sich, ob er dieses Mal vielleicht zu lange gewartet hatte. Konnte er es überhaupt noch schaffen? War er mittlerweile vielleicht viel zu schwach? Sein Herz donnerte in seiner Brust, seine Muskeln waren zum Zerreißen gespannt.

Dann hörte er endlich das leise Summen und die zischenden Geräusche, die von überall her erklangen.

Endlich waren sie da!

Orangefarbene, rote, blaue und goldene Lichter erfüllten das Zimmer. Sie kamen auf ihn zu, ließen sich auf ihm nieder und versanken in seinem Körper, sodass sie eins mit ihm wurden. Schlagartig spürte er die Kraft der in sich aufgenommenen Seelen, sein Atem ging nun wieder leichter. Er richtete sich zu seiner vollen Größe auf und lächelte. Damit war er dem Tod vorerst ein weiteres Mal entronnen.

„Geht es Euch besser, Meister?“, fragte Isigia und musterte ihn. Zufrieden stellte sie fest, dass es ihrem Herrn wieder besser zu gehen schien. Er sah zwar noch immer müde und geschwächt aus, doch seine blutroten Augen waren nun wieder voller Entschlossenheit und Energie. Auf seinen schmalen

Lippen, die nicht mehr ganz so fahl wirkten wie noch wenige Augenblicke zuvor, lag zudem ein Lächeln. Sie konnte in ihm eindeutig den eindrucksvollen und starken Mann erkennen, der er einst gewesen war. Noch immer übte genau dieser eine unheimliche Faszination auf sie aus, der sie sich nicht erwehren konnte. Für Isigia hatte es nie einen Moment des Zweifels gegeben: Diesem Mann würde sie überallhin folgen. Wenn es sein musste, sogar bis in den Tod.

Sein kalter Blick legte sich auf seine Dienerin. „Stell nicht so dumme Fragen. Nach dem Ritual geht es mir immer besser."

Das Mädchen zuckte bei diesen harschen Worten kurz zusammen und senkte die Augen. „Verzeiht, Euer Zustand hatte mir nur Sorgen bereitet."

Er musterte sie, und Isigia war sich für einen Moment nicht sicher, ob sie mit dieser Aussage zu weit gegangen war. Sie schaute ihren Herrn ängstlich an, doch da verzogen sich seine Lippen zu einem Lächeln.

„Das hat nun bald ein Ende. Ich werde diesen elenden Ort verlassen und nach Hause zurückkehren. Dort werde ich mir holen, was mir zusteht, und mich an all meinen Feinden rächen." Sein Blick glühte vor Entschlossenheit. „Wir werden dieses Mädchen töten und damit Schrecken und Angst über ganz Neffarell bringen."

Ein stürmischer Beginn

Ich nahm einen weiteren Löffel von meinem Müsli, während mein Blick an den Fenstern hing. Der Himmel war von dunkelgrauen Wolken verhangen, es regnete ziemlich heftig und die Bäume wiegten sich im stürmischen Wind. Das Wetter passte zu meiner Stimmung. Gestern waren die Sommerferien zu Ende gegangen und heute begann das neue Schuljahr. Der Unterricht selbst machte mir nichts aus, nur das frühe Aufstehen störte mich gewaltig.

In diesem Moment konnte ich das Gähnen nicht mehr unterdrücken. Ich streckte mich dabei und hoffte, die Müdigkeit auf diese Weise irgendwie abschütteln zu können. Nein, ich war wirklich kein Morgenmensch. Erneut griff ich zu meiner Tasse und trank mehrere Schluck des starken schwarzen Kaffees. Hoffentlich half das Getränk dabei, mich wach zu bekommen.

Ich wollte gerade erneut einen Löffel voll Müsli nehmen, als die Türklingel ertönte. Bevor ich jedoch aufstehen und öffnen konnte, vernahm ich bereits Schritte; es folgte eine kurze Begrüßung, deren Wortlaut ich nicht genau verstand, und gleich darauf hörte ich, wie jemand durch den Flur Richtung Küche hastete.

„Hey Emily." Als Nell sah, dass ich noch immer beim Frühstück saß und alles andere als munter dabei war, stemmte sie die Hände in die Hüften und seufzte theatralisch. „Mann, du bist ja noch gar nicht fertig. Wir wollten doch jetzt morgens früher los, damit wir nicht mehr ständig zu spät kommen. Das ewige Nachsitzen nervt langsam."

„Bin ja gleich soweit", murmelte ich, aß meinen letzten Löffel Müsli und erhob mich.

Auf dem Weg zum Flur schnappte ich mir meinen Rucksack, den ich bereits gepackt hatte, und rief meiner Großmutter ein „Wir gehen dann“ zum Abschied zu.

„Warte bitte kurz!“ Nur wenige Augenblicke später kam sie die Treppe hinunter und hielt mir mein Portemonnaie hin. „Hier, das hast du auf der Anrichte liegen lassen.“

„Danke. Morgens bin ich wirklich zu nichts zu gebrauchen.“

Nell legte den Arm um mich und lächelte verschmitzt. „Keine Sorge, ich bekomm dich schon wach. Und falls nicht, hab ich für den Notfall noch eine Thermoskanne mit Kaffee dabei.“

Ich grinste über ihre Worte und wusste ihre Voraussicht durchaus zu schätzen. Mittlerweile waren wir seit über fünf Jahren befreundet und unzertrennlich. Als sich damals alle in meiner Klasse von mir abgewandt und mich mit diesen komischen Blicken bedacht hatten, war sie die Einzige gewesen, die mir nicht aus dem Weg gegangen war. Eines Tages war sie einfach an meinen Platz gekommen, hatte mich breit grinsend angesehen, mir eine Packung Kekse hingehalten und gesagt: „Du siehst aus, als könntest du was Süßes gebrauchen. Wenn es mir schlecht geht, heitert mich das immer auf.“ Seitdem war sie stets an meiner Seite und dennoch konnte ich meine Vergangenheit nicht hinter mir lassen ...

Meine Gedanken trübten sich, als ich an die dunkelste Zeit in meinem Leben zurückdachte. Erneut sah ich diese schrecklichen Bilder vor mir.

Helle Lichter, die auf mich zurasten, dabei stetig größer wurden und mich blendeten. Dann ein berstendes Geräusch, ein ohrenbetäubender Klang. Danach nichts als Dunkelheit. Später fühlte ich lediglich Schmerz und eine alles zerreißende Qual. Ich war vollkommen allein und voller Angst. Auch ohne mich nochmals davon überzeugen zu müssen, spürte ich es mit jeder Faser meines Selbst: Ich hatte ihn verloren, und die Trauer um ihn wollte mich schier zerreißen. Wie so oft an dieser Stelle sah ich das Gesicht meines Vaters … dann das meiner Mutter …

„Emily?", sagte meine Oma und riss mich damit aus meinen Gedanken.

Ich versuchte zu lächeln, damit sie sich keine Sorgen um mich machte. Es war damals auch für sie sehr schlimm gewesen. Besonders, als all das mit meiner Mutter passiert war … Ich war meinen Großeltern dankbar dafür, dass sie mich bei sich aufgenommen hatten. Mittlerweile lebte ich seit über fünf Jahren bei ihnen.

„Wir gehen dann mal besser los", erklärte ich in heiterem Ton, um so auch den letzten Rest ihrer Sorgen zu vertreiben.

„Viel Spaß", sagte sie, lächelte noch einmal und sah Nell und mir nach, wie wir das Haus verließen.

Ich spannte den Schirm auf, damit wir beide nicht nass wurden.

„Ist dein Opa schon losgegangen?", fragte Nell, während wir das Grundstück verließen, die tiefen Pfützen umgingen und nach rechts in die Straße abbogen.

Ich nickte. „Ja, er muss heute Morgen ein paar Hausbesuche machen."

Mein Großvater war zweiundsechzig Jahre alt und hatte etwa zwanzig Minuten von unserem Wohnhaus entfernt eine gut gehende Arztpraxis. Er war viel unterwegs und arbeitete hart. Trotzdem versuchte er, sich auch für meine Großmutter und mich Zeit zu nehmen.

„Was ist mit deinen Eltern?", wollte ich wissen. „Sind sie bereits unterwegs?"

Nells Eltern führten ein Antiquitätengeschäft mit Antiquariat und wollten diese Woche nach England fahren, um dort ein paar neue Stücke für ihren Laden zu erwerben. Nells Vater stammte ursprünglich aus Yorkshire. Er lebte zwar seit fast zwanzig Jahren in Deutschland, hatte aber noch immer einen leichten Akzent, der besonders hervortrat, wenn er aufgeregt war.

„Ja, sie sind gestern Nacht losgefahren. Mal sehen, was sie dieses Mal anschleppen werden." Ihre kleine Nase rümpfte sich leicht. „Wenn sie glauben, ich helfe wieder beim Ausladen und Einräumen, haben sie sich aber geschnitten. Das Zeug ist immer abartig schwer und total sperrig. Das letzte Mal hab ich mir fast den Rücken verrenkt."

„Du klingst wie eine alte Frau und nicht wie eine Siebzehnjährige."

„Ich bin meinem Alter eben weit voraus", erwiderte sie grinsend und brachte mich damit ebenfalls zum Lachen. „Du hast übrigens noch gar nichts zu meiner neuen Kette gesagt." Sie zog kurz an ihrem bunten Schmuck.

Ich runzelte die Brauen, als ich sah, dass sie mehrere Kaffeekapseln zerschnitten, verflochten und auf einer Kette aufgereiht hatte. Es war typisch für sie und passte zu ihrem eher ungewöhnlichen Outfit. Erst vor ein paar Wochen hatte sich Nell die Haare schneeweiß gefärbt und zu einer frechen Kurzhaarfrisur schneiden lassen. Auch wenn dieser Look auf den ersten Blick gewöhnungsbedürftig war, stand er ihr gut. Sie neigte bereits seit einigen Jahren zu ausgefallenen Frisuren, Farben und Kleidungsstilen. Heute trug sie eine zerlöcherte hellblaue Jeans, schwere schwarze Schnürstiefel, die schon beinahe zu ihrem Markenzeichen gehörten, und einen dunkelroten Pullover, das am Rücken zugeschnürt wurde. Sie war auf jeden Fall sehr hübsch mit ihrer kleinen Nase, den schmalen Lippen und den grüngesprenkelten Augen, in denen stets der Schalk strahlte.

Ich mochte ihre ausgefallenen Klamotten, ich selbst zog mich aber lieber unauffälliger an. In meinem Leben war bereits mehr als genug geschehen, durch das ich hervorstach, und so bevorzugte ich ein angepasstes, ruhiges Dasein. Ansonsten war ich mit meinem Aussehen im Großen und Ganzen zufrieden.

Ich hatte dunkelblondes schulterlanges Haar, hellgraue Augen und eine gute Figur, ohne dafür Sport treiben zu müssen. Natürlich gab es auch Dinge an mir, die ich nicht sonderlich mochte – beispielsweise meine Nase. Ich war der festen Überzeugung, dass sie einen Höcker hatte, auch wenn andere behaupteten, ich würde mir das nur einbilden.

„Die Kette gefällt mir, ist wieder mal ein echtes Unikat", beantwortete ich ihre Frage.

„Yep, genau wie ich." Nachdem wir an der nächsten Kreuzung in die Waldallee eingebogen waren, fuhr sie fort: „Sag mal, freust du dich schon?" Sie grinste schief und ihre grünen Augen blitzten schelmisch. Wenn sie so schaute, wurde es meistens unangenehm für mich …

„Worauf?"

„Das fragst du noch?!" Sie wirkte beinahe ein wenig empört. „Die Ferien sind vorbei … der erste Schultag geht los … wir sehen unsere Mitschüler endlich wieder … Muss ich echt noch mehr sagen?"

Ich verdrehte die Augen. „Fängst du wieder damit an?"

„Ach komm schon. Chris ist total süß. Nun gib endlich zu, dass er dir gefällt!", fuhr sie fort, als hätte sie meinen Einwand gar nicht gehört.

„Ja, ich finde ihn ganz nett. Aber das ist auch alles. Außerdem hatte ich bisher kaum was mit ihm zu tun, was soll also das Gerede?"

„HA!", stieß sie hervor, riss die Augen auf und deutete mit dem Zeigefinger auf mich. „Du würdest also etwas mit ihm anfangen, wenn sich die Chance dazu ergäbe."

Ich seufzte. „So habe ich das nicht gemeint, und das weißt du ganz genau. Ich will wirklich nichts von ihm. Momentan bin ich mit meinem Singledasein vollkommen zufrieden."

„Du bist bereits viel zu lange allein. Es wird echt Zeit, dass du dir mal einen netten Typen angelst. Lass mich nur machen, ich bring euch zwei schon zusammen." Sie legte die Stirn nachdenklich in Falten und überlegte vermutlich bereits, wie sie mich am besten verkuppeln konnte.

Ich schüttelte resigniert den Kopf. Wahrscheinlich war es besser, nichts weiter darauf zu erwidern. Wenn Nell sich etwas vorgenommen hatte, war es schwer, sie davon abzubringen. Zudem konnte sie kaum etwas Schlimmes anstellen ... Es war vollkommen ausgeschlossen, dass sie Chris' Interesse an mir wecken konnte. Er war eine Klasse über uns und Anfang des letzten Schuljahres an unsere Schule gewechselt. Schnell war er zum Liebling der Mädchen avanciert, was einerseits natürlich an seinem guten Aussehen lag: Er hatte kurzes blondes Haar, tiefblaue Augen und dazu ein unglaublich schönes Lächeln. Das war allerdings nicht der Grund, warum er mir aufgefallen war. Vielmehr hatten wir beide an der Literatur-AG teilgenommen, wo ich schnell festgestellt hatte, dass er einfach anders war. Er hatte ein ausgeprägtes Interesse an Büchern, insbesondere an klassischer Literatur, was wir beide teilten und worüber wir sehr schnell ins Gespräch gekommen waren. Ich wusste, dass er sich in den Pausen und Freistunden gern zum Lesen zurückzog. Zumindest hatte ich ihn einige Male dabei gesehen, wie er im Schulgarten oder in leeren Klassenzimmern ein Buch las.

Ich mochte seine tiefsinnige Art und sein eher ruhiges Wesen. Chris schien nicht gern auf Partys zu gehen, zumindest lehnte er stets ab, wenn er dazu eingeladen wurde. In den Pausen vor der AG hatten wir uns immer wieder unterhalten, vor allem über Literatur, und uns so mit der Zeit angefreundet. Auch wenn ich es Nell gegenüber nicht recht zugeben wollte, konnte ich nicht abstreiten, dass ich es interessant gefunden hätte, ihn noch besser kennenzulernen.

„Und was ist mit dir?", hakte ich nach. „Du bist auch schon seit über sechs Monaten von Kai getrennt."

„Yep, und darum habe ich auch entschieden, dass es für uns beide Zeit wird, sich einen Freund zu suchen. Ist doch ein tolles Ziel für dieses Schuljahr."

„Und da hast du gleich mal beschlossen, mich mit Chris zu verkuppeln?", fragte ich fassungslos.

„Klar. Ihr würdet toll zusammenpassen."

„Na, da hat er jawohl auch noch ein Wörtchen mitzureden."

Sie zuckte mit den Schultern. „Ach was, du wirst sehen, das klappt. Ich lass mir was einfallen, und dann kommt ihr ganz schnell zusammen."

„Das wage ich zu bezweifeln. Und was ist überhaupt mit dir? Hast du auch jemanden für dich im Auge?"

„Nicht wirklich", gab sie zu und schaute dabei unverwandt auf die Straße. „Aber da wird sich bestimmt was finden."

„Du redest, als ginge es um ein paar Socken."

„Ich seh das alles nur nicht so ernst wie du. Das solltest du vielleicht auch mal versuchen." Sie grinste. „Außerdem ..."

Plötzlich wanderte ihr Blick hinter mich, ihre Augen weiteten sich, und ehe ich begriff, was eigentlich los war, rannte sie auch schon rechts an mir vorbei. Ich wandte mich um und schaute ihr nach, wie sie durch den Regen auf einen Baum zu hastete.

„Bist du jetzt übergeschnappt?"

Sie blieb vor dem Baum stehen und machte sich daran, den Stamm hinaufzuklettern. Es regnete weiterhin so stark, dass Nell bereits jetzt ziemlich nass war. Ihre Kleidung haftete wie eine zweite Haut an ihr; die Haare, die zuvor noch frech und keck frisiert gewesen waren, klebten ihr nun platt am Kopf und hingen ihr in die Stirn.

„Ich bin gleich wieder da", rief sie mir zu, während sie sich weiter an dem Stamm hochzog und nach den nächsten Ästen griff.

Ich ließ meinen Blick höher schweifen und verdrehte die Augen, als ich den Grund für ihre Aufregung entdeckte: In den

Wipfeln saß eine Katze, die Nell interessiert bei deren Aufstieg beobachtete.

„Lass doch das arme Tier in Ruhe", seufzte ich.

„Vergiss es! Ich muss sie retten. Du siehst doch, dass sie völlig verängstigt und vor lauter Panik ganz außer sich ist."

Ich zog erstaunt die rechte Braue hoch und schnaubte. Meiner Ansicht nach sah die rot getigerte Katze alles andere als furchtsam oder gar panisch aus. Ganz im Gegenteil: Sie hockte entspannt auf einem der Äste, ließ ihren Schwanz hin und her schlagen und musterte Nell interessiert, als versuchte sie zu verstehen, was dieses Mädchen zu ihr hochtrieb. Diese Aktion war typisch für Nell: Sie liebte nahezu jedes Tier, das auf diesem Planeten herumlief, und machte sich ständig an irgendwelche Rettungsaktionen, die der jeweilige Hund, die Katze oder der Vogel wohl eher als feindlichen Übergriff betrachtete.

Auch dieses Mal schien alles wie üblich abzulaufen: Nell langte nach dem Ast, auf dem die Katze saß, zog sich weiter hoch, bis sie mit ihr auf Augenhöhe war, und griff schließlich mit der rechten Hand nach dem Tier. Schon als sie der Katze hinterhergeklettert war, hatte die nicht sonderlich erfreut gewirkt. Als sie nun auch noch nach ihr griff, sträubte die Katze das Fell und fauchte laut. Nell ließ sich davon allerdings nicht beirren, sondern ruckelte einige Male an dem Tier, damit es endlich den Ast losließ. „Keine Angst, ich bin ja jetzt da und bring dich nach unten." Die Katze wehrte sich mittlerweile heftig, kratzte und wand sich unter Nells Griff, doch die gab weiterhin nicht nach. Vielmehr zog sie das wild um sich schlagende Tier fest an sich.

„Nell, jetzt lass sie in Ruhe. Du machst sie ja ganz verrückt."

„Sie hat nur Angst."

„Ja, genau, und zwar vor dir. Schau dir mal deinen Arm an, der ist ganz blutig."

„Ach was, sie hat nur Panik." Langsam stieg sie mit der Katze im Arm zu mir herab. Unten angekommen, drückte sie das Tier noch einmal fest an sich und ignorierte dabei das wilde Fauchen und die Tatzenhiebe. „Jetzt ist alles gut, du Armes." Sie strich der Katze mehrmals über den Rücken und setzte sie dann wieder auf den Boden, woraufhin das Tier fortrannte, so schnell es konnte. „War die nicht süß?"

Ich schüttelte den Kopf. „Du hast sie echt nicht mehr alle."

„Was denn? Jeden Tag eine gute Tat."

Als sie sich wieder zu mir unter den Schirm stellte, warf ich ihr einen prüfenden Seitenblick zu und sah deutlich die Löcher, die die Katze in die Ärmel ihres Pullovers gerissen hatte. Darunter blutete sie an einigen Stellen, was sie aber kaum zu registrieren schien.

„Wahrscheinlich sollte ich wirklich froh sein, dass du deine guten Taten an Tieren ableistest. Nicht auszudenken, wenn du ständig über irgendwelche Omis herfallen würdest, um sie ungefragt über die Straße zu zerren."

Sie zuckte mit den Schultern. „Tiere sind nun mal die Geschöpfe, die sich am allerwenigsten wehren können."

„Ja, vor allem gegen dich."

Eigentlich fand ich es ja herzergreifend, wie sehr sie jedes Tier liebte. Nur leider beruhte dieses Gefühl eben nicht auf Gegenseitigkeit, was das ganze jedes Mal zu einer vollkommen unsinnigen und teilweise sogar gefährlichen Aktion werden ließ.

Nell winkte ab. „Was du dir immer einbildest. Hast du nicht das Leuchten in den Augen der Katze gesehen? Sie war mir total dankbar."

Es war sinnlos, sich mit ihr über dieses Thema zu streiten. „Schon gut, schon gut. Lass uns lieber einen Schritt schneller gehen. Sonst kommen wir dank deiner guten Tat doch noch zu spät."

Sie sah auf die Uhr und schnappte erschrocken nach Luft: „Mist, dabei wollten wir es dieses Schuljahr pünktlich schaffen."

„Eben, also los jetzt." Ich beschleunigte meine Schritte, und wenig später erreichten wir ziemlich abgehetzt die Schule.

„Hey, schau mal, wer da schon wartet." Sie deutete nach vorn Richtung Eingang.

Ich erkannte den Jungen sofort an seinem verstrubbelten roten Haar. „Hallo Sven, wartest du schon lange?", begrüßte ich ihn.

Sven ging mit uns in eine Klasse und wir waren seit etwa zwei Jahren mit ihm befreundet. Damals war er auf unsere Schule gewechselt und hatte es von Anfang an aufgrund seines Aussehens und seiner eher ungewöhnlichen Interessen ziemlich schwer gehabt, Anschluss zu finden. Er hatte seine Eigenarten, mit denen er bei den anderen immer wieder aneckte. Sven liebte Naturwissenschaften und hatte auf diesem Gebiet ein unglaubliches Wissen. Auch seine anderen Hobbys waren eher ungewöhnlich: An den Wochenenden nahm er oft an Mittelalterfesten teil und nähte in seiner Freizeit die passenden Kostüme dafür. Außerdem passte er nicht gerade in das gängige Schönheitsideal. Seine Statur war eher schmächtig, seine Haut hell, wobei sie bei Stress sehr schnell von roten Flecken übersät war. Im Gesicht und an den Armen hatte er zudem Sommersprossen, die man fast das ganze Jahr über deutlich erkennen konnte. Nell und ich waren von Beginn an die Einzigen gewesen, die mit ihm gesprochen und die ihn vor den anderen in Schutz genommen hatten. So waren wir recht schnell Freunde geworden und waren seitdem immer zu dritt unterwegs.

„Ihr seid wie immer ziemlich spät dran", unterbrach er meine Gedanken. „Dabei dachte ich, ihr wolltet dieses Jahr versuchen, nicht ständig auf den letzten Drücker zu kommen."

„Ich finde, wir haben unser Ziel erreicht", antwortete Nell. „Immerhin sind wir vor dem Läuten da. Das ist ein riesiger Fortschritt."

„Du steckst dir deine Ziele wirklich nicht sonderlich hoch, oder?", fragte er in neckendem Tonfall.

„Sie musste eine Katze retten, die in einem Baum saß", sprang ich erklärend ein, während wir das Schulgebäude betraten und zu unserem Klassenzimmer gingen.

„Die Arme", sagte Sven. „Hat sie es denn lebend aus Nells Armen geschafft?"

„Ich weiß echt nicht, was ihr ständig habt", murrte sie. „Ich helfe Tieren eben gern. Ich zieh dich Überflieger ja auch nicht wegen deiner Hobbys auf. Irgendwann werde ich einen Gnadenhof betreiben, wo etliche gerettete Tiere ihren Lebensabend verbringen können." Sie musterte Sven und grinste bedeutungsvoll: „Und du wirst sicher den Nobelpreis für Chemie überreicht bekommen."

„Was du da immer redest", sagte er. Mir fiel allerdings auf, dass er bei diesen Worten ein wenig rot wurde. Natürlich hatte er bisher nie offen zugegeben, dass er tatsächlich von dieser Auszeichnung träumte, doch er sprach oft davon, dass er einmal ein bekannter Chemiker werden und in der Forschung arbeiten wollte. Ich verstand, warum er diesen Traum hegte. Immerhin hatte er schon bei einigen Wettbewerben, so auch bei *Jugend forscht*, Preise gewonnen.

„Und du, Emily", fuhr sie grinsend fort, „wirst eine bekannte Journalistin."

Bei ihren Worten runzelte ich leicht die Stirn. Ich mochte das Schreiben, liebte Bücher über alles und hätte nichts dagegen gehabt, für eine Zeitung oder ein Magazin zu arbeiten. Leider war das alles andere als einfach, und momentan wagte ich es nicht, an die Verwirklichung dieses Traums zu denken. Ich wollte etwas Sicheres, ein festes Einkommen und eine solide Arbeitsstelle haben. Nach allem, was ich bislang erlebt hatte, sehnte ich mich nach Beständigkeit. Ruhelos durch die Welt zu ziehen, Leute zu interviewen und Berichte zu schreiben – auf den ersten Blick klang das alles natürlich aufregend und abenteuerlich, doch so etwas brauchte ich nicht. Darum tendierte ich momentan eher dazu, BWL zu studieren, auch wenn das, meinem Großvater nach, ein recht trockenes Fach sein sollte.

„Meint ihr, wir haben dieses Jahr wieder Herrn Thomann in Latein?", fragte ich, um vom Thema abzulenken.

Nell stöhnte genervt: „Hoffentlich nicht, ansonsten werde ich sicher nicht von meiner Vier runterkommen."

Herr Thomann war nicht nur äußerst streng, sondern vor allem ziemlich anspruchsvoll. Er redete zudem oftmals so schnell und hastig, dass man nach einer Doppelstunde zumeist das Gefühl hatte, der Kopf wollte einem zerspringen.

„Ich weiß gar nicht, was ihr habt", wandte Sven ein. „Ich finde ihn eigentlich ganz nett. Auf jeden Fall versteht er was von seinem Fach."

Nell seufzte. „Gibt es eigentlich irgendeinen Lehrer, mit dem du nicht klarkommst und den du nicht unglaublich toll findest?"

„Ja, gibt es. Herrn Gruber kann ich nicht ausstehen. Der ist der reinste Folterknecht." Er schüttelte resigniert den Kopf. „Was bringt es einem bitte, wenn man es schafft, an einem dämlichen Seil hochzuklettern oder über einen Bock zu springen? Ich glaube kaum, dass ich so was später mal in einem Labor brauchen werde."

Herr Gruber war einer der Sportlehrer und von besonders athletischem Kampfgeist. Es hatte schon beinahe etwas von Militärton, wie er die Jungs oftmals über den Sportplatz der Schule jagte und sie ihre Runden laufen ließ. In dieser Hinsicht konnte ich Sven jedenfalls gut verstehen, denn ich mochte Sport ebenfalls nicht und zog in diesem Fach das Unglück geradezu an. Bei uns standen zumeist Choreografien, Volleyball, Basketball und Turnen auf dem Plan, wobei ich in keiner dieser Sportarten sonderlich gut war. Es gab kaum eine Stunde, in der ich nicht über meine eigenen Füße stolperte, einen Ball ins Gesicht bekam oder über die Turngeräte stürzte.

Mittlerweile hatten wir das Klassenzimmer erreicht, und das gerade noch rechtzeitig. Zwar war in unserer bevorzugten Sitzreihe – hinten, ganz rechts – nichts mehr frei, aber wenigstens fanden wir in der Mitte drei Plätze nebeneinander.

Kaum war das Läuten der Schulglocke verklungen, ging auch schon die Tür auf und ein Mann Ende fünfzig mit verkniffener Miene und schlohweißem Haar trat ein. Den Gürtel seiner dunklen Stoffhose hatte er wie immer viel zu eng gespannt, sodass sein dicker Bauch ziemlich deutlich hervortrat. Wie so oft fragte ich mich, wie lange der Gürtel diesem Druck wohl noch standhalten würde.

Herr Thomann legte seine schwarze Aktentasche aufs Lehrerpult und setzte zu seiner üblichen Begrüßung an: „Salvete, discipuli discipulaeque.“ Wenigstens bei diesem Satz wusste ich mittlerweile nur allzu gut, was er bedeutete: „Seid gegrüßt, Schüler und Schülerinnen.“

Wie gut dressierte Hunde folgte von uns Schülern darauf die Antwort: „Salve magister!“

„Mir ist natürlich klar“, fuhr der Lehrer fort und ließ seinen Blick über die Klasse wandern, wobei er für einen kurzen Moment an Nell hängen blieb, „dass einige unter Ihnen die Ferien sicher nicht genutzt haben, um ihre Lateinkenntnisse zu verbessern, obwohl sie es wirklich dringend nötig hätten. Dennoch werden wir uns bereits nächste Woche an ein anspruchsvolles Stück der lateinischen Literaturgeschichte heranwagen, was für sie sicher einiges an Arbeit mit sich bringen wird. Um das Vergessen von Hausaufgaben zu entschuldigen, wurde in der Vergangenheit oftmals auf die Ausrede zurückgegriffen, ich hätte angeblich zu leise oder zu undeutlich gesprochen. Darum werde ich mich ab sofort klar und vor allem noch lauter äußern, damit Sie mich auch alle gut verstehen können."

Ich lugte vorsichtig zu Nell, die zu meiner Linken saß. Es war allzu offensichtlich, dass seine Ansprache ihr galt. Sie schob nicht selten die schlechte Akustik oder die undeutliche Aussprache des Lehrers vor, um den Hausaufgaben zu entgehen. Damit hatte sie Herrn Thomann letztes Schuljahr beinahe in den Wahnsinn getrieben. Im Moment saß sie allerdings vollkommen gelassen auf ihrem Platz und schaute den Lehrer an, als gingen sie seine Worte gar nichts an.

„Bitte besorgen Sie sich bis nächste Woche Dienstag die Lektüre *De bello Gallico* von Gaius Julius Cäsar."

Ein leises Stöhnen ging durch die Klasse. Auch ich seufzte. Das hieß also, ich musste in den nächsten Tagen noch in die Stadt, um mir dieses dämliche Buch zu kaufen.

„Allen, die jetzt stöhnen, kann ich versichern, dass es sich hierbei um ein wirklich eindrucksvolles und wichtiges Stück der Literaturgeschichte handelt, das man einfach gelesen haben muss. Nun denn, ich habe Ihre Stundenpläne mitgebracht, die Sie sich bitte am *Ende der Stunde* bei mir abholen." Er sah mahnend zu Nell, die bereits aufgesprungen war, um sich ihren Plan zu holen. Auf seinen Blick hin setzte sie sich zwar wieder, rollte dabei aber unübersehbar genervt mit den Augen.

„Gehen Sie Ihre Pläne nachher bitte aufmerksam durch", fuhr er fort und klatschte in die Hände. „Dann wollen wir mal beginnen." Er wandte sich um, schrieb in seiner beinahe unleserlichen Krakelschrift einige Sätze an die Tafel, denen ich nur entnehmen konnte, dass es wohl um Cäsar ging.

Genervt holte ich Stifte und Papier hervor und machte mich daran, die Sätze mitzuschreiben.

Nachdem wir unsere Stundenpläne abgeholt und das Klassenzimmer verlassen hatten, machten wir uns auf den Weg, um unsere Schulbücher in Empfang zu nehmen.

„Sagt mal“, begann Nell, „kann es sein, dass Herr Thomann mich nicht sonderlich leiden kann? Ich hatte irgendwie das Gefühl, als kämen da so ein paar ablehnende Schwingungen in meine Richtung.“

„Das fällt dir erst jetzt auf?“, fragte ich verwundert.

„Dann hab ich mir das also nicht nur eingebildet“, murmelte sie und runzelte nachdenklich die Stirn.

„Ich verstehe das einfach nicht“, fuhr sie fort. „Meint ihr, er hat es vielleicht in den falschen Hals bekommen, als ich gesagt habe, Latein bräuchte heutzutage kein Mensch mehr?“

Ja, Nell, das könnte vielleicht einer der Punkte sein, die ihm unangenehm aufgestoßen sind.

„Wer hätte gedacht, dass er so empfindlich ist“, murmelte sie. „Da werd ich wohl in Zukunft echt die Samthandschuhe anziehen müssen.“

„Das will ich sehen“, schaltete Sven sich lachend ein. „Zu deinen Stärken zählt Feingefühl jedenfalls ganz sicher nicht.“

Sie zuckte mit den Schultern. „Dann muss er eben meinem unglaublichen Charme erliegen.“

„Heißt das, du willst dich bei ihm einschleimen? Wenn das mal gut geht ...“ Sie hatte nicht gerade ein gutes Händchen, wenn es darum ging, Lehrer von sich zu überzeugen.

„Du wirst schon sehen, das bekomm ich hin“, verkündete sie zuversichtlich.

In diesem Moment sah ich Yvonne und Katharina an uns vorbeigehen. Letztere schaute hastig beiseite, als sich unsere Blicke trafen, was mir erneut einen tiefen Stich versetzte. Vor sechs Jahren, bevor das mit meiner Mutter geschehen war, waren Katharina und ich befreundet gewesen. Doch dann hatte sie mich sehr schnell fallen lassen, was mich ziemlich bedrückt und vor allem enttäuscht hatte. Seitdem ging sie mir aus dem Weg und zeigte mir stets die kalte Schulter.

„Okay“, riss mich Nell aus meinen Gedanken, während sie den Aushang am schwarzen Brett überflog. „Schüler mit Nachnamen von S bis Z müssen im Raum 105 ihre Bücher abholen.“

„Gut, dann sehen wir uns nachher“, sagte ich zu den beiden. Da mein Nachname mit N anfing, musste ich meine Bücher woanders abholen als die beiden. Schnell blickte ich noch mal auf den Zettel: Raum 305.

Klasse, am anderen Ende des Gebäudes.

„Welches Fach hast du als Nächstes?“, wollte Nell wissen.

„Bio, im D-Kurs“, antwortete ich.

Sie rümpfte die Nase. „Schade, ich bin im A-Kurs. Und danach habe ich Mathe. Lass uns nachher mal unsere Pläne vergleichen, damit wir sehen, was wir alles zusammen haben.“

„Und in welchem Kurs bist du?“, wollte ich von Sven wissen.

Er blickte auf sein Blatt: „Ich bin im selben wie Nell.“

„Okay, dann sehen wir uns nach Bio.“

„Alles klar, bis später!“

Ich benötigte einige Minuten, bis ich es ans andere Ende der Schule zum Raum 305 geschafft hatte. Von drinnen hörte ich bereits mehrere Stimmen, die sich zu einem einzigen dröhnenden Geräusch vermischten. Ich öffnete die Tür und trat ein. Auf mehreren Tischen hatte man die Bücher zu hohen Türmen gestapelt, von denen es jeweils eins zu nehmen galt. Ich zählte sieben verschiedene Stationen und stöhnte bei dem Gedanken an die bevorstehende Schlepperei leise auf. Ich stellte mich in die Schlange, die zu meiner Jahrgangsstufe gehörte. Leider rückte sie nur langsam vorwärts. Offenbar zogen es einige Mädchen vor, sich lieber zu unterhalten, als darauf zu achten, zügig ihre Schulbücher einzusammeln.

Vor dem ersten Büchertisch stand ein weiterer Tisch, an dem zwei Frauen saßen, die mehrere Listen vor sich ausgebreitet hatten. Ein Schüler nach dem anderen kam zuerst an ihnen vorbei und wurde in der Namensliste abgehakt. Ich beobachtete die beiden eine Weile und konnte kaum mit ansehen, wie langsam sie waren. Es dauerte jedes Mal schier eine Ewigkeit, bis sie den richtigen Namen in ihren Unterlagen gefunden hatten.

„Kaum zu glauben. Eigentlich kann es ja nicht so schwer sein, einen Namen abzuzeichnen", murmelte eine bekannte Stimme direkt aus der Schlange neben mir.

Erstaunt sah ich mich um und entdeckte Chris. Was machte er hier? Okay, das war eine ziemlich dämliche Überlegung ... Es war ja offensichtlich.

„Hallo, wie geht es dir? Wie waren deine Ferien?"

Erst jetzt schien er mich zu erkennen, wobei sich sein Gesicht merklich aufhellte. „Oh, hey Emily. Ich habe dich von hinten gar nicht erkannt. Ja, die Ferien waren so weit ganz gut. Allerdings fehlen sie mir schon wieder, wenn ich mir das hier so anschaue. Scheint ja nur im Schneckentempo voranzugehen. Na ja, wenigstens müssen wir das nicht nach der Schule erledigen. So fällt immerhin eine Unterrichtsstunde aus."

„Ja, mir kommt eine Pause im Moment auch ganz gelegen", sagte ich. „Wir hatten gerade Latein."

Noch immer betrachtete er mich mit seinen blauen Augen. Es war unglaublich, wie intensiv ihre Farbe war; sie erinnerten an leuchtende Saphire.

„Ist auch nicht gerade mein Lieblingsfach", gab er zu. „Eigentlich hatte ich gehofft, diese Aktion hier recht schnell hinter mich bringen und noch ein bisschen lesen zu können."

„Welches Buch liest du denn im Moment?", fragte ich und ging ein paar Schritte vorwärts, als sich die Schlange kurz in Bewegung setzte.

„Die Leiden des jungen Werther von Goethe", antwortete er.

Ich hatte es bereits gelesen, fand es mit seiner blumigen Art, den stellenweise übertriebenen Gefühlen und den verschachtelten Sätzen jedoch nicht sonderlich ansprechend.

„Ich bin mir aber nicht sicher, ob ich es überhaupt weiterlesen werde", gab er zu. „Vom Schreibstil her ist es mir viel zu verschnörkelt und verspielt. Eigentlich hoffe ich nur noch, dass Werther sich bald die Kugel gibt, damit das Elend ein Ende hat."

Ich musste grinsen. „So gings mir auch. Es war ab und an wirklich kaum zu ertragen. Wobei Goethe ohnehin nicht zu meinen Lieblingsautoren gehört. Nur *Faust* und *Iphigenie auf Tauris* haben mir sehr gut gefallen. Ansonsten sind mir Schiller und Brecht sehr viel lieber."

„Wie anders tragen uns die Geistesfreuden, von Buch zu Buch, von Blatt zu Blatt! Da werden Winternächte hold und schön, ein selig Leben wärmet alle Glieder, und ach! entrollst du gar ein würdig Pergament, so steigt der ganze Himmel zu dir nieder."

„Du kannst Stellen aus *Faust* auswendig?", fragte ich überrascht.

Er zuckte mit den Schultern und sah dabei fast ein wenig verlegen aus, was ihn irgendwie noch sympathischer machte.

„Manche Dinge prägen sich mir sehr schnell ein. Ich lerne die Texte nicht auswendig, sondern lese einfach, und dann bleibt vieles hängen."

„Echt beneidenswert", gab ich zu.

Er lachte. „Na ja, das ist nur bei Lektüren so, die mich auch interessieren. In Latein oder Chemie kann ich eine Seite zwanzig Mal lesen, und am Ende weiß ich soviel wie vorher."

„Man kann ja auch nicht alles perfekt können. In Chemie und Latein gehts mir da so ähnlich wie dir."

„Hast du dir schon die Bücher besorgt, die sie uns in der Literatur-AG empfohlen haben?", fragte er. Sein Blick ruhte dabei weiterhin auf mir und seltsamerweise spürte ich ein unruhiges Kribbeln in der Magengegend. Es war wirklich erstaunlich, wie intensiv und warm diese Augen strahlen konnten.

„Nur den *Zauberberg* und *Kabale und Liebe*. Mein Bücherregal bricht langsam auseinander, da war für mehr kein Platz. Ich müsste eigentlich mal ein paar meiner Bücher verkaufen, aber ich bringe es einfach nicht übers Herz."

In diesem Moment erreichte ich den Tisch, an dem die beiden Frauen saßen. Die auf der linken Seite, mit den grauen, zu einem unordentlichen Dutt zusammengebundenen Haaren, sprach mich an: „Ihr Name?"

„Emily Neuer", antwortete ich und wartete darauf, dass die Dame mich in einer ihrer ellenlangen Listen fand. Ich war seltsam unruhig, was mit Sicherheit an Chris' Nähe lag. Bildete ich mir das ein oder war er tatsächlich näher gekommen? Ich konnte den angenehmen Duft seines Parfüms wahrnehmen.

„Hier habe ich Sie", verkündete die Frau strahlend und ließ mich weiter. Ich blickte noch einmal zu Chris, der nun an der Reihe war, und ging anschließend an den Bücherstapeln entlang, um je eines davon zu nehmen. Ich ertappte mich dabei, wie ich immer langsamer wurde und mir mehr und mehr Zeit ließ. Ständig blickte ich verstohlen in Chris' Richtung ... und unsere Blicke trafen sich erneut.

Er lächelte, schnappte sich die ersten Schulbücher von den Stapeln und kam auf mich zu. Wir packten weiter ein, während er sich an mich wandte: „Wenn du willst, kann ich dir mal ein paar Bücher ausleihen. Hast du mal was von Dostojewksi oder Thomas Mann gelesen?"

„Bisher noch nicht."

„Gut, dann bringe ich dir bei Gelegenheit mal was mit, wenn du willst."

„Das wäre wirklich nett."

„Mach ich gerne." Noch immer hingen seine Augen an den meinen, und ich spürte, dass mein Herz ein paar schnelle Sprünge machte.

„Mann, ich kann es einfach nicht glauben, dass Chris dich angesprochen hat", freute sich Nell, als wir während der Mittagspause in der Cafeteria vor unseren gefüllten Tellern saßen.

„Hast du heute gar kein anderes Gesprächsthema mehr?", fragte Sven und manschte derweil mit seiner Gabel im Kartoffelbrei herum.

Sie ignorierte den Einwand. „Ich wusste gleich, dass ihr gut zusammenpasst. Jetzt darfst du nur nicht nachlassen, sondern musst ihm zeigen, dass du Interesse an ihm hast."

„Du interpretierst da viel zu viel hinein", erklärte ich und nahm einen weiteren Bissen von meiner Gemüselasagne. „Wir haben uns nur über Bücher unterhalten, mehr nicht."

„Er will dir aber welche ausleihen. Das ist ganz klar nur ein Vorwand, um dich wiederzusehen."

„Als ob der einen Vorwand bräuchte", knurrte Sven. „Ich finde auch, Emily sollte das alles eher nüchtern betrachten und vorsichtig sein."

„Ach, du immer mit deiner Vorsicht. Mal nicht schon wieder alles gleich so schwarz", antwortete Nell. Sie nahm den letzten Bissen ihrer Lasagne und widmete sich gleich im Anschluss ihrem Nachtisch. Sie liebte Süßes und machte sich darum gierig über ihren Schokoladenpudding her. Anschließend leckte sie genüsslich den Becher aus. Es störte sie nicht, dass sie währenddessen argwöhnisch von einigen Schülern am Nebentisch beobachtet wurde.

„Hättet ihr Lust, heute Abend bei mir zu Hause ein paar Filme zu schauen? Meine Eltern sind ja nicht da, wir haben also sturmfreie Bude", schlug sie vor, während sie nach Svens Nachtisch griff. „Kann ich den haben?"

Er nickte und schob schließlich seinen noch fast vollen Teller von sich.

„Hast du denn ein paar neue DVDs?", fragte ich.

Sie nickte und löffelte in schnellen Zügen den Pudding leer. „Ich hab zwei neue Splatterfilme. Die sollen es echt in sich haben."

„Du weißt genau, dass ich solche Filme nicht ausstehen kann", erklärte Sven.

„Jetzt stell dich nicht so an. Das wird lustig", versprach sie. „Außerdem haben wir schon lange keinen DVD-Abend mehr gemacht."

„Okay, ich bin dabei. Wann gehts los?", wollte ich wissen.

„So um neunzehn Uhr?", schlug sie vor, und ich glaubte, den Anflug eines Grinsens auf ihrem Gesicht zu erkennen, während sie nun auch den zweiten Puddingbecher ausleckte. Wenn sie so lächelte, führte sie meistens nichts Gutes im Schilde. Bevor ich jedoch dazu kam, mir einen Reim darauf zu machen, willigte schließlich auch Sven ein. „Also gut, ich komme auch. Aber wenn die Filme Mist sind, schauen wir was anderes."

„Jaja", wiegelte sie ab und sprang schließlich auf, als es zum Ende der Mittagspause läutete. Zusammen brachten wir unsere Tabletts und Teller weg, um uns anschließend auf den Weg zur nächsten Stunde zu machen.

„Auslöser des Dreißigjährigen Krieges war der Prager Fenstersturz, über den wir bereits im letzten Jahr gesprochen haben. Die protestantischen Stände Böhmens erhoben sich daraufhin zum Aufstand. Sie wehrten sich gegen die Rekatholisierungsversuche des römisch-deutschen Kaisers", erklärte Frau Breme. „Der Krieg brachte zahlreiche Seuchen und Hungersnöte mit sich, die ganze Landstriche auslöschten. In Süddeutschland überlebte beispielsweise nur etwa ein Drittel der Bevölkerung. Diese Zeit war von Angst und Leid geprägt, Felder wurden verwüstet und die Bevölkerung war verängstigt und stark dezimiert. Es gab zahlreiche Krankheiten und Missernten, was auch dazu führte, dass die Hexenverfolgung ihren Höhepunkt erreichte."

In ihrer feingliedrigen, schwungvollen Schrift notierte sie an der Tafel stichwortartig die wichtigsten Punkte aus ihrem Vortrag. „Diese Verfolgung war vor allem Ausdruck von Ängsten, die gerade in schweren Zeiten wie dem Dreißigjährigen Krieg allgegenwärtig waren. Oftmals steigerten sich solche Ausbrüche zu regelrechten Volksbewegungen, gegen die selbst die Obersten nichts auszurichten vermochten."

Geschichte war eigentlich nicht gerade mein Lieblingsfach, doch Frau Breme griff oft auch Randthemen auf, die so wahrscheinlich nicht auf dem Lehrplan standen, den Unterricht aber wesentlich lebendiger und interessanter machten.

„Echt abartig, was die Leute einander alles angetan haben", sagte Nell neben mir. Sie hörte Frau Breme ebenfalls gespannt zu.

„Ja, kaum zu fassen, was Menschen damals alles geglaubt haben."

„Man sollte die übernatürlichen Wesen allerdings nicht unterschätzen und sie besser nicht für ausgemachten Blödsinn halten."

„Glaubst du noch immer an diesen ganzen Quatsch?", hakte ich nach. Ich wusste, dass sie sich – ebenso wie ihre Mutter – für okkulte Dinge interessierte und auch nicht ausschloss, dass echte Magie oder gar übernatürliche Wesen existierten. In dem Antiquariat ihrer Eltern gab es daher auch eine kleine Abteilung mit Büchern, die sich mit Magie, heidnischen Ritualen und Göttern beschäftigten. Zum Glück hatte Nell ihre Neugier bislang nur durch das Lesen dieser Texte gestillt. Ich hätte es schon ziemlich seltsam gefunden, wenn sie nachts auf Friedhöfen irgendwelche ominösen Rituale durchgeführt hätte.

Sie schnaufte genervt. „Erstens ist das kein Quatsch und zweitens ziehe ich es doch bloß in Erwägung. Ich lasse eben alle Möglichkeiten offen und schließe nicht grundsätzlich aus, dass

Magie existiert. Außerdem finde ich die Bücher interessant, die sich mit Zauberei und Geschichten alter Götter befassen. Da erhält man einen Einblick in eine vollkommen andere Zeit, die noch nicht so von Wissenschaft und Technik geprägt war. Mir gefällt einfach der Gedanke, dass da in der Welt womöglich mehr ist."

„Also mir würde das eher Angst machen", sagte ich. Allein die Vorstellung, dass es Geister, Magie, Dämonen, blutige Rituale und Zauber geben könnte, fand ich gruselig.

„Die Stunde ist gleich zu Ende", unterbrach Frau Breme meine Gedanken, „bevor Sie gehen, möchte ich Sie noch darauf hinweisen, dass im Neuheimer Museum zurzeit eine Ausstellung zum Thema ‚Spätmittelalter und frühe Neuzeit' zu sehen ist. Da das hervorragend zu unserem aktuellen Unterrichtsstoff passt, möchte ich mit Ihnen einen Ausflug dorthin unternehmen."

Mir war es eigentlich ganz recht. Eine Exkursion war meistens besser als in der Schule herumzusitzen. Die Mehrzahl der Schüler stöhnte jedoch genervt auf, und auch Nells Gesicht sah wenig erfreut aus.

„Wow, das wird sicher klasse. Hoffentlich halte ich die Vorfreude bis dahin aus." Der Sarkasmus in ihrer Stimme war nicht zu überhören.

Nach der letzten Unterrichtsstunde verabschiedeten Nell und ich uns am Ausgang von Sven, der in entgegengesetzter Richtung wohnte und damit nicht denselben Weg hatte wie wir.

„Dann also bis heute Abend. Und bring was zu knabbern mit", sagte sie und winkte ihm kurz zum Abschied.

„Ja, mach ich", rief er uns zu, bevor er sich umdrehte und in seinem schlurfenden Gang den Heimweg antrat.

Mir fiel wieder Nells verschmitztes Grinsen während der Mittagspause ein. „Sag mal, du hast bei diesem DVD-Abend doch nichts Komisches geplant, oder?"

„Wie kommst du denn darauf? Wir machen uns einfach nur einen ganz gemütlichen Abend. Was soll ich da schon geplant haben?"

Ich war mir nicht ganz sicher, ob sie meinem Blick tatsächlich auswich oder ob ich mir das nur einbildete.

„Ich dachte einfach nur, das wäre nett. Jetzt, da meine Eltern eh nicht zu Hause sind." Sie zuckte mit den Schultern. „Es ist schöner, wenn ihr da seid. Ansonsten sitze ich die ganze Zeit alleine rum."

„Okay, schon gut. Ich glaube dir ja."

„Nicht zu fassen, dass wir am ersten Schultag bereits Hausaufgaben bekommen haben, oder?" wechselte sie abrupt das Thema.

„Allerdings. Und nicht gerade wenig. Diese dämlichen Rechnungen in Chemie und dann noch der ellenlange Text, den ich über die Fotosynthese lesen muss."

„Vielleicht hilft uns Sven ja nachher in Chemie."

Ich wusste, was sie in diesem Fall unter *Hilfe* verstand. Sie meinte damit weniger seine Erklärungen, sondern wollte vielmehr die fertigen Aufgaben bei ihm abschreiben.

„Ich werde mich zu Hause gleich mal ransetzen", sagte ich. „Vielleicht bekomme ich es ja allein hin. Ansonsten frage ich Sven heute Abend."

Wir näherten uns dem Haus meiner Großeltern, das von einem großen Garten mit mehreren Obstbäumen umsäumt war.

„Willst du mit reinkommen?"

Sie schüttelte den Kopf. „Keine Zeit. Ich muss noch ein paar Sachen für heute Abend einkaufen und die Vorräte aufstocken, wenn ich die nächsten Tage nicht nur Nudeln essen möchte."

„Okay", sagte ich, „dann sehen wir uns also später bei dir."

Ich sah ihr kurz hinterher, wie sie mit schnellen Schritten die Straße entlangeilte, schließlich hinter der nächsten Kurve verschwand, und wandte mich dann um. Ich schloss die Haustür auf, trat in den Flur und warf meinen Rucksack in die Ecke.

Aus der Küche vernahm ich Geklapper. Es kam von meiner Oma, die dort gerade Marmelade kochte.

„Und, wie war der erste Tag?", fragte sie, während sie sich ihre Hände an der rotkarierten Schürze trocken rieb.

„Wir haben unsere Stundenpläne bekommen und mussten auch bereits die Bücher abholen. Der Stundenplan ist ziemlich dicht gedrängt. Wie es aussieht, werde ich fast nie vor siebzehn Uhr nach Hause kommen."

„Da hast du ja wirklich einige lange Tage vor dir." Sie schaltete den Herd niedriger und rührte ein paar Mal durch die Marmelade. „Möchtest du was essen?"

„Ich nehm mir nur schnell ein Brot. Ach so, Nell hat Sven und mich heute eingeladen, ein paar DVDs anzuschauen. Ist doch in Ordnung, wenn ich hingehe, oder?"

„Ja, natürlich. Dein Opa wollte gegen achtzehn Uhr nach Hause kommen, dann kannst du ja noch mit uns abendessen."

„Gut, ich geh derweil mal hoch und pack meine Sachen aus."

Ich holte meinen Rucksack aus dem Flur und eilte die Treppen zu meinem Zimmer hinauf. Dort kramte ich nach dem Chemiebuch und setzte mich damit an den Schreibtisch. Es waren an die fünfzehn Aufgaben, in denen es darum ging, das elektrische Potenzial von Redoxreaktionen zu ermitteln. Schon nach den ersten Minuten brummte mir der Schädel. Ich strich meine kläglichen Rechenversuche wieder durch, gähnte erschöpft und las die erste Aufgabe noch einmal in der Hoffnung, nun vielleicht eine Art Geistesblitz zu bekommen, der mir den Lösungsweg verriet.

Ein unerwarteter Gast

Sie saß auf einer der braunen Holzbänke und hielt ihre weißen Hände im Schoß verschränkt. Noch immer hatte sie honigblondes Haar, auch wenn es strähniger war als sonst. Ich sah auf den ersten Blick, dass sie schmaler geworden war. Während ich mich ihr näherte, summte sie leise vor sich hin. Ich hatte ein flaues Gefühl im Magen, sie wiederzusehen. Einerseits freute ich mich darauf, andererseits entsetzte es mich jedes Mal aufs Neue ... und machte mir Angst.

„Hallo Mama." Ich versuchte, möglichst freundlich und nicht zu laut zu sprechen. Man hatte mich immer wieder ermahnt, sie nicht aufzuregen.

Es dauerte einige Sekunden, bis sich ihre Lippen zu einem Lächeln verzogen und die nachdenklichen Falten von ihrer Stirn verschwanden. „Emily, du bist es. Schön, dass du hier bist. Komm, setz dich. Es ist so ein herrliches Wetter. Und wenn du ganz still bist, kommen bestimmt auch die Rehe gleich wieder."

Sie zog mich neben sich und ich sah mich kurz mit schnellen Blicken um. Hier konnte es keine Rehe geben. Der Garten, in dem die große weißgetünchte Villa stand, war von einer hohen Mauer umgeben. Der Stacheldraht darauf hatte mir bei meinen ersten Besuchen stets einen eisigen Schauer über den Rücken gejagt. Mittlerweile hatte ich mich jedoch daran gewöhnt. Das Grundstück befand sich mitten in der Stadt, auch wenn man sich hier stets vollkommen abgeschieden und wie in einer fremden Welt fühlte.

„Ich bekomme in letzter Zeit so oft Besuch", sagte sie, nahm meine Hand in ihre und streichelte mir über die Finger. „Erst heute Morgen waren die Rehe da, und anschließend ist dein Vater hier gewesen."

Ich schluckte schwer und verkniff mir die Worte, die mir auf der Zunge lagen. Man durfte sie nicht aufregen, und es half auch nichts, ihr die Wahrheit zu sagen, denn die wollte sie nicht sehen … Dafür war sie einfach zu schrecklich …

„Hast du auch Besuch bekommen?", fragte sie weiter.

Ich wusste nicht, was ich darauf antworten sollte, und sah sie stattdessen schweigend an. Der Glanz in ihren braunen Augen verschwand, stattdessen legte sich ein Schatten in ihren Blick. Ich spürte, wie sich ihr Griff um meine Hand verstärkte, immer heftiger und schmerzhafter wurde. „Sind *sie* auch bei dir gewesen?"

„Mama, ich weiß nicht, was du meinst", sagte ich und versuchte, meine Hand von ihr zu lösen. Ihr Verhalten machte mir Angst. Es jagte mir jedes Mal aufs Neue einen unglaublichen Schrecken ein, wenn sie so wurde wie jetzt.

„Ich habe es dir schon so oft gesagt: Sie sind hinter uns her, hinter dir und mir. Immer wieder kommen sie. Ich höre sie singen, schreien … Es ist so laut in meinem Kopf. Ihre Krallen kratzen über den Boden und zersplittern das Holz. Erst gestern Nacht hat einer versucht, in mein Zimmer zu gelangen." Ihre Stimme ging in ein heiseres Flüstern über, ihre Augen waren schreckgeweitet.

Mein Herz jagte in meiner Brust, und blanker Schrecken vernebelte mir die Sinne.

Sie fasste noch fester nach meinen Händen und umklammerte sie, als würde ihr Leben davon abhängen. „Dieses Ding wollte zu mir, doch ich habe es nicht reingelassen. Es hat nicht aufgehört, zu reden und an der Tür zu kratzen. Zudem hat es ganz fürchterlich gestunken. Nach Tod und Verwesung. Ich konnte es ganz deutlich riechen … Es frisst kleine Kinder, das hat es mir selbst erzählt." Sie stockte und streichelte mit ihrer linken Hand kurz durch mein Haar. „Du bist ein kleines Kind."

Eisige Kälte jagte durch meine Adern. „Mama, hör auf, du machst mir Angst."

„Du musst aufpassen, verstehst du? Sie sind auch hinter dir her. Sie wollen dich!"

Endlich gelang es mir, meine Hand aus der ihren zu befreien, und ich sprang voller Entsetzen auf. Was sagte sie da nur? Und warum? Immer wieder machte sie mir so schreckliche Angst und erzählte mir diese wirren Geschichten, sodass ich nicht mehr wusste, was ich glauben sollte.

In ihrem Gesicht lag Unverständnis. Sie schaute mich prüfend an. Vielleicht versuchte sie zu verstehen, warum ich aufgesprungen und so aufgeregt war.

„In meinem Zimmer hat es geregnet", sagte sie schließlich und lächelte wieder. Der Schatten aus ihrem Blick war verschwunden. „Es war ganz warm und hat geglitzert wie Diamanten im Sonnenlicht. Weißt du noch, wie Papa und ich mit dir durch den Regen getanzt sind? Es war so schön warm an dem Tag und der Himmel hat geschimmert wie ein grüner Smaragd. Du hast so herrlich gesungen und warst wie ein kleiner Engel. Du bist doch mein süßes, kleines Engelchen?"

„Nein, Mama. Wir sind nie durch den Regen getanzt. Das alles bildest du dir nur ein!", wollte ich ihr entgegenschreien, stattdessen ballte ich nur die Fäuste und schwieg, setzte ein Lächeln auf und nickte. „Ja, Mama. Das war ein schöner Tag." Ich durfte sie nicht aufregen ... ihr nichts von der Wahrheit erzählen ... von der dunklen, schrecklichen Wahrheit.

Noch einmal sah ich in ihr lächelndes Gesicht. Sie wirkte so zufrieden und glücklich in ihrer eigenen Welt. „Ja, es war ein ganz wundervoller Tag."

„Emily?", hörte ich eine Stimme und schrak auf. „Emily, Opa ist da. Wir wollen gleich essen."

Mein Herz bebte noch immer. Mehrmals musste ich meinen Blick durchs Zimmer schweifen lassen, bis mir klar wurde, dass das eben Erlebte nur ein Traum gewesen war. Ein Albtraum ...

wie so oft. Ich musste über meinen Hausaufgaben eingeschlafen sein, denn der Stift lag neben meiner rechten Hand und die Rechnungen, die ich bislang angefertigt hatte, waren alle durchgestrichen.

Schnell stand ich auf und versuchte, den Schrecken abzuschütteln, der mir noch immer in den Gliedern steckte. Ich wurde die Vergangenheit einfach nicht los. Die Erinnerungen verfolgten mich weiterhin und wollten nicht von mir lassen. Und das, obwohl ich sie doch so tief in mir zu verschließen versuchte ...

„Emily, kommst du runter?", hörte ich meine Großmutter erneut rufen.

„Ja, ich bin sofort da!" Ich ging zur Tür und eilte zur Treppe. Warum konnte ich all das Grauen nicht endlich hinter mir lassen?

Als ich mich am Abend auf den Weg zu Nell machte, war meine Stimmung noch immer durch den letzten Albtraum getrübt. Ständig stahlen sich die Bilder in meinen Kopf. Ich bemühte mich, an etwas anderes zu denken ... Was für Filme Nell wohl besorgt hatte? ... *Das* waren die Dinge, über die sich eine Siebzehnjährige Gedanken machen sollte. Ich sollte mich mit meinen Freunden treffen und Spaß haben, statt ängstlich und von der eigenen Vergangenheit gepeinigt durch die Dämmerung zu gehen.

Ich war froh, als ich das Haus endlich erreicht hatte, setzte ein Lächeln auf und klingelte. Es dauerte keine fünf Sekunden, da hörte ich laute Schritte herbeieilen. Schließlich wurde die Tür aufgerissen.

„Du bist wie immer die Letzte", verkündete Nell und ließ mich herein.

„Das ist ja auch nicht so schwer, wenn nur zwei Leute kommen", erwiderte ich.

Sven saß bereits auf dem geräumigen Ledersofa und füllte Chips in eine Schale. „Hey, du hast es ja fast pünktlich geschafft", begrüßte er mich mit einem Lächeln.

„Ja, ich werde immer besser." Ich fühlte tatsächlich, wie ich etwas ruhiger wurde und die Anspannung langsam von mir abließ. Zum einen tat die Anwesenheit meiner Freunde gut, zum anderen fühlte ich mich bei Nell zu Hause sowieso immer sehr wohl. Das Haus war relativ klein, aber dafür sehr gemütlich eingerichtet. Es gab keinen Flur, der den Eingangsbereich vom Rest der Zimmer abtrennte, sodass man nach dem Eintreten gleich in dem großen Raum stand, der Ess- und Wohnbereich vereinte. Überall sah man sehr geschmackvolle antike Möbel, im Wohnzimmer etwa ein alter Sekretär aus Walnussholz und direkt am Eingang eine große Glasvitrine, in der mehrere Münzen aus der Römerzeit lagen, die Nells Vater voller Begeisterung sammelte.

Ich ließ mich neben Sven aufs Sofa sinken. „Und, welche Filme gibts zur Auswahl?"

„*Das Grauen in der Finsternis* oder *Götterdämmerung 2*", antwortete Nell, wobei mir nicht entging, dass sie mit ihren Gedanken nicht ganz bei der Sache war. Immer wieder blickte sie mit nachdenklich gerunzelter Stirn Richtung linke Zimmerecke, wo auf dem rotblauen Perserteppich eine wuchtige Standuhr stand, deren goldenes Pendel unermüdlich im Sekundentakt hin und her schwang.

Sven schnaufte genervt. „*Götterdämmerung 2*? Der erste Teil war schon eine absolute Katastrophe. Nur Blut und Gedärme ohne auch nur die Spur einer Handlung."

„Jetzt mecker nicht so rum", erwiderte sie, doch ihrer Stimme fehlte der sonstige Nachdruck.

„Was ist los?", wollte ich darum wissen. „Du schaust die ganze Zeit Richtung Uhr. Erwartest du noch jemanden?"

Sie zögerte mit ihrer Antwort eine Sekunde zu lang …

„Sei ehrlich, hast du etwa noch jemanden eingeladen?"

Auch Sven sah sie nun unsicher an. „Du hast gesagt, wir wären nur zu dritt!"

In diesem Moment klingelte es, weshalb sie sofort zur Tür eilte und uns eine Antwort schuldig blieb.

„Nell!", zischte ich. „Wer kommt noch alles?"

„Das würde ich aber auch gerne wissen." Sven lehnte sich im Sofa zurück und schaute sie mit mürrischem Blick an. „Wenn du Jens, Lisa oder Steffen eingeladen hast, gehe ich. Das verspreche ich dir."

„Jetzt beruhigt euch mal wieder", meinte sie. „Ich hab uns nur Pizza bestellt. Das ist sicher der Lieferdienst."

Warum glaubte ich ihr nur nicht?

Als sie die Tür öffnete, stand dort aber tatsächlich ein junger Mann mit weißem Cappy und rot gestreiftem Hemd, auf dem *Pizza Mona Lisa* stand. Auf dem Unterarm balancierte er einen Karton, den er ihr nun reichte. „Eine große Pizza Margherita, das macht 6,90 Euro."

Nell gab ihm das Geld und schloss gleich darauf die Tür. „Was ihr euch immer einbildet", knurrte sie und klang dabei ein wenig verletzt. „Da sorgt man für euer leibliches Wohl und erntet dafür nur Misstrauen und Vorwürfe." Sie stellte die Schachtel vor uns auf den Couchtisch, öffnete sie und nahm sich ein Stück, mit dem sie sich anschließend zu uns auf das Sofa fallen ließ.

„Ist ja gut", meinte ich. „Du hast aber wirklich die ganze Zeit so seltsam in Richtung Uhr geschaut."

„Ja, weil ich auf die Pizza gewartet habe. Zum Glück habe ich nicht doch noch jemand anderes eingeladen. Wer hätte ahnen können, dass ihr deswegen so ein Theater macht." Sie griff nach der Fernbedienung „Als Wiedergutmachung schauen wir jetzt *Götterdämmerung 2*. Den will ich schon ewig sehen."

Sven stöhnte unüberhörbar laut, verkniff sich aber einen weiteren Kommentar.

Der Film war erwartungsgemäß blutrünstig, und es flogen des Öfteren Gliedmaßen und Innereien durchs Bild. Zu Beginn fand ich das noch äußerst widerwärtig, doch nach und nach kam es mir nur stumpfsinnig vor. Von Handlung war jedenfalls nicht wirklich etwas zu erkennen.

Ich gähnte und schaute auf die Uhr: zwanzig Uhr fünf. Demnach hatten wir wahrscheinlich nicht mal die Hälfte des Films überstanden. Ich nahm mir ein weiteres Stück Pizza und warf einen Seitenblick auf Sven. Der klammerte sich mit der rechten Hand in die Sofalehne, zuckte immer wieder zusammen, wenn ein weiterer Protagonist hingemetzelt wurde, und war aschfahl im Gesicht.

Ich wollte gerade etwas zu ihm sagen, als es erneut klingelte. Wieder sprang Nell auf und öffnete die Tür.

„Entschuldige bitte, es ist etwas später geworden“, hörte ich eine eindeutig männliche Stimme.

Ich lehnte mich ein wenig nach links, sodass Nell mir nicht länger die Sicht versperrte, und glaubte, meinen Augen nicht zu trauen. Was machte Chris hier?

„Kein Problem“, antwortete sie und ließ ihn herein. „Du hast ja gleich gesagt, dass du dir nicht sicher bist, ob du es schaffst.“

Mit ein paar wenigen Schritten durchquerte er den Eingangsbereich und kam auf uns zu. Er sah toll aus in der engen Jeans, die seine schlanken Beine betonte, und dem weißen Pullover. Er lächelte, als er mich erblickte, wandte sich dann aber sogleich dem Fernseher zu. „Hast du nicht gesagt, ihr würdet hier heute einen Lesekreis veranstalten?“

Ich bemerkte, wie Nell ein wenig rot wurde. Sie sprang sofort in Richtung Anrichte, die neben dem Sofa stand, und legte drei Bücher auf den Tisch. „Ja, das stimmt auch. Wir haben uns nur gerade eine kleine Pause gegönnt.“

Chris nickte zwar, seine kritische Miene verriet aber, dass er an ihren Worten zweifelte. Er selbst hatte ebenfalls zwei Bücher bei sich, die er nun etwas verlegen in der Hand hielt. „Also, ich wollte euch nicht stören“, wandte er ein. „Wenn ihr jetzt lieber etwas anderes machen wollt, ist das völlig in Ordnung.“

„Lesekreis“, kam es in abfälligem Tonfall aus Svens Richtung. Er hatte die Arme vor seiner Brust verschränkt und musterte den neuen Gast mit grimmigem Blick. „Der glaubt auch alles.“

„Ignorier ihn einfach“, meinte Nell und zog Chris in Richtung Sofa, wo er sich direkt neben mir niederließ und verlegen lächelte.

Mann, war das peinlich! Was hatte sie sich nur dabei gedacht, ihn unter einem solchen Vorwand herzulocken? Gehörte diese Aktion tatsächlich zu ihrem Plan, mich mit ihm zu verkuppeln? Mir war die gesamte Situation so unangenehm, dass ich gar nicht mehr wusste, wohin ich schauen sollte. Einerseits war ich wütend, dass Nell uns angelogen hatte. Andererseits war es auch lieb von ihr, dass sie mir helfen wollte. Auch wenn sie meine Wünsche dabei vollkommen ignorierte. Ich beschloss, das Beste daraus zu machen, und bot Chris ein paar Chips an, da die Pizza mittlerweile kalt geworden war.

Er griff beherzt zu und aß, während Nell den DVD-Rekorder ausschaltete.

„Gut, dann sind wir ja jetzt vollzählig“, erklärte sie. „Also, worüber haben wir vorhin noch gesprochen?“

„Darüber, dass man Freunden vertrauen sollte. Und dass man ihnen vor allem Glauben schenken können sollte, wenn sie den Mund aufmachen“, antwortete Sven. Er war sichtlich wütend und funkelte Chris böse an.

„Ja, und denk daran, dass Freunde sich gegenseitig helfen und unterstützen. Sie machen einander nicht lächerlich und fallen sich vor allem nicht in den Rücken“, brummte Nell ärgerlich.

Okay, langsam wurde es wirklich ungemütlich …

„Ähm, habt ihr das Buch hier eigentlich schon gelesen?", fragte ich nach, um vom Thema abzulenken. Dabei griff ich nach dem obersten und hielt es in die Runde. Ich seufzte ... *Fifty Shades of Grey*. Wie kam Nell dazu, für ihre gefakte Leserunde ausgerechnet so einen Titel als Lektüre auszusuchen? Ich spürte, wie meine Wangen glühend heiß wurden. Sie waren mit Sicherheit knallrot. Sofort legte ich das Buch zurück und schenkte ihr einen finsteren Blick.

Sie zuckte nur mit den Schultern und schaute mich mit einer Unschuldsmiene an. „Was denn? Die Bücher sind absolute Bestseller. Jeder spricht darüber."

Sven vergrub den Kopf in seinen Händen und lachte. „Das ist wieder mal typisch. Wenn du etwas anpackst, geht es auch immer nach hinten los."

„Ich weiß nicht, was du meinst", knurrte sie. „Vielleicht seid ihr auch nur absolute Literaturbanausen, die es nicht wagen, sich mit Dingen zu beschäftigen, die möglicherweise ein wenig anstößig sind."

O Mann, warum konnte sich nicht endlich der Boden auftun und mich verschlucken? Das alles war mir so entsetzlich peinlich. Ich wagte einen kurzen Seitenblick zu Chris. Ich war mir nicht sicher, ob er sich nicht bloß um Fassung bemühte und hinter der Fassade eigentlich blankes Entsetzen herrschte. Er musste uns für vollkommen bekloppt halten.

„SM-Romane gehören ja wohl nicht zu den Dingen, über die wir uns den Kopf zerbrechen sollten", sagte Sven.

„Ja, weil du prüde bist", konterte Nell. „So was gehört nun mal dazu ..."

„Zu was denn bitte?"

„Könnt ihr endlich mit dieser Streiterei aufhören?", unterbrach ich die beiden. „Das ist echt lächerlich."

„Mach dir keine Gedanken", wandte Chris ein, der bislang auffällig still geblieben war. „Ich finde so eine hitzige Diskussion eigentlich ganz interessant. Ist doch viel besser, wenn man sich traut, offen seine Meinung zu äußern, als wenn man stets konform dasselbe Zeug quasselt."

„So sehe ich das auch", stimmte ihm Nell zu. „Willst du eigentlich was trinken?" Sie wartete gar nicht auf eine Antwort, sondern eilte in die Küche.

Wir anderen blieben schweigend zurück.

„Ähm ... bist du mit dem Werther schon weitergekommen?", fragte ich, um die Stille zu unterbrechen.

„Na ja, nicht wirklich. Heute Mittag habe ich noch einen neuen Anlauf genommen, es dann aber letztendlich aufgegeben." Er lächelte und seine blauen Augen funkelten dabei. „Ich habe dir übrigens die beiden Bücher hier mitgebracht. Damit dein Regal ein wenig entlastet wird."

Ich lächelte, nahm ihm die Bücher aus der Hand und schaute auf die Titel: Dostojewskis *Schuld und Sühne* und Thomas Manns *Buddenbrooks*. „Danke, das ist wirklich nett von dir."

„Habe ich gerne gemacht." Wieder dieses strahlende Lächeln ... „Mich würde interessieren, was du über die Texte denkst. Wenn du willst, können wir uns ja mal treffen, wenn du sie durchhast."

„Klar, sehr gern. Es gibt ja leider nicht allzu viele, die meinen Büchergeschmack teilen."

„Umso schöner ist es, wenn man einen Gleichgesinnten gefunden hat", erwiderte er mit sanfter Stimme. Ich spürte seinen tiefen Blick auf mir und wurde mir seiner Nähe umso bewusster, sodass mein Herzschlag sich ein klein wenig beschleunigte.

„Ich denke, ich werde mich dann mal langsam auf den Weg machen", verkündete Sven in unterkühltem Tonfall und stand auf.

„Was ist denn jetzt los?", fragte Nell, die gerade mit einem vollen Glas Cola zurückkam. „Willst du etwa schon gehen?"

„Ja", antwortete er kurz angebunden, ging an mir vorbei und schenkte Chris dabei einen eiskalten Blick. „Ich bin hergekommen, um mir mit euch in Ruhe einen Film anzuschauen. Von SM-Büchern und Literaturrunden war nie die Rede. Das ist nichts für mich."

„Bist du jetzt übergeschnappt?", fauchte sie wütend,

Chris erhob sich ebenfalls. „Ich denke, ich mache mich ebenfalls auf den Weg. Ich wollte ja eigentlich auch nur kurz vorbeischauen, um Emily die Bücher zu bringen." Er sah zu mir, und seine Lippen formten sich zu einem warmen Lächeln. „Ich bin gespannt, wie sie dir gefallen."

„Ich gebe dir Bescheid", murmelte ich. Mann, fiel mir wirklich keine bessere Antwort ein?

„Ähm … wenn ihr wirklich alle schon gehen wollt", Nell schaute uns kurz nachdenklich an; gleich darauf hellte sich ihr Gesicht wieder auf. „Sag mal, Chris, du und Emily müsst doch in dieselbe Richtung. Wärst du so nett und würdest sie noch ein Stück begleiten? Es ist bereits ziemlich dunkel draußen."

Sofort funkelte ich sie wütend an und wollte sie zurechtweisen, allerdings kam mir Chris zuvor: „Klar, das mache ich sehr gerne."

„Schön, dann sehen wir uns also morgen", zischte Sven, schnappte sich seine Jacke und verließ mit schnellen Schritten das Haus.

„Mann, was ist denn nur in den gefahren?", fragte Nell, während sie ihm kurz hinterherblickte. „Na ja, egal. Es ist jedenfalls sehr nett, dass du sie heimbringst", meinte sie und brachte uns zur Tür.

„Danke noch mal für die Einladung. Es war sehr … interessant", sagte Chris.

„Spar dir die Worte. Ganz so turbulent geht es bei uns normalerweise nicht zu", erklärte sie augenzwinkernd.

„Trotzdem danke. Und schlaf gut."

„Ihr auch", erwiderte sie mit einem breiten Grinsen, winkte kurz und schloss hinter uns die Tür.

Es war ein seltsames Gefühl, neben Chris die Straße entlangzugehen. Irgendwie fehlten mir plötzlich die Worte, und ich wusste nicht so recht, worüber wir uns unterhalten sollten. Dazu noch diese peinliche Aktion von Nell ...

„Du hast wirklich unterhaltsame Freunde", unterbrach er die Stille.

„Ja", lachte ich. „Aber so verrückt wie heute Abend sind sie eigentlich nicht."

„War auf jeden Fall anders, als ich erwartet hatte."

Als ich zu ihm sah, grinste er und zwinkerte mir verschwörerisch zu. „Erst dachte ich ja wirklich, dass heute Abend ein Lesekreis stattfinden würde. Aber wenn ich mir Nell so anschaue, muss ich ehrlich sagen, dass das eigentlich gar nicht zu ihr passt. War aber eine echt gute Idee von ihr, das als Vorwand zu nehmen, damit ich vorbeischaue."

„Tut mir wirklich leid. Ich weiß auch nicht, was sie sich dabei gedacht hat."

Er zuckte mit den Schultern. „Macht nichts. Als ich gehört habe, dass du auch dort sein würdest, dachte ich, es wäre eine gute Gelegenheit, dir die Bücher vorbeizubringen."

Ich runzelte nachdenklich die Stirn. Das machte meiner Ansicht nach nicht wirklich Sinn. „Du hättest sie mir auch morgen in der Schule geben können."

Erneut tauchte dieses strahlende Lächeln auf seinen Lippen auf. „Ja, das hätte ich wohl."

Ich schluckte schwer und senkte den Blick, während ich versuchte, den Kloß in meinem Hals herunterzuschlucken. „Und warum bist du dann doch vorbeigekommen?"

„Na rate mal." Seine Stimme war mittlerweile ein warmes Flüstern. „Ich wollte dich einfach nur gern wiedersehen."

Die Gedanken in meinem Kopf überschlugen sich, und ein aufgeregtes Kribbeln breitete sich in meiner Magengegend aus.

„Auch wenn der Abend ziemlich kurz war, hat er mir jedenfalls viel Spaß gemacht", fuhr er fort.

„Na ja, ich dachte einige Male echt, ich müsste im Erdboden versinken", gestand ich offen und musste lachen, als ich an den Roman dachte. „Da legt Nell ausgerechnet *Shades of Grey* auf den Tisch, und ich greife auch noch danach."

„Du hättest mal dein Gesicht sehen sollen." Er schüttelte lachend den Kopf.

„Hör auf, dich über mich lustig zu machen", erwiderte ich in foppendem Ton und stieß ihm mit dem Ellbogen leicht in die Seite.

Sein Lachen verebbte und seine Stimme war erneut weich und sanft. „Nein, ehrlich, das sah richtig süß aus."

„Danke", erwiderte ich und registrierte zugleich, dass wir nur noch wenige Meter vom Haus meiner Großeltern entfernt waren. Diese Erkenntnis stimmte mich beinahe ein wenig wehmütig. Es war schön, sich mit ihm zu unterhalten. „Wir sind gleich da", sagte ich und deutete auf das Gebäude vor uns.

„Gut, dann habe ich meinen Auftrag erfüllt und dich heil nach Hause gebracht. Schade, dass der Heimweg nicht länger war."

„Danke noch mal", sagte ich fast ein wenig verlegen.

„Kein Problem. Es lag ja sowieso auf dem Weg."

„Also dann, wir sehen uns morgen sicher irgendwann in der Schule", sagte ich ein wenig unbeholfen.

„Ja, bis morgen. Ich freue mich darauf." Seine Augen strahlten selbst im fahlen Licht der Straßenlaterne. „Schlaf gut und träum was Schönes." Damit wandte er sich um, winkte mir noch einmal zu und verschwand nach und nach in der Dunkelheit der Nacht.

„Erzähl, wie war es?", fragte Nell mich am nächsten Morgen auf dem Schulweg.

„Wenn man mal davon absieht, dass ich wegen deiner dämlichen Aktion ein paarmal vor Scham beinahe gestorben wäre ..." Ich hielt kurz inne und lächelte schließlich. „Eigentlich ganz gut."

„Wusste ich es doch!", freute sie sich. „Er mag dich. Und ihr würdet wirklich ein echt tolles Paar abgeben."

„Jetzt übertreib mal nicht so."

Sie seufzte. „Tu ich nicht. Wenn er kein Interesse an dir hätte, wäre er gestern nicht vorbeigekommen. Und er hätte dir nicht die Bücher ausgeliehen und dich dann auch noch nach Hause gebracht."

„Das war auf jeden Fall nett von ihm, aber mehr will ich da wirklich nicht hineininterpretieren."

So ging die Diskussion etliche Minuten weiter, bis wir die Schule und schließlich das Klassenzimmer erreicht hatten.

„Du bist einfach immer viel zu vorsichtig und nachdenklich", meinte Nell.

„Wo ist eigentlich Sven?", fragte ich, um endlich das Thema zu wechseln. Wir standen nun bereits seit einigen Minuten vor dem Klassenzimmer, doch er war noch immer nicht aufgetaucht. Normalerweise war er überpünktlich und stets vor uns da.

„Beim Reingehen habe ich ihn gerade wegflitzen sehen", erklärte sie. „Ich schätze, er ist sauer wegen gestern und geht mir deshalb aus dem Weg."

„Das ist echt albern. Soll ich nachher mal mit ihm reden? Du hast das alles ja nur gut gemeint und für mich gemacht. Er soll sich nicht so anstellen."

In diesem Moment läutete es zur Stunde, weshalb wir uns schnell ins Zimmer begaben und uns auf unsere Plätze setzten.

„Lass mal lieber", erwiderte Nell. „Er kriegt sich wieder ein."

Bevor ich noch etwas sagen konnte, huschte schließlich auch Sven in die Klasse, und das keine Minute zu spät, denn nur einen Moment später erschien auch unsere Deutschlehrerin Frau Kapp und begann mit dem Unterricht.

„Sven, jetzt warte mal", rief ich ihm beim Verlassen des Klassenzimmers zu und hielt ihn an seinem Pullover fest. „Jetzt sei nicht mehr sauer wegen gestern. Es war doch trotzdem ein ganz netter Abend."

„Für dich vielleicht", knurrte er mich an und machte sich von mir los.

„Mann, bist du nachtragend", meinte Nell und wandte sich dann an mich: „Ich sag dir, manche Typen sind wirklich so was von empfindlich. Klar, es gibt auch Kerle wie Chris, die direkt und offen sind – und vor allem nicht gleich eingeschnappt."

Sven schnaubte auffällig laut bei der Erwähnung dieses Namens und beschleunigte seine Schritte.

„Und trotzdem kannst du dir eine Beziehung zu Chris nicht vorstellen", wandte sie sich an mich.

Dieser Themenwechsel überraschte mich etwas.

„Na ja, er ist nett und ich unterhalte mich gerne mit ihm." Ich zuckte mit den Schultern. „Aber wie gesagt, ich suche momentan keinen festen Freund, und es gibt auch nicht den geringsten Anlass, weshalb ich meine Meinung ändern sollte." Auch wenn ich mir eingestehen musste, dass ich in seiner Gegenwart ab und an durchaus ein gewisses Kribbeln verspürte ... Trotzdem wollte ich an meinen Vorsätzen festhalten.

Sven blieb augenblicklich stehen und sah uns beide an. „Heißt das, Chris wird jetzt nicht ständig bei uns rumhängen?"

„Nein, wird er nicht. Bisher habe ich mich mit ihm fast nur über Bücher unterhalten. Und die paar Sätze, die wir sonst miteinander gewechselt haben, lassen sich auch an einer Hand abzählen", erklärte ich mit fester Stimme. Es überraschte mich selbst ein wenig, wie abgeklärt ich klang. Aber im Grunde stimmte es: Ich wollte momentan niemanden an meiner Seite. Schon gar nicht jemanden wie Chris, der durch sein Aussehen geradezu magisch alle Blicke auf sich zog. Von Aufregung, Dramen und Gefühlsausbrüchen hatte ich genug. Mein Leben war vollkommen in Ordnung, wie es war. Ich brauchte nichts, was alles durcheinanderbrachte. Nicht noch einmal …

„Na gut, dann verzeihe ich dir noch mal", wandte sich Sven an Nell. Zu meiner Verwunderung lächelte er nun wieder. „Aber das nächste Mal gibst du bitte vorher Bescheid, wenn du auch noch andere Leute einlädst. Dann bleib ich nämlich zu Hause."

Ich war ziemlich erschöpft und nippte darum bereits an meiner dritten Tasse Kaffee. Nach dem Mittagessen bekam ich meistens ein Leistungstief und hätte erst einmal eine Mütze voll Schlaf gebraucht. Leider stand als nächstes Religion auf dem Plan, was nicht gerade zu meinen Lieblingsfächern gehörte. Ich war nicht sonderlich gläubig. Wie hätte ich auch nach allem, was ich bereits erlebt hatte, weiterhin an Gott festhalten können?

„Wir scheinen einen neuen Lehrer in Reli zu bekommen. Oder sagt euch der Name Rieger etwas?", fragte Nell mit einem Blick auf ihren Stundenplan.

„Ich habe gehört, dass dieses Jahr zwei neue Lehrer an der Schule anfangen", antwortete Sven. „Gesehen habe ich sie aber auch noch nicht."

„Hoffentlich ist er besser als die Hertelstein", meinte Nell.

Frau Hertelstein war im vergangenen Jahr unsere Religionslehrerin gewesen. Sie war eine sehr zartbesaitete, kleine Dame mit grauem Dutt, die sich kaum getraut hatte, den Mund aufzumachen. Sie hatte immer so leise gesprochen, dass es selbst in den vordersten Reihen schwer gewesen war, sie zu verstehen. Das einzig Gute war gewesen, dass sie sehr oft gefehlt hatte und der Unterricht somit regelmäßig ausgefallen war.

Wir betraten das Klassenzimmer und verzogen uns in die letzte Reihe, wo dieses Mal zum Glück noch ein paar Plätze frei waren. Als es kurz darauf zum Unterrichtsbeginn läutete, blickten wir alle erwartungsvoll Richtung Tür. Doch auch fünf Minuten später war niemand erschienen. Allmählich wurde die Klasse unruhig.

„Vielleicht kommt er ja nicht", meinte Patrick, ein großer schmaler Junge mit gestylten braunen Haaren, in denen so viel Gel klebte, dass es sicher nicht mal einem Orkan gelungen wäre, auch nur ein einzelnes Härchen zu bewegen.

„Bist du eigentlich sicher, dass es ein Mann ist?", fragte Jens seinen Sitznachbarn.

„Die beiden neuen Lehrer sollen zumindest beides Männer sein", antwortete Melanie in der Reihe vor ihnen.

„Sollen wir ins Lehrerzimmer gehen und mal nachfragen?", hakte Jens nach.

„Du spinnst wohl. Nachher schicken die uns eine Vertretung", antwortete Patrick.

In diesem Moment wurde die Zimmertür geöffnet und ein großer, fahler Mann trat ein. Seine Haut war äußerst blass, ja beinahe durchscheinend. Seine Beine und Arme sowie seine ganze Statur wirkten so ausgezehrt und mager, dass es mich fast wunderte, wie er überhaupt genügend Energie aufbringen konnte, sich aufrecht zu halten.

Als er beim Lehrerpult angekommen war, verkündete er: „Mein Name ist Rieger. Entschuldigen Sie bitte die Verspätung, aber ich kenne mich in diesen Räumlichkeiten noch nicht allzu gut aus und habe das Klassenzimmer nicht gleich gefunden."

Seine schmalen, langen Finger griffen zur Kreide und umschlangen wie die Glieder einer Spinne ein weißes Stück. Mit filigraner, geschwungener Schrift schrieb er seinen Namen an die Tafel. Anschließend drehte er sich erneut zu uns um und lächelte. Es war fast unheimlich, wie er so dastand und die Mundwinkel zu einem sanften, beinahe verträumten Grinsen verzogen hatte. Ich schielte zu den anderen. Ihren misstrauischen Blicken nach zu urteilen war ich nicht die Einzige, die so dachte.

„Sie alle sind bei Ihrer Taufe in der Gemeinschaft Jesu Christi aufgenommen worden", hob Herr Rieger an. Jetzt glänzten seine Augen; auch das Lächeln veränderte sich und wurde dunkler, fast herausfordernd. „Leider erlebe ich heute immer öfter, dass viele Menschen sich nicht mehr darüber im Klaren sind, was das bedeutet." Er blieb hinter dem Pult stehen und ließ seine Hände darauf sinken.

Sein Blick wurde ernst. „Die Menschen glauben, ohne Gott leben zu können, und suchen ihr Seelenheil stattdessen bei Figuren aus Film und Fernsehen. Viele von ihnen gehen sicher sogar so weit, zu behaupten, Gott existiere nicht." Er legte den Kopf leicht schief und seine Augen verdunkelten sich eine Nuance. „Wie ist das aber möglich, wenn so viel Böses in der Welt herrscht? Wo Böses und der Teufel sein Unwesen treiben, müssen auch Gutes und Gott zu finden sein. Ich bin hier, um Sie wieder auf den richtigen Weg zu führen und Ihnen zu zeigen, was geschieht, wenn man vom rechten Pfad abgekommen ist und sich verloren glaubt. Ich möchte Sie die Worte des Herrn lehren, Ihnen die Heilige Schrift näherbringen und all jenen, die vom rechten Glauben abgekommen sind, ein Beistand sein, sodass sie in den Schoß der Kirche zurückfinden."

„Der Kerl ist ja völlig durchgeknallt", sagte Nell nach der Stunde.

„Ein richtiger Fanatiker", stimmte ich ihr zu. „Wie hat der es bitte als Lehrer an diese Schule geschafft?"

„Nun ja", wandte Sven ein und tippte währenddessen emsig auf seinem Handy herum. „Google zufolge hat er bis letztes Jahr als Pfarrer für eine kleine Gemeinde in Bayern gearbeitet und dort viel für die Jugend getan. Hier steht, dass er Treffs veranstaltet und Kommunionsunterricht gehalten hat. Außerdem soll er sich um Obdachlose und Straßenkinder gekümmert haben. Was man im Netz so über ihn findet, macht jedenfalls einen ziemlich guten Eindruck."

„Trotzdem ist der Kerl wahnsinnig. Ich hoffe, der lässt uns nicht alle demnächst vor der Stunde zum Beichten antanzen", sagte Nell.

Auch auf mich wirkte Herr Rieger ziemlich unheimlich. Zudem gingen mir seine Augen einfach nicht mehr aus dem Sinn. Sie hatten so entschlossen, so überzeugt und stellenweise kalt gewirkt.

Nell stieß mir ihren Ellenbogen in die Seite. „Hey, schau mal, wer da ist."

Ich sah nach vorn und fing gleich darauf Chris' Blick auf. Er lächelte, winkte kurz und kam mir entgegen.

Nell packte Sven am Arm und zog ihn mit sich. „Wir gehen schon mal vor. Bis gleich!" Sie zwinkerte mir noch einmal grinsend zu und verschwand schließlich in der Schülermenge.

Gleich darauf stand Chris vor mir.

„Danke noch mal für die Bücher", sagte ich. „Und natürlich dafür, dass du mich gestern nach Hause begleitet hast."

„Ach was, das hab ich gern gemacht. Außerdem war es doch irgendwie ein ziemlich witziger Abend", fügte er schmunzelnd hinzu.

„Erinnere mich bitte nicht daran", stöhnte ich und entlockte ihm damit ein Lachen.

„Vielleicht können wir ja bei Gelegenheit mal was zu zweit unternehmen." Seine tiefblauen Augen funkelten bei diesen Worten und das Lächeln auf seinen Lippen war einladend schön.

„Na klar. Wie gesagt, wir können uns gern über die Bücher unterhalten, sobald ich damit fertig bin."

Sein rechter Mundwinkel hob sich ein wenig, sodass sein Grinsen nun fast etwas Schelmisches hatte. „Wer weiß, vielleicht fällt uns ja noch etwas anderes ein, was wir tun könnten."

Wie meinte er das? Mein Herz machte einige schnelle Sprünge.

In diesem Moment läutete die Schulglocke zur nächsten Stunde.

„Mist, ich muss jetzt leider los", sagte er. „Wir reden ein anderes Mal weiter", fügte er mit einem warmen Lächeln hinzu, drehte sich um und eilte den Flur entlang.

Ich nickte nur und wusste noch immer nicht recht, was ich von seinen Worten halten sollte. Innerlich war ich hin- und hergerissen. Einerseits genoss ich seine Gegenwart und freute mich, dass er offensichtlich meine Nähe suchte. Andererseits war eine Beziehung im Moment das Letzte, was ich gebrauchen konnte. Mein Leben sollte auch weiterhin in den geordneten Bahnen verlaufen, wie ich sie momentan hatte.

Ich sah ihm hinterher und spürte, wie sich mein Puls erneut beschleunigte. Er war wirklich gutaussehend, aber nicht nur das. Er war noch dazu nett, wir verstanden uns und hatten einiges gemeinsam. Doch wollte ich mich wirklich auf eine Partnerschaft einlassen? Ich schüttelte den Kopf und lächelte über mich selbst. Bislang hatten wir höchstens ein bisschen geflirtet, mehr nicht. Sich deswegen gleich über eine Beziehung den Kopf zu zerbrechen, war idiotisch. Ich sollte am besten einfach abwarten … und vorsichtig sein.

Nachdem sich Chris von mir verabschiedet hatte, war ich zur Umkleidekabine geeilt und hatte meine Trainingssachen angezogen. Ich hasste den Sportunterricht. Ich ging zwar hin und wieder gern auf Partys, um dort zu tanzen, sobald es allerdings an Choreografien, Ballsportarten oder Geräte ging, waren mir meine zwei linken Füße im Weg. Ich kam mit den Bewegungsabläufen durcheinander, stolperte über meine eigenen Füße und konnte mir die Schritte einfach nicht merken.

„Du machst ein Gesicht, als müsstest du zu deiner eigenen Hinrichtung", stellte Nell auf dem Weg in die Halle fest.

Ich zuckte mit den Schultern. „Du weißt ja, jetzt kommt mein Lieblingsfach."

„Schon klar, aber ich hatte gehofft, das Gespräch mit Chris hätte deine Laune vielleicht ein wenig gebessert." Sie schaute mich so erwartungsvoll an, dass ich sofort wusste, worauf sie hinauswollte: Sie wartete auf weitere Informationen.

„Es war wirklich nichts Besonderes", erwiderte ich darum. „Wir haben uns nur kurz über gestern unterhalten."

Sie seufzte und schüttelte resigniert den Kopf. „Du willst es einfach nicht sehen, oder? Er will was von dir, das ist ganz offensichtlich."

„Was du dir immer einbildest", murmelte ich. „Er hat ein bisschen mit mir geflirtet, mehr nicht."

„Dir ist echt nicht mehr zu helfen", stöhnte sie und trat zum Rest der Klasse, der sich bereits in der Mitte der Sporthalle versammelt hatte.

Auch Frau Kidra war bereits da und hielt einen Basketball in ihren Händen.

Ich verdrehte die Augen und schnaufte. Basketball … auch das noch …

Sie pfiff einmal laut und dröhnend in ihre Trillerpfeife, sodass das Geräusch schrill durch die Halle jagte. „Bildet bitte zwei Teams. Wir werden heute nämlich ein kleines Basketballmatch veranstalten."

Die Mehrzahl meiner Mitschülerinnen freute sich darüber und bildete bereitwillig Mannschaften. Ich hielt mich, wie sonst auch, an Nell und blieb ansonsten eher im Hintergrund. Sie war ziemlich gut in Sport – zumindest um Längen besser als ich – und wurde aus diesem Grund meistens relativ früh in ein Team gewählt, wo sie die anderen dann stets dazu überredete, mich auch in ihre Mannschaft zu wählen. Andernfalls wäre ich dank meiner mangelnden Fähigkeiten vermutlich regelmäßig als eine der Letzten übrig geblieben.

„Gut, dann kann es ja losgehen", brüllte die Lehrerin. Sie hatte eine ziemlich herrische Art an sich, aber pflegte besonders mit den sportlichen Schülern einen ungezwungenen, kumpelhaften Umgang. Zudem fiel es ihr wohl schwer zu verstehen, dass nicht jeder Mensch wie sie eine absolute Sportskanone sein konnte. Sie selbst war groß, weit über einen Meter achtzig, hatte breite Schultern und kurzes blondes Haar. Auf den ersten Blick wirkte sie nahezu stämmig, wenn man aber genauer hinsah, erkannte man sehr schnell, dass es sich dabei um Muskeln handelte. Sie erinnerte mich immer an eine Walküre oder eine Wikingerin.

Der Pfiff der Trillerpfeife erklang erneut und das Spiel begann. Ich zog mich augenblicklich in den Hintergrund zurück. Zwar rannte ich dem Pulk meiner Mannschaft nach und streckte hin und wieder einen Arm aus, achtete aber darauf, zum einen stets am Rande des Geschehens zu bleiben und zum anderen immer genügend Leute um mich zu haben, sodass keiner auf die Idee kam, mir den Ball zuzuspielen. Das war gar nicht so einfach, und ich musste meine Mitspieler sehr gut im Auge behalten, um nicht doch plötzlich mitten im Gerangel zu stehen. Immer wieder fiel ein Korb, ich achtete allerdings nicht wirklich darauf; hatte keine Ahnung, wer gerade führte und wie es stand. Es interessierte mich sowieso nicht. Wichtig war mir nur, dass ich die Stunde überstand, ohne mich zu blamieren oder verletzt zu werden.

„Emily, los, geh ran!", brüllte mir Frau Kidra entgegen. „Nicht so zurückhaltend!"

Ich schenkte ihr einen grimmigen Blick und ging etwas näher an die Gruppe heran, die sich gerade um den Ball rangelte. Ich hob die Arme, wedelte wie die anderen wild damit herum, hielt mich aber zurück und hatte ganz sicher nicht die Absicht, den Basketball tatsächlich anzunehmen.

In diesem Moment gelang es Julia, einem Mädchen aus meiner Mannschaft, der Gegnerin mit einem schnellen Griff den Ball zu entwenden. Kaum hielt sie ihn in Händen, warf sie ihn auch schon weiter – in meine Richtung!

„Emily, los!", rief sie mir zu.

Mir blieb beinahe das Herz stehen. *Mist, verdammter*. Ich sah das Geschoss immer näher kommen. Ich streckte die Hände, bekam den Ball aber nicht richtig zu fassen. Er entglitt mir, fiel zu Boden, und schon war eine Gegnerin da, die ihn packte und damit davonrannte.

„Mensch, kannst du nicht aufpassen?!" Nicht nur Julia, auch die anderen warfen mir finstere Blicke zu, bevor sie sich wieder auf dem Feld verteilten.

Sollten die anderen doch sauer sein. Es war nur ein dämliches, völlig bedeutungsloses Spiel. Sobald wir aus der Umkleidekabine heraus waren, war ohnehin immer alles vergessen.

Ich setzte mich erneut in Bewegung und tat so, als würde ich tatsächlich dem Ball hinterherlaufen. Er musste irgendwo in dem Gedränge dort vorne sein, vermutete ich, denn sehen konnte ich ihn nicht. Plötzlich erklang ein lautes *Plong*, doch als ich nach oben schaute, war es bereits zu spät. Der Basketball kam direkt auf mich zugeflogen ... und landete mitten in meinem Gesicht. Noch ehe ich realisieren konnte, was gerade geschehen war, oder gar einen Schmerz verspürte, fühlte ich etwas Feuchtes, Klebriges. Keine Sekunde später sah ich das Blut an meinen Händen, mit denen ich mir eben die Nase gehalten hatte.

Frau Kidra pfiff das Spiel ab und eilte zu mir. „Lass mal sehen, Emily“, forderte sie mich auf und zog mir die Hände vom Gesicht.

„Mann, das sieht echt übel aus“, stellte Nell fest, die ebenfalls sofort neben mir war.

„Es scheint nichts gebrochen zu sein“, verkündete die Lehrerin, nachdem sie ein wenig an meiner Nase herumgedrückt hatte. „Nur ein bisschen Nasenbluten. Setz dich am besten auf die Bank und halte den Kopf nach hinten.“

Der Aufforderung kam ich nur allzu gern nach. Meine Nase tat zwar verdammt weh, und es war ziemlich ekelig, wie mir das Blut in den Hals floss, doch es dauerte nicht allzu lange, da war der Strom auch schon versiegt.

Minuten verstrichen, in denen ich mir weiterhin tapfer das Taschentuch ins Gesicht hielt und versuchte, dabei möglichst leidend dreinzuschauen. Ich hatte wirklich keine Lust, jetzt, da ich nicht mehr blutete, erneut mitzuspielen.

„Geht es wieder?“, fragte Frau Kidra.

Ich schüttelte verneinend den Kopf. „Es blutet immer noch ein bisschen.“

Sie blickte mich besorgt an. „Gut, dann bleib noch ein wenig sitzen. Wenn es bis zum Ende der Stunde nicht besser ist, musst du ins Krankenzimmer und die Verletzung anschauen lassen.“

Ich nickte und sah zu, wie sie zurück aufs Spielfeld ging. Das war ja gerade noch mal gut gegangen …

Ich war froh, als ich am späten Nachmittag wieder zu Hause war. Mein Großvater war wie meistens um diese Uhrzeit noch nicht daheim. Er würde erst gegen neunzehn Uhr von der Arbeit kommen und dann mit uns zusammen zu Abend essen. Von dem kleinen Sportunfall am Nachmittag sah man zum Glück nicht mehr viel. Meine Nase war nur ein wenig geschwollen, und wenn man ganz genau hinschaute, erkannte man einen kleinen blauen Fleck am Nasenrücken, der aber kaum wehtat. Nell hatte sich dennoch ziemliche Sorgen gemacht, zumal ich anscheinend so leidend geschaut hatte. Nachdem ich ihr aber mehrmals versichert hatte, dass wirklich alles gut war, hatte sie sich schließlich davon beruhigen lassen.

So ging ein weiterer Schultag vorbei, und auch die nächsten verstrichen wie im Flug, zum Glück ohne besondere Vorkommnisse. Alles verlief in ruhigen, geordneten Bahnen und damit genau so, wie ich es mochte. Wie hätte ich zu diesem Zeitpunkt auch ahnen können, dass sich bald alles verändern und damit selbst meine Vergangenheit ins Wanken geraten würde?

Gefesselt

Die erste Schulwoche war verstrichen, und nach einem kurzen Mittagessen in der Cafeteria versammelte sich unsere Klasse im Eingangsbereich. Der Ausflug ins Museum kam mir gerade recht, hatte ich doch momentan wieder mal mein Mittagstief. Ich hoffte darauf, dass mir die frische Luft helfen würde, ein wenig munterer zu werden.

„Du siehst müde aus", stellte Nell fest, „aber das ist ja auch kein Wunder bei dem langweiligen Ausflug, der uns bevorsteht. Ich hab echt keine Lust auf diese Exkursion."

„Besser als Unterricht", meinte ich.

„Also ich freu mich auf die Ausstellung", wandte Sven ein.

Nell rollte mit den Augen und seufzte genervt. „Du interessierst dich ja auch fürs Mittelalter. Warum auch immer. Wieso könnt ihr mir bei so was nicht einfach mal zustimmen?"

Ich legte meinen Arm um ihre Schultern und erklärte in übertrieben heiterem Ton: „O Nell, ich kann dich so gut verstehen. Museen sind ätzend und entsetzlich öde. Weshalb passieren gerade uns immer wieder so schreckliche Dinge? Aber ich bin mir ganz sicher, dass wir es gemeinsam überstehen werden!"

Sven schmunzelte, und Nell befreite sich grummelnd von meinem Arm. „Sehr witzig", knurrte sie, setzte aber sogleich wieder ein Lächeln auf. „Ich hab übrigens gehört, dass nicht nur unsere, sondern auch ein paar andere Klassen diese Ausstellung besuchen." Sie musterte mich bedeutungsvoll und grinste: „Die von Chris soll auch dabei sein."

Ich schluckte schwer. Warum versetzte mich diese Nachricht in freudige Unruhe?

„Gut, wie ich sehe, sind wir alle vollzählig, sodass es losgehen kann", unterbrach Frau Breme das Stimmengewirr.

„Ich denke, Sie alle kennen den Weg zum Museum, aber bleiben Sie bitte dennoch zusammen."

Sie ging voraus und wir Schüler folgten ihr wie im Entenmarsch.

Das Neuheimer Museum lag nur drei Querstraßen von der Schule entfernt. Dennoch taten auch die wenigen Minuten an der frischen Luft gut. Die Sonne schien, keine Wolke war am Himmel zu sehen und es war sogar recht warm. Da sich der Sommer allmählich dem Ende zuneigte, freute ich mich über jeden weiteren sonnenreichen Tag.

Nell hatte sich ihre Sonnenbrille aufgesetzt, deren Gläser kreisrund und riesengroß waren, weshalb sie mich an Puck, die Stubenfliege, erinnerte. Es war typisch für sie, dass sie ausgerechnet zu solch einem auffälligen Modell gegriffen hatte.

Kaum hatten wir das Museum erreicht, stöhnte sie erneut genervt: „O Mann, ich hab so was von keine Lust."

Über dem Eingang hing ein großes Banner, auf dem in Sütterlinschrift „Die dunkle Zeit des Spätmittelalters" geschrieben stand. Darunter las ich in kleineren Buchstaben: „Sonderausstellung über Hexenverfolgung, Inquisition und den Schwarzen Tod."

„Kommen Sie bitte", rief Frau Breme. „Wir gehen jetzt alle zusammen rein."

Erneut setzten wir uns in Bewegung und folgten der Gruppe. Das Neuheimer Museum gehörte zu einem der größten unserer Stadt, was man bereits von außen erahnen konnte. Das Gebäude war eine große, alte Villa, deren Fassade mit etlichen Säulen, Giebeln und Figuren versehen war. Der Boden im Inneren bestand aus getäfeltem Holz, das nach all den Jahren bereits recht abgenutzt war. Bei jedem Schritt knirschte und knackte es, doch das passte irgendwie zu dieser ehrwürdigen Atmosphäre.

Die Räume waren allesamt enorm hoch, die Decken mit Stuck und kleinen Giebeln verziert. Im Eingangsbereich befanden sich mehrere Glaskästen, in denen alte Münzen, Messer, Ohrringe und Ketten ausgestellt waren. Laut den Informationstafeln handelte es sich hierbei um Replikate aus der Römerzeit, die man hier in der Gegend gefunden hatte. Sie standen zum Verkauf und kosteten jeweils mehrere Hundert Euro.

Nachdem Frau Breme an der Kasse den Eintritt für uns bezahlt hatte, sagte sie: „So, dann folgen Sie mir bitte. Wir bleiben alle zusammen", und ging voraus in den Raum zu ihrer Rechten.

Hier herrschte eine seltsame Stimmung. Die meisten Fenster waren mit schweren Vorhängen verdunkelt, sodass nur wenig Licht hereindrang. Der Raum selbst wurde von alten, schummrigen Lampen erhellt. Das knackende Gebälk tat sein Übriges, um zu dieser unheilvollen Stimmung beizutragen.

An den Wänden waren Bilder ausgestellt, die sich mit den Auswirkungen des Dreißigjährigen Krieges befassten. Eines zeigte mehrere Bäume, an denen einige Männer aufgeknüpft waren, während Soldaten unter ihnen standen und grinsend zu ihnen aufschauten. Daneben sah ich Bilder von brennenden Häusern. In den Gassen rannten Leute um ihr Leben, während eine Armee durch die Stadt zog, plünderte und jeden tötete, der den Soldaten in die Quere kam.

„Wie Sie auf den Bildern sehen können", begann Frau Breme, „war die Zeit zwischen 1618 und 1648 für die Bevölkerung eine sehr düstere. Die Menschen lebten in ständiger Angst vor marodierenden Soldaten und einem Angriff auf die Stadt. Aber auch Seuchen und Hungersnöte waren allgegenwärtig."

Sie ging weiter, führte uns an Kästen vorbei, in denen Soldatenhelme, Schwerter, Äxte und Piken ausgestellt waren.

„Hier sehen Sie einige Waffen und Rüstungen, mit denen das kaiserliche Heer ausgestattet war", fuhr sie fort. „Eine

Armee verschlingt immense Summen, und da Kaiser Ferdinand II. ohnehin stets knapp bei Kasse war, war es für ihn fast unmöglich, sein Heer zu unterhalten." Sie deutete auf ein Bild von einem Mann mit dunklem Haar, großen Geheimratsecken und einem Schnurrbart. „Albrecht von Wallenstein schlug dem Kaiser vor, eine Armee auf seine Kosten aufzustellen. Ferdinand II. nahm dieses Angebot schließlich an, und so führte Wallenstein das System der Kontributionen ein. Hierbei wurden alle Bewohner, durch deren Gebiet Wallensteins Armee zog, zur Kasse gebeten. Das war etwas vollkommen Neues, denn normalerweise kamen die Kriegsherrn für ihr Heer auf. Nun musste die Bevölkerung dafür herhalten, was eine enorme Last für sie darstellte."

Wir folgten ihr in den nächsten Raum, der noch größer war als der vorherige und in dem sich gleich mehrere Besuchergruppen aufhielten. In der Mitte des Zimmers hing ein riesiges Wandgemälde, das in lodernden Farben eine Schlacht darstellte. Einige Soldaten hatten die Münder zum Kampfesschrei geöffnet, gingen auf ihre Gegner los und stachen mit Schwertern und Piken auf sie ein. Die Pferde bäumten sich auf, während ihre Herren von den Rücken der Tiere aus nach den Männern um sich herum stachen. Überall lagen Tote auf der blutgetränkten und von unzähligen Füßen zertrampelten Erde. Dieses Bild war ein einziger Alptraum, ein absolutes Horrorszenarium.

„Hey, schau mal, wer da ist", raunte mir Nell leise zu und riss mich damit aus meinen Gedanken.

Ich wandte mich in die Richtung, in die sie deutete, und brauchte nur eine Sekunde, um Chris in der anderen Gruppe auszumachen. Seine Mitschüler verteilten sich gerade im Raum, um sich allein umzuschauen. In diesem Moment trafen sich unsere Blicke. Seine Miene hellte sich sofort auf, und er lächelte mir strahlend zu.

„Lass dich einfach ein bisschen zurückfallen", schlug sie vor. „Frau Breme ist so in ihrem Element, die merkt nicht, wenn jemand fehlt."

„Ich kann doch nicht …" Ich schaute nach vorn zu unserer Lehrerin. Sie redete unaufhörlich und erklärte das nächste Exponat, sodass es tatsächlich nicht auffiel, dass Nell und ich nicht folgten. Nicht einmal Sven schien etwas zu bemerken. Er hörte Frau Breme vielmehr aufmerksam zu und betrachtete gerade eines der Bücher, das in dem Schaukasten neben ihm lag.

Als Chris in meine Richtung kam, zwinkerte mir Nell verschwörerisch zu. „Ich pass auf, dass niemand was merkt. Komm nachher einfach zum Ausgang." Sie winkte mir noch einmal kurz zu und hatte, ehe ich etwas antworten konnte, auch schon zur Klasse aufgeschlossen.

„Scheint so, als würde sich die ganze Schule diese Ausstellung ansehen. Die Elfte und die Zehnte waren gestern hier", erklärte Chris.

„Es wurde auch ein ganz schöner Aufwand betrieben", meinte ich und nickte in Richtung des riesigen Wandbilds.

„Ja, es ist alles sehr eindrucksvoll, teilweise aber auch erschütternd."

„Da hast du recht." Ich ließ noch einmal meinen Blick über die Ausstellungsstücke wandern.

„Was meinst du, wollen wir uns ein bisschen was zu zweit anschauen?" Selbst in diesem schummrigen Licht glänzten seine Augen. Sein Blick hatte wirklich etwas Anziehendes.

Ich nickte und folgte ihm in den Raum zu meiner Linken. Zwischen Vitrinen mit alten Pergamenten und Berichten aus dem Dreißigjährigen Krieg hingen an den Wänden Bilder, die Bauern bei ihrer Arbeit zeigten. Die Menschen waren vollkommen ausgezehrt und machten sich dennoch daran, das wenige Korn, das auf ihren Feldern wuchs, zu ernten.

Als wir weitergingen, gelangten wir zu einem dunklen Stoffvorhang, vor dem ein großes Schild befestigt war. „Zur Sonderausstellung: Hexen und Inquisition im späten Mittelalter“, las ich murmelnd.

Wir zogen den Vorhang beiseite und betraten den dahinterliegenden Raum. Auch hier hingen Bilder an den Wänden. Sie zeigten Szenen von Hexenverbrennungen und Folterungen; die schmerzverzerrten Frauengesichter starrten mir voller Qual und Entsetzen entgegen, sodass ich schauderte.

In einigen Schaukästen lagen alte Bücher, in denen die Namen von Verurteilten aufgelistet waren. Daneben wurde aufgeführt, was man der jeweiligen Person vorgeworfen hatte, welche Strafe sie erhalten und was man ihrer Familie an Hab und Gut genommen hatte. Es war erschreckend, wie viele Namen allein auf den aufgeschlagenen Seiten zu finden waren.

„Das ist wirklich grauenhaft“, murmelte ich leise.

Chris nickte und wirkte nicht weniger geschockt als ich. „Vielleicht sollten wir uns besser etwas anderes anschauen“, schlug er vor, während er das große Wandgemälde betrachtete, das wohl die Hölle darstellte. Es zeigte Menschen, deren nackte Körper unter qualvollen Schreien malträtiert und gefoltert wurden. Ich sah einen Mann mit abgerissenen Gliedmaßen, der auf eine Streckbank gefesselt war. Daneben eine Frau, die in einem riesigen gusseisernen Topf saß und darin gekocht wurde. In lodernden Flammen entdeckte ich Gesichter, die vor Entsetzen verzerrt waren und von dem Feuer verschluckt wurden.

„Lass uns mal da langgehen“, schlug Chris vor und deutete auf eine offen stehende Tür.

Der kleine Raum dahinter war stickig und nahezu finster. Hier hatte man alle Fenster mit blickdichten Stoffen zugehängt, sodass das Zimmer nur von einigen wenigen Lampen erhellt wurde. In der Mitte des Raumes standen drei Jungen und sahen sich interessiert das seltsam anmutende kreisförmige Symbol an, das auf den Boden gezeichnet war. Auch auf den Wänden entdeckte ich diese eigenartigen Zeichen, wobei man sie in der Dunkelheit kaum erkennen konnte.

Auf der rechten Seite stand ein wuchtiges altes Holzregal, in dem Schriften und alte Bücher ausgestellt waren. Anders als die anderen Stücke des Museums befanden sich diese hier nicht hinter Glas, sondern waren vollkommen ungeschützt. Darum lag es auf der Hand, dass es sich hierbei bloß um Dekoration handelte, um den Raum und die Szene noch lebendiger zu gestalten. Daneben befand sich ein Glaskasten, in dem ein zerfleddertes altes Buch lag. Auf dem Schild darunter war zu lesen: „Nachstellung eines magischen Rituals, wie es unter anderem im Buch *Lemegeton Clavicula Salomonis* beschrieben wird."

In diesem Moment zog ein Kichern meine Aufmerksamkeit auf sich. Ich blickte erneut zu den Jungen, die noch immer herumalbernd in dem riesigen, auf den Boden gemalten Kreis standen. Dieser war mit mehreren Symbolen versehen, die sich an verschiedenen Stellen kreuzten und schnitten. In der Mitte war ein kleines Podest aufgebaut, an dem sich die Kerle gerade zu schaffen machten. Mit einem lauten Knall fiel es schließlich um, wobei ein samtenes Kissen beiseiterutschte. Die drei bückten sich sofort danach.

„Hey, was macht ihr denn da?", rief ich. Als ich auf sie zutrat, erkannte ich, dass einer von ihnen etwas in der Hand hielt – es sah aus wie ein kleines, silbern schimmerndes Messer.

„Legt das sofort wieder hin! Ihr könnt doch nicht einfach die Ausstellungsstücke auseinandernehmen. Ihr spinnt wohl!"

„Mann, beruhig dich wieder", antwortete der hochgewachsene Typ mit den schwarzen, gegelten Haaren.

„Aber echt. Wenn die nicht wollen, dass man das hier anfasst, dann sollten sie ein Schild aufstellen."

Chris deutete augenblicklich auf ein Warnhinweis, auf dem zu lesen stand: „Bitte nicht berühren! Please, don't touch."

Der etwas dickere Junge mit den blonden Strubbelhaaren zuckte mit den Schultern. „Scheißegal, ist ja eh niemand hier."

„Jetzt lasst den Mist", wandte Chris ein. „Wenn Herr Humboldt das mitbekommt, wird er sicher stinksauer. Und eure Eltern erst recht, wenn ihr aus Versehen irgendwas kaputt macht, was sie dann ersetzen müssen."

„Mann, seid ihr ätzend", meinte der Schwarzhaarige.

„Aber echt, totale Langweiler. Kommt, lasst uns abhauen", schlug der Dritte im Bunde, ein schlaksiger Rothaariger, vor.

„Sind die in deiner Klasse?", fragte ich.

Chris nickte, während er den dreien nachdenklich hinterhersah. „Ich hoffe, sie reißen sich jetzt zusammen." Er machte eine kurze Pause, in der er die Jungs weiter beobachtete, und sagte dann: „Vielleicht sollte ich ihnen besser nachgehen, damit sie nicht doch noch irgendwas in Trümmer legen."

In diesem Moment sah ich, wie die drei an einem der Fackellichter zogen, vermutlich, um es abzureißen. „Ja, ich schätze, das ist sicher besser."

„Wärst du vielleicht so nett, noch kurz aufzuräumen, bevor irgendwer erfährt, was hier passiert ist? Sollte herauskommen, dass Leute aus unseren Klassen schuld an dem Chaos hier sind, kriegen wir wahrscheinlich alle richtig Ärger."

„Klar, kein Problem. Ist ja nur das Podest, das umgefallen ist."

„Super, danke." Er ging seinen Mitschülern hinterher und wandte sich nun wieder an sie: „Hey, hört auf damit! Ihr seid echt so was von dämlich! Macht, dass ihr weiterkommt, sonst sage ich Herrn Humboldt doch noch Bescheid, was ihr hier so getrieben habt."

„Du bist vielleicht lahm", blökte der Schwarzhaarige. „Ich hab echt keine Ahnung, warum die ganzen Weiber auf so einen Langweiler wie dich stehen."

„Ja, das verstehe ich allerdings auch nicht", erwiderte Chris, während er die drei aus dem Raum führte. „Euer Kleinkindverhalten, alles anzufassen und kaputt machen zu müssen, ist da natürlich viel anziehender."

Ich schmunzelte kurz; machte mich anschließend daran, das Podest aufzurichten und auch das samtene Kissen wieder an seine ursprüngliche Stelle zu legen. Jetzt fehlte nur noch das Messer, das die Jungen einfach mitten im Kreis hatten fallen lassen. Ich ging darauf zu und nahm es zögerlich in die Hand, um es zurückzulegen. Es war ein schöner kleiner Dolch, dessen Klinge silbern glänzte. Der Holzgriff war mit mehreren Zeichen versehen, die aussahen, als wären sie hineingebrannt worden. Es war ein schönes Stück und mit Sicherheit wertvoll. Ich legte ihn zurück auf das Podest, wandte mich um und wollte zurückgehen, als der gesamte Raum plötzlich von einem gleißend hellen Licht durchflutet wurde, das eindeutig aus dem Symbol kam, in dem ich noch immer stand. Das Licht war so stark, dass ich voller Entsetzen die Augen zusammenkniff und einige Schritte zurücktaumelte.

In Sekundenschnelle löste sich der helle Schein wieder auf, sodass ich nun den Rauch wahrnahm, der um mich herum über den Boden kroch. Was war hier nur los? Mein Herz donnerte heftig in meiner Brust und setzte schließlich vor Schreck einen Schlag aus. Da, wo der Qualm am dichtesten war, konnte ich einen Schatten erkennen. Umrisse … eines Menschen. Als sich der Rauch langsam verzog, ließen sich nach und nach mehr Details ausmachen. Ich sah lange schlanke Beine, die in einer dunklen Hose steckten, sowie muskulöse Arme, die aus einem bordeauxroten Hemd hervorlugten, das mit filigranen silbernen Fäden durchzogen war.

Ein Augenpaar blitzte plötzlich wie rot glühende Lichter aus dem Dunkel hervor, und schließlich kam das zugehörige Gesicht zum Vorschein. Ich erkannte einen jungen Mann mit pechschwarzem, leicht gelocktem Haar, einer schmalen Nase und vollen Lippen. Ich starrte ihn an und konnte kaum glauben, was ich da sah. Ja, was sah ich da überhaupt? Der Kerl war wirklich schön, überirdisch schön. Wäre sein Haar blond gewesen, hätte er das perfekte Abbild eines Engels dargestellt.

Was mich aber am meisten faszinierte, waren seine Augen. Sie glühten nun nicht mehr, sondern hatten stattdessen eine dunkle Farbe angenommen. Zunächst dachte ich, sie wären pechschwarz, doch dann sah ich im Schein des trüben Lichts, dass sie eigentlich tiefbraun waren. Tiefbraun mit goldenen Sprenkeln darin, die strahlten und mich an flüssigen Honig erinnerten. *Mitternachtsaugen.*

Der Blick des Mannes hob sich und fiel auf mich ... Mir stockte regelrecht der Atem, als er mich ansah. So intensiv, forschend und ... wütend.

„Wer bist du?", fragte er mit tiefer, fordernder Stimme.

Allmählich kehrte mein Verstand zurück und damit die Frage, was hier eigentlich los war.

„Ich ...", begann ich langsam und stolperte einige Schritte rückwärts. Vielleicht arbeitete er ja für das Museum. Das hätte zumindest das Licht und den Rauch erklärt. Möglicherweise war das so eine Art Aufführung. Ich war mir sicher, dass es besser war, wenn ich nicht länger in dem Exponat herumstand. „Ich bin mit meiner Klasse hier", fuhr ich fort. „Aber die ist schon weitergegangen. Sie können sich diese ...", ich wedelte nach Worten ringend hilflos mit den Armen herum, „diese Show also sparen. Sie sehen ja, ich bin allein. Die Aufführung wäre also wirklich pure Verschwendung."

Die Augen des jungen Mannes verengten sich. Er trat einen Schritt auf mich zu. „Verarsch mich nicht, klar?! Wovon redest du da eigentlich?! Sag mir, wer du bist!"

„Okay, Sie gehen offensichtlich sehr in Ihrer Rolle auf", murmelte ich. Der Kerl war doch wahnsinnig, völlig irre. Es war sicher besser, ihn nicht weiter zu reizen, sondern so schnell wie möglich von hier zu verschwinden.

Sein Blick hastete unruhig durch den Raum, als würde er nach etwas suchen. „Sag nicht, dass *du* mich gerufen hast?!" Seine dunklen Augen wanderten erneut zu mir und verengten sich vor Zorn. „Du bist nichts weiter als ein kleines Mädchen. Du kannst es nicht gewesen sein!"

„Ähm ... hören Sie ...", fuhr ich fort und hob abwehrend die Hände.

Er kam mir immer näher, was mir wirklich ziemlich unheimlich war. Langsam wich ich vor ihm zurück.

„Wie gesagt, ich finde es toll, wie Sie an Ihrer Show festhalten, und Sie sind sicher ein klasse Schauspieler, nur ... ich muss jetzt wirklich zu den anderen zurück." Schlagartig wandte ich mich um und rannte los, als sei der Teufel höchstpersönlich hinter mir her.

„Warte!", schrie er. „Bleib gefälligst hier und löse den Bann, hörst du?! Lass mich sofort frei!"

Ich achtete nicht weiter auf seine Worte, vernahm aber sehr wohl, dass er mir nacheilte. Ich wagte es nicht, hinter mich zu blicken. Zu groß war die Angst, er könnte mich bereits eingeholt haben. Mein Herz donnerte in meiner Brust. Was wollte dieser Kerl nur von mir? Der war doch vollkommen verrückt! Er sollte mich in Ruhe lassen und endlich verschwinden. Warum passierte so etwas ausgerechnet mir?

„Hören Sie auf, mir nachzulaufen! Verschwinden Sie!", brüllte ich und nahm zugleich einen eisigen Windhauch wahr, der an mir vorbeistrich. Es folgte ein Schrei, dann waren die Schritte verklungen.

Hastig blickte ich mich um; der Typ war tatsächlich verschwunden. Mein Herz bebte noch immer; mein Puls raste, und so blieb ich erst einmal stehen, um nach Luft zu schnappen. Was war das nur gewesen? War das gerade tatsächlich geschehen? Ich fasste mir mit der Hand an die schweißnasse Stirn. *Nun wird es wahr. Du konntest nie entkommen. Du wirst verrückt. Verrückt und durchgedreht, ganz genau wie sie.*

Ich schüttelte den Kopf und wollte diese Angst, die sich gerade durch mein Inneres fraß, loswerden. Wahrscheinlich war diese Darbietung Teil der Ausstellung, und der Darsteller hatte seine Aufgabe einfach ein wenig zu ernst genommen. An diesen Gedanken klammerte ich mich, auch wenn ich tief in meinem Inneren spürte, dass ich mir gerade etwas vormachte.

Schnellen Schrittes kehrte ich zu meiner Klasse zurück. Offenbar hatte niemand mein Fehlen bemerkt.

„Hey, da bist du ja schon wieder", stellte Nell fest. Ihr Lächeln erstarb jedoch augenblicklich, als sie mein Gesicht erblickte. „Was ist denn los? Du bist ja kreidebleich. Geht es dir nicht gut?"

Wie sollte ich ihr davon erzählen? Was sollte ich sagen? Ich hatte keine Ahnung, und darum setzte ich nur ein beruhigendes Lächeln auf und nickte: „Ja, alles in Ordnung. Ich habe nur ein bisschen Kopfschmerzen."

„Hm", meinte sie und kramte in ihrem Rucksack. „Nein, sorry, ich hab keine Tablette dabei, aber der Ausflug dauert ja sicher nicht mehr lange." Sie stöhnte. „Ich sag dir, ich bin so froh, wenn das vorbei ist."

Da konnte ich ihr nur zustimmen. Noch einmal schaute ich hinter mich; der Kerl von eben war weiterhin nirgends zu sehen. Ich wollte nur so schnell wie möglich fort … weg von diesem Ort, denn ich spürte, dass hier gerade etwas Schreckliches geschehen war.

Die restlichen zwei Stunden im Museum bekam ich von den Ausführungen unserer Lehrerin kaum etwas mit. Viel zu sehr war ich damit beschäftigt zu verstehen, wer dieser seltsame Mann gewesen war und was er von mir gewollt hatte. Das hatte sicher nur zum Programm gehört; er war ein Schauspieler. *Oder ein Verrückter … Oder ich bin verrückt … vollkommen gestört … So hatte es doch kommen müssen …*

Ich wollte und durfte diesen Gedanken nicht zulassen.

Noch einmal atmete ich tief durch. Es war bereits nach siebzehn Uhr, wie ich mit einem kurzen Blick auf meine Armbanduhr feststellte. Vor wenigen Minuten hatte ich mich von Nell und Sven an der Schule verabschiedet. Die beiden wollten bei ihm noch einen Aufsatz für Bio schreiben.

Von hier aus würde ich fast zwanzig Minuten bis nach Hause brauchen. Ich seufzte. Ich hatte noch immer ein mulmiges Gefühl und nicht die geringste Ahnung, warum der Auftritt dieses Kerls mich so durcheinanderbrachte. Ich blickte gen Himmel, der von dunklen Wolken durchzogen war, die sich wie schwarze Balken vor die Sonne schoben. Obwohl es ziemlich schwül war, fröstelte ich. Ich wollte nichts mehr, als endlich zu Hause anzukommen, auf mein Zimmer zu gehen und damit auch all das, was ich heute erlebt hatte, hinter mir zu lassen. Ich wollte meine Ruhe, ein normales friedliches Leben … ohne Wahnsinnige.

Ich erreichte eine Weggabelung und entschied mich für den rechten Pfad, den ich normalerweise mied, da er durch die schmutzigen Hinterhöfe mehrerer Hochhäuser führte. Dafür konnte ich so einige Minuten einsparen und wäre damit auch früher zu Hause.

Die hohen Wohnklötze ragten zu beiden Seiten der Straße in die Höhe und verschluckten das ohnehin schon spärliche Sonnenlicht. Die steinernen Riesen waren aus grauem Beton – schmucklose, kastenförmige Klötze. Der Schall meiner Schritte wurde von den Wänden zurückgeworfen und hallte durch die Stille. Der Asphalt unter meinen Füßen war alt, teilweise aufgerissen und uneben. In einigen Kuhlen hatte sich stinkendes Wasser gesammelt. Ich kam an großen überfüllten Müllcontainern vorbei, deren Inhalt in der Schwüle vor sich hin gammelte. Einige Tüten waren vor die Tonnen geschmissen und teilweise aufgerissen, sodass sich der Unrat in der Straße verteilte. Ich versuchte durch den Mund zu atmen, um so dem

Gestank zu entgehen. Vielleicht wäre es doch besser gewesen, die längere Strecke zu nehmen.

Da hörte ich etwas hinter mir, zuckte zusammen und drehte mich gleich darauf um. Mein Herz raste, während mein Blick hektisch die Umgebung absuchte, aber es war nichts zu sehen. Dabei war ich mir sicher gewesen, Schritte gehört zu haben. Dumpf und leise zwar, aber eindeutig Schritte.

Auch wenn ich nichts Ungewöhnliches entdecken konnte, wollte sich mein Pulsschlag einfach nicht beruhigen, und ich ging schneller. Ich wollte nur nach Hause und diesen ganzen verdammten Tag vergessen.

Da hörte ich wieder etwas. Dieses Mal war es ein lautes Zischen.

Ich wandte den Kopf um und konnte nicht begreifen, was ich da vor mir sah. Ich riss entsetzt die Augen auf und spürte im nächsten Moment, wie mich jemand packte und zu Boden riss.

Gleich darauf schlug nur einen Meter neben mir ein grelles Licht ein und sprengte den Asphalt auf. Aus den Augenwinkeln nahm ich qualmenden Rauch wahr, der von der Stelle aufstieg, die von dem Licht getroffen worden war. Doch mein Blick hing weiterhin an dem Ding, das da vor mir stand. Das konnte nicht sein! Das konnte einfach nicht wahr sein!

Vor mir kauerte auf vier schmalen, aber sehr muskulösen Beinen eine Kreatur, wie ich sie noch nie gesehen hatte. So etwas sah man höchstens in seinen Albträumen. Der Körper war von langem, dunklem Fell überwuchert, das Gesicht glich einer Fratze mit messerscharfen Zähnen. Zähflüssiger Geifer floss aus den Mundwinkeln und zog sich in langen Fäden in Richtung Boden. Aus dem länglichen Schädel des Wesens ragten mehrere spitze Hörner hervor, mit denen es mühelos jemanden aufspießen konnte.

„Los, verflucht, steh endlich auf!", sagte eine Stimme neben mir. Gleichzeitig spürte ich, wie mich jemand am Arm auf die

Beine zog. Noch immer wollte mein Verstand nicht arbeiten. Wie auch? Das alles konnte unmöglich real sein. Vollkommen verdattert blickte ich auf. Der eigenartige Typ aus dem Museum! Wie kam der denn hierher? Warum war er überhaupt da? Sein Gesicht war ernst, die Augen noch dunkler als bei unserer ersten Begegnung. Sie waren schwarz wie die Nacht, und von den goldenen Sprenkeln war nichts mehr zu sehen.

„Jetzt beweg dich endlich oder hörst du etwa schlecht?!“ Er schob mich hinter sich und stellte sich damit zugleich der grauenhaften Kreatur entgegen, die in diesem Moment das Rückenfell sträubte und ein tiefes Knurren von sich gab.

Dann streckte er die Finger seiner rechten Hand und hielt keine Sekunde später eine blau strahlende Lichtkugel darin.

„So einfach mach ich es dir sicher nicht, du elendes Mistvieh!“, spie er in Richtung des Wesens aus. Blitzschnell rannte er los und jagte auf die Kreatur zu.

Ich schloss die Augen und wandte mich um. Mein Körper zitterte, und eine unbändige Angst raste wie ätzende Säure durch meine Adern. Ich musste hier weg! Dieses Ding konnte nicht echt sein. Genauso wenig wie dieser Kerl. Das war alles nur ein schrecklicher Albtraum. Ja, es konnte nicht anders sein.

Ich hastete los, ohne zurückzublicken. Ich durfte diese merkwürdigen Gestalten nicht noch einmal sehen, denn wären die Bilder dann weiterhin da, würde ich wohl einsehen müssen, dass ich den Verstand verloren hatte.

„Hallo Emily. Na, wie war es heute? War der Museumsbesuch schön?“

Ich nickte und hoffte, dass ich mich gut genug zusammenriss, damit mir meine Großmutter nichts anmerkte.

„Ja, die Ausstellung war ganz interessant“, erklärte ich mit überraschend fester Stimme. Sogar ein leichtes Lächeln brachte ich zustande. „Aber ich bin ziemlich müde. Ist es okay, wenn ich erst mal auf mein Zimmer gehe und dann vielleicht später noch was esse? Ich glaub, ich brauche erst mal ein bisschen Ruhe."

„Natürlich, leg dich ruhig ein bisschen hin. Ich mach dir einen Teller zurecht und stelle ihn in den Kühlschrank."

Noch einmal zwang ich mich zu einem beruhigenden Lächeln, doch dieses verschwand sogleich, kaum dass ich mich umgewandt hatte und die Treppe zu meinem Zimmer hochging. Dort angelangt, schloss ich die Tür hinter mir und lehnte mich an die Wand. Noch immer zitterten meine Beine. Mein Magen rebellierte und mir war speiübel. Erneut kam mir diese grauenhafte Gestalt in den Sinn. Ich war mir nicht sicher, was ich mir momentan mehr wünschen sollte: dass es echt gewesen und ich damit nicht verrückt geworden war oder dass ich mir das alles nur eingebildet hatte und es solche Wesen nicht wirklich gab.

Ganz ruhig. Es ist alles gut. Es gibt bestimmt eine vernünftige Erklärung ... Ja, du hast den Verstand verloren. Das war unausweichlich, dein Leben wird in genau denselben Bahnen verlaufen wie ihres. Man wird dich abholen, hinter dicken Mauern einsperren und dich nie wieder gehen lassen.

Nein, so durfte ich nicht denken!

Unruhig ging ich in meinem Zimmer auf und ab und suchte nach einer Erklärung. Vielleicht war es ja nur ein riesengroßer Hund gewesen, und das trübe Licht sowie meine nervliche Anspannung hatten mir einen Streich gespielt. Gott, das war echt erbärmlich! Es war kein Hund! Diese Kreatur hatte nicht im Entferntesten etwas von einem Hund gehabt. Aber was war es dann gewesen? Und warum war dort dieser Typ aus dem Museum aufgetaucht? Mit ihm hatte alles angefangen! Da hatte der Wahnsinn begonnen.

Plötzlich nahm ich ein helles weißes Licht zu meiner Linken wahr, wo das Fenster zur Straße lag. Zunächst dachte ich, es wäre der Scheinwerfer eines vorbeifahrenden Autos, allerdings war es dafür eigentlich noch viel zu hell draußen ... Instinktiv wandte ich mich danach um und schrie voller Entsetzen auf. Mein Zimmer lag im Dachgeschoss; befand sich somit ungefähr zehn Meter über dem Boden, und dennoch hockte da dieser schwarzhaarige Kerl vor meinem Fenster und starrte mich an. Sein Blick war alles andere als freundlich.

Ich taumelte einige Schritte zurück, ohne ihn aus den Augen zu lassen. Er würde hier nicht hereinkommen, versuchte ich mir klarzumachen. Das Fenster war geschlossen und ich somit in Sicherheit.

Doch die weiße Lichtkugel in seinen Händen beunruhigte mich. Zurecht, denn nun legte er seine Linke, in der er das Licht hielt, auf das Glas, und mit schreckgeweiteten Augen beobachtete ich, wie erst seine Hand, dann der ganze Arm und schließlich sein kompletter Körper durch das Fenster drang, als stünde es offen.

Kaum war er in meinem Zimmer angekommen, sagte er: „Okay, jetzt pass mal auf. Wenn du mich noch einmal ..."

„Verschwinden Sie von hier! Und kommen Sie bloß nicht näher!"

Ich hatte die Sätze kaum zu Ende geschrien, da riss es den Kerl wie von Geisterhand mit einer immensen Kraft von den Füßen und er wurde an die gegenüberliegende Wand geschleudert. Dort hing er mit schmerzverzerrtem Gesicht etwa einen Meter über dem Boden. Es sah aus, als hielte ihn etwas mit aller Macht an die Wand gedrückt.

„Verflucht!", zischte er unter Anstrengung. „Lass das, verdammt! Du bringst mich noch um. Willst du das?!"

Eigentlich war es mir ziemlich egal, ob dieser Typ litt oder Schmerzen hatte. Hauptsache, er kam mir nicht zu nahe. Aber was meinte er damit, dass ich für seinen Zustand verantwortlich war?

„Das hast du bereits im Museum gemacht. Ich habe Stunden gebraucht, um wieder auf die Beine zu kommen." Sein Blick suchte den meinen, und ich erkannte in den Tiefen seiner dunklen Augen, dass er tatsächlich große Schmerzen empfand. Dieser Ausdruck rührte etwas in mir und der Mann tat mir plötzlich leid.

„Ich habe dir gerade das Leben gerettet. Und was tust du?! Rennst weg und nagelst mich an die nächstbeste Wand!"

„Das war ich nicht. Ich weiß überhaupt nicht, wovon Sie da reden!"

„Lassen Sie meinen Meister frei!", mischte sich eine leise, aber sehr fordernde Stimme ein.

Ich blickte zum Fenster, durch das gerade ein katzenartiges Wesen glitt. Es war in etwa so groß wie ein Kater, hatte silberfarbenes Fell mit dunklem, symmetrischem Tigermuster und bewegte sich anmutig. Seine Ohren waren länglich und spitz zulaufend, sein Schwanz lang und bauschig.

Ich starrte das Tier an und hatte das Gefühl, mein Verstand hätte sich nun vollkommen verabschiedet. Alles in mir wurde leer und kalt. Gleichzeitig vernahm ich ein leises Poltern aus der Ecke. Der Typ hatte sich von der Wand losgemacht und hatte nun wieder Boden unter seinen Füßen.

„Danke, zu freundlich", knurrte er, während er seine Arme und Beine bog, vermutlich um zu testen, ob er unverletzt war.

Ununterbrochen schüttelte ich den Kopf, während ich Schritt für Schritt in Richtung Zimmertür vor den beiden zurückwich. „Das kann nicht wahr sein. Ich bin verrückt geworden. Ihr seid in Wirklichkeit gar nicht hier", murmelte ich.

Der Kerl seufzte und kam mit ein paar schnellen Schritten auf mich zu. Mit seinen dunklen Augen blickte er mich prüfend an, und ich sah erneut die goldenen Flecken im tiefen Braun seiner Iris, die wie warme Lichter strahlten. Mit den Fingern drückte er mir die Nase zusammen, und ich schrie erschrocken auf.

„Du spürst es also?"

Ich nickte, war ansonsten aber weiterhin wie erstarrt.

„Dann musst du wohl einsehen, dass wir echt sind." Er wandte sich um, ging ein paar Meter umher und fluchte: „Warum gerate ich ausgerechnet an jemanden wie dich? Ich kann es noch immer nicht fassen!"

„Wer ... wer seid ihr?", fragte ich mit krächzender Stimme.

„Mein Name ist Bartholomäus", erklärte das katzenartige Wesen in sonorem Tonfall. „Ich bin die Wächterkatze meines Meisters, seine rechte Hand und sein Gehilfe."

„Diener trifft es wohl eher." Der dunkelhaarige Typ hatte sich mittlerweile wie selbstverständlich auf mein Bett gesetzt und seine langen Beine übereinandergeschlagen.

Die Katze überhörte diesen Kommentar geflissentlich und fuhr fort: „Dies hier ist mein Meister Refeniel Awehin Eldranei. Wir sind Dämonen und Sie haben uns gerufen."

Ich zog die Brauen hoch. „Ihr ... ihr seid Dämonen?", hakte ich nach. „Aber na klar seid ihr das", fuhr ich fort. „Und ich habe euch gerufen. Natürlich. Ich mache ja schließlich den ganzen Tag nichts anderes. Ich bin eine äußerst mächtige Magierin, lebe mit meinem Gefolge in einem prächtigen Schloss und habe einen Drachen, mit dem ich jeden Morgen ausreite."

„Sie ist wirklich irre, oder?", wandte sich der Kerl an seine Katze, die mich wiederum prüfend musterte.

„Nein, ich glaube, das war Sarkasmus. Sie scheint mir mit der Situation ein wenig überfordert. Offenbar ist sie nicht davon ausgegangen, dass ihre Beschwörung tatsächlich funktioniert."

„Beschwörung!", rief ich und ruderte mit den Armen durch die Luft. „Ich habe nichts und niemanden beschworen oder gerufen."

„Aber natürlich hast du das", erwiderte der Typ trocken und vollkommen ruhig. Er stand auf. „Du hast mich aus meiner Welt gerissen und an dich gebunden. Sonst wäre ich wohl kaum hier." Sein Blick verdunkelte sich, weshalb ich einen weiteren Schritt vor ihm zurückwich.

Er kam nun direkt auf mich zu und ließ mich dabei nicht aus den Augen. Für einen Moment war ich unfähig, der Kraft seines Blickes zu widerstehen.

„Ich will, dass du mich sofort wieder freilässt", sagte er.

„Ich … ich weiß nicht, wovon du sprichst", erwiderte ich.

Da packte er meinen Arm und drehte ihn so, dass unsere beiden Unterarme nach oben zeigten. Bei dieser Berührung durchlief mich ein warmes, prickelndes Gefühl, das wie eine sanfte Welle durch meine Adern strömte. Ich riss die Augen auf und hielt die Luft an, als ich erkannte, wie sich sowohl auf seinem als auch auf meinem Unterarm ein geschwungenes Zeichen bildete. Es war tiefschwarz und kam immer deutlicher zum Vorschein. Auf den ersten Blick sah es wie eine stark geschwungene Acht aus, von der sich mehrere Äste teilten, die tief im Fleisch versanken.

Der Kerl ließ mich wieder los. Ich hatte noch immer den Blick auf meinen Arm gerichtet, auf dem das Zeichen nun langsam verblasste. Voller Erstaunen schaute ich auf.

„Das ist der Beweis. Du hast mich gerufen und an dich gekettet."

„Ich weiß wirklich nicht, was du damit meinst."

Seine Augen verengten sich, er schien mir nicht zu glauben. „Du willst mir also weismachen, dass du keine Ahnung hast, was du getan hast? Und was noch viel schlimmer ist: Du willst ernsthaft behaupten, dass du nicht weißt, wie du mich von diesem Pakt entbinden kannst?"

Als ich nickte, wandte der Dämon sich stöhnend um. „Bartholomäus, sieh nach!", forderte er die Katze mit einer knappen Handbewegung auf.

Das Wesen folgte der Anweisung und kam auf mich zu, wobei sein langer Schwanz aufgeregt hin und her schlackerte. Die smaragdgrünen Augen der Katze wurden stetig dunkler und begannen zu leuchten. Schließlich erschien auf der Stirn des Tieres ein drittes Auge, das sich langsam öffnete. Ein helles, goldenes Licht drang daraus hervor, blendete mich und schmerzte. Ich bekam augenblicklich keine Luft mehr, konnte nicht mehr atmen. Mir war, als würde mir etwas den Brustkorb zudrücken. Mir wurde schwindelig und meine Sinne spielten verrückt. Dann war das Gefühl wieder vorbei, und das dritte Auge schloss sich.

„Ich weiß nicht, wie das sein kann, aber sie spricht offenbar die Wahrheit", verkündete das Tier. „Ich habe alles in ihr durchsucht, aber keinerlei magische Kräfte entdeckt." Die Katze blickte nun mich an und erklärte: „Auf den ersten Blick scheint sie tatsächlich nichts weiter als ein ganz normaler Mensch zu sein."

Der Mann wirkte überrascht. „Was?! Das kann doch aber gar nicht sein! Das Zeichen beweist schließlich, dass *sie* es war, die mich gerufen hat. Auch die Tatsache, dass sie in der Lage ist, mich herumzuschleudern, zeigt, dass wir den Pakt geschlossen haben und sie zumindest über einen gewissen Grad an Magie verfügt. Allerdings steht wohl auch außer Frage, dass sie diese Kräfte nicht wirklich bewusst steuern kann."

Die Wächterkatze schwieg einen Moment. „Ja, im Grunde ist es so. Möglicherweise ist die Magie so tief in ihr vergraben, dass sie selbst nichts davon ahnt und sie nicht steuern kann. Vielleicht werden ihre Kräfte auch mit Absicht von irgendetwas unterdrückt, sodass sie gar nicht in der Lage ist, bewusst auf sie zurückzugreifen."

„Gut", verkündete der Typ. „Dann müssen wir eben dafür sorgen, dass sie ihre Kräfte an die Oberfläche holt." Er wandte sich an mich. „Hörst du? Dir stehen harte Zeiten bevor, aber du wirst nach deinen Kräften suchen und wenigstens so weit lernen, sie zu beherrschen, dass du in der Lage bist, mich zu befreien."

„Was meinst du damit?", fragte ich. „Ich verstehe das alles nicht."

Er schüttelte resigniert den Kopf. „Hast du uns die ganze Zeit nicht zugehört oder stellst du dich nur so dumm?“ Er musterte mich und seufzte dann. „Bartholomäus, erklär du es ihr. Ich verliere langsam wirklich die Geduld.“

„Sie haben doch sicherlich schon von Dämonen gehört?“, fragte mich die Katze, als würde sie eine Lehrstunde abhalten, in der man erst einmal mit den Grundlagen beginnen musste.

Ich nickte langsam.

„Gut, wahrscheinlich haben Sie das alles nur für alberne Geschichten gehalten, und vieles davon dürfte auch nichts anderes sein als das. Aber es gibt durchaus Dämonen, ebenso wie Geister und teuflische Wesen. Früher kamen wir in diese Welt und labten uns an der Lebenskraft der Menschen. Das gehört jedoch bereits lange der Vergangenheit an. Heute wird man hier nur noch sehr selten dämonische Geschöpfe finden.

Der Grund hierfür ist, dass die Menschen mit der Zeit lernten, sich zu wehren, und eigene mächtige Zauber kreierten, um sich vor uns zu schützen. Viele waren von der unglaublichen Macht der finsteren Wesen beeindruckt und wollten sich diese zu eigen machen. So entstanden die ersten Bannsprüche in Form magischer Symbolkreise, die sich weit in der Welt verteilten und mit denen die Menschen in der Lage waren, Dämonen zu rufen und an sich zu binden. Sie versklavten die dunklen Kreaturen, sodass diese ihren neuen Herren gehorchen mussten. Die Beschwörung gibt dem Menschen eine große Macht über den gerufenen Dämon. Das haben Sie ja bereits selbst gesehen. Sie sind in der Lage, meinen Meister durch die Gegend zu werfen und ihm schreckliche Schmerzen zuzufügen.“

Ich blickte zu dem Dämon, der mit verschränkten Armen auf meinem Bett saß und mit grimmigem Blick der Erklärung folgte. War es wirklich meine Schuld, dass er an der Wand festgehalten worden war und diese Schmerzen erlitten hatte? Laut Aussage dieser Katze war diese Kraft, die angeblich in mir schlummerte, also nur erwacht, weil ich nicht gewollt hatte, dass er näher kam? War genau das zuvor im Museum geschehen? Zumindest hatte er das angedeutet …

Bartholomäus fuhr fort: „Die Dämonen fanden es fürchterlich, dass die Menschen sie rufen und an sich binden konnten, wie es ihnen gerade passte. Diese Unterlegenheit war unter ihrer Würde, sie waren Gefangene … Sklaven. Hinzu kommt, dass bei einem solchen Pakt die Leben von Mensch und Dämon miteinander verbunden sind. Stirbt der Mensch, ist auch das Leben des Dämons vorbei. Genauso verhält es sich umgekehrt."

Ich starrte den Fremden an. Hatte ich das gerade richtig verstanden? Unsere Leben hingen von nun an voneinander ab?

„Nun schau nicht so. Was denkst du, warum ich dich vor der Kreatur gerettet habe? Tötet dich jemand, bedeutet das auch mein Ende."

Die Katze nickte bestätigend. „Und so etwas wie gerade eben wird noch öfter geschehen. Dämonen spüren, wenn jemand einen Bund geschlossen hat, denn ein solcher Mensch verfügt über eine äußerst große magische Kraft. Tötet man ihn, geht nicht nur seine Macht in den Mörder über, sondern auch die des gebundenen Dämons. Allerdings dauert es ein wenig, bis das Band so weit gefestigt ist, dass diese Kraft im Falle des Todes der beiden vollständig in einen anderen Dämon übergehen kann. Daher werden wohl zunächst nur schwächere Kreaturen, für die bereits ein Teil dieser Macht erheblich ist, hinter Ihnen und meinem Meister her sein. Doch nach einigen Monaten werden sich mit Sicherheit auch stärkere Dämonen für Sie interessieren, denn dann ginge alle Kraft in den Mörder über."

„Das heißt also, dieses Ding vorhin war tatsächlich echt. Und es werden noch weitere auftauchen."

Die Wächterkatze nickte bestätigend. „Es gibt viele verschiedene Dämonen, sowohl schwächere wie der, der Sie vorhin in der Gasse angegriffen hat, als auch sehr viel stärkere."

Der Blick des Kerls wurde eine Nuance weicher, als er mich betrachtete. Vermutlich sah er mir meine Angst an.

„Jetzt mach dir darüber mal keinen Kopf. Ich habe keine Lust zu sterben. Und das bedeutet leider, dass ich auf dich aufpassen muss. Ich werd schon dafür sorgen, dass dir keiner zu nahe kommt."

Diese Aussage beruhigte mich seltsamerweise ein wenig. Immerhin war er ein Dämon … Ich konnte es noch immer nicht fassen, dass ich diesen ganzen Unsinn tatsächlich glaubte, aber er stand nun mal genau hier vor mir und ich hatte seine Berührung gespürt. Auch wenn es absurd klang, wusste ich tief in meinem Inneren, dass die beiden die Wahrheit sprachen. Ich war nur froh, dass ich, wie es aussah, tatsächlich über eine gewisse Macht verfügte, die mir half, diesen Typen in die Schranken zu weisen.

„Dennoch", beharrte ich. „Ich habe dich wirklich nicht gerufen … zumindest nicht absichtlich."

„Was Bartholomäus in dir gesehen hat, bestätigt deine Worte", erklärte er. „Also glaube ich dir. Du warst bei dieser Ausstellung und bist in den Beschwörungskreis geraten. Aufgrund der Tatsache, dass du tief in dir über magische Kräfte verfügst, muss der Kreis aktiv geworden sein und hat mich aus meiner Welt gerissen. Allerdings kann ich mir kaum vorstellen, dass das alles ein bloßer Zufall gewesen sein soll."

„Wie meinst du das?"

Der Dämon schaute nachdenklich. „Darum kümmere ich mich später. Zunächst einmal müssen wir deine Kräfte so schnell wie möglich aktivieren, um unseren Bund wieder zu lösen."

Darin waren wir uns schon einmal einig. Ich wollte nichts lieber als diesen Kerl so schnell wie möglich loswerden.

Dämonen, finstere Wesen, sprechende Katzen – wo war ich da nur hineingeraten? Dabei hatte ich nur ein normales, ruhiges Leben gewollt.

„Gut, Re…" Ich konnte mich beim besten Willen nicht mehr an seinen Namen erinnern, dafür war er einfach viel zu lang und kompliziert.

„Refeniel Awehin Eldranei", antwortete er in schneller, fremdartig klingender Sprache und betonte dabei auch die Silben und Vokale in seltsamem Tonfall.

„Refen…", versuchte ich es erneut und winkte sofort ab. Die richtige Betonung würde ich nie hinbekommen. „Ach was, ich nenne dich einfach Ray. Das dauert ja sonst eine halbe Ewigkeit, bis ich deinen Namen ausgesprochen habe."

„Das können Sie nicht!", rief Bartholomäus aufgebracht und sträubte das Fell. „Mein Meister ist einer der …"

„Lass sie. Mir ist völlig egal, ob sie meinen Namen aussprechen kann oder mich anders nennt. Ich bin ja hoffentlich sowieso bald wieder weg." Seine Augen ruhten erneut auf mir. „Und jetzt sag mir: Wie heißt du?"

Mein Herz schlug ein wenig schneller, als er mich so ansah.

„Emily."

Es war ein schwerer Kampf gewesen, bis ich Ray endlich dazu gebracht hatte, aus meinem Zimmer zu verschwinden und mich allein zu lassen. Der Kerl hatte tatsächlich bei mir schlafen wollen! Allein beim Gedanken daran stieg mir erneut die Zornesröte ins Gesicht. Er hatte nicht das geringste Feingefühl, geschweige denn Anstand. Wie selbstverständlich hatte er sich in mein Bett gelegt, die Decke über sich gezogen und von mir verlangt, ihn bis zum nächsten Morgen nicht weiter zu stören.

„Du spinnst wohl!", hatte ich gebrüllt. „Raus hier! Du schläfst ganz sicher nicht in meinem Bett!"

„Schon gut. Ich rück ein Stück, dann ist Platz genug für uns beide." Ein schelmisches Grinsen legte sich auf seine Lippen, und seine Augen funkelten lasziv. „Ich gefalle dir doch, das sehe ich dir an. Eigentlich bin ich zu müde für solche Dinge, aber vielleicht mache ich ja eine Ausnahme, wenn du mich nett darum bittest."

Bei diesen Worten verschlug es mir wirklich die Sprache. Mit festen Schritten eilte ich zum Fenster, öffnete es und zeigte nach draußen: „Beweg deinen Hintern sofort aus meinem Bett! Du bist wohl vollkommen übergeschnappt!" Ich konnte meine Wut nicht mehr in Zaum halten, sodass sie sich augenblicklich entlud: Ray wurde mit einem Mal wie von einem unsichtbaren Windstoß aus meinem Bett gerissen und gegen die nächste Wand geschleudert, wo er mit schmerzverzerrtem Gesicht erst einmal hängen blieb.

„Au, verdammt. Lass mich runter. Ich habs ja kapiert. Du kannst auf dem Boden schlafen, wenn dir das so viel lieber ist."

„Raus mit dir! Und lass dich heute Nacht ja nicht mehr blicken!" Mit einer schnellen Handbewegung deutete ich auf das Fenster und war selbst vollkommen überrascht, als sich Rays Körper augenblicklich von der Wand löste, quer durch das Zimmer und dann nach draußen geschleudert wurde.

Bartholomäus rannte seinem Meister fast panisch hinterher und verschwand ebenfalls in die Nacht hinaus.

Ich eilte ihnen nach und sah nach draußen, fand die beiden aber nirgends, was mir im Grunde nur recht war. Ich atmete tief durch und blieb einige Minuten am Fenster stehen, allerdings kehrten die beiden nicht zurück.

Mittlerweile hatte ich mich fürs Bett fertig gemacht und schlafen gelegt. Doch noch immer warf ich mich hin und her. Es war nicht zu fassen, was an diesem Tag alles geschehen war. Erneut blickte ich auf meinen rechten Unterarm, wo noch vor wenigen Stunden das schwarze Zeichen zu sehen gewesen war.

Verbunden mit einem Dämon … Das konnte nur in einer Katastrophe enden …

Dunkler Schatten

Refeniel war mehr als wütend, und es gelang ihm nur schwer, seinen schwelenden Zorn im Zaum zu halten.

Er sah auf das Mädchen, wie es im Bett lag und schlief. Emilys verstrubbelte Haare sprachen dafür, dass sie sich wohl noch eine ganze Weile hin und her gewälzt hatte. Das geschah ihr nur recht, für all das, was dieses Gör ihm angetan hatte. Er beobachtete sie, wie sie ruhig dalag, die Augen geschlossen und tief in ihre Träume versunken. Es war unglaublich, dass dieses unauffällige Mädchen solch große Kräfte besitzen sollte, dass sie ausreichten, um ihn zu rufen und an sich zu binden. Und das ungewollt. Warum musste gerade ihm so etwas passieren? Jahrhundertelang war so etwas nicht mehr vorgekommen, und dann geschah es nicht irgendeinem niederen Dämon, sondern ausgerechnet ihm …

Er dachte an die Aufgabe, die er eigentlich zu erfüllen hatte, und ihm wurde übel. Er wollte sich nicht mal ausmalen, was nun alles geschehen konnte. Und das nur, weil er an diese Kleine gebunden war. Noch immer betrachtete er sie. Konnte sie wirklich über diese Kräfte verfügen? Im Grunde gab es keine andere Erklärung, und er wusste, was das bedeutete. Um herauszufinden, ob er mit seiner Vermutung richtig lag, musste er unbedingt mehr über ihre Vergangenheit in Erfahrung bringen, insbesondere über ihre Familie.

Seine Augen verengten sich, als Emily sich umdrehte und tief seufzte. Für einen Moment hatte er befürchtet, sie könnte aufwachen und ihn entdecken, doch sie schlief weiterhin. Er ahnte, dass sie ihn, wenn sie ihn hier fände, ein weiteres Mal einfach aus dem Zimmer werfen würde. Es war kaum zu ertragen, dass sie solche Macht über ihn besaß und ihn in Sekundenschnelle einfach so Hunderte Meter weit von sich schleudern konnte. Es war ein ekelhaftes Gefühl, jemandem so auf Gedeih und Verderb ausgeliefert zu sein. Noch nie hatte er sich dermaßen schwach gefühlt. Er hatte tatsächlich fast zwei Stunden gebraucht, um sich von dem Bann zu befreien, mit dem sie ihn aus dem Fenster und mehrere Straßen weit geworfen hatte.

Als er sicher war, dass sie noch immer tief schlief, trat er näher zu ihr. Ihr Haar war dunkelblond und leicht gewellt, die Haut war hell und fühlte sich bestimmt weich an. Sie hatte ein schönes Gesicht, auch wenn es auf den ersten Blick alles andere als außergewöhnlich wirkte. Ganz gleich, wie lange er sie auch betrachtete, er sah nichts weiter als ein ganz normales Mädchen. Und genau das machte ihm so große Sorge. Es war ausgeschlossen, dass sie nur aus Versehen die Beschwörung aktiviert hatte. Das alles wären zu viele Zufälle auf einmal gewesen. Nein, er war sich sicher: Irgendjemand hatte das alles geplant. Nur warum und vor allem wer steckte dahinter? Diese Gedanken lagen schwer auf ihm und bereiteten ihm Kopfzerbrechen. Er ahnte, dass ihnen Gefahr drohte und dass diese womöglich viel näher war, als sie glaubten.

Mit einem kurzen Blick stellte Isigia fest, dass ihr Meister müde aussah. Er saß an dem großen Schreibtisch aus dunklem Nussholz, der mit reichen Schnitzereien und goldenen Verzierungen geschmückt war. Sicher musste er schon bald wieder neue Seelen in sich aufnehmen. Jedes Mal aufs Neue machte sie sich Sorgen, dass er es nicht mehr rechtzeitig schaffen und damit endgültig sterben könnte. Bei diesem Gedanken zog sich ihr Herz schmerzvoll zusammen, und Angst schnürte ihr die Kehle zu.

Ein Leben ohne ihren Herrn konnte sie sich nicht vorstellen. Er war alles für sie, und sie wollte nichts mehr als stets an seiner Seite sein. Darum tat Isigia auch alles, um ihn in seinen Plänen zu unterstützen. Sie wusste, wie sehr er sich nach der Dämonenwelt – ihrer beider Heimat – sehnte. Sie wollte ebenfalls dorthin zurückkehren, auch wenn sie gestehen musste, dass der Ort für sie im Grunde keine Rolle spielte. Hauptsache, sie konnte an der Seite ihres Herrn sein. Doch für diesen war es von größter Bedeutung, dass er endlich zurückkehren und Rache üben konnte.

Sie sah zu, wie er mit geübter Hand geschmeidig einige Notizen auf ein Blatt Papier niederschrieb. Das Kerzenlicht erhellte die blasse Haut seines Gesichts und ließ sie fast gelblich erscheinen. Es kostete sie eine Menge Kraft, nicht auf der Stelle zu ihm zu eilen und ihn zu bitten, neue Seelen zu rufen. Sein Zustand bereitete ihr Angst, allerdings wusste sie, wie wütend er darauf reagieren würde, wenn sie diese tatsächlich ausspräche. Er wurde nicht gerne an seine Schwäche erinnert, was sie gut verstehen konnte. Immerhin war er einst so mächtig und voller Stärke gewesen.

Isigia war sich jedoch sicher, dass er diese Kraft bald zurückerlangen würde. Dafür war sie an seiner Seite und dabei unterstützte sie ihn. Die ersten Schritte waren bereits getan und bisher lief alles nach Plan: Der Dämon war gerufen, der Pakt geschlossen. Jetzt mussten sie nur noch den Quartus finden …

Hoffentlich blieb ihrem Herrn genügend Zeit, um bis dahin ausreichend Kraft sammeln zu können …

Am nächsten Morgen wurde ich von den ersten Sonnenstrahlen des Tages geweckt. Normalerweise hätte ich mich einfach umgedreht, um weiterzuschlafen, doch heute war es anders. Ich blieb zwar noch eine ganze Weile liegen, allerdings rasten die Gedanken dabei nur so durch meinen Kopf. War das gestern wirklich alles passiert? Hatte ich tatsächlich einen Pakt mit einem Dämon geschlossen? Der mir noch dazu in einer dunklen Gasse das Leben gerettet hatte? Und hatte ich mich obendrein wirklich mit einer Wächterkatze unterhalten? Das klang mehr als nur verrückt. Aber so sehr ich mir auch wünschte, das alles wäre bloße Einbildung gewesen, so sicher wusste ich auch, dass all das eben wirklich geschehen war. Zumindest musste ich einfach daran glauben, denn alles war besser als die Möglichkeit, mittlerweile den Verstand verloren zu haben.

Ray, schoss es mir durch den Kopf. Seine und meine Existenz waren von nun an miteinander verbunden. Es war ein seltsames Gefühl, zu wissen, dass mein Leben von seinem abhing und umgekehrt. War es möglich, dass ich in den nächsten Minuten einfach tot umfiel, weil ihn jemand getötet hatte? Nein, das war eher unwahrscheinlich. Viel wahrscheinlicher war, dass man *mich* angreifen würde. Die Geschichte, die Bartholomäus mir erzählt hatte, beunruhigte mich auf jeden Fall zutiefst. Demnach war ich von nun an ein gefundenes Fressen für jeden Dämon, der nach Macht strebte, denn durch meinen Tod würde er nicht nur meine komplette Kraft, sondern auch die von Ray in sich aufnehmen. Der Gedanke, dass mich in nächster Zeit womöglich weitere finstere Kreaturen besuchen kamen, war kein angenehmer.

Ich schaute mich prüfend im Zimmer um; ich war allein. Ray hatte sich also nicht wieder hereingeschlichen. Ich atmete tief durch und stand auf.

Als ich mich für die Schule fertig gemacht hatte, blieb noch etwas Zeit, bis ich losmusste, und die wollte ich nutzen. Ob ich im Internet vielleicht etwas finden würde? Ich musste es zumindest versuchen. Ich wollte das alles besser verstehen und möglichst viel über diesen Dämon, an den ich vorerst gekettet war, herausfinden.

Ich schaltete meinen PC ein und suchte im Internet nach Dämonenlexika. Zu meiner Verwunderung wurden mir auf Anhieb über zweitausend Treffer angezeigt. Ich öffnete das erstbeste Suchergebnis und ging die Namen durch. Es gab eine Unzahl von Geschöpfen, Dämonen, Geistern und finsteren Gestalten, und ihre Beschreibungen waren eindrücklich. Die einen führten ganze Heerscharen der Hölle an, andere wandelten auf der Erde, um den Menschen Qualen zu bereiten, von ihnen Besitz zu ergreifen oder sie gar zu töten.

„Refeniel", murmelte ich leise, während ich seinen Namen in den Listen suchte. „Hier steht einfach nichts über ihn."

„Das will ich auch sehr hoffen", sagte eine Stimme direkt an meinem Ohr.

Ich schrie vor Schreck auf und wäre beinahe vom Stuhl gefallen. „Was machst du hier?", fauchte ich Ray an.

Er stand direkt hinter mir und schaute auf den Bildschirm. „Du glaubst doch nicht ernsthaft, dass du da irgendwas über mich findest? Es wäre ehrlich gesagt eine Beleidigung, wenn da etwas über mich stünde", erklärte er und seufzte gleich darauf. „Ich meine, schau dir das hier nur mal an: Ronwe soll ein Graf der Hölle sein und dreißig Legionen befehligen. Das hätte er wohl gern. Er ist nichts weiter als ein gewöhnlicher Wirt mit Bierbauch und Schnapsnase, der heimlich die Reste aus den Gläsern der Gäste säuft."

Ich verzog das Gesicht und schloss die Seite so schnell wie möglich wieder. Es war mir peinlich, dass er mich gerade hierbei erwischt hatte. Was mich aber momentan noch viel mehr beschäftigte …

„Was machst du eigentlich hier? Du kannst nicht einfach so in mein Zimmer spazieren, als wäre es deins."

Seine Augen verengten sich eine Nuance und er verschränkte die Arme vor der Brust. „Ich wollte nur sichergehen, dass sich keine Dämonen in der Nähe herumtreiben und du in Sicherheit bist. Ich habe nämlich keine Lust, wegen dir draufzugehen."

„Ich kann auf mich aufpassen", meinte ich und griff nach meinem Rucksack.

„Ach ja? Das habe ich gestern gesehen."

Ich ging zur Zimmertür und wandte mich noch einmal an ihn: „Wie dem auch sei, ich muss jetzt zur Schule und wünsche dir also noch einen schönen Tag. Bis später." Ich drückte die Klinke und wollte gerade die Tür öffnen, als Ray auch schon an meiner Seite war.

„Du denkst doch nicht wirklich, dass ich dich allein gehen lasse? Ich komme mit!"

„Spinnst du?", fuhr ich ihn entsetzt an. „Du kannst nicht einfach in die Schule spazieren. Erstens bist du kein Schüler, zweitens nicht angemeldet … Meine Güte, was rede ich da? Du lebst nicht mal in dieser Stadt, geschweige denn in dieser Welt. Du bist ein Dämon!"

„Das bekomm ich schon geregelt, lass das mal meine Sorge sein." Das schelmische Grinsen und das Funkeln in seinen dunklen Augen ließen mich nichts Gutes ahnen.

„Vergiss es", erklärte ich bestimmt. „Du bleibst hier, hast du verstanden? Ich geh doch nicht mit einem Dämon zur Schule."

„Das hättest du vielleicht gern. Aber ich werde dich nicht mehr aus den Augen lassen. Ich habe nämlich keine Lust, deinetwegen zu krepieren."

An seiner Miene erkannte ich sofort, dass er fest entschlossen war und nicht einfach so nachgeben würde. Wie es aussah, würde ich wohl zu stärkeren Mitteln greifen müssen. Hoffentlich funktionierte es, immerhin hatte ich bislang nie bewusst versucht, diesen Bann anzuwenden.

Ich stemmte also die Hände in die Hüfte und hoffte, dass meine Stimme fest genug klang und nicht zitterte: „Du bleibst hier!"

Kaum hatte ich den Satz gesprochen, wurde Ray auch schon auf den Boden geschleudert und niedergedrückt.

„Du wirst dich nicht von der Stelle rühren, bis ich wieder da bin, hast du verstanden?"

„Lass den Scheiß", keuchte er unter Anstrengung und versuchte vergeblich, den Kopf zu drehen, um mich ansehen zu können.

Es tat mir beinahe weh, ihn so zu sehen. Offenbar setzte ihm der Bann ziemlich zu, denn das Atmen fiel ihm schwer.

Ich bemühte mich, standhaft zu bleiben und nicht nachzugeben, auch wenn mich der Anblick schmerzte. Aber ich durfte das Risiko nicht eingehen, dass er mir womöglich doch folgte. Ich wollte mir erst gar nicht ausmalen, was in der Schule los wäre, wenn er dort wirklich auftauchen sollte. Noch mehr Probleme konnte ich einfach nicht gebrauchen.

„Also, ich gehe jetzt. Am späten Nachmittag bin ich wieder hier", erklärte ich und verließ das Zimmer.

Wahrscheinlich würde er nur ein paar Stunden in diesem Zustand bleiben, zumindest war es ihm bislang immer früher oder später gelungen, sich aus dem Bann zu befreien. Wenigstens war er nun gewarnt: Ich würde nicht zulassen, dass er in meiner Schule auftauchte.

Als ich die Treppe nach unten und dann ins Esszimmer lief, sah mein Großvater, der am Frühstückstisch saß, überrascht von seiner Zeitung auf. „Nanu, du bist ja schon auf."

„Guten Morgen. Ja, ich will heute ein bisschen früher losgehen als sonst", erklärte ich mit hastigem Blick nach oben. Hoffentlich hielt der Spruch wirklich eine Weile. „Ich möchte nicht wieder zu spät kommen."

„Aber frühstücken kannst du doch noch. Nell wird sicher frühestens in einer Viertelstunde auftauchen."

„Ich gehe heute ohne sie", murmelte ich.

Meine Großmutter trat aus der Küche und schaute mich verwundert an. „Ist alles in Ordnung mit dir, Emily? Du willst so früh los, und das ohne Nell? Hattet ihr Streit?"

„Nein, das ist es nicht. Ich habe …" O Mann, was sollte ich denn nur sagen? „Ich habe ein Buch in der Schule vergessen und konnte deshalb gestern die Matheaufgaben nicht machen. Die müssen wir heute aber abgeben. Ich will gleich los und sie noch schnell vor dem Unterricht erledigen."

Mein Opa grinste und seine dunkelgrünen Augen blitzten wissend. „Der frühe Vogel fängt den Wurm."

Ich stöhnte leise und verdrehte die Augen. Mein Großvater hatte ein echtes Faible für Sprichwörter und kluge Ratschläge, die er auch ständig zum Besten gab.

„Ich bin jedenfalls erleichtert, dass du keinen Streit mit Nell hast und alles in Ordnung ist", fügte er hinzu und wollte sich wieder seiner Zeitung zuwenden.

„Frank, musst du nicht auch langsam los?"

Er blickte zur Uhr an der Wand und sprang erschrocken auf. „Jeden Morgen dasselbe. Wo bleibt nur immer die ganze Zeit?" Hastig drückte er uns beiden einen schnellen Kuss auf die Stirn, eilte anschließend in den Flur, wo er seine Jacke holte und die Schuhe anzog.

Ich musste schmunzeln, als ich sah, wie er sich noch einmal kurz durch sein dunkelblondes Haar strich, durch das sich etliche graue Strähnen zogen, und dann die Tür hinter sich zuzog. Ich liebte ihn sehr, und wenn ich ihn so beobachtete, wusste ich auch, von wem ich mein ständiges Zuspätkommen hatte. Meinem Opa fiel es genauso schwer wie mir, die Zeit im Auge zu behalten. Während ich regelmäßig zu spät zur Schule kam, schaffte er es allerdings meistens rechtzeitig in seine Praxis.

„Also, ich gehe dann auch mal. Bis heute Nachmittag. Ach ja …", wandte ich mich noch einmal zögernd um, „im Moment sieht mein Zimmer ein bisschen chaotisch aus, deshalb wäre es mir lieber, du würdest da nicht reingehen. Ich räume nachher auf." Hoffentlich kam ihr das nicht seltsam vor, aber ich wollte sichergehen, dass sie nicht aus Versehen Ray entdeckte.

Sie blickte mich überrascht an. „Wieso sollte ich? Ich gehe nie in dein Zimmer, wenn du nicht da bist. Das weißt du hoffentlich."

„Dann ist ja gut", meinte ich möglichst unbekümmert, gab meiner Oma einen schnellen Abschiedskuss und eilte los.

Der Himmel war wolkenlos und bereits jetzt strahlend blau. Es versprach, ein schöner Tag zu werden. Noch einmal blickte ich hinauf zu meinem Zimmer. Hoffentlich würde er nicht doch in einer Katastrophe enden …

So schnell wie an diesem Morgen war ich noch nie den Schulweg entlanggestürmt. Zwischendurch blickte ich mich immer wieder wie ein gejagtes Tier um. Zum einen hielt ich nach Ray Ausschau, zum anderen hatte ich aber auch Angst, dass mich womöglich irgendwelche Kreaturen verfolgten und angriffen.

Ich musste unbedingt etwas unternehmen, vielleicht einen Selbstverteidigungskurs belegen oder eine Kampfsportart erlernen – irgendetwas, damit ich diesen Geschöpfen nicht schutzlos ausgeliefert war. Auf Ray allein wollte ich mich nicht verlassen müssen. Schließlich war auch er ein Dämon und stand momentan nur auf meiner Seite, weil sein Leben von meinem abhing. Andernfalls hätte er vermutlich keinen Finger für mich gerührt.

Als ich in die nächste Straße einbog, sah ich in der Ferne bereits das große Schulgebäude mit den hübschen Dachgiebeln und den alten, steinernen Statuen. Die Schule war in einem älteren Gebäude untergebracht und von schattigen Bäumen und einigen Bänken umgeben, die als Sitzgelegenheit dienten.

Auf dem Hof vor dem Eingang hatten sich bereits einige Schülergruppen gebildet und unterhielten sich.

Ich atmete erleichtert auf, als ich an ihnen vorbeiging. Es war alles gut gegangen. Niemand hatte mich angegriffen und Ray war auch nirgends zu sehen.

Ich spürte, wie ein Teil des Stresses von mir abfiel. Noch einmal ließ ich meinen Blick über die Umgebung wandern, um in den Büschen und dunklen Ecken nach etwaigen Angreifern zu suchen. Anschließend ließ ich mich auf eine Bank sinken und lehnte mich zurück. Es war alles gut, mir würde nichts passieren. Heute stand mir nur wieder ein ganz normaler Schultag bevor.

„Emily!"

Ich wandte mich um und entdeckte Nell, die gerade keuchend den Hof entlanggerannt kam. Nach Luft schnappend blieb sie vor mir stehen und schaute mich empört an: „Seit wann gehst du ohne mich los? Da bin ich extra früher zu dir gekommen und muss feststellen, dass du bereits weg bist!"

Ich wollte zu einer Antwort ansetzen, aber sie ließ mich nicht zu Wort kommen. „Deine Großmutter hat irgendwas davon gefaselt, du müsstest noch Mathehausaufgaben machen. Was sind das denn bitte für Aufgaben? Hab ich irgendwas verpasst?"

„Tut mir leid, dass ich einfach schon vorgegangen bin", antwortete ich. „Ich wollte …" Weiter kam ich nicht, denn jemand packte mich von hinten am Arm, riss mich auf die Füße und zog mich um die nächste Ecke.

„Du hast sie wohl nicht mehr alle, mir diesen Bann aufzuerlegen und mich dann einfach liegen zu lassen. Hast du überhaupt eine Ahnung, wie schmerzhaft dieser Spruch jedes Mal ist?!"

„Was machst du hier?!", fuhr ich Ray an und riss mich von ihm los. Er sah wütend aus, was ich nur allzu gut verstehen konnte. Natürlich war es alles andere als nett von mir gewesen, ihn zu Hause in dieser Lage zurückzulassen. Aber ich hatte das aus einem ganz bestimmten Grund getan: „Du hättest nicht herkommen sollen. Was willst du hier überhaupt?"

„Was ich hier will? Ich versuche, unser beider Leben zu retten, aber du machst es mir nicht gerade einfach. Glaubst du, nur weil du in der Schule von so vielen Menschen umgeben bist, werden die Dämonen dich in Ruhe lassen? Du bist trotzdem ein verdammt leichtes Opfer für sie, und leider hänge ich in dem ganzen Schlamassel mit drin! Also hör auf, dich immer wieder querzustellen, und akzeptiere lieber, wie es nun mal ist. Ich muss es schließlich auch. Und glaub mir, das fällt mir alles andere als leicht."

In seinen Augen erkannte ich einen Sturm von Gefühlen. Er war ganz offensichtlich wütend und genervt, aber auch besorgt, und gerade das ließ mich verstummen. Wahrscheinlich machte er sich jedoch nur Gedanken um mich, weil unsere Schicksale miteinander verwoben waren.

Mehrere Schüler schauten bereits neugierig in unsere Richtung. Natürlich hatten sie unseren Streit bemerkt und fragten sich wahrscheinlich, was da vor sich ging. Bei dem Gedanken daran, dass alle Aufmerksamkeit auf uns gerichtet war, spürte ich die Hitze in meine Wangen steigen. Wobei ... eigentlich starrten sie vielmehr auf Ray. Erkannten sie etwa, dass mit ihm etwas nicht stimmte? Womöglich, dass er ein Dämon war? Wobei das im Grunde nicht sein konnte. Man sah ihm überhaupt nicht an, dass er kein Mensch war. Sein dunkles Haar war vom Rennen leicht verstrubbelt, was ihm allerdings genau den Look verlieh, den Jungs stundenlang vorm Spiegel mit Gel zu frisieren versuchten. Sein Gesicht war auffallend hübsch und seine Augen glänzten in einem tiefen Braun, wobei das Sonnenlicht die goldenen Sprenkel darin glühen und strahlen ließ. Erst jetzt bemerkte ich, dass er nicht mehr die seltsamen Klamotten von gestern trug. Stattdessen hatte er eine hellblaue Jeans an, in der er eine ziemlich gute Figur machte, ein weißes Shirt und darüber ein schwarzes Hemd, dessen Ärmel er ein Stück hochgekrempelt hatte, sodass man seine muskulösen Unterarme sehen konnte.

Mann, das waren ja alles Designerklamotten! Die Jeans von Armani, das Shirt von Calvin Klein und das Hemd von Hugo Boss.

Ich funkelte ihn böse an und packte ihn am Ärmel. „Wo hast du das ganze Zeug plötzlich her?"

Er schaute mich überrascht an und endlich verschwand der Zorn aus seinen Augen. „Das habe ich mir gestern besorgt. Ich dachte, so falle ich weniger auf."

Sollte das ein Witz sein? Nicht nur, dass er in diesen sauteuren Sachen rumlief, er sah darin auch noch aus wie ein Dolce-&-Gabbana-Model kurz vor seinem Laufstegauftritt! Kein Wunder, dass uns alle anstarrten.

„Das sind alles Markenklamotten", zischte ich.

Er runzelte verständnislos die Stirn. „Was sind Markenklamotten? Ich war gestern einfach im erstbesten Laden und habe mir die Sachen genommen, die mir gefallen haben."

Klasse, ein Dämon der einen ausgefallenen Geschmack hatte und auf Designerklamotten stand. Ich seufzte und schüttelte ratlos den Kopf. „Ich gehe mal davon aus, dass ich gar nicht wissen will, wie du die Sachen bezahlt hast."

„Hey", mischte sich eine Stimme neben mir ein. Nell. Sie grinste mich breit an. Mich durchlief es heiß und kalt.

„Ihr scheint euch zu kennen, kann das sein? Du hast mir gar nichts von ihm erzählt."

Sie blickte Ray an, dann wieder mich.

Was sollte ich denn jetzt sagen?

„Ich bin Nell", stellte sie sich vor und reichte ihm die Hand. „Ich bin mit Emily befreundet."

Mit großen Augen sah ich zu, wie sie einander die Hand gaben. Bitte nicht auch noch das! Es genügte, dass *ich* bereits in dieses Durcheinander geraten war, aber ich durfte nicht zulassen, dass nun auch meine beste Freundin mit hineingezogen wurde.

„Mein Name ist Re…", begann er.

„Ray", fiel ich ihm ins Wort, bevor er seinen eigentlichen Namen nennen konnte. „Sein Name ist Ray und … ähm … wir kennen uns …" Voller Verzweiflung suchte ich nach einer passenden Geschichte. „Also er ist … ähm … der Sohn von Freunden meiner Eltern. Er hat zurzeit ein paar Probleme mit ihnen und auch mit seiner Schule. Darum dachten sie, eine räumliche Veränderung täte ihm ganz gut. Sie haben meine Großeltern gefragt, ob er nicht für ein paar Tage bei uns bleiben könnte."

Unsicher blickte ich zu Nell. Diesen Mist würde sie mir nie abkaufen!

„Find ich klasse!", freute sie sich mit breitem Grinsen. „Dann werden wir uns jetzt sicher öfter sehen." Ihrem Strahlen nach zu urteilen meinte sie ihre Worte leider ernst. Ich ahnte, dass ich alle Mühe haben würde, sie von ihm fernzuhalten.

„Dann gehst du jetzt also mit uns in die Schule?", fragte sie weiter.

„Ja", antwortete er.

„Nein!", schrie ich, woraufhin sowohl Nell als auch Ray mich verdutzt ansahen. „Ich meine, er bleibt ja wahrscheinlich nicht lange."

„Tja, wir wissen ja leider nicht genau, wie lange sich das Ganze hinziehen wird. Es kann eine ganze Weile dauern, bis meine *Eltern* sich wieder beruhigt haben. Ich denke, ich sollte die Zwischenzeit sinnvoll nutzen." Er warf mir einen triumphierenden Blick zu.

Am liebsten hätte ich ihn erneut von den Füßen gerissen und irgendwo an den Boden genagelt, doch hier, in aller Öffentlichkeit, war das wohl keine gute Idee. Genau das wusste er auch, und so wie er grinste, würde er diese Tatsache schamlos ausnutzen.

„Oh, wie süß!“, kreischte Nell plötzlich. „Habt ihr so was schon mal gesehen? Die ist ja unglaublich niedlich!“

Ich wandte mich um und glaubte, mir müsse das Herz stehen bleiben. Mit schnellen, tapsigen Schritten rannte Bartholomäus auf uns zu. Warum um Himmels willen war er jetzt auch noch hier? Ich hatte es zwar bisher so verstanden und miterlebt, dass er Ray nicht von der Seite wich, aber hätte er nicht in diesem Fall mal eine Ausnahme machen können?

Mich durchlief es heiß und kalt, als ich sah, wie Nell auf ihn zu- und schließlich vor ihm in die Hocke ging. Mit leisen Schnalzern versuchte sie, ihn anzulocken. Musste sie immer jedes streunende Vieh gleich ins Herz schließen?

„Ich frage mich, was das ist“, überlegte sie laut. „Eine Katze ist es auf keinen Fall, aber was könnte es sonst sein?“

„Es ist ein Wiesel“, erklärte ich hastig.

Sie schaute mich verwundert an.

Bartholomäus' Augen verengten sich voller Entsetzen, als hätte ich ihn gerade geohrfeigt; glücklicherweise sagte er nichts.

„Wie kommst du darauf?“, wollte Nell wissen und griff plötzlich blitzschnell nach der Wächterkatze, riss sie von den Füßen und drückte sie fest an sich. „Ist die nicht ein bisschen groß für ein Wiesel?“

Bartholomäus stemmte sich mit aller Macht gegen ihren Körper und versuchte, sich ihrem Griff zu entwinden. Sein Gesicht war schreckgeweitet. Offenbar wusste er selbst nicht ganz, wie ihm gerade geschah.

„Er gehört zu mir“, erklärte Ray. „Er ist mein ... *Haustier* und ein besonders stattliches Exemplar von einem *Wiesel*.“

Ein schelmisches Lächeln legte sich auf seine Lippen, während die Wächterkatze hingegen aussah, als hätte man ihn nicht tiefer beleidigen und treffen können. Trotzdem blieb er weiterhin still.

„Echt? Das ist ja total süß. Wie heißt es denn?"

„Bartholomäus", erklärte Ray und fuhr mit strenger Stimme fort: „Ich habe ihm schon hundert Mal erklärt, dass er mir nicht überallhin nachlaufen soll. Aber leider ist er manchmal unglaublich stur, was für ein Haustier nicht gerade die beste Eigenschaft ist."

„Ich finde ihn jedenfalls richtig goldig", meinte Nell und drückte den armen Bartholomäus noch fester an sich, sodass dieser schwer nach Luft schnappte. Sie hätte vermutlich stundenlang weiter mit ihm geschmust, wenn es nicht zum Unterrichtsbeginn geläutet hätte.

„Oh, ich fürchte, wir müssen rein." Langsam ließ sie ihn runter und er konnte offenbar gar nicht schnell genug Abstand zwischen sich und Nell bringen. Ein paar Meter vor ihr blieb er stehen, wandte sich nach ihr um und fauchte kurz.

„Einfach süß", jauchzte sie und stand auf. „Ray, kommst du mit?"

„Ich denke, ich gehe am besten gleich ins Sekretariat, um mich anzumelden", sagte er grinsend. „Wir sehen uns dann sicher später." Er winkte mir kurz zu und eilte mit geschmeidigen Schritten auf das Schulgebäude zu.

Dieser Mistkerl! Er nutzte die Tatsache, dass Nell von seiner wahren Identität keine Ahnung hatte und haben durfte, einfach aus, um meiner Schimpftirade und einem möglichen Bann zu entgehen. Ich seufzte. Momentan konnte ich tatsächlich nichts weiter tun als hoffen, dass man ihn an der Schule nicht annehmen würde. Ein Wechsel war sicher nicht ganz so einfach zu bewerkstelligen und ließ sich erst recht nicht innerhalb weniger Minuten regeln. Wahrscheinlich würde man ihn einfach wieder nach Hause schicken, und dann wäre ich ihn fürs Erste los. An diesen Gedanken versuchte ich mich zu klammern, während ich mit Nell ins Gebäude ging.

„Mann, der sieht ja mal richtig gut aus. Ein totaler Traumtyp", schwärmte sie. „Warum hast du mir noch nie von ihm erzählt?"

Da gab es eine ganze Reihe von Gründen, nur konnte ich keinen einzigen davon nennen ... „Seine Eltern waren vor langer Zeit mal mit meinen befreundet. Ich selbst kenne sie aber kaum und habe ihn vor zig Jahren das letzte Mal gesehen", log ich.

„Er scheint jedenfalls sehr nett zu sein."

Ich hob zweifelnd die Brauen. Ray und nett? Hatte sie den Verstand verloren? Der Kerl war arrogant; überheblich ... und noch dazu ein Dämon. Wobei sie das natürlich nicht wissen konnte. „Du kennst ihn eben nicht besonders gut. Glaub mir, er ist ein Idiot, und wir sind alle besser dran, wenn wir uns möglichst von ihm fernhalten."

Nell winkte ab. „Du übertreibst. Auf mich macht er einen ziemlich sympathischen Eindruck." Sie grinste breit und stieß mich neckend in die Seite. „Wenn du also nichts von ihm willst, kann ich es doch versuchen, oder?"

Ich blieb wie vom Blitz getroffen stehen und starrte sie mit offenem Mund an. Das meinte sie ja wohl hoffentlich nicht ernst? „Spinnst du?", fragte ich entsetzt. „Du willst nicht wirklich was von ihm, oder? Sag bitte, dass das nicht wahr ist."

„Er gefällt dir also doch. Sonst würdest du dich nämlich nicht so aufregen. Wenn das so ist, werd ich die Finger natürlich von unserer Sahneschnitte lassen. Aber nur dir zuliebe."

„So ein Quatsch, ich will nichts von diesem Idioten!", beharrte ich. „Und nenn ihn nicht Sahneschnitte! Er ist nicht der nette Kerl, für den du ihn hältst, und ich möchte nicht, dass du in irgendwelche Schwierigkeiten gerätst."

„Ich kann schon auf mich aufpassen", meinte sie lapidar.

Das wagte ich allerdings zu bezweifeln. Falls sie Ray wirklich näherkommen wollte, musste ich das unbedingt verhindern.

„Seit wann das denn bitte?“, hörte ich eine Stimme hinter mir. Es war Sven, der Nell fragend anschaute. „Seit wann kannst du auf dich aufpassen? Ich kenne niemanden, der sich so oft und so schnell in Schwierigkeiten bringt wie du.“

„Ach, du hast doch überhaupt keine Ahnung, um was es geht“, knurrte sie.

„Das spielt keine Rolle. Wenn du darin verwickelt bist, kann es nur schiefgehen.“

Sie winkte genervt ab. „Ich will die Sahneschnitte, die bei Emily wohnt, nur ein bisschen näher kennenlernen. Ich finde ihn echt nett.“

Svens Augen weiteten sich entsetzt. „Sahneschnitte? Was soll das heißen? Wer wohnt bei dir zu Hause und warum?“

„So ein Drama ist das nun auch wieder nicht. Ich habe ihn zwar schon etliche Jahre nicht mehr gesehen, aber er ist der Sohn von Freunden meiner Eltern. Er wohnt auch nur vorübergehend bei uns. Ich bin sicher, er wird nur ein paar Tage bleiben.“

„Das glaub ich eher nicht“, meinte Nell. „Sonst würde er sich doch nicht hier an der Schule anmelden.“

Svens Entsetzen wurde noch größer. „Deine Großeltern lassen einen Typen bei euch wohnen, den ihr im Grunde gar nicht richtig kennt?“

„Sie kennen ihn und seine Familie sehr wohl. Jetzt reg dich mal nicht so auf. Ich bin auch nicht gerade begeistert davon, aber was soll ich machen?“

In der ersten Stunde ließ Ray sich nicht blicken und auch in der Pause fand ich ihn nirgends. Hatte man ihn vielleicht wieder nach Hause geschickt?

Erneut läutete die Schulglocke und verkündete den Beginn der nächsten Stunde. Wir beeilten uns, um es noch rechtzeitig in die Klasse zu schaffen, wobei ich mich erneut mit hektischem

Blick nach ihm umschaute. War er überhaupt noch hier? Ich hatte kein gutes Gefühl dabei, zum Unterricht zu gehen, während er womöglich weiterhin irgendwo sein Unwesen trieb. Ich hätte ihn stattdessen lieber im Auge behalten. Allerdings hätte mich der nächste Lehrer, der mir im Flur über den Weg gelaufen wäre, sofort zurück in die Klasse geschickt. Es war also besser, wenn ich an der Stunde teilnahm und erst in der Pause nach ihm suchte. Hoffentlich stellte er bis dahin nichts Dummes an …

Wir schafften es gerade so vor dem Lehrer auf unsere Plätze, denn nur wenige Sekunden später betrat auch Herr Thomann das Klassenzimmer und stellte seine schwere Aktentasche auf das Pult. Nach der üblichen Begrüßung öffnete er seinen kleinen dunklen Koffer und holte ein Buch heraus. „Wie angekündigt beginnen wir heute mit Cäsars *De bello Gallico*."

Ein Stöhnen ging durch die Klasse, und auch ich verdrehte genervt die Augen. Latein war ohnehin nicht mein Lieblingsfach, aber dieses Buch hatte es echt in sich. Herr Thomann war mit uns zwar in den vergangenen Stunden nur die Grammatik durchgegangen, doch ich hatte zu Hause schon mal kurz in die Lektüre hineingeschaut und ein paar Seiten durchgeblättert. Der Text wirkte auf mich nicht nur äußerst langweilig, sondern zudem auch richtig schwer.

„Irgendwelche Freiwilligen?", fragte er und schaute einen nach dem anderen an. „Nein? Na gut, wie wäre es dann, wenn Sie beginnen würden, Tamara?"

Ein äußerst schlankes Mädchen mit blasser Haut blickte auf und las stotternd die ersten Zeilen vor: „Gallia est omnis divisa in partes tres, quarum unam incolunt Belgae, aliam Aquitani, tertiam qui ipsorum lingua Celtae, nostra Galli appellantur." Sie kam nur langsam voran, stockte immer wieder und verhaspelte sich zwischendurch.

„Gut, und jetzt versuchen Sie es mal mit der Übersetzung."

Sie blickte den Lehrer mit großen Augen an, dann schaute sie wieder ins Buch. „Gallien ist ... in drei Teile geteilt ... ein Teil die ...", versuchte sie es.

Allein für diesen Satzteil hatte sie eine halbe Ewigkeit gebraucht. Nicht, dass ich sehr viel besser gewesen wäre, aber trotzdem zog sich die Stunde auf diese Art unglaublich in die Länge und war schrecklich langweilig.

Als es plötzlich an der Tür klopfte, atmete sie leise auf.

Ich wäre am liebsten sofort aufgesprungen, als Ray ins Klassenzimmer schritt. Nur mit größter Mühe gelang es mir, sitzen zu bleiben.

Er trat neben Herrn Thomann, reichte ihm einen Zettel und erklärte: „Mein Name ist Ray Morgan. Ich soll ab heute in diese Klasse gehen. Hier ist eine Bescheinigung aus der Verwaltung."

„Freut mich, Sie kennenzulernen", antwortete der Lehrer.

Wie zum Teufel hatte er das geschafft? Wie war es ihm gelungen, ohne jegliche Angaben an dieser Schule angenommen zu werden? Er konnte weder einen Wohnsitz vorweisen noch die Adresse und Zeugnisse der letzten Schule. Geschweige denn einen Ausweis. Und wie kam er überhaupt auf diesen dämlichen Nachnamen?

Rays Blick wanderte über die Klasse und blieb schließlich an mir hängen.

Ich sah demonstrativ weg, schließlich sollte bloß keiner auf die Idee kommen, dass wir einander kannten, denn das würde sicher nur Ärger bringen. Aus den Augenwinkeln beobachtete ich ihn allerdings weiter, und so entging mir nicht, dass sich sein Blick verdüsterte, als er meine abweisende Reaktion bemerkte.

Die ersten Mitschüler wurden bereits unruhig und tuschelten aufgeregt miteinander. „Das ist der, von dem ich dir vorhin erzählt habe. Und, hab ich etwa zu viel versprochen? Ist der nicht heiß?" Aus der anderen Ecke vernahm ich ähnliche

Kommentare. Ich konnte es einfach nicht fassen. War denn ein hübsches Gesicht alles, was zählte?

Ray grinste überheblich und schenkte mir einen triumphierenden Blick. Mir war vollkommen klar, was er mir damit sagen wollte: „Siehst du, ich habe es problemlos an deine Schule geschafft."

Ich biss vor Wut die Zähne zusammen. Es genügte, dass er sich bereits in mein Leben gedrängt hatte und ich in gewisser Weise von ihm abhängig war. Das bedeutete aber noch lange nicht, dass er sich nun ständig in meiner Nähe rumtreiben musste und mir damit auch das letzte bisschen Normalität nahm. Das würde ich nicht zulassen! In der Pause würde ich ihn mir ordentlich zur Brust nehmen und zur Not aus der Schule prügeln …

„Suchen Sie sich bitte einen freien Platz und setzen Sie sich", forderte Herr Thomann ihn auf.

Rays Blick glitt kurz über die Klasse und blieb an Svenja hängen, die zu meiner Linken saß.

Zu meiner Überraschung sprang sie unvermittelt auf. „Wenn du willst, kannst du hier sitzen. Dann würde ich den freien Platz vorne in der ersten Reihe nehmen. Der wäre mir ohnehin lieber."

„Klar, gerne. Das ist wirklich nett", antwortete er und lächelte charmant.

Sie sammelte sofort ihre Sachen zusammen und wechselte anstandslos den Platz.

Was war nur in sie gefahren? Was sollte das? Ich war mir absolut sicher, dass Ray etwas damit zu tun hatte, aber wie genau hatte er das angestellt? Ich würde keine Ruhe geben, bis ich das herausgefunden hatte.

Kaum hatte sie ihren Platz geräumt, kam Ray mit schnellen, geschmeidigen Schritten auf mich zu und ließ sich auf den Stuhl zu meiner Linken nieder. Er grinste breit und sagte leise: „So schnell sieht man sich wieder."

„Sag mir lieber, wie du das geschafft hast. Und was hast du mit Svenja gemacht?“, knurrte ich leise.

Er beugte sich ein Stück näher, seine Augen funkelten neckend. „Ich kann nun mal sehr überzeugend sein.“

„Lass den Quatsch. Wie hast du das angestellt?“

„Glaubst du, für uns Dämonen ist es ein Problem, in den Verstand eines Menschen einzudringen und ihn, na, sagen wir mal, ein wenig zu lenken?“

„Soll das etwa heißen, du hast die Gedanken der Sekretärin und auch die von Svenja manipuliert?“

Er nickte langsam. „So ungefähr kann man das wohl sagen. Aber jetzt schau nicht so entsetzt. Sie wissen ja nichts davon und nehmen auch keinen Schaden daran.“

Sollte mich das wirklich beruhigen? „Dann kannst du also auch Gedanken lesen?“

Er schüttelte belustigt den Kopf. „Nein, ich kann sie nur nach meinem Willen ändern und lenken. Aber worüber die Menschen nachdenken und was in ihnen vorgeht, kann ich nicht erkennen.“

Ich blickte ihn prüfend an. „Hast du das etwa auch bei mir gemacht? Hast du mich manipuliert?“ Ich suchte in meiner Erinnerung nach vergangenen Situationen, in denen ich mich seltsam gefühlt oder gar eigenartig verhalten hatte.

„Nein“, erwiderte er. „Glaub mir, ich habe es versucht, aber leider haben sich meine Befürchtungen bestätigt: Da wir einen Bund geschlossen haben, kann ich deine Gedanken nicht steuern.“

Ich glaubte ihm, denn ich war mir ziemlich sicher, dass ansonsten einige Dinge anders verlaufen wären.

„Mach so etwas nie wieder, hörst du? Wer weiß, was du dabei alles kaputt machst.“

„Ich mache überhaupt nichts kaputt“, maulte er zurück. „Was denkst du eigentlich von mir?“

„Soll ich dir darauf ehrlich antworten?“

„Darf ich fragen, was es da die ganze Zeit zu tuscheln gibt?“, wollte Herr Thomann wissen.

Verdammt, wir waren wohl zu laut geworden …

„Auch wenn Sie Ihre Privatgespräche so viel interessanter finden als das Unterrichtsgeschehen, sollten Sie sich vielleicht dennoch etwas mehr mit unserer Lektüre befassen. Glauben Sie mir, Sie werden feststellen, dass diese mit Sicherheit spannender ist als ihr unnützes Geplapper.“ Er schaute Ray und mich nacheinander an. „Vielleicht konzentrieren Sie sich zunächst mehr auf diese Stunde, bevor Sie sich um Ihr Sozialleben kümmern. Ray, lesen Sie bitte den nächsten Abschnitt und übersetzen Sie ihn anschließend.“

Ich schob ihm mein Buch rüber und er begann zu lesen: „Qua de causa Helvetii quoque reliquos Gallos virtute praecedunt, quod fere cotidianis proeliis cum Germanis contendunt, cum aut suis finibus eos prohibent aut ipsi in eorum finibus bellum gerunt.“

Ich konnte kaum glauben, was ich da hörte. Er las flüssig und absolut fehlerfrei. Selbst die Betonung der einzelnen Wörter klang makellos, als hätte er nie etwas anderes gesprochen. So hätte es mit Sicherheit keiner von uns je hinbekommen. Auch Herr Thomann starrte ihn mit großen Augen an.

Kaum hatte er den Abschnitt beendet, fing er mit der Übersetzung an, die er ebenso aus dem Stegreif herunterspulte: „Aus diesem Grunde übertreffen auch die Helvetier die übrigen Gallier an Tapferkeit, weil sie sich in fast täglichen Gefechten mit den Germanen messen, wobei sie diese entweder von ihrem Gebiet fernhalten oder selbst in deren Land kämpfen.“ Nachdem er fertig war, blickte Ray zu Herrn Thomann, der so aussah, als müsste er erst einmal nach Worten suchen.

„Sie scheinen ein außergewöhnliches Talent für Latein zu haben. Wirklich bemerkenswert.“

Diese Vorstellung hatte dazu geführt, dass nun nicht nur die Mädchen, sondern auch die Jungen ihn interessiert anstarrten.

„Musst du so auffallen?", zischte ich ihm leise zu.

Der Lehrer hatte sich mittlerweile der Tafel zugewandt, um einige Vokabeln aufzuschreiben.

„Ich weiß nicht, was du meinst."

„Na was wohl? Erst kommst du in diesem Designerzeug in die Schule, und dann ratterst du auch noch diesen Text runter, als wäre das ein Kinderspiel. Du musst dich mehr anpassen, sonst stehst du zu sehr im Mittelpunkt, und dann wird früher oder später womöglich herauskommen, was du in Wahrheit bist."

Er zuckte mit den Schultern. „Kein Problem, dann lösche ich dieses Wissen einfach wieder aus ihren Köpfen."

„Hör auf, in fremden Gedanken herumzupfuschen. Reiß dich einfach zusammen und verhalte dich nicht so merkwürdig. Noch mehr Probleme kann ich wirklich nicht gebrauchen. Es reicht bereits, dass ich dich fürs Erste am Hals habe."

Seine Augen verengten sich ein wenig bei meinen Worten. Vielleicht war ich ein bisschen zu forsch gewesen.

„Woher kannst du eigentlich so gut Latein?", fragte ich kurz darauf, ein wenig besänftigender.

„Ich beherrsche alle älteren Sprachen ziemlich gut. Außer Altgriechisch, Hebräisch und Gotisch wird bei uns auch viel Latein gesprochen. Für einen Dämon ist das also nichts Besonderes", erklärte er in kühlem Tonfall. „Außerdem hatte ich genügend Zeit, das alles zu lernen."

„Wie meinst du das? Wie alt bist du denn?"

„Was schätzt du?"

„Keine Ahnung", gab ich zu, „vielleicht zwanzig?"

„Hundertsechsunddreißig Jahre", antwortete er und wandte sich anschließend wieder der Lektüre zu.

Meinte er das etwa ernst? „So alt siehst du noch gar nicht aus", stellte ich erstaunt fest.

Rays Augen verengten sich empört. „Das ist doch kein Alter. Wir Dämonen haben eine Lebenserwartung von tausendfünfhundert Jahren."

Das hätte mich eigentlich erleichtern sollen, immerhin bedeutete es, dass er zumindest nicht allzu bald vor Altersschwäche tot vom Stuhl kippen würde. Dennoch war es erstaunlich, über welche Kenntnisse und Fähigkeiten diese Geschöpfe verfügten …

Nach der Doppelstunde Latein folgte eine Freistunde. Zeit genug, um mir Ray vorzunehmen. Ich wollte noch immer verhindern, dass er von nun an mit mir zur Schule ging. Zum einen war das Risiko viel zu groß, dass er sich eventuell verriet, zum anderen brauchte ich meinen Freiraum. Mein Leben war schon jetzt vollkommen auf den Kopf gestellt, weshalb ich mir wenigstens in der Schule einen letzten Rest Normalität bewahren wollte.

„Ich muss mit dir reden", sagte ich, als es zur Pause klingelte. Weiter kam ich allerdings nicht, denn sofort umringten ihn mehrere Mädchen, die mich einfach aus dem Weg drängten.

„Du hast jetzt auch eine Freistunde, oder?", fragte Svenja.

„Auf welcher Schule warst du denn vorher?", wollte Ina wissen und warf lasziv ihr langes rotes Haar über die Schulter.

Ray genoss die Aufmerksamkeit offenbar und hatte ein charmantes Grinsen aufgesetzt. Ihn schien es nicht zu interessieren, dass ich gerade mit ihm sprechen wollte. Wahrscheinlich war es ihm sogar ganz recht, da er auf diese Weise meiner Standpauke entging.

Zwei weitere Mädchen drängelten sich zu ihm durch. „Ich bin Katharina", erklärte die eine und schenkte ihm einen kecken Augenaufschlag. „Und das hier ist meine Freundin Yvonne. Es war wirklich beeindruckend, wie gut du den Text gelesen und übersetzt hast. Kein Vergleich zu gewissen anderen Leuten", fügte sie mit einem schiefen Blick auf Svenja hinzu, die daraufhin verlegen zu Boden blickte.

„Ich selbst bin ja auch nicht schlecht in Latein, aber an dich reiche ich wirklich nicht ran", fuhr sie fort.

Was für eine Lügnerin. Selbst ich mit meiner Vier war besser als sie …

„Na ja, ich habe früh mit Latein angefangen und hatte ein paar gute Lehrer", erklärte Ray.

Musste er sie dabei so anstrahlen? Katharinas Wangen färbten sich bereits rot, allerdings bezweifelte ich, dass Verlegenheit der Grund hierfür war. „Vielleicht können wir uns ja mal zum Lernen zusammensetzen", schlug sie vor und trat noch näher zu ihm.

Zu meinem Entsetzen stieg er auf diesen Flirt ein. „Warum nicht? Wir würden sicher unseren Spaß haben."

„Soll ich dich in der Schule herumführen? Dabei könnten wir uns gleich ein bisschen besser kennenlernen."

Okay, jetzt reichte es! Ich drängte mich an den Mädchen vorbei und hielt ihn am Arm fest. „Entschuldige, aber wir haben noch etwas zu besprechen, du erinnerst dich sicher?", fragte ich und schaute ihn dabei finster an.

„Ich weiß nicht, wovon du redest", sagte er mit einem schelmischen Grinsen auf den Lippen.

Die Blicke der Umstehenden hefteten sich automatisch auf mich. Ich schäumte vor Wut und ballte die Fäuste. So schnell würde er mir nicht davonkommen. „Wir hatten doch vorhin vereinbart, dass ich dir die Schule zeige."

Er schaute mich prüfend an. „Tut mir leid, aber daran kann ich mich gar nicht erinnern." Nachdenklich legte er die Stirn in Falten. „Wie war eigentlich noch mal dein Name?"

Ich konnte es nicht fassen! Er stellte mich hier vor allen bloß und machte mich lächerlich. Ich musste den anderen wie eine Irre vorkommen.

„Mann, Emily, jetzt schmeiß dich nicht so an ihn ran", meinte Thomas. „Das ist ja peinlich."

„Aber echt", stimmte ihm Emre zu. „Du siehst doch, dass er keinen Bock auf dich hat, also lass ihn."

Heißes Blut stieg mir in die Wangen, und ein Gemisch aus Verlegenheit und Wut schwelte in meinem Bauch.

„Dann wäre das ja wohl geklärt", entgegnete Katharina und wandte sich an Ray: „Wollen wir los?"

Gemeinsam schritten sie zur Tür, wobei er mir im Vorbeigehen leise zuraunte: „Reg dich nicht auf, *du* bist es, die unbedingt Abstand halten und so tun will, als würden wir uns nicht kennen. Ich sorge bloß dafür, dass du dich für mein seltsames Verhalten nicht schämen musst. Immerhin bin ich ja so merkwürdig und auffällig." Er funkelte mich kalt an, verschwand anschließend mit Katharina im Flur und ließ mich voller Zorn zurück.

War er wirklich sauer darüber, dass ich während der Stunde so getan hatte, als würden wir uns nicht kennen? Hatten ihn meine Worte und mein Verhalten tatsächlich verletzt? Wie auch immer, letztendlich wollte ich nur mein altes ruhiges Leben zurück. Und dafür musste er verschwinden.

„Du siehst echt sauer aus", stellte Nell fest.

„Sie hat recht, du bist schon die ganze Zeit so genervt. Was ist denn los?", hakte Sven nach.

Ich war in der Tat ziemlich wütend. Ray war mir den kompletten Tag über aus dem Weg gegangen und hatte so getan, als würde er mich nicht kennen. An sich war das auch genau das, was ich wollte. Allerdings hatte ich noch immer die Befürchtung, er würde etwas anstellen, was ihn auffliegen ließ.

In jeder Pause war er mit einem anderen Mädchen unterwegs; redete und lachte mit meinen Klassenkameraden, als wären sie bereits jetzt die besten Freunde. Das alles gefiel mir ganz und gar nicht. Er sollte sich hier nicht einleben und mit den anderen anfreunden, sondern so schnell es ging wieder verschwinden.

Was, wenn sie ihm Fragen stellten, auf die er keine Antwort hatte? Was, wenn er sich durch irgendeine unbedachte Aussage verriet? Ich wollte nicht, dass er dann irgendetwas in den Köpfen meiner Mitschüler veränderte. Aus diesem Grund war ich die ganze Zeit angespannt; versuchte, ihn irgendwie im Blick zu behalten und darauf zu achten, dass er nichts Seltsames anstellte. Das trieb mich allmählich in den Wahnsinn. Wenn das nun die nächsten Tage oder gar Wochen so ablaufen würde, konnte ich dabei ja nur den Verstand verlieren.

Kaum hatte es zum Schulschluss geläutet, war er blitzschnell aus dem Klassenzimmer verschwunden. Wo steckte er jetzt bloß wieder? Vor meinem inneren Auge liefen Bilder eines zaubernden Rays ab, der magische Lichter durch die Gegend warf, nur um ein paar Mädchen zu beeindrucken. In meiner Vorstellung waren die allerdings alles andere als begeistert, sondern rannten vielmehr kreischend davon, während die strahlenden Kugeln in die Wände einschlugen und eine katastrophale Verwüstung hinterließen. Würde er wirklich so unüberlegt handeln?

„Mensch, Emily, was hast du denn?“, holte Nell mich wieder in die Realität zurück. „Ist es wegen Ray? Ich finde es ja auch nicht in Ordnung, dass er dich ignoriert, aber seien wir mal ehrlich: Du warst von Anfang an nicht gerade scharf darauf, dass irgendwer davon erfährt, dass ihr euch kennt.“ Sie schaute mich fragend an. „Warum ist dir das überhaupt so unangenehm? Da wäre doch nichts dabei. Aber als er in die Klasse kam, bist du seinem Blick eiskalt ausgewichen und hast so getan, als würdest du ihn das erste Mal sehen.“

„Was hätte ich denn sonst tun sollen? Aufspringen und sagen: ‚Alle mal herhören, der Kerl wohnt bei mir!‘?“

„Ich finde das übrigens noch immer nicht richtig", mischte sich Sven ein. „Immerhin ist er ein Mann und du kennst ihn überhaupt nicht. Der könnte sonst was mit dir machen."

„Lass gut sein", seufzte ich. „So etwas wäre gerade mein geringstes Problem."

In diesem Moment entdeckte ich Chris. Er schloss gerade seinen Spind auf, und als er den Kopf hob, trafen sich unsere Blicke. Normalerweise lächelte er mich in solchen Situationen immer an, dieses Mal schaute er allerdings eher skeptisch und verunsichert. Langsam kam er auf mich zu.

„Hey."

„Hallo", begrüßte auch ich ihn.

„Wir gehen schon mal vor und warten dann draußen auf dich", erklärte Nell und zog Sven schnell mit sich.

„Ähm, also ich bin leider noch nicht dazu gekommen, in deine Bücher reinzuschauen." Wie auch, nach all dem, was in den letzten Tagen passiert war?

Aber er ging gar nicht darauf ein, sondern kam gleich auf den Punkt: „Stimmt es, was so geredet wird: Dieser Neue wohnt bei dir?" In seinem Blick lag blanke Verwunderung, aber auch etwas wie Missmut und Unsicherheit.

Mein Herz donnerte in meiner Brust. Woher wusste er davon? Hatte doch irgendwer zugehört, als ich mit Nell und Sven darüber gesprochen hatte? Wahrscheinlich, immerhin war ich nicht gerade leise gewesen. Ich mochte Chris und wollte nicht, dass er dachte, zwischen mir und Ray liefe etwas.

„Er ist der Sohn einer befreundeten Familie. Momentan läuft es bei ihm zu Hause nicht so gut. Deshalb dachten seine Eltern, eine räumliche Veränderung täte ihm ganz gut." Ich versuchte, möglichst unbekümmert zu klingen, als wäre das alles keine große Sache, und lächelte schüchtern.

Meine Worte schienen ihn allerdings keineswegs zu beruhigen. Sein Gesicht wirkte weiterhin ernst, und das erleichterte Lächeln, auf das ich gewartet hatte, blieb aus.

Da hörte ich eine Stimme hinter mir: „Hey, gehen wir jetzt endlich nach Hause?“ Ray trat neben mich und legte wie selbstverständlich den Arm um meine Schulter.

Warum musste er ausgerechnet jetzt auftauchen? Wo war er überhaupt gewesen? Ich machte mich augenblicklich von ihm los und funkelte ihn finster an. „Wo zum Teufel hast du gesteckt?! Ich habe dich gesucht!“

„Kein Grund zur Aufregung. Julia aus der Parallelklasse wollte mir noch diesen Brief hier geben. Süß, oder?“ Er hielt mir einen weißen, gefalteten Umschlag entgegen. „Sie hat mir ein paar wirklich nette Worte dazu gesagt. Richtig rührend, ganz anders als eine gewisse Person.“

Okay, er war also sauer, schön und gut, aber dennoch musste er nicht ständig vor mir weglaufen.

„Also, ich will dann mal nicht weiter stören“, unterbrach Chris unser Gespräch. So, wie er mich anschaute, musste er nun erst recht denken, dass Ray und ich uns weitaus besser kannten als angenommen. Dann drehte er sich um.

„Warte“, rief ich ihm nach. „Ich wollte dir Ray ohnehin noch vorstellen.“ Mist, was machte ich da nur? Aber ich musste unbedingt verhindern, dass er das alles falsch verstand.

Ray wirkte verwundert, als nähme er sein Gegenüber erst in diesem Moment richtig wahr.

„Das hier ist Ray. Wie gesagt, er wohnt zurzeit bei uns. Wir sind … Freunde“, versuchte ich es. „Wir kennen uns seit unserer Kindheit.“ Okay, Chris' gerunzelter Stirn nach machte ich es damit nicht besser. „Außerdem sind wir über einige Ecken miteinander verwandt. Er ist ein Cousin zweiten Grades.“ Was erzählte ich da nur?

Ray hob verwundert die Brauen, verstand dann aber anscheinend, was ich damit bezwecken wollte. Er schaute kurz zu seinem Gegenüber, dann zu mir, wobei es mich heiß und kalt durchlief. An seinem Blick erkannte ich, dass er mich durchschaut hatte. Er wusste, dass mir Chris etwas bedeutete.

Dennoch reichte er ihm anstandslos die Hand und lächelte. „Freut mich, dich kennenzulernen."

Erst nach meiner letzten Erklärung wirkte Chris tatsächlich beruhigt und erwiderte den Händedruck. „Mich auch. Und Emily ist also deine Cousine, ja?" Er klang erleichtert.

„Ja", bestätigte Ray mit einem Seitenblick auf mich. „Aber glaube mir, ich wünschte, sie wäre es nicht. Sie kann ein ganz schönes Biest sein."

„Ray?!", fauchte ich, doch Chris lachte nur.

„Sie hat eben Temperament, das finde ich gut."

„Ich würde es eher als Hang zum Sadismus bezeichnen, aber was solls."

„Ich glaube, wir müssen dann mal los", zischte ich und schnappte mir seinen Arm. Bevor ich mit meinem vermeintlichen Cousin um die nächste Ecke bog, lächelte ich Chris noch einmal entschuldigend zu.

Kaum waren wir allein, fauchte ich Ray an: „Sag mal, spinnst du? Was redest du da für dämliches Zeug?"

„Das fragst du mich?" Er klang erneut ziemlich wütend. „Du bist es doch, die mir erst die kalte Schulter gezeigt und so getan hat, als hätte sie mich noch nie im Leben gesehen. Anschließend rennst du den ganzen Tag wie eine Gestörte hinter mir her und erzählst auch noch deinem Angebeteten, ich sei mit dir verwandt! Du hast doch echt den Verstand verloren!"

Gut, wenn man es so sah, hatte ich mich wirklich nicht gerade vorbildlich benommen. Aber wie sollte ich das auch, wenn sich wie aus heiterem Himmel ein Dämon in mein Leben drängte.

„Glaub mir, ich habe mir diesen ganzen Mist nicht ausgesucht. Ich möchte nichts lieber, als so schnell wie möglich in meine eigene Welt zurück. Was du nebenher so treibst, mit wem du sprichst und mit wem du was hast, ist mir ziemlich egal. Ich will nur nicht wegen dir draufgehen, also pass ein bisschen auf."

„Das mach ich schon", erwiderte ich nun ein wenig kleinlauter. „Ich versuche nur zu verhindern, dass du dich womöglich verrätst."

„Keine Sorge, ich kann mich gerade so zusammenreißen", erwiderte er.

„Das bezweifle ich."

„Das sagt die Richtige. Ich hoffe, du kannst den Mund halten und sagst deinem Süßen nicht, wer ich wirklich bin."

„Er ist nicht mein Süßer", zischte ich.

„Ist er nicht? Aber das hättest du gern. Das war nicht zu übersehen."

„Das kann dir ja wohl egal sein", erwiderte ich.

„Ist es ja auch. Alles, was ich will, ist, dass du keinem Menschen sagst, wer ich in Wahrheit bin, klar?"

„Glaubst du etwa, ich möchte, dass man mich für völlig gestört hält?"

Wir waren beide stinksauer und nicht gerade gut aufeinander zu sprechen. Wenigstens darin waren wir einer Meinung.

„Gut, das hätten wir also geklärt. Dann lass uns endlich nach Hause gehen. Dort wirst du dich gleich hinsetzen und an deinen magischen Fähigkeiten arbeiten, damit ich so schnell wie möglich von hier fortkomme. Noch ein paar Tage länger und du treibst mich in den Wahnsinn."

„Danke, gleichfalls!"

Ich hoffte inständig, dass ich diesen überheblichen, anstrengenden Kerl bald wieder los sein würde. Es lag in *meinen* Händen, diesen Bund zu lösen, und ich würde mir den rechten Arm dafür abhacken, wenn es sein musste.

„Trödelst du immer so? Kannst du nicht ein bisschen schneller gehen?", maulte mich Ray auf dem Nachhauseweg an. „So wie ich dich einschätze, wird es sicher nicht einfach, die Magie in dir freizusetzen. Wir haben also keine Zeit zu verlieren."

„Glaub mir, ich will dich auch so schnell wie möglich wieder loswerden. So einen Tag wie heute stehe ich nicht noch mal durch."

Er hob die rechte Braue und sah mich mahnend an. „Wenn du denkst, dass das heute nur eine Ausnahme war, muss ich dich leider enttäuschen. Ich habe dir ja gesagt, dass ich dich im Auge behalten werde, um dafür zu sorgen, dass du wenigstens so lange überlebst, bis dieser Bund gelöst ist. Das heißt also, wir gehen vorerst weiterhin zusammen zur Schule, auch wenn ich darauf wirklich keine Lust habe. Diese ganze Menschenansammlung macht einen echt krank."

„O nein, vergiss es!", erwiderte ich. „Du wirst mir nicht überallhin auf Schritt und Tritt folgen, hast du verstanden? Wenigstens in der Schule will ich meine Ruhe vor dir haben." Ich schenkte ihm einen finsteren Blick. „Außerdem wird das auf Dauer sicher nicht gut gehen. Dafür benimmst du dich viel zu auffällig. Und dann läufst du auch noch in diesen Klamotten rum." Ich ließ meinen Blick abschätzig über seine Designerjeans gleiten. „Du stichst einfach sofort ins Auge, dabei ist Aufsehen ja gerade das, was es zu vermeiden gilt."

Mittlerweile waren wir vor dem Haus meiner Großeltern angekommen. Ich hörte ein kurzes Rascheln aus einem der Gebüsche und entdeckte gleich darauf Bartholomäus, der auf uns zugeeilt kam. „Meister, ich habe das Haus im Auge behalten, ganz wie Ihr es befohlen habt", erklärte er pflichtgetreu. „Es hat sich bislang kein Dämon blicken lassen, das Gebäude ist also weiterhin sicher."

Ray nickte und trat in die Einfahrt. Sofort stellte ich mich ihm in den Weg: „Was hast du bitte vor?"

Er schaute mich verwundert an. „Was wohl? Du scheinst wirklich kein sonderlich gutes Gedächtnis zu haben. Worüber haben wir denn die ganze Zeit gesprochen?"

„Ich weiß sehr genau, was wir heute noch machen wollten, aber du glaubst wohl nicht im Ernst, dass ich dich einfach zur Haustür hereinspazieren lasse. Meine Oma ist da, was soll ich ihr bitte erzählen?"

Er zuckte mit den Schultern und ließ sich von meinem Einwand nicht beirren. „Sag ihr, dass ich ein Mitschüler bin."

„O nein, ganz sicher nicht. Es reicht bereits, dass ich dich am Hals habe. Ich will nicht, dass meine Großeltern da auch mit hineingezogen werden."

„Sie werden schon nichts mitbekommen", wandte Ray ein. „Und wenn doch, werde ich einfach ihre Erinnerungen verändern. Es kann also nichts schiefgehen." Er wollte weitergehen, ich hielt ihn allerdings sofort am Arm fest.

„Auf keinen Fall! Ich habe dir bereits so oft gesagt, dass du nicht in den Köpfen anderer Leute herumpfuschen sollst. Wer weiß, was du damit alles anrichtest. Du wirst dich von meiner Familie fernhalten!" Ich sah ihn ernst an und hoffte, dass er verstand, was ihm blühte, falls er sich widersetzen sollte. Es fiel mir nicht leicht, immerhin fügte ich ihm mit diesem Bann Schmerzen zu, doch wenn das der einzige Weg war, um ihn im Griff zu halten, würde ich es tun.

„Schon gut", lenkte er ein. „Wenn es der Dame angenehmer ist, Geheimnisse vor ihren lieben Großeltern zu haben, komm ich eben wieder durchs Fenster rein."

Ich nickte und überging seinen Vorwurf. „Sehr schön. Dann geh ich vor, und du lässt dich nirgendwo anders blicken, sondern kommst gleich in mein Zimmer, verstanden?"

„Ja, Herrin", erwiderte er in sarkastischem Tonfall.

Bevor ich die Haustür aufschloss, blickte ich ein letztes Mal über meine Schulter zurück, aber Ray machte keine Anstalten, mir zu folgen. Erleichtert trat ich in den Flur. Noch mehr solcher Tage würde ich nicht durchstehen …

Ich legte meine Tasche auf den Boden und ging gleich darauf ins Esszimmer.

„Ich bin wieder da", begrüßte ich meine Oma, die gerade dabei war, den Tisch zu decken.

„Das freut mich. Ich hoffe, du hast Hunger. Ich habe nämlich Lasagne gemacht."

In diesem Moment vernahm ich Geräusche aus der Küche und kurz darauf streckte mein Opa seinen Kopf zu uns ins Esszimmer. „Ich glaube, das Essen ist fertig. Den Salat habe ich auch schon gewaschen", erklärte er.

Meine Großmutter nickte und holte die Lasagne aus dem Ofen.

„Du bist heute aber pünktlich", sagte ich und setzte mich an den Tisch.

Mein Opa tat es mir gleich und erklärte grinsend: „Bei mir sind heute Nachmittag zwei Termine ausgefallen, darum bin ich früher hier."

Eigentlich hatte ich kein gutes Gefühl, jetzt hier unten am Tisch zu sitzen und zu essen, während Ray oben in meinem Zimmer vermutlich bereits auf mich wartete. Andererseits konnte ich mich nicht ständig herausreden und von den Mahlzeiten fernbleiben. Ich musste versuchen, mich möglichst normal zu verhalten. Auch wenn das gar nicht so einfach war, wenn man wusste, dass genau über einem ein Dämon sein Unwesen trieb.

Während meine Oma auftischte, griff mein Großvater nach der Mineralwasserflasche und schenkte sich ein. „Wie war es heute? Ist irgendwas Aufregendes passiert?"

Ja, aufregend war in der Tat so ziemlich jede Minute des Tages gewesen …

„Nein, eigentlich alles wie immer", antwortete ich und aß schnell eine Gabel voll Lasagne. Es behagte mir ganz und gar nicht, die beiden anzulügen. Sie hatten so viel für mich getan und ich liebte sie wirklich sehr, doch von Ray konnte ich ihnen einfach nichts erzählen.

„Bei mir in der Praxis war heute wieder diese ganz spezielle Dame", erzählte mein Opa.

Auch wenn er aus Gründen der Schweigepflicht nie ins Detail ging oder gar Namen nannte, wusste ich sofort, von wem er sprach. Eine seiner Patienten war eine ältere Frau um die siebzig, die mindestens zweimal die Woche mit immer wieder neuen Symptomen in die Praxis kam. Mal hatte sie Herzstechen und Atemnot, was sie für Anzeichen eines Herzinfarkts hielt, mal geschwollene Beine, weshalb sie an eine Niereninsuffizienz glaubte. Mein Großvater hatte sie mehrfach gründlich untersucht und zig Labortests gemacht, es hatte sich allerdings jedes Mal aufs Neue herausgestellt, dass sie kerngesund war.

„Heute hatte sie einen blauen Fleck am rechten Handgelenk. Sie hatte sich zuvor beim Putzen an einem Schrank gestoßen und war sich nun absolut sicher, das Handgelenk wäre gebrochen, weshalb sie völlig aufgelöst in die Praxis gerannt kam. Claudia hat sie erst einmal beiseitenehmen und beruhigen müssen." Ich grinste bei der Vorstellung und nahm eine weitere Gabel voll Nudeln. „Natürlich blieben die Untersuchungen ergebnislos. Es ist lediglich ein kleines Hämatom." Er seufzte. „Aber erklär das mal dieser Frau. Egal wie oft man ihr sagt, dass nichts gebrochen sein kann, und ihr die ganzen Gründe dafür aufzählt, sie glaubt es einfach nicht. Es hat fast eine halbe Stunde gedauert, bis sie endlich eingesehen hat, dass sie nicht ins Krankenhaus muss."

Mein Opa sah ziemlich genervt aus. Ich fand seine Patientengeschichten stets amüsant, allerdings hatte er noch eine Menge anderer Leute zu versorgen, die tatsächlich seiner Hilfe bedurften, und diese Frau stahl ihm wertvolle Zeit.

In diesem Moment vernahm ich ein lautes Poltern und gefror innerlich zu Eis. Der Lärm kam eindeutig von oben. War das Ray? Was tat er da?

Auch meine Großeltern schauten überrascht zur Decke. „Was war denn das?", fragte meine Oma.

„Kann sein, dass ich heute Morgen das Fenster offen gelassen habe. Wahrscheinlich hat der Wind etwas umgeworfen. Ich gehe besser gleich hoch und schaue mal nach."

Hastig erhob ich mich und rannte nach oben. Dort riss ich die Tür zu meinem Zimmer auf und warf sie sofort hinter mir zu. Ich traute meinen Augen nicht: Als wäre es eine Selbstverständlichkeit, saß Ray auf meinem Bett und blickte mich gelassen an. Vor ihm auf dem Boden lag meine kaputte Nachttischlampe.

„Hast *du* die etwa runtergeschmissen?", fauchte ich ihn an. So wie sie dalag, sah es beinahe so aus, als hätte er sie von der Kommode genommen und vor sich geworfen. „War das etwa Absicht?"

Er beugte sich ein wenig nach vorne, blickte mich an und meinte: „Hat doch funktioniert. Ich dachte, ich müsste dich mal daran erinnern, dass wir hier auf dich warten." Seine Augen blitzten wütend. „Wir haben immerhin noch ein bisschen was zu tun. Ich hoffe, du erinnerst dich."

„Stell dir vor, ich habs nicht vergessen. Allerdings führe ich auch noch ein Leben, das sich nicht nur um Dämonen, Magie und seltsame Katzenwesen dreht."

„Wen nennen Sie hier seltsam?", fauchte Bartholomäus. Er sträubte das Fell und sprang neben Ray aufs Bett. „Erst diese Beleidigung heute Morgen, als Sie mich als Wiesel bezeichnet haben, dann dieses verrückte Mädchen, das mich einfach packt, um mich in ihrem Todesgriff zu erwürgen, und nun das? Ich bin wirklich froh, wenn wir diese widerwärtige Welt bald verlassen können."

„Schon gut, schon gut“, erklärte ich seufzend. Es half nichts, sich weiter zu streiten. Wichtig war, dass ich die beiden so schnell wie möglich loswurde. Also war es besser, sich endlich an die Arbeit zu machen. „Erklär mir lieber, wie ich die Magie in mir wachrufe.“

Ray nickte in Richtung meines Schreibtisches. „Ich habe schon alles bereitgestellt.“

Auf dem Tisch entdeckte ich nichts Ungewöhnliches, alles stand an Ort und Stelle. Nur diese dicke weiße Kerze war neu.

„Was soll ich damit anfangen?“

„Du wirst sie entzünden“, erklärte er.

„Und was dann?“

Er verdrehte die Augen. „Du sollst sie nicht mit einem Feuerzeug entfachen, sondern mithilfe deiner Magie. Setz dich davor und konzentriere dich darauf. Stell dir vor, wie die Kerze brennt, dann wird sie das auch irgendwann.“

„Das soll wohl ein Witz sein?“

Doch er sah nicht so aus, als würde er scherzen. Allerdings hatte er offenbar auch nicht vor, mir zu helfen. Er hatte sich das Buch von meinem Nachttisch genommen – es war Dostojewskis *Schuld und Sühne,* das mir Chris geliehen hatte – lehnte sich in mein Bett zurück und schlug die erste Seite auf.

„Versuch es einfach“, war alles, was er sagte.

„Willst du mir nicht irgendwie helfen?“, fauchte ich wütend. „Immerhin willst du auch so schnell wie möglich in deine Welt zurück, oder?“

„Allerdings“, sagte Ray und blickte von dem Roman auf. „Nur kann ich leider nicht mehr für dich tun. Niemand kann dir sagen, wie du die Magie freilegst. Es ist vielmehr ein Gefühl und hat mit Willen und innerer Stärke zu tun. Dir bleibt nichts weiter übrig, als fleißig zu üben.“

Na toll, ich war also auf mich allein gestellt.

Wütend setzte ich mich auf den Stuhl und schaute die Kerze an. Wie sollte ich dieses Ding bitte allein und nur mithilfe meiner Gedanken zum Brennen bringen? Da würde ich ja jahrelang davor sitzen können! Ich atmete tief durch und versuchte, mich zu beruhigen. Es blieb mir wohl nichts anderes übrig, als es zu versuchen. Irgendwo in mir musste diese Kraft sein, ansonsten hätte ich Ray wohl nicht am Hals. Also würde es mir mit der Zeit bestimmt auch gelingen, bewusst auf diese Kräfte zurückzugreifen. Ich brauchte nur Geduld, auch wenn das leider nicht gerade meine Stärke war.

Ich blickte die Kerze an und versuchte mir vorzustellen, wie eine kleine rotgelbe Flamme daran brannte. Ich dachte an das Licht und an die Wärme, die sie ausstrahlen würde … natürlich geschah nichts. Egal wie lange ich auch davorhockte und den Docht anstarrte, es passierte rein gar nichts. Nach zwei Stunden hätte ich die Kerze aus Frust am liebsten an die Wand geworfen. Das würde niemals funktionieren!

„Gib nicht so schnell auf", hörte ich Ray hinter mir. Seltsamerweise war seine Stimme sanft und freundlich, ohne den sonst üblichen schnippischen und provozierenden Tonfall. „Es wird seine Zeit dauern, aber du hast es auch geschafft, mich zu rufen. Du bist stark genug, glaube mir. Ich bin mir ganz sicher, dass du deine Kräfte freilegen wirst."

Sein Blick war weich, auf seinen Lippen lag ein leichtes Lächeln und die goldenen Augen strahlten sanft.

Er konnte ja richtig nett sein. Gleichzeitig spürte ich, wie mein Herz ein paar schnellere Schläge tat. Irritiert wandte ich mich hastig wieder der Kerze zu und konzentrierte mich.

„Sag mal", begann er, „warum lebst du eigentlich hier? Was ist mit deinen Eltern?"

Augenblicklich erstarrte ich. Allzu bekannte Bilder schossen mir durch den Kopf. Das gleißende Licht, das immer größer wurde … die Schreie. Und dann war da wieder die Stimme meiner Mutter, die leise ein Lied sang: *„Weine nicht mein Kind, der Tod kommt ganz geschwind."* Ich versuchte, diese Erinnerungen zu vertreiben, wollte nicht daran denken.

„Hör mal, ich denke, es ist besser, wenn wir nicht alles übereinander wissen. Wir sind nicht freiwillig in diese Situation geraten und hoffen beide, dass wir dieses Bündnis möglichst bald wieder aufheben können, also reden wir besser nicht über private Dinge."

Mir fiel selbst auf, dass meine Stimme eiskalt und abweisend klang, doch ich konnte nicht darüber sprechen … nicht mit einem Wildfremden, der auch noch ein Dämon war.

„Wie du meinst", antwortete Ray. Auch er klang kalt. „Du musst mir nicht vertrauen, wir halten uns einfach so gut es geht voneinander fern und sehen das Ganze als das, was es ist: eine verdammt beschissene Situation, aus der wir beide so schnell wie möglich herauswollen."

Er hatte es auf den Punkt gebracht, und dennoch lösten seine Worte tief in mir ein seltsames Gefühl aus …

Todesangst

Ray stand wie jede Nacht an Emilys Bett und beobachtete sie im Schlaf. Bartholomäus hatte sich längst auf dem Sessel gegenüber dem Fenster zusammengerollt und war tief in seine Träume versunken.

Ray war klar, dass Emily über seine nächtliche Wache alles andere als erfreut gewesen wäre. In den letzten drei Wochen hatte er bislang jeden Abend anstandslos ihr Zimmer verlassen, um das Haus von außen im Auge zu behalten. Zumindest so lange, bis sie eingeschlafen war …

Es wunderte ihn, dass sie bislang erst einmal angegriffen worden waren. Eine nächste Attacke würde stattfinden, da war er sich sicher. Früher oder später würde ein Dämon auftauchen und versuchen, Emily zu töten. Aus diesem Grund blieb er auch nachts stets in ihrer Nähe. Während sie schlief, sah er zwischendurch immer wieder in ihrem Zimmer nach, ob alles in Ordnung war.

Gerade drehte sie sich erneut von einer Seite auf die andere und stöhnte leise, während sie mit den Beinen zuckte und das Gesicht verzog. Zu Beginn hatte er sich in solchen Momenten stets erschreckt und gedacht, sie würde jeden Augenblick aufwachen. Mittlerweile wusste er jedoch, dass es Albträume waren, die sie heimsuchten. Kein Wunder, dass sie tagsüber ständig so müde war und Unmengen an Kaffee in sich hineinschüttete.

Er betrachtete sie, wie sie leise wimmerte, und sah das Glitzern einer Träne an ihrem rechten Augenwinkel. Was sie wohl alles erlebt hatte? Es musste etwas mit ihren Eltern zu tun haben, denn oft murmelte sie im Schlaf die Worte *Mama* und *Papa*. Er ahnte, dass ihr Schreckliches widerfahren war, und seltsamerweise rührte es etwas in ihm, wenn er sah, wie sie sich jede Nacht quälte.

Den Blick weiterhin auf ihr Gesicht gerichtet, trat er langsam an ihr Bett. Sie konnte richtig hübsch sein, zart und verletzlich aussehen. Sie bot zu diesen Stunden ein ganz anderes Bild, als wenn sie wach war. Da machte sie ihn stellenweise fast wahnsinnig mit ihrer Starrköpfigkeit, dem ständigen Ziel, bloß niemanden zu nahe an sich heranzulassen und nach außen stark und unzerstörbar zu wirken.

Langsam streckte er die rechte Hand aus und berührte sanft ihre Wange. Er streichelte kurz darüber und wischte ihr mit dem Daumen die Träne fort. Zu seiner Verwunderung schmiegte sie ihr Gesicht in seine Hand, und ein leichtes Lächeln legte sich auf ihre Lippen.

„Jeden Morgen dasselbe Theater", fuhr Ray mich an. „Mittlerweile dürftest du doch wissen, dass du immer ewig brauchst, bis du aus dem Haus kommst. Kannst du nicht ein bisschen früher aufstehen?"

„Danke für den Tipp, auf die Idee bin ich noch gar nicht gekommen", erwiderte ich und musste ein Gähnen unterdrücken. Ich war wie üblich spät dran, weshalb Ray und ich in rasantem Tempo zur Schule hetzten. In der Nacht hatte ich zunächst wieder Albträume gehabt, zum Ende hin musste ich aber wohl doch in einen tiefen, angenehmen Schlaf gefallen sein. Zumindest fühlte ich mich an diesem Morgen um einiges fitter als sonst. Trotzdem war ich ziemlich müde und hätte gerne ein paar Stunden länger geschlafen.

Mittlerweile war Ray bereits seit drei Wochen an meiner Seite, und allmählich wurde es fast zur Gewohnheit, jeden Morgen mit ihm zur Schule zu rennen. Ich sah ihn von der Seite an, blickte auf sein markantes Gesicht und die vor Zorn gerunzelten Brauen. Mit dieser Miene startete er fast täglich in den Tag.

Er konnte aber auch ganz anders sein, beinahe schon nett, wie ich hin und wieder hatte feststellen können. Und dann war da noch dieses wundervolle warme Lächeln, das er mir neulich bei meiner ersten Übungsstunde geschenkt hatte. Mir war klar, dass ich mich langsam an seine Gegenwart gewöhnte – und das gefiel mir nicht. Immerhin war er ein Dämon und hatte in meinem Leben nichts zu suchen. Wenn man jemanden zu nah an sich heranließ, bemerkte dieser mit der Zeit womöglich die vielen Wunden in einem, kam dahinter, was man alles erlebt hatte, und erkannte, wie kaputt man eigentlich war.

„Nach all dem, was sie erlebt hat, ist es ein Wunder, dass sie noch keinerlei Anzeichen zeigt."

„Wer weiß, was bereits alles tief in ihr schlummert."

Ich versuchte, die aufkommende Erinnerung wieder zu verjagen. Ich wusste, dass da etwas in mir lauerte, und dieses

Etwas sollte keiner zu sehen bekommen. Weder Nell und Sven noch meine Großeltern. Und erst recht nicht Ray. Ich durfte niemandem mein wahres Inneres zeigen, keine Schwäche zulassen oder um Hilfe bitten. Denn wenn ich sie zu nah an mich heranließe, könnten auch sie verschwinden, und dann würde sich die Hölle erneut auftun.

„Hörst du mir überhaupt zu?", riss er mich aus meinen Gedanken.

„Ja, ich bin schließlich nicht taub", zischte ich zurück.

„Das nicht, nur hast du manchmal die Aufmerksamkeitsspanne einer Scheibe Toastbrot."

„Sehr witzig."

„Ich habe gesagt, dass du aufpassen sollst. Ihr habt heute Sport, oder? Da kann ich nicht nach dir sehen. Aber du weißt, was du zu tun hast, wenn du angegriffen werden solltest?"

Ich stöhnte. „Das hatten wir schon zigmal."

Bereits in der vergangenen Woche hatte mir Ray Verhaltensregeln eingebläut, die ich einhalten sollte, falls er mal nicht an meiner Seite sein konnte und ein Dämon auftauchen sollte.

Sein Blick war weiterhin fordernd.

Ich verdrehte die Augen und antwortete: „Ich soll so schnell wie möglich wegrennen, einen Ort aufsuchen, an dem viele Leute sind, und nach dir rufen." Besonders zu Letzterem hatte er mich regelrecht überreden müssen.

„Gut, aber halt dich auch daran."

Wir hatten mittlerweile den Schulhof erreicht, wo bereits etliche Schülergruppen standen. Ein paar Mädchen lösten sich aus einer der Gruppen und kamen auf ihn zu.

„Guten Morgen", grüßte ihn eine große Blonde.

„Hallo Ray, wie gehts?", fragte eine Schwarzhaarige.

Er grinste charmant und antwortete ihnen irgendetwas, doch ich hörte nicht zu, sondern nutzte die Gelegenheit, um ohne ihn weiterzugehen. Ständig suchten diese dummen

Zicken seine Nähe und schenkten ihm laszive Blicke oder grinsten ihn dämlich an. Das nervte!

Was, wenn er etwas Unbedachtes tat? Warum konnte er sich nicht einfach mal zurückhalten? Aber ihm schien diese Aufmerksamkeit zu gefallen. Er war ständig am Flirten, dass es bald nicht mehr auszuhalten war.

„Du bist ja jetzt schon auf hundertachtzig", stellte Nell fest, die vor dem Klassenzimmer auf mich wartete.

Mittlerweile gingen wir nicht mehr zusammen zur Schule. Zu Beginn hatten wir drei uns noch gemeinsam auf den Weg gemacht, doch irgendwann hatte sie mir vorgeschlagen, dass wir uns erst hier treffen sollten. Mit einem breiten Grinsen hatte sie erklärt: „Jetzt sorgt ja jemand anderes dafür, dass du rechtzeitig zum Unterricht kommst, da kann ich die Zeit nutzen und ein paar Minuten länger schlafen. Außerdem finde ich Ray wirklich nett. Er würde gut in unsere Gruppe passen. Ich fände es jedenfalls schön, wenn du ihm eine Chance geben würdest und wir ihn besser kennenlernen könnten. Vielleicht hörst du dann auf, ihm ständig diese bösen Blicke zuzuwerfen."

Ich seufzte bei dieser Erinnerung innerlich auf und wandte mich schließlich wieder Nell zu.

„Wo steckt unsere Sahneschnitte eigentlich?", fragte sie, nachdem sie sich mehrfach nach Ray umgesehen hatte.

„Er ist wieder Mal mit Flirten beschäftigt. Und nenn ihn nicht immer so", fügte ich hinzu.

„Warum bist du auch ständig so zickig zu ihm? Kein Wunder, dass er da lieber mit anderen Mädchen zusammen ist."

„Ich bin nicht ..." Ich holte tief Luft. „Ach, vergiss es einfach." Ich würde mich nicht schon wieder auf diese Diskussion einlassen, das half ohnehin nichts. Wo ist Sven?", fragte ich, um vom Thema abzulenken.

„Der sitzt bereits in der Klasse. Komm, lass uns auch reingehen."

Ich nickte und folgte ihr.

Sven saß tatsächlich bereits auf seinem Platz, winkte und grinste uns fröhlich an. „Guten Morgen", grüßte er. „Und, gut geschlafen? Du siehst fitter aus als sonst. Oder hast du heute noch mehr Kaffee intus?"

Ich zuckte vage mit den Schultern und ließ mich auf meinen Stuhl sinken. „Ich habe erst zwei Tassen getrunken, also nicht mehr als sonst." Ich blickte kurz zur Tür und seufzte. „Aber wenn ich an die nächste Stunde denke, wäre es sicher besser gewesen, ich hätte gleich die ganze Kanne getrunken."

Nell hatte sich auf ihren Tisch gesetzt und stimmte mir nickend zu. „Frau Kapp ist immer so anstrengend. Eigentlich mag ich Deutsch ja, aber ihr Unterricht ist so unglaublich trocken. Und dann die Klamotten, die sie trägt."

„Tut mir wirklich leid, dass weder mein Unterrichts- noch mein Kleidungsstil Ihre Begeisterung wecken kann." Nell zuckte bei dieser Stimme augenblicklich zusammen, wandte sich zur Tür, wo mittlerweile die Lehrerin stand, und legte sogleich ein entschuldigendes Lächeln auf.

„Vielleicht sollte ich mir ein Beispiel an Ihnen nehmen. Ihre Art, den Unterricht zu gestalten, ist auf jeden Fall eindrucksvoll. Ihr Referat vor den Ferien wird mir auf ewig im Gedächtnis bleiben", fuhr Frau Kapp mit höhnischem Blick fort.

Nell schenkte ihr einen bösen Blick, setzte sich aber. Keiner würde wohl ihr Referat über Andreas Gryphius im vergangenen Schuljahr vergessen. Sie hatte sein Leben geschildert, kurz einige seiner Sonette vorgestellt und darüber referiert, inwiefern seine Werke von den Verhältnissen der damaligen Zeit geprägt waren. Nell hatte in der für sie typischen flapsigen Art vor der Tafel gestanden, ein breites Grinsen auf den Lippen, und hatte kaum eine Minute ruhig stehen können. Sie wurde immer ziemlich hibbelig, wenn sie aufgeregt war. Aus diesem Grund hatte sie ständig von einem Bein auf das andere gewechselt und in rasantem Tempo ihren Vortrag heruntergerattert.

Auf Frau Kapps Frage hin, ob sie ein Storch sei oder was ansonsten der Grund dafür sei, dass sie ständig von einem Bein aufs andere wanke, hatte sie nichts erwidern können. Nell war vielmehr noch nervöser geworden, hatte sich mehrfach verhaspelt und die einfachsten Fragen nicht mehr beantworten können. Es war also nicht sonderlich fair von der Lehrerin, sie daran zu erinnern.

Die Tür ging auf und Ray trat ein. Wie immer kam er zu spät.

„Setzen Sie sich und sparen Sie sich Ihre Ausreden für jemand anderes. Sollten Sie noch einmal nicht pünktlich hier sein …" Sie schaute ihn finster an; er erwiderte ihren Blick und ließ sich davon nicht einschüchtern.

Ich konnte mir schon denken, was er da gerade tat. Wie oft hatte ich ihm bereits gesagt, er solle nicht ständig die Gedanken der anderen manipulieren?

Frau Kapp beendete ihren Satz jedenfalls nicht, sondern wandte sich ohne ein weiteres Wort der Tafel zu. Während Ray zu seinem Platz ging, machte ich mich daran, die Notizen abzuschreiben, die die Lehrerin in ihrer krakeligen Schrift an die Tafel schmierte. Frau Kapp war schon eine ziemlich seltsame Person. Sie musste an die sechzig sein, war recht korpulent, bereits ergraut und trug stets eine hässliche Topfschnittfrisur. Auch heute wieder hatte sie eine ihrer Puffärmelblusen an, die ihren Umfang noch stärker zur Geltung brachten und aus denen immer ihre stämmigen Arme herausguckten. Den krönenden Abschluss bildete ein langer blauer Rock, der ihren Bauch nur wenig kaschierte. Das Schlimmste war jedoch, wenn sie sich hinsetzte, denn dabei vergaß sie regelmäßig, die Beine übereinanderzuschlagen, weshalb man sehr explizite Einblicke in ihren Unterwäschebestand erhielt.

Ich blickte kurz zu Ray hinüber, der mittlerweile Block und Stifte hervorgeholt hatte und dem ersten Anschein nach aufmerksam der Stunde folgte. Die Tatsache, dass seine Blätter unbeschrieben waren, sprach allerdings dafür, dass er wohl doch mit anderen Dingen beschäftigt war.

Ich beobachtete ihn eine Weile und fragte mich, worüber er gerade nachdachte. Obwohl er mir fast nie von der Seite wich, wusste ich so gut wie nichts über ihn. Wie sah sein Leben in der Dämonenwelt aus? Hatte er Familie? Eltern, Geschwister, eine Freundin?

Ich senkte den Blick und schüttelte über mich selbst den Kopf. Woran dachte ich da nur? Eigentlich konnte es mir vollkommen egal sein, denn bald würden sich unsere Wege ohnehin wieder trennen.

„Mann", schimpfte Nell, „ständig hängt er mit diesen Mädchen rum. Ist dir das wirklich vollkommen egal? Immerhin wohnt er bei dir. Was machst du denn, wenn er mal eine von denen mit nach Hause bringt?"

Nach der Deutschstunde war Ray wie so oft von einigen Mitschülerinnen umringt, die unermüdlich auf ihn einplapperten, dämlich grinsten und versuchten, ihn zu bezirzen. Sein warmes Lächeln sprach dafür, dass sie Erfolg hatten.

Ich wandte mich ab und knurrte: „Können wir das Thema nicht langsam mal sein lassen?"

Sie zuckte mit den Schultern und grinste breit. „Wie du meinst. Dann sag mir stattdessen, wie es mit Chris läuft."

Leider gab es da nicht viel zu erzählen. In den letzten Wochen war ich ihm im Flur ein paar Mal über den Weg gelaufen und hatte mich kurz mit ihm unterhalten. Allerdings war ich währenddessen meistens damit beschäftigt gewesen, Ray im Blick zu behalten, weshalb ich mich nicht so auf das

Gespräch hatte konzentrieren können, wie ich es mir vielleicht gewünscht hätte.

„Ich glaube, es wird Zeit, dass wir mal jemanden für dich finden", wandte ich ein. „Vielleicht bist du dann abgelenkt und hörst auf, mich ständig verkuppeln zu wollen."

„Könnt ihr euch eigentlich über nichts anderes als Jungs unterhalten?", hakte Sven nach und verdrehte die Augen. „Das ist langsam nicht mehr auszuhalten."

„Eifersüchtig?", fragte Nell mit einem schelmischen Zwinkern.

Er schnaufte entrüstet. „Du hast sie echt nicht mehr alle. Ich möchte mit euch nur auch mal wieder über etwas anderes reden, das ist alles."

Es läutete zur nächsten Stunde.

„Was haben wir jetzt?" Nell konnte ihren Stundenplan offensichtlich noch immer nicht auswendig.

„Bio", sprang Sven erklärend ein.

Sie rümpfte die Nase. „Mist, ich habe meine Bücher noch im Spind. Da muss ich mich echt beeilen. Los, komm", sagte sie an ihn gewandt und zog ihn hinter sich her. Im Laufen winkte sie mir noch einmal zu und rief: „Bis nachher! Und ärger dich nicht zu sehr wegen Ray." Sie grinste breit, und ich verdrehte genervt die Augen. Manchmal konnte sie echt anstrengend sein.

Ich nahm meinen Rucksack und machte mich nun ebenfalls auf den Weg zum Bioraum meines Kurses, der unpraktischerweise fast am anderen Ende der Schule lag.

Warum machte sie sich nur ständig Gedanken um mein Liebesleben? Das wohl gemerkt überhaupt nicht vorhanden war. Ich mochte Chris, das stimmte schon, aber eine Beziehung? Nein, das kam wirklich nicht infrage. Zumindest nicht, solange ich einen Dämon am Hals hatte. Ich sah in Gedanken Rays dunkle Augen mit den goldenen Sprenkeln darin vor mir, die im Licht geradezu glühten. Ich versuchte, sein lächelndes Gesicht zu vertreiben. Er würde ohnehin bald verschwinden, und dann würde mein Leben endlich wieder in geregelten Bahnen verlaufen. Aber warum löste dieser Gedanke diesen unangenehmen Stich aus, der sich schmerzhaft von meiner Brust durch meinen ganzen Körper zog?

Mit einem Mal machte mein Herz einige schnelle Sprünge, meine Hände spannten sich wie von selbst an. Irgendetwas stimmte nicht ... Von einer Sekunde auf die andere wurde mir kalt und dieses seltsame Gefühl von eben verstärkte sich stetig mehr. Ich fühlte mich beobachtet.

Augenblicklich blieb ich stehen und schaute mich um.

Ich war mir sicher, dass das alles nichts mit Ray zu tun hatte. Mir war eher so, als schwebte ich in Gefahr. Mein Brustkorb schnürte sich langsam zu und meine Hände zitterten, während ich den leeren Korridor absuchte. Es war nichts zu sehen. Und dennoch mahnte mich etwas in meinem Inneren und schrie mich geradezu an, auf der Stelle wegzulaufen.

Doch ich konnte nicht. Meine Beine waren wie festgefroren. Mit weit aufgerissenen Augen stand ich da, vollkommen starr vor Panik.

In diesem Moment nahm ich eine blitzschnelle Bewegung zu meiner rechten Seite wahr. Ich spürte, wie sich ein Schrei in meiner Kehle formte, als ich dieses Ding entdeckte. Ein schneller, dunkler Schatten huschte direkt unter der Decke entlang und verschwand in einem der Luftschächte.

Es war so schnell gegangen, dass ich mir nicht einmal sicher war, was ich da überhaupt gesehen hatte. Mein Puls raste siedend heiß durch meine Adern, während ich noch immer auf das Gitter des Schachts starrte. War das gerade wirklich passiert? Ich war mir sicher, einen schemenhaften Umriss gesehen zu haben, der die Form eines Menschen aufwies. So dunkel und kalt war er mir erschienen, dass ich am ganzen Leib fröstelte.

„Was machen Sie hier?“, rief eine Stimme und ließ mich zusammenschrecken.

Mit eiligen Schritten kam Herr Rieger auf mich zu. In seinem Gesicht standen Zorn und Argwohn. „Der Unterricht hat längst begonnen. Schwänzen Sie etwa?“, hakte er nach und baute sich drohend vor mir auf.

Hatte es wirklich schon zur nächsten Stunde geläutet? Ich hatte zwar kein Klingeln gehört, doch es musste so sein, denn der Flur war mittlerweile wie ausgestorben.

„Was denken Sie sich eigentlich dabei? Hat Ihre Generation denn nichts anderes im Sinn, als Regeln zu brechen, sich gegen jegliche Konvention aufzulehnen und nur Ärger zu bereiten?“

Ich starrte ihn sprachlos an. Warum fielen mir keine passenden Worte darauf ein? So ein Verhalten kannte ich gar nicht von mir. Noch einmal sah ich mich um, doch auch das Gefühl, das mich eben noch so gelähmt hatte, war verschwunden. Dennoch war ich weiterhin außerstande, etwas auf diese abstrusen Anschuldigungen zu erwidern.

„Ich denke, ich bringe Sie am besten zum Direktor. Vielleicht schafft er es, Ihnen klarzumachen, dass Sie nicht einfach machen können, was Ihnen gerade in den Sinn kommt.“

Er packte meinen Oberarm und wollte mich mit sich ziehen, als plötzlich jemand neben mir auftauchte und mich festhielt.

„Ray …“

Er sah mich prüfend an und hatte diesen besorgten Blick aufgelegt. „Hier bist du also. Wolltest du nicht eigentlich ins Krankenzimmer?“

Ich runzelte erstaunt die Stirn. Was faselte er da?

Er nickte unauffällig in Richtung Lehrer und schaute mich mahnend an. Endlich verstand ich, und mein Kopf schaltete sich wieder ein. Ich krümmte mich leicht und stöhnte: „Ja, mein Magen tut wirklich ziemlich weh. Es wird immer schlimmer.“ Ich verzog schmerzhaft das Gesicht, um einen möglichst leidenden Eindruck zu erwecken.

„Okay, dann begleite ich dich besser. Du siehst gar nicht gut aus. Ich will ja nicht, dass du mir womöglich noch umfällst.“

„Also gut, dann gehen Sie", knurrte Herr Rieger leise.

Ray nahm mich am Arm und führte mich wie selbstverständlich fort. Erst als wir den Lehrer weit hinter uns gelassen und um eine Ecke gebogen waren, hörte ich auf, die Leidende zu spielen, und richtete mich wieder auf.

„Danke für deine Hilfe", sagte ich und fragte mich sogleich, ob ich ihm von meiner Begegnung erzählen sollte. Würde er mir glauben? „Warum hast du dieses Mal davon abgesehen, sein Gedächtnis zu manipulieren?", wollte ich stattdessen erst einmal wissen.

Seine Miene wurde ernster, er schwieg einen Moment, schien mit sich zu ringen, ob er mir tatsächlich die Wahrheit sagen sollte. Schließlich antwortete er: „Seit einigen Tagen spüre ich etwas."

Was meinte er damit? Hatte es womöglich etwas mit dem Schemen zu tun, der mir gerade begegnet war?

„Ich bin mir sicher, dass sich irgendetwas hier in der Schule herumtreibt. Etwas, das es auf uns abgesehen hat. Ich weiß noch nicht, wo und was es ist. Aber es war in der Nähe, und ich wollte es nicht zum Angriff reizen, indem ich meine Kräfte bei Herrn Rieger benutze."

Mein Herz schlug jetzt schneller, donnerte geradezu in meiner Brust. „Ich habe die Kreatur gesehen", gestand ich langsam und bemühte mich, den Schrecken aus meiner Stimme zu halten. „Einen dunklen Schatten, der an der Decke entlang in Richtung Lüftungsschacht gekrochen ist. Es ging so schnell, dass ich mir nicht einmal sicher war."

Er schwieg einen Moment, sein Blick wirkte kalt. „Mit so etwas habe ich schon gerechnet. Dieser Dämon behält uns im Auge. Wahrscheinlich, um einen geeigneten Zeitpunkt für seinen Angriff abzuwarten."

Es war eine grauenhafte Gewissheit, dass tatsächlich etwas hinter uns her war und ich es sogar entdeckt hatte. Vor meinem inneren Auge sah ich die dunklen Umrisse erneut.

„Verlass dich auf mich“, sagte er. „Ich kümmere mich darum.“

Auch zwei Tage später hatte Ray den Dämon noch nicht ausfindig gemacht. Seit dem Vorfall war er in den Pausen nicht mehr ständig damit beschäftigt, sich mit irgendwelchen Mädchen abzugeben, sondern suchte vielmehr nach dem Ding, das uns im Visier hatte.

Zu wissen, dass in der Schule, wo meine Freunde und ich ein- und ausgingen, ein Dämon herumschlich – und das nur, weil er hinter Rays und meinen Kräften her war –, war kaum auszuhalten. Darum war ich jede Minute angespannt, lauschte nach möglichen Geräuschen oder irgendetwas anderem, was den Angreifer verriet. Doch nichts. Auch dieses eigenartige Gefühl war nicht mehr zurückgekehrt. Am schlimmsten war allerdings, dass ich allein nichts ausrichten konnte. Mir waren die Hände gebunden und ich musste mich auf Ray verlassen. Und gerade das fiel mir extrem schwer.

„Habt ihr die Matheaufgaben hinbekommen?“, fragte Sven und riss mich damit aus meinen Gedanken.

Wie konnte man sich nur in dieser Situation über Mathe Gedanken machen? Natürlich ahnte er von all den Geschehnissen nichts, weshalb für ihn Dinge wie Hausaufgaben noch von Bedeutung waren.

Etwas verspätet drang der eigentliche Sinn seiner Frage zu mir durch und ich verzog entsetzt das Gesicht.

„Du hast sie wohl vergessen“, stellte er fest.

Ich nickte kurz und setzte mich auf meinen Platz.

„Na ja, vielleicht kommst du ja auch gar nicht dran“, versuchte er mich aufzumuntern. Was anderes blieb mir auch nicht zu hoffen übrig.

Nell ließ sich zu meiner Linken nieder, während der rechte Platz wieder mal frei blieb. Wo blieb Ray nur? War er noch immer auf der Suche nach diesem Dämon?

Mit schnellen Schritten betrat Herr Wozniak das Klassenzimmer. Er war noch relativ jung, mit Sicherheit erst Anfang dreißig, und ziemlich motiviert, was teilweise recht anstrengend war. Er rückte seine modische Brille zurecht und verkündete: „Heute behandeln wir noch einmal die Integralrechnungen. Ich denke, Sie sind letzte Stunde alle so gut mitgekommen, dass wir nun einen Schritt weitergehen können."

Ich seufzte leise. Herr Wozniak war ein absolutes Mathegenie. Er erklärte manche Dinge daher so schnell, dass man selbst mit dem Schreiben kaum hinterherkam. Zu Hause versuchte ich dann in kontinuierlicher Regelmäßigkeit, das, was ich mir im Unterricht notiert hatte, irgendwie nachzuvollziehen. Hinzu kam, dass er Dinge nur ungern zweimal erklärte und äußerst streng sein konnte.

In diesem Moment öffnete sich die Tür und Ray kam herein, gelassen und ruhig wie immer. Er grinste den Lehrer an, brachte ein kurzes „Sorry" heraus und ging zu seinem Platz.

Zunächst blickte der Lehrer ihn erstaunt an, dann runzelte er zornig die Stirn, doch gleich darauf fand er zu seinem Lächeln zurück. „Schön, dass Sie noch gekommen sind, die heutige Stunde ist nämlich sehr wichtig. Es wäre ein echter Nachteil für Sie gewesen, wenn Sie sie verpasst hätten." Damit wandte er sich wieder der Tafel zu.

Was war das denn? Normalerweise duldete er kein Zuspätkommen und warf die Schüler sofort mit harschen Worten aus dem Zimmer.

„Hast du den Dämon gefunden?", stellte ich die drängendste Frage, als sich Ray neben mich gesetzt hatte.

Er schüttelte mit ernster Miene den Kopf. Als er mich anschließend anblickte, tauchte in seinen dunklen Augen etwas

Warmes auf. „Mach dir aber keine Sorgen. Ich werde dieses Ding schon finden und es vernichten. Dir passiert nichts."

Es wäre mir lieber gewesen, in diesem Punkt nicht vollkommen von ihm abhängig zu sein. Zumal ich noch immer nicht ganz sicher war, ob ich mich wirklich auf ihn verlassen konnte.

„Was hast du eigentlich mit Herrn Wozniak gemacht?", hakte ich nach. „Bist du etwa in seinen Verstand eingedrungen? Ich dachte, so was wolltest du nicht mehr machen? Zumal dieser Dämon dadurch nur zusätzlich auf uns aufmerksam wird."

„Der Kerl ging mir ganz einfach auf die Nerven. Ich hatte keine Lust, mich mit dem nun auch noch rumzuärgern. Der Dämon war nicht in der Nähe, also zerbrich dir darüber nicht den Kopf."

Das war einfacher gesagt als getan. Er wusste doch ganz genau, wie sehr ich es hasste, wenn er in den Köpfen anderer Leute herumspukte. „Ich habe dir schon zigmal gesagt, du sollst das lassen. Du kannst nicht wissen, ob du dabei nicht etwas kaputt machst."

Er zischte verächtlich. „Als ob man bei dem noch irgendeinen Schaden anrichten könnte."

„Lenk nicht ab", mahnte ich. „Lass es einfach sein, okay?"

Zunächst wirkte seine Miene verdrießlich und verschlossen, doch dann legte sich ein schelmisches Grinsen auf seine Lippen. Er stützte seinen Kopf auf die Hand und wandte sich mir zu. Mein Puls begann sich zu beschleunigen, während ich seinen Blick auf mir spürte.

„Ich mache dir einen Vorschlag. Du kannst es nicht leiden, wenn ich Menschen manipuliere, und ich kann es nicht ausstehen, wenn du deine Kräfte gegen mich benutzt, um mich in der Gegend herumzuwerfen. Was hältst du davon: Ich lasse die Leute in Ruhe, und du verzichtest dafür auf diese sadistische Foltermethode."

Er hatte sich ein Stück zu mir gebeugt, sodass ich seinen Duft nach Sandelholz und Zimt wahrnehmen konnte. Sein Blick glühte, die goldenen Flecken darin leuchteten und tanzten im Schein der Sonne. Was sollte ich antworten? Diese Kraft war immerhin das einzige Mittel, das mir blieb, um ihn in Schach zu halten. Es wäre sicher keine gute Idee, es aus der Hand zu geben. Andererseits machte ich mir wirklich Sorgen um meine Lehrer und Mitschüler. Am Ende bekamen sie dank Rays ständigem Herumpfuschen noch Gehirntumore oder so etwas. Vielleicht machte ich mir aber auch nur unbegründet Sorgen. Auf dieses Mittel zu verzichten, würde allerdings auch bedeuten, dass ich ihm von nun an in einem gewissen Maß vertrauen musste ...

Ich schüttelte langsam den Kopf und wandte mich den leeren Blättern vor mir zu. „Nein, das geht nicht. Tut mir leid."

Aus den Augenwinkeln nahm ich wahr, wie das Lächeln auf seinen Lippen verschwand und er wieder ernst wurde. „Gut, wie du meinst." Ohne ein weiteres Wort widmete er sich dem Geschehen vor uns.

„Bevor wir im Unterricht weitermachen, möchte ich die Hausaufgaben mit Ihnen besprechen", sagte der Lehrer.

Ich tat so, als würde ich die Blätter mit den Rechnungen hervorkramen, während ich verzweifelt überlegte, was ich tun sollte, falls er mich aufrief. Ich wusste, dass ich in diesem Fall eine ellenlange Strafarbeit zu erledigen hätte. Keine allzu rosigen Aussichten.

„Hatte irgendwer Schwierigkeiten mit den Aufgaben?"

Niemand meldete sich, doch das wunderte mich nicht. Herr Wozniak hätte es sich nicht nehmen lassen, demjenigen die Rechnung noch einmal vor der gesamten Klasse in rasantem Tempo zu erklären und zusätzliche Fragen dazu zu stellen. Wenn man zugab, dass man etwas nicht verstanden hatte, blieb es einem also nicht erspart, sich gleich mehrfach zu blamieren.

„Gut, dann beginnen wir mit der ersten Aufgabe." Er schrieb die zugehörige Formel an die Tafel. „Wie haben Sie die Rechnung gelöst?" Mit schnellem Blick überflog er die vielen Gesichter seiner Schüler und blieb an einem hängen. „Sven, wie sind Sie vorgegangen?"

„Es geht darum, die Steigung der Funktion zu ermitteln", erklärte er. „Dazu muss man eine Ableitung machen. Bei mir kam am Ende F von x gleich x Quadrat plus sechzehn heraus."

„Kommen Sie bitte nach vorne und schreiben Sie Ihren Lösungsweg an die Tafel. Die Aufgabe war nicht ganz einfach, aber es freut mich, dass Sie zum richtigen Ergebnis gekommen sind", erklärte der Lehrer.

Während Sven seine Ergebnisse anschrieb, rutschte ich unruhig auf meinem Stuhl hin und her. Vielleicht konnte ich die Zeit nutzen und die nächste Aufgabe noch schnell rechnen ... Hastig griff ich zum Stift.

„Du hast die Hausaufgaben vergessen, oder?", wollte Ray leise wissen.

„Bei all den Dingen, die sich gerade in meinem Leben abspielen und auf die ich achten muss, ist es ja wohl kein Wunder, wenn mir mal etwas entfällt", antwortete ich.

„Machen wir weiter", verkündete Herr Wozniak. „Wer hat die Lösung der nächsten Aufgabe? Ray?"

Ohne ein einziges Mal in sein Heft zu schauen, erklärte er den Lösungsweg und verkündete das richtige Ergebnis. Auch er wurde gebeten, die Rechnung an die Tafel zu schreiben.

Sven ging zu seinem Platz zurück; auch ihm entging nicht, wie unruhig ich war. „Alles okay bei dir?", fragte er leise, als er an mir vorbeikam.

„Nutzen Sie für Ihre Privatgespräche doch bitte die Pausen", schaltete sich der Lehrer sofort ein.

Auch Ray wurde in diesem Moment fertig und ließ sich wieder neben mir nieder.

„Emily“, rief Wozniak mich auf, „übernehmen Sie bitte die nächste Aufgabe.“

Mich durchlief es heiß und kalt. Ich kam also nicht um die Zusatzaufgaben und den Rausschmiss herum.

„Also … ich …“

„In der Aufgabe geht es darum, die Steigung zu berechnen“, flüsterte mir Ray leise zu. Ich fühlte seine Wärme direkt bei mir, spürte die Nähe … War er ein Stück näher gerückt? Vorsichtig schaute ich zu ihm hinüber. Sein Gesicht war ernst, doch seine tiefbraunen Augen blickten mich drängend an.

Ich wiederholte seine Worte laut, erklärte den Lösungsweg, den er mir zuwisperte, und nannte das richtige Ergebnis.

„Sehr gut, Emily. Kommen Sie bitte ebenfalls nach vorn und schreiben Sie Ihre Rechnung an.“

Verdammt. Was soll ich jetzt bitte machen?

Als ich mich langsam erhob, schob mir Ray schnell und unauffällig ein Blatt Papier mit der Lösung zu. Die Schrift wirkte eher hastig und ein bisschen abgehackt, ganz anders als seine üblichen schön geschwungenen Zahlenreihen. Außerdem stand nichts anderes auf der Seite als meine Aufgabe. Hatte er das gerade erst aufgeschrieben? Ich sah ihn erstaunt an. Warum half er mir?

Während ich den Lösungsweg an die Tafel schrieb, linste ich immer wieder in seine Richtung. Es war das erste Mal, dass ich richtig froh über seine Anwesenheit war.

„Danke noch mal für vorhin“, sagte ich am Ende der Stunde zu ihm.

„Nichts zu danken. Andernfalls hätte er dich sicher rausgeschmissen, aber mir ist es lieber, wenn ich ein Auge auf dich haben kann. Man weiß ja nie, wann mit einem nächsten Angriff zu rechnen ist.“

Seltsamerweise enttäuschten mich seine Worte ein wenig. Aber was hatte ich auch anderes erwartet? Er war nur aus einem einzigen Grund bei mir, und diesen galt es so schnell wie möglich aus der Welt zu schaffen, sodass jeder von uns wieder seiner Wege gehen konnte.

„Ich wollte noch mal mit dir über deinen Vorschlag von vorhin reden", sagte ich. „Ich bin einverstanden."

Er wirkte überrascht, doch ich hatte mir alles mehrfach durch den Kopf gehen lassen. Ray hatte mir bisher immer beigestanden und mir nie einen Anlass gegeben, ihm zu misstrauen. Ich wollte einfach versuchen, ohne diese Kräfte auszukommen, die ihm diese schlimmen Schmerzen bereiteten. So viel war ich ihm auf jeden Fall schuldig.

Er lächelte, ja strahlte geradezu; seine Augen glühten und zogen mich auf seltsame Art in ihren Bann. Ich war mir sicher, noch nie zuvor ein solch wunderschönes Lächeln gesehen zu haben.

„Freut mich, dass du es dir noch mal überlegt hast." Er reichte mir seine Hand, die ich zögernd ergriff. Sie war warm, fest und zugleich angenehm weich. Ein leichtes Zittern erfasste mich, das ich mir selbst nicht erklären konnte.

„Gut, ich werde mich also an mein Versprechen halten und keine Menschen mehr manipulieren. Ich hoffe, ich kann mich auch auf dich verlassen."

Nun musste ich ebenfalls grinsen. „Klar, ich verspreche es dir. Kein Herumgeschleudere mehr."

Er schwieg für einen Moment, hielt dabei noch immer meine Hand. „Danke, dass du mir vertrauen willst."

Mein Herz tat einige schnelle Sprünge bei diesen Worten … und als er plötzlich meine Hand losließ, war mir, als würde ich etwas Existenzielles verlieren.

„Ich glaube, dein Süßer will was von dir", sagte er und deutete mit einem Kopfnicken schräg vor uns.

Kaum hatte ich Chris entdeckt, tauchte auch schon ein leichtes Lächeln auf dessen Lippen auf. Es war mir ein wenig unangenehm, dass Ray noch immer an meiner Seite war und offenbar auch nicht vorhatte zu gehen. Seine Miene wirkte eisern, fast verschlossen, als Chris mich begrüßte.

„Hi Emily. Wie gehts dir?"

„Ganz gut so weit", antwortete ich und schaute mit einem mahnenden Seitenblick zu Ray, mit dem ich ihn unmissverständlich zum Gehen aufforderte.

„Bist du schon dazu gekommen, die Bücher zu lesen, die ich dir geliehen habe?"

Ehe ich antworten konnte, ergriff Ray das Wort: „Sie hat gerade wirklich Wichtigeres zu tun, als sich mit irgendwelchen Romanen zu beschäftigen."

„O klar, ich verstehe", versuchte Chris zu beschwichtigen. „Die Schule geht natürlich vor. Ich muss im Moment auch viel für diverse Klausuren lernen. Sieht so aus, als würde es dir da nicht viel anders gehen."

„Ich werde sie auf jeden Fall lesen. Spätestens wenn die Tests vorbei sind", wandte ich ein und schenkte Ray einen bitterbösen Blick. Chris sollte auf keinen Fall denken, dass er mir eine Last aufgeladen oder dass ich keine Lust auf die Bücher hatte. Ich freute mich noch immer darüber, dass er sie mir geliehen hatte und mit mir darüber sprechen wollte.

„Du hast wirklich Besseres zu tun, erinnerst du dich?" Ray wirkte wütend und hatte die Arme vor der Brust verschränkt. „Wir haben da noch dieses gemeinsame Projekt, und momentan kommen wir damit alles andere als gut voran. Ich denke, es wäre angebracht, dass du dir deine Zeit sinnvoller einteilst. Jetzt ist es sogar schon so weit, dass du deine Hausaufgaben vergisst und ich dir im Unterricht helfen muss."

„Niemand hat dich um deine Hilfe gebeten", zischte ich.

„Du bist so starrsinnig", erwiderte er. „Ich verstehe einfach nicht, warum ich ausgerechnet an jemanden wie dich geraten musste." Sein Blick war kalt, die Augen schwarz wie die Nacht.

Es war wie ein Stich, der mir durchs Herz fuhr. Warum musste er so gemein sein? Und weshalb stellte er mich noch dazu ausgerechnet vor Chris bloß?

„Hey, jetzt sei nicht so fies zu ihr", sagte der. „Sie ist immer noch deine Cousine, also geh ein bisschen netter mit ihr um."

„Schon gut, ich kenne das von ihm nicht anders", wandte ich ein. Noch immer nagten Rays Worte an mir. Und dass Chris mir nun sogar beistehen musste, gefiel mir ebenfalls nicht. Ich war nicht schwach, und dieser Dämon konnte mich nicht verletzen, ganz gleich, was er auch sagte. „Was soll man machen, er ist und bleibt eben ungehobelt und arrogant. Ich bin jedenfalls froh, wenn er bald wieder weg ist."

Rays Augen wurden noch finsterer, sofern das überhaupt möglich war. „Glaub mir, das geht mir ganz genauso." Sein Blick schnitt sich in mich hinein. „Ständig in deiner Nähe sein zu müssen, um auf dich Acht geben zu können, ist wirklich ätzend. Dabei könnte ich mich derweil so viel besser amüsieren." Seine Augen wanderten zu einer Gruppe von Mädchen, die ebenfalls gerade in seine Richtung sahen, und er lächelte ihnen charmant zu.

Wut kochte in mir hoch. Wie konnte er sich in diesem Moment um solche Dinge kümmern?

„Ich lasse euch zwei dann mal allein", sagte er. „Das ist es doch, was du mir mit deinen finsteren Blicken zu verstehen geben wolltest, oder? Also, viel Spaß mit deinem Angebeteten." Damit machte er kehrt und ging schnurstracks auf die Mädchen zu, mit denen er kurz einige Worte wechselte, bevor er mit ihnen den Flur verließ.

Mir war speiübel. Zum einen hatte er mich mit seinen Worten und diesem herablassenden Verhalten verletzt. Zum anderen fühlte ich mich bloßgestellt und lächerlich gemacht. Immerhin hatte er auf meine Gefühle für Chris angespielt – und das direkt vor ihm. Es war mir so peinlich und zugleich war ich dermaßen wütend. Da führte er sich erst so auf und zog dann einfach mit diesen Mädchen ab! Der Kerl war einfach unausstehlich.

„Das war …", begann Chris und suchte wohl nach den richtigen Worten, „ziemlich heftig."

Ich spürte, wie das Blut in meine Wangen schoss, während mir Rays Worte im Kopf umherjagten. Dazu noch Chris' Blick, der ausdrückte, dass ihm diese Situation ebenfalls unangenehm war. Weil er nicht wusste, wie er mich trösten sollte? Oder weil ihm keine passende Erwiderung darauf einfiel, dass ich ihn mochte?

Im Grunde stimmte es ja, was Ray gesagt hatte. Wenn die Sache mit den Dämonen nicht gewesen wäre und wenn ich eine andere Vergangenheit gehabt hätte, hätte ich mir durchaus eine Beziehung mit Chris vorstellen können. Es musste schön sein, ein normales Leben mit einem normalen Freund zu führen.

„Er ist ein Idiot", murmelte ich leise.

„Sein Verhalten dir gegenüber war auf jeden Fall nicht besonders nett." Er schaute mich prüfend an. „Alles okay mit dir?"

Ich nickte langsam und versuchte, nicht zu zeigen, wie sehr die Worte an mir nagten.

„Du solltest ihn nicht allzu ernst nehmen. Ich weiß nicht, was er hat, aber ich für mein Teil finde es sehr schön, Zeit mit dir zu verbringen. Ich freue mich jedes Mal darüber."

„Danke, das bedeutet mir viel." Es rührte mich, dass er mich aufzumuntern versuchte, und dennoch spürte ich weiterhin den Zorn in mir brodeln. Ich musste unbedingt mit Ray reden, das konnte ich einfach nicht auf mir sitzen lassen.

„Ich glaube, ich gehe ihm lieber nach", sagte ich. „Es ist besser, wenn ich die Sache kläre. Immerhin ist er mein Cousin. Ich will keinen Streit mit ihm."

„Ja, das verstehe ich. Aber falls du weiterhin Probleme mit ihm haben solltest oder sonst welche Sorgen, weißt du hoffentlich, dass du immer zu mir kommen kannst?"

Ich nickte lächelnd und verabschiedete mich von ihm. Anschließend rannte ich in die Richtung, in die Ray verschwunden war, und fand ihn nicht weit entfernt. Noch immer war er mit unseren Mitschülerinnen zusammen, was meinen Zorn nur weiter anstachelte. Er lachte; scherzte mit ihnen, und es schien ihn überhaupt nicht zu kümmern, wie er mich gerade behandelt hatte.

„Ich muss mal mit dir reden", zischte ich ihn ohne Umschweife an, packte ihn am Arm und zog ihn um die Ecke in den angrenzenden Flur.

„Sag mal, bist du eigentlich völlig übergeschnappt?", fauchte ich außer mir. „Was fällt dir ein, mich vor Chris so bloßzustellen? Wenn du dermaßen die Schnauze von mir voll hast, dann verschwinde doch einfach. Das habe ich dir schon zigmal gesagt. Ich brauche dich nicht, klar?"

„Du vergisst wohl, dass mein Leben leider von deinem abhängt. Ich werde deinen Größenwahnsinn ganz sicher nicht einfach hinnehmen und riskieren, nur aufgrund deiner Sturheit draufzugehen."

„Das ist auch das Einzige, was für dich zählt!" Mittlerweile hatte ich die Fäuste geballt und schrie ihn an. „Du denkst immer nur an dich, an dein Leben. Was du dabei alles bei mir durcheinanderbringst und kaputt machst, daran verschwendest du nicht einen Gedanken!"

„Glaubst du, mir macht es Spaß, dir ständig überallhin hinterherrennen zu müssen und dabei von dir behandelt zu werden, als wäre ich der letzte Dreck? Ich wäre auch lieber woanders und kann es kaum mehr erwarten, von dir wegzukommen. Aber leider stellst du dich bisher alles andere als geschickt an. Wenn das so weitergeht, werde ich wohl noch Jahre an dich gekettet sein, und das wäre wirklich die reinste Hölle. Ich ertrage dich ja jetzt kaum mehr!"

Das hatte gesessen. Und tat schrecklich weh. Ich spürte die Verletzung in mir, die Wut, die Enttäuschung. Nur warum?

„Na dann verschwinde doch endlich! Das wäre für uns beide das Beste!“, brüllte ich, wobei ich mit den Händen nach ihm stieß – und da geschah es: Ray wurde von den Füßen gerissen und quer durch den Flur geschleudert, direkt auf das große Flügelfenster zu. Ich schaute ihm erschrocken nach und sah, wie er durch das Glas geworfen wurde und stürzte.

Sofort rannte ich hinterher, blickte in Richtung Boden und sah ihn auf dem Schulhof liegen.

„Ray“, wisperte ich, während mein Herz vor Entsetzen in meiner Brust donnerte. Das hatte ich nicht gewollt!

Da er sich nicht bewegte, eilte ich auf der Stelle zu ihm. Hoffentlich war ihm nichts passiert. Zum Glück war niemand in der Nähe gewesen, sodass keiner erfahren würde, wie es zu der zerstörten Scheibe gekommen war. Ich hetzte die Treppe hinunter und hastete aus dem Gebäude. Es dauerte ein paar Minuten, bis ich bei ihm ankam; noch immer lag er auf derselben Stelle.

„Ray, alles okay?“ Völlig außer Atem ließ ich mich neben ihm nieder, während die Sorge mich nicht losließ. Warum hatte ich so ausrasten müssen? Gerade jetzt, wo ich mir vorgenommen hatte, einen Schritt auf ihn zuzugehen und ihm zu vertrauen? Ich hatte ihm versprochen, ihn nicht wieder mit diesen Kräften zu strafen, und nun war genau das geschehen.

„Löse den Bann“, zischte er unter Anstrengung. Er konnte sich offenbar noch immer nicht rühren, sondern wurde von der Magie weiter festgehalten.

„Klar, sofort.“ Nur wie sollte ich das anstellen? Ich hatte keine Ahnung, wie das ging. Doch irgendetwas musste ich tun, denn es war offensichtlich, dass er Schmerzen hatte.

„Ich befreie dich von dem Bann“, erklärte ich schnell. „Hiermit bist du wieder frei, hörst du? Steh auf.“ Fast panisch wedelte ich mit den Händen herum. Hatte es funktioniert?

Ray zuckte, bewegte sich und setzte sich schließlich vorsichtig auf. Er hatte einige kleine Schnitte im Gesicht und an den Armen, überall um ihn herum lagen Glasscherben.

„Es tut mir ehrlich leid, das wollte ich nicht", erklärte ich.

Ohne zu antworten, stand er auf und streifte die restlichen Splitter von seiner Kleidung.

Ich erhob mich ebenfalls und sah ihn entschuldigend an. „Ich hatte wirklich nicht vor, den Bann zu benutzen."

„Schon gut", sagte er. Seine Stimme war kalt und distanziert. „Ich habe verstanden. Zwar bin von uns beiden ich der Dämon, aber auf meine Worte kann man sich wenigstens verlassen. Schade, dass man das von dir nicht behaupten kann."

Noch einmal wollte ich erklären, dass es keine Absicht gewesen war und dass ich ihm wirklich vertrauen wollte … doch ich kam nicht dazu.

„Du willst also nichts mit mir zu tun haben, das kann ich verstehen. Mir geht es umgekehrt ganz genauso", sagte er. „Du meinst, du könntest auf dich selbst aufpassen, aber ich bin anderer Meinung. Leider sitzt du, wie man sieht, momentan am längeren Hebel."

Seine Augen waren wie Eis, schneidend und kalt. „Also werde ich dich in Ruhe lassen. Ich habe allerdings nicht vor, nur wegen deiner Sturheit draufzugehen. Ich werde dich von nun an als das behandeln, was wir nun mal sind: Fremde. Ich werde mich von dir fernhalten, soweit ich es irgendwie vertreten kann, ohne damit unser beider Leben zu gefährden."

Ohne ein weiteres Wort ließ er mich stehen und ging davon. Kalter Wind schlug mir entgegen und ließ mich frösteln. Das erste Mal seit langer Zeit überkam mich ein alter Schmerz, der bisher tief in mir geruht und den ich stets unterdrückt hatte: Wieder einmal hatte mich jemand verlassen und ich fühlte mich vollkommen allein …

Ich saß an meinem Schreibtisch; vor mir stand noch immer die Kerze, die ich entfachen sollte. Im Moment konnte ich mich allerdings überhaupt nicht auf meine Aufgabe konzentrieren.

Ray saß hinter mir am anderen Ende des Zimmers auf einem Stuhl und las in einem Buch. Seit unserem Streit in der Schule hatte er kein Wort mehr mit mir gesprochen. Auf dem Nachhauseweg war er fast hundert Meter vorausgelaufen, sodass ich nur ab und an in der Ferne seine Silhouette hatte sehen können. Im Grunde tat er also endlich genau das, was ich gewollt hatte: Er ließ mich in Ruhe, ignorierte mich und hielt Abstand. Doch immer wieder sah ich sein Lächeln und seine dabei aufblitzenden Augen vor mir. Das alles war mittlerweile verschwunden und er behandelte mich tatsächlich wie eine Fremde. Und genau das tat weh. So unglaublich weh, dass ich mich selbst nicht mehr verstand.

Mehrfach hatte ich versucht, mich bei ihm zu entschuldigen, doch es änderte nichts. Im Grunde hatte er ja recht. Ich hatte mich ihm gegenüber nicht fair verhalten. Ich war ihm stets aus dem Weg gegangen, hatte versucht, auf Distanz zu bleiben, und ihn immer wieder vor anderen ignoriert. Und nun, wo diese Distanz endlich da war, ertrug ich sie nicht. Was war nur mit mir los? Warum kam ich nicht damit klar, dass er jetzt nicht mehr an meiner Seite war?

„Ray?" Er sah nicht auf, sondern blickte weiterhin in das Buch.

„Du musst mir das mit der Kerze noch mal erklären. Ich habe nicht das Gefühl, dass ich auch nur einen Schritt vorankomme. Wie soll ich die Magie in mir finden?"

„Ich habe dir das bereits hundert Mal erklärt", sagte er, ohne aufzublicken. „Du musst dich auf dein Ziel konzentrieren und darfst an nichts anderes denken. Es muss das Einzige sein, das dich in dem Moment erfüllt und nach dem du strebst. Stell es dir ganz genau vor. Wenn dir das alles gelingt, wirst du die Kerze zum Brennen bringen."

Ich wünschte mir in diesem Augenblick vielmehr, er würde mich anschauen, sodass ich in das tiefe Braun seiner Augen sehen könnte. Doch er blickte weiterhin nicht von seinem Buch auf, und so blieb mir nichts anderes, als mich erneut der Kerze zu widmen.

Wie sollte das nur weitergehen? Ich seufzte, schloss die Augen und versuchte erneut, mich auf meine Aufgabe zu konzentrieren, als ich ein leises Geräusch hörte.

Ich schaute auf und entdeckte Bartholomäus, der gerade vom Fensterbrett ins Zimmer gesprungen kam. In letzter Zeit war er immer öfter weg und blieb stundenlang verschwunden. Ich hatte Ray bereits darauf angesprochen, doch er hatte nur kryptisch geantwortet: „Er hat von mir einen Auftrag erhalten, um den er sich gerade kümmert." Mehr war nicht aus ihm herauszubekommen gewesen.

„Meister", sagte die Wächterkatze hektisch, während sie auf ihren Herrn zueilte, „ich habe leider keine guten Nachrichten."

„Du hast also nichts herausgefunden?"

Bartholomäus schüttelte enttäuscht den Kopf. „Ich habe jeden Winkel um Assalla abgesucht, doch es gab nirgends auch nur den kleinsten Hinweis auf das Buch."

„Was für ein Buch?", fragte ich nach. „Wo warst du überhaupt?"

Rays Blick fiel auf mich, und seine Augen verengten sich eine Nuance. „Du hast wohl vergessen, was wir beschlossen haben: Wir halten Abstand zueinander und mischen uns nicht in die Belange des anderen ein. Das alles geht dich nichts an, also halte dich raus."

Seine Worte waren wie ein Peitschenschlag, und ich wandte mich enttäuscht ab. Er hatte ja recht, es ging mich nichts an. Warum nur tat mir diese Distanz so weh? Hatte ich mich mittlerweile tatsächlich so sehr an ihn gewöhnt? Immerhin waren wir, seit er aufgetaucht war, fast jede Minute zusammen gewesen und er hatte sich oft um mich gesorgt. Natürlich nur, weil er um sein eigenes Leben bangte. Ich konnte ihm jedenfalls nicht wirklich etwas von mir anvertrauen. Das gelang mir bei niemandem …

„Wir wussten von Anfang an, dass es äußerst schwer werden würde, das Buch zu finden“, hörte ich ihn sagen. „Aber so schnell geben wir nicht auf. Wir haben ohnehin keine Wahl“, fügte er leise hinzu.

Mir entging nicht die Sorge in seinem Unterton, doch ich schwieg. Er würde diese nicht mit mir teilen, dazu war zu viel zwischen uns kaputtgegangen …

Ray atmete die kühle Nachtluft ein und hoffte, sie würde ihm dabei helfen, einen klaren Kopf zu bekommen. Warum hielt er überhaupt noch vor ihrem Haus Wache? Emily hatte ihm immer wieder zu verstehen gegeben, wie sehr sie ihn verabscheute und dass sie in ihm nichts anderes als ein lästiges Anhängsel sah. Sie vertraute ihm nicht. Das hatte sie allzu deutlich klargemacht, als sie ihn in der Schule mithilfe ihrer Kräfte aus dem Fenster geworfen hatte.

Sie wollte nichts mit ihm zu tun haben und so schnell wie möglich den Bund lösen, der sie aneinanderfesselte. Ihm selbst war es zu Beginn nicht anders gegangen. Er hatte nach Hause gewollt, diese schreckliche Welt verlassen und nach demjenigen suchen, der das alles in Gang gebracht hatte. Das war sein einziges Ziel gewesen. Doch mit der Zeit hatte sich etwas in ihm verändert …

Es hatte ihn von Anfang an gestört, wie verschlossen und abweisend sich Emily ihm gegenüber verhalten hatte und dass sie niemanden an sich heranließ. Er hatte sie oft des Nachts beobachtet, wie sie sich von Albträumen geplagt hin und her warf. Sie hatte ihm leidgetan, und die Frage, was ihr wohl in der Vergangenheit widerfahren war, ließ ihn auch jetzt einfach nicht los.

So vieles ärgerte Ray an ihr; dennoch musste er an ihrer Seite bleiben und war machtlos ihr gegenüber. Dieser Umstand störte ihn wohl am meisten: dieses Gefühl, an einen schwachen Menschen gebunden zu sein. Nein, das war es nicht, erkannte er sofort. Es war vielmehr diese Kälte, mit der sie ihn bedachte, um ihn aus ihrem Leben herauszuhalten. Gerade, als er geglaubt hatte, sie würde sich ihm gegenüber ein wenig öffnen …

Bisher hatte er Frauen immer sehr schnell um den Finger wickeln können, und es war ihm auch nie schwergefallen, sich bald wieder von ihnen zu trennen. Doch bei Emily war es anders: Sie vertraute weder ihm noch sonst jemandem. Und das, obwohl sie so sehr litt. Immer wieder schossen ihm die Bilder durch den Kopf, wie er ihr eines Nachts die Träne von der Wange gestrichen und sie sich daraufhin in seine Hand geschmiegt hatte. Sie hatte so erleichtert und zufrieden ausgesehen. Dieser Ausdruck ging ihm nicht mehr aus dem Sinn, so sehr er es auch versuchte.

Er atmete noch einmal durch. Es wurde wirklich Zeit, dass er von ihr und dieser ganzen Menschenwelt wegkam …

Finstere Qualen

Seit dem Streit mit Ray war mittlerweile eine Woche vergangen und noch immer hielt er sich an seine Worte: Er behielt mich zwar im Auge, doch abgesehen davon behandelte er mich wie eine Fremde. Es war seltsam, zu wissen, dass er da war, und sich dennoch so unglaublich fern von ihm zu fühlen. Eigentlich hätte mich das erleichtern sollen, doch das tat es nicht. Der Streit mit ihm beschäftigte mich weitaus mehr, als ich wollte. Ich schlief noch schlechter als ohnehin schon, und nur dank einer Unmenge an Kaffee konnte ich mich tagsüber aufrecht halten.

Vor einigen Wochen waren meine Albträume weniger geworden und ich war immerhin für ein paar Stunden in einen tiefen, ruhigen Schlaf verfallen, doch nun quälte ich mich jede Nacht wieder wie damals vor sechs Jahren.

Das Resultat war, dass ich noch müder und unausgeruhter war, was sich merklich auf meine Konzentrationsfähigkeit auswirkte. Mir fiel es schwer, dem Unterricht zu folgen und mit meinen Gedanken nicht ständig in meiner Vergangenheit zu versinken. Auch die ersten Klausuren, die wir in der Zwischenzeit geschrieben hatten, waren nicht allzu gut für mich verlaufen. In Bio hatte es gerade mal für eine Vier plus gereicht, in Latein war es nur eine Fünf minus geworden.

Zu Hause übte ich weiterhin fleißig daran, meine magischen Kräfte zu finden – vollkommen ergebnislos. Allmählich verließ mich der Mut. Wenn das so weiterging, würde Ray wohl ewig an meiner Seite bleiben müssen … und das würde ich auf Dauer nicht ertragen. Nicht, wenn es so zwischen uns blieb.

Ich wandte mich um, wo er in einem Abstand von etwa fünfzig Metern hinter mir herlief. Seit unserem Streit ging er nicht mehr an meiner Seite, sondern blieb stets ein Stück zurück, um mich so weit es nötig war, im Blick zu behalten. Ich seufzte schwer, als ich mich noch einmal nach ihm umdrehte; er schaute mich ein letztes Mal prüfend an, bevor er schließlich in den rechten Gang Richtung Jungenumkleide abbog. Vor einiger Zeit hatte er mir vor dieser Stunde stets noch einmal ins Gewissen geredet: „Pass auf dich auf. Und wenn irgendwas ist, weißt du ja, was du zu tun hast." Mir waren diese Verhaltensregeln jedes Mal unglaublich auf die Nerven gegangen, doch nun fehlten mir seine sorgenvollen Augen. Auch wenn ich wusste, dass er sich im Grunde nur um sein eigenes Leben kümmerte, vermisste ich seine mahnenden Worte und vor allem die Gewissheit, dass er stets da war.

„Ich weiß zwar nicht, was zwischen euch vorgefallen ist", sagte Sven kurz darauf, als ich ihn und Nell auf dem Weg zum Sportunterricht traf, „aber ich finde es gut, dass ihr nicht mehr ständig aufeinanderhockt. Ich fand Ray ehrlich gesagt von Anfang an seltsam und habe ihm nie über den Weg getraut."

„Du wieder", knurrte Nell und wandte sich dann an mich. „Also ich finde es ziemlich kindisch, wie ihr zwei euch benehmt. Egal, weswegen ihr euch gestritten habt, so kann es nicht weitergehen. Ihr müsst darüber reden und das Problem endlich aus der Welt schaffen."

Ich wusste nichts darauf zu antworten und schwieg nachdenklich, während die beiden mich aufmerksam betrachteten. Mochte ich Ray wirklich? Auf eine gewisse Art fehlte er mir, das sah ich ein. Aber doch nur, weil ich mich bereits an ihn und an das Gefühl, nicht mehr allein zu sein, gewöhnt hatte. Dabei durfte ich allerdings nicht vergessen, dass er nun mal ein Dämon war und sich nach nichts anderem sehnte als danach, in seine Welt zurückzukehren. Im Grunde war es besser, wenn wir Abstand hielten. So würde es zum Ende hin leichter werden.

„Du kannst manchmal so stur sein", murmelte Nell.

„Lass sie doch", erwiderte Sven. „Emily, ich finde, du hast die richtige Entscheidung getroffen. Er ist ein Weiberheld, und gerade darum ist es bedenklich, wenn er weiterhin bei euch wohnt. Wenn du Glück hast, verschwindet er bald."

„Also ich mag ihn", verkündete Nell.

„Du hast auch überhaupt keine Menschenkenntnis", murmelte Sven und hob gleichzeitig die Hand zum Abschied. „Also, viel Spaß beim Sport. Wir sehen uns dann nachher, falls ich die Stunde überleben sollte."

Seine Worte entlockten mir ein kurzes Grinsen. Er hasste dieses Fach sogar noch mehr als ich – wenigstens einer, der mein Leid teilte.

Nachdem wir uns umgezogen und in die Sporthalle gegangen waren, hätte ich am liebsten auf der Stelle kehrtgemacht. Frau Kidra hatte einen Bock mit einem Sprungbrett davor in die Mitte der Turnhalle aufgebaut.

„Das kann ja nur schiefgehen", murmelte ich leise, während die anderen sich um die Lehrerin aufstellten.

„Wie ihr seht, werden wir heute das Bockspringen üben", erklärte sie. „Ihr müsst nur mit dem Brett ordentlich Schwung holen, euch mit den Händen abstützen, die Beine grätschen und dann über den Bock springen. Ich stehe währenddessen natürlich daneben und leiste Hilfestellung, wenn nötig." Sie ließ ihren Blick kurz über die Klasse schweifen und blieb an Sandra hängen, einer richtigen Sportskanone - durchtrainiert, mit langem blondem Haar und einer athletischen Figur.

„Sandra, mach du es doch bitte einmal vor."

Sie nickte, stellte sich auf und rannte los. Jeder ihrer Muskeln war gespannt und die Körperhaltung so, wie ich sie von Läufern aus dem Fernsehen kannte. Nun sprang sie auf das Brett, wurde in die Luft geschossen und schwang sich in einer anmutigen Bewegung über den Bock. Aufrecht und ohne auch nur zu schwanken, landete sie auf der anderen Seite.

„Ganz toll", wisperte ich zu Nell. „So bekomme ich das ganz sicher nicht hin."

„So bekommt das außer Sandra niemand hin", antwortete sie. „Ich bin schon froh, wenn ich nicht auf die Nase falle."

So ging es mir auch, wobei Nell nicht gerade tollpatschig war. Zumindest nicht in dem Ausmaß wie ich.

„Gut, dann stellt euch bitte der Reihe nach auf", rief uns Frau Kidra mit ihrer lauten, donnernden Stimme zu.

Ich versuchte, möglichst weit hinten in der Schlange zu stehen. Vielleicht half es ja, wenn ich den anderen vorher noch ein wenig zuschaute, bevor ich dann selbst versuchen würde, es über den Bock zu schaffen.

Mit einem Mal pfiff die Lehrerin in ihre Trillerpfeife, ein schrilles Geräusch zischte durch die Halle und die Erste – Tanja – rannte los. Sie war um einiges langsamer als Sandra und erreichte auch nicht genau die Mitte des Sprungbretts. Dennoch wurde sie in die Luft gewirbelt, senkte die Arme auf den Bock, spreizte die Beine und kam schwankend, aber sicher auf dem Boden zum Stehen.

Nachdem drei weitere Mitschülerinnen die Aufgabe bewältigt hatten, war Nell an der Reihe. Sie rannte los, sprang auf das Brett, holte etwas zu viel Schwung und wurde weit in die Luft geschleudert; sie streckte die Hände, wurde regelrecht über den Bock katapultiert – und landete auf ihrem Hintern. Auch wenn die Landung nicht ganz so glanzvoll vonstattengegangen war, hatte sie es immerhin geschafft.

Den anderen, die vor mir in der Reihe standen, gelang es ebenfalls, mehr oder weniger anmutig über das Turngerät zu kommen.

Nun war ich an der Reihe. Ich spürte die Blicke der anderen auf mir und rieb mir noch einmal die schweißnassen Hände an meiner Hose trocken. Es half ja alles nichts …

Ich sprintete los, landete mit einem Sprung auf dem Brett, wurde durch die Luft gewirbelt und stemmte meine Hände auf den Bock – und genau da musste irgendetwas schiefgelaufen sein. Ich hatte zu viel Schwung oder zu wenig, auf jeden Fall flog ich schief durch die Luft, meine Arme gaben nach, und ich knallte gegen den Bock, der mir die Beine wegriss. Ich krachte regelrecht über das Turngerät und landete hart auf der Matte, wobei ich mir den Bauch, die Schulter und das Gesicht anschlug.

Frau Kidra war sofort neben mir. „Ist dir etwas passiert? Ich sage es doch immer wieder: Körperspannung, ihr braucht Körperspannung! Arme und Beine müssen gestreckt sein, die Muskeln gespannt." Sie schüttelte den Kopf. „Du bist gleich so schief auf dem Bock gelandet, dass ich dich nicht mal zu fassen bekommen habe."

Langsam rappelte ich mich auf und schenkte der Lehrerin für ihre „einfühlsamen" Worte einen bitterbösen Blick.

„Deine Lippe blutet ja", bemerkte sie, nachdem ich aufgestanden war.

Jetzt, wo sie es sagte, spürte ich den Schmerz auf meiner immer dicker werdenden Unterlippe. Ich strich kurz mit den Fingern darüber und schmeckte gleichzeitig Blut in meinem Mund.

„Geh bitte ins Krankenzimmer. Ich denke zwar nicht, dass die Verletzung allzu schlimm ist, aber die Schulkrankenschwester sollte sich das vorsichtshalber noch mal anschauen."

Dieser Aufforderung kam ich nur allzu gern nach.

Nell schenkte mir einen aufmunternden Blick, während die anderen Mädchen mich nur belächelten. Ich versuchte, sie zu ignorieren. Sowohl sie als auch Frau Kidra kannten es von mir nicht anders, als dass ich mich ständig im Sportunterricht verletzte. Vielleicht nahm die Lehrerin mich auch deshalb nicht mehr richtig ernst.

Humpelnd verließ ich die Turnhalle. Ich war beim Sturz auf mein rechtes Knie gefallen, das nun ziemlich weh tat und mich beim Gehen behinderte. Dennoch versuchte ich, mir möglichst nichts anmerken zu lassen.

Der schnellste Weg von hier aus ins Krankenzimmer führte mich direkt am Sportplatz vorbei. Einige Mädchen und Jungs aus den anderen Klassen hatten sich auf die Tribüne gesetzt und schauten den Jungen aus meinem Jahrgang beim Fußball zu. Am Spielfeldrand entdeckte ich Sven. Er trug ein rotes Trikot, schaute ziemlich hilflos und versuchte – für mich unübersehbar, weil ich es immer genauso machte – sich im Hintergrund zu halten. Genau wie ich in solchen Situationen beobachtete er den Ball und bemühte sich darum, sich von diesem möglichst fernzuhalten. Gerade passte ein Spieler einem seiner Teammitglieder zu, der nahm an und rannte los. Es war Ray. Er war schnell und wich mit geschmeidigen Bewegungen den Angreifern aus. Immer näher kam er dem Tor, war offenbar von nichts und niemandem aufzuhalten.

Er sah wirklich toll aus. Kein Wunder, dass er bei den Mädchen so beliebt war.

Ray holte aus, schaute in Richtung Tor – und da trafen sich unsere Blicke. Für einen Moment war mir, als würde die Zeit stehen bleiben. Obwohl ich seine Augen aus der Entfernung nicht genau erkennen konnte, war mir, als würde er mich ununterbrochen ansehen. Und dann ließ er plötzlich von dem Ball ab.

Mein Herz donnerte in meiner Brust, während ich ihn erstaunt dabei beobachtete, wie er augenblicklich über das Feld auf mich zugerannt kam, seine schreienden Mitspieler und selbst den Lehrer einfach stehen ließ. Er sprang über den kleinen Zaun, der das Feld umschloss, und stand kurz darauf vor mir.

„Was ist passiert?", fragte er und in seinen dunklen Augen glühten die goldenen Sprenkel wie Feuer. Voller Sorge schaute er mich an, legte seine Hand an meine Wang und besah sich meine Verletzung. Ich fühlte die Wärme seiner Haut auf meiner und spürte, wie er sanft an meinem Gesicht entlangstrich.

Ein Schauer durchjagte mich, wie ich ihn noch nie zuvor erlebt hatte. Ich war sprachlos und gefangen von seinem Blick. Noch nie hatte er mich so angesehen – mit diesen Mitternachtsaugen, in denen so viel Angst und Sorge lagen. Tränen stiegen in mir auf, doch ich verstand den Grund nicht. Lag es daran, dass er mir gefehlt hatte und nun endlich wieder bei mir war? Daran, dass er sich Gedanken um mich machte? Oder weil ich dieses Glühen in seinem Blick so wundervoll fand, dass ich es nie verlieren wollte?

„Bist du angegriffen worden? Du solltest mich doch rufen!“ Es wirkte, als hätte er tatsächlich Angst um mich. Langsam legte er den linken Arm auf meine Schulter und zog mich zu sich.

In diesem Moment hätte ich mich am liebsten an ihn gelehnt, wollte seine Wärme spüren und mich einfach nur geborgen fühlen. Doch etwas in mir hielt mich davon ab.

Er ist ein Dämon und wird irgendwann wieder gehen. Er behält mich nur im Auge, weil er selbst am Leben bleiben will. Ich an sich bin ihm nicht wichtig. Es ist besser, wenn ich ihn nicht zu sehr ins Herz schließe.

„Ich hatte nur einen kleinen Unfall im Sportunterricht“, erklärte ich und setzte ein Lächeln auf, während ich einen Schritt von ihm zurücktrat.

Ihm entging mit Sicherheit nicht, dass ich bewusst Abstand zu ihm hielt, denn sein Blick wurde sofort wieder dunkler und das Glühen in seinen Augen verschwand – sie wurden wieder so kalt wie die Finsternis, unnahbar und distanziert.

„Gut, dann muss ich mir ja keine Sorgen machen.“

Bei diesen Worten sah ich ihn kurz an, suchte seinen Blick. War ich ihm vielleicht doch wichtig?

„Ich denke, ich gehe besser wieder zu den anderen zurück.“ Er wandte sich einfach von mir ab und ließ mich stehen.

Nein, da war nichts Freundliches mehr in seiner Stimme. Warum war ich darüber nur so enttäuscht? Weshalb tat mein Herz so weh? Ich schüttelte den Kopf, während ich ihm hinterhersah, wie er gerade das Feld betrat und ein paar Worte mit dem Lehrer wechselte. Dann machte ich mich auf den Weg ins Krankenzimmer. Sven hatte recht: Ray musste so schnell wie möglich in seine Welt zurück, sonst ging ich das Risiko ein, diesen alles verzehrenden Schmerz von damals erneut durchmachen zu müssen …

Noch immer verharrte er stumm und regungslos in dem stockdunklen Raum, der nur von dem Schein der Kerzen erhellt wurde, die er um sich gereiht hatte. Er saß auf dem kalten Boden; zunächst hatten seine Glieder noch geschmerzt, doch schon seit mehreren Stunden spürte er sie nicht mehr. Ganz ruhig verharrte er auf der Stelle, lauschte seinem Atem und dem schlagenden Herzen in seiner Brust. Momentan hatte er nur ein einziges Ziel, das ihn umtrieb und an das er denken konnte.

Auf den Boden war ein magisches Symbol gezeichnet, in dessen Mitte er saß. Die vielen Linien kreuzten und schnitten sich mehrfach, waren mit Bögen und mystischen Zeichen versehen. Alles diente nur dazu, dass er für seinen nächsten Schritt genügend Kraft sammeln konnte.

Durch das magische Ritual bündelte er alle gesammelten Seelen in sich, sodass er den letzten Rest ihrer Macht und Lebenszeit in sich aufnehmen konnte. So verstärkte er zum einen seine Kräfte, zum anderen bewahrte er durch die Lebensenergie seinen Körper vor dem Zerfall. Beides würde er brauchen, das wusste er. Dennoch war es nicht unwahrscheinlich, dass ihn sein Vorhaben trotz allem das Leben kosten würde. Es war an der Zeit, dass er den Quartus endlich in seinen Besitz brachte und sein Vorhaben in die Tat umsetzte. Nur dann konnte er die Lebenskraft eines stärkeren Dämons an sich reißen, die groß genug war, um seinen Körper so weit wiederherzustellen, dass er fortan auf die schwächeren Seelen verzichten konnte. Dann würde er endlich nach Hause zurückkehren.

Ein schmales Lächeln legte sich auf seine Lippen, als er sich ihre Gesichter vorstellte, die sie bei seiner Rückkehr sicher machen würden.

„Isigia", rief er in die Dunkelheit hinein. Er wusste, dass seine treue Dienerin in der Nähe war. Sie ließ ihn keinen

Moment aus den Augen, was ihn ab und an schier rasend vor Wut werden ließ.

„Ich will, dass du dich bereitmachst, das Tor zu öffnen." Er musste nicht hinsehen, um zu wissen, dass sie ihn erschrocken ansah. Ständig hatte sie Angst um ihn, machte sich Sorgen, er könnte sterben. Er hasste sie dafür, dass sie ihm ununterbrochen bewusst machte, wie schwach er in dieser Gestalt war. Doch bald würde sich alles ändern. Bald würde er wieder an dem Ort sein, wo er hingehörte, und sich an ihnen allen rächen können.

„Ja, Meister", versicherte sie in die Stille hinein. Ihre Stimme klang zart und ängstlich, doch er wusste, dass sie seinem Befehl Folge leisten würde.

„Nur noch wenige Stunden", murmelte er leise vor sich hin, „dann bin ich bereit!"

Auch vier Tage später ging mir Rays Blick – das Glühen und Lodern in seinen dunklen Augen – nicht aus dem Sinn. Doch seit dem Vorfall am Sportplatz hatte ich es nicht wieder gesehen. Er benahm sich wie immer in letzter Zeit: Er war abweisend, zog sich zurück und sprach nur das Nötigste mit mir. Leider musste ich gestehen, dass mir diese Situation immer stärker zusetzte. Ich überlegte, ob ich mit ihm darüber sprechen sollte. Nur was hätte ich sagen sollen? Zumal mir mein Innerstes immer wieder sagte, dass es so am besten war.

„Wie wärs, wenn wir am Wochenende mal wieder was zusammen unternehmen würden?", fragte Nell, während sie gerade einige Bücher in ihren Spind legte.

„Ich habe leider keine Zeit", antwortete Sven. „Meine Großeltern kommen zu Besuch. Zuerst wollen wir ins Kunstmuseum und am Abend dann in das Lieblingsrestaurant meiner Eltern gehen."

Nell seufzte theatralisch und wandte sich dann an mich: „Und was ist mit dir?"

Ich zuckte mit den Schultern. „Klar, warum nicht?"

„Klasse!", freute sie sich und zwinkerte mir verschwörerisch zu. „Wir könnten Chris noch einladen, wie wäre das?"

Seit unserem letzten Gespräch hatte ich ihn nicht mehr gesehen. Nicht einmal eine zufällige Begegnung in der Schule hatte sich ergeben.

„Wieso willst du ihn einladen? Damit du ihm weitere Stücke deiner peinlichen Büchersammlung zeigen kannst?", ärgerte ich sie.

„Das war ein Bestseller. Außerdem habe ich noch genug andere Bücher."

„O ja", mischte sich Sven grinsend ein. „Und zwar *Der große Dämonenführer*, *Geheime Zaubersprüche* und – nicht zu vergessen – *Dantes Inferno*."

„Ihr habt doch keine Ahnung“, beharrte sie. „Irgendwann werdet auch ihr begreifen, dass da zwischen Himmel und Erde mehr ist.“

Wie recht sie hatte … Allerdings verkniff ich mir einen Kommentar.

„Wenn wir Chris einladen, könnten wir Ray auch noch fragen“, lenkte sie vom Thema ab. „Meinst du, er hätte Lust?“

Ich sah sie erschrocken an. „Ray? Das ist doch wohl nicht dein Ernst?“

„Warum denn nicht? Er ist nett und richtig süß.“

„Ich glaube nicht, dass er dazu Lust hätte.“ Ihre letzten Worte ignorierte ich geflissentlich.

„Wäre es nicht sowieso schöner, wenn ihr beide mal wieder zu zweit was unternehmen würdet?“, wandte Sven ein.

„Je mehr, desto besser“, meinte Nell. „Lasst mich nur machen.“ Grinsend schulterte sie ihre Tasche und ging mit uns in Richtung Cafeteria.

„Sven hat recht. Ich finde auch, wir sollten mal wieder etwas alleine unternehmen“, sagte ich in der Hoffnung, sie von ihrem Vorhaben abzubringen. Wie ich allerdings erwartet hatte, ließ sie sich von meinen Worten nicht wirklich beeindrucken.

„Aber fragen kann ich sie ja mal. Vermutlich lehnen sie sowieso ab.“

Ich seufzte kurz und reichte ihr anschließend meine Tasche. „Nimmst du die mit? Ich muss noch kurz zur Toilette. Geht ruhig schon mal vor, ich komme gleich nach.“

Die beiden nickten und gingen weiter, während ich in den rechten Gang abbog und zu den Waschräumen eilte.

In dem kalten, weiß getäfelten Raum roch es nach starken Putzmitteln, die den leichten Uringeruch dennoch nicht ganz überdecken konnten. Mit einem schnellen Blick stellte ich fest, dass keine der fünf Toiletten besetzt war. Ich ging auf die erste Kabine zu und trat ein.

Ich verstand Nell nicht. Wieso wollte sie unbedingt Ray und Chris zu unserem Treffen einladen? Stand sie etwa auf Ray? Dieser Gedanke beunruhigte mich zutiefst. Immerhin war er ein Dämon. Ich konnte doch unmöglich zulassen, dass sie sich auf solch eine Gefahr einließ. Sie hatte keine Ahnung, was er in Wirklichkeit war.

Ich hatte schon mehrfach darüber nachgedacht, ihr die Wahrheit anzuvertrauen, aber Ray würde das sicher nicht gutheißen. Und was, wenn das alles nur noch schlimmer machte? Sie hatte ein ausgeprägtes Interesse an okkulten Dingen. Am Ende würde es sie richtig begeistern, dass er ein Dämon war. Eine andere Möglichkeit war, dass die Wahrheit sie letztendlich doch schockieren würde. Es war eine Sache, in Büchern über diese Wesen zu lesen, aber eine ganz andere, diesen Gestalten dann in der Realität gegenüberzustehen.

Ich war noch immer völlig in meine Gedanken vertieft, als mich ein Geräusch aufschrecken ließ. Angestrengt lauschte ich in die Stille. Nichts. Dann, nur wenige Sekunden später, vernahm ich es erneut: ein leises, aber sehr schnelles *Klack, klack, klack*. Ich überlegte krampfhaft, was das sein konnte, während mein Brustkorb sich immer weiter verengte und sich mir langsam die Nackenhaare aufstellten. Ich hatte kein gutes Gefühl und spürte, wie ein eisiges Frösteln durch meine Adern strömte. Schnell zog ich mich an und wollte gerade die Kabinentür öffnen, als ich es erneut vernahm: *klack, klack, klack*. Und dann wieder: *klack, klack, klack*. Es kam immer näher, wurde deutlicher. Ich wollte gar nicht versuchen, mir auszumalen, wovon diese Laute stammen konnten. Hektisch atmete ich ein und aus. Was, wenn es dieser Dämon war, der hier in der Schule sein Unwesen trieb? Meine Hände zitterten, selbst meine Beine wurden weich vor Panik. Irgendetwas war hier bei mir …

Ein weiteres Mal vernahm ich das Klackern – nun wusste ich ganz genau, aus welcher Richtung es kam. Ich sah nach oben, genau über mich … und schrie. Ich schrie gellend, während ich die Kabinentür aufriss und nach draußen rannte.

Das Ding, das sich an die Decke kauerte, folgte mir mit ein paar schnellen Bewegungen. Es war eine Frauengestalt mit pechschwarzem Haar, blutroten Augen und einem schmalen Gesicht. Die Lippen fehlten, sodass der Mund nicht mehr als ein finsteres Loch war, in dem braune, schiefe Zähne steckten. Die Haare hingen Richtung Boden und waren so lang, dass sie mich beinahe berührten. An ihren Fingern hatte sie scharfe Nägel, mit denen sie sich in die Decke grub. Bei jeder ihrer Bewegungen klackerten sie leise. Ein tiefes Grollen drang aus ihrer Kehle, während sie mich mit ihren Augen anstarrte. Ich rannte zur Tür und streckte bereits den Arm nach der Klinke aus, als die Kreatur mit einem sanften Poltern direkt vor mir auf dem Boden landete.

Entsetzt sprang ich zurück.

Die Gestalt ging auf allen vieren, hielt dann kurz inne, legte den Kopf schief und starrte mich aus dem Wirrwarr ihrer dunklen Haare an. Erneut knurrte sie, dann hastete sie los.

Ich hechtete sofort zurück, schrie erneut und taumelte gegen die Waschbecken. Hastig suchte ich nach irgendetwas, mit dem ich mich verteidigen konnte. In meiner Verzweiflung griff ich zu dem Stück Seife, das in einer der Schalen lag, und warf es nach der Gestalt, doch die fauchte mich nur wütend an. Als Nächstes nahm ich mehrere Klopapierrollen, die im Regal neben mir lagen, und warf auch diese.

Das kann nicht gut gehen. Das kann einfach nicht gut gehen!

Schnell hatte ich meine Munition verbraucht, ohne dass es etwas gebracht hatte. Das Vieh hatte sich mitnichten so ablenken lassen, dass ich es zur Tür hätte schaffen können. Es war nun eher noch wütender.

Ich vernahm ein leises panisches Wimmern, das nichts Menschliches an sich hatte. Nackte Todesangst lag darin. Schließlich wurde mir klar, dass ich es war, die diese Geräusche von sich gab. Ich wurde immer lauter und kreischte schließlich, als ich die Wand der Toilette erreichte.

Das Ding kam weiter auf mich zu. *Klack, klack, klack* machten die langen schwarzen Nägel auf den hellen Fliesen. Der offene Mund verzog sich zu einem fratzenartigen Lächeln, dann knurrte es erneut und sprang auf mich zu.

Ich schrie gellend auf, kniff die Augen zusammen, hielt die Hände schützend über meinen Kopf und sank auf den Boden. Es war vorbei, das wusste ich mit jeder Faser meines Selbst. Ich würde sterben, zerfetzt von diesem Ding. Und Ray ... auch er würde sein Leben verlieren, und das nur wegen mir. Es tat mir so entsetzlich leid.

„Ray", wisperte ich leise; und dann rief ich ein letztes Mal seinen Namen: „RAY!"

Ich spürte einen Lufthauch, als die Kreatur mit ihrem Arm ausholte, um ihre Krallen in meinem Körper zu versenken. Doch bevor sie mich erreichten, wurde ich plötzlich von etwas gepackt und beiseitegeworfen. Ich prallte gegen die Wand und blieb dort liegen.

Hastig schnappte ich nach Luft und blickte hinter mich. Tränen der Erleichterung traten mir die Augen, als ich Ray erblickte.

Er hatte die Frau gepackt und mit voller Wucht ans andere Ende des Raumes geschleudert. Schon rannte er wieder auf sie zu, wobei ein grünes Licht seine rechte Hand umhüllte, die er zur Faust geschlossen hielt. Im nächsten Moment ließ er diese auf die Gestalt niederfahren und stieß sie ihr in die Brust, woraufhin das Wesen gellend aufschrie. Ich schloss die Augen, während er der Kreatur das Leben nahm.

Neben meinem rasselnden Atem und dem klopfenden Herzschlag hörte ich schließlich Schritte.

Ray sagte nichts, setzte sich einfach nur zu mir auf den Boden. Dann fühlte ich eine schützende Wärme; Arme, die mich umschlossen und an sich zogen. Ganz automatisch schmiegte ich mich an seine Brust, atmete seinen vertrauten Duft nach Zimt und einer Spur Sandelholz ein. Ich war so froh, dass er hier war.

Es brauchte in diesem Moment keine Worte; ich klammerte mich an ihn, spürte durch das Hemd die Muskeln seiner Unterarme und sog die schützende Nähe in mir auf. Er hatte mir das Leben gerettet und war genau in dem Moment, in dem ich ihn gebraucht hatte, für mich da gewesen.

Die Angst verschwand, und ganz langsam tat sich ein anderes Gefühl in mir auf. Ich war glücklich in seinen Armen, fühlte mich geborgen und absolut sicher.

Ich spürte, wie er mir beruhigend durchs Haar strich. Sein heißer Atem kitzelte in meiner Halsbeuge und löste wohlige Schauer aus. Mein Herzschlag beschleunigte sich und das Blut raste, doch längst nicht mehr aus Angst.

Ganz langsam hob ich den Blick und sah in sein Gesicht. Rays Augen waren noch immer dunkel wie die Mitternacht, doch aus der Nähe konnte ich die goldenen und honigfarbenen Sprenkel darin noch besser erkennen. In ihnen tanzte ein Feuer, das mich sofort in seinen Bann zog. Seine Augen waren so tief, so unergründlich, dass man sich darin verlieren konnte.

„Es ist alles gut“, sagte er mit leiser, samtener Stimme. „Ich pass auf dich auf.“

Ich erkannte den Ernst in seinem Blick und das Lodern, das immer stärker wurde. Wir betrachteten einander, als würden wir uns das erste Mal im Leben sehen – dann, ganz plötzlich, schob sich ein Schatten vor seine Augen. Er hörte auf, mir durchs Haar zu streicheln, und erhob sich.

„Na komm“, sagte er und streckte mir seine Hand entgegen, um mir aufzuhelfen.

Die Berührung seiner warmen Haut auf meiner war wie ein kurzer Blitzschlag, doch er sah mich nicht mehr an. Der zauberhafte Moment von eben war verflogen.

Ich war wieder elf Jahre alt und saß in dem geräumigen Auto meiner Eltern. Auch wenn ich mich bemühte, wach zu bleiben, fielen mir die Augen immer wieder zu. Vor dem Fenster zog die Nacht an mir vorbei, die Sterne strahlten am Himmel und hinter den dunklen Wolken drang immer wieder das helle Licht des Mondes hervor.

Der Tag war so wunderschön gewesen: Den ganzen Nachmittag hatte ich zusammen mit meinem Vater und meinen Großeltern im Zoo verbracht. Meine Mama war leider kurz zuvor krank geworden und hatte daher im Bett bleiben wollen. Nun waren wir auf dem Heimweg zu ihr.

Ich lauschte der leisen Musik aus dem Radio, hörte das Brummen des Motors und spürte, wie mich die Müdigkeit erneut zu übermannen drohte. Noch einmal richtete ich den Blick auf meinen Vater, der konzentriert auf die Straße blickte. Ich liebte ihn über alles, meinen Papa, der immer für mich da war, der so lustig sein konnte, aber auch starke Arme hatte, die mich hielten, wenn es mir mal nicht gut ging. Bei ihm fühlte ich mich sicher. Wohlig seufzte ich auf und schloss langsam die Augen, bereit, in Schlaf zu sinken.

In diesem Moment ging alles so schnell … Die Bremsen quietschten plötzlich, weshalb ich erschrocken die Augen aufriss. Das Scheinwerferlicht erfasste eine Gestalt, die vor uns auf der Straße stand. Obwohl es im Grunde ausgeschlossen war, sah ich, dass der Mann vor mir rot glühende Augen hatte, und ich konnte zudem das heimtückische Grinsen auf seinen fahlen Lippen erkennen.

Als mein Vater schrie, schreckte ich vollends auf. Gleich darauf wirbelte das Auto herum, Glas zersprang, wir überschlugen uns. Ich vernahm das Quietschen des sich verbiegenden Metalls. Alles drehte sich. Ich hörte meine eigene ängstliche Stimme, die nach meinem Papa rief, und vernahm seine Schreie, die in ein Gurgeln übergingen, bevor sie ganz plötzlich verstummten. Dann versank alles in Schmerz und Finsternis …

Das Nächste, was ich sah, war ein kalter, steriler Raum mit weißgetünchten Wänden. Piepsende Maschinen standen neben meinem Bett, in dem ich unter einer schweren Decke lag. Ich konnte mich nicht rühren und fühlte nichts. Keinerlei Schmerz, nicht einmal meinen eigenen Körper. Wo war ich nur? Wo war meine Mutter? Wo mein Vater? Ich erinnerte mich dunkel an die Autofahrt … an ein zerschmettertes Gesicht, das nichts Menschliches hatte. Überall Blut, dazu der metallische Geruch …

Mir wurde übel. Ich versuchte, mich zu bewegen, den Mund zu öffnen, doch ich war wie gefangen. Das alles kannte ich schon … Ich hatte es immer und immer wieder durchlebt. Dieser Albtraum ließ mich einfach nicht los und fühlte sich so entsetzlich echt an.

Weil all das wirklich geschehen ist.

Doch nun veränderte sich etwas: Ich war nicht in der Lage mich zu rühren und nahm wahr, wie sich langsam und knarzend die Tür zu meinem Krankenzimmer öffnete. Der Spalt wurde immer breiter, Licht flutete aus dem Gang herein, wurde jedoch sofort wieder von der Dunkelheit verschluckt, als die Tür zufiel.

Ich konnte die Kreatur nicht sehen und spürte dennoch mit jeder Faser, dass sie hier war. Ich hörte das schleifende Geräusch, mit dem sie ihren dicken Leib über den Boden zog. Die langen Krallen schlugen auf den Boden, während sie diese in den Untergrund grub und sich vorwärtszog. Sie gab ein leises, heiseres Krächzen von sich, das mir als kalter Schauer den Rücken hinabrann.

Mein Herz donnerte in meiner Brust, ich kämpfte mit meinem eigenen Körper, versuchte, ihn irgendwie in Bewegung zu setzen, doch meine Bemühungen waren vergeblich.

Tränen stiegen mir in die Augen und liefen an meinen Wangen entlang. Langsam kam es in mein Blickfeld: Ich sah eine Frauengestalt, die in ein zerfetztes weißes Kleid gehüllt war und sich mit abgehackten Bewegungen nach vorne zog. Die graue Haut war aufgeschwemmt und fehlte an vielen Stellen gänzlich, sodass man freien Blick auf die Knochen und die verwesenden Organe hatte. Das Gesicht war ausgezehrt, die Augen wahnsinnig und vollkommen schwarz. Die Leere darin drohte mich zu verschlucken und ließ meinen Puls rasen. Aus ihrem Mund zogen sich lange Speichelfäden, und ich hörte das grauenhafte Krächzen, das aus ihrer Kehle drang. Ihr helles Gesicht war umrahmt von einer Flut an rostroten Haaren, die ihr fettig und in Strähnen vom Kopf hingen.

Immer näher kam die Frau, es fehlten nur zwei Meter bis zu meinem Bett.

Noch einmal versuchte ich mich zu bewegen, sammelte all meine Kräfte und wollte mich aufbäumen, schreien und nach Hilfe rufen. Doch alles, was ich zustande brachte, war ein klägliches Wimmern.

„Deine Mutter hat es dir immer gesagt", krächzte die Gestalt mit einer Stimme, die mir das Blut in den Adern gefrieren ließ. *„Jetzt sind wir da. Wir werden dich holen!"*

Endlich schaffte ich es, den Schrei aus meiner Kehle zu katapultieren; ich brüllte vor Angst, vor Entsetzen, vor Verzweiflung. Gleich im nächsten Moment war jemand an meiner Seite und hielt mich in seinen Armen. Erleichtert gab ich nach; schmiegte mich an den Körper, der mir so vertraut erschien und mir Sicherheit schenkte.

Ganz langsam zog mich diese Berührung in die Realität zurück. Noch immer bemühte ich mich darum, in das Hier und Jetzt zu finden. Der Traum war so grauenhaft gewesen … und so echt. Ich versuchte mir zu sagen, dass ich in Sicherheit war. In meinem Zimmer konnte mir nichts geschehen. Ray war bei mir, hielt mich fest in seinen Armen und tröstete mich. Er streichelte mir durchs Haar, dann über den Rücken. Seine Berührungen waren so unglaublich sanft, als sei ich etwas Kostbares, das es zu beschützen galt.

„Hattest du einen Albtraum?", fragte er leise. Seine Stimme war nicht mehr als ein tonloses Hauchen, das sanft über meine Haut strich.

Ich nickte an seiner Brust. „Ich träume immer wieder davon."

„Hat es etwas mit deiner Vergangenheit zu tun?"

Ich schmiegte mich enger an ihn, krallte mich mit den Händen an seinen Pullover, während ich vorsichtig nickte. Sofort waren die Bilder wieder da und drohten mich zu verschlingen ...

„Was ist mit deinen Eltern geschehen?", wollte er wissen.

Ich konnte nicht ... Die Stimme versagte mir, die Kehle schnürte sich mir zu. Es tat so weh. So entsetzlich weh. „Sie sind tot", flüsterte ich, während mich die Qual übermannte. Ich konnte diese Erinnerungen nicht ertragen; die vielen Bilder, die ich vor meinem inneren Auge sah ... die Gesichter meiner Eltern ...

Ich machte mich von ihm los, wischte mir die Tränen von den Augen und atmete tief durch.

Er wirkte überrascht, betrachtete mich ernst und überlegte wohl, was er sagen sollte. Ich sah ihm an, dass er weitere Fragen hatte, doch er behielt sie für sich. Er erkannte wohl, dass das zu viel gewesen wäre und ich mich bereits wieder auf dem Rückzug befand.

Ich rutschte ein Stück von ihm weg, um mich zu sammeln, was mir nur langsam gelang.

„Was machst du eigentlich hier?", fragte ich schließlich, um an irgendetwas anderes denken zu können.

„Du hast meinen Namen geschrien. Ich dachte schon, jemand hätte dich angegriffen."

Ich spürte, wie mir das Blut in die Wangen stieg. Ich hatte also in meiner Verzweiflung nach ihm gerufen? Das war mir in diesem Moment so entsetzlich unangenehm ... Andererseits war es auch kein Wunder, schließlich hatte er mir so viele Male eingebläut, was ich zu tun hatte, wenn ein Dämon mich attackierte: Ich sollte weglaufen und nach ihm rufen. Möglicherweise hatte ich genau das auch in meinem Traum versucht. Eine Flucht war unmöglich gewesen, darum hatte ich schließlich seinen Namen geschrien.

Ich sah zu Ray. Die goldenen Flecken in seinen Augen leuchteten selbst in diesem fahlen Licht wie flüssiger Honig. Sein Blick war besorgt, die Miene angespannt – und dennoch wunderschön. Als mein Herz schneller schlug, blickte ich hastig weg. Das durfte nicht sein!

„Danke jedenfalls für deine Hilfe", wisperte ich. „Heute Mittag und auch jetzt." Meine Stimme wurde eine Nuance kühler. Ich spürte, wie meine Körperhaltung abweisender und verschlossener wurde.

Ihm schien das ebenfalls nicht entgangen zu sein, denn er stand auf und trat in Richtung Fenster. Noch einmal wandte er sich nach mir um; seine Augen schimmerten im Licht des Mondes. „Ich wünsche dir wirklich, dass du irgendwann jemanden findest, dem du vertraust und dem du dich öffnen kannst. Es muss schrecklich sein, diese Einsamkeit und diesen Schmerz zu ertragen."

Ich starrte ihn an, während sich meine Hände in die Bettdecke krallten. Ein sanftes Lächeln lag auf seinen Lippen, das fast traurig anmutete und mich zutiefst rührte. Ich öffnete den Mund, um etwas zu sagen, doch da war er bereits durch das Fenster geschritten und in der Nacht verschwunden. Nachdem Ray gegangen war, tat ich kaum mehr ein Auge zu. Sein Blick, sein Lächeln und vor allem seine Worte gingen mir einfach nicht mehr aus dem Sinn.

Dennoch konnte ich einfach nicht über all diese Erlebnisse mit ihm sprechen und ihm damit zeigen, wie sehr sie mich zerstört hatten. Zudem durfte ich nicht vergessen, aus welchem Grund er eigentlich hier war. Er machte sich weniger Gedanken um mich als vielmehr darum, schnellstmöglich den Pakt zu lösen, um in seine Heimat zurückkehren zu können. Und dann würde ich erneut allein zurückbleiben …

Es war besser, wenn ich dafür sorgte, dass alles wie früher wurde. Ich sollte mich darum kümmern, mein altes Leben zurückzubekommen. Ein Leben ohne Dämonen, Wächterkatzen und Magie. Ein ruhiges, angenehmes Leben ohne böse Überraschungen.

„Trefft ihr euch jetzt eigentlich am Wochenende?", wollte Sven wissen, der neben Nell und mir ging. Die Mittagspause war gerade vorbei.

„Auf jeden Fall", bestätigte sie. „Chris wird aber wohl nicht dabei sein, er hat keine Zeit. Und Ray habe ich noch nicht fragen können."

„Ist bestimmt besser so", meinte Sven.

„Wartet nur ab", verkündete sie und zwinkerte uns verschmitzt zu. „So schnell gebe ich nicht auf. Ich werde schon …" Mitten im Satz hielt sie inne. „O klasse, seht mal!", rief sie und eilte auf einen Aushang am schwarzen Brett zu. „In dreieinhalb Wochen findet das Herbstfest statt."

Das Herbstfest war eine alljährliche Abendveranstaltung, bei der alle Schüler in einem festlich geschmückten Saal tanzten und den Geburtstag der Schule feierten „Ihr kommt doch mit?", fragte sie.

Ich nickte. „Klar, wir gehen wie jedes Jahr zusammen hin."

Sven, der wiederum wenig von solchen Veranstaltungen hielt, runzelte nachdenklich die Stirn. „Ich weiß nicht genau."

„Och komm schon", stöhnte Nell. „Müssen wir dich ständig aufs Neue überreden?"

„Du meinst wohl eher zwingen", brummte er.

„Es war doch bisher immer total lustig", versuchte sie es weiter.

„Für dich vielleicht. Du hast dich da ja auch jedes Mal mit Süßigkeiten vollgestopft und bist wie eine Irre über die Tanzfläche gehüpft. Weißt du noch letztes Jahr? Da ist dir dabei sogar das Kleid am Rücken gerissen, und Emily und ich sind auf der Suche nach Sicherheitsklammern wie Bekloppte durch die Schule gerannt."

Sie zuckte mit den Schultern. „Ich fands witzig."

„Also ich freue mich auch darauf", meinte ich grinsend.

Sven seufzte theatralisch. „Ich habe ja eh keine Chance, also was solls. Ich komme auch mit."

„Dieses Jahr wird es bestimmt noch viel besser als sonst", verkündete Nell, während sie Sven kumpelhaft den Arm um die Schultern legte. „Hey, guck mal." Sie stieß mich mit dem Ellbogen in die Seite und nickte mit dem Kopf schräg vor uns. „Da ist Chris."

Tatsächlich kam er gerade den Flur entlang und unterhielt sich dabei mit zwei anderen Jungs.

„Los, frag ihn", forderte sie mich auf.

„Was soll ich ihn fragen?"

Sie verdrehte die Augen, als sei meine Frage total dämlich. „Du sollst ihn noch mal für Samstag einladen. Bei mir hat er ja abgelehnt."

„Ach, und warum sollte das bei mir anders ausgehen?"

„Jetzt stell dich nicht so an", erwiderte sie und gab mir einen kleinen Schubs in seine Richtung. „Fragen kostet nichts."

„Wir wissen bisher ja nicht mal, was wir machen wollen. Zu was genau soll ich ihn denn da bitte einladen?"

Mein Einwand blieb allerdings ungehört. Gerade als er an uns vorbeikam, stieß sie mich noch einmal in seine Richtung, und zwar so heftig, dass ich ihm geradewegs in den Weg stolperte. Ich sah auf und wurde sofort knallrot. Ich warf Nell einen wütenden Blick zu, doch sie grinste nur und eilte mit Sven den Flur entlang. Typisch, dass sie sich ausgerechnet jetzt aus dem Staub machte.

„Geht ihr schon mal vor?", wandte sich Chris an seine beiden Freunde, die daraufhin ein vielsagendes Grinsen aufsetzten, seiner Aufforderung jedoch nachkamen.

„Ähm, also ...", begann ich etwas konfus. Was sollte ich denn überhaupt sagen? „Wie gehts?"

Toller Anfang!

Sein Lächeln wurde noch sanfter, falls das überhaupt möglich war. Er schien meine Unsicherheit zu spüren und versuchte mich vielleicht gerade darum mit seinen warmen Blicken und der angenehmen Stimme zu beruhigen. „Ganz gut so weit ... Und dir?"

„Auch, danke." Okay, wenn ich eh schon hier mit ihm stand, konnte ich es auch wenigstens aussprechen. Ansonsten würde mir Nell ohnehin tagelang in den Ohren liegen. „Ich wollte dich noch etwas fragen. Nell hat dir ja bereits erzählt, dass wir uns am Wochenende treffen. Wir wollen wahrscheinlich etwas in der Stadt unternehmen. Vielleicht hast du ja Lust mitzukommen. Wir haben zwar bislang keine Ahnung, was genau wir machen könnten, aber uns fällt sicher noch was ein."

Für den Bruchteil einer Sekunde wich er meinem Blick nachdenklich aus, dann erklärte er: „Ich würde wirklich wahnsinnig gerne, nur bin ich bereits zur Geburtstagsfeier eines Freundes eingeladen. Ich würde mich aber freuen, wenn wir das ein anderes Mal nachholen könnten."

Ich nickte, lächelte und hoffte, dass ich nicht wie eine völlig Irre dabei aussah. Aber war ich denn wirklich enttäuscht? Zumindest machte mir seine Absage nicht so viel aus, wie ich erwartet hatte.

„Wir können ja auch mal nur zu zweit was unternehmen", schlug er vor. „Ich meine, falls Nell keine Zeit haben sollte."

Noch einmal nickte ich. „Gerne, sag einfach Bescheid."

Unsere Blicke hingen weiterhin aneinander und mein Puls beschleunigte sich ein wenig. Er hatte wirklich wunderschöne Augen. Blau, klar und strahlend wie ein tiefer See. Sie waren ganz anders als Rays, deren dunkles Braun beinahe ins Schwarze überging und die dennoch in so wundervollen Goldtönen strahlen konnten. Warum fiel mir dieser Unterschied gerade jetzt auf?

„Ich muss dann mal weiter, aber ich würde mich wirklich freuen, wenn wir uns demnächst mal außerhalb der Schule treffen könnten. Ich melde mich, sobald ich mehr Zeit habe, okay?"

„Klar", murmelte ich und sah ihm nach, wie er langsam im Flur verschwand.

Es fiel mir schwer, bei der Sache zu bleiben. Ich dachte die ganze Zeit über Chris nach, seine Augen, die Einladung und warum ich nicht sofort ein anderes Datum vorgeschlagen hatte.

„Mann, ist das langweilig", knurrte Ray neben mir. Er hatte sich gelassen in seinem Stuhl zurückgelehnt und die Arme hinter dem Kopf verschränkt.

„Sei doch noch lauter", zischte ich und blickte gleichzeitig nach vorne zur Tafel, wo Herr Rieger mal wieder einen Vortrag über Anstand und Moral hielt.

„Der hört ohnehin nichts", meinte Ray und lehnte sich wieder nach vorne auf seinen Tisch. „Er ist so in seinen Monolog vertieft, dass er nicht mal mitbekommen würde, wenn Jesus höchstpersönlich durchs Klassenzimmer liefe."

Damit hatte er wahrscheinlich nicht ganz unrecht und ich musste über seine Bemerkung schmunzeln.

Religionsunterricht war bei Herrn Rieger noch langweiliger und trockener geworden als ohnehin schon. Gerade philosophierte er darüber, „wie verkommen die Menschheit heutzutage ist. Was daran liegt, dass sich das Böse in den Köpfen der Bevölkerung bereits festgesetzt hat. Es kriecht immer tiefer in ihre Körper, vergiftet ihren Leib und zu guter Letzt die Seele. Das Resultat sehen wir jeden Tag um uns herum!" Sein Kopf wurde zusehends röter, sein Vortrag stetig emotionaler und leidenschaftlicher: „Überall nur Gleichgültigkeit und keine Moral, jeder ist sich selbst der Nächste. Die Welt wird von Egoismus und Hass beherrscht." Er klang aufgebracht und donnerte bekräftigend mit der Hand auf das Pult. „Schuld daran ist das Böse, in Gestalt von Dämonen, die uns stetig umgeben und denen immer mehr Menschen verfallen. Sie sind die finsteren Kreaturen, die Satan geschickt hat, um die Welt zu verpesten!"

Ich konnte den Predigten des Lehrers wenig abgewinnen, musste aber über seine letzten Worte grinsen.

„Sei froh, dass er nicht weiß, was du wirklich bist, sonst würde er wahrscheinlich sofort aufs Pult springen und einen Exorzismus durchführen."

„Dabei würde er wahrscheinlich vor lauter Aufregung und wildem Rumgeschreie vom Tisch fallen und sich das Genick brechen. Und am Ende wäre wieder mal ein Dämon an dem Ableben eines guten Christen schuld", erwiderte Ray leise.

„Wir sind tagtäglich von dem Bösen umgeben", fuhr Herr Rieger enthusiastisch fort, „das uns heimsucht und vom Weg abbringt. Ich sage dazu nur: Widerstehen Sie diesem, denn nichts, was man Ihnen auch versprechen mag, kommt dem Seelenheil im Himmel gleich."

„Der Kerl hat sie echt nicht mehr alle", knurrte Ray.

„Aber offenbar ist er sehr von seinen Worten überzeugt."

„Und was ist mit dir?"

Die Frage überraschte mich. Er sah zur Seite und suchte meinen Blick. Sein Gesicht wirkte ernst, seine dunklen Augen waren wie eine sternenlose Nacht: finster und geheimnisvoll. Mein Herz schlug schneller in meiner Brust, und mein Puls beschleunigte sich, während ich das Glühen in seinen Augen betrachtete.

„Wie meinst du das?“, hakte ich nach.

„Glaubst du seinen Worten? Denkst du auch, dass Dämonen nur Unheil und Verderben bringen?“

Warum fragte er mich das? Und weshalb schien ihm meine Antwort so wichtig zu sein? Ohne darüber nachzudenken, sprach ich den ersten Gedanken, das erste Gefühl aus, das ich auf seine Frage hin empfand: „Nein, nicht alle.“

Der Ernst verschwand aus Rays Gesicht. Stattdessen legte sich ein sanftes, atemberaubend schönes Lächeln auf seine Lippen. „Hoffen wir mal, dass du nie an jemand Gefährliches gerätst.“

Seine Augen wurden in diesem Moment eine Spur dunkler.

Ich hätte zu gerne gewusst, was gerade in seinem Kopf vor sich ging, worüber er sich Gedanken machte. Ich wollte ihn fragen, doch Herr Rieger forderte uns dazu auf, unser Buch zur Hand zu nehmen und Seite 198 aufzuschlagen …

Was verbarg Ray nur vor mir? Drohte uns etwa noch weitere Gefahr?

Dunkle Erinnerungen

„Wir sind echt so was von einfallslos." Seufzend legte Nell das Buch aus der Hand. Sie saß in ihrer Lieblingsecke, gleich hinter den Bücherregalen, im Schneidersitz auf einem schweren, roten Ohrensessel mit ziemlich abgewetzten Polstern.

Es war Samstag und wir hatten uns wie verabredet getroffen. Da Chris abgesagt und Sven keine Zeit hatte, waren wir zunächst in die Stadt gegangen, um ein bisschen zu shoppen und uns nach Kleidern für das Herbstfest umzuschauen. Nell hatte sehr schnell etwas gefunden, was sie als absolut passend für mich ansah. Es war ein saphirblaues Kleid, das meine Figur tatsächlich ziemlich gut unterstrich. Nach einigem Hin und Her hatte sie mich schließlich überzeugt, es zu kaufen. Danach hatten wir uns hierher, ins Antiquitätengeschäft ihrer Eltern, begeben.

Ray hatte es überhaupt nicht gepasst, als er von meinem Vorhaben erfahren hatte, mich mit ihr zu treffen. Ich wollte mir ein wenig Normalität bewahren und verhindern, dass mein Leben durch die Dämonen vollkommen auf den Kopf gestellt wurde. Darum war es mir wichtig, mal wieder etwas mit Nell allein zu unternehmen, ohne dass ich ständig beobachtet und überwacht wurde.

„Hast du denn aus dem letzten Angriff gar nichts gelernt?", hatte er mich angefaucht.

„Ich bin nur ein paar Stunden weg und außerdem nicht allein, da wird schon nichts passieren."

„Und auf diese Annahme soll ich mich nun verlassen, oder was?"

Ich hatte sehr schnell erkannt, dass es zwecklos war, weiter mit ihm darüber zu diskutieren. Und so hatte ich die erstbeste Chance genutzt und ihm erklärt, ich wolle mit meinen Großeltern zu Mittag essen. Stattdessen hatte ich das Haus verlassen und war zu Nell gegangen. Mir war klar, dass er über diese Lüge sauer sein würde, doch sah ich weiterhin nicht ein, mein komplettes Leben auf den Kopf zu stellen. Ich hoffte nur, dass er nicht herausfand, wo das Antiquitätengeschäft lag, und womöglich später dort auftauchte.

Wir waren seit etwa zwei Stunden hier und hatten uns in eine der hintersten Ecken zurückgezogen – dort, wo Nells Lieblingsbücher standen. Sie hatte eine Weile in einer alten Ausgabe des Hexenhammers gelesen, doch nun wurde ihr sichtlich langweilig.

Im Laden war nur wenig los; ihre Mutter war gerade dabei, einige Sachen umzustellen und neue Ware einzuräumen. Herr Thompson war heute auf einer Antiquitätenmesse in Frankfurt und würde wohl erst am Sonntagabend wiederkommen.

„Das Wochenende hatte ich mir wirklich spannender vorgestellt", murmelte Nell und seufzte.

„Liebling, wärst du so nett und würdest mir beim Einräumen der Bücher helfen?", fragte Frau Thompson. Sie hielt ein schweres Paket in den Armen und stellte es vor ihre Tochter auf den Boden.

Nell verdrehte genervt die Augen. „Muss das sein? Ich wollte eigentlich was mit Emily unternehmen."

„Du sitzt doch eh nur rum und langweilst dich", erwiderte ihre Mutter, während sie den Karton öffnete. Ihr dunkles, lockiges Haar fiel ihr dabei nach vorne über die Schulter. Mit einer hastigen Geste warf sie es zurück. Ich mochte Frau Thompson. Sie war immer gut gelaunt und genauso umtriebig wie ihre Tochter.

„Die Bücher hier habe ich bei einer Geschäftsauflösung erstanden", erklärte sie stolz und zog einen der dicken Wälzer heraus. „Es sind alte Schriften, die sich mit Magie und Ritualen befassen. Das meiste ist in Latein verfasst, aber ich habe schon ein wenig darin gelesen. Hochinteressant, sage ich dir."

Diese Nachricht ließ Nell nun wohl doch neugierig werden. Sie sprang sofort auf, nahm ein weiteres Buch aus der Kiste und betrachtete es ehrfürchtig. „Wow, eine Abschrift des *Romanus-Büchleins*. Darin findet man einen Haufen Segens- und Beschwörungsformeln", erklärte sie.

Ich sah ihr dabei zu, wie sie sich weiter durch das Paket wühlte, und musste grinsen. Es war wirklich erstaunlich, wie viel ihr an solcher Art Texten lag und wie gut sie sich damit bereits auskannte. Allerdings hatte das auch einen Grund …

„Schau dir das hier an", forderte ihre Mutter sie auf, die ebenfalls in dem Karton herumkramte. „Hier ist ein Buch, in dem eine Menge Fluchtafeln abgebildet sind. Und das hier ist eine Kopie des *Le Grand et le Petit Albert*."

„O Mann", seufzte Nell. „Warum muss mein Französisch nur so schlecht sein?"

„Ich sage dir immer wieder, dass Sprachen wichtig sind", erklärte Frau Thompson. Sie selbst beherrschte neben Deutsch, Englisch und Französisch auch Latein, Altgriechisch, Spanisch und Italienisch. Leider schien Nell von dieser Sprachbegabung nur wenig geerbt zu haben.

„Du kannst mir ja ein paar Seiten übersetzen", meinte sie und sah ihre Mutter bittend an.

„So wirst du das nie lernen." Sie seufzte und stand auf. „Hier, die kannst du schon mal in die Bestandsliste aufnehmen und anschließend einräumen." Sie lächelte in meine Richtung. „Vielleicht ist Emily ja so nett und geht dir ein wenig zur Hand."

Ich nickte. „Klar, mach ich gerne."

„Nichts da!", unterbrach Nell mich hastig. „Wir haben jetzt wirklich keine Zeit." Schnell stand sie auf und sah bereits in Richtung Tür, durch die sie offenbar die Flucht antreten wollte. „Wir müssen noch Hausaufgaben machen und … ähm …"

„Du hattest doch vorhin gesagt, die seien bereits erledigt." Frau Thompson schaute sie misstrauisch an.

„Das stimmt ja auch. Nur hatte ich vollkommen vergessen, dass wir noch dieses … dieses Projekt für Deutsch machen müssen." Sie trat immer näher, schnappte sich plötzlich meine Hand und riss mich mit sich, während sie zur Tür hastete.

„Also, tut mir leid, dass wir nicht helfen können. Bis später!"

„Nell!", rief ihre Mutter uns hinterher, da hatten wir den Laden aber auch schon verlassen.

„Mann, das war knapp", sagte sie nach Luft schnappend und verlangsamte ihr Tempo nun wieder.

„Du bist echt unmöglich", meinte ich. „Wir hatten doch ohnehin nichts zu tun. Jetzt stehen wir hier rum und wissen nicht, wohin."

„Dann lass uns zu dir gehen", sagte sie und schlug sogleich den Weg zu meinen Großeltern ein.

Meine Augen weiteten sich sofort. „Das geht nicht!", sagte ich, wurde dabei etwas lauter und hielt sie am Arm fest.

Voller Erstaunen blickte sie mich an. „Warum nicht? Ist besser, als hier auf der Straße rumzusitzen. Wir könnten uns bei dir ein paar Filme anschauen. Vielleicht hat deine Oma ja auch was Leckeres gebacken, das macht sie samstags doch immer." Sie grinste. Für sie schien es bereits beschlossene Sache zu sein. „Also, ich hätte jetzt richtig Lust auf eine DVD und ein Stück Kuchen." Ohne auf meine Einwände zu achten, setzte sie ihren Weg fort.

Mein Magen zog sich schmerzhaft zusammen. Was sollte ich nur sagen? Es ging nicht nur darum, dass Ray höchstwahrscheinlich bei mir zu Hause war – es bestand vielmehr die Gefahr, dass Nell etwas Falsches gegenüber meinen Großeltern sagte. Immerhin wussten die nichts von dem heimlichen Gast, der mich regelmäßig in meinem Zimmer besuchen kam.

„Lass uns doch lieber etwas anderes machen", versuchte ich es noch einmal, auch wenn ich wusste, dass es nichts bringen würde.

„Was hast du denn nur?“ Sie blieb stehen und runzelte die Braue. „Wir haben ohnehin nichts anderes zu tun, und vielleicht sind Ray und dieses süße kleine Wiesel da. Das würd ich zu gerne mal wiedersehen.“ In ihre Augen legte sich pure Verzückung.

Ich war mir sicher, dass Bartholomäus im Gegensatz zu ihr alles andere als begeistert wäre, sie wiederzusehen.

„Ich glaube nicht, dass er zu Hause ist“, sagte ich.

Mein Zögern dabei entging ihr nicht. Sie musterte mich einen Moment lang und erklärte dann: „Langsam versteh ich. Kann es sein, dass du mich unbedingt von eurem Haus fernhalten willst?“ Sie blickte mich schockiert an. „Nur den Grund kapier ich nicht. Hat es was mit Ray zu tun? Immer wenn es um ihn geht, blockst du ab und wirst ganz ...“ Sie suchte nach dem richtigen Wort, fand wohl aber nichts Passendes. „Na irgendwie komisch halt. Hast du was gegen ihn oder was ist los?“

„Ich habe nichts gegen ihn“, erklärte ich. Diese Diskussion hatten wir bereits so oft geführt. „Ich finde nur, dass wir nicht ständig mit ihm rumhängen müssen. Es reicht, dass er bei mir wohnt und ich ihn andauernd in der Schule sehe.“

„Du verschweigst mir doch irgendwas“, fuhr sie fort und ihr Blick verdüsterte sich. „Jedes Mal wenn ich von ihm spreche, wirst du ganz unruhig, weichst aus und versuchst, mich von ihm fernzuhalten.“

„Das ist nicht wahr!“

„Und ob das wahr ist! Vertraust du mir nicht? Bist du doch in ihn verschossen und glaubst, ich nehm ihn dir weg?“

„So ein Blödsinn!“, fuhr ich sie an.

„Ach ja? Was soll es denn sonst sein? Fest steht jedenfalls, dass du mir irgendetwas verheimlichst.“

„Ich will nur nicht, dass du zu viel mit ihm zu tun hast. Er ist nicht der Kerl, für den du ihn hältst.“

„Ja, klar", schnaubte Nell. „Er ist ja so ein übler Typ, aber dennoch lassen ihn deine Großeltern bei sich wohnen. Das glaub ich dir natürlich sofort." Sie war eingeschnappt, und ich konnte sie irgendwie verstehen.

„Jetzt hör endlich auf. Können wir nicht über etwas anderes reden?"

„Nein, können wir nicht. Ich will wissen, was mit dir los ist. Was hast du gegen Ray? Warum sagst du ständig, er sei so ein übler Kerl, und versuchst mich von ihm abzuschotten? Da stimmt doch etwas nicht, und ich will endlich wissen, was!"

Mein Herz donnerte in meiner Brust und mir war übel. Ich wollte nicht, dass sie verletzt war, und gleichzeitig konnte ich ihr unmöglich die Wahrheit sagen.

„Okay", sagte sie, ging weiter und ließ mich stehen. „Ich finde schon raus, was du mir verheimlichst. Am besten, ich frag einfach Ray, was los ist. Und wenn er nicht da ist, geh ich halt zu deinen Großeltern!"

O nein! Nicht das! Erschrocken rannte ich ihr nach. Die Panik schnürte mir den Hals zu, während mein Herz hart gegen meine Rippen donnerte. Nicht meine Großeltern! *Sie* durften nicht auch noch in all das mit hineingezogen werden. „Du kannst nicht mit ihnen sprechen. Bitte. Ray ist nicht der, für den du ihn hältst!"

„Jaja, ich hab verstanden", murmelte sie, ohne mir wirklich zuzuhören.

„Verdammt, glaub mir doch. Er ist kein Mensch … er … er ist ein Dämon."

Mist, hatte ich das gerade wirklich gesagt? Nun würde sie mir erst recht nicht mehr zuhören und sich auf den Arm genommen fühlen.

Nell blieb augenblicklich stehen, runzelte die Stirn, schaute mich nachdenklich an und sagte: *„Echt?"*

War das alles, was ihr dazu einfiel? Warum fragte sie mich nicht, ob ich nun vollkommen den Verstand verloren hätte?

Doch sie blickte mich nur an und ... glaubte mir allem Anschein nach. Nur weshalb, war mir nicht ganz klar. Warum nahm sie mir das so einfach ab? Lag es wirklich daran, dass wir beste Freundinnen waren und sie mir deshalb vorbehaltlos vertraute?

Ich nickte langsam, und auf ihre Lippen legte sich ein Grinsen, das immer breiter wurde. Ihre Augen funkelten. „Das ... ist der Wahnsinn!" Jubelnd sprang sie in die Luft und lief anschließend vor mir auf und ab. „Ich wusste es schon immer. Was in all den Büchern steht, ist wahr: Dämonen existieren. Ich hab es die ganze Zeit geahnt!"

„Ich weiß nicht, warum du dich so darüber freust."

„Das fragst du noch?!", kreischte sie. „Das ist der Hammer! Ein echter Dämon. Du musst mir alles erzählen. Kann er dir irgendwelche Kräfte verleihen? Dich unsichtbar machen oder schweben lassen?"

Mir fehlten für einen Moment wirklich die Worte. Mit so einer Reaktion hätte ich niemals gerechnet. Hätte Nell nicht den Kopf schütteln und sagen müssen: „Du spinnst wirklich. Denkst du, ich glaube dir diesen Blödsinn?" Oder sich wenigstens entsetzt zeigen? Immerhin sprachen wir hier von übernatürlichen Wesen. Sie aber freute sich so sehr darüber, als hätte sie gerade im Lotto gewonnen.

„Nein, so etwas kann er nicht ... glaube ich zumindest", murmelte ich. „Es war alles auch gar keine Absicht. Ich hatte nie vor, ihn zu rufen." Schließlich erzählte ich ihr die ganze verworrene Geschichte.

„Hast du ein Glück", stellte sie fest, nachdem ich geendet hatte. „Mann, hätte ich mir nur auch diesen Teil der Ausstellung angesehen. Dann wäre ich in diesen blöden Symbolkreis gelaufen."

„Sei froh, dass du ihn nicht am Hals hast", knurrte ich, auch wenn mir klar war, dass es nicht funktioniert hätte, wenn Nell an meiner Stelle in den Kreis getreten wäre.

„Was hast du jetzt vor?“, wollte ich wissen und sah auf, als sie mit schnellen, festen Schritten weitereilte.

„Na was wohl? Wir gehen Ray besuchen.“

„Spinnst du?! Er bringt mich um, wenn er erfährt, dass ich es dir erzählt habe.“

Sie zuckte unbekümmert mit den Schultern. „Das glaube ich kaum.“

„Nell, bitte“, flehte ich sie an.

„Du bist diejenige, die ihn gerufen hat. Du bist sozusagen sein Meister ... seine Herrin. Er muss dir gehorchen. Wäre doch cool, wenn er uns ein paar Zauber beibringen würde.“

„Ich will aber nichts weiter als ihn so schnell wie möglich loswerden!“

Das schien sie nun doch zu verwundern. „Was? Bist du sicher? Aber er könnte wirklich praktisch sein.“

„Wir reden hier nicht von einem Staubsauger oder Küchengerät. Er ist ein Dämon und gehört ganz sicher nicht in diese Welt. Ich will nur, dass er wieder verschwindet. Immerhin sind wegen dieses Pakts zig Dämonen hinter mir her. Darauf kann ich gerne verzichten. Ich will ihn wieder loswerden, und das so schnell wie möglich.“

Sie legte nachdenklich den Finger ans Kinn, schwieg für einen Moment und sagte dann: „Okay, das kann ich verstehen. Ich werde versuchen, dir zu helfen und etwas zu finden, um den Bann zu lösen, aber jetzt ...“ Sie strahlte mich wieder aufgeregt an. „Gehen wir erst mal zu ihm!“ Damit ließ sie mich stehen und lief voraus.

„Nell, nicht! Bitte!“, flehte ich, doch es war zwecklos.

„Wo zum Teufel warst du? Findest du das witzig, mich so ...“ Ray hielt augenblicklich inne, als er sah, dass ich nicht allein in der Tür stand.

Langsam betrat ich mein Zimmer, während Nell sofort an mir vorbeiging und sich breit grinsend vor Ray aufbaute. Sie musterte ihn, als sähe sie ihn zum ersten Mal. Seine nachdenklich gerunzelte Stirn verriet, dass auch ihm ihr seltsames Verhalten nicht entging, doch ahnte er offenbar den wahren Grund noch nicht.

„Also, ähm … ich bin nur hier, weil … na ja, du weißt ja, wie schlecht sie in der Schule ist. Wir waren zum Lernen verabredet und …"

„Spar dir die Ausreden", sagte sie mit wissendem Lächeln. „Ich weiß darüber Bescheid, wer und was du bist."

Seine Brauen zogen sich erstaunt nach oben, dann folgte ein mürrischer, mahnender Blick in meine Richtung.

Ich hob entschuldigend die Hände. Ich war mir sicher, dass er stocksauer war und ich später noch einiges zu hören bekommen würde. Immerhin hatte ich ihn erst vor Kurzem so entsetzlich enttäuscht. Und nun das. Dabei hatte ich ihm versprochen, seine Identität geheim zu halten.

„Emily kann übrigens nichts dafür", fuhr sie fort, während sie sich im Zimmer suchend umblickte. „Ich war verdammt sauer auf sie. Sie musste mir endlich die Wahrheit erzählen, ansonsten hätte unsere Freundschaft nur weiter darunter gelitten."

Ray verschränkte die Arme vor seinem Oberkörper und musterte Nell argwöhnisch. „Und du denkst, es interessiert mich, ob ihr zwei euch in den Haaren liegt oder nicht?"

Seine Worte ließen sie anscheinend völlig kalt, denn offenbar hatte sie nun gefunden, wonach sie gesucht hatte: Mit freudestrahlender Miene rannte sie auf Bartholomäus zu, der sich augenscheinlich unter meinem Bett versteckt hatte und gerade dabei war, in Richtung Fenster zu schleichen.

Sie kam ihm allerdings zuvor. Mit schnellen Schritten war sie an seiner Seite, schnappte ihn und zog ihn fest an sich. Augenblicklich setzte sich die kleine Wächterkatze zur Wehr, doch Nells Griff war unerbittlich. Während Bartholomäus nach Luft rang, ließ sie sich mit ihm zusammen auf mein Bett sinken und begann, ihm in festen, starken Strichen übers Fell zu streicheln.

„Kannst du uns mal etwas zeigen?", fragte sie Ray.

Der schien noch immer erbost, wobei sich sein Gesichtsausdruck veränderte. Anstelle von Wut konnte ich nun offenkundige Fassungslosigkeit darin erkennen.

„Ich meine ein paar Zaubersprüche. Kannst du uns was vorführen?"

Er biss die Zähne zusammen und funkelte sie wütend an. „Ich bin doch nicht euer Clown und hier, um euch zu unterhalten."

„So, wie ich das verstanden habe, ist Emily dein Meister. Du musst also tun, was sie sagt. Und ich würde wirklich gerne einmal echte Zauberkräfte sehen." Sie zog einen Schmollmund und sah ihn bittend an. „Komm schon, nur einmal."

„Also, ich darf doch sehr bitten!", mischte sich Bartholomäus ein, der noch immer mit Nells Umklammerung kämpfte. „Mein Herr ist ein hochangesehener Dämon und kein umherwandernder Zirkusartist. Haben Sie gefälligst ein bisschen mehr Respekt!"

Nell stand vor Überraschung der Mund offen. Sie hob die Wächterkatze vor sich in die Höhe und starrte sie fassungslos an. „Das ist ja … UNGLAUBLICH!", kreischte sie, warf Bartholomäus mit schnellem Schwung aufs Bett und setzte sich in der Hocke vor ihn, von wo sie ihn erwartungsvoll anschaute. „Du kannst sprechen? Das gibt es ja nicht! Sag noch mal was." Sie stützte den Kopf mit dem Arm auf dem Bett ab und sah Bartholomäus erwartungsvoll an.

Dem behagte die ihm entgegengebrachte Aufmerksamkeit offenbar überhaupt nicht, denn er versuchte sichtlich, Nells Blicken auszuweichen. „Bitte lassen Sie dieses ungebührliche Benehmen. Wir sind nicht hier, um sie zu amüsieren …"

Doch sie hörte ihm längst nicht mehr zu. „Du bist so süß, weißt du das? Und jetzt kannst du auch noch sprechen. Du redest zwar ein bisschen wie ein alter, versnobter Burgherr, aber was solls.“ Sie strich ihm liebevoll über den Kopf und hinter den langen Ohren entlang.

„Hören Sie auf!“, verlangte er. „Lassen Sie das sofort sein. Diese ständigen Übergriffe …“ Neben seinen harschen Worten hörte man allerdings auch ein leises Schnurren. Er schloss kurz die Augen und genoss sichtlich die Berührung, auch wenn er noch immer in vehementem Tonfall verlangte, sie solle von ihm ablassen. „Bitte, so lassen Sie mich doch endlich in Ruhe!“

Nell lächelte und sah zu, wie sich die kleine Katze immer enger in ihre Hand schmiegte. „Ich wusste gleich, dass dir das gefällt.“

Währenddessen hatte sich Ray nicht von der Stelle gerührt und alles schweigend mit grimmiger Miene beobachtet.

„Hör mal, es tut mir wirklich leid“, sagte ich leise zu ihm und wagte es kaum, ihm in die Augen zu sehen.

„Jetzt ist es ohnehin zu spät. Ich will nur hoffen, dass du es nicht noch mehr Leuten erzählst, sondern in Zukunft den Mund halten kannst.“

In seiner Stimme schwang zwar Wut mit, doch waren die Worte bei Weitem nicht so harsch gewesen, wie ich erwartet hatte. Sein Blick allerdings war aufgebracht und loderte vor Zorn. Langsam ging er zum Fensterbrett und sprang mit einem kurzen Satz darauf.

„Wo willst du hin?“, fragte ich nach. Ich hatte kein gutes Gefühl dabei, ihn in dieser Situation gehen zu lassen.

„Ich schaue mich in der Gegend um, ob sich hier irgendwo Dämonen herumtreiben.“ Vor seine Augen schob sich ein dunkler Schatten. „Dafür bin ich ja schließlich hier.“ Damit ließ er sich aus dem Fenster gleiten und war verschwunden.

„Meister!“, brüllte Bartholomäus ihm nach. „Lasst mich nicht allein! Ich bitte Euch!“ Nahezu panisch rannte er seinem Herrn hinterher und sprang ebenfalls nach draußen.

Nell und ich warteten mehrere Stunden auf die beiden – vergeblich.

„Sorry“, sagte sie entschuldigend. „Ich wollte nicht, dass ihr euch in die Haare kriegt. Vielleicht hätte ich nicht ganz so forsch rangehen sollen. Aber ich finde es einfach unglaublich, dass er ein Dämon ist. Ich war so aufgeregt und konnte mich nicht zurückhalten. Aber ich verspreche dir, dass ich mich von nun an zusammenreißen werde. Auch wenn es schwerfällt.“

„Ist schon gut. Ray ist nur so sauer, weil ich versprochen hatte, niemandem etwas zu erzählen. Ich denke, er sorgt sich darum, dass du etwas ausplaudern könntest und auf diese Weise noch mehr Leute in sein Geheimnis eingeweiht werden.“

„Er kann sich auf mich verlassen. Ich sage niemandem etwas. Nicht mal meiner Mom. Wobei die echt ausflippen würde, wenn sie davon wüsste. Ein echter Dämon …“

Ich grinste über ihre Begeisterung, die ich noch immer nicht recht verstehen konnte.

„Es ist unfassbar, was wir für ein Glück haben. Durch ihn erhalten wir einen Einblick in eine ganz andere Welt“, schwärmte sie weiter. „Woher stammt er denn nun genau? Kommt er womöglich aus der Hölle? Und wie lebt er? Hat er Familie? Gibt es dort überhaupt so etwas?“

Ihre Fragen brachten mich zum Nachdenken, denn ehrlich gesagt konnte ich keine davon beantworten. Diese Erkenntnis führte mir einmal mehr vor Augen, wie wenig ich eigentlich über Ray wusste.

„Ich weiß nur, dass er aus der Dämonenwelt stammt. Was das genau ist oder wie er dort lebt“, ich zuckte mit den Schultern, „davon habe ich keine Ahnung.“

Nell wirkte ein wenig enttäuscht. „Schade, das hätte mich echt interessiert.“

„Wir versuchen, Abstand zueinander zu halten und nicht ganz so vertraut miteinander umzugehen. Schließlich ist er nicht freiwillig hier, und ich bin auch froh, wenn er wieder verschwunden ist." Die Sätze gingen mir leicht von den Lippen und dennoch spürte ich einen leichten Stich in meinem Herzen, während ich sie aussprach.

„Ich kann verstehen, dass die Situation nicht einfach ist. Du musst wahnsinnige Angst davor haben, jederzeit von einem Dämon angegriffen werden zu können. Trotzdem schade, dass das alles wohl nur aufhören wird, wenn euer Pakt gelöst und Ray wieder in seiner Welt ist." Sie seufzte. „Es ist schon spät. Ich denke, ich werd mich dann mal langsam auf den Weg machen." Sie stand auf, nahm mich zum Abschied in den Arm und trat dann zur Tür. „Wir sehen uns morgen."

Ich nickte. „Ja, schlaf gut."

Seit Nell aufgebrochen war, waren bereits über drei Stunden vergangen. Mittlerweile war es dreiundzwanzig Uhr durch, doch von Ray fehlte weiterhin jede Spur. Wo er wohl steckte? Ob er noch immer nach Dämonen in meiner Nähe Ausschau hielt? Normalerweise kam er gegen Abend stets noch mal kurz bei mir vorbei, bevor ich schlafen ging. Warum also war er bisher nicht aufgetaucht?

Ich gähnte, doch war es mir momentan unmöglich, mich schlafen zu legen. Langsam ging ich zum Fenster und öffnete es, um die kühle Nachtluft hereinzulassen. Ich betrachtete die hellen Lichter, die aus den Fenstern der umliegenden Häuser kamen und spürte, wie mir der eisige Wind über die Haut strich. Mein Herz fühlte sich schwer an, und ein altbekanntes Gefühl, das ich so lange zu unterdrücken versucht hatte, dehnte sich in meinem Inneren stetig weiter aus: Ich fühlte mich einsam und wünschte mir momentan nichts mehr, als dass Ray zurückkam. Ich sehnte mich nach seinem schelmischen Grinsen und dem

Schalk in seinen tiefdunklen Augen, die zugleich so voller Wärme strahlen konnten. An seiner Seite fühlte ich mich wohl … und nicht mehr so allein. Dieses Gefühl fehlte mir nun schmerzlich.

Fröstelnd trat ich schließlich vom Fenster zurück. Ständig war ich darum bemüht gewesen, ihn nicht zu nah an mich heranzulassen, um genau solche Empfindungen zu vermeiden. Ganz unbewusst hatte ich mich an ihn und den Umstand gewöhnt, dass er stets um mich war.

Ich schüttelte den Kopf und wollte den Gedanken vertreiben. Das war doch lächerlich. Da blieb er ein einziges Mal länger weg, und schon begann ich mir Sorgen um ihn zu machen … mich sogar nach ihm zu sehnen. So konnte das nicht weitergehen. Es half nichts, hier herumzusitzen und Trübsal zu blasen.

Mit schnellen Schritten ging ich ins Badezimmer, um mich fürs Bett fertig zu machen. Es war ja eigentlich nichts dabei, wenn er mal einen Abend nicht vorbeischaute. Was machte das schon?

Gedankenversunken putzte ich mir die Zähne und ging anschließend in mein Zimmer zurück. Ich würde mein Leben einfach ganz normal weiterführen und mich von Ray nicht ständig durcheinanderbringen lassen. Obwohl ich mir das so fest vornahm, zog ich dennoch nicht meine Schlafsachen an, sondern setzte mich auf den Stuhl neben meinem Bett, von wo aus ich einen Blick aufs Fenster hatte.

Ein warmes, sanftes Gefühl, das langsam in eine heiße Welle überging, strömte durch meinen Körper und erfüllte mich. Stetig breitete es sich weiter in mir aus und vertrieb die Dunkelheit in meinem Herzen. Mir wurde angenehm warm, ich fühlte mich sicher und geborgen und seufzte zufrieden auf. Die Furcht, die Angst und die Einsamkeit, die ich zuvor noch verspürt hatte, waren mit einem Mal verflogen. Ich war nicht mehr allein.

Erneut spürte ich diese zärtliche Berührung, wie sie ganz sanft über meine Wange strich und eine meiner Haarsträhnen beiseitegleiten ließ. Müde und doch zufrieden seufzte ich erneut, während der Schlaf immer weiter von mir fiel. Als ich die Augen öffnete, blickte ich direkt in Rays Gesicht.

„Hey", sagte er sanft, während seine Augen voller Sorge auf mir ruhten. „Was machst du denn hier? Warum bist du nicht im Bett?"

Ein wenig schlaftrunken schaute ich mich um und bemerkte, dass ich noch immer auf dem Stuhl saß. Ich spürte, wie sich die Schamesröte in meinem Gesicht ausbreitete, und hörte mein Herz in lauten Donnerschlägen pochen.

„Ich habe auf dich gewartet", sagte ich verschlafen und biss mir gleich darauf auf die Zunge. Mist! Warum hatte ich das nur gesagt?

Erstaunen legte sich in sein Gesicht. Ich glaubte, auch einen beinahe zärtlichen Ausdruck darin zu erkennen.

Ich starrte in seine Mitternachtsaugen, deren Tiefe mich magisch anzog. Mein Puls beschleunigte sich und auch mein Herz raste längst.

„Du musst dir keine Sorgen um mich machen", sagte er mit samtener Stimme und diesem wundervollen Lächeln auf den Lippen. „Ich kann auf mich aufpassen."

Ich nickte langsam. „Du bist vorhin nur einfach verschwunden. Ich dachte, du wärst vielleicht wütend auf mich." Hastig sah ich ihn an und versuchte zu erklären: „Ich wollte es Nell wirklich nicht sagen, aber sie ist meine Freundin und …"

Er legte einen Finger auf meine Lippen, um sie zu verschließen. „Ist schon gut. Ich bin nicht sauer. Natürlich bin ich nicht gerade begeistert, dass nun noch jemand über mich

Bescheid weiß. Aber sie ist deine Freundin, und ich denke, dass wir ihr vertrauen können."

„Dann wirst du nicht in ihren Kopf dringen, um das Wissen über dich wieder zu löschen?"

Sein Blick war noch immer weich und sanft. „Nein, das werde ich nicht. Ich weiß, dass du das nicht magst. Sie steht dir sehr nahe, und ich würde dir sicher wehtun, wenn ich es dennoch täte."

Seine Worte erstaunten mich. Er würde um meinetwillen das Risiko eingehen, dass sie ihn womöglich verriet?!

„Warum bist du vorhin einfach abgehauen? Und wo hast du die ganze Zeit gesteckt?" Im Grunde hatte ich kein Recht, ihn danach zu fragen, und zweifelte auch daran, dass er mir überhaupt eine Antwort darauf geben würde. Umso überraschter war ich, als er zu einer Erklärung ansetzte.

„Nell hat eine recht ..." Er suchte wohl nach einem nicht gar so starken Ausdruck, um sie zu beschreiben, „übergreifende Art. Mir ist das einfach zu viel geworden. Ich musste erst mal wieder einen klaren Kopf bekommen."

„Und das hat so lange gedauert?"

Seine Augen verdunkelten sich ein wenig. „Nein, ich hatte außerdem noch etwas Wichtiges mit Bartholomäus zu erledigen."

Ich spürte, dass er mir etwas verschwieg, und wollte schon nachfragen, doch dann schloss ich hastig wieder meinen Mund. Ich hatte Angst, er würde mir nicht antworten und ich mich dann erneut zurückgestoßen und allein gelassen fühlen.

Er hätte mir sicher davon erzählt, wenn es wichtig gewesen wäre.

„Du solltest jetzt langsam ins Bett gehen, es ist schon nach zwei."

Ich nickte nur.

Noch einmal schaute er mich mit diesem Blick aus seinen tiefschwarzen Augen an, in dem so viel Zärtlichkeit lag. „Schlaf gut", sagte er und trat zurück ans Fenster.

„Danke, bis morgen", sagte ich leise und sah zu, wie er in die dunkle Nacht verschwand.

Das Buch der Schwarzen Seelen

„Es ist schon echt seltsam", sagte Nell. Sie beobachtete Ray, der sich mit ein paar Jungs aus unserer Klasse unterhielt.

„Was meinst du?", hakte ich nach, während ich meine Schulsachen aus der Tasche holte.

„Wenn ich es nicht wüsste, würde ich nie auf den Gedanken kommen, dass er ein Dämon ist."

Ich rollte genervt mit den Augen. „Wer würde auch ernsthaft über so etwas nachdenken? Und überhaupt …" Ich unterbrach mich und blickte sie mahnend an. „Musst du ihn so anstarren?"

Sie hatte sich auf ihrem Stuhl in seine Richtung gedreht, hielt den Kopf auf ihren Arm gestützt und sah ihn unverhohlen an. „Keiner bemerkt etwas … dabei ist er ziemlich außergewöhnlich, findest du nicht?" Sie hörte mir gar nicht zu, sondern war mit ihren eigenen Überlegungen beschäftigt. „Ich meine, er ist nicht nur ziemlich gut in der Schule und beherrscht Latein, als hätte er nie etwas anderes gesprochen, sondern ist zudem noch äußerst sportlich. Von seinem außergewöhnlich guten Aussehen mal ganz zu schweigen."

„Bist du bald fertig mit deinen Lobeshymnen?", fragte ich. „Und hör endlich auf, ihn so anzuglotzen! Die anderen schauen schon." Ich zog sie am Ärmel auf ihren Platz zurück.

„Ist ja gut", murrte sie, wandte sich aber sogleich wieder nach ihm um.

Mir entging nicht, dass Ray Nell aus den Augenwinkeln ebenfalls beobachtete. Seine angespannte Miene verriet, dass ihr Verhalten ihm ganz und gar nicht gefiel.

„Du hattest versprochen, dich zusammenzureißen", mahnte ich sie erneut.

Sie wollte gerade etwas erwidern, doch zum Glück betrat in diesem Moment Herr Wozniak den Raum.

Nach der Mathestunde machten wir uns auf den Weg zu unseren Spindfächern, um für die folgende Stunde unsere Geschichtsbücher zu holen.

„Ray war echt gut in Mathe, findet ihr nicht? Er hat die Lösung auch ziemlich gut erklärt, sodass selbst ich es verstanden habe", meinte Nell. „Ich frag mich, woher er das so gut kann. Ob es da, wo er herkommt, auch Schulen gibt? Müssen sie da ebenfalls Mathe pauken?"

Ich gab ihr einen Stoß in die Seite, um sie zum Schweigen zu bringen. Wir waren schließlich nicht allein, sondern Sven lief direkt neben uns und hob auch schon ziemlich verwirrt die Brauen.

„Er stammt doch aus keinem Dritte-Welt-Land. Warum sollte er also auf keiner Schule gewesen sein?", fragte er prompt.

„Du kennst ja unsere Nell, manchmal redet sie einfach so vor sich hin und merkt gar nicht, was für ein Unsinn dabei herauskommt", sprang ich erklärend ein und hoffte, er würde diese Ausrede schlucken.

Nell hob bereits zu einer Erwiderung an, doch ich schenkte ihr einen mahnenden Blick.

„Mir ist bereits vorhin aufgefallen, dass du ihn die ganze Zeit anstarrst", überging Sven meine Worte. „Willst du jetzt etwa was von ihm?"

„Ähm ... also", murmelte sie langsam und suchte wohl nach einer Lösung, um den Schaden wiedergutzumachen. „Süß ist er doch, findet ihr nicht?"

Sven verdrehte die Augen. „O Mann, so einen schlechten Geschmack hätte ich dir wirklich nicht zugetraut. Was findet ihr nur alle an diesem Kerl?"

Als hätte er geahnt, dass wir über ihn sprachen, kam Ray in diesem Augenblick mit zwei Mitschülern den Gang entlang. Er wechselte noch ein paar Worte mit ihnen und verabschiedete sich schließlich mit einem Handschlag. Mit schnellen Schritten ging er nun auf seinen Spind zu.

„Das ist *die* Chance", verkündete Nell nach einem kurzen Blick auf ihre Uhr. Sie nickte entschlossen und rannte los.

„Was hast du denn jetzt wieder vor?", rief ich ihr nach, doch sie eilte einfach weiter, zog nebenbei hastig einen kleinen Beutel aus ihrer Hosentasche und stand gleich darauf direkt hinter Ray. Als dieser sich umdrehte, warf sie ihm den Inhalt des Säckchens, der offenbar aus Sand bestand, ins Gesicht und drückte ihm anschließend eine schwarze Feder auf die Stirn. Dann sah sie ihn mit großen Augen an.

Ray runzelte die Stirn, und eine tiefe Zornesfalte bildete sich darauf. „Was soll dieser Blödsinn?", fragte er, während er ihr die Feder aus der Hand riss.

Verlegen trat sie einen Schritt zurück und lächelte schüchtern. „Tja, also … ich hab da so einen Spruch gefunden und hatte gehofft, er würde funktionieren. Aber so wie es aussieht …" Sie zuckte fast entschuldigend mit den Achseln.

„Spruch?", hakte Sven nach. Wir beide waren ihr gefolgt. „Du hast einen Zauberspruch bei ihm angewandt?"

Ray wischte sich den Sand aus Haaren und Kleidern. „Du hast sie echt nicht mehr alle", knurrte er.

Sie hatte sich also an einem Zauber versucht, um den Pakt zwischen ihm und mir zu lösen. Wahrscheinlich, weil ich ihr davon berichtet hatte, wie sehr ich mir wünschte, ihn loszuwerden.

„Na ja, ich wollte es mal ausprobieren", sagte sie. „Es war die perfekte Gelegenheit: Du warst allein und der Spruch musste Punkt zwölf Uhr mittags vollzogen werden."

„Du und deine Spinnereien", fuhr Sven kopfschüttelnd fort. „Wofür sollte das überhaupt gut sein."

„Es war ein Liebeszauber, stimmts, Nell?", sprang ich erklärend ein.

Sie nickte langsam. „Ja, genau."

„Gott, ihr habt sie echt nicht mehr alle", maulte Sven. „Ich kapiere das einfach nicht. Ihr seid doch vernünftige Menschen, wie könnt ihr an so einen Mist glauben und es dann auch noch an so einem Typen ausprobieren?" Er nickte in Rays Richtung, der sich noch immer die letzten Sandreste aus den Haaren strich. „Ich meine, das ist doch echt lächerlich. Seid froh, dass das sonst niemand mitbekommen hat."

„Spiel dich mal besser nicht so auf." Ray funkelte ihn mit kalten Augen an. „Was weißt du schon? Du bekommst ja nicht mal ansatzweise etwas von dem mit, was vor deiner Nase passiert, und reißt dennoch die Klappe auf."

„Ach ja? Von einem wie dir lass ich mir ganz sicher nichts sagen. Wann hast du eigentlich vor, bei Emily wieder auszuziehen? Glaubst du nicht, du hast ihre Gastfreundlichkeit und die ihrer Großeltern langsam genug ausgenutzt? Denkst du wirklich, nur weil du vor deinen Problemen davonläufst, werden sie sich einfach in Luft auflösen? Du solltest endlich nach Hause zurückgehen und uns in Ruhe lassen. Glaub mir, keiner will dich hier, also verschwinde besser und lass Emily in Ruhe!" Seine Wangen hatten sich tiefrot gefärbt, überall in seinem Gesicht und an seinem Hals zeigten sich die üblichen Stressflecken. Dermaßen wütend und offen aggressiv hatte ich ihn noch nie erlebt. Was war nur mit ihm los?

Rays Augen wurden schmal, während er Sven nachschaute, der sich nach seinem Wutausbruch einfach umgedreht hatte und nun davoneilte.

Ray wandte sich wieder seinem Spind zu, schloss ihn und sagte: „Wir üben heute Nachmittag weiter an deinen Kräften, klar? Jetzt muss ich mir schon von so einem Deppen auf der Nase herumtanzen lassen. Es wird Zeit, dass ich nach Hause komme …“, knurrte er leise.

Seit über einer halben Stunde saß ich nun an meinem Schreibtisch und starrte auf den Docht der Kerze, den ich mit meinen – noch immer nicht verfügbaren – magischen Kräften entzünden sollte. Mal davon abgesehen, dass ich allmählich nicht mehr daran glaubte, dass ich jemals dazu in der Lage sein würde, machte mir der Streit mit Sven zu schaffen. Er war offenbar nicht nur sauer auf Ray, sondern auch auf Nell und seltsamerweise besonders auf mich. Er hatte den restlichen Schultag kaum mehr ein Wort mit uns gewechselt und war uns demonstrativ aus dem Weg gegangen.

Auch Ray schien weiterhin alles andere als guter Laune zu sein. Er saß wie so oft auf meinem Bett und las in einem Buch. Immer wieder wandte ich mich nach ihm um, doch er ignorierte mich. Langsam hielt ich diese Spannung, die im Raum herrschte, nicht mehr aus. Konnte er nicht einfach sagen, was los war? Weshalb war er so wütend?

„Sven hat es sicher nicht so gemeint“, versuchte ich es. „Ich weiß nicht, was in ihn gefahren ist, so verhält er sich normalerweise nicht.“

„Du kapierst auch gar nichts, oder?“, sagte er, ohne aufzusehen.

Was meinte er denn damit?

„Jedenfalls gehen mir deine Freunde tierisch auf die Nerven. Die eine versucht mich mit irgendwelchen Hinterwäldlerzaubern aus dieser Welt zu bannen und der andere dreht komplett durch. Ich bin hier doch nicht im Kindergarten. Ich habe wirklich anderes zu tun, als mich auch noch mit diesen Idioten rumzuplagen."

„Ich werde mit ihm reden", sagte ich. „Du wirst sehen ..."

Weiter kam ich nicht, denn in diesem Moment sprang Bartholomäus durchs Fenster und kam schwer atmend vor seinem Herrn zu stehen. „Meister, ich war in Cudira, aber auch dort konnte ich nichts über die Bände herausfinden."

Ray blickte zur Wächterkatze, die recht zerzaust und abgehetzt wirkte. „Wir wissen mittlerweile zwar, wo sich der Secundus befindet", sagte er nachdenklich. „Nur bringt uns das nichts. Wir brauchen den Tertius. Aber immerhin können wir so das Gebiet im Süden ausschließen. Wenn du in Cudira nichts gefunden hast, sollten wir es als Nächstes weiter westlich versuchen. Vielleicht in der Gegend um Hellarstedt."

Bartholomäus nickte. „Ich mache mich gleich auf den Weg."

„Nein, du solltest dich ausruhen", wandte Ray ein. „Du siehst müde aus und musst erst mal wieder zu Kräften kommen. Es bringt nichts, wenn du vollkommen am Ende bist und deshalb womöglich etwas Wichtiges übersiehst."

Die Katze nickte langsam. „Gut, dann schlafe ich vorher noch ein wenig, doch gleich heute Abend werde ich mich wieder auf den Weg machen." Erschöpft trat er zu dem großen Sessel in der Ecke und rollte sich darauf zufrieden zusammen.

Wonach waren die beiden nur auf der Suche und aus welchem Grund? Soweit ich mitbekommen hatte, ging es um irgendwelche Bücher, die sich in der Dämonenwelt befanden. Ob ich ihn danach fragen sollte? Immerhin schien ihm diese Sache Sorgen zu bereiten.

Ray war jedoch längst wieder in den Roman vertieft, sodass ich diese Idee verwarf. Zudem hatte ich das Gefühl, dass ich eigentlich kein Recht hatte, mich einzumischen – immerhin war mir dieser Teil von ihm weiterhin vollkommen fremd. Das alles hatte mit seinem eigentlichen Leben zu tun und nichts mit dem, das er hier an meiner Seite führte. Wieder mal wurde mir klar, wie fremd er mir eigentlich war und wie wenig ich über seine Heimat wusste.

Ich seufzte und nahm all meinen Mut zusammen. Ich hatte mir bereits vor einiger Zeit vorgenommen, ihn nach seinem Leben in der Dämonenwelt zu fragen. Vielleicht war jetzt der Zeitpunkt gekommen.

„Ray?", begann ich langsam.

Er ließ das Buch sinken und schaute mich an.

„Weißt du, ich wollte dich schon lange mal nach deinem Zuhause und deinem Leben in der Dämonenwelt fragen."

Er zuckte mit den Schultern. „Was willst du denn wissen?"

Erleichtert, nicht sofort abgewiesen worden zu sein, fuhr ich fort: „Wie sieht die Dämonenwelt aus? Ist es da so, wie man sich die Hölle vorstellt? Ich meine, ist es denn *die* Hölle, von der in der Bibel gesprochen wird? Mit all dem Feuer, den Sündern und den Qualen? Und hast du dort Familie?" Ich hielt kurz inne. „Gibt es so etwas bei euch überhaupt?"

Er beugte sich ein Stück vor und erklärte in nüchternem Tonfall: „Klar habe ich Familie. Wir alle haben einen Vater, den wir einmal im Monat im Rahmen einer großen Zeremonie feiern. Dabei tanzen wir um lodernde Feuerschalen, stimmen huldvolle Lieder an und zollen unserem Vater den Respekt, den er verdient hat. Jedes Mal sitzt er dabei hoch erhoben über uns auf seinem Thron und schaut mit seinen rot glühenden Augen auf uns herunter, während seine Hörner im Licht des Feuers schimmern. Du müsstest ihn mal sehen, mit seinen Ziegenhörnern und den schiefen Bocksbeinen ist er eine äußerst imposante Erscheinung."

Ich konnte es kaum fassen, was ich da hörte. „Dein … dein Vater ist der Teufel", wisperte ich fassungslos und sah Ray voller Entsetzen an.

Ein leichtes Grinsen machte sich allmählich auf seinen Lippen breit, bevor er schließlich in Gelächter ausbrach. „Du müsstest mal dein Gesicht sehen", sagte er und schüttelte gleichzeitig amüsiert den Kopf. „Du glaubst auch wirklich alles."

„Das bedeutet ...", begann ich verwirrt, unterbrach mich jedoch sofort. Es war unnötig, diese Frage zu stellen. Er hatte mich veräppelt.

„Sorry, aber ich konnte nicht widerstehen. Du hast so seltsame Fragen gestellt, voller Klischees, da konnte ich nicht anders."

„Das heißt also?"

„Nein, bei uns lebt kein Teufel", beantwortete er meine unvollendete Frage. „Wir haben auch keinen König oder dergleichen, der über uns regiert. Die Dämonenwelt ist auch kein brennendes, schwarzes Loch, in dem irgendwelche Seelen gefoltert werden. Ihr Menschen habt zwar ein recht genaues Bild von unserer Welt und nennt sie Hölle, doch hat eure Beschreibung rein gar nichts mit der Realität zu tun. Bei uns heißt die Dämonenwelt Neffarell, was so viel wie Heimat oder Ursprung bedeutet." Er lehnte sich nun wieder zurück an die Wand und sah mich lächelnd an. „Und natürlich hatte ich auch Eltern, bei denen ich zusammen mit meiner Schwester groß geworden bin."

„Hatte?", hakte ich nach und spürte zugleich, wie sich eine altbekannte Angst durch meine Adern fraß.

Er nickte. „Sie sind beide in einem Kampf umgekommen, der damals etliche Dämonen das Leben gekostet hat. Von meiner Familie sind nur noch meine Schwester und ich übrig."

Er hatte also genau wie ich seine Eltern verloren und wusste, was das bedeutete. Wie viel Schmerz und welch enormes Leid damit verbunden war, das mich selbst heute hin und wieder zu verschlingen drohte. Doch wenigstens hatte er noch eine Schwester. Ob sie ihn wohl vermisste? Ob sie sich Sorgen um ihn machte?

Wie von selbst begannen sich meine Lippen zu bewegen. Ich hörte mich selbst sprechen, auch wenn diese Stimme ganz und gar nicht nach mir klang. Sie war so kalt, emotionslos und leer. „Du weißt ja, dass meine Eltern ebenfalls tot sind. Mein Vater starb bei einem Autounfall", sagte ich, ohne Ray anzuschauen. „Ich war elf Jahre alt; wir kamen von einem Ausflug zurück. Es war bereits dunkel und ich war gerade erst eingeschlafen, als es passierte. Ich kann nicht genau sagen, was geschehen ist ... da war ..." Ich schüttelte den Kopf bei der Erinnerung an diese seltsamen rot glühenden Augen. Es konnte nicht sein, dass ich das gesehen hatte ... „Wir haben uns mehrfach überschlagen, ich habe geschrien und nach meinem Vater gerufen. Noch immer höre ich ihn meinen Namen wispern, er hatte solche Angst um mich. Dabei ... dabei war er es doch, der ..." Ich spürte, wie die Tränen in mir hochstiegen, und kniff die Augen zusammen. „Wir prallten gegen einen Baum, der den kompletten Vorderteil des Wagens eindrückte. Ich hörte meinen Vater schwer atmen, seine rasselnden Atemzüge, da sich immer mehr Blut in seiner Lunge sammelte." Ich legte die Hände vor meine Augen, als könnte ich so die Bilder vertreiben, die sich gerade in meiner Erinnerung abspielten. „Ich habe ihn sterben hören", wisperte ich entsetzt und zitterte am ganzen Körper.

Ray sprang auf, trat zu mir und schloss mich fest in seine Arme. Ich spürte die Wärme seines Körpers und den beschützenden Griff um mich. Da brach es aus mir heraus. Die Dämme, die ich so lange um mich herum aufgebaut hatte, brachen für einen Moment zusammen und ich weinte. Weinte, bis ich kaum mehr Luft bekam und glaubte, der Schmerz würde mich zerreißen.

„Ich weiß, wie weh es tut, seine Eltern zu verlieren. Aber du bist nicht allein", sagte er mit sanfter Stimme, während er meinen Kopf weiterhin an seiner Brust barg und tröstend über mein Haar strich. Zum ersten Mal in meinem Leben hatte ich das Gefühl, dass es tatsächlich stimmte: Ich war nicht allein ...

Isigia musterte ihren Herrn bereits seit mehreren Minuten, wie er inmitten des Symbolkreises saß und dort regungslos verharrte. Er versuchte, mit einfacheren Ritualen die Kräfte wieder aufzustocken, die er bei seiner letzten Suche nach dem Buch verloren hatte. Die Seelen, die er sonst in sich aufnahm, konnte er im Moment nicht beschwören – selbst dafür war er einfach zu geschwächt.

Sie machte sich Sorgen um ihren Meister und blickte ihn ängstlich an. Er war schmaler geworden, die feinen Gesichtszüge wirkten nachdenklich und angespannt. Selbst nach all der Zeit fiel es ihr schwer, in diesem fremden Gesicht ihren Herrn wiederzuerkennen. Sein eigener Körper war so erhaben gewesen. Ein einziger Blick in seine purpurfarbenen Augen hatte genügt, um seine Widersacher vor Angst verstummen zu lassen. Groß und mächtig war er gewesen und hatte sich durch nichts von seinen aufstrebenden Plänen abhalten lassen.

Doch als er schließlich versucht hatte, die Macht an sich zu reißen und sich zum Herrscher über Neffarell zu erheben, hatten sich diese schrecklichen Wächter zusammengeschlossen. Etliche Dämonen waren ihnen in den Kampf gefolgt und hatten sich gegen ihren Herrn gestellt.

Selbst heute jagte ihr ein eisiger Schauer über den Rücken, wenn sie an diesen einen Tag zurückdachte, der über ihrer aller Schicksal entschieden hatte.

Es hatte so viele Tote gegeben, einen nach dem anderen hatte ihr Meister zerfetzt und zerstückelt … Er war unglaublich stark gewesen, eine echte Gefahr für die vier Wächter.

Noch immer war sie fasziniert davon, wie ihr Herr es geschafft hatte, hinter ihrer aller Rücken Seelen in sich aufzunehmen, um auf diese Weise stetig mehr an Kraft zu gewinnen, bis er schließlich fast nicht mehr aufzuhalten gewesen war. Aber leider eben nur fast …

Die Wächter des Nordens waren es gewesen, die den alles entscheidenden Schlag geführt hatten: Als ein Großteil ihrer

Verbündeten bereits tot am Boden lag oder die Flucht angetreten hatte, wussten sie, dass ihr Schicksal besiegelt war. Doch dann entschlossen sich diese verfluchten Nordwächter, diesen grauenhaften Zauber anzuwenden, der alles mit sich in den Untergang riss. Auch die Wächter selbst verloren dabei ihr Leben.

Isigia eilte auf der Stelle in diese Hölle aus Feuer und Flammen und fand ihren Meister schließlich. Der rechte Arm war ihm fortgerissen worden, sein Gesicht war schwarzverkohlt. Er blutete stark und hatte schwere innere Verletzungen.

Letztendlich war sein Körper zu zerstört gewesen, um es noch zu schaffen. Doch dank des Anima-Litargica hatte sie gemeinsam mit ihrem Herrn dessen Wesen in seine jetzige Hülle überführen können. Dieser Körper war bei Weitem nicht so widerstandsfähig wie sein ursprünglicher Leib und hatte zudem diese enormen Schwächen, aber anders hatten sie ihn nicht retten können.

Sie sah, wie ihr Meister in diesem Moment seine Augen öffnete. Seine Armmuskeln spannten sich an und ein Lächeln legte sich auf seine Lippen, als er verkündete: „Isigia, meine Liebe. Ich denke, wir können mit unserer Suche fortfahren. Nun werden wir den Quartus des *Buchs der Schwarzen Seelen* finden."

Dieses Mal war es nicht Nell, die Ray ständig anstarrte und deren Gedanken sich nur um ihn kreisten, sondern ich. Seit dem Nachmittag, an dem ich ihm von meinem Vater erzählt hatte, waren vier Tage vergangen und noch immer ging mir dieser Moment nicht aus dem Kopf.

Ständig sah ich seine tiefdunklen Augen vor mir, in denen die goldenen Sprenkel geradezu unwirklich gestrahlt und geglüht hatten. Augen, denen man sich einfach nicht entziehen konnte, die einen fesselten, bannten und nicht mehr losließen. Es hatte etwas Warmes, Zärtliches darin gelegen, das mein Herz sofort hatte höher schlagen lassen, und nun ging mir dieser Moment nicht mehr aus dem Sinn.

Zumindest in diesem einen Augenblick hatte er die kalte Leere, die bisher mein ständiger Begleiter gewesen war, vertrieben. Noch immer zitterten mir die Hände, wenn ich daran dachte, wie er mich an sich gezogen, in seinen Armen gehalten und gestreichelt hatte. Niemals hätte ich es für möglich gehalten, dass diese Berührungen so viele Gefühle in mir wachrufen würden. Gefühle wie Sehnsucht und Geborgenheit. Ich hatte jemanden gefunden, der mich verstand, bei dem ich mich sicher fühlen und öffnen konnte. Zumindest bis zu einem gewissen Maß, musste ich mich korrigieren ... denn selbst in diesem wundersamen Moment war es mir nicht möglich gewesen, das letzte Tor zu öffnen, hinter dem ich ganz tief in mir das schlimmste Geheimnis verschlossen hielt.

Ein Teil von mir hätte ihm gerne davon erzählt, doch etwas hielt mich zurück. War es die Angst vor seiner Reaktion? Oder lag es doch nur daran, dass ich mich vor mir selbst fürchtete? Was, wenn ich diese Tür öffnete und die lang unterdrückte Angst herausließ? Würde sie mich womöglich nicht mehr loslassen? Würde ich darin untergehen?

Genau das befürchtete ich, und zugleich musste ich mir eingestehen, dass die alten Bilder immer wieder in mir hervorstiegen, um mich heimzusuchen, sei es in Form von Träumen oder als Erinnerungen.

Ich wandte den Blick von Ray ab, den ich durch die offen stehende Tür des Klassenzimmers von meinem Platz aus sehen konnte. Er stand nur wenige Meter von mir entfernt im Flur und unterhielt sich mit ein paar Mitschülern. Ich konnte es ihm nicht erzählen. Das war einfach unmöglich ... Ich hatte ihm bereits viel zu viel von mir preisgegeben. Wenn er gänzlich über mich Bescheid wüsste, wenn er das von meiner Mutter erführe, würde er mich sicher mit ganz anderen Augen sehen. Genauso, wie es meine Großeltern getan hatten ...

Meine Mutter hatte den Verlust meines Vaters einfach nicht verwinden können. Ihr sonderbares Verhalten hatte seitdem noch weiter zugenommen, ebenso die Autoaggressionen ... und ich war die ganze Zeit mittendrin gewesen, hatte alles hautnah erlebt und wäre beinahe ebenfalls in diesem Wahnsinn versunken.

Eines Tages, etwa ein halbes Jahr nach dem Unfall meines Vaters, hatte ich Geräusche an der Tür gehört und schließlich hatten sogar Fäuste dagegen gehämmert.

Noch immer jagte mein Herz vor Panik, wenn ich mich daran zurückerinnerte.

„Sie kommen, um uns zu holen. Jetzt endlich sind sie da. Sie werden uns töten, zerfleischen, zerstückeln, genauso wie sie es angekündigt haben."

Ich hörte ihr grauenhaftes Kreischen, als sie meine Mutter packten ...

Hastig versuchte ich, die aufkommenden Bilder zu unterdrücken, bemühte mich, meinen rasenden Puls zu beruhigen. Ich konzentrierte mich auf das, was danach geschehen war. Auf die Zeit, als meine Großeltern sich bereit erklärt hatten, mich bei sich aufzunehmen. Sie hatten seit dem

Tod meines Vaters keinen ruhigen Moment mehr gehabt, geschweige denn richtig um ihn trauern können.

Es war zwar zunächst ungewohnt gewesen, bei ihnen zu leben, doch ich hatte mich in ihrem Haus vom ersten Moment an wohlgefühlt. Auch wenn ich mir ständig Gedanken um meine Mutter machte …

In dieser einen Nacht wurde ich von einem schrecklichen Durst geweckt. Ich stand auf, um mir aus der Küche ein Glas Wasser zu holen. Gerade wollte ich die Türklinke nach unten drücken, als ich Stimmen vernahm.

„Ich mache mir schreckliche Sorgen um Emily." Es war meine Großmutter; sie klang bedrückt und sorgenvoll. „Wir hätten viel früher etwas unternehmen müssen … Was sie alles mitgemacht hat. Mein Gott, das arme Kind, ich will es mir gar nicht vorstellen. Erst der Tod ihres Vaters, und dann musste sie mit ansehen, wie ihre eigene Mutter …" Sie unterbrach sich, und ich hörte, sie leise weinen. Das brach mir beinahe das Herz.

„Sie ist ein starkes Mädchen, sie wird es schaffen", versuchte mein Opa sie zu beruhigen. „Wir sind an ihrer Seite und werden immer für sie da sein. Ich bin ganz sicher, dass sie all die Geschehnisse irgendwann verarbeiten wird."

„Und was, wenn nicht?", hakte sie unter Schluchzen nach. „Du weißt, was die Ärzte gesagt haben. Sie könnte es ebenfalls in sich tragen, sie war viel zu lange in der Obhut ihrer Mutter. Nach allem, was sie erlebt hat, ist es ein Wunder, dass sie noch keinerlei Anzeichen zeigt."

Mein Großvater schwieg einen Moment, wusste offenbar nichts darauf zu antworten.

Noch einmal schluchzte meine Oma qualerfüllt auf: „Wer weiß, was bereits alles tief in ihr schlummert."

Ein eisiger Stich durchfuhr mich, der mir schier das Herz auseinanderriss. Tränen stiegen mir in die Augen. Ich biss mir auf die Unterlippe, bis ich Blut schmeckte, und versuchte, keinen Mucks von mir zu geben. Ich hatte ihnen bereits so viel

Sorge bereitet … und nun erkannte ich noch etwas anderes: Die beiden hatten Angst. Angst davor, dass ich nach allem Erlebten dasselbe Schicksal erleiden würde.

Ganz langsam drehte ich mich um, spürte, wie mir die Tränen an den Wangen hinabflossen, und schwor mir, den beiden niemals wieder Anlass zur Sorge zu geben. Ich würde es allein schaffen. Ich würde den Schmerz und all die schrecklichen Bilder ganz tief in mir vergraben, wo sie keiner mehr fand. Ich würde nicht so enden wie meine Mutter.

„Emily?“, riss mich Nells Stimme aus meinen Gedanken. „Sag mal, bist du taub? Wir sollten langsam los, als nächstes haben wir Deutsch.“

Verwirrt blickte ich sie an, griff dann aber nach meinen Schulsachen und räumte sie in die Tasche. Ich hatte kaum etwas von der Stunde mitbekommen … Ich musste wirklich besser aufpassen und durfte die ganzen Erinnerungen nicht so sehr an mich heranlassen. Weshalb wurde es momentan immer schwerer, sie in Schach zu halten? All die Jahre war es mir mehr oder weniger gelungen, sie nicht ständig an die Oberfläche dringen zu lassen, und jetzt … Vielleicht lag es an all den Veränderungen und der ständigen Furcht vor den Dämonenangriffen. Doch ich wusste, dass das nicht der eigentliche Grund war. Vielmehr hatte ich jemanden viel zu nah an mich herangelassen, und alle bisher unterdrückten Gefühle wollten nun ausgesprochen und gelebt werden. Doch genau das konnte ich nicht.

„Alles okay mit dir?“ Nell warf mir einen besorgten Blick zu. „Du bist irgendwie blass und siehst echt müde aus. Schlimmer noch als sonst.“

Ich versuchte zu lächeln. „Ich habe nur schlecht geschlafen. Am besten trink ich gleich noch einen Kaffee.“

Sie wirkte nicht recht überzeugt, zuckte aber schließlich mit den Schultern. „Wie du meinst. Hauptsache, du wirst nicht krank. Immerhin ist bald das Herbstfest, und da will ich mit dir und Sven hin."

Momentan war mir gar nicht danach, mir über solche Dinge den Kopf zu zerbrechen, aber vielleicht brachte mich der Alltag ja tatsächlich auf andere Gedanken.

Erneut strich ich mit dem Kugelschreiber den Satz durch, den ich gerade notiert hatte. Ich fluchte innerlich, aber es gelang mir einfach nicht, mich auf den Unterricht zu konzentrieren. Es war mir bereits in Deutsch schwergefallen und auch in dieser Stunde wollte es nicht besser werden.

Frau Breme sprach noch immer über den Dreißigjährigen Krieg. Zumindest entnahm ich das den Stichpunkten, die sie emsig an die Tafel schrieb. Ich hatte es bislang kaum geschafft, ihren Ausführungen zu folgen. Auch jetzt beschäftigten mich meine Erinnerungen, die ständig an die Oberfläche wollten. Hinzu kam Rays Gesicht, das mir einfach nicht aus dem Kopf ging. Dies wurde durch den Umstand, dass er genau neben mir saß, nicht gerade begünstigt. Hin und wieder schaute ich zu ihm hinüber. Er hatte ein wirklich hübsches Profil, das auffallend schön war. Mittlerweile verstand ich, dass Nell sich fragte, warum keiner bemerkte, wie anders er war. Er stach aus der Klasse, ja eigentlich aus jeder Menschenmenge sofort hervor. Nicht nur wegen seines überwältigenden Aussehens, sondern auch aufgrund seiner vielen Talente, mit denen er in den Fächern glänzte.

Ich blickte auf das Blatt, das vor ihm lag. Er hatte mal wieder nichts mitgeschrieben. Das brauchte er auch nicht, da er einen Text nur ein einziges Mal lesen musste, um sich die ganzen Fakten darin zu merken. Dämon müsste man sein …

Ich seufzte und widmete mich wieder meinem eigenen Block, auf dem nur durchgestrichene Notizen zu finden waren.

„Du siehst müde aus“, sagte Ray plötzlich, während diese dunklen Augen auf mir lagen. „Alles okay?“

„Ja, schon. Ich schlafe nur im Moment ziemlich schlecht“, antwortete ich kurz.

Er nickte langsam, wirkte aber nicht so, als wäre diese Information etwas Neues für ihn. „Mach dir wegen der Dämonen keine Sorgen, ich passe auf dich auf. Es wird auch sicher nicht mehr lange dauern, bis wir den Pakt endlich brechen können. Dann bist du wieder in Sicherheit und kannst in dein altes Leben zurückkehren.“ Er klang dabei so, als müsste mich diese Nachricht freuen. Vor einiger Zeit hätte es das wohl auch. Doch mittlerweile hatte sich etwas verändert. Ich schaute ihm in die Augen … etwas Wesentliches war anders geworden. Ein sanftes, aufmunterndes Lächeln lag auf seinen Lippen, das den Schmerz in meiner Brust nur noch vergrößerte. Wie oft würde ich es noch sehen dürfen? Wann würde er mich verlassen?

In diesem Moment weiteten sich seine Augen, und ein erschrockener Ausdruck legte sich auf sein Gesicht, während er an mir vorbeisah. Ich drehte mich langsam um und folgte seinem Blick. Was machte Bartholomäus denn hier?

Er saß auf dem Sims vor dem Fenster und kratzte aufgeregt mit den Pfoten gegen die Scheibe. Als er bemerkte, dass wir ihn entdeckt hatten, wurde er keinesfalls ruhiger, sondern eher wilder, beinahe panisch, und schlug nun noch heftiger gegen das Glas. Was, wenn ihn einer unserer Mitschüler sah? Wir befanden uns immerhin im vierten Stock, wohin eine gewöhnliche Katze es auf keinen Fall schaffen konnte.

„Irgendetwas muss passiert sein“, meinte Ray besorgt. Er erhob sich bereits, doch ich hielt ihn am Arm fest.

„Warte, ich komme mit.“

Er überlegte kurz, schien mit sich zu ringen, ich wollte ihn aber auf keinen Fall allein gehen lassen. Ich musste ebenfalls wissen, was geschehen war.

Schließlich nickte er und stand auf. „Frau Breme, Emily geht es nicht gut. Ihr ist furchtbar übel und schwindelig. Ich bringe sie am besten ins Krankenzimmer."

Die Lehrerin musterte mich, und ich setzte eine leidende Miene auf, was anscheinend gar nicht nötig gewesen wäre.

„Sie sehen wirklich schlecht aus; sie sind ja weiß wie ein Leintuch. Sie haben recht, Ray. Bitte begleiten Sie Emily, nicht dass sie uns am Ende noch zusammenbricht."

Auf ihn gestützt ging ich in Richtung Tür und versuchte dabei, die besorgten Blicke von Nell und Sven zu ignorieren. Ich lächelte ihnen aufmunternd zu, um ihnen zu signalisieren, dass es mir in Wirklichkeit gar nicht so schlecht ging, wie Frau Breme dachte. Ihre Gesichter verrieten mir aber, dass ich ihnen später noch mal würde versichern müssen, dass sich der Schlafmangel wohl auf meinen Kreislauf ausgewirkt hatte.

Kaum hatten wir das Klassenzimmer verlassen, stürmten wir auch schon los. Wir entdeckten Bartholomäus am Ende des Flurs, wie er gerade vom Fensterbrett in unsere Richtung sprang.

Ray öffnete eines der Fenster und ließ die Wächterkatze herein.

„Meister", begann Bartholomäus nach Luft schnappend. „Ich ... ich habe endlich einen Hinweis gefunden ... wo sich das Buch befinden könnte."

Seine Augen weiteten sich bei dieser Nachricht. „Du weißt, wo es ist?"

„Zumindest ist es der erste wirklich brauchbare Hinweis. Es ist gut möglich, dass das Buch dort versteckt wird."

Ray nickte entschlossen. „Gut, dann komme ich mit. Alleine wirst du es nicht schaffen. Wir gehen am besten gleich los." In dem Moment fiel sein Blick auf mich, und seine Miene wurde nachdenklich.

„Kann mir mal einer sagen, was hier los ist? Über welches Buch redet ihr da ständig?"

Er wich meinen Augen aus und schien zu überlegen, ob er mich nun tatsächlich allein lassen konnte. Zu meiner Überraschung legte er seine Hand auf meine Schulter, umschloss sie fest und zugleich zärtlich. „Ich muss jetzt mit Bartholomäus los. Es ist verdammt wichtig, dass wir dieses Buch finden. Mit deinen Kräften allein können wir den Pakt nämlich nicht lösen."

Das überraschte mich ... Dann war also nicht nur meine Magie vonnöten? Doch eigentlich spielte es keine Rolle. Sobald sie das Buch und ich meine Kräfte gefunden hätten, würde es nicht mehr lange dauern, bis Ray und ich getrennte Wege gingen. Eine Vorstellung, die mir Angst machte.

„Ich habe die Umgebung ständig im Auge und habe mich auch heute Morgen noch mal umgeschaut. Es sind keine stärkeren Dämonen in der Nähe, die dir gefährlich werden könnten. Zwar lungern in letzter Zeit immer mehr kleinere Exemplare in der Gegend herum, aber solange sie dich nicht irgendwo allein antreffen, werden sie sich auch nicht trauen, dich anzugreifen. Du gehst also nach der Schule am besten immer in Begleitung von Nell nach Hause. Unternehmt noch irgendetwas zusammen, ganz egal was. Treib dich nur nicht allein herum, hörst du?" In seinen Augen lag echte Sorge und Angst. Angst um mich und davor, dass mir etwas zustoßen könnte. Lag es wirklich nur daran, dass er dann ebenfalls sterben würde? In diesem Moment konnte ich es fast nicht glauben.

„Ich bin so schnell es geht wieder hier. Es dauert ganz sicher nur ein paar Stunden."

Ich nickte langsam. „Ja, ist gut." Ich versuchte, möglichst fröhlich und unbekümmert zu wirken. „Ich pass schon auf mich auf."

„Okay. Und sobald ich zurück bin, reden wir. Es gibt einige Dinge, von denen du wohl doch langsam erfahren solltest."

Worum es sich dabei handelte? Es musste äußerst wichtig sein, ansonsten würde Ray mich nicht allein lassen.

„Dann bis später. Und bleib bitte immer in Gesellschaft", fügte er nochmals hinzu, während er aufs Fensterbrett stieg. Ein letztes Mal lächelte er mich an, doch noch ehe ich etwas erwidern konnte, war er auch schon hinausgesprungen.

„Pass auf dich auf und komm bitte wieder zurück", wisperte ich in den kalten, leeren Flur.

„Bäh, dieser Grießbrei schmeckt echt seltsam, findet ihr nicht?" Nell verzog leicht angewidert das Gesicht.

„Keine Ahnung", sagte Sven, „du hast mir meine Schale ja gleich weggenommen und für dich gebunkert." Er deutete auf den Plastikbecher, der neben ihrem Tablett stand.

„Schmeckt irgendwie eklig", fuhr sie fort, aß aber zu meiner Verwunderung trotzdem weiter.

„Warum isst du dann überhaupt noch davon?", hakte ich nach und nahm einen weiteren Schluck aus meiner Kaffeetasse.

Sie zuckte mit den Schultern. „Ich brauch Nervennahrung, damit ich den Nachmittag überstehe. Verdorben scheint der Brei nicht zu sein, er schmeckt eben nur nicht sonderlich gut."

Ich rollte nur mit den Augen und widmete mich wieder meinen Nudeln in Gemüsesoße. Allerdings stocherte ich mehr darin herum, als tatsächlich davon zu essen. Ununterbrochen waren meine Gedanken bei Ray. Wo er wohl gerade war? Ob es ihm und Bartholomäus gelang, dieses ominöse Buch zu finden? Noch immer fragte ich mich, was es damit genau auf sich hatte. Hoffentlich kam er bald zurück, denn dann würde er mir endlich alles erklären können.

„Ich bin jedenfalls froh, wenn dieser Tag vorbei ist", fuhr Nell fort und löffelte emsig ihren Grießbrei auf. „Nach Schulschluss fahr ich gleich mit meinem Vater zu einer Antiquitätenauktion." Sie stöhnte übertrieben laut auf. „Das wird sooo ätzend. Wenigstens hat er mir ein bisschen Geld versprochen, mit dem ich mir dort eine Kleinigkeit ersteigern darf."

„Das heißt, du hast nach der Schule gar keine Zeit?", hakte ich nach.

Sie blickte mich erstaunt an und schüttelte den Kopf. „Nein, ich dachte ohnehin, du würdest wie immer mit Ray nach Hause gehen."

„Ja, würde ich normalerweise auch", gab ich zu. „Aber du weißt ja, wegen dieser *Familiensache* ist er jetzt schon los."

Ich hatte sie über Rays plötzliches Verschwinden aufgeklärt. Den Lehrern und dem Rest der Klasse gegenüber hatte ich eine dringende Familienangelegenheit angeführt, wegen der er sofort hatte gehen müssen.

„Hoffentlich versöhnt er sich wieder mit seinen Eltern", sagte Sven. „Dann kann er gleich dortbleiben und geht uns nicht länger auf die Nerven."

Ich schenkte ihm einen grimmigen Blick, den er einfach ignorierte. Seit er sich so offen gegen Ray gestellt und sich sogar mit ihm gestritten hatte, war Sven noch schlechter auf ihn zu sprechen. Ich hatte versucht, mit ihm darüber zu reden, doch alles, was er dazu gesagt hatte, war: „Spar dir die Mühe Ich konnte den Kerl von Anfang an nicht ausstehen und das wird sich auch nicht ändern." Anschließend hatte er mich einfach stehen lassen.

Mir wollte nicht in den Sinn, weshalb er diesen Groll gegen ihn hegte. Aber das war ein Problem, mit dem ich mich momentan nicht auch noch befassen konnte. Ich hatte Ray versprochen, auf mich achtzugeben und auf keinen Fall allein nach Hause zu gehen.

„Und was ist mit dir, Sven? Hast du Lust, nach der Schule was zu unternehmen?"

Er war gerade dabei, die Gabel zum Mund zu führen, hielt nun aber mitten in der Bewegung inne. Mit großen Augen sah er mich an, und langsam legte sich eine leichte Röte über seine

Wangen. „Ähm, ja ... klar!“, erklärte er erfreut. Doch gleich darauf trübte sich seine Miene wieder. „Wobei ... Ich habe Tom aus der Parallelklasse eigentlich versprochen, ihm Nachhilfe in Mathe zu geben.“ Kurz überlegte er und platzte schließlich heraus: „Aber ich kann ihm absagen, das ist kein Problem.“ Er zog bereits sein Handy aus der Tasche, um nach der Nummer zu suchen.

„Nein, schon gut. Das wäre nicht fair, wenn du ihn meinetwegen im Stich lassen würdest. Es war nur so eine spontane Idee.“ Zudem fand ich, dass es nicht schaden konnte, wenn er ein bisschen mehr Kontakt zu den anderen Jungs bekam. Vielleicht verlor er so irgendwann seine Außenseiterposition. „Wir können ja demnächst mal wieder was zusammen machen“, schlug ich vor.

„Okay, wie du meinst“, gab er ein wenig enttäuscht nach.

Nachdem das geklärt war, stocherte ich weiter in meinem Essen herum. Ich würde nach der Schule also allein nach Hause gehen müssen. Mir war ein wenig unbehaglich bei der Vorstellung. Immerhin hatte Ray gesagt, dass sich weiterhin kleinere Dämonen in meiner Nähe herumtrieben. Was, wenn mich tatsächlich eines dieser Wesen angriff? Ich seufzte und versuchte, mir selbst Mut zuzusprechen. Der Heimweg war nicht allzu lang, und wie wahrscheinlich war es schon, dass ausgerechnet dieses eine Mal etwas passieren würde? Ich sollte mir nicht allzu viele Sorgen deswegen machen und mich auf dem Nachhauseweg einfach beeilen. Auch wenn mich dieser Gedanke ein wenig beruhigte, hörte ich dennoch ganz tief in mir Rays sorgenvolle Stimme, die mich vor diesen Kreaturen warnte.

Nachdem ich mich von Nell und Sven verabschiedet hatte, atmete ich noch einmal tief die kühlfeuchte Luft ein und machte mich ohne Begleitung auf den Heimweg. Ich hatte gehofft, es würde mir leichter fallen, doch musste ich zugeben, dass es mir nicht behagte, Rays Warnung einfach in den Wind zu schlagen. Es war wirklich kalt an diesem Tag, und so zog ich die Jacke fester um mich. Die grauen Wolken hingen dicht am Himmel und bereits jetzt fielen die ersten leichten Tropfen eines Nieselregens auf mich herab.

Bereits nach den ersten Schritten fühlte ich mein Herz heftig in meiner Brust schlagen. Gehetzt blickte ich mich immer wieder um, von einem Dämon war aber zum Glück nichts zu sehen. Allerdings traf ich auch auf keine anderen Menschen. Die Straßen waren wie leergefegt, was meine Anspannung nicht unbedingt weniger werden ließ. Dabei war es gar kein Wunder, dass so wenig los war: Es regnete, der Wind war bitterkalt und diese Gegend lag nicht gerade im Zentrum, weshalb es nur wenige Geschäfte gab.

Ich beschleunigte meine Schritte und versuchte, meine Umgebung im Blick zu behalten. Ich betrachtete die Hochhäuser, um mich herum, die sich wie graue Riesen in die Höhe schoben, und suchte in den Gassen nach irgendwelchen Bewegungen. In meinem Kopf rasten die Gedanken nur so. Ich wünschte mir in diesem Moment, Ray wäre an meiner Seite. Ich hatte ein ungutes Gefühl. Und das, obwohl mir mein Verstand ständig sagte, dass hier nichts war. Ich war in Sicherheit. Doch leider behauptete ein Teil in mir das genaue Gegenteil.

Ray hatte selbst gesagt, dass es Dämonen gab, die sich ständig in meiner Nähe aufhielten, und in diesem Augenblick war mir, als würden sie stetig näher kommen. Auch ihnen konnte nicht entgangen sein, dass niemand an meiner Seite war. Eine bessere Chance hätten sie sich nicht wünschen können.

Ich beschleunigte meine Schritte und rannte schließlich los. Beinahe panisch hetzte ich die Straße entlang, mein Herz donnerte mittlerweile förmlich gegen meine Rippen, sodass ich mir sicher war, es müsse jeden Moment zerspringen. Auch der Regen war stärker geworden und peitschte mir nun kalt ins

Gesicht. Ich konnte keinen klaren Gedanken mehr fassen … Irgendetwas war hinter mir her. Es konnte nicht anders sein; die Dämonen ließen sich diese Möglichkeit ganz sicher nicht entgehen.

Meine Beine wurden weich und zitterten unter der ungewohnten Belastung, doch ich hielt nicht an. Schwer atmend bog ich in die nächste Straße ein und sah in der Ferne endlich das Haus meiner Großeltern. Mein Herz machte einen wilden Sprung, als ich vorsichtig Hoffnung schöpfte. Vielleicht schaffte ich es ja. Möglicherweise erreichte ich das Gebäude und war dann in Sicherheit. Mir war bereits schwindelig vor Panik, als ich in die Einfahrt rannte und hektisch nach meinem Schlüssel suchte. Wo war das verdammte Ding nur?

Endlich hatte ich ihn, steckte ihn zitternd ins Schloss und schaute erneut über meine Schulter. Nichts zu sehen. Hektisch drehte ich den Schlüssel und öffnete die Tür.

Stolpernd trat ich in den Flur und warf die Haustür mit einem lauten Knall hinter mir zu. Ich lehnte mich mit dem Rücken dagegen; ließ mich anschließend auf den Boden sinken und vergrub mein Gesicht in den Händen. Mir war nichts geschehen, ich hatte es heil nach Hause geschafft. Niemand hatte mich verfolgt. Doch das Schlimme daran war: Ich hatte mich nur selbst verrückt gemacht. Keiner hatte mich gejagt oder war mir nachgegangen, die ganze Angst war nur in meinem Kopf entstanden.

Als ich langsam aufstand, waren meine Beine noch immer schwach und zittrig. Ich rief nach meiner Großmutter, bekam aber keine Antwort. In der Küche sah ich, dass ihr Hausschlüssel nicht wie üblich am Schlüsselbrett hing. Wahrscheinlich war sie einkaufen gefahren.

Müde und erschöpft stieg ich die Stufen zu meinem Zimmer hinauf, kramte ein paar frische Klamotten hervor und ging in mein Bad, das über eine Tür direkt mit meinem Zimmer verbunden war. Ich stellte den Hahn in der Dusche an und ließ das Wasser laufen, bis es die richtige Temperatur hatte. So durchgefroren und nass bis auf die Knochen, wie ich war, würde mir das warme Wasser sicher helfen, wieder einen klaren Kopf zu bekommen.

Ich trat unter die Dusche; es war angenehm, die prasselnden Tropfen auf der Haut zu spüren. Tatsächlich half es mir dabei, wieder ruhiger und entspannter zu werden. Die Schrecken der letzten Minuten fielen langsam von mir ab, und ich fühlte mich wieder mehr wie ich selbst.

Gerade war ich dabei, mir das Shampoo aus den Haaren zu spülen, als ich ein lautes Poltern hörte. Ich schrak zusammen und öffnete die Duschkabine. Es war nichts zu sehen.

„Oma, bist du das? Ist irgendwas passiert?"

Keine Antwort.

Ein mulmiges Gefühl beschlich mich, sodass ich schnell zum Handtuch griff und mich darin einwickelte. Langsam trat ich zur Badezimmertür und drückte die Klinke. Meine Hände waren zittrig, jeder Muskel in meinem Körper angespannt. Vorsichtig öffnete ich die Tür und lugte in mein Zimmer.

Ein Schrei entfuhr mir, als ich eine Kreatur mit kugelrundem Bauch, langen Armen und gebogenen Beinen auf meinem Bett sitzen sah. Sie hatte die Krallen in die Matratze versenkt und zerriss gerade die Laken, als ihre dunklen Augen auf mich fielen. Ihr breiter Mund, aus dem etliche kleine, spitze Zähne ragten, verzog sich sogleich zu einem kalten Lächeln, und auf ihrem Schädel stellte sich eine Reihe Hörner auf. Dann kam sie mit einem knurrenden Laut auf mich zugesprungen.

Schnell schloss ich die Tür, doch noch ehe ich den Schüssel drehen und abschließen konnte, war das Ding bei mir angekommen und drückte mir Tür entgegen. Immer weiter öffnete sie sich, bis der Dämon einen seiner klobigen Füße in den Spalt stemmen und sie langsam aufschieben konnte. Mit seiner Klaue, die er nun ebenfalls hindurchsteckte, versuchte er, mich zu fassen zu bekommen.

Es half alles nichts, dieses Ding würde jeden Moment zu mir gelangen. Ich musste nach einem Fluchtweg suchen – der hier oben im Dachgeschoss nicht existierte – oder nach einer Art Waffe Ausschau halten, mit der ich mich verteidigen konnte.

Wieder warf sich die Kreatur gegen das Holz, sodass ich die Tür nur mit Mühe zuhalten konnte. Womit sollte ich mich zur Wehr setzen? Mein Herz hämmerte in meiner Brust, das Adrenalin fegte durch meinen Körper. Schließlich spürte ich, wie die Gestalt erneut gegen das Holz stieß – dieses Mal konnte ich die Tür nicht mehr halten.

Ich sprang zurück und suchte panisch nach einer Waffe. Ich griff zum Nagellackentferner, öffnete ihn hastig und schüttete dem Wesen den Inhalt ins Gesicht, kaum dass es das Badezimmer betreten hatte. Der Dämon schüttelte sich jedoch nur, als handelte es sich dabei um reines Wasser, und ließ seine lange Zunge aus dem Maul fahren, mit der er sich übers Gesicht und über die Augen leckte. Er kauerte sich auf den Boden und machte sich ganz offensichtlich zum Sprung bereit, um sich auf mich zu stürzen. Ein tiefes Grollen drang aus seiner Brust und weitere Stacheln stellten sich an seinem ganzen Leib auf, sodass er wie ein übergroßer Igel erschien.

Eines war mir absolut klar: Ich hatte nur noch wenige Sekunden, um mich auf den bevorstehenden Angriff vorzubereiten. Wenn mir nicht schnellstmöglich etwas einfiel, war das mein Ende. Auf der Suche nach einer Waffe tastete ich die Ablage entlang, ohne dabei das Vieh aus den Augen zu lassen.

Doch da sprang das Geschöpf auch schon auf mich zu. Ich schrie auf, griff mir das Erstbeste, das ich zu fassen bekam, und warf es nach ihm. Der Inhalt der Puderdose landete mitten im Gesicht des Dämons. Er hustete, spuckte und versuchte, sich das Zeug, das an dem Nagellackentferner haftete, wegzuwischen.

Das war meine Chance. Hastig öffnete ich den Schrank, in dem wir unsere Reiseapotheke aufbewahrten, und fand, wonach ich gesucht hatte: eine große Schere. Blitzschnell nahm ich sie und wandte mich wieder dem Vieh zu.

Keinen Moment zu früh, denn es wischte sich gerade die letzten Puderreste aus den Augen. Ich musste etwas unternehmen. Wenn ich nur dastand und mich notdürftig zu verteidigen versuchte, würde das unweigerlich mit meinem Tod enden. Ich musste diese Chance ergreifen. Also packte ich die Schere fester und stürzte mich auf die Kreatur. Sie wirkte überrascht, sammelte sich aber viel zu schnell wieder und holte mit ihrer wuchtigen Pranke aus.

Ich sah, wie sie durch die Luft sauste … dann schloss ich die Augen, brüllte auf und stieß die Schere blindlinks in Richtung Angreifer. Ich spürte, wie etwas unter meinen Händen nachgab und die Schneide in dem weichen Körper versank. Als daraufhin etwas Warmes über meine Hände floss, ließ ich erschrocken von meiner Waffe ab. Erst jetzt fühlte ich den flammenden Schmerz, der sich über meinen linken Arm zog, doch mein Blick war weiterhin auf das Wesen gerichtet, aus dessen Brust die Schere ragte. Der Dämon tat einige rasselnde Atemzüge, während aus der Wunde zähes, grünes Blut strömte. Die Zunge hing ihm aus dem Maul und zuckte hin und her; seine dunklen Augen waren auf mich gerichtet und zeigten nichts als nackte Angriffslust. Doch sein Körper verlor stetig mehr an Kraft; den Atemgeräuschen nach füllte sich die Lunge immer weiter mit Blut. Es floss ihm bereits aus der Nase und bildete einen grünen Schaum vor dem Mund. Die Beine des Dämons knickten schließlich ein; er tat ein paar letzte Atemzüge und regte sich letztendlich nicht mehr.

Meine Hände waren verklebt von dem Blut der Kreatur, und mein Arm schmerzte inzwischen so sehr, dass ich es kaum mehr ertrug. Dennoch konnte ich den Blick nicht von der Gestalt vor mir wenden. Ich sah zu, wie sich der Körper langsam schwarz verfärbte und dann in großen Stücken auseinanderbrach. Immer kleiner wurden die Fetzen, bis nichts weiter übrig blieb als schwarzer Staub, der in einem kleinen Häufchen vor mir lag.

Mein Herz pochte weiterhin viel zu schnell, doch mein Kopf fühlte sich seltsam leer an. Ich hatte es geschafft ... Ich war am Leben ... Ich konnte es kaum fassen, aber es war mir tatsächlich gelungen, einen Dämon zu töten.

Erleichtert sank ich auf die Knie, als mich der Schmerz in meinem Arm erneut durchfuhr. Ich zuckte zusammen und begutachtete die Verletzung. Die Kreatur hatte mich mit ihrer Klaue erwischt und eine etwa dreißig Zentimeter lange Wunde gerissen. Diese sah auf den ersten Blick nicht sehr tief aus, blutete aber stark und tat schrecklich weh. Ich nahm mir ein Handtuch, wickelte es um die Verletzung und zuckte gleichzeitig bei dem brennenden Schmerz zusammen. Anschließend stand ich auf, tat einen großen schnellen Schritt um das Aschehäufchen herum und ging in mein Zimmer. Hastig zog ich mir etwas an, nur um anschließend ins Badezimmer zurückzugehen. Was sollte ich mit den Überresten des Wesens nun anfangen?

Ich starrte darauf und konnte mich einfach nicht bewegen. Noch einmal liefen die Bilder vor meinem inneren Auge ab ... wie die Gestalt mich überrascht und angegriffen hatte ... wie ich beinahe von ihr getötet worden wäre. Ich sank zu Boden und konnte mich für eine Weile nicht mehr rühren. Es hätte nicht viel gefehlt und der Dämon hätte mich umgebracht ...

Ich wusste nicht, wie viel Zeit inzwischen vergangen war, als ich erneut Geräusche hörte. Sie kamen aus meinem Zimmer, doch ich nahm sie nur am Rande wahr. Wenig später wurde die Tür zum Badezimmer geöffnet und jemand trat ein. Für eine Sekunde blieb alles still, dann kamen Schritte auf mich zu.

„Emily, alles in Ordnung? ... Verdammt, ich hätte dich nicht allein lassen dürfen."

Ich spürte, wie mich jemand an der Wange berührte, mein Gesicht zu sich zog, sodass ich denjenigen ansehen musste.

„Hey, sag irgendwas. Geht es dir gut?“ Auch wenn sich in Rays dunklen Augen ein Gemisch aus Wut und Sorge spiegelten, waren sie zugleich so wunderschön, dass ich am liebsten darin versunken wäre.

„Ray“, wisperte ich, „da war ein Dämon.“

„Schon gut“, sagte er und zog mich fest an sich. „Er kann dir nichts mehr tun, er ist tot.“

Diese Worte lösten in mir eine Welle der Erleichterung aus. Die Kreatur war nicht mehr am Leben, ich war in Sicherheit, und Ray war hier. Auch ihm ging es gut, ihm war nichts geschehen. Er war wieder an meiner Seite. Ich klammerte mich an seinen Pullover und vergrub mein Gesicht darin. Ich atmete seinen berauschenden Duft ein, der mich an Zimt, Sandelholz und einen Hauch Honig erinnerte. Doch da war noch so viel mehr, das sich kaum in Worte fassen ließ.

Ich spürte, wie er seine Arme um mich legte und mir beruhigend über den Rücken strich. Die Angst ließ von mir ab; stattdessen fühlte ich mich geborgen und vollkommen. In seiner Nähe konnte mir nichts geschehen.

Am liebsten hätte ich für immer so in seinen Armen gelegen, seinen warmen, süßen Atem in meinem Nacken gespürt und seiner sanften, beruhigenden Stimme gelauscht.

Da griff er aber plötzlich nach meinem Arm und krempelte den Ärmel hoch, durch den stellenweise das Blut gedrungen war.

„Du bist verletzt!“, stellte er erschrocken fest.

Die Wunde hatte mittlerweile aufgehört zu bluten, dennoch sah sie ziemlich übel aus.

Ray untersuchte sie von allen Seiten, nahm schnell ein Handtuch und wusch damit den Rest des getrockneten Bluts fort. „Der Schnitt scheint nicht sehr tief zu sein. Da hast du wirklich noch mal Glück gehabt." Ich konnte die Erleichterung in seiner Stimme hören.

Sanft strichen seine Finger an meinem Arm entlang, ich spürte sie über meine Haut gleiten und das prickelnde Gefühl, das sie darauf hinterließen. Wärme durchfuhr mich, das von einem sanften Schauer begleitet wurde, der durch meinen gesamten Körper rann. Mein Herz schlug immer schneller, während seine Finger die meinen fanden und sie zärtlich umschlossen. „Ich bin wirklich froh, dass dir nichts passiert ist."

Ich nickte. „Zum Glück geht es dir ebenfalls gut und du bist wieder bei mir", sagte ich mit fester Stimme.

Seine Augen weiteten sich bei diesen Worten, als wäre er überrascht.

Unsere Blicke hingen weiterhin aneinander, verschmolzen mehr und mehr. Mit der Rechten hielt er weiterhin meine Hand und mit der Linken fuhr er nun ganz langsam zärtlich meine Wange entlang. Mir war, als würde ich von seinen Mitternachtsaugen magisch angezogen; wir näherten uns einander, waren noch immer in den Augen des jeweils anderen versunken.

„Meister, in der Umgebung ist …" Bartholomäus hielt mitten im Satz inne und starrte uns an. „Oh … äh … ich …"

Ray ließ mich langsam los, aber nicht ohne mich noch einmal mit diesen unglaublichen Augen anzusehen. Mein Herz zog sich vor Sehnsucht schmerzhaft zusammen. Dann wandte er sich an die Wächterkatze. „Was wolltest du sagen?", hakte er nach.

„Also …" Bartholomäus schien mit sich zu ringen, entschloss sich dann aber, den Satz zu beenden. „Ich habe die Umgebung abgesucht, es ist kein Dämon in der Nähe."

Ray nickte und erhob sich. Er reichte mir die Hand, um mir aufzuhelfen. Als ich erneut seine warme Haut auf meiner spürte, durchfuhr mich ein schmerzhafter Stich. Etwas in mir sehnte sich so entsetzlich danach, ihn noch einmal wie eben zu fühlen. Ich musste mich ablenken! Was war nur mit mir los?

„Habt … habt ihr das Buch gefunden?“

Das war wohl nicht das richtige Gesprächsthema, denn seine Augen verdunkelten sich sofort. Er schüttelte den Kopf. „Nein, leider nicht. Aber am besten erzähle ich dir alles von Anfang an.“

Ich nickte und folgte ihm in mein Zimmer, wobei ich erneut an den Überresten des Dämons vorbei musste.

„Mach dir keine Gedanken, ich kümmere mich gleich darum und entsorge sie.“

In meinem Zimmer ließ ich mich auf meinen Schreibtischstuhl nieder, während sich Ray den Sessel zu mir heranzog.

„Wie gesagt, wir haben das Buch leider nicht gefunden. Die Informationen, die Bartholomäus erhalten hat, waren aussichtsreich, doch am Ende befand sich das Buch dort leider auch nicht. Er sucht bereits seit Wochen danach, denn nur so können wir den Pakt irgendwann lösen. Dieser ist durch ein magisches Ritual zustande gekommen, das nur von demjenigen wieder gelöst werden kann, der es auch in Gang gesetzt hat. Allerdings braucht es dafür einen Gegenzauber, und der steht in dem Buch, das wir suchen.“

„Das heißt, wir brauchen sowohl meine magischen Kräfte als auch einen Zauberspruch, um uns von dem Pakt zu befreien“, hakte ich nach.

Ray nickte. „Es ist allerdings nicht so einfach. Dieser Zauber gehört zu einer Reihe weiterer, die bereits seit Jahrhunderten streng gehütet und geheim gehalten werden. Sie alle stehen in dem *Buch der Schwarzen Seelen*.“

„Ein Buch, das es zu schützen und zu verstecken gilt“, ergänzte Bartholomäus. Er hatte sich auf seinem Lieblingssessel niedergelassen.

„Und warum das?“, wollte ich wissen.

„Menschen und Dämonen haben sich, solange sie existieren, niemals gut verstanden. Die Menschen wurden oftmals von den dunklen Kreaturen angegriffen und getötet, manche Dämonen ernährten sich von ihnen oder erfreuten sich einfach nur daran, ihnen Schaden und Leid zuzufügen. Darum lebten die Menschen in Angst und Schrecken, doch waren sie nicht vollkommen machtlos. Einige besaßen ebenfalls magische Kräfte und konnten sich gegen die Dämonen zur Wehr setzen. Allerdings gab es auch etliche unter ihnen, die sich die Stärke dieser Geschöpfe zu eigen machen wollten. Sie entwarfen Zauber, um diese zu rufen, sie zu ihren Sklaven zu machen und für ihre Zwecke zu benutzen. Dies schürte den Hass der Dämonen nur noch mehr, und schließlich entbrannte 1287 ein zerstörerischer Krieg zwischen den beiden Völkern, in dem jede Seite versuchte, die andere zu vernichten. Wir hatten alle mit großen Verlusten zu kämpfen. Schließlich sahen beide Parteien ein, dass es so nicht weitergehen konnte. Man beschloss, sich zu einem Waffenstillstand zusammenzusetzen. Alle wollten Frieden, und um diesen zu gewährleisten, wurde ein Kompromiss geschlossen. Die Dämonen willigten ein, sich von der Menschenwelt fernzuhalten, und im Gegenzug wurde jede menschliche Schrift, die magische Sprüche beinhaltete, vernichtet. Zur Sicherheit für die Menschen wurde ein aus vier Bänden bestehendes Buch erstellt. In dieses wurden alle magischen Sprüche aufgenommen, darunter auch jene, mit denen man Dämonen ruft, bindet und wieder befreit. Dieses Schriftstück sollte den Menschen bis heute als Schutz dienen, damit sie den dunklen Kreaturen nicht hilflos ausgeliefert sind, falls diese sich einmal nicht an die Abmachung halten. Die einzelnen Bände wurden auf vier entlegene Winkel in Neffarell verteilt. Über die genauen Aufenthaltsorte wussten von Beginn an nur die Menschen Bescheid, doch dieses Wissen ist mit der Zeit wohl verloren gegangen. Der Frieden wurde sichergestellt, und lange war auch kein Dämon mehr in Gefangenschaft gezwungen worden."

Es war seltsam, sich vorzustellen, dass es tatsächlich einst einen großen Krieg zwischen diesen beiden Völkern gegeben haben sollte. Noch nie hatte ich davon gehört ... Allerdings war das auch kein Wunder, denn die Schriften, die es eventuell darüber gegeben hatte, waren sicher vernichtet worden. Und da die Dämonen sich offenbar an das Abkommen gehalten hatten und nur noch selten in die Menschenwelt gekommen waren, waren die Erinnerungen an sie nach und nach ausgestorben.

„Das heißt, ihr sucht nach einem bestimmten Band des *Buchs der Schwarzen Seelen*?"

Ray nickte. „Im ersten Teil, dem Primus, sind die Sprüche zur Beschwörung verschiedener Dämonenarten niedergeschrieben. Im Secundus findet man Zauber, um Dämonen zu kontrollieren und ihren Willen zu brechen. Wir brauchen den dritten Teil, den sogenannten Tertius, in dem erklärt wird, wie man einen geschlossenen Pakt wieder löst."

„Und was enthält der letzte Band?"

„Das ist der gefährlichste von allen", erklärte Bartholomäus mit ernster Miene.

„Ja, so kann man das wohl sagen", meinte Ray. „Im Quartus findet man Sprüche, um einem Dämon das Leben zu nehmen und zudem dessen Lebenszeit auf sich zu übertragen."

Ich dachte über seine Worte nach ... Das bedeutete, dass derjenige, der den Quartus fand und die Sprüche darin anwandte, so etwas wie Unsterblichkeit erlangen konnte. Er müsste nur genügend Dämonen töten und deren Lebenszeit in sich aufnehmen ...

„Du weißt, dass es verschieden starke Dämonen gibt. Die kleineren Wesen sind recht unbedeutend und verfügen über relativ wenig Kraft und eine ebenso geringe Lebenszeit. Je stärker jedoch der Dämon, desto länger ist auch seine Lebensspanne."

„Das heißt, dass Dämonen in der Lage sind, die Lebenszeit eines anderen auf sich zu übertragen?" hakte ich nach.

„Genau. Darum ist dieser Band auch so gefährlich. Schon allein für die niederen Wesen wäre dieser Zauber höchst interessant, doch auch die höheren leben nicht ewig. Es gibt sicher einige, die ein Interesse daran hätten, diesen Spruch anzuwenden."

„Aber nur die Menschen wussten, wo die Bücher aufbewahrt werden?"

„So ist es. Und das macht es für uns auch so schwierig."

Wie es aussah, waren uns also zunächst die Hände gebunden, denn selbst wenn ich über meine Kräfte verfügen könnte, wären wir noch weit davon entfernt, den Pakt zu lösen. Dazu brauchten wir dieses Buch ... Für einen kurzen Moment ließ ich die Vorstellung zu, dass wir es niemals fanden. Dann müsste Ray wohl für immer an meiner Seite bleiben ... Doch was für ein Leben wäre das für ihn? Ich konnte verstehen, dass er sich nach seinem Zuhause sehnte und dorthin zurückwollte. Ich wusste, dass er die Menschenwelt nicht ausstehen konnte. Zudem würden wir sein Geheimnis bestimmt nicht ewig bewahren können.

„Ich werde mich gleich morgen wieder auf die Suche begeben", verkündete Bartholomäus. „Auch wenn ich den Band bislang nicht ausfindig machen konnte, haben die bisherigen Erkenntnisse die Suche immerhin stark eingeschränkt. Ich bin mir sicher, dass wir das Buch bald finden werden, und dann können wir endlich nach Neffarell zurückkehren."

Ich hörte die Sehnsucht in seiner Stimme und blickte zu Ray. Seine Augen hingen an meinen und für einen Moment glaubte ich, etwas wie Bedauern darin zu sehen.

Die schreckliche Wahrheit

„Ich bin mir einfach nicht sicher, welches Kostüm ich anziehen soll“, meinte Sven und tippte auf seinem Smartphone herum. „Das hier finde ich immer noch ziemlich gut und ich habe es auch schon ewig nicht mehr getragen.“ Er zeigte mir ein Foto, auf dem er eine schwarze Samtjacke mit geschlitzten Puffärmeln trug, dazu eine schwarze Hose, Stulpenstiefel und ein dunkles, samtenes Barett.

„Ja, sieht doch ganz gut aus“, erwiderte ich.

„Finde ich auch“, stimmte er zu. „Das Kostüm eignet sich hervorragend, um als höhergestellter Herr oder Kaufmann zu gehen. Allerdings überlege ich, ob es nicht doch besser wäre, das Rollenspiel als Krieger zu besuchen. Immerhin könnte ich dann an ein paar Kämpfen teilnehmen.“

„Du und Kämpfe?“, hakte Nell erstaunt nach, während sie einen Muffin aß, den sie sich in der Cafeteria gekauft hatte. „Ich dachte immer, Sport liegt dir nicht.“

„Das ist etwas ganz anderes“, murmelte er, wirkte dabei allerdings selbst nicht recht überzeugt. „Ihr solltet wirklich mal mitkommen, dann könntet ihr euch ein eigenes Bild machen.“

„Oh, das ist sicher keine gute Idee“, meinte Nell. „Ich finde es ja klasse, dass dir dieses Verkleiden …“

„LARP“, korrigierte er sie. „Es heißt LARP. Live Action Role Playing.“

„Wie auch immer“, fuhr sie fort. „Ich finde es jedenfalls klasse, wenn du da hingehst und deinen Spaß hast, aber glaub mir, du würdest dir sicher keinen Gefallen damit tun, mich mitzuschleppen.“

„Ja, sie würde die ganze Zeit nur seufzend und kopfschüttelnd herumlaufen und dabei unentwegt meckern“, erklärte ich grinsend.

„Da hast dus. Emily kennt mich eben.“

„Du kannst so stur sein“, seufzte er. „Wenigstens eine Chance …“

„Schaut mal, da ist Chris. Ich hab ihn schon länger nicht mehr gesehen“, unterbrach Nell ihn.

Auch ich hatte ihn bereits entdeckt. In letzter Zeit war so viel geschehen, dass ich kaum an ihn gedacht hatte. Mein ganzes Leben war auf den Kopf gestellt worden und so viele Dinge waren passiert und zutage getreten, die alles nur noch schwerer machten. Ich dachte an den letzten Angriff, bei dem ich noch immer nicht wusste, wie ich ihn hatte überleben können, an das *Buch der Schwarzen Seelen*, das wir unbedingt finden mussten, und an die stete Gefahr, die mich umgab.

Ray hatte am späten Vormittag einen stärkeren Dämon in der Nähe der Schule gespürt und war sofort losgegangen, um sich um ihn zu kümmern. Das war vor über zwei Stunden gewesen. Ich konnte nicht abstreiten, dass ich allmählich unruhig wurde und mir Sorgen machte. Aus diesem Grund war ich während des Mittagessens kurz nach draußen gegangen, um nach Bartholomäus zu rufen. Ich wusste, dass er stets in meiner Nähe war, wenn Ray es nicht sein konnte.

Er hatte sich mir schließlich auch gezeigt und mich mit verdrießlicher Miene angesehen. Bartholomäus machte keinen Hehl daraus, dass er Menschen nicht leiden konnte und ihm die Situation, sich unter ihnen bewegen zu müssen, alles andere als behagte.

„Weißt du irgendwas Neues von Ray?“, fragte ich.

Er zögerte zunächst, antwortete aber dann: „Mein Meister wollte den Dämon allein suchen gehen. Er war der Auffassung, es wäre zu gefährlich, Sie unbeobachtet zu lassen. Ich soll in der Zwischenzeit ein Auge auf Sie haben, und das tue ich.“

„Ja, aber kannst du nicht trotzdem kurz nach ihm suchen und nachschauen, ob es ihm gut geht? Er ist schon so lange weg.“

Er sträubte das Fell und knurrte mich leise an: „Ich werde niemals einen Auftrag meines Herrn missachten. Er hat gesagt, ich soll in Ihrer Nähe bleiben, und daran halte ich mich. Mein Meister ist viel zu stark, um sich von einem dahergelaufenen Gosslar-Dämon verletzen zu lassen. Diese Wesen sind nur leider sehr geschickt darin, sich zu verstecken. Deshalb dauert es seine Zeit, sie zu finden. Aber um meinen Herrn müssen Sie sich wirklich keine Gedanken machen." Seine Augen wurden beim letzten Satz ein wenig schmaler und funkelten mich fast drohend an. „Ich würde mich nun gern wieder zurückziehen, ich soll mich nämlich nicht in aller Öffentlichkeit zeigen."

Mit diesen Worten hatte er mich stehen lassen und war in den Büschen verschwunden. So war mir nichts anderes übrig geblieben, als zu meinen Freunden in die Cafeteria zurückzugehen. Trotzdem machte ich mir weiterhin Sorgen.

„Hallo Emily", begrüßte mich Chris und riss mich aus meinen Überlegungen. „Tut mir leid, dass wir uns so lange nicht sehen konnten. Ich war ziemlich erkältet und bin darum ein paar Tage zu Hause geblieben. Aber mittlerweile geht es wieder."

„Du hättest dich vielleicht noch länger auskurieren sollen", sagte Sven mit angriffslustigem Blick. „Du siehst noch immer ziemlich krank aus."

Damit hatte er recht. Chris wirkte, als hätte er abgenommen. Zudem war seine Haut blass und um seine Augen lagen dunkle Schatten.

Er zuckte mit den Schultern. „Ihr kennt das doch. Zu lange kann man nicht fehlen, sonst verpasst man zu viel Stoff. Aber es geht mir wirklich schon wieder viel besser."

„Hast du abgenommen?", platzte Nell plötzlich einfach heraus und starrte ihn unverhohlen an. „Man sieht voll die Knochen." Sie deutete auf die Wangenpartie, die sich weit stärker abzeichnete als sonst, und die Schlüsselbeinansätze, die man im Ausschnitt seines Pullovers erkennen konnte.

„Ich habe in letzter Zeit kaum Appetit gehabt“, gab er zu.

„Du solltest echt mehr essen“, mahnte sie ihn. „Wenn dir nicht danach ist, allein zu essen, könntest du doch jemanden einladen. In Gesellschaft isst es sich immer besser.“ Sie schielte dabei so offensichtlich in meine Richtung, dass es auch ihm nicht entgehen konnte.

Er grinste schief, und mir fiel wieder mal auf, was für ein einnehmendes Lächeln er hatte – sogar wenn er ein bisschen krank war. „Das ist gar keine schlechte Idee.“ Sein Grinsen wurde nun beinahe schelmisch und seine blauen Augen glühten geheimnisvoll. „Emily, hättest du morgen vielleicht Zeit?“ Er schaute mich dabei durchdringend an.

Er wollte mich also wirklich zum Essen einladen? Ich freute mich natürlich darüber, immerhin stand eine solche Verabredung bereits seit längerem im Raum. Allerdings war da auch ein Teil in mir, der andere Bilder in mir entstehen ließ. Darin saß ich in einem wundervollen Lokal an einem reich gedeckten Tisch mit Kerzen darauf. Doch das warme Licht erhellte nicht das Gesicht von Chris. Es war Ray, den ich in Gedanken vor mir sah, dessen Augen strahlten und auf dessen Lippen dieses atemberaubende Lächeln lag.

„Ich würde mich wirklich freuen und könnte dich auch von zu Hause abholen“, schlug er vor.

Ich hätte trotz der Bilder von Ray, die mir durch den Kopf gingen, gern zugesagt, doch ich wusste, dass ich mich weiter in der Magie üben musste. Immerhin hatte ich bislang keinerlei Fortschritte gemacht.

„Es geht leider nicht, ich muss noch lernen“, antwortete ich darum bedauernd. „Aber wir können es ja auf ein anderes Mal verschieben.“

„Schade“, seufzte er, grinste allerdings sogleich wieder. „Kann man leider nichts machen. Wir holen das aber auf jeden Fall nach.“ Noch einmal schaute er mich mit tiefem Blick an und sagte: „Also gut, ich muss dann mal weiter. Wir sehen uns." Er ging einige Schritte, drehte sich ein letztes Mal nach mir um, winkte und lächelte auf diese wunderschöne Weise.

„Na?", wisperte Nell kurz darauf. Sie stieß mich freundschaftlich in die Seite. „Das ist doch super gelaufen, oder? Ich hab ja gesagt, ich bekomm euch zwei verkuppelt. Ich versteh nur nicht ganz, warum du abgesagt hast."

„Da ist noch dieses *Projekt* für Bio, das ich endlich erledigt bekommen muss – Ich hatte dir ja bereits davon erzählt. Darum geht das mit dem Treffen wirklich nicht."

Sie verstand offenbar worauf ich anspielte und nickte wissend. „Jedenfalls steht Chris ja so was von auf dich! Hast du seine Augen gesehen? Wie der dich anschaut! Der ist total verschossen in dich"

„Ja, wirklich klasse, wie du ihn auf Emily hetzt", schimpfte Sven. „Als ob der nicht schon ohne deine Hilfe spitz wie Lumpi auf sie wäre. Musst du ihm auch noch solche Vorlagen bieten, damit er sich noch besser an sie ranmachen kann?"

Sie winkte ab. „Du immer. Du bist einfach viel zu prüde. Oder gibt es etwa einen anderen Grund dafür, warum du dich ständig so komisch verhältst?" In ihrem Blick blitzte der Schalk, während sie ihn herausfordernd anschaute.

„Ich glaube, ich habe mein Mathebuch im Spind vergessen. Bin gleich wieder da." Damit ließ er uns stehen und lief den Korridor entlang.

„Was war das denn eben?", wollte ich wissen. „Und auf was hast du da eigentlich angespielt?"

„Vergiss es", meinte Nell. „Wenn er nicht die Eier in der Hose hat, dann hat er es nicht anders verdient."

„Du sprichst echt in Rätseln."

„Egal", wechselte sie das Thema. „Es gibt Wichtigeres. Demnächst ist das Herbstfest, das wär die Gelegenheit, Chris endlich ein wenig näherzukommen. Er wird dich bestimmt einladen, aber falls nicht, musst du ihn fragen. Ich sag dir, das wird so romantisch: ihr beide auf der Tanzfläche, ihr schaut euch tief in die Augen, gesteht euch endlich, was ihr füreinander empfindet, und dann kommt ihr zusammen."

Ich schaute sie erschrocken an und schnippte ihr mit dem Zeigefinger auf die Stirn. „Nun komm mal wieder auf die Erde zurück. Was du dir immer einbildest. An Feiern und Tanzabende will ich im Moment gar nicht denken. Ich habe echt andere Sorgen."

Sie nickte. „Ich weiß. Und deshalb bin ich auch schon fleißig am Recherchieren, wie man einen Dämon wieder loswird. Aber es ist nicht einfach, und mein letzter Versuch ist ja, wie du weißt, kläglich gescheitert. Aber ich gebe mir Mühe, eine Lösung zu finden, das versprech ich dir." Sie zwinkerte mir zu. „Nicht mehr lange und Ray wird aus deinem Leben verschwinden." Sie hielt inne und musterte mich nachdenklich. „Das willst du doch, oder? Ich meine, du siehst gerade so aus, als hättest du Zweifel."

„Nein", sagte ich und klang überraschenderweise sehr bestimmt. „Er soll in seine Welt zurückkehren." Immerhin war es das, was er sich wünschte, und ich konnte ihn verstehen. Er gehörte nicht in diese Welt ... nicht zu mir.

„Emily, nun stocher doch nicht nur auf deinem Teller herum", mahnte mich meine Oma.

Ich saß mit meinen Großeltern beim Abendessen, hatte aber nicht wirklich Appetit. Ray war noch immer nicht zurück. Was, wenn ihm etwas passiert war? Allerdings musste er zumindest noch am Leben sein, immerhin war ich der beste Beweis dafür.

„Ich habe keinen sonderlich großen Hunger, tut mir leid", erklärte ich.

„Essen und Trinken hält Leib und Seele zusammen", meinte mein Opa und nahm eine weitere Gabel von der Seescholle in Honig-Senf-Soße. „Du solltest also wirklich ein bisschen was essen."

Ich verdrehte die Augen. Auch wenn ich seine Eigenart, zu jedem Thema eine seiner alten Weisheiten zum Besten zu geben, mochte, war mir das jetzt gerade einfach zu viel.

„Wie war es heute in der Schule? Schreibt ihr bald wieder eine Klausur?", wollte er weiter wissen.

In diesem Moment hörte ich ein Poltern von oben und mein Herz setzte einen Schlag aus.

„Was war das denn?"

Meine Großmutter schaute verwundert und wollte gerade aufstehen ...

„Ich gehe schon!", sagte ich und sprang meinerseits auf. „Ich habe eh keinen Hunger mehr und muss noch lernen. War sicher nur der Wind, der etwas umgeworfen hat."

Die beiden sahen mir kurz nach, widmeten sich dann aber wieder ihrer Mahlzeit. Ich bemühte mich, nicht allzu schnell die Stufen hinaufzurasen, doch es fiel mir schwer, mich zurückzuhalten. Hoffentlich war es Ray und nicht irgendein Dämon, der mich erneut zu töten versuchte.

Als ich im ersten Stock ankam, verlangsamte ich meine Schritte und bewegte mich so leise wie möglich vorwärts. Falls doch ein Angreifer auf mich warten sollte, wollte ich ihn nicht gleich vorwarnen. Ich drückte nahezu lautlos die Klinke und spähte in mein Zimmer; augenblicklich stürzte ich hinein.

„Ray, du siehst ziemlich ..." Ich musterte ihn, wie er in der Nähe des Fensters stand und von oben bis unten mit einem zähflüssigen, schwarzen Schleim überzogen war.

„Ja, ich weiß", wiegelte er ab. „Es hat mich eine halbe Ewigkeit gekostet, diesen Gosslar zu finden. Und als ich ihn endlich erledigt hatte, ist dieses Mistding explodiert."

„Dir geht es aber gut so weit?", hakte ich nach.

„Natürlich", meldete sich Bartholomäus zu Wort, der nun hinter ihm hervortrat. „Mein Meister lässt sich doch nicht von so einem Dämon verletzen."

„Lass gut sein“, sagte Ray und fuhr sich erneut durchs Gesicht, um die tropfende Brühe von sich zu streichen. „Ich habe auf jeden Fall das Gefühl, als würden es allmählich immer mehr Dämonen, die sich um uns scharen. Wenn das so weitergeht, kommt da noch einiges auf uns zu.“

„Du hast weitere entdeckt?“, fragte ich.

„Es sind vor allem kleinere, die sich verstärkt um uns sammeln. Ich denke, dass du sie hin und wieder auch schon gespürt hast.“

Ich dachte an die kalten Schauer, die mir ab und an über den Rücken rannen; an das stete Gefühl, beobachtet zu werden und in Gefahr zu sein. Ja, ich ahnte, dass sich da etwas zusammenbraute.

„Es gibt aber auch Präsenzen einiger höherer Dämonen. Die geben mir eher zu denken“, fuhr er fort. „Wobei sie sich bisher noch von uns fernhalten.“ Sein Blick suchte den meinen und ich erkannte den Ernst darin. „Wir müssen uns wirklich damit beeilen, den Pakt zu lösen. Es wird in nächster Zeit sicher noch öfter zu Angriffen kommen, und wenn es nun wirklich immer mehr Dämonen werden …“ Er brach ab und brauchte auch gar nicht weiterzusprechen. Er konnte mich unmöglich ununterbrochen beschützen. Irgendwann waren es sicher auch für ihn zu viele Feinde.

Bei der Vorstellung, von weiteren Kreaturen gejagt zu werden, musste ich schwer schlucken. Doch außer der Furcht spürte ich auch Entschlossenheit. Ich nahm mir fest vor, noch stärker an meiner Magie zu arbeiten. Ich wollte Ray keine Last sein und mich selbst beschützen können. Das Wichtigste war aber wohl, den Pakt zu lösen. Auch wenn es mir schwerfiel, es ging nicht anders.

„Dieses Zeug klebt vielleicht“, schimpfte er und strich sich über den linken Arm, von wo der Schleim in zähflüssigen Fäden von ihm herunterfloss.

„Willst du duschen? Ich kann auch noch schnell deine Sachen in die Waschmaschine werfen."

Er runzelte zunächst die Stirn – war es aus Verwunderung oder weil er über mein Angebot nachdachte? „Okay, wo steht die Maschine?"

„Im Badezimmer."

„Gut, meine Sachen bekomme ich auch allein gewaschen. Mach dir also keine Umstände." Er zögerte. „Und du bist dir sicher, dass das okay ist?"

Ich zuckte mit den Schultern. „Warum auch nicht?"

„Okay, danke." Damit trat er ins Badezimmer und schloss die Tür hinter sich. Nur wenige Minuten später hörte ich bereits das Wasser rauschen.

Ich setzte mich derweil an meinen Schreibtisch und versuchte erneut, irgendwie an meine Kräfte zu gelangen. Noch einmal atmete ich tief durch und blickte anschließend auf die Kerze vor mir, die ich entzünden wollte. Leider hatte ich noch immer keine Ahnung, wie ich das bewerkstelligen sollte. So sehr ich auch in mich hineinhörte, da war nichts. Kein Licht, keine Kraft, nicht das leiseste Anzeichen dafür, dass wirklich so etwas wie Magie in mir schlummerte.

„Sie sollten sich wirklich mehr Mühe geben", meldete sich Bartholomäus zu Wort. Er beobachtete mich von seinem Lieblingssessel aus. „Mein Meister und ich würden nämlich wirklich gerne wieder nach Hause zurückkehren. Und zwar, bevor Sie eine Greisin sind."

„Damit das klappt, müsst ihr erst einmal den Tertius finden. Und so wie ich das verstanden habe, ist das deine Aufgabe."

Das ließ die Wächterkatze wenigstens für einen Moment verstummen, sodass ich mich erneut auf meine Aufgabe konzentrieren konnte. Ich beobachtete die Kerze und stellte mir den flammenden Schein vor, doch es geschah einfach nichts. Ich war ohnehin nicht der geduldigste Mensch, aber diese Aufgabe trieb mich allmählich in den Wahnsinn. Vielleicht sollte ich Ray noch einmal darum bitten, mir ein paar Tipps zu geben. Ich hörte weiterhin das Wasser der Dusche rauschen. Er war nun schon eine ganze Weile im Badezimmer. Wahrscheinlich war es nicht allzu einfach, dieses klebrige Zeug abzubekommen. Allzu lange sollte er sich aber nicht mehr Zeit lassen, denn man konnte die Dusche vom Wohnzimmer aus hören. Ich befürchtete, meine Großeltern könnten raufkommen, um zu fragen, was ich da so lange tat. Wenn sie wüssten, dass gerade ein nackter Dämon unter meiner Dusche stand …

Einen Moment lang hing ich diesem Gedanken nach, wobei sich einige ziemlich anzügliche Bilder vor mein inneres Auge schoben, die mich sofort erröten ließen. Gott, was dachte ich da nur? Ich stützte meinen Kopf auf meinen Arm und versuchte, die Bilder zu vertreiben.

„Spüren Sie endlich die Magie?", hakte Bartholomäus nach. „Sie sind so rot im Gesicht, kommt das von der magischen Kraft?"

„Nein, mir ist nur warm", knurrte ich. „Und das, was ich gerade spüre, sollte auf keinen Fall von einem Dämon ausgelöst werden", murmelte ich leise vor mich hin, sodass es die Wächterkatze nicht hören konnte.

„Du musst leise sein, hörst du?", wisperte meine Mutter.

Ich sah sie erschrocken an und nickte. Noch immer hatte ich Angst, furchtbare Angst. Ich wusste, dass uns Gefahr drohte, das hatte sie mir allzu deutlich klargemacht, doch das war nicht der eigentliche Grund für meine Sorge. Wenn sie mich mit ihrem blassen Gesicht und den großen dunklen Augen ansah, die mich förmlich verschluckten – dann fürchtete ich mich nur vor ihr.

Langsam löste sie ihre Hand von meinem Mund, lächelte und streichelte mir durchs Haar. „Du weißt, dass sie gekommen sind, um uns zu holen."

Wieder nickte ich.

„Sie wollen uns töten, weißt du? Ganz langsam zerstückeln. Das sagen sie mir schon seit Jahren, und heute ist es so weit. Sie sind hier!"

Wieder hörte ich das donnernde Klopfen an der Tür, das in meinem Körper nachbebte und mich zittern ließ.

Sie zog mich fest an ihren dünnen Leib und wiegte sich zusammen mit mir. Leise summte sie ein Lied, das mich allerdings auch nicht beruhigen konnte.

„Warum laufen wir nicht weg?" Ich ertrug es kaum, noch länger in dem dunklen Kleiderschrank zu sitzen, während sich ganz offensichtlich irgendetwas Einlass in unsere Wohnung zu verschaffen versuchte.

„Wir können nicht entkommen, verstehst du?", erklärte sie mit seltsam entrückter Stimme. „Sie sind immer hier, überall. Und nun werden sie uns holen."

„Aber wir müssen doch etwas unternehmen", schluchzte ich unter Tränen. „Ich will nicht sterben."

„Es wird sicher ganz schnell vorbei sein", sagte sie. „Und wer weiß, vielleicht finden sie uns hier ja nicht."

„Aber du hast gerade gesagt, wir können nicht entkommen."

Meine Mutter lächelte und schaute mich mit leerem Blick an. Ich wartete auf eine Antwort, irgendeine Reaktion, schnell verstand ich jedoch, dass meine Worte wieder mal nicht zu ihr durchgedrungen waren. Dinge, die nicht in ihr Bild passten, nahm sie oftmals gar nicht wahr.

POCH, POCH, POCH, hörte ich es und zuckte erneut zusammen. Tränen rannen mir die Wangen hinab, während meine Mutter mich mit ihren kalten Händen fest an sich drückte. Überall um uns herum war der beißende Lavendelgeruch der Kleidung, die über uns auf den Bügeln hing. Mir wurde übel davon, und ich glaubte, ich müsse mich jeden Moment übergeben.

Da vernahm ich ein lautes Krachen, hörte die Tür, wie sie gegen die Wand geschlagen wurde. Ich wimmerte leise und barg mein Gesicht an der Brust meiner Mutter. „Bitte, Mama", wisperte ich. „Ich will nicht sterben."

„Das müssen wir aber", sagte sie leise. „Genau wie dein Vater."

„Nein!", kreischte ich und sah erschrocken auf, als die Kleiderschranktür aufflog. Ein grelles Licht schien mir entgegen, das so sehr blendete, dass ich nichts mehr sehen konnte. Ich schrie, brüllte, klammerte mich an meine Mutter und wurde vor Todesangst beinahe wahnsinnig.

„Tötet mich!", schrie sie. „Tötet MICH!" Ich spürte, wie mich etwas aus ihren Armen riss, und vernahm ihre Schreie, die nun in ein entsetzliches Kreischen übergingen.

„Mama!", kreischte ich wie von Sinnen und wollte mich an ihr festklammern. Doch ich hatte keine Chance. Meine Hände rutschten von ihr ab, während sie auf die Beine gezerrt wurde.

Wie eine Furie ging sie auf die Angreifer los, kratzte und biss sie. „Tötet mich!", schrie sie dabei unentwegt. „Bringt es endlich zu Ende!"

Kurz darauf wurde sie überwältigt und zu Boden gerissen. Ihr Atem ging heftig und stoßweise, während sie noch einmal zu mir blickte und mich mit diesem wahnsinnigen Lächeln anschaute. „Sie sind überall." Das waren ihre letzten Worte, bevor sie auf die Beine gezogen wurde.

Im nächsten Moment sah ich ein Gesicht vor mir, das sich zu mir herunterbeugte und mich mit seinen dunklen Augen ansah …

„Nein! Nicht!", brüllte ich und schreckte panisch hoch.

„Sch, es ist alles gut", sagte eine vertraute Stimme neben mir. „Was ist dir nur passiert?"

Es war Ray.

In seinem Blick lag so viel Anteilnahme, so viel Schmerz und Sorge, dass mir Tränen in die Augen stiegen. Die Bilder, die ich gerade gesehen hatte, klangen in mir weiterhin nach.

Das Schlimme daran war, dass es nicht nur ein Albtraum gewesen war. Es waren vielmehr Erinnerungen, die mich bis heute nicht losgelassen hatten, sondern mich immer wieder heimsuchten.

Ray betrachtete mich, und in seinen dunklen Augen sah ich in diesem Moment alles, wonach ich mich sehnte: Trost, Schutz, Geborgenheit.

Ich ließ mich wie selbstverständlich in seine Arme sinken, sog seinen köstlichen Duft in mir auf und klammerte mich an ihn, als würde mein Leben von ihm abhängen. Ich brauchte ihn, wollte ihn nicht verlieren. Ich wollte nie wieder so allein sein wie früher.

Er strich mir über den Kopf, streichelte meinen Nacken entlang und wisperte mit dieser samtenen Stimme: „Ist schon gut. Jetzt ist es vorbei. Ich bin bei dir."

Noch immer wurde ich von vereinzelten Schluchzern geschüttelt, doch die Nähe zu ihm war wie Balsam für mein Herz. Seine Berührungen taten mir so unwahrscheinlich gut. Ich fühlte seine sanften Fingerspitzen, die ein warmes Gefühl auf meiner Haut hinterließen, das in ein angenehmes Prickeln überging. Ich spürte die sanften Wölbungen seiner Muskeln unter dem Pullover und seine starken Arme, die mich hielten. Rays Atem strich über meinen Nacken, fuhr langsam und warm darüber … Mein Herz bebte in meiner Brust, der Puls raste und mein Verstand war wie ausgeschaltet. Alles, was ich in diesem Moment wollte … war er.

„Willst du mir von deinem Albtraum erzählen?"

Seine Frage erstaunte mich. Bisher hatte er nur selten versucht, etwas über meine Vergangenheit zu erfahren; und wenn doch, hatte ich ihn zurückgestoßen. In diesem Augenblick, hier in seinen Armen, wo ich mich so geschützt und geborgen fühlte, wollte ich diese Dinge aber mit ihm teilen. Zum ersten Mal hatte ich das Gefühl, bei jemandem zu sein, der mich möglicherweise verstand und nicht das darin sah, was es nun mal bedeutete: Ich kam aus einer zerrütteten, kranken Familie und hatte Schreckliches erlebt, weshalb es nicht unwahrscheinlich war, dass ich ebenfalls Schaden genommen oder sogar daran kaputt gegangen und nun dasselbe war wie meine Mutter: eine Verrückte, eine Wahnsinnige ...

„Meine Mutter war schon immer eher labil", erzählte ich langsam, während ich mich an seinen Augen festhielt, damit mich die Erinnerungen nicht erneut hinfortrissen. „Sie hat ständig Dinge gesehen und gehört, die nicht existierten. Die Ärzte hatten sehr früh eine Schizophrenie bei ihr festgestellt; sie bekam bereits als Jugendliche Medikamente, weigerte sich aber, sie zu nehmen. Sie war der Ansicht, die Pillen würden sie so müde und schläfrig machen, dass sie nicht mehr mitbekomme, was um sie herum geschehe. Sie meinte, das würde es den toten Gestalten – so nannte sie die Produkte ihrer Wahnvorstellung immer – nur noch einfacher machen, sie zu holen.

Mein Vater war der Einzige, der sie beruhigen und ihr zumindest einen Teil ihrer Angst nehmen konnte. Wenn sie sich wieder mal fürchtete und seltsame Dinge sah, nahm er sie einfach in den Arm und versprach ihr, für immer an ihrer Seite zu sein." Ich wischte mir die Tränen aus den Augen, die bei dieser Erinnerung erneut an die Oberfläche drängten. „Versteh mich nicht falsch. Sie hatte auch gute Zeiten, wo sie vollkommen normal war. Ich liebte diese Tage, an denen sie wirklich für mich da war; ich mit ihr spielen und lachen konnte.

Das alles änderte sich jedoch, als mein Vater bei dem Autounfall ums Leben kam. Sie verfiel sofort wieder in ihren wahnhaften Zustand und fand nie mehr heraus. Nach seinem Tod lebte ich noch einige Monate bei ihr, doch es war die Hölle. Sie redete ständig davon, dass wir verfolgt würden, dass sie meinen Vater geholt und getötet hätten und dass wir nun die nächsten seien. Es gab Tage, da war sie vor Angst so gelähmt, dass sie nur in einer dunklen Ecke saß und sich nicht rührte. Ich habe versucht, mich um sie zu kümmern, aber ich war erst elf und konnte ihr nicht helfen, so sehr ich mich auch bemühte. Stattdessen setzten mir ihre Worte zusehends stärker zu. Auch ich war mit der Zeit fest davon überzeugt, dass irgendetwas hinter uns her war und uns umbringen wollte. Ich stand kurz davor, ebenfalls den Verstand zu verlieren."

Meine Stimme brach, und ich spürte, wie meine Hände zitterten. Doch Ray griff sofort danach, umschloss sie und hielt sie fest. Ich spürte die Wärme seiner Haut auf meiner, genoss dieses innige Gefühl und fühlte, dass es mir Kraft gab. Ich war so weit gegangen, jetzt sollte er auch den Rest erfahren, auch wenn ich Angst vor seiner Reaktion hatte. Was, wenn ich ihm alles erzählt hatte? Würde auch er sich – genau wie meine Großeltern – fragen, ob nicht doch etwas Entscheidendes in mir zu Bruch gegangen war? Ob ich nicht genau wie meine Mutter etwas in mir trug, was mich eines Tages endgültig dem Wahnsinn verfallen lassen würde?

In seinen Augen fand ich allerdings kein Anzeichen für diese Gedanken, sondern nur aufrichtige Anteilnahme. Die goldenen Sprenkel in seinen wundervollen Mitternachtsaugen strahlten, glühten und zogen mich in ihren Bann. Ja, ich wollte ihm vertrauen.

„Nach sechs Monaten kam schließlich die Polizei in unsere Wohnung. Meine Mutter öffnete ihnen nicht, sondern verschanzte sich stattdessen mit mir im Kleiderschrank. Sie war absolut sicher, dass es sich bei diesen Eindringlingen um die toten Gestalten handelte, die hinter ihr und mir her waren. Ich werde nie ihren qualvollen, panischen Blick vergessen, als die Polizisten sie ergriffen.

Anschließend wurde sie in die städtische Psychiatrie gebracht. Einer der Männer kümmerte sich um mich; ich war vollkommen verstört und verängstigt. Während man mich zu meinen Großeltern fuhr, sprach ich kein einziges Wort, und das änderte sich auch in den darauffolgenden Wochen nicht.

Mein Opa und meine Oma gaben sich alle Mühe, mir ein stabiles, sicheres und liebevolles Zuhause zu bieten. Trotzdem habe ich erst nach drei Wochen das erste Mal mit ihnen gesprochen. Nur ganz langsam fand ich in mein neues Leben, verschloss all die schrecklichen Dinge tief in meinem Inneren und wollte sie nie wieder hervorholen, doch sie ließen mich nie los. Mittlerweile plagen mich fast jede Nacht wieder Albträume. Ich kann einfach nicht vergessen, was damals alles geschehen ist.

Meine Großeltern machten sich Sorgen und schleppten mich von einem Spezialisten zum anderen. Sie wollten, dass ich die Vergangenheit verarbeite, damit ich am Ende nicht daran kaputt gehe und genauso verrückt werde wie meine Mutter." Ich zögerte. Mein Herz raste, doch ich musste es ihm sagen. „Die Anlage für Schizophrenie ist erblich und die schrecklichen Dinge, die ich damals durchlebt habe ... Die Ärzte sagten meinen Großeltern, dass es gut sein könne, dass ich wie meine Mutter ende. Ich sehe selbst heute noch in ihren Augen, dass sie genau davor Angst haben. Sie fürchten sich, dass die Krankheit eines Tages auch bei mir ausbrechen könnte. Und ich ... ich habe auch Angst, verstehst du?" Ich weinte und konnte gar nicht mehr aufhören. „Was, wenn ich ebenfalls verrückt werde? Was, wenn ich es bereits bin? Wenn du, Bartholomäus und all das, was wir durchgemacht haben, gar nicht real ist?"

Ray zog mich fest an sich. Es tat gut, ihn zu spüren und zu fühlen, dass er mich, da er nun die Wahrheit kannte, nicht von sich stieß.

Seine Hand streichelte meine Wange und legte sich schließlich um mein Gesicht; er zwang mich, ihn anzusehen. Mit festem Blick erklärte er: „Du bist nicht verrückt, hörst du? Ich kann verstehen, dass du Angst davor hast, aber du bist vollkommen normal. Ich bin ständig bei dir. Denkst du nicht, es wäre mir aufgefallen, wenn da irgendwas wäre? Du bist gesund, und es gibt nichts, weswegen du etwas anderes glauben solltest."

Mein Herz pochte so laut, dass ich sicher war, er müsse es ebenfalls hören. Seine Worte gaben mir Hoffnung, vertrieben die Schatten, die mich vor so langer Zeit befallen hatten. Vielleicht hatte er recht. Möglicherweise durfte ich auf ein normales Leben hoffen.

„Was ist mit deiner Mutter geschehen?", fragte er zögernd.

„Sie lebte für etwa ein Jahr in der Psychiatrie. Anfangs erlaubte man mir nicht, sie zu besuchen. Doch trotz allem, was ich an ihrer Seite durchlebt hatte, wollte ich sie wiedersehen. Sie war schließlich meine Mutter, der einzige Elternteil, den ich noch hatte. Ein paar Mal durfte ich schließlich auch zu ihr, allerdings taten mir diese Treffen nicht gut. Regelmäßig verfiel sie in ihren Wahnsinn und rief damit erneut Ängste in mir wach. Ein Jahr später hat sie sich schließlich das Leben genommen. Man fand sie erdrosselt in ihrem Zimmer. Sie muss sich in der Nacht mit ihrem Nachthemd eine Schlinge gebastelt und sich erwürgt haben."

„Das tut mir leid für dich", sagte er und verstärkte seinen Griff um mich. Ich lehnte meinen Kopf an seine Brust und lauschte seinem beruhigenden Atem und dem schlagenden Herzen. Ich wollte nie wieder von ihm fort.

„Manchmal denke ich, so ist es besser für sie. Sie hat den Tod meines Vaters nicht verwinden können und auch in der Psychiatrie ging es ihr nie wirklich gut."

„Ich bin sicher, dass deine Eltern dich sehr geliebt haben, auch wenn deine Mutter dir das gerade zum Ende hin nicht mehr zeigen konnte."

Ich fühlte erneut, wie eine Träne meinen Augenwinkel hinabrann. Es tat gut, seine Worte zu hören und den Gedanken an meine Mutter zuzulassen. „Viele konnten nicht verstehen, warum mein Vater trotz ihrer Krankheit bei ihr geblieben ist. Ich habe ihn mal gefragt, ob es ihm nichts ausmache, dass Mama so krank ist. Er hat gesagt, er liebe sie mit all ihren Stärken und Schwächen. Es gäbe so viele glückliche Momente mit ihr – selbst dann, wenn sie wieder in einer besonders schweren Phase stecke –, dass er sich nie jemand anderes an seiner Seite wünschen würde."

Ray nickte. „Ja, davon habe ich schon oft gehört. Die Liebe solcher Menschen soll sehr tiefgehend sein."

Ich sah ihn fragend an. „Wie meinst du das?"

Sein Gesichtsausdruck ließ mich vermuten, dass ihm der letzte Satz versehentlich rausgerutscht war. Er schwieg einen Moment und sagte dann: „Ich weiß nicht, ob es der richtige Augenblick ist, mit dir darüber zu reden. Vielleicht ist es besser, wenn ich es dir ein anderes Mal erzähle."

„Wovon sprichst du?", hakte ich nach. „So wie du schaust, scheint es wichtig zu sein. Sag es mir bitte jetzt, sonst habe ich keinen ruhigen Moment mehr. Hat es etwas mit den Dämonen zu tun? Sind wir wieder in Gefahr?"

Er schüttelte den Kopf und nahm meine Hand. Ich wunderte mich über diese zärtliche, vertraute Geste, doch seinem ernsten Blick nach versuchte er für mich da zu sein, während er das aussprach, was mich vielleicht erneut belasten könnte. „Du verfügst nicht einfach nur über magische Kräfte", erklärte er langsam, während er mich mit seinen dunklen Augen ansah. „Um einen höheren Dämon – wie ich einer bin – zu rufen, bedarf es eines recht hohen Maßes an Magie. Und diese Magie findet man unter den Menschen nur noch sehr selten. Zauberer, Hexen, Magier, sie alle sind im Laufe der Jahrhunderte ausgestorben. Es gibt lediglich hier und da ein paar Leute, die über etwas magische Kraft verfügen, aber bei Weitem nicht in diesem Ausmaß wie du."

Ich schaute ihn verwundert an. Mir war nicht klar, worauf er hinauswollte. Was sollte das bedeuten?

„Menschen wie dich nennen wir Sancti. Sie sind äußerst selten und dank ihrer außergewöhnlichen Stärke für einen Dämon von großem Interesse. Aber das ist nicht alles. Sancti werden nur aufgrund der Besonderheit ihrer Eltern so stark. Sowohl in der Mutter als auch im Vater müssen magische Kräfte verborgen sein. Gehen diese beiden eine Verbindung miteinander ein, sind sie erst einmal uninteressant für Dämonen, da diese nicht in der Lage sind, ihnen die Kräfte zu rauben. Doch wenn beide ihr Leben verlieren, geht diese magische Stärke in ihr erstgeborenes Kind über und dieses wird zu einem Sancti. Verstehst du, was ich dir damit sagen will?"

Ich nickte stumm und konnte es doch kaum fassen. „Meine Eltern haben also beide über Magie verfügt."

Er nickte. „Emily, ich bin sicher, dass hier irgendetwas nicht stimmt. Es kann kein Zufall sein, dass ausgerechnet ich an deine Seite gerufen wurde. Noch dazu durch einen magischen Zirkel, der eigentlich nicht hätte funktionieren dürfen."

Mein Herz setzte einen Schlag aus. Der Kreis, in den ich aus Versehen getreten war, hätte Ray eigentlich gar nicht aus seiner Welt reißen können?

„Kurz nachdem wir aneinander gebunden wurden, habe ich mich noch einmal im Museum umgeschaut. Du erinnerst dich an den Glaskasten mit dem Buch darin?"

Ich nickte.

„In diesem Buch waren mehrere Rituale aufgeführt, unter anderem auch eines, um Dämonen zu rufen. Ich habe mir die Beschreibung angesehen, doch die hätte ganz sicher nicht funktioniert. Das Symbol, das auf den Boden gemalt war, war ein vollkommen anderes. Irgendjemand muss es verändert und dafür gesorgt haben, dass du hineingerätst und wir diesen Bund schließen. Und derjenige muss auch im Besitz des Primus sein."

„Du meinst, irgendjemand hat das alles eingefädelt?"

„Ja. Allerdings ist mir bisher schleierhaft, wer das gewesen sein könnte und vor allem aus welchem Grund. Dieser jemand verfolgt ganz sicher einen ganz bestimmten Plan und hat uns bewusst zusammengeführt. Ich bin mir sicher, dass es etwas mit unseren Kräften zu tun hat. Wahrscheinlich wird derjenige auch nicht mehr allzu lange damit warten, in Aktion zu treten. Ich fürchte, dass wir ihn vermutlich schon sehr bald zu Gesicht bekommen werden."

Im Mondschein

Bereits seit Stunden waren sie nun unterwegs, ohne etwas gefunden zu haben, doch er war sich ganz sicher: Das Buch musste hier sein. Die Nachforschungen, die er in den letzten Wochen angestellt hatte, ließen keinen anderen Schluss zu.

Er blickte hinter sich, wo Isigia ihm zu folgen versuchte. Dank der Seelen, die er erst gestern in sich aufgenommen hatte, verfügte er momentan über beachtlich viel Kraft. Diese machte es ihm möglich, sich beinahe so schnell fortzubewegen wie früher. Sein Herz donnerte kräftig in seiner Brust, und sein gesamter Körper strotzte vor Energie. So fühlte er sich immer, kurz nachdem er neue Seelen gerufen hatte. Leider hielt dieser Zustand nie lange an, aber schon bald würde er nicht mehr auf die Kraft anderer Dämonen angewiesen sein.

„Beeil dich, Isigia“, mahnte er seine Dienerin, die daraufhin sofort ihren Schritt beschleunigte. Sie kämpfte sich durchs hohe Gras und versuchte offenbar, sich nichts von der Anstrengung anmerken zu lassen. Eigentlich hätte er sie für sein jetziges Vorhaben gar nicht gebraucht, allerdings konnte es nicht schaden, sie an seiner Seite zu haben, falls sie doch angegriffen werden sollten. So würde er Kräfte sparen können, die er ganz sicher noch zu anderer Gelegenheit brauchen würde.

Vor ihnen erhob sich in einiger Entfernung ein kahler, dunkler Berg. Weder war die Höhe imposant, noch waren die Steinformationen etwas Besonderes, und dennoch schlug sein Herz vor Aufregung augenblicklich schneller. Das musste es sein. Dort war der Quartus versteckt. Er war sich ganz sicher.

Er rannte schneller und spürte die hohen, schneidenden Gräser kaum, die ihm entgegenschlugen. Alles, worauf sich sein Streben richtete, lag vor ihm. Schwer atmend erreichte er den Fels, wo zunächst ebenfalls nichts den Anschein erweckte, als läge dort ein solch enormer Schatz verborgen.

Langsam streckte er seine Hand aus und legte sie auf den kühlen Stein. Er horchte tief in sich hinein, sammelte Kraft und versuchte es schließlich mit einem Öffnungszauber.

Krachend setzten sich die Felsen in Bewegung; kleine Kiesel und Staub regneten auf ihn hinab, bevor der Stein schließlich den Blick auf einen Höhleneingang freigab.

In diesem Moment holte Isigia ihn ein und blieb nach Luft schnappend bei ihm stehen. Mit großen Augen schaute sie auf die dunkle Öffnung im Berg.

„Meister, seid Ihr sicher, dass ich Euch nicht begleiten soll?"

Er lächelte und schüttelte verneinend den Kopf. „Ich habe genug Seelen in mir, um das Buch zu holen. Bleib du hier und halte Wache. Ich will nicht, dass womöglich noch ein Dämon hier auftaucht, um mir den Band am Ende zu entreißen."

Sie biss sich auf die Lippe, nickte aber schließlich.

Er atmete noch einmal tief durch und spürte das Adrenalin durch seinen Körper jagen. Dies war der letzte große Schritt in seinem Plan, danach – dessen war er sich sicher – würde ihn nichts und niemand mehr aufhalten können. Zwei von vier Bänden des *Buchs der Schwarzen Seelen* besaß er bereits, und nun würde er sich den wichtigsten Teil holen.

Langsam trat er in den Höhleneingang. Er wusste, dass ihm nun ein schwerer Kampf bevorstand, doch er war gewappnet. Immer tiefer ging er hinein und war bald darauf von völliger Dunkelheit umschlossen.

„Wie oft noch?", fauchte Ray Nell aufgebracht an. „Lass den Scheiß endlich, kapiert? Du hast keinerlei magische Kräfte. Selbst wenn du an ein Buch kämst, in dem nicht nur lauter Blödsinn steht, würdest du mich nicht vertreiben können. Spar dir also diese lächerlichen Versuche. Damit gehst du mir nur tierisch auf die Nerven!"

Nell hatte ihn vor dem Eingang der Schule abgepasst und ihn mit Weihwasser aus einer kleinen Flasche begossen. Dazu hatte sie einige lateinische Worte von einem Blatt Papier abgelesen, das sie noch immer in der Hand hielt. Nun trat sie verlegen von einem Bein aufs andere und murmelte: „Mist, ich war mir ganz sicher, dass dieser Spruch funktionieren würde."

Ray fuhr sich kurz durch sein vom Weihwasser nasses Haar und funkelte sie finster an. „Ich warne dich, hör endlich auf, mir ständig mit irgendwelchen Ritualen und Zauberformeln auf den Geist zu gehen. Es bringt nichts, kapier das endlich! Wenn es so einfach wäre, den Pakt zu lösen, wäre ich schon längst wieder in meiner Welt." Leise ein paar wüste Beschimpfungen vor sich hin knurrend eilte er Richtung Schuleingang voraus.

„Du solltest es wirklich sein lassen", sagte ich leise. „Ich weiß, dass du mir nur helfen willst, aber es bringt nichts."

Sie hatte bereits mehrere Versuche gewagt und Ray mit den unterschiedlichsten Sachen beworfen, ihn regelrecht darin getränkt und ihm Zauberformeln vorgelesen. Einmal hatte sie sogar versucht, ihn zu verfluchen.

„Du hast doch selbst gesagt, du willst ihn loswerden."

„Ja, das stimmt ja auch." Wobei, das mittlerweile wohl nicht mehr ganz der Wahrheit entsprach … „Aber es ist ziemlich auffällig, was du da treibst. Was, wenn dich währenddessen jemand sieht?"

Sie zuckte mit den Schultern. „Der wird nur denken, dass ich sie nicht mehr alle habe und verrückt bin. Keiner wird auf die Idee kommen, dass Ray ein Dämon sein könnte."

Damit hatte sie zwar sicher recht. „Trotzdem, lass es einfach, okay? Ray und ich kümmern uns darum, und bis dahin ist es besser, wenn er an meiner Seite bleibt."

Sie schaute mich mit großen Augen an. „Das sind ja ganz neue Töne." Sie musterte mich erstaunt. „Sag bloß, du empfindest nun doch etwas für unsere Sahneschnitte."

Ich prustete genervt. „Von wegen. Ich habe nur keine Lust, schon wieder von einem Dämon angegriffen zu werden und mich allein zur Wehr setzen zu müssen."

Sie dachte kurz über meine Worte nach und sagte dann: „Schade, ihr wärt nämlich echt ein schönes Paar."

Ich verdrehte die Augen.

Als wir das Klassenzimmer betraten, saß Ray bereits auf seinem Platz und schien alles andere als gut gelaunt zu sein.

Sven saß zwei Stühle weiter und funkelte ihn eisig an. Das war im Grunde nichts Neues. Er machte selten einen Hehl daraus, dass er Ray nicht ausstehen konnte. Allerdings reagierte der heute ausnahmsweise auf die offensichtliche Abneigung.

„Ich stehe nicht sonderlich darauf, wenn ich ununterbrochen so angeglotzt werde, also lass das bitte." Sein Tonfall war kalt, ebenso sein Blick, und die unterschwellige Drohung war nicht zu überhören, sodass Sven sich wieder der Tafel zuwandte.

„Was ist denn heute mit dir los?", fragte ich Ray, als ich mich neben ihn setzte und meine Schulsachen auspackte.

„Das fragst du noch?", knurrte er. „Deine Freundin versucht mich ununterbrochen mit irgendwelchem Hokuspokus in die Hölle zu jagen, während dein Kumpel mich die ganze Zeit anstarrt, als wäre ich der letzte Dreck. Und während wir hier schön Schulalltag spielen, sammeln sich immer mehr Dämonen um uns, denen nur der Sinn danach steht, uns umzubringen. Als wäre das nicht bereits genug, scheint irgendwer das alles auch noch eingefädelt zu haben. Wir müssen endlich vorwärtskommen, in Besitz des Tertius gelangen und herausfinden, wer hinter all dem steckt. Die Zeit drängt, denn derjenige, der das alles geplant hat, wird sicher nicht ewig die Füße stillhalten."

Herr Wozniak trat ein, legte seine Tasche neben das Pult und setzte zu einem seiner üblichen Vorträge an, während er die Tafel mit Gleichungen und Formeln vollschrieb.

„Ich weiß, wie wichtig das alles ist", murmelte ich leise. Immerhin war seit unserer Aussprache über eine Woche vergangen und wir waren keinen Schritt vorangekommen. „Wir geben uns auch alle Mühe. Und Bartholomäus ist wieder in Neffarell, um nach dem Tertius zu suchen. Wir werden ihn ganz sicher finden."

Er schnaubte nur verächtlich. „Dennoch löst das allein nicht unser Problem."

Ich wusste, was er meinte. Er sprach von meinen Kräften. Noch immer machte ich keine wirklichen Fortschritte. Dabei hatte ich erst gestern das Gefühl gehabt, etwas zu spüren.

Wie so oft hatte ich vor der Kerze gesessen, mich darauf konzentriert, sie in Flammen zu setzen, und dann war es geschehen: Ich hatte ein seltsames Prickeln, einen warmen Schauer in mir wahrgenommen. Ich war so überrascht gewesen, dass ich aufgeschreckt war, und damit hatte sich das Gefühl auch schon wieder verflüchtigt.

„Vielleicht ist Ihnen vom langen Sitzen der Hintern eingeschlafen", war alles gewesen, was Bartholomäus darauf erwidert hatte, als ich ihm davon erzählte. Dabei war ich mir sicher gewesen, dass es etwas mit meinen Kräften zu tun hatte. Ich war ihnen auf der Spur und hatte sie für einen kurzen Moment gespürt. Zumindest hoffte ich, dass dieses Gefühl daher rührte.

„Wir müssen jedenfalls langsam etwas unternehmen", meinte Ray. „Das alles hier ist reine Zeitverschwendung. Wir sollten eigentlich jede Minute nutzen, um an deinen Kräften weiterzuarbeiten und zu versuchen, den Tertius zu finden."

„Wie Sie sehen, kommen Sie über diesen Rechenweg schnell und einfach zum Ergebnis", sagte Herr Wozniak in diesem Moment und wandte sich der Klasse zu.

„Das alles ist so unnötig", fuhr Ray fort.

„Ach, finden Sie?" Der Lehrer schaute ihn verärgert an.

Ich betete innerlich, dass Ray sich nun nicht mit ihm anlegen würde ...

„Ja, finde ich. Zum einen ist Ihnen in der Gleichung zuvor ein Rechenfehler unterlaufen. Es müsste x gleich a hoch minus vier heißen. Und zudem ist der von Ihnen vorgeschlagene Lösungsweg ziemlich umständlich. Es ginge sehr viel schneller, wenn ..."

„Schluss jetzt. Ich lasse mich in meiner Stunde doch nicht von Ihnen zurechtweisen. Ich halte mich strikt an den Lehrplan und werde die Rechenwege nehmen, die im Schulbuch vorgegeben sind. Ganz gleich, ob Ihnen das nun gefallen mag oder nicht, haben Sie das verstanden?!"

„Ray", zischte ich leise, „reiß dich zusammen. Das gibt nur Ärger."

Er schnaufte und biss sichtlich die Zähne zusammen, um nicht noch etwas hinzuzufügen.

„Es nützt nichts, wenn du dich mit ihm anlegst. Denk lieber daran, dass du nicht ständig auffallen solltest. Das hier", ich deutete mit den Augen auf unsere Mitschüler, die ihn alle voller Neugier beobachteten, „ist nicht gerade hilfreich."

Herr Wozniak widmete sich wieder seiner Tafel und schrieb die nächste Rechnung an. „Wirklich eine Unverschämtheit", hörte ich ihn leise brummen. „Diese Schüler werden immer frecher, maßen sich nun schon an, den Unterricht besser gestalten zu können als ich."

Ich schaute zu Ray, der auf meine Aufforderung hin nichts erwiderte. In seinem Gesicht lag allerdings nackter Zorn. Auch wenn ich ihn eigentlich nur vor größerem Schaden hatte bewahren wollen, schienen meine Worte ihn nur noch ärgerlicher gemacht zu haben. Am besten würde ich ihn gleich nach der Stunde fragen, was mit ihm los war. Ich hoffte, dass er nicht etwas in den falschen Hals bekommen hatte.

Nachdem es geläutet hatte, stand er auf, nahm seine Sachen und sagte zu mir: „Hör zu, ich gehe kurz raus und schaue mich auf dem Schulgelände um. Ich will sichergehen, dass hier nicht doch irgendwo ein Dämon herumschleicht."

„Aber der Unterricht geht gleich weiter. Du wirst zu spät kommen."

„Es gibt Wichtigeres", erklärte er und eilte den Flur entlang, bevor ich noch etwas erwidern konnte.

Mann, er konnte echt anstrengend sein. Natürlich verstand ich, dass er sich Sorgen machte und entsprechend angespannt war. Immerhin sah es nicht so aus, als würde es uns in nächster Zeit gelingen, den Pakt zu lösen. Und damit stand auch in den Sternen, wann er endlich nach Neffarell zurückkehren konnte. Bis dahin war er weiter in dieser Welt und an meiner Seite gefangen. Diese Gedanken trübten meine Stimmung. Ich wusste, wie sehr er sich wünschte, den Bann zwischen uns zu lösen. Gerade diese Gewissheit fühlte sich an wie ein eisiger Stich in meinem Herz.

„Dein Cousin scheint heute nicht allzu gut gelaunt zu sein", sagte eine Stimme hinter mir und ließ mich aufschrecken. Als ich mich umdrehte, sah ich sogleich in dunkelblaue Augen und ein Gesicht, auf dem ein beinahe tröstliches Lächeln lag.

„Ähm, ja ...", gab ich zu. „Er ist momentan ein wenig angespannt ... Ärger mit seinen Eltern", fügte ich hastig hinzu.

Chris nickte verständnisvoll. „Ray ist auch kein einfacher Typ. Ich meine, wenn man bedenkt, wie er ab und an mit dir umspringt." Er schüttelte den Kopf. „Eigentlich müsste er dir doch dankbar sein. Du und deine Familie haben ihn wie selbstverständlich bei euch aufgenommen und ihm in dieser schweren Zeit beigestanden. Ich weiß ja nicht, was er für Probleme mit seinen Eltern hat, aber es kann sich um keine Kleinigkeit handeln, wenn sie ihn deshalb wegschicken. Da sollte er seine schlechte Laune nicht ausgerechnet an dir auslassen."

Es war nett, dass sich Chris Gedanken um mich machte. Wenn tatsächlich alles so einfach gewesen wäre, wie er glaubte, hätte er wahrscheinlich sogar recht gehabt. Aber so war es nun mal nicht. Ray war kein Mensch, und uns drohten zudem Gefahren, die am Ende uns beide das Leben kosten konnten. Es war also verständlich, dass er aufgebracht und ungeduldig war.

„Falls du mal jemanden zum Reden brauchst ... Ich bin jederzeit für dich da."

„Danke, das ist nett", sagte ich lächelnd. „Er wird sich schon wieder beruhigen."

„Das hoffe ich." Erneut schaute er mich voller Sorge an. „Du siehst ziemlich nachdenklich aus. Ich habe das Gefühl, es geht dir nicht sonderlich gut."

Mein Herz schlug augenblicklich schneller. Ich fühlte, wie mir vor Nervosität ganz heiß wurde. Das alles hatte er an mir beobachtet? Und das, obwohl ich stets versucht hatte, mir nichts anmerken zu lassen? Ich musste wirklich vorsichtiger sein.

„Vielleicht täte dir eine Ablenkung mal ganz gut. Keine Gedanken mehr an Ray, keine Sorgen ... Wie wäre das?"

Ich schaute ihn überrascht an, und er lachte leise, während er auf ein Plakat schräg neben mir deutete. „Das Herbstfest steht bald an, und ich wollte dich fragen, ob du nicht Lust hättest, mit mir dorthin zu gehen. Immerhin hat es ja mit dem Essengehen neulich nicht geklappt. Da wäre das vielleicht ein kleiner Ersatz dafür."

Obwohl diese Einladung nicht vollkommen unerwartet kam, war ich in diesem Moment überrascht. Vor einigen Wochen wäre ich wahrscheinlich sogar überglücklich gewesen … Doch nun war da etwas anderes. Ein Schmerz tief in meiner Brust. Enttäuschung und Sehnsucht. Vor meinem inneren Auge tauchte Rays Gesicht auf; ich sah sein Lächeln, seinen glühenden Blick.

„Ich bin sicher, das Fest würde dich auf andere Gedanken bringen.“ Chris strahlte bei diesen Worten regelrecht und schaute mich voller Hoffnung an. Er wartete immer noch auf eine Antwort von mir.

Nur einen Abend lang keine Sorgen haben, nicht ständig an Dämonen und den drohenden Tod denken. Einfach ein ganz normales siebzehnjähriges Mädchen sein, das einen wundervollen Abend genoss. Jedes Jahr freute ich mich auf dieses Fest, auf das Tanzen, die bunten Lichter und darauf, meine Vergangenheit und den Kummer für ein paar Stunden zu vergessen … Ich nickte langsam. „Ja, ich würde sehr gern mit dir auf die Feier gehen“, erklärte ich lächelnd und beobachtete, wie sich Chris' Gesicht weiter aufhellte.

Er nahm meine Hand und drückte sie leicht, während sein Blick den meinen gefangen hielt. „Ich freue mich darauf“, raunte er leise.

„Ich mich auch.“

Den ganzen restlichen Schultag über hatte sich Ray nicht mehr blicken lassen. Ich hatte keine Ahnung, wo er sich herumtrieb, doch selbst als ich mehrere Minuten draußen auf dem Hof nach ihm gesucht hatte, war er nicht zu finden gewesen.

„Ich bin total aus dem Häuschen“, jubelte Nell, die mich auf dem Heimweg begleitete. „Du und Chris! Ich wusste einfach, dass ihr zusammenpasst.“

„Wir gehen nur auf das Herbstfest“, wiegelte ich ab.

„Jaja. Du wirst sehen, es wird ganz genau so laufen, wie ich es vorhergesagt habe", meinte sie strahlend. „Eins ist allerdings schade: Ich wollte eigentlich an unserer Tradition festhalten und mit dir und Sven zusammen hingehen. Nur wir drei, wie jedes Jahr. Na ja, so ist es sicher noch besser." Sie zwinkerte mir zu. „Gut, dass wir dir neulich das neue Kleid gekauft haben. Du siehst darin unglaublich aus. Ich kann den Samstag jedenfalls kaum mehr erwarten."

„Warum? Was habt ihr vor?", hörte ich eine Stimme hinter uns.

„Ray! Alles ... ähm, okay?"

Auch wenn Nell über ihn Bescheid wusste, wollte ich ihn dennoch nicht vor ihr fragen, ob er auf einen Dämon getroffen war.

Er nickte, sah mich aber prüfend an. „Was hast du am Samstag vor?"

Nell verdrehte die Augen. „Es mag vielleicht an dir vorbeigegangen sein, aber da findet das Herbstfest statt."

Er zog wenig begeistert eine Braue nach oben. „Haben wir im Moment nicht andere Sorgen als so eine dämliche Feier?"

Sie legte ihren Arm um meine Schulter. „Ignorier ihn einfach, Emily. Wir freuen uns jedenfalls darauf und lassen uns das Fest nicht madig machen. Ich bin mir sicher, dass es klasse wird und du mit Chris einen wundervollen Abend verbringen wirst." Sie zwinkerte mir verschwörerisch zu und verfiel erneut in Schwärmereien über die bevorstehende Veranstaltung.

Ich hörte ihr allerdings nicht mehr zu, sondern spähte schräg hinter mich zu Ray. Mein Herz donnerte in meiner Brust. Was würde er sagen? Wie würde er nun reagieren? Ob es ihm wohl etwas ausmachte, dass ich mit Chris dort hin ging? Doch es wirkte nicht im Geringsten, als würde ihn das kümmern. In meiner Brust machte sich augenblicklich ein Schmerz breit, der sich kalt, eisig und nach Enttäuschung anfühlte.

„Hältst du das wirklich für eine gute Idee?", fragte er. Wir saßen in meinem Zimmer, Ray wie so oft auf meinem Bett, ich auf dem Stuhl vor meinem Schreibtisch, wo ich mich gleich wieder der Kerze zuwenden wollte. „Wir haben momentan wirklich Wichtigeres zu tun, und da willst du auf diese Feier gehen, um dich zu amüsieren?"

Noch immer war ein Teil in mir von seiner Reaktion enttäuscht. Es kümmerte ihn nicht, dass ich mit Chris ausgehen wollte. Aber warum sollte es auch? Es machte ihm nur zu schaffen, dass mir diese Veranstaltung wichtiger war, als an meinen Kräften zu arbeiten. Diese Erkenntnis tat weh, denn ein Teil von mir wünschte sich, ich wäre ihm wichtig.

„Ja, genau das will ich", erklärte ich. „Mein komplettes Leben ist durchzogen von Sorgen und Ängsten, die mich ständig umgeben und nicht loslassen. Ist es so verwerflich, dass ich einen Abend lang mal versuchen möchte, alles hinter mir zu lassen? Ich will nur ein wenig Spaß haben, mit meinen Freunden feiern, tanzen und mich amüsieren. Vielleicht solltest du auch mal versuchen, abzuschalten und ausnahmsweise mal Spaß zu haben. Das könnte dir guttun."

Er verdrehte die Augen. „Dir ist echt nicht mehr zu helfen."

Ich wandte mich von ihm ab und blickte auf die Kerze vor mir. Es würde bestimmt ein schönes Fest und ein toller Abend werden, auch wenn es nicht Ray war, der ihn mit mir verbrachte.

Ich vernahm ein leises Scharren wie von spitzen Krallen, die über einen Holzfußboden glitten. Die Dielen knirschten bei jeder Bewegung und wurden lauter, je näher der Eindringling kam. Sofort war ich aufgesprungen, spürte das Adrenalin in meinen Adern pochen. Vor Anspannung zitternd schritt ich durchs Zimmer und versuchte, in der Dunkelheit etwas zu erkennen. Hier war etwas, das spürte ich allzu deutlich. Nur sehen konnte ich es nicht, ganz gleich wie sehr ich mich auch bemühte, in der Finsternis etwas auszumachen.

Doch ich hörte es: das tiefe Atmen, das leise Knurren und die Pranken, die sich über den Boden in meine Richtung bewegten. Der Lichtschalter war nur wenige Meter von mir entfernt und dennoch wusste ich, dass ich es nicht bis dorthin schaffen würde … Und selbst wenn: Auch das Licht würde mir nicht helfen können.

Hastig blickte ich mich nach einer Waffe um, doch im Gegensatz zum letzten Mal war da nichts. Nur mein Bett, der leergeräumte Schreibtisch, der Schrank … Was sollte ich tun?

Die Kreatur kam stetig näher; ich konnte bereits ihren miefigen, beißenden Gestank wahrnehmen. Dieses Wesen roch nach Moder, Schlamm, Verwesung und Tod. Wütend zischte es und tat dann die nächsten Schritte. Ich spürte, dass es nun direkt vor mir stand, denn ich fühlte seinen heißen Atem auf meiner Haut. Ich spannte die Fäuste an, versuchte, mich aufrecht zu halten und nicht ohnmächtig zu werden.

Ich nahm einen kühlen Luftzug wahr, als das Wesen auch schon auf mir landete und mich zu Boden riss. Die scharfen Krallen bohrten sich in meine Haut und drückten mich nieder, dann senkte die Gestalt ihre schrecklichen Zähne in meinen Hals.

Ich war mir sicher, dass mein Ende gekommen war, und so wartete ich nur noch auf den Schmerz … aber die Kreatur war plötzlich verschwunden. Sie lag nicht mehr auf mir; da war nichts mehr, was mich zu Boden drückte.

Stattdessen fühlte ich eine Hand, die zärtlich über meine Wange strich und meine Haut liebkoste.

Als ich den Blick hob, konnte ich selbst in dem fahlen Licht Rays strahlend schönes Gesicht erkennen.

„Es ist alles gut", sagte er mit dieser Stimme, die süßer war als Honig. „Ich bin bei dir."

Ich versank in der Tiefe seiner Augen, lauschte dem Klang seiner wundervollen Stimme. Mein Blut raste in einer heißen Welle durch meinen Körper, während ich spürte, wie er mir sanft durchs Haar strich. Sogleich jagte mir ein Schauer den Rücken hinab, während mir Tränen an den Wangen entlang flossen. Ich war so glücklich, dass ich noch am Leben und dass ich bei ihm war.

„Schsch", sagte er und legte seinen Zeigefinger ganz sacht auf meine Lippen. „Ich bin bei dir und werde es immer sein. Ich werde dich niemals verlassen."

Ich starrte ihn an, konnte kaum glauben, was ich da hörte. Glück durchströmte mich und mischte sich mit dem aufwühlenden Prickeln, das seine Berührungen in mir auslösten. Ich schloss die Augen, konnte die Erleichterung kaum fassen.

„Ray", wisperte ich leise und suchte erneut seinen Blick. Seine dunklen Mitternachtsaugen strahlten wie flüssiges Gold. Ich liebte diese Augen, liebte dieses Gesicht und diese wundervollen Lippen, die so atemberaubend lächeln konnten.

„Ray", sagte ich noch einmal und streckte meine Hand nach ihm aus. Ich wollte ihn spüren, wollte seine Haut unter meinen Fingerkuppen fühlen. Ich lächelte, als ich ihn berührte und sanft seine Wange entlangstrich. Er hatte so unglaublich weiche Haut, war so angenehm warm. Ich wollte ihn nie wieder loslassen. Fasziniert blickte ich in dieses unwahrscheinlich schöne Antlitz und bemerkte erst jetzt, dass sich seine Augen verändert hatten.

Er schaute mich vollkommen überrascht an, beinahe perplex. Mit seiner Hand umfing er meine Rechte, die weiterhin wie selbstverständlich sein Gesicht liebkoste. Ich fühlte die Wärme, die Härte der Wangenknochen und fuhr ihm schließlich sanft mit dem Daumen über seine Lippen. Sie waren so weich, so fest und voll. Ich wünschte, ich dürfte sie nur ein einziges Mal spüren.

„Ray", sagte ich noch einmal und suchte seinen Blick.

Inzwischen schaute er mich beinahe fassungslos an, als wäre er vollkommen verwundert über mein Verhalten. Da erst wurde mir bewusst, dass ich all meine Empfindungen wirklich spürte. Sie waren real … Er war real!

Ich schrak auf und ließ von ihm ab. Ich musste geträumt haben … erst von einem Dämon und dann von ihm. Doch irgendwann mussten sich Realität und Traum vermischt haben. Ray war wirklich an meiner Seite aufgetaucht und all das, was ich geglaubt hatte, im Schlaf zu fühlen, war Wirklichkeit.

„Es … es tut mir leid", murmelte ich. „Ich hatte einen Albtraum."

Er zog verwundert die Brauen hoch und versuchte offenbar ebenfalls, sich zu sammeln. „Albtraum? Zunächst hast du tatsächlich so geschrien, dass ich dachte, jemand hätte dich angegriffen. Darum bin ich sofort zu dir gekommen. Ich wollte dich gerade wecken, als du plötzlich angefangen hast, immer wieder meinen Namen zu flüstern. Du hast die Augen geöffnet und …" Er brach ab, was mir auch lieber war. Ich wollte nicht daran erinnert werden, was ich gerade alles getan hatte. Gott, war mir das peinlich.

„Tut mir leid, wirklich." Ich konnte ihn nicht ansehen. „Es war nur ein schrecklicher Traum, der mich ziemlich mitgenommen hat. So was kommt sicher nicht wieder vor."

Er war nun wieder ein Stückchen näher gekommen. Der Schalk tanzte in seinen dunklen Augen und auf seinen Lippen lag ein wissendes Lächeln. „Du hast keine Ahnung, dass du ständig im Schlaf sprichst, oder?"

Mein Herz begann sich zu beschleunigen. Warum war er nur so nah? Warum musste er mich so ansehen? So lodernd, so anziehend, so verlockend?

„Oft ging es um deine Albträume, doch in letzter Zeit ist es immer wieder mein Name, den du flüsterst. Und so wie du ihn aussprichst, klingt es ganz und gar nicht nach einem schlechten

Traum." Er legte den Kopf leicht schief, hielt meinen Blick noch immer gefangen.

Ich glaubte, mein Herz müsse in meiner Brust zerspringen. Meine Hände zitterten, mein Blut kochte und mir stockte der Atem. Uns trennten nur wenige Zentimeter voneinander, sodass ich die Wärme seiner Haut spüren konnte.

„Ich würde wirklich zu gerne wissen, was in deinem Kopf vor sich geht." Er lachte und lehnte sich ein Stück zurück. „Jedenfalls scheint es nichts Jugendfreies zu sein."

„Du bist ein Idiot!", fuhr ich ihn an, riss mein Kissen hinter mir hervor und warf es nach ihm. Ich war froh, dass es so dunkel im Zimmer war. So konnte er hoffentlich nicht sehen, wie verlegen ich war. „Das hättest du wohl gern", knurrte ich weiter. „Aber ich sage dir, es waren Albträume. Wenn du darin vorgekommen bist, kann es ja nur so gewesen sein."

Erneut holte ich mit dem Kissen aus, doch Ray fasste blitzschnell nach meiner Hand und hielt sie fest. Sein Lächeln war verschwunden, ebenso der Schalk in seinen Augen. Stattdessen ruhte sein Blick nun offen, aufrichtig und voller Faszination auf mir. Er strich mir sanft eine Haarsträhne aus dem Gesicht und sagte: „Ziemlich schade. Ich wäre wirklich gerne derjenige, von dem du träumst."

Ich wusste nichts darauf zu erwidern, spürte nur, wie mir das Herz bis zum Hals schlug. Meinte er das wirklich ernst?

Ein sanftes Lächeln legte sich auf seine Lippen, als er abrupt aufstand und in Richtung Fenster ging. „Ich halte dann mal weiter Wache." Noch einmal blickte er sich nach mir um und lächelte auf diese atemberaubende Weise. „Schlaf gut und träum schön."

Gleich darauf sprang er aus dem Fenster und ließ mich mit rasendem Puls und wirren Gedanken zurück.

Ich blickte ein letztes Mal prüfend in den Spiegel, zupfte erneut an meiner Frisur und nickte schließlich zufrieden. Das Make-up war mir gut gelungen, es betonte das Blau meiner Augen und ließ sie strahlen. Meine Haare hatte ich mir zum größten Teil hochgesteckt und einige wenige Strähnen zu Locken gedreht, die mir nun lose über die Schulter fielen. Das saphirblaue Kleid, das ich mit Nell gekauft hatte, gefiel mir ebenfalls. Es war rückenfrei und schmiegte sich an der Taille eng an meinen Körper, sodass ich darin eine ganz gute Figur machte.

„Du siehst wirklich toll aus", sagte eine Stimme hinter mir und ließ mich erschrocken herumfahren.

Ray stand in der Nähe des Fensters, hatte sich an die Wand gelehnt und betrachtete mich aufmerksam.

Mir wurde heiß und kalt unter seinem Blick, und dennoch konnte ich nicht anders, als ihn ebenfalls anzusehen. Er lächelte auf diese unglaubliche Weise.

„Danke", sagte ich leicht verlegen. „Nell hat mir zu diesem Kleid geraten. Zunächst war ich nicht ganz so überzeugt, es ist doch relativ eng. Aber im Nachhinein gefällt es mir eigentlich ganz gut." Was redete ich da nur? Er war ganz sicher nicht hier, um sich über meine Klamotten zu unterhalten. „Gehst du gleich wieder auf Patrouille?"

Er schüttelte den Kopf. „Mir hat erst vor Kurzem jemand den Rat gegeben, ich solle mal ausspannen und mich amüsieren, um wenigstens für einen Abend die Sorgen zu vergessen. Ich dachte, das probiere ich einfach mal aus. Ich werde mich also bemühen, mich heute Abend wie ein ganz normaler Jugendlicher zu benehmen."

Hieß das, er ging auch auf das Herbstfest? Mein Puls beschleunigte sich, und ich spürte, wie mich ein inneres Kribbeln nervös werden ließ. Ob er wohl alleine kam? Und ob wir dann womöglich ein wenig Zeit miteinander verbringen konnten? Ich stellte es mir toll vor, einen ganzen Abend lang an seiner Seite zu sein, ohne sich ständig Gedanken um Dämonen und Gefahren zu machen. Sich einfach mit ihm zu unterhalten, seine Nähe zu genießen, mit ihm zu lachen und in dieses strahlende Gesicht zu sehen.

In diesem Moment hörte ich die Türklingel und schrak auf. Wie angewurzelt blieb ich stehen; unfähig, mich von seinem Blick zu lösen. Auch er rührte sich nicht; ich sah die goldenen Flecken in seinen Augen, die strahlten und ihn fast überirdisch erscheinen ließen. Noch immer hatte er dieses Lächeln auf seinen Lippen, selbst als er sagte: „Ich denke, du wirst erwartet."

Ich nickte langsam, war außerstande, etwas zu erwidern. Chris hatte ich für einen Moment vollkommen vergessen. Doch nun war es an der Zeit, in die Realität zurückzufinden.

Ich drehte mich langsam um, tat zwei Schritte in Richtung Tür und hielt es dann doch nicht aus. Hastig wandte ich mich um. „Wir können auf der Feier …"

Ray war jedoch längst verschwunden und mein Vorschlag blieb ungehört.

Als ich die Treppe herunterkam, stand Chris mit meinen Großeltern im Esszimmer. Er hatte sich offenbar kurz mit ihnen unterhalten, drehte sich aber sogleich nach mir um, als er mein Erscheinen bemerkte. Bewunderung flammte in seinen Augen auf, als er mich sah, und er begann zu lächeln. „Wow, du siehst fantastisch aus."

Ich dankte ihm für seine Worte und freute mich darüber, doch musste ich mir eingestehen, dass sie bei Weitem nicht dasselbe in mir auslösten wie Rays Kompliment. Noch einmal tauchte sein Bild vor meinem inneren Auge auf. Ich dachte daran, wie er mich angesehen hatte und wie sanft seine Stimme gewesen war. Schnell zwang ich mich, diese Erinnerung beiseitezuschieben. Schließlich war es nicht Ray, sondern Chris, der mich abholte, um mit mir einen schönen Abend zu verbringen.

„Das Kleid steht dir einfach fabelhaft“, erklärte meine Oma mit bewunderndem Blick.

Mein Großvater nickte zustimmend. „Dir kann mit Sicherheit keines der Mädchen das Wasser reichen.“

Ich lächelte verlegen und wandte mich an Chris. „Wollen wir dann langsam los?“

Er nickte und reichte meinen Großeltern zum Abschied die Hand. „Es hat mich gefreut, Sie kennenzulernen.“

„Uns ebenso“, erwiderte meine Oma und schaute mich und Chris verzückt an. „Ihr zwei seid ein so hübsches Paar.“

„Oma!“, mahnte ich sie.

„Wo sie nun mal recht hat“, stimmte mein Großvater grinsend zu.

„Lass uns lieber schnell gehen, bevor sie noch mehr peinliche Sachen sagen.“ Ich zog Chris hinter mir her und hörte, wie meine Großmutter uns „Habt viel Spaß!“ nachrief.

„Und pass mir gut auf unsere Enkelin auf“, sagte mein Opa.

„Werde ich machen. Ich bringe sie wohlbehalten wieder nach Hause.“ Chris grinste, als die Tür hinter uns zugefallen war und wir zusammen die Einfahrt durchschritten. „Die beiden sind wirklich sehr nett.“

Ich nickte und wurde fast ein wenig wehmütig. „Sie haben viel für mich getan und sind immer für mich da.“

Ein scharfer Wind umfing uns, als wir auf die Straße traten und den Weg in Richtung Schule einschlugen. Hastig knöpfte ich meinen Mantel zu und steckte die Hände in die großen warmen Taschen.

„Lebst du schon lange bei ihnen?“

Ich wich seinem Blick aus und nickte langsam. „Seit ein paar Jahren.“

Er zögerte kurz. Ich spürte, wie er mich von der Seite betrachtete. Wahrscheinlich überlegte er gerade, ob er weiterfragen durfte oder ob er damit womöglich auf einen wunden Punkt traf. „Du willst nicht über den Grund reden, oder?“

„Nein, eigentlich nicht", gab ich unumwunden zu. Ich spürte diese innere Mauer, die sich – wie jedes Mal, wenn das Thema zur Sprache kam – um mein Herz schob. Ich wollte und konnte mit niemandem darüber reden. Es hätte zu viele Erinnerungen, zu viele Gefühle und zu viel Schmerz in mir hervorgerufen, die ich dann erneut allein hätte bewältigen müssen. Es gab nur eine Person, der gegenüber ich mich öffnen konnte. Ich spürte, wie sich bei diesem Gedanken mein Herz verengte, und verstand mich selbst nicht mehr. Ich sehnte mich in diesem Moment so sehr nach Ray. *Er* sollte hier an meiner Seite sein, mit *ihm* zusammen sollte ich mich auf den Ball freuen und den Abend genießen. Doch er war nicht da.

Ich schaute zu Chris, dem mein Stimmungswechsel offenbar nicht entgangen war. In seinem Gesicht glaubte ich echte Anteilnahme und Sorge zu erkennen.

Es war unfair, mich ihm gegenüber so zu verhalten und mir an seiner statt einen anderen an meiner Seite zu wünschen. Er war mir gegenüber immer nett und freundlich gewesen. Wir hatten über Bücher sprechen können und eine Zeit lang hatte er mir sogar Herzklopfen bereitet. Allerdings hatte sich mittlerweile einiges verändert und vieles war mir klar geworden: Ja, wir konnten uns unterhalten und es war jedes Mal schön, doch war es stets bei oberflächlichen Gesprächen geblieben. Ebenso sah es mit meinen Gefühlen aus. Ich liebte ihn nicht ... hatte es nie. Was ich anfänglich für ein tieferes Gefühl gehalten hatte, war nichts als Schwärmerei, Sympathie und vielleicht ein wenig Verliebtheit gewesen. Diese starke Sehnsucht jedoch, dieses unstillbare Verlangen und das rasende Herzklopfen, das löste nur einer bei mir aus.

„Demnächst gibt es eine große Lesenacht in der Stadtbibliothek", sagte Chris. „Dort werden einige Werke von sehr bedeutenden Schriftstellern vorgetragen. Ich überlege, ob ich da hingehe. Wenn du Lust hast, könntest du mich begleiten. Die Veranstaltung findet am zehnten Januar statt."

„Ich muss erst schauen, ob es klappt, aber grundsätzlich klingt das sehr interessant."

Er nickte und ich konnte die Begeisterung in seinem Gesicht erkennen. „Ein paar der Autoren werden auch selbst aus ihren Werken vorlesen."

„Ich würde wirklich gerne mal zu einer Lesung gehen", sagte ich. Es war mir viel angenehmer, mich mit ihm über solche Dinge zu unterhalten. Bloß nichts Persönliches, nichts, das irgendwie aufwühlen konnte.

Ich blickte gen Himmel, der dunkel und schwarz über uns hing. Einzelne Sterne blitzten durch die Wolken, während ich mich fragte, ob es mir wirklich gelingen würde, all die Sorgen wenigstens für diesen Abend zu vergessen. Chris war zum Glück unermüdlich in seinem Redefluss, sodass ich nur wenig antworten musste und meinen Gedanken nachhängen konnte.

Wenige Minuten später hatten wir die Schule erreicht. Bereits von Weitem konnte ich die hellen Lichter erkennen, die in den Abendhimmel strahlten, und hörte die laute Musik, die im Inneren gespielt wurde. Vor uns strömten zahlreiche Leute in das Gebäude.

Am Eingang gaben wir unsere Jacken ab und betraten anschließend die Aula, die an diesem Tag festlich geschmückt war. Etliche Scheinwerfer ließen zudem bunte Lichter durch den Raum tanzen. An der Stirnseite befanden sich mehrere Tische, wo es Snacks wie Chips, Salzbrezeln, Pizza, Fingerfood und Cupcakes sowie etliche Softdrinks gab. Von der Decke zogen sich mehrere weiße und blaue Bänder durch den Raum, und auch die Wände waren mit Papierblumen und Sternen geschmückt, die im Licht wundervoll glänzten.

Die ersten Schüler waren bereits auf der Tanzfläche und bewegten sich zu den schnellen Rhythmen eines Popsongs, den ich bestimmt schon zigmal gehört hatte, dessen Titel ich mir aber wie so oft nicht merken konnte. Andere standen am Büfett und ließen es sich schmecken, während sie sich mit ihren Freunden und Begleitungen unterhielten.

Erst jetzt bemerkte ich die Person auf der Tanzfläche, die wie verrückt mit den Armen durch die Luft wedelte. Ich musste grinsen.

„Nell, du bist ja schon da“, stellte ich voller Freude fest, während sie auf mich zukam.

„Yep, und ich bin nicht allein.“ Sie deutete hinter sich, wo Sven gerade versuchte, sich durch die Menschenmenge zu den Snacks durchzukämpfen.

„Er ist also tatsächlich gekommen? Ich hatte schon damit gerechnet, dass er sich im letzten Moment doch weigert.“

Sie winkte ab. „Das wollte er auch, aber so schwer war es am Ende gar nicht, ihn zu überreden. Ich weiß eben, wie man mit ihm umgehen muss. Er wird auch noch tanzen müssen – mal sehen, was er dazu sagt.“ Sie grinste breit, als sie Chris begrüßte. „Na, was sagst du zu unserer Emily? Sieht sie nicht klasse aus? Ich wusste gleich, dass sie in diesem Kleid alle umhauen würde.“

„Ja“, antwortete er, während sein Blick bewundernd an mir herabglitt. „Sie ist unglaublich hübsch. Das liegt aber sicher nicht nur an dem Kleid.“

„Oh, wie süüüß“, stieß sie entzückt aus und konnte sich kaum mehr beruhigen. „Ich sags ja, ihn musst du dir warmhalten. Jemanden, der so charmant ist, findest du sicher kein zweites Mal.“

„Dein Kleid ist übrigens echt toll geworden“, sagte ich, um vom Thema abzulenken. Nell sah wirklich toll aus. Sie trug ein lilafarbenes schulterfreies Kleid mit einem bauschigen Unterrock. Es reichte ihr bis zu den Knien und war mit mehreren schwarzen Streifen versehen, die sich längs herunterzogen und ihre schmale Taille betonten. Dazu trug sie, wie fast immer, ihre klobigen schwarzen Lederstiefel, die quasi zu ihrer Grundausstattung gehörten. „Hast du das wirklich alles selbst genäht?"

„Zum großen Teil", antwortete sie. „Als Ausgangsform habe ich ein altes Kleid meiner Mutter genommen. Ich hab ein bisschen dran rumgeschnippelt, ein paar neue Sachen drangenäht, den Schnitt etwas verändert." Sie zuckte mit den Schultern, als wäre es vollkommen normal, dass man so etwas konnte.

„Meine Güte, ist das voll", stöhnte Sven, als er endlich mit einem Stück Pizza in der Hand bei uns ankam. „Mir ist jetzt schon total heiß." Tatsächlich zeigten sich bereits die ersten roten Stressflecken in seinem Gesicht, die den angespannten Eindruck verstärkten.

„Mach bloß nicht jetzt schon schlapp. Der Abend hat doch gerade erst angefangen. Zur Not kannst du dich nachher noch ein bisschen am Büfett stärken, dann gehts dir sicher wieder besser", verkündete Nell. „Sieht auf jeden Fall ziemlich lecker aus", fügte sie mit einem Blick auf Svens Pizza hinzu. Plötzlich wurde sie von etwas abgelenkt, und schließlich stieß sie mich rüde in die Seite. „Er ist auch hier? Das hast du mir gar nicht erzählt. Sieht unsere Sahneschnitte nicht unglaublich aus?"

Ich folgte ihrem Blick Richtung Eingang – und sofort setzte mein Herzschlag für einige Sekunden aus. Dort stand Ray in einem perfekt sitzenden modischen Jackett und einer dazu passenden dunklen Hose.

„Ist das etwa ein Anzug von Dolce und Gabbana?", fragte sie, obwohl sie auf keine Antwort zu hoffen brauchte. *Sie* war die Modeexpertin unter uns. Aber auch auf mich wirkte der Stoff ziemlich edel; zudem kannte ich Rays teuren Geschmack mittlerweile, weshalb ich annahm, dass Nell mit ihrer Vermutung richtig lag.

Nicht nur wir hatten ihn inzwischen bemerkt, auch etliche andere schauten sich nach ihm um. Er war wirklich schön. Die schwarze Hose schmiegte sich perfekt an ihn, und das kobaltblaue Hemd betonte die wundervollen Formen seines Oberkörpers. Noch dazu hatte es beinahe etwas Sinnliches, wie er sich bewegte. Doch das Allerschönste war sein Gesicht. So vollkommen makellos, wie von Meisterhand geschaffen und perfekt modelliert. Ich spürte, wie ich erneut von dieser kribbelnden Nervosität befallen wurde.

Die legte sich allerdings mit einem Schlag, als ich das Mädchen neben ihm entdeckte. Ich kannte sie vom Sehen. Sie war in meiner Parallelklasse, doch gesprochen hatte ich nie mit ihr. Woher kannten die beiden sich? Warum war er ausgerechnet mit ihr hier? Sie war hübsch, das war nicht zu leugnen. Sie hatte langes schwarzes Haar, das ihr schmales Gesicht umrahmte und ihren hellen Teint betonte. Sie war schlank, hatte beinahe etwas Graziles und sah atemberaubend aus in dem dunklen, langen Kleid, dessen Pailletten im Licht schimmerten.

„Da hat er sich ja einen echt heißen Feger geangelt", meinte Nell.

„Ja, die beiden passen gut zusammen", stimmte Chris ihr zu.

Hastig wandte ich mich ab. Es tat weh, ihn mit diesem anderen Mädchen zu sehen. Dabei hatte ich gar keinen Grund zur Eifersucht, immerhin war ich ebenfalls in Begleitung hier. Außerdem waren Ray und ich nicht zusammen und würden es wohl auch niemals sein. Immerhin war er ein Dämon. Und doch ließ der Schmerz nicht nach. Ich musste an all die Dinge denken, die ich ihm von mir erzählt hatte, und daran, was ich dabei empfunden hatte. Nun hielt er jemand anderes an seiner Hand, sah sie mit diesen wunderschönen Augen an und schenkte ihr sein strahlendes Lächeln.

„Er ist und bleibt ein Großkotz", murrte Sven. „Ich verstehe nicht, warum ihn alle so toll finden und ihm hinterherstarren." Mit kaltem Blick streifte er die Umstehenden, die Ray noch immer beobachteten und sich wohl auch über ihn unterhielten.

„Ach, jetzt sei nicht so neidisch", meinte Nell und legte ihm kumpelhaft den Arm um die Schulter. „Du siehst zwar nicht aus wie der fleischgewordene Mädchentraum, aber dafür hast du andere Qualitäten."

„Danke, zu freundlich", antwortete er in bitterem Tonfall. „Los, lass uns noch was zu essen holen. Das Stückchen Pizza hat wirklich nicht satt gemacht. Ich muss noch was in den Magen bekommen. Außerdem sieht es so aus, als hätten wir jetzt eine Chance, zu den Tischen durchzukommen."

„Aber danach tanzt du mit mir", verlangte sie und schaute Sven nach, der sich auf zum Büfett machte.

„Willst du auch?", fragte sie mich.

„Ja, ich könnte etwas zu trinken vertragen. Ist das okay?", wollte ich von Chris wissen.

„Klar", sagte er und folgte uns. Als wir bei den Tischen ankamen, stopfte sich Sven bereits eine Handvoll Chips in den Mund und kaute laut.

Ich nahm mir nur eine Cola und trank in kleinen Schlucken. Nach essen war mir momentan wirklich nicht zumute.

Ray unterhielt sich angeregt mit diesem Mädchen, lächelte sie an und war ihr dabei so nah. Ob er sie wirklich mochte? Ein Stich durchfuhr mich bei diesem Gedanken, sodass ich hastig wegschaute.

„Also diese Cupcakes", sagte Nell mit vollem Mund, „die sind echt der Wahnsinn."

„Willst du dir den Mund vielleicht nicht ganz so vollstopfen?", hakte Sven nach. „Dein halbes Gesicht ist schon mit Schokolade verschmiert."

„Na und? Das kann ich nachher auch wieder sauber machen."

„Ihr zwei seid echt süß", meinte Chris. „So ungezwungen."

„So ist sie immer“, erklärte ich. „Nell lässt sich von niemandem so schnell etwas sagen. Schon gar nicht, wenn es um Süßigkeiten geht.“

„Ganz genau“, sagte diese mampfend und mit runden Wangen.

„Oh, schaut euch die mal an. Sind die nicht echt schön zusammen? Helen hat wirklich Glück. Ray sieht so klasse aus. Ich würde auch gerne mal mit ihm tanzen“, hörte ich ein Mädchen nur wenige Meter von uns entfernt zu ihrer Freundin sagen.

Die Angesprochene nickte. „Ja, sie ist echt zu beneiden.“

Erneut flogen meine Augen durch den Raum und fanden Ray, der mittlerweile mit seiner Begleiterin tanzte. Die beiden sahen wirklich hübsch aus und bewegten sich absolut perfekt zur Musik. Ich ertrug das Bild nicht länger und war wütend auf mich selbst. Ständig versuchte ich mir zu sagen, dass ich kein Anrecht darauf hatte, eifersüchtig zu sein, doch der Schmerz in meiner Brust wollte einfach nicht verebben.

„So!“, verkündete Nell, wischte sich die Hände an einer Serviette ab, trank noch schnell ihr Glas leer und sah dann zu Sven. „Unsere Bäuche sind voll, die Musik ist gut … also los!“

Ehe er auch nur Luft holen konnte, hatte sie ihn bereits am Arm gepackt und zog ihn in Richtung Tanzfläche; seine Widerworte verhallten im Getöse der Musik. Nicht, dass er andernfalls eine Chance gehabt hätte, sich ihr zu widersetzen …

„Ich finde es ehrlich gesagt ziemlich warm und stickig hier drin. Außerdem ist es ziemlich laut“, sagte Chris zu mir. „Was meinst du, wollen wir ein bisschen an die frische Luft gehen?“

Ich nickte erleichtert. Mir war es recht, der Wärme, den vielen Leuten und vor allem Ray und diesem Mädchen aus dem Weg zu gehen.

Wir waren offensichtlich die Ersten, die auf die Idee gekommen waren, denn außer uns war niemand auf der Terrasse.

Chris stellte sich direkt neben mich ans Geländer und schaute in die Nacht hinauf. „Eigentlich bin ich ja nicht so der Typ für solche Veranstaltungen", begann er. „Doch mit dir bin ich wirklich gern hier. Auch wenn ich zugeben muss, dass mir das Gedränge im Saal ein bisschen zu viel ist."

„Im Laufe des Abends legt sich das. Zu Beginn tummeln sich alle auf der Tanzfläche und am Büfett, später verteilen sich die Leute aber zunehmend."

„Gehst du jedes Jahr auf dieses Fest?"

„Ja, Nell schleppt Sven und mich immer mit, ob wir wollen oder nicht", gab ich lachend zu. „Aber ehrlich gesagt mag ich diese Feiern normalerweise ziemlich gern. Es gibt gutes Essen, alle sind so beschwingt und gelöst, man kann tanzen." Ich zuckte mit den Schultern. „Es macht eigentlich immer Spaß." Zumindest wenn es einem gelang, seine Sorgen zu vergessen.

Wir standen eine Weile so da, Chris erzählte mir von der Geburtstagsfeier eines Freundes, die er vor kurzem besucht hatte und wo am Ende fast alle Gäste ziemlich betrunken gewesen waren.

„Das könnte heute auch passieren", sagte ich. „Die meisten lassen es zu Beginn etwas ruhiger angehen, doch je später es wird ..." Ich zuckte mit den Schultern.

„Dann haben wir ja noch einen aufregenden Abend vor uns", erwiderte er grinsend. „Ich glaube, ich hole uns schnell mal was zu trinken", schlug er vor. „Langsam bekomme ich Durst. Soll ich dir was mitbringen?"

Ich nickte. „Danke, gern. Am liebsten eine Cola. Hoffentlich kommst du überhaupt zum Büfett durch, es war ja eben ziemlich voll."

„Ach, zur Not boxe ich die anderen einfach alle zur Seite", sagte er grinsend, verließ die Terrasse und verschwand im Getümmel.

Es störte mich nicht, allein zurückzubleiben. Ganz im Gegenteil, ich war sogar ganz froh darüber. So konnte ich in Ruhe meinen Gedanken nachhängen und versuchen, einen klaren Kopf zu bekommen. Ich wusste, dass ich mir über einige Dinge klar werden musste. Vor allem in Bezug auf Ray. Was empfand ich für ihn? Was bedeutete er mir? Und was wollte ich? Im Grunde kannte ich die Antwort längst, nur war es sehr unwahrscheinlich, nein eher ausgeschlossen, dass sich meine Wünsche jemals erfüllen würden.

Ich sog die kalte Luft ein und atmete kleine Atemwölkchen in die Nacht. So hatte ich mir den Abend nicht vorgestellt. War ich nicht hergekommen, um zu tanzen, mich zu amüsieren und wenigstens für ein paar Stunden eine normale Jugendliche ohne schreckliche Vergangenheit zu sein? Doch es war alles anders gekommen.

Ich hörte die Musik, die von drinnen zu mir nach draußen drang, vernahm das Lachen der Paare und das stete Summen der vielen Stimmen, die miteinander verschmolzen. Erneut hatte ich das Gefühl, nicht dazuzugehören. Ganz gleich, wie viel Mühe ich mir gab, mein Innerstes konnte ich nicht verändern, meine Sorgen, meine Probleme und Ängste nicht abschütteln oder gar vergessen. Nicht einmal für einen Abend ...

Wenn ich in die unbekümmerten Gesichter schaute, erkannte ich all das, wonach ich mich sehnte: ein Leben, in dem man nicht bereits solch tiefe Verluste erlitten hatte; eine Seele, die nicht zerbrochen war und voller Angst steckte; eine Vergangenheit voll liebevoller Erinnerungen. Doch meine war schwarz und leidgeprägt.

Weshalb fiel es mir nur so schwer, wie sie zu sein? Stets hatte ich versucht, mein Inneres zu verschließen, mich so zu verhalten wie all die anderen, denn dann – da war ich mir sicher gewesen – würde der Schmerz vergehen und ich so unbekümmert und frei sein wie sie. Stattdessen fühlte ich mich wieder mal allein. Allein in einer Menschenmenge …

Ich blickte hinauf zu den Sternen, die am Himmel strahlten und ihr sanftes Licht auf mich herabfallen ließen. In diesem Moment hörte ich Schritte hinter mir und wandte mich erschrocken um.

„Ist dir nicht kalt hier draußen?", fragte Ray. Er stellte sich neben mich ans Geländer und schaute in die Ferne.

„Eigentlich fühlt sich die kühle Nacht ganz gut an. Es ist auf jeden Fall besser, als dort drin zu sein."

Er nickte und schwieg einen Moment „Ich muss dir was gestehen", begann er langsam. Überrascht schaute ich ihn an. Auf seinen Lippen erschien nun ein leichtes Lächeln. „Ich habe wirklich versucht, mich wie ein normaler Jugendlicher zu verhalten. Ich habe mir sogar ein Date besorgt und mir alle Mühe gegeben, diesen ganzen Kram hier mitzumachen. Aber das ist wirklich nichts für mich. Die vielen Leute treiben mich schier in den Wahnsinn, und ich kann einfach nicht vergessen, dass wir für solchen Unsinn eigentlich keine Zeit haben."

Ich grinste und lehnte erleichtert meinen Kopf an seine Brust. Es war einfach unmöglich, dem Impuls in diesem Moment zu widerstehen. Er fühlte wie ich. Auch er gehörte nicht dazu und schaffte es nicht, die Sorgen zu vergessen.

„Ich bin froh, dass du das sagst. Mir geht es genauso. Es war wohl eine ziemlich dumme Idee, vor allem weglaufen zu wollen."

Er schaute mich erstaunt an. „Du hattest dich doch so auf diesen Abend gefreut. Du hast extra dieses Kleid gekauft, wolltest tanzen, dich amüsieren."

„Ja, ziemlich dumm von mir, was?" Ich machte mich wieder von ihm los und sah in den Nachthimmel. „Ich bin einfach nicht wie die anderen."

„Das stimmt", bestätigte er und rückte ein Stück näher an mich heran, sodass ich seine Wärme spüren konnte. „Und darauf solltest du stolz sein. Ich wünschte mir zwar, dass du all das, was du in deinem Leben durchgemacht hast, nicht hättest erleiden müssen, aber du bist stark. Andere wären daran zerbrochen. Und nur weil du all das hinter dir hast und von Dämonen bedroht wirst, heißt das nicht, dass du dein Leben nicht auch genießen kannst."

Er schaute mich an, und das Licht der Sterne spiegelte sich in seinen Augen wider. Ray war mir jetzt so nah, dass ich seinen Atem auf meiner Haut spüren konnte. Er streckte mir seine Hand entgegen und blickte mich auffordernd an.

„Was?", hakte ich verständnislos nach.

Er verdrehte amüsiert die Augen. „Du bist manchmal echt schwer von Begriff. Ich möchte mit dir tanzen. Darauf hattest du dich doch die ganze Zeit gefreut. Ich bin zwar nicht der, den du dir dafür gewünscht hast, aber immerhin bin ich hier."

Ich lächelte vorsichtig und nahm seine Hand. Wenn er nur wüsste, wie sehr ich mich genau danach gesehnt hatte.

Er legte seine Hand auf meine Hüfte und begann langsam im Takt der Musik mit mir zu tanzen. Es war ein atemberaubendes Gefühl, ihm so nah zu sein und mich mit ihm zu der Melodie zu bewegen. Ich genoss die sanfte Berührung seiner Hände auf mir, spürte seine Wärme, roch diesen unglaublichen Duft. Mein Puls beschleunigte sich, und ich spürte eine Hitze in meine Wangen steigen, die sich wie ein glühendes Feuer in meinem gesamten Körper ausbreitete. Alle Sorgen, Probleme und Ängste rückten für diesen Moment in den Hintergrund; es gab nur ihn und mich. Ganz genau so, wie ich es mir immer gewünscht hatte.

Seine Augen hingen an den meinen, unsere Blicke waren miteinander verbunden. Ich registrierte, wie er mich anschaute – als könnte er bis in meine Seele sehen. Er wirkte jetzt ernster und das schelmische Lächeln war verschwunden. Stattdessen tauchte etwas anderes in seinem Gesicht auf: ein Ausdruck, den ich nicht einzuordnen vermochte, der mein Herz aber höherschlagen ließ. Meine Beine zitterten, während ich von dem Lodern seiner Augen angezogen wurde, langsam darin versank und mich in den Tiefen verlor.

„Vielleicht", begann er, wobei seine Stimme nicht mehr war als ein sanftes Hauchen, „gibt es doch Momente, in denen man alles hinter sich lassen und seine Sorgen vergessen kann."

Ich wagte nicht einmal mehr zu atmen; wir waren mittlerweile stehen geblieben, hielten uns noch immer und sahen einander an.

„Du bist wirklich schön", sagte er und ließ seine Hand durch mein Haar gleiten.

Ich glaubte, mein Herz müsse zerspringen, und elektrisierende Schauer jagten meinen Rücken hinab. Es war ein Gefühl, das ich nicht in Worte fassen konnte, das mich aber schwindeln und taumeln ließ. Meine Beine schwankten bereits, doch ich blieb mit aller Macht stehen. Ich wollte bei Ray sein, genau hier und jetzt; von seinen Armen gehalten und liebkost werden.

Als seine Fingerspitzen an meiner Wange entlangstrichen, seufzte ich leise auf. Ich schaute in sein Gesicht, das vom sanften Licht der Sterne beschienen wurde, und war mir sicher, nie etwas Schöneres gesehen zu haben.

Ganz langsam beugte er sich vor und fuhr mit den Fingern über meine Lippen, während wir einander ansahen, als gäbe es nichts anderes mehr.

Und genauso war es. Alles, was zählte, war Ray. Ich bemerkte, wie er die Augen schloss, sah die langen dunklen Wimpern so nah vor mir, spürte den Hauch seines Atems und wollte seine Lippen auf den meinen spüren. Ganz langsam schloss ich meine Lider, fühlte ihn näher kommen und ließ meine Hände über seinen Rücken wandern. Ich drückte mich fest an ihn, um nicht umzukippen. Mein Herz bebte und die rasende Sehnsucht machte mich schier wahnsinnig.

„Tut mir leid, es hat etwas länger gedauert", sagte eine Stimme hinter uns und ließ uns augenblicklich auseinanderfahren. Chris hielt zwei volle Gläser in den Händen. „Ah, dein Cousin ist bei dir."

Ich spürte die Hitze in meine Wangen steigen; sie mussten knallrot sein. Allerdings lag das nicht an der Scham, denn die kam erst jetzt in mir auf …

„Danke, dass du dich um sie gekümmert hast", sagte er zu Ray, der keinerlei Regung zeigte. Wie konnte er nur so ruhig sein? Vor allem, nachdem wir uns beinahe …

„Entschuldige, dass ich dich habe warten lassen", sagte Chris und nahm mich bei der Hand. „Aber ab jetzt bin ich den ganzen Abend nur für dich da." Er lächelte und führte mich von Ray fort. Mein Herz zog sich zusammen, während ich den Kopf in dessen Richtung gedreht hielt und ihn anschaute. Unsere Blicke waren noch immer miteinander verbunden; etwas Wehmütiges lag nun in seinen Augen, das mir schier das Herz zerriss. Auf seinen Lippen trug er ein sanftes Lächeln, doch in seinem Gesicht stand etwas ganz anderes: Bedauern und Erkenntnis … Erkenntnis darüber, dass er wohl beinahe zu weit gegangen wäre. Ich wollte bei ihm bleiben, sein Gesicht streicheln, seine Haut auf meiner spüren und seinen Worten lauschen, die mir sagten, dass er mich liebte. Denn ich tat es bereits aus ganzem Herzen: Ich liebte ihn über alles.

Ray saß auf dem Dach eines Mietshauses, von wo er eine gute Sicht auf das Haus von Emilys Großeltern hatte. Er versuchte, sich auf die Umgebung zu konzentrieren, nach möglichen Gefahren Ausschau zu halten und zu spüren, ob sich irgendwelche Dämonen näherten. Bisher war alles ruhig geblieben, aber das musste nichts heißen. Emily konnte jederzeit angegriffen werden, und dann wollte er bereit sein.

Es fiel ihm schwer, sich Gedanken um ihre Feinde zu machen und konzentriert zu bleiben. Noch immer sah er ihr Gesicht im Schein der Sterne vor sich. Sie war ihm so nah gewesen, hatte sich an ihn gedrückt und mit diesen großen Augen angesehen. Darin hatte keine Angst gestanden, keine Furcht vor dem, was er war. Nur unglaubliche Sehnsucht.

Er strich sich durchs Haar und versuchte, dieses Bild aus seinen Erinnerungen zu vertreiben. In diesem Moment, als sie sich in den Armen gehalten hatten, war jegliche Vernunft in ihm gewichen. Er hatte sie nur noch näher bei sich spüren, ihren Duft einatmen und sie küssen wollen. Für einen Augenblick hatte er sich gewünscht, es gäbe tatsächlich eine Zukunft für sie, sodass er irgendwann stets an ihrer Seite sein könnte, sie spüren und für sie da sein dürfte.

Aber allein der Gedanke war absoluter Wahnsinn. Er war ein Dämon, sie ein Mensch. Sie hatte bereits so viel Leid durchlebt, so viel Schreckliches durchmachen müssen. Ein Dasein an der Seite eines Dämons würde ihr Leben nicht einfacher machen. Sie waren zu unterschiedlich, lebten in verschiedenen Welten. Zudem durfte er seine Bestimmung nicht vergessen. Er hatte eine Aufgabe zu erfüllen und musste daher eigentlich so schnell wie möglich nach Neffarell zurück.

Bilder seiner Heimat tauchten vor seinem inneren Auge auf und blieben bei Nayel hängen. Während seiner Abwesenheit würde sie sich um seine Aufgaben kümmern. Er war sich zwar sicher, dass sie diesen mit absoluter Gewissenhaftigkeit nachkam, aber trotzdem stellte sich die Frage, wie lange sie das durchhalten konnte. Was, wenn ihr etwas geschah? Nein, er musste so schnell wie möglich von hier fort. Er durfte Emily nicht weiter wehtun. Sie hatte einen Menschen verdient. Jemanden, der ihr all das geben konnte, wonach sie sich sehnte. Er würde sich zukünftig von ihr fernhalten und darauf achten, ihr gegenüber nie wieder die Kontrolle zu verlieren.

Er blickte in die Sterne und sah in Gedanken noch einmal ihr schönes Gesicht. Er erinnerte sich an das Gefühl ihrer weichen Haut und wie gut es getan hatte, sie in seinen Armen zu halten. Die Entscheidung tat weh, doch es war die einzig richtige.

Ich lag in meinem Bett, starrte an die Zimmerdecke und versuchte, meine rasenden Gedanken zu ordnen. Es war bereits nach zwei und fühlte mich hellwach. Der Abend war viel zu aufwühlend gewesen und hatte mich vollkommen durcheinandergebracht.

Meine Gedanken kreisten um Ray. Ich sah seine herrlichen Augen, sein strahlendes Lächeln und sein wunderschönes Gesicht vor mir. Mir war, als könnte ich seine Fingerspitzen weiterhin auf meiner Haut fühlen; selbst jetzt spürte ich noch das Kribbeln, das sich dabei in meinem Körper ausgebreitet hatte. Beinahe hätten wir uns geküsst, schoss es mir ständig durch den Kopf. Wenn Chris nicht gekommen wäre, hätten sich unsere Lippen berührt und meine Sehnsucht nach Ray wäre wenigstens ein wenig gestillt worden.

Hin und wieder blickte ich zum Fenster, doch außer tiefschwarzer Nacht und dem Schein der Straßenlaternen war nichts zu erkennen.

Ray hatte sich nach der Feier nicht mehr blicken lassen, dabei wäre es mir wichtig gewesen, noch einmal mit ihm zu reden oder ihn wenigstens zu sehen … und zu spüren, dass weiterhin alles in Ordnung war.

Im tiefsten Inneren wusste ich jedoch, dass das nicht stimmte. Ich hatte es in seinen Augen gesehen. Er war erschrocken gewesen, dass er mir so nahe gekommen war, und hatte es bereut. Vielleicht war das der Grund, warum ich es wahrscheinlich sowieso nicht über mich gebracht hätte, ihn auf den Beinahekuss anzusprechen. Allein die Vorstellung, er würde mir sagen, er habe sich nur von der Situation hinreißen lassen und ich würde ihm in Wirklichkeit nichts bedeuten, war unerträglich … Was sollte ich nur tun? Natürlich würde ich erst Gewissheit erhalten, wenn ich es wagte, mit ihm darüber zu reden, doch konnte ich das?

Ich warf mich auf die linke Seite und versuchte, den Gedanken abzuschütteln. Nachdem Chris mich wieder in die

Aula gebracht hatte, war der restliche Abend nicht allzu gut verlaufen. Ständig hatte ich nach Ray Ausschau gehalten und Chris dabei ziemlich vernachlässigt. Der hatte sich nichts anmerken lassen, vielleicht hatte er auch tatsächlich nicht mitbekommen, dass ich mit meinen Gedanken ganz woanders war.

Wir hatten ein paar Mal miteinander getanzt, es war aber vollkommen anders gewesen als mit Ray. Bei ihm hatte ich mir gewünscht, die Musik würde niemals enden und die Zeit möge stillstehen.

Obwohl ich Chris sicher keine tolle Begleitung gewesen war, hatte er den ganzen Abend über gegrinst und schien bester Laune gewesen zu sein. Gegen Mitternacht hatten wir uns schließlich auf den Heimweg gemacht. Wieder einmal hatte er mich mit einigen Geschichten zu unterhalten versucht. Im Nachhinein konnte ich nicht mal mehr sagen, was er mir alles erzählt hatte.

Als wir an der Haustür meiner Großeltern standen und ich nach dem Schlüssel kramte, war mir bereits leicht übel. Ich hoffte inständig, dass er nichts von mir erwartete oder mich gar zum Abschied küssen wollte. Er lächelte jedoch nur auf seine charmante Art und sagte: „Es war ein wundervoller Abend und hat mir großen Spaß gemacht."

Ich nickte verlegen, als er meine Hand nahm, sie leicht drückte und sich anschließend verabschiedete. „Also dann, schlaf gut. Und danke noch mal, dass du mitgekommen bist. Es war sehr schön." Damit wandte er sich ab, winkte mir an der Hofeinfahrt nochmal zu und beobachtete, wie ich anschließend die Tür öffnete und ins Haus trat.

Er war wirklich nett und es hätte bestimmt ein wundervoller Abend werden können, wenn mir nicht mittlerweile klar geworden wäre, dass ich für ihn nichts anderes als Freundschaft empfand. Meine Gefühle für ihn waren vollkommen anders als die für Ray. Bei ihm war einfach alles anders. Noch nie hatte ich bei jemandem diese tiefe Verbundenheit, diese unstillbare

Sehnsucht und diesen allesverzehrenden Wunsch gespürt, bei ihm zu sein.

Es war noch früh an diesem Sonntagmorgen, die Sonne ging gerade erst auf, und dennoch war ich bereits wach. Auf dem Sessel schräg neben mir lag zu meiner Überraschung Bartholomäus. Er hatte sich dort zusammengerollt und schlief fest. Langsam trat ich zu ihm und kraulte ihn unter seinem Kinn, woraufhin er wohlig schnurrte. Träge öffnete er die Augen, die sofort wieder schmal wurden, als sie mich erblickten.

„Unterlassen Sie das bitte", sagte er rüde, konnte das sanfte Brummen aber nicht unterdrücken. „Ich habe Ihnen bereits so oft gesagt, dass ich es nicht ausstehen kann, von Menschen angefasst zu werden."

„Hör doch auf. Du magst es, wenn man dich streichelt. Auch wenn du sprechen kannst und dich ziemlich borniert benimmst, bist und bleibst du im Grunde deines Herzens eine Katze", sagte ich mit verschmitztem Grinsen. Manchmal tat es ganz gut, ihn ein wenig zu foppen.

Er stöhnte dramatisch, stand auf und streckte sich. „Da schlägt man sich tagelang durch halb Neffarell, um etwas über das *Buch der Schwarzen Seelen* in Erfahrung zu bringen, und zum Dank wird man nur beleidigt."

„Hast du denn etwas herausgefunden?"

Er schwieg einen Moment, überlegte wohl, ob er mir wirklich darauf antworten sollte. Schließlich gab er nach. „Ich habe mich in der Gegend um Kitria umgeschaut, aber nichts finden können. Jetzt bleibt eigentlich nur eine weitere Möglichkeit, und der werde ich später nachgehen. Ich wollte mich vorher nur noch einmal ausruhen und meinem Meister von den neuesten Erkenntnissen berichten."

„Hast du Ray heute schon gesehen?", hakte ich nach. Ich hatte die Nacht über eigentlich auf ihn warten wollen, um mit ihm zu sprechen, doch irgendwann war ich dann wohl doch eingeschlafen.

Bartholomäus nickte: „Ja, aber er war kurz angebunden. Ich konnte ihn nur in knappen Worten von meinen Nachforschungen unterrichten. Anschließend sagte er mir, ich solle zu Ihnen gehen und mich ausruhen. Er wird im Laufe des Tages hier erscheinen und sich den Rest meines Berichts anhören."

Ich atmete erleichtert auf. Er würde also bald hier sein und dann konnte ich mit ihm sprechen. Ich ließ mich auf mein Bett sinken. „Wenn ihr beiden euch über das *Buch der Schwarzen Seelen* und über Neffarell unterhaltet, wird mir immer wieder klar, wie wenig ich eigentlich über euch weiß. Kannst du mir nicht ein bisschen was erzählen? Wie sieht euer Leben aus? Wie ist es in der Dämonenwelt?" Ich bezweifelte, dass er mir wirklich eine Antwort darauf geben würde. Umso verwunderter war ich, als er es tatsächlich tat.

„Oh, Neffarell ist ein herrlicher Ort und das Haus meines Herrn einfach wundervoll. Aufgrund dessen, dass ich eine Wächterkatze und damit etwas ganz Besonderes bin, werde ich von jedem bewundert, geschätzt und ernst genommen. Meiner Meinung wird große Beachtung und Respekt gezollt und ich genieße hohes Ansehen. Oftmals bekomme ich kleine Geschenke überreicht, die aus unglaublich leckeren Sachen wie Tatschibeeren oder Mungoltwurzeln bestehen." Er seufzte. „Wie mir das fehlt. Hier dagegen werde ich behandelt wie eine herkömmliche Hauskatze. Es ist nicht auszuhalten."

Das war nicht ganz das, was ich eigentlich hatte wissen wollen. „Und Ray? Wie lebt er? Wohnt er allein? Oder …" Ich zögerte kurz. „Hat er vielleicht eine Freundin?"

„Freundin?", hakte Bartholomäus nach. „Oh, Sie meinen, ob er eine Geliebte hat?" Er runzelte nachdenklich die Stirn und musste offensichtlich überlegen, ob es zurzeit ein Mädchen an dessen Seite gab. Allein das ließ mich stutzen. „Nein, im Moment ist da keine, aber es gab bereits einige." Als er meinen verständnislosen Blick bemerkte, fügte er erklärend hinzu: „Bei Dämonen ist es wohl ein wenig anders als bei Menschen. Die wenigsten von uns gehen eine feste Bindung ein. Man verbringt einige Zeit miteinander, amüsiert sich und geht schließlich wieder getrennte Wege. Das ist vollkommen normal. Kein Dämon entwickelt tiefere Gefühle für einen anderen."

Bei diesen Worten fühlte ich einen eiskalten Stich durch mein Innerstes jagen. Gab es in Neffarell tatsächlich keine echte Liebe? Stand den Dämonen wirklich nur der Sinn danach, sich zu amüsieren und anschließend wieder wie Fremde auseinanderzugehen? Ich konnte mir kaum vorstellen, dass Ray so gefühllos war …

„Die letzte Geliebte meines Herrn war jedenfalls eine echte Schönheit", plauderte er weiter. „Klug war sie auch, und noch dazu sehr elegant. Sie hat mich stets mit Achtung behandelt und mir oft eine Kleinigkeit mitgebracht. Eigentlich schade, dass ihr Verhältnis nicht von längerer Dauer gewesen ist, aber so ist das nun mal."

Ich nickte langsam und spürte die Traurigkeit in mir. Es ließ sich wohl nicht leugnen, dass Ray und ich offenbar verschiedener waren, als ich angenommen hatte. Möglicherweise bedeuteten seine Worte und seine Gesten für ihn etwas ganz anderes als für mich.

In diesem Moment kam er durchs Fenster herein. „Hey, du bist ja schon wach."

Ich blickte ihn an, fand seine Augen und sah sogleich wieder weg. Das war nun wirklich nicht der Moment, in dem ich mich mit ihm aussprechen wollte. Hätte ich doch nur nicht nach seinen Beziehungen gefragt. Nun hatte ich noch stärker das Gefühl, gleich etwas zu hören zu bekommen, was mir ganz und gar nicht gefallen würde.

„Bartholomäus, kannst du uns kurz allein lassen? Ich muss etwas mit Emily besprechen."

Die Wächterkatze setzte eine empörte Miene auf und schien alles andere als erfreut darüber zu sein, von unserer Unterhaltung ausgeschlossen zu werden. Dennoch erhob er sich und eilte zum Fenster: „Ich komme dann später wieder, um Euch über den Rest meiner Nachforschungen aufzuklären. Anschließend kehre ich in die Dämonenwelt zurück."

Ray nickte, wartete kurz, bis Bartholomäus verschwunden war, trat dann ein paar Schritte auf mich zu und ließ sich auf einen Stuhl mir gegenüber sinken. Er schwieg, blickte mich aber unentwegt an, was ich in diesem Moment kaum aushielt. „Du kannst dir sicher denken, dass ich mit dir über gestern reden möchte."

Ich nickte nur und wartete mit bebendem Herzen auf das, was nun kommen würde.

„Hör zu, ich mag dich wirklich sehr und will dir nicht wehtun", setzte er an. „Aber genau das würde ganz sicher geschehen, wenn das mit uns beiden weiterginge."

Ich spürte, dass er mich weiterhin anschaute, doch ich konnte seinen Blick nicht erwidern. Ich hätte es nicht ertragen, ihm jetzt in die Augen zu sehen. Seine Worte bestätigten, was mir Bartholomäus berichtet hatte. Dämonen verliebten sich nicht, zumindest nicht so, wie wir Menschen es taten. Er hatte wohl bemerkt, dass ich etwas für ihn empfand, und wollte mich vor einer Enttäuschung bewahren.

„Ich denke, es ist besser, wenn wir wieder etwas mehr Abstand zueinander halten. Das ist sicher auch für dich das Beste, du hast bereits so viel durchgemacht, ich möchte dir nicht noch zusätzliches Leid bringen."

Ich nickte und spürte, wie mir Tränen in die Augen stiegen. „Ist gut", sagte ich. „Trotzdem will ich, dass du weißt, wie viel du mir bedeutest." Kurz hielt ich inne und kämpfte mit mir, das zu Ende zu bringen, was getan werden musste. „Ich denke aber auch, dass es besser ist, wenn wir etwas mehr Distanz zwischen uns bringen und uns nicht mehr von solch einem Moment wie gestern hinreißen lassen."

Meine Stimme klang so fest, so selbstsicher und bestimmt – ganz anders, als ich mich in Wahrheit fühlte. Ich wollte in Rays Arme, mich an ihm festhalten und ihm sagen, dass ich ihn nicht gehen lassen würde, dass ich ihn liebte. Und zwar mehr als alles andere auf der Welt.

Doch ich konnte einfach nicht. Er hatte ja recht und wollte mich schützen. Vor mir und meinen eigenen dummen Gefühlen. Es gab keine Zukunft für uns. Dämonen fühlten nicht auf die gleiche Weise wie Menschen. Es war also absurd, sich etwas anderes zu wünschen, zumal ich an diesem Schmerz zugrunde gehen würde.

Nicht noch einmal, raste es ständig durch meinen Kopf. Ich konnte nicht noch einmal mein Herz an jemanden verlieren, der mich früher oder später verlassen und fallen lassen würde. Es war besser so, auch wenn es entsetzlich wehtat.

„Okay", sagte Ray nur.

Erst jetzt wagte ich es, ihn anzuschauen, was ein schwerer Fehler war. Sofort rief sein Anblick einen glühenden Stich in meinem Herzen wach, der mich schier zu zerreißen drohte.

„Ich bin jedenfalls froh, dass wir das geklärt haben", fuhr er fort und stand auf.

Allerdings sah er alles andere als erleichtert aus. Sein Gesicht schien zwar verschlossen, doch erkannte ich darin etwas, das wie Schmerz auf mich wirkte.

„Ich komme später wieder, aber jetzt suche ich erst mal Bartholomäus und höre mir an, was er herausgefunden hat." Ohne sich noch einmal nach mir umzublicken, ging er zum Fenster, stieg auf den Sims und sprang hinaus.

Ich blieb wie erstarrt sitzen, im Inneren seltsam leer und zugleich vollkommen aufgewühlt. Mir war, als würde mein Herz entzweibrechen …

„Jetzt erzähl doch mal. Wie war es mit Chris auf dem Fest? Gestern am Telefon wolltest du ja nicht so recht mit der Sprache rausrücken", drängte mich Nell.

Schon den gesamten Vormittag lag sie mir mit ihren Fragen in den Ohren. Selbst bis hier auf die Toilette war sie mir gefolgt und drängte mich, ihr von der Feier zu erzählen. Am Samstagabend selbst hatte sie mir wohl Zeit mit Chris lassen wollen und sich darum zurückgezogen. Wenn ich sie zwischendurch gesehen hatte, dann war sie mit Sven auf der Tanzfläche gewesen. Aus diesem Grund hatte sie nicht mitbekommen, wie es zwischen mir und ihm gelaufen war. Was ich ihr aber antworten sollte, wusste ich selbst nicht genau.

„Es war ein schöner Abend", sagte ich, während ich mir die Hände wusch.

„Seid ihr euch also endlich nähergekommen?", hakte sie nach und hatte bereits dieses ungeduldige Leuchten in den Augen.

Ich schüttelte verneinend den Kopf. „Nein, sind wir nicht. Und ich denke auch nicht, dass wir das in Zukunft werden."

„Was? Aber warum denn nicht? Du hast selbst gesagt, dass ihr eine schöne Zeit hattet."

„Ja, aber das war eben auch schon alles", erklärte ich. „Mir ist einfach klar geworden, dass ich nicht solch tiefe Gefühle für ihn habe."

Sie musterte mich nun genauer und kräuselte nachdenklich ihre Nase. „Und das wars jetzt einfach? Du willst mir also sagen, dass meine ganzen Bemühungen umsonst waren?"

„Tut mir leid, aber was soll ich denn machen?"

„Ich finde diesen Sinneswandel nur ein wenig eigenartig", meinte sie. „Da stimmt doch irgendwas nicht. Warum hast du deine Meinung geändert?" Plötzlich weiteten sich ihre Augen und sie schrie aufgeregt: „Du hast einen anderen, stimmts? Du bist in jemand anderes verknallt, das ist der Grund, warum du plötzlich nichts mehr von ihm wissen willst." Sie legte sich nachdenklich den Zeigefinger ans Kinn und zog die Stirn in Falten. „Okay, wer könnte es sein."

„Lass gut sein, ja?" Ich warf das Papiertuch, mit dem ich mir gerade die Hände abgetrocknet hatte, in den Abfalleimer und verließ die Toilette.

Nell folgte mir auf dem Fuß. „Welche Typen gibt es noch so in deinem Leben? Wer ist ständig in deiner Nähe? Mit wem verstehst du dich gut?" Sie knallte sich die Hand auf die Stirn. „Na klar! Mann, bin ich dämlich. Dass ich das nicht gleich gesehen habe: Du bist in unsere Sahneschnitte verschossen!"

„Kannst du nicht ein bisschen leiser sein", fuhr ich sie an. Es musste ja nicht gleich die ganze Schule über meine Gefühlswelt informiert werden.

„Ich hätte es gleich wissen müssen. Du hast schon die letzten Male so gereizt reagiert, wenn ich versucht habe, Ray in seine Welt zurückzuschicken. Du warst auch nicht mehr ganz so zickig zu ihm wie am Anfang. Und dann ist da ständig dieses Lächeln, wenn du ihn siehst."

„Was denn bitte für ein Lächeln?"

„Na ja, dieses verträumte, glückliche Grinsen halt, das man hat, wenn man verknallt ist." Sie ahmte das Lächeln nach und verzog dabei ihren Mund, was allerdings eher grotesk aussah. Ich war mir jedenfalls ganz sicher, dass ich noch nie so herumgelaufen war ...

Sie trat neben mich und hakte sich bei mir unter. „So, und jetzt erzähl mir alles. Seid ihr schon zusammen? Ich kann es gar nicht fassen, meine beste Freundin und ein Dämon. Was Schöneres hätte ich mir gar nicht wünschen können! Jetzt zeigt er mir sicher mal einen Zauberspruch, oder? Immerhin muss er nett zu mir sein, wo ich doch deine beste Freundin bin." Sie grinste mich schief an.

„Ich glaube, das kannst du dir erst mal aus dem Kopf schlagen." Mist, tat das weh, es auszusprechen. Es fiel mir so verdammt schwer. Ich holte noch einmal Luft und erklärte: „Aus Ray und mir wird nämlich nichts." Ich lächelte dabei und sah Nell möglichst unbekümmert an. Sie sollte nicht merken, wie sehr mich diese Tatsache bedrückte, denn je mehr Aufheben sie darum machte, desto deutlicher würde ich den Schmerz spüren. „Wir haben darüber gesprochen und sind uns einig, dass es keinen Sinn machen würde. Wir sind zu verschieden. Stell dir das nur mal vor: ein Dämon und ein Mensch." Ich schüttelte den Kopf. „Das kann einfach nicht funktionieren. Ray mag mich, das hat er mir gesagt, aber es sind nun mal nicht dieselben Gefühle, die ich für ihn hege."

Sie schwieg einen Moment, ließ mich aber nicht aus den Augen. „Ich weiß nicht, wen du hier zu überzeugen versuchst, mich oder dich selbst. Aber ich finde, es ist absoluter Unsinn, was du da erzählst. Es spielt doch überhaupt keine Rolle, woher jeder von euch stammt, wer oder was er ist. Wichtig ist nur, dass ihr euch liebt. Und so viele Gedanken, wie ihr euch umeinander macht, müsst ihr verdammt tiefe Gefühle füreinander haben. Ich hoffe nur, dass ihr beiden irgendwann auch den Mut habt, dazu zu stehen."

Ich schluckte schwer bei ihren Worten, und einen Moment lang fragte ich mich wirklich, ob ich feige war. War es richtig, so schnell aufzugeben? Aber andererseits: Was, wenn meine Gefühle für ihn noch stärker wurden und er mich dann verließ? Ich dachte an meine Eltern und an den tiefen Schmerz, der mich bei ihrem Verlust beinahe hatte umkommen lassen. Ich wollte so etwas nicht noch einmal durchmachen müssen, doch genau das stünde mir bevor, wenn ich meinen Empfindungen nachgäbe. Ray war ein Dämon und fühlte aus diesem Grund anders als ich. Und überhaupt, ein Mensch und ein Dämon – wie sollte so etwas gut gehen?

„Hast du Chris heute eigentlich schon gesehen?", fragte Nell, während sie ihren Blick über den Flur schweifen ließ. „Ich hatte mir ein Buch von ihm geliehen, das ich ihm wiedergeben wollte. Müsste er nicht gleich Deutsch haben?"

„Woher kennst du denn seinen Stundenplan so genau? Und warum hast du dir ein Buch von ihm geliehen? Du liest doch gar nicht."

Sie zwinkerte mir verschwörerisch zu und grinste. „Ich wollte dir eben dabei helfen, dass ihr beide bald zusammenkommt, und habe mich gut informiert. Darum habe ich mir auch vor einiger Zeit das Buch von ihm geliehen. Eigentlich war es ja so gedacht, dass *du* es ihm zurückgibst, aber diese Aktion kann ich mir jetzt wohl sparen." Sie blickte nach vorn, wo ein paar Mädchen aus dem Jahrgang über uns vor einem Raum standen und sich unterhielten.

„Wart mal kurz hier. Da vorne steht Lena, sie geht mit Chris in eine Klasse. Ich frag sie mal eben, ob sie weiß, was mit ihm ist." Ich kam gar nicht dazu, sie aufzuhalten. Als sie wieder zurück war, erklärte sie: „Er fehlt bereits den ganzen Tag. Anscheinend ist er heute gar nicht zur Schule gekommen."

Schlagartig überfiel mich das schlechte Gewissen, und ich überlegte krampfhaft, ob sein Fehlen etwas mit mir und meinem Verhalten am Samstagabend zu tun haben könnte. Ich war nicht gerade bester Laune gewesen und hatte seine Annährungsversuche nicht erwidert, aber war das ein Grund, mich zu meiden und sogar dem Unterricht fernzubleiben? Das passte so gar nicht zu ihm. Zudem hatte er an dem Abend selbst überhaupt nicht verärgert oder verletzt gewirkt. Vielleicht war er ja tatsächlich bloß krank geworden, das kam ja immerhin öfter vor.

„Da seid ihr ja endlich wieder", sagte Sven, der im Klassenzimmer auf uns wartete. „Wie kann man denn bitte schön so viel Zeit auf dem Klo verbringen? Ich wollte schon einen Suchtrupp losschicken."

„Ach, du weißt ja, Frauenprobleme", verkündete Nell und setzte sich auf ihren Platz.

Er verzog leicht angewidert das Gesicht. „Behalt den Rest der Geschichte bitte für dich."

„Du bist so ein Weichei", meinte sie und strubbelte ihm durch das Haar. „Wenn du eine Freundin willst, solltest du dich an so was echt gewöhnen."

Ich ließ mich ebenfalls auf meinen Stuhl nieder und sah den beiden zu, wie sie sich weiter foppten.

Schließlich ging erneut die Tür auf und Ray kam herein. Er schaffte es gerade noch auf seinen Platz, bevor Herr Rieger eintrat. Eigentlich hätten wir Mathe gehabt, doch Herr Wozniak war auf einer Fortbildung, weshalb unser Religionslehrer die Vertretung übernahm.

Man sah auf den ersten Blick, dass es ihm nicht gut ging. Er war blass, ging ein wenig gebeugt und seine Miene war noch angespannter als sonst. Er ließ seine Tasche auf das Pult knallen und schaute uns mit geröteten Augen an. „Wie ich sehe, haben Sie alle das Herbstfest gut hinter sich gebracht", stellte er fest. „Ich selbst war ebenfalls für einige Stunden dort und bin noch immer entsetzt und fassungslos über Ihr Benehmen. Sie haben getrunken, geraucht und jegliche Moralvorstellungen beiseitegeschoben. Ich habe Paare gesehen, die sich vollkommen alkoholisiert in den Armen lagen und außer Kontrolle waren. Ich habe bereits mit dem Direktor darüber gesprochen. Ein solches Verhalten wird an dieser Schule nicht geduldet, und ich bin mir sicher, dass auch Ihre Eltern entsetzt von Ihnen allen wären."

Er verschränkte die Arme hinter dem Rücken und ging ein paar Schritte. „Ich bin an diese Schule gekommen, um etwas zu bewegen und Ihnen klarzumachen, dass es einen anderen Weg gibt als den, der Sie direkt in die Hölle führen wird. Ich möchte Ihnen helfen, diesen Pfad zu finden und zu beschreiten. Ich will Ihnen die Worte der Bibel näherbringen; Ihnen begreiflich machen, dass Sie alle Gottes Kinder sind und er Sie von Ihren Sünden erlösen wird. Allerdings müssen Sie dazu aufrichtig bereuen und Ihr Verhalten ändern. Sehen Sie doch ein, wohin Sie das alles führen wird." Er war von Satz zu Satz lauter geworden, doch seine Stimme hielt der Belastung kaum stand. Sie zitterte, kratzte und brach hin und wieder. Seine Augen glänzten fiebrig, auf seiner Stirn standen Schweißtropfen, doch er war in seinem Wahn nicht zu stoppen.

„Der kippt uns gleich um und verbreitet dann im Delirium weiter seinen Unsinn", wisperte Nell mir leise zu.

„Ich glaube, der Kerl ist schon längst wahnsinnig. Dem ist echt nicht mehr zu helfen", erwiderte ich.

Ich blickte zu Ray, der Herrn Rieger nachdenklich musterte.

Mir fiel es ein wenig schwer, so zu tun, als wäre nichts zwischen uns gewesen, doch ich wollte ihn auf keinen Fall ganz verlieren. Wir mussten zu einem normalen Umgang zurückfinden.

„Hey, was ist los?", fragte ich darum. „Ist irgendwas?"

Er sah mich nicht an, sondern hielt den Blick weiter auf den Lehrer gerichtet. Er wirkte nachdenklich, schüttelte schließlich aber verneinend den Kopf. „Nein, alles okay. Für einen Moment hatte ich nur ein seltsames Gefühl bei diesem Kerl. Aber es ist nichts, vergiss es einfach wieder."

Ich zog erstaunt die Brauen hoch. „Dass er seltsam ist, hätte ich dir gleich sagen können. Der Typ hat nicht mehr alle Tassen im Schrank."

Er schaute weiterhin nach vorn, wo sich Herr Rieger gerade lang und breit über die Todsünden ausließ und darüber, wie sehr wir diesen am Samstagabend angeblich gefrönt hatten. Ray sah für einen kurzen Moment so nachdenklich aus, als würde er versuchen, etwas zu verstehen oder zu durchschauen, wenige Sekunden später war dieser Ausdruck allerdings wieder verschwunden.

„Nein, er ist wohl wirklich nur ein fanatischer Spinner", sagte er leise, wie zu sich selbst, und wandte den Blick wieder ab.

Sein Körper krampfte ununterbrochen; kalter Schweiß stand ihm auf der Stirn, und sein Herz schlug nur noch unregelmäßig in seiner Brust. Er achtete auf jeden Schlag, auf jeden Atemzug und hoffte, dass es nicht sein letzter sein würde.

Dieser Körper stand kurz davor, an den Anstrengungen der vergangenen Stunden zugrunde zu gehen. Was er jetzt brauchte, waren neue Seelen, doch um diese zu rufen, fehlte ihm die nötige Kraft. Es blieb ihm nichts anderes, als sich auszuruhen und zu hoffen, dass sich der Körper von allein ausreichend regenerierte. Erst dann würde er das Ritual durchführen und die Seelen in sich aufnehmen können.

Er kam sich so verloren und schwach vor. Ein Gefühl, das wirklich nicht zu ertragen war. Wie ein hilfloser, sterbender Mensch lag er auf der Bettstatt, die ihm Isigia zurechtgemacht hatte, und versuchte zu genesen. Sie war wie immer an seiner Seite, aber er hatte ihr verboten, weitere Worte an ihn zu richten. Ihre ängstliche Stimme würde ihn noch in den Wahnsinn treiben, machte sie ihm doch ständig deutlich, wie hilflos er zurzeit war.

Allerdings war ihr Blick, mit dem sie ihn ständig betrachtete und der so voller Anteilnahme, Sorge und Angst war, nicht unbedingt besser. Er wandte sich von ihr ab, um sie nicht länger ansehen zu müssen. Er durfte sich nicht weiter aufregen, sondern musste sich ausruhen und zu Kräften kommen. Er war seinem Ziel so nahe. Vorsichtig spannten sich seine Finger um den zerfledderten schwarzen Ledereinband. Das Buch sah auf den ersten Blick unspektakulär aus. Es wirkte abgegriffen, und die goldenen Lettern darauf waren kaum mehr zu entziffern. Die Farbe war verblasst, ebenso die dunklen Blutflecken, die man nur noch schwach als solche ausmachen konnte. Nur wenige waren wohl in der Lage, mit nur einem Blick zu erkennen, um welch spektakulären Schatz es sich hierbei handelte: Es war der Quartus. Ihn zu beschaffen, hätte ihn beinahe das Leben gekostet, und noch sah es nicht so aus, als hätte er diese Gefahr überstanden. Dieser verdammte Höhlenwächter hätte ihn beinahe auseinandergerissen. All jene, denen er in den anderen Gewölben und Labyrinthen begegnet war, hatten es ihm äußerst schwer gemacht, an die Bände heranzukommen, doch dieser war besonders schwer zu besiegen gewesen.

Aber er hatte es geschafft. Er war im Besitz des Buches und damit einer unvorstellbar großen Macht. Noch fester spannten sich seine Knöchel und hielten den Band an sich gedrückt. Er musste lediglich warten, bis sich dieser elendige Körper erholt hatte; dann würde er das Ritual durchführen und sich schließlich an Refeniel rächen. Sein Körper brannte förmlich vor Hass und kalter Wut, wenn er nur an ihn dachte. Er würde ihn bestrafen für all das, was ihm angetan worden war, und dafür brauchte er das Mädchen. Es würde ein Leichtes sein. Dafür hatte er sein Netz um die beiden bereits zu perfekt gesponnen. Sie konnten seiner Falle nicht entgehen …

Die verworrenen Gänge von Nachtfels

Der eisige Wind blies mir um die Ohren, sodass sie bereits schmerzten, und auch meine Augen tränten längst. Der Winter würde nie meine liebste Jahreszeit werden. Ständig diese grauen Wolken über einem, das endlose Frieren und der viele Regen. Ich zog den Schal ein wenig über den Mund, um wenigstens einen kleinen Teil meines Gesichts vor der Kälte zu schützen.

Ray ging ein Stück vor mir und schien mit den Wetterbedingungen kein Problem zu haben. Er trug eine leichte schwarze Jacke, die mir für diese Jahreszeit viel zu dünn gewesen wäre.

Seit unserer Aussprache vor über einer Woche hatte sich etwas zwischen uns verändert. Er hielt wieder Abstand und wir verbrachten nur noch wenig Zeit miteinander. Doch er fehlte mir. Gerade wenn er eigentlich so nah war, weil er zum Beispiel, wie in diesem Moment, nur wenige Schritte vor mir ging, spürte ich diese enorme Distanz zwischen uns umso mehr.

Ich seufzte und wandte meinen Blick von seinen breiten Schultern ab. Es tat nur weh, ihn weiter anzuschauen. In wenigen Minuten hätten wir die Schule erreicht, worauf ich mich beinahe schon freute. Hauptsache dieses unerträgliche Schweigen hatte bald ein Ende. Noch einmal zupfte ich an meinem Schal herum, um die Lücke an meinem Hals zu schließen, durch die die Kälte in meinen Kragen kroch.

Seit dem Aufstehen war mir nicht richtig wohl und auf dem Schulweg hatte sich dieses Gefühl weiter verstärkt. Immer wieder zogen eiskalte Schauer über meinen Rücken und ließen mich zittern. Ich war seltsam unruhig, nervös und angespannt.

Allerdings verstand ich den Grund hierfür nicht. Mir war, als ahnte ich etwas, als nähme ich etwas wahr, das verborgen und doch ganz nah war.

Hektisch ließ ich meinen Blick umherschweifen, doch so sehr ich mich auch bemühte, etwas auszumachen, da war nichts. Aber weshalb riet mir dann mein Instinkt, schnellstens wegzulaufen?

In diesem Moment sah sich Ray nach mir um, musterte kurz mein angespanntes Gesicht und sagte: „Dein Gespür wird offenbar immer besser. Du scheinst sie bereits sehr genau wahrzunehmen."

„Dann ist wirklich etwas in unserer Nähe?" Erneut ließ ich meinen Blick umherwandern, allerdings entdeckte ich nichts.

„Du wirst sie nicht sehen können", erklärte er und ließ sich ein Stück zurückfallen, sodass er nun neben mir ging. „Sie sind noch zu weit entfernt. Aber trotzdem kannst du ihre Aura bereits spüren."

„Werden sie uns angreifen?"

Er schüttelte den Kopf. „Nein, das sind alles niedere Dämonen. Die würden es nicht wagen, in aller Öffentlichkeit über dich herzufallen. Schon gar nicht, wenn ich dabei bin. Aber der Pakt zwischen uns dauert nun bereits so lange an, dass stetig mehr dieser Kreaturen von ihm angezogen werden."

Auch wenn diese Geschöpfe es offenbar nicht wagen würden, uns zu attackieren, war es dennoch kein gutes Gefühl, sie immer näher zu wissen. Was, wenn sie sich zusammenschlossen und dann gemeinsam zu einem Angriff übergingen? Waren diese Wesen intelligent genug, um sich solche Schritte zu überlegen?

Plötzlich blieb Ray stehen, drehte den Kopf nach links und schaute in weite Ferne. „Bartholomäus ist wieder hier. Er kommt in unsere Richtung und müsste gleich da sein."

So weit ich auch blickte, ich konnte die kleine Wächterkatze nirgends erkennen. Seit fast einer Woche hatte ich ihn nun nicht mehr gesehen. Die letzten Tage war er in Neffarell gewesen, um etwas über den Tertius herauszufinden. Ob es ihm dieses Mal gelungen war?

Genau wie Ray vermutet hatte, dauerte es nur wenige Minuten, bis er schließlich vor uns stand. Er war vollkommen außer Atem, sein sonst so glänzendes silberfarbenes Fell war zerzaust, stumpf und verschmutzt. Sein Körper wirkte dünner, und auch insgesamt machte er einen sehr mitgenommenen Eindruck. Er musste in den letzten Tagen einiges durchgemacht haben. Keuchend blieb er bei uns stehen. „Meister … ich bin so schnell zu Euch gekommen … wie es mir möglich war … Es gibt großartige Neuigkeiten!“ Ray beugte sich zu ihm hinunter und schaute ihn besorgt an. „Schon gut, atme erst einmal tief durch und beruhige dich.“

Die Wächterkatze schnappte einige Male hektisch nach Luft und sagte dann: „Ich habe sie gefunden. Die Höhle, in der der Tertius aufbewahrt wird.“

Rays Augen weiteten sich. „Wo ist sie? Du musst mir ganz genau beschreiben, wo sie sich befindet.“

Bartholomäus nickte mit ernster Miene. „Nachdem ich bereits mehrere Möglichkeiten ausgeschlossen hatte, blieben lediglich zwei Gegenden, in denen sie sein konnte. Im Jaltara Tal bin ich selbst nach langem Suchen nicht fündig geworden, doch im Gebiet um Nachtfels entdeckte ich sie schließlich: eine verborgene Höhle, in der sich eine äußerst starke Ansammlung von Magie befindet. So stark, wie sie ist, muss sich dort ein Teil des *Buchs der Schwarzen Seelen* befinden. Und nach allem, was wir bisher herausgefunden haben, stehen die Chancen äußerst gut, dass es der Tertius ist.“

Ray nickte und erhob sich. „Ich mache mich sofort auf den Weg.“

„Aber Meister“, wandte die Wächterkatze ein, „Ihr könnt dort unmöglich allein hingehen. Ihr kennt die Geschichten und wisst, was man sich überall erzählt. Wäre es nicht besser …“

„Ich schaffe das schon“, unterbrach Ray ihn und sein Blick sagte eindeutig, dass er keine Widerworte zuließ. Er wandte sich zu mir und sah mich kurz an, danach richtete er sich erneut an Bartholomäus. „Du bleibst an ihrer Seite und passt auf sie auf, klar? Du lässt sie keinen Moment aus den Augen. Solange du bei ihr bist, werden sich die kleineren Dämonen nicht in ihre Nähe wagen. Falls doch einer der stärkeren Sorte auftauchen sollte …“

Die Katze nickte pflichtgetreu: „Ich werde sie beschützen und jeden Feind, der sich in ihre Nähe wagt, in Stücke reißen. Ihr könnt Euch auf mich verlassen, Meister.“

Ray nickte und sah erneut zu mir. „Emily, bitte bleib immer in Bartholomäus' Nähe. Du kannst dich wirklich auf ihn verlassen. Er mag zwar klein sein und auf den ersten Blick unscheinbar wirken, aber es steckt viel mehr in ihm, als man denkt.“

Mein Herz zog sich stetig enger zusammen. Ich konnte nicht einschätzen, wie gefährlich dieses Unterfangen war, Rays ernste Miene ließ allerdings darauf schließen, dass man es nicht auf die leichte Schulter nehmen durfte. Am liebsten hätte ich ihn begleitet, um an seiner Seite zu bleiben, doch ich wusste, dass ich ihm dabei nur ein Klotz am Bein gewesen wäre und er ohne mich besser vorankommen würde. Dennoch hatte ich Angst um ihn.

„Ich bin bald wieder hier“, sagte er und sah mich mit diesem Blick an, den ich schon so lange nicht mehr bei ihm gesehen hatte. Diese tiefdunklen Augen, die bis auf den Grund meiner Seele tauchten, mir Halt gaben und meinen Puls zum Rasen brachten.

„Mach dir keine Sorgen um mich und pass bitte auf dich auf.“

Ich nickte stumm, unfähig, mich von diesem warmen, fast zärtlichen Blick und diesem atemberaubenden Lächeln zu lösen.

Langsam streckte er die Hand aus und streichelte mir sanft über die Wange. Ich war verwundert über diese zärtliche Geste, genoss sie jedoch in vollen Zügen. Wie sollte ich ihn je vergessen? Wie ihn jemals aufgeben, wenn bereits bei solch kleinen Berührungen diese lodernde Sehnsucht in mir entfacht wurde?

„Ich komme so schnell es geht wieder zu dir, und dann können wir diesen Pakt bald lösen. Du wirst sehen, es wird alles gut." Er schmunzelte, strich mir mit den Fingerspitzen eine Haarsträhne hinters Ohr und trat schließlich ein Stück zurück. Dieses bisschen Distanz, das sich dabei erneut zwischen uns schob, war kaum zu ertragen. Ich versuchte mit aller Kraft, mich gegen den Impuls, nach vorn zu treten und Ray fest in meine Arme zu schließen, zur Wehr zu setzen. Ich musste ihn gehen lassen ... Es ging nicht anders ...

„Beschütze sie, hörst du? Ich verlasse mich auf dich", wandte er sich nochmals mahnend an Bartholomäus, der treu nickte. Anschließend legte Ray seine Hand auf den Boden, der daraufhin sofort golden aufleuchtete. Ein gleißendes Licht umhüllte ihn, und seltsam geschwungene Zeichen erschienen auf dem Untergrund. Noch einmal lächelte er mir aufmunternd zu und war kurz darauf verschwunden.

„Wie lange er wohl noch wegbleibt?", sinnierte Nell vor sich hin. Sie lag auf ihrem Bett, um sich herum Schulbücher und Arbeitsblätter verteilt. Ich hatte ihr von Rays Vorhaben erzählt, sodass sie sowohl darüber als auch über das Buch Bescheid wusste. „Ich meine, er ist jetzt schon seit zwei Tagen unterwegs", sagte sie weiter und biss ein Stück von einem Gummiwurm ab, bevor sie sich kurz danach den ganzen Rest in den Mund schob.

Ich machte mir mittlerweile wirklich Sorgen um Ray. Ich hatte keine Ahnung, wie lange es dauern konnte, diesen Band zu finden, doch die Zeit verging stetig, ohne dass ich etwas von ihm hörte.

„Bartholomäus?“, fragte Nell, woraufhin die Wächterkatze aufschaute. „Glaubst du, Ray ist etwas passiert?“

Er nahm seine Aufgabe, auf mich achtzugeben, äußerst ernst und hatte mich in den letzten Tagen nicht ein einziges Mal aus den Augen gelassen. So hatte er mich auch letztendlich zu Nell begleitet, nachdem er mehrfach versucht hatte, mich davon abzubringen. Nun saß er auf dem Fensterbrett und starrte gedankenversunken hinaus. „Meinem Meister geht es gut. Er verfügt über außerordentliche Kräfte und wird das Buch ganz sicher beschaffen.“ In seiner Stimme schwangen Zweifel und Sorge mit. Er machte sich also auch Gedanken. Das beruhigte mich nicht gerade. Was, wenn ihm wirklich etwas zugestoßen war? Möglicherweise war er verletzt und brauchte Hilfe ... Die Vorstellung war kaum zu ertragen. Ich selbst konnte ihm nicht beistehen und war im Grunde absolut nutzlos.

„Gibt es denn irgendeine Möglichkeit, in die Dämonenwelt zu gelangen, um nach ihm zu suchen?“, fragte sie weiter.

„Natürlich gibt es die. Üblicherweise gibt es nur ein Tor nach Neffarell, das man nutzen kann. Wir Wächterkatzen besitzen allerdings die Fähigkeit, für kurze Zeit ein eigenes zu erschaffen und dieses zu durchqueren. So könnte ich eines rufen, das mich direkt vor die Höhle bringt, in der mein Herr nach dem Buch sucht.“

„Dann lasst uns das machen“, meinte Nell aufgeregt und setzte sich auf. „Das wäre doch unglaublich. Wir in der Dämonenwelt! Gott, was wir da alles sehen könnten!“

Ihre Augen strahlten vor Aufregung, doch weder Bartholomäus noch ich waren von ihrem Vorschlag so recht begeistert.

„Ich glaube nicht, dass das eine gute Idee ist“, sagte ich. „Erstens ist das kein Erholungsurlaub, sondern wir wollen Ray finden. Zum anderen will ich nicht, dass du da auch noch hineingezogen wirst." Wenn überhaupt, wollte ich allein gehen, aber das behielt ich lieber für mich.

Sie schnappte bereits nach Luft und wollte wohl gerade zu Widerworten ansetzen, Bartholomäus kam ihr jedoch zuvor: „Ich muss Ihnen ausnahmsweise recht geben. Es kommt gar nicht infrage, dass Menschen Neffarell betreten. Das ist ausgeschlossen. Mal davon abgesehen, dass Sie beide es dort nicht lange aushalten würden. Unsere Welt ist für Menschen nicht geeignet, diese können sich dort nur wenige Stunden aufhalten, würden sich währenddessen aber nicht sonderlich gut fühlen. Die Luft, die ganze Atmosphäre ist giftig für Menschen, und nach geraumer Zeit würden Sie beide daran sterben."

Nell rümpfte enttäuscht die Nase. „Schade. Dann kann ich mir wohl abschminken, die Dämonenwelt jemals zu besuchen."

„Ich bin mir sicher, dass es meinem Meister gut geht. Er benötigt keine Hilfe. Bald wird er wieder zurück sein", sagte Bartholomäus und blickte erneut aus dem Fenster.

Ich hoffte inständig, dass er recht hatte, doch mein Bauchgefühl sagte mir etwas ganz anderes. Irgendetwas stimmte nicht, und ich ahnte, dass etwas Schreckliches geschehen war …

Ich starrte aus dem Fenster in den Regen hinaus; wie silbrige Fäden strömte das Wasser vom Himmel herab und tränkte die Straße. Hin und wieder huschten einige Leute mit bunten Regenschirmen die Wege entlang, stets darauf bedacht, vom Wasser möglichst verschont zu bleiben.

Bartholomäus saß neben mir und blickte ebenfalls hinaus. Seit einer Viertelstunde hatte keiner von uns mehr etwas gesagt; wir hingen wohl beide unseren Gedanken nach und hofften, in den Straßen das bekannte Gesicht zu finden, auf das wir warteten. Allerdings glaubte ich nicht mehr so recht daran.

Ray war nun seit fast fünf Tagen fort und die Sorge der letzten Zeit war allmählich zu nackter Angst geworden. Mein Verdacht, dass irgendetwas passiert war, erhärtete sich. Aus Bartholomäus' ernster Miene schloss ich, dass er es nicht anders sah. Ray musste etwas zugestoßen sein, sonst wäre er längst wieder hier.

„Wir müssen zu ihm", sagte ich leise, ohne den Blick vom Regen abzuwenden.

Die Wächterkatze atmete hörbar aus und sagte schließlich: „Mein Meister hat mir aufgetragen, auf Sie aufzupassen. Ich kann Sie nicht mit nach Neffarell nehmen. Sie würden dort nicht lange überleben, sondern langsam und elendig sterben."

Ich sah, in welchem Zwiespalt er steckte. Immerhin war es für ihn ausgeschlossen, einen Befehl seines Herrn zu ignorieren. Aber in diesem Fall ging es nicht anders.

„Du denkst doch auch, dass ihm etwas passiert ist, oder?"

Er schwieg kurz und antwortete dann: „Wenigstens können wir mit Bestimmtheit sagen, dass er noch am Leben ist. Immerhin sind Sie der Beweis dafür."

Ich schluckte schwer bei diesem Gedanken. Ja, noch, aber wie lange würde das so bleiben? Und wie ging es ihm gerade? Ich ballte die Fäuste und stand auf. Ich hielt diese ständige Warterei nicht mehr aus. Wir mussten auf der Stelle etwas unternehmen.

„Irgendetwas ist ihm zugestoßen", sagte ich noch einmal und schaute die Wächterkatze an. „Wir müssen ihm helfen, er ist schon viel zu lange fort. Wenn *wir* nichts unternehmen, wer dann? Wir wissen nicht, was ihm geschehen ist, aber sicher ist, dass er Hilfe braucht. Was, wenn er wirklich sterben sollte?" Daran wollte ich gar nicht denken, die Vorstellung war zu grauenhaft. Nicht nur weil sie bedeutete, dass ich dann ebenfalls umkäme. Ich wollte vor allem nicht, dass Ray meinetwegen sein Leben verlor. Nur meinetwegen hatte er sich überhaupt auf die Suche nach diesem dämlichen Buch machen müssen ... Nur weil er an mich gebunden war.

„Mein Meister wird mich umbringen", erklärte Bartholomäus leise und sprang von seinem Stuhl. Mit gewichtiger Miene blickte er mich an und erklärte: „Wir werden gehen, aber nur unter der Bedingung, dass Sie stets in meiner Nähe bleiben und meinen Anweisungen strikt Folge leisten."

Ich nickte. Damit konnte ich leben. Hauptsache, wir unternahmen endlich etwas.

„Ich hoffe nur, wir kommen nicht zu spät", sagte er leise. Langsam trat er auf die Wand neben meinem Bett zu, die abgesehen von ein paar Bildern leer war.

Ich sah, wie sich das dritte Auge der Wächterkatze öffnete und sich langsam ein schwarzes Symbol auf meiner Zimmerwand ausbreitete. Es verzweigte sich immer mehr und die Äste schlangen sich um- und ineinander, bevor das Symbol schließlich blau aufglühte.

„Wir werden nur wenige Meter neben der Höhle von Nachtfels herauskommen."

Ich nickte und schritt entschlossen neben ihn. Es ließ sich nicht leugnen: Ich war nervös. Immerhin würde ich gleich eine mir vollkommen fremde Welt betreten. Hinzu kam Bartholomäus' Warnung: Menschen hielten es nicht allzu lange in der Dämonenwelt aus und starben, hatte er gesagt. Doch was blieb mir anderes übrig, als dieses Risiko einzugehen? Wenn ich Ray damit auch nur ein bisschen helfen konnte, war es auf jeden Fall einen Versuch wert.

„Dann folgen Sie mir", sagte er und trat auf das Symbol zu. Ich verharrte nur eine Sekunde und sah ihm staunend hinterher, wie er augenscheinlich in meiner Wand verschwand. Danach tat ich ebenfalls einige Schritte, ging auf das Zeichen zu in der Befürchtung, gleich gegen die Zimmerwand zu prallen. Stattdessen fühlte ich, wie mich etwas umhüllte – es erinnerte mich an warmes Wasser –, bevor ich mit dem nächsten Schritt auch schon wieder festen Boden betrat.

Was ich nun sah, ließ mir zunächst den Atem stocken: Ich war nicht mehr länger in meinem Zimmer, sondern stand inmitten einer Lichtung. Ich erblickte dunkle Baumstämme, die sich in die Höhe streckten, wo ihre Blätter wiederum im Licht der Sonne in den strahlendsten Farben leuchteten. Ich entdeckte tiefrote Büsche, azurblaue Gräser und silberne Blumen, die sich im sanften Wind hin und her wiegten. Über die Gräser der Wiese, auf der wir standen, zog dichter blauer Nebel, was der Umgebung einen atemberaubenden Anblick verlieh.

Am beeindruckendsten war jedoch der hohe Turm, der vor uns in die Höhe ragte. Er war aus großen Steinen gehauen und erreichte mindestens eine Höhe von hundert Metern. Auf der Spitze hatten sich einige Vögel versammelt, die sich mit lautem Gekrächze bemerkbar machten. Man sah dem Turm sein hohes Alter auf den ersten Blick an; die Steine waren teilweise herausgebrochen, die Wände mit Moos und Farnen bewachsen und mit der Zeit musste sich auf der rechten Seite der Boden gesenkt haben, weshalb er nun eine beträchtliche Schieflage aufwies.

Trotz all der Eindrücke spürte ich aber auch allzu deutlich, wie diese fremde Umgebung mir bereits jetzt zusetzte. Die Luft ließ sich nur schwer atmen, die ganze Zeit hatte ich das Gefühl, kurz vor dem Ersticken zu stehen. Hinzu kam, dass ich eine seltsame Hitze spürte, die allerdings nicht von der Umgebung, sondern aus meinem Inneren zu kommen schien. Waren das bereits die Anzeichen dafür, dass irgendetwas mit meinem Körper geschah und er ganz langsam starb?

Ich versuchte, das beklemmende Gefühl in meiner Brust zu ignorieren, und wandte mich an Bartholomäus: „Müssen wir dort hinauf?“ Ich deutete auf den Turm.

Die Wächterkatze schüttelte verneinend den Kopf. „Nein, das Buch wird nicht darin versteckt. Der Ort, den wir suchen, liegt darunter.“

Ich runzelte erstaunt die Braue, folgte ihm aber, als er sich nun zielsicher in Bewegung setzte. Er ging in Richtung Turm, hielt jedoch kurz zuvor bei einer kleinen Steinplatte an.

Zunächst dachte ich, es handele sich hierbei um eines der vielen Mauerstücke, die aus der Fassade herausgebrochen waren und zuhauf um das Gebäude herum verteilt lagen. Doch als Bartholomäus sein drittes Auge öffnete und den Blick auf die Platte richtete, leuchtete diese hell auf. Ein lautes Knirschen erklang, Staub flog auf; schließlich setzte sich der Fels wie von selbst in Bewegung und schob sich beiseite.

Zum Vorschein kam eine schmale Steintreppe, die in die Dunkelheit hinabführte. Obwohl ich noch ein paar Schritte entfernt stand, spürte ich bereits die kühle Luft, die von unten hochstieg und einen muffigen, feuchten Geruch mit sich brachte. War Ray wirklich irgendwo dort unten? Mein Puls beschleunigte sich, und ich spürte, wie das Adrenalin durch meine Adern jagte.

Bartholomäus ging voraus und stieg langsam die Treppe hinab. Ich folgte ihm mit bebendem Herzen und konnte bereits nach wenigen Schritten die Hand vor Augen nicht mehr erkennen.

Mit einem Mal schoss ein Licht vor uns in die Höhe und zuckte durch die Finsternis. Zunächst war ich so geblendet, dass ich nichts erkennen konnte, doch allmählich gewöhnten sich meine Augen an das Licht der grünen Kugel, die nun wenige Meter über uns schwebte.

„Hast *du* das Licht gerufen?“, hakte ich nach und war überrascht, wie laut meine Stimme von den Höhlenwänden zurückgeworfen wurde.

„Ja, denn ohne ist es zu dunkel. Ich würde ungern riskieren, dass wir uns bereits hier am Eingang das Genick brechen.“

Immer tiefer gelangten wir hinab, wobei es von Stufe zu Stufe merklich kälter wurde, geradezu eisig. Ich hörte Wassertropfen von der Decke fallen und spürte sie hin und wieder, wenn sie auf meine Haut trafen. Was uns wohl erwarten würde? Ich war angespannt und versuchte, mich auf alles gefasst zu machen. Das Einzige, was zählte, war, so schnell wie möglich zu Ray zu gelangen. Hoffentlich fanden wir ihn hier unten …

Als wir nach mehreren Minuten endlich das Ende der Treppe erreichten, standen wir in einem Gewölbe. Die Decke ragte so hoch über uns, dass selbst das Licht der Kugel sie nicht erreichen konnte. Unter meinen Füßen spürte ich den felsigen, unebenen Boden, der voller spitzer Steine war, die sich in meine Schuhsohlen bohrten. Um uns herum wuchsen riesige Stalagmiten, die im Schein der Kugel eigentümlich leuchteten.

„Ab sofort müssen wir wirklich auf alles gefasst sein", flüsterte Bartholomäus leise, während wir weitergingen.

Ich folgte ihm und lauschte dem Klang meiner Schritte, die durch die Höhle hallten. Immer wieder sah ich mich nach allen Seiten um und hielt Ausschau nach Ray oder irgendeinem Zeichen, das uns womöglich verriet, wo er war. Aber nichts, was ich sah, half uns weiter.

Plötzlich hörte ich ein Geräusch. Auch Bartholomäus blieb wie vom Blitz getroffen stehen. Zunächst konnte ich nicht recht ausmachen, was es war, doch dann erkannte ich allmählich, dass es sich um ein leises, krächzendes Gekicher handelte.

„Was …?" Doch weiter kam ich nicht.

Blitzschnell hatte sich Bartholomäus auf mich geworfen und zur Seite gerissen. Ich war erstaunt, wie viel Kraft in dem kleinen Tier steckte. Die Katze stand bereits wieder auf ihren Beinen, baute sich schützend vor mir auf, sträubte das Fell und knurrte bedrohlich.

Ich suchte hastig nach dem Angreifer, konnte ihn aber nirgends entdecken … nur hören. Dieses hohe, krächzende Lachen, das mir die kleinen Härchen im Nacken aufstellte, schien aus allen Richtungen zu kommen. Es hallte durch das Gewölbe und ließ mich schaudern.

In diesem Moment nahm ich eine schnelle Bewegung schräg neben mir wahr und entdeckte hinter einem großen Stalagmiten ein weißes Gesicht. Krumme Reißzähne ragten zwischen seinen Lippen hervor, die zu einem kalten Lachen verzogen waren. Die Augen glänzten golden, waren voller Neugierde und Hunger. Langes Fell bedeckte den schmalen, aber drahtigen Körper, der gebeugt hinter dem Tropfstein lauerte.

„Ein Felsengespinst", sagte Bartholomäus wie zu sich selbst, und sein kleiner Körper spannte sich an.

Das Ding stieß einen markerschütternden Schrei aus und stürzte sogleich auf uns zu.

Die Wächterkatze wiederum sprang dem Angreifer entgegen, sodass die beiden in der Luft aufeinandertrafen.

Ich sah, wie Bartholomäus zentimeterlange Krallen ausfuhr, die er mit einem lauten Schrei in das Felsengespinst jagte. Dieses brüllte schmerzerfüllt auf und griff nach seinem Gegner, der sich sogleich in den Rücken der Gestalt krallte und mit seinen langen, dolchartigen Zähnen ganze Fleischstücke aus dem Wesen herausriss. Immer und immer wieder biss er wie im Rausch unbarmherzig zu, sodass sein Gesicht bereits blutverschmiert war.

Trotzdem gelang es dem Felsengespinst, sich von Bartholomäus zu befreien: Es packte die Wächterkatze und schleuderte sie von sich. Doch Bartholomäus drehte sich elegant in der Luft und landete sicher auf den Füßen. Angriffslustig sträubte er das Fell und jagte erneut auf den Dämon zu.

Dem floss das Blut in Strömen über den Rücken, allerdings schien er sich noch nicht geschlagen geben zu wollen. Er stieß einen markerschütternden Schrei aus, der mir so sehr in den Ohren schmerzte, dass ich glaubte, mein Kopf müsse zerspringen.

Alles drehte sich plötzlich rasend schnell vor meinen Augen. Mir war so schlecht, dass ich mich mit aller Kraft zusammenreißen musste, um mich nicht zu übergeben. Meine Beine, ja mein ganzer Körper zitterte, während ich langsam zu Boden sank.

Mit dem letzten Rest meines Bewusstseins nahm ich gerade noch wahr, wie Bartholomäus taumelte. Auch er schien alle Mühe zu haben, nicht ohnmächtig zu werden. Sein Körper bebte unter der Anstrengung und dennoch setzte er ein weiteres Mal zu einem Angriff an. Er stürzte auf das Felsengespinst zu, das weiterhin diesen Schrei von sich gab.

Es wirkte überrascht, dass die Wächterkatze sich noch immer auf den Beinen halten konnte, aber da war Bartholomäus auch schon bei ihm angekommen; wich blitzschnell einem Hieb der großen Faust aus und verbiss sich in die Kehle des Dämons. Das Kreischen ging in ein gurgelndes Geräusch über, doch nur Sekunden später verebbte auch dieses, und Stille legte sich über die Höhle.

Langsam kam ich wieder zur Besinnung und schaffte es auf meine Füße zurück. Als ich zu dem Felsengespinst sah, erblickte ich den zerfetzten Hals der Kreatur, in dem die einzelnen Sehnen, die Luft- und die Speiseröhre zu erkennen waren. Schnell wandte ich mich ab.

Bartholomäus war blutverschmiert und schenkte seinem Gegner keinen weiteren Blick mehr. Schweigend setzte er seinen Weg fort, der aus einem immer schmaler werdenden Gang bestand.

„Ray hat recht", unterbrach ich die Stille nach wenigen Minuten. „Du bist tatsächlich ein starker Kämpfer, den man nicht unterschätzen sollte."

Die kleine Katze lächelte kurz, hielt dann aber erschrocken inne. Auch ich konnte nicht fassen, was ich da vor mir sah.

Der Gang, dem wir eine Weile gefolgt waren, wurde nun wieder breiter und endete schließlich in einer großen Halle.

Überall ragten meterhohe Steinspitzen aus dem Boden, deren Enden mit Sicherheit einen Menschen aufspießen konnten. Es gab kaum eine Stelle, wo man sie nicht fand; es mussten Tausende sein. Teilweise sah es so aus, als wären sie gerade dabei gewesen, aus dem Boden zu wachsen und sich zu ihrer vollen Größe aufzurichten, als irgendetwas oder irgendjemand sie gestoppt hatte … Zudem hingen lange Eisenketten von der Decke; manche Glieder wirkten abgebrochen, geradezu weggesprengt. Je eingehender ich sie betrachtete, desto sicherer war ich mir, dass sie nirgendwo befestigt waren. Es wirkte eher so, als würden sie direkt aus der Decke wachsen, wie eigentümliche Pflanzen. Was mich jedoch am meisten überraschte, war die unglaubliche Verwüstung in der Halle. Im fahlen Licht konnte ich erkennen, dass die Wände teilweise verkohlt waren. Riesige Stalagmiten waren abgebrochen oder vollkommen zerfetzt, als hätte eine unglaubliche Explosion sie auseinandergerissen. Die vielen meterlangen Spitzen waren ebenfalls fortgesprengt worden, als wären sie von einer unfassbaren Kraft aus dem Boden gerissen und zerschmettert worden. Überall lagen Schutt und zersplitterte Steine. Staub stob durch die Luft und kratzte bei jedem Atemzug.

„Was ist hier nur passiert?“, fragte ich leise.

„O nein!“, wisperte Bartholomäus entsetzt. Er war starr vor Angst und hatte die Augen geweitet. In seinem Gesicht entdeckte ich blanke Panik. „Ich hatte meinen Meister gewarnt, er solle nicht hierherkommen. Kein Dämon kann allein durch diese Gewölbe gelangen. Das wusste er …“

„Wovon redest du da?“, hakte ich nach und ließ erneut meinen Blick über das Chaos wandern. „Meinst du etwa, Ray war das?“ Ich konnte nicht fassen, dass er für diese Zerstörung verantwortlich sein sollte. Natürlich wusste ich, dass er stark war und über große Kräfte verfügte … aber das?!

„Es gibt Geschichten … sehr alte Geschichten, in denen von den Orten erzählt wird, wo die Bände versteckt werden. Darin heißt es, dass kein Dämon allein in der Lage ist, die Gewölbe heil zu durchqueren. Die Gemäuer sind mit Zaubern belegt und versuchen alles, um den Eindringling zu töten. Man kann diese Orte nur unter einer Bedingung unbeschadet durchschreiten: wenn Mensch und Dämon dies gemeinsam tun. Nur deshalb sind wir beide überhaupt so weit gekommen."

Ich runzelte erstaunt die Stirn. „Ein Mensch und ein Dämon gemeinsam? Aber warum das?"

„Das war Teil des Pakts", erklärte Bartholomäus. „Sowohl die Menschen als auch die Dämonen wollten Frieden schließen. Es sollte beiden Seiten unmöglich sein, ohne die jeweils andere an die einzelnen Teile des Buches zu gelangen. Nur wenn sie sich zusammentun, haben sie die Erlaubnis. Wahrscheinlich ging man davon aus, so am ehesten zu verhindern, dass die Bücher zum Schaden für eine der Parteien benutzt würden."

„Aber warum hat Ray nichts davon gesagt?" Meine Stimme überschlug sich beinahe vor Verzweiflung. Ich hätte ihm helfen, ihm eine echte Unterstützung sein können. Mehr noch: Er hätte mich gebraucht und war dennoch lieber allein gegangen, obwohl er genau wusste, worauf er sich dabei einließ.

„Es gab nie irgendwelche Beweise dafür, dass diese Geschichten stimmen. Wahrscheinlich hatte mein Herr einfach gehofft, dass sie sich als falsch herausstellen und er es auch ohne Sie schaffen würde. Außerdem wollte er Sie wohl nicht in Gefahr bringen. Immerhin schadet der Aufenthalt in dieser Welt Ihrem Körper. Sie können doch sicher bereits spüren, wie der Tod an Ihnen nagt, oder?"

„Er hätte mich dennoch mitnehmen müssen", sagte ich leise. Sogleich ballte ich die Fäuste und stapfte an Bartholomäus vorbei. „Wir müssen ihn finden."

„Der Grad der Verwüstung zeigt deutlich, dass hier vor Kurzem ein sehr starker Dämon gewesen sein muss", erklärte die Wächterkatze. „Das wiederum spricht dafür, dass mein Meister hier ist."

Mit festen Schritten eilte ich weiter, sah mich überall nach Ray um, doch wohin ich auch blickte, ich entdeckte nichts als blanke Zerstörung.

Minuten verstrichen, in denen ich über Steine und Geröll stolperte, ohne ein Zeichen von ihm zu finden. Allerdings war mir mittlerweile etwas aufgefallen: Je weiter wir kamen, desto weniger Anzeichen eines Kampfes fanden wir. Zwar waren auch hier noch etliche Felsenspitzen weggesprengt, allerdings weit weniger als zuvor.

Ich blickte zur Decke, aus der diese schrecklichen Eisenketten herauswuchsen; einige baumelte lose von der Decke, andere waren gespannt und zogen sich alle in dieselbe Richtung. Mein Herz blieb mir beinahe vor Angst stehen. Konnte das wirklich sein? Ich rannte weiter, immer den Ketten nach, und sah schließlich, dass sie direkt hinter einen riesigen Stalagmiten führten. Ich blieb stehen und starrte darauf. Waren wir nun an unserem Ziel angekommen? Lag dort Ray? Mein Magen schnürte sich vor Furcht davor, was ich womöglich gleich zu sehen bekommen würde, zusammen.

Wie in Trance ging ich auf den Stalagmiten zu – und sah dahinter tatsächlich Ray auf dem Boden liegen. Bei seinem Anblick schrie ich erschrocken auf und kniete mich sogleich neben ihn. Mehrere der starken Eisenketten hatten sich um ihn gewunden und hielten ihn auf den Boden gedrückt. Es sah schrecklich aus, wie sie sich an Armen und Beinen in sein Fleisch schnitten und sich sogar um seinen Hals gewickelt hatten. Am meisten erschreckten mich jedoch die Felsenspitzen, die auch hier aus dem Boden geschossen sein mussten und sich direkt durch Rays Brust gebohrt hatten. Drei faustgroße Spitzen ragten direkt aus seinem Oberkörper heraus, zwei andere hatten sein rechtes Bein aufgespießt. Der ganze Boden war von Blut getränkt, das bereits getrocknet war. Meine Hände zitterten, mein ganzer Körper bebte vor Angst. Was, wenn er bereits tot war? Das alles sah so entsetzlich aus

… Das konnte er unmöglich überlebt haben. Aber war ich nicht der beste Beweis dafür, dass er nicht gestorben sein konnte? Zumindest noch nicht?

Ich strich ihm langsam über die Wange und bemühte mich darum, die Tränen zurückzuhalten. „Ray", wisperte ich leise. „Kannst du mich hören?"

Noch einmal versuchte ich, ihn zu wecken, rief erneut seinen Namen und ließ meine Hand über sein Gesicht streichen. Er fühlte sich zwar warm an, doch schien er bereits stark unterkühlt zu sein. Langsam zuckten seine Augenlider und schließlich hob er den Blick.

„Kannst du mich hören?", stieß ich erleichtert hervor. Sogleich wandte ich mich zu Bartholomäus um, der inzwischen direkt neben mir stand. „Wir müssen ihn irgendwie von den Ketten und diesen Stacheln befreien."

„Emily …", wisperte Ray leise.

Ich spürte, wie er nach meiner Hand griff, und hörte die Ketten rasseln, als er seinen Arm bewegte. Er umschloss meine Finger und drückte sie fest. In seiner Stimme lag so viel Zärtlichkeit, so viel Gefühl, dass ich es kaum ertragen konnte. Wie er mich ansah … als hätte sich gerade sein größter Wunsch erfüllt … als wäre allein mein Anblick ein unglaubliches Geschenk.

„Ray", schluchzte ich und wischte mir hastig die Tränen von den Wangen.

Er hielt weiterhin meine Hand, und ich spürte, wie er langsam mit den Fingern darüberstrich. „Ich hätte dich so gern noch ein letztes Mal gesehen", sagte er leise.

„Was redest du denn da?", fragte ich voller Entsetzen. „Ich bin bei dir. Wir sind beide gekommen, um dich zu holen."

Ich nickte in Richtung Bartholomäus, der weiterhin wie erstarrt war. Er hatte seine Stirn nachdenklich in Falten gelegt, als er sagte: „Der Zauber der Höhle müsste eigentlich jeden

Moment gebrochen werden. Immerhin ist mit Ihnen nun ein Mensch an seiner Seite. Warum funktioniert es nur nicht?"

Ich hörte ihm nur mit halbem Ohr zu, viel zu sehr nagte die Sorge um Ray an mir. Noch immer hing sein Blick an mir, als würde er etwas unglaublich Kostbares betrachten.

Ich nahm nun auch seine andere Hand in meine und drückte sie fest. Er sollte spüren, dass ich bei ihm war und ich ihn nicht allein lassen würde. Währenddessen arbeitete es in mir; ich suchte verzweifelt nach einer Lösung, ihn von den Ketten und den Stacheln zu befreien.

„Wir werden dich irgendwie hier rausholen, hörst du? Ich gehe nicht ohne dich und werde die ganze Zeit an deiner Seite sein."

In diesem Moment ließ ein schreckliches Beben das Gewölbe erzittern; die Felsenspitzen sowie die Ketten um uns herum zogen sich langsam in den Boden und in die Decke zurück, bis sie schließlich gänzlich verschwunden waren.

Ray stieß einen grauenhaften Schrei aus, als auch die Stacheln, die in seinem Körper steckten, sich zu bewegen begannen. Schrecklich langsam zogen auch sie sich zurück, bohrten sich dabei erneut durch seinen Körper und rissen die Wunden wieder auf. Doch gaben sie ihn damit auch frei.

Die Ketten klirrten laut, als sie sich von ihm lösten und wie dunkle Schlangen über den Boden zurückhuschten.

Ich hatte vor lauter Schreck die Luft angehalten und starrte nun auf Ray. Er blutete wieder recht stark, hatte die Augen geschlossen und wirkte auf den ersten Blick wie tot. Seine Atemzüge gingen jedoch regelmäßig. Ich griff nach meinem Pullover und wollte gerade einige Stoffstücke herausreißen, um damit seine Wunden zu verbinden, als ich voller Erstaunen beobachtete, wie die klaffenden Verletzungen sich allmählich schlossen. Es geschah wie in Zeitlupe, und doch sah man ganz genau, wie sich die Wundränder schlossen und langsam zusammenwuchsen, bis nichts mehr von der Verletzung zu sehen war. Ich legte die Finger auf eine der Stellen an seinem Bauch, wo eben noch eine der schrecklichen Wunden gewesen war. Langsam strich ich darüber und konnte es dennoch nicht glauben. Verfügten Dämonen tatsächlich über solche Selbstheilungskräfte?

Seine Augen zuckten erneut und öffneten sich schließlich. Er blickte mich direkt an und runzelte erstaunt die Stirn. „Du bist hier?" Er setzte sich sogleich erschrocken auf. „Dann war das kein Traum?"

Er blickte zu Bartholomäus, der schuldbewusst die Ohren an den Kopf legte. „Es tut mir leid, Meister. Aber ich musste sie mit hierherbringen. Wir fürchteten, dass Euch womöglich etwas zugestoßen ist, und wollten Euch helfen."

Rays wütende Miene verzog sich schnell; stattdessen schaute er mich dankbar und voller Zuneigung an. „Auch wenn ich es nicht gerne zugebe: Ich bin froh, dass du hier bist. Allein hätte ich mich von diesen Ketten und Stacheln nicht mehr befreien können."

„Nachdem sie Eure Hände genommen und auch noch erklärt hatte, dass sie an eurer Seite sein wird, muss der Zauber wohl gebrochen worden sein. Immerhin war dadurch eindeutig klar, dass die Grundvoraussetzung gegeben ist, um freies Geleit durch die Höhle zu erhalten: ein Mensch und ein Dämon, die in freiem Einverständnis miteinander das Gewölbe betreten haben", erklärte die Wächterkatze.

„Ich danke dir wirklich", sagte Ray. Sein Blick raubte mir den Atem und machte mir zugleich das Herz entsetzlich schwer. Wie sollte ich ihn je vergessen, wenn er mich so ansah? So liebevoll und zärtlich. Ich wollte ihn spüren, einfach nur fühlen, dass er bei mir war. Doch ich riss mich zusammen.

Er stand auf und half anschließend auch mir hoch. Meine Beine zitterten, und ich spürte, dass mir ziemlich schwindelig war. Ich versuchte, mir nichts anmerken zu lassen, allerdings war mir klar, dass ich Neffarell so schnell wie möglich wieder verlassen musste. Lange würde mein Körper wohl nicht mehr durchhalten.

„Wie geht es dir?", fragte Ray und musterte mich prüfend.

„Ganz gut so weit", log ich.

„Du fühlst nicht, dass dein Körper mit dieser Umgebung nicht zurechtkommt?", fragte er zweifelnd.

„Doch", gab ich zu, „aber es ist nicht schlimm. Mir ist nur ein bisschen schwindelig, nichts weiter."

Er schwieg einen Moment, betrachtete mich aufmerksam, als wollte er bis in mein Innerstes sehen. Ich konnte dem Blick kaum standhalten. „Okay, wir gehen besser zurück", sagte er schließlich.

„Was? Nein!", beharrte ich. „Auf keinen Fall. Mir geht es gut, wirklich. Jetzt sind wir schon so weit gekommen. Wir brauchen dieses Buch. Und ohne mich schaffst du es nicht." Ich klang bestimmt. „Es ist wichtig, dass wir diesen Pakt so schnell wie möglich lösen", sagte ich weiter und ließ den Rest meines Satzes unausgesprochen. *Damit du endlich nach Hause zurückkehren kannst.*

Ray zögerte einen Moment, dachte offenbar über meine Worte nach und nickte schließlich. „Gut, dann lasst uns weitergehen und endlich dieses Buch finden."

Ich war noch immer erstaunt, wie schnell er sich von diesen schweren Verletzungen erholt hatte. Immerhin war er mehrere Tage gefesselt und von diesen Steinspitzen durchbohrt gewesen. Doch nun, nachdem seine Selbstheilungskräfte wieder aktiviert geworden waren, merkte man kaum mehr etwas davon. Im fahlen Licht wirkte er zwar weiterhin blass und geschwächt; hatte zudem dunkle Schatten unter den Augen, aber das war nichts im Vergleich dazu, wie es einem Menschen mit so einer Wunde wohl gegangen wäre.

„Da du jetzt an meiner Seite bist, dürfte uns zumindest die Höhle keine weiteren Probleme bereiten", schlussfolgerte er, während wir einem langen schmalen Gang folgten. „Dennoch leben hier einige Kreaturen, die sicher etwas dagegen haben, dass wir in ihr Revier eingedrungen sind."

Ich hoffte nur, dass wir diesen Wesen nicht wirklich in die Quere kamen. Mir graute nicht nur vor einem weiteren Kampf, sondern ich spürte auch, dass ich diese Welt so schnell wie möglich verlassen musste. Kalter Schweiß stand mir auf der Stirn, das Atmen fiel mir zusehends schwerer und ich fühlte mich stetig schwächer und kränker. Ich wusste, dass mein Körper einen Kampf bestritt, den er am Ende nicht gewinnen konnte.

Ich wischte mir den Schweiß von der Stirn und versuchte, mir von den Anstrengungen nichts anmerken zu lassen.

Der Gang, dem wir folgten, wurde allmählich breiter und führte uns schließlich in einen weiteren hohen Raum. Auch hier war es finster, doch dank der Lichtkugel konnten wir zumindest Teile unserer Umgebung erkennen. Wir waren von Steinmauern umgeben und vor uns lag ein Weg, der sich mehrfach gabelte.

„Sieht wie ein Labyrinth aus", stellte ich fest. Es würde uns sicher eine Menge Zeit kosten, es zu durchqueren. Doch wie lange blieb mir noch? Wie lange würde ich mich auf den Beinen halten können? Ich musste mich zusammenreißen. Wir brauchten dieses Buch und waren bereits so weit gekommen.

Ray wirkte von dem Labyrinth nicht sonderlich beeindruckt. „Bartholomäus", rief er der Wächterkatze zu.

Diese nickte hastig, trat einige Schritte vor und schloss die Augen. Bartholomäus schien sich zu konzentrieren, denn ich sah, wie seine Lider zuckten und die kleine Nase aufgeregt schnüffelte. Als er die Augen wieder öffnete, sagte er: „Ich habe den Weg gefunden. Es ist nicht weit. Sofern wir vorsichtig und leise gehen, sollten wir es schaffen, keine Kreaturen aufzuschrecken." Damit schritt er voraus und wir folgten ihm.

Ich bemühte mich, möglichst leise zu gehen und mit den beiden Schritt zu halten. Ich spürte, dass Ray mich die ganze

Zeit nicht aus den Augen ließ. Würde er auch nur das kleinste Anzeichen von Schwäche an mir bemerken, würde er sicher auf der Stelle kehrtmachen – was ich um jeden Preis verhindern wollte.

„Bartholomäus hat wirklich erstaunliche Kräfte", sagte ich, um ihn in ein Gespräch zu verwickeln.

Er nickte grinsend. „Ja, Wächterkatzen sind etwas ganz Besonderes. Sie sind zwar klein und machen nicht den Eindruck, als stellten sie für einen Gegner eine wirkliche Bedrohung dar, aber sie sind sehr stark und verfügen über ein äußerst gutes Gespür. Ihr drittes Auge kann zudem in vielen Situationen ziemlich hilfreich sein."

Ich wollte darauf gerade etwas erwidern, als mein rechtes Bein für den Bruchteil einer Sekunde nachgab, was bereits ausreichte, dass ich über meine eigenen Füße stolperte. Ich konnte mich nicht mehr fangen und sah bereits den steinernen Boden auf mich zukommen, als ich von ein paar Armen aufgefangen wurde. Ray hielt mich fest.

Ich schaute auf und blickte in sein Gesicht – ein schwerer Fehler, denn nun schlug mein Puls nur noch schneller. Ich wollte so gerne noch einmal meine Hand auf seine Wange legen, die weiche Haut spüren, seine Lippen fühlen … Warum nur musste er mich so ansehen? So durchdringend, so tief …

„Geht es dir wirklich gut?", fragte er.

Ich wusste: Wenn er mich weiterhin so hielt, würde ich schwach werden und nicht mehr verbergen können, wie schlecht es mir wirklich ging. Darum machte ich mich von ihm los, lächelte und nickte. „Ja, alles bestens. Lass uns weitergehen."

Ich schloss zu Bartholomäus auf und sah nur aus den Augenwinkeln kurz hinter mich, wo Ray nachkam. Seinem ernsten Gesichtsausdruck nach zu urteilen war er wirklich besorgt um mich. Doch wir hatten keine andere Wahl, dafür war dieses Buch zu wichtig.

Nach mehreren Minuten, die mir wie eine halbe Ewigkeit vorkamen, bogen wir schließlich ein weiteres Mal nach links ab, wo nun ein großer, dunkler See zum Vorschein kam. Zwischen all den steinernen Wänden, die sich in die Höhe streckten und kein bisschen Natur zuließen, wirkte er völlig fehl am Platz.

Als wir weiter in Richtung Wasser gingen, packte mich eine eisige Kälte. Ich begann zu zittern, meine Zähne klapperten, und es wollte mir einfach nicht gelingen, sie stillzuhalten. Ein Teil in mir spürte, dass wir uns etwas Gefährlichem näherten. Ich konzentrierte mich auf jedes Detail in meiner Umgebung, nahm den modrigen Geruch wahr, den Nebel, der über den Boden kroch, sowie den feuchten Untergrund, in dem ich bei jedem Schritt ein wenig versank. Vor allem spürte ich aber meine Angst.

„Ich denke, wir müssten gleich da sein", sagte Ray leise. Er blickte zu mir und erkannte wohl, was in mir vorging. Vorsichtig nahm er meine Hand und hielt sie schützend fest. „Ich bin bei dir. Dir wird nichts passieren, dafür sorge ich."

Ich nickte schweigend. Was sollte ich darauf antworten? Seine Worte bedeuteten mir viel … wahrscheinlich sogar zu viel.

Als wir das Wasser erreichten, ließen wir unseren Blick über die glatte Oberfläche wandern. Sie sah aus wie ein kristallklarer Spiegel aus pechschwarzem Glas. Der See lag ganz still und regungslos vor uns. Keine Welle war zu sehen, nichts darauf bewegte sich.

„Dort unten", sagte Ray und deutete in Richtung Grund in der Mitte des Gewässers.

Ich folgte seinem Fingerzeig und konnte nicht glauben, was ich da sah. Dort war ein weiteres Höhlengewölbe. Und ich entdeckte noch etwas anderes: Inmitten dieses Raumes stand ein Podest, auf dem wiederum etwas lag, das aussah wie ein Buch. Pure Erleichterung durchströmte mich. Wir hatten es gefunden! … Nur wie sollten wir auf den Grund des Sees gelangen? Und was genau lag da um das Podest herum verteilt? Ich erkannte mehrere dunkle Gebilde, konnte aber einfach nicht ausmachen, um was es sich dabei genau handelte.

„Okay, ich schätze, wir müssen wohl dort hinunter. Bist du bereit?", fragte er mich.

Bereit wozu? Er wollte doch nicht etwa da runtertauchen? Das Wasser sah nicht sonderlich einladend aus. Besonders die Tiefe bereitete mir Sorgen. Ich konnte mir nicht vorstellen, dass ich in der Lage war, so lange die Luft anzuhalten. Schon gar nicht in meinem jetzigen Zustand.

„Ich bin nicht sicher, ob ich das schaffe", gab ich zu.

„Mach dir darum keine Gedanken. Du hältst dich einfach an mir fest", erklärte er und nahm erneut meine Hand.

Bartholomäus schritt derweil wie selbstverständlich auf das Wasser zu, tat einige Schritte hinein ... und versank plötzlich darin. Nein, er versank nicht, es sah vielmehr so aus, als würde er langsam zu Boden schweben.

Noch ehe ich weitere Fragen stellen konnte, drückte Ray meine Hand fester und führte mich in den See hinein. Das kalte Wasser drang nur allzu schnell durch meine undichten Sohlen und durchtränkte in Sekundenschnelle meine Socken. Hektisch atmete ich mehrmals ein und aus. Ich würde es niemals schaffen, so lange die Luft anzuhalten. Es würde nicht funktionieren ...

In diesem Moment war mir, als würde der Boden unter mir wegbrechen, als würde ich plötzlich ins Leere treten. Ich hatte gerade ein letztes Mal Luft holen können, als ich auch schon langsam unterging. Ich sank durch das Wasser, versuchte zu schwimmen, um zurück an die Oberfläche zu gelangen, aber irgendetwas zog mich unweigerlich hinab. Panisch hielt ich Rays Hand umklammert. Als er mich daraufhin fest an sich zog und ich seinen Körper an meinem fühlte, beruhigte sich mein Herz ein wenig.

Ich spürte, wie wir immer weiter sanken, bis da plötzlich kein Gewässer mehr um uns herum war. Wir brachen aus dem See heraus, dessen Wasser nun genau über uns in der Luft schwebte. Es war ein seltsamer Anblick, diese Wassermassen dort oben zu sehen, die wie von einer unsichtbaren Kraft an Ort und Stelle gehalten wurden.

Viel schlimmer war jedoch das, was sich nun unter uns befand: Zwischen uns und dem steinernen Boden war nichts als klaffende Tiefe. Es war nicht zu glauben und dennoch gab es keine andere Erklärung: Wir flogen durch die Luft. Ganz langsam schwebten wir in Richtung Erde, wo Bartholomäus bereits auf uns wartete.

Mit zitternden Knien ließ ich mich auf den Felsboden der Höhle sinken und versuchte, das eben Erlebte zu verarbeiten. Dazu blieb mir allerdings keine Zeit ...

„Scheint so, als müssten wir noch eine weitere Hürde überwinden", sagte Ray und blickte in Richtung Buch.

Erschrocken rutschte ich hastig ein Stück zurück, bis ich die Felswand in meinem Rücken spürte, und starrte auf das, was vor uns lag.

Das Gewölbe, in dem wir uns befanden, war recht groß und wurde von einigen Fackeln an den Wänden erhellt. So entdeckte ich auf den ersten Blick das silberne Podest, auf dem ein schweres Buch lag. Doch was man von oben nicht hatte erkennen können, war, dass dieses Podium in einem sumpfigen Gewässer stand, in dem sich wiederum noch etwas anderes befand. Diese Dinger hatte ich bereits vom Ufer des Sees ausmachen, jedoch nicht genauer identifizieren können. Nun sah ich allerdings, worum es sich dabei handelte: unzählige verbrannte Leiber, schwarzverkohlt, mit vollkommen verdrehten Gliedern. Sie lagen zu Hunderten in dieser Höhle, waren auf- und übereinandergestapelt, als hätte ein Wahnsinniger hier ein Massengrab hinterlassen.

Mir wurde speiübel bei dem Anblick, und kalte Angst packte mich, als mir klar wurde, dass wir an ihnen vorbeimussten, wenn wir an das Buch gelangen wollten.

„Das sind Feuerseelen", erklärte Ray leise, während er den Blick weiterhin auf die Kreaturen vor uns gerichtet hielt. „Solange man ihnen nicht in die Augen blickt, sehen sie in einem keine Bedrohung und lassen einen in Frieden." Er schwieg kurz, fuhr dann aber fort: „Bleibt ihr beiden am besten hier, ich bin gleich wieder da."

Er wollte gerade losgehen, als ich aufsprang und ihn am Arm festhielt. „Sollte ich nicht besser mitkommen? Ich muss an deiner Seite bleiben, damit wir die Voraussetzungen erfüllen, um uns in der Höhle frei bewegen zu können."

Es war sicher besser, wenn ich mitging. Nicht, dass die Höhle sich am Ende erneut gegen uns richtete.

Er schwieg einen Moment, dachte vermutlich darüber nach, ob er mir das wirklich zumuten konnte. „Gut, bleib einfach dicht bei mir und sieh den Wesen nicht in die Augen, dann kann nichts passieren."

„Ich werde euch ebenfalls begleiten, Meister", brachte sich Bartholomäus ein. „Nicht, dass der Zauber der Höhle wieder aktiviert wird und ich als Feind angesehen werde, wenn ich allein zurückbleibe."

Und so traten wir zu dritt auf die Gestalten zu. Das schmierige Wasser hatte sich über ihre Körper gelegt und alles aufgeschwemmt, was an Haut noch nicht abgeplatzt war. Sie alle zuckten in dem Haufen aus Leibern, den sie mit den anderen bildeten. Ihre Köpfe ruckten unruhig hin und her; ihre Arme griffen ständig ins Leere, als versuchten sie, etwas Unsichtbares zu fassen zu bekommen. Aus ihren weit geöffneten Mündern drangen gurgelnde, ratternde Schreie hervor.

Ich zitterte wie Espenlaub, als wir an den ersten Feuerseelen vorbeikamen. Sie zogen ihre krummen und verdrehten Körper über den schmierigen Untergrund und streckten ihre Hände nach uns aus.

Ich versuchte ruhig zu atmen; mein Herz schlug mittlerweile so schnell, dass ich sicher war, es müsse jeden Moment zerspringen. Mir war so schrecklich schwindelig, heiß und zugleich kalt. Es fiel mir stetig schwerer, mich auf den Beinen zu halten ... dazu diese grauenhaften Geschöpfe, die wie aus einem Albtraum entsprungen wirkten.

Ray hielt weiterhin meine Hand, drückte sie fest und sprach mir Mut zu. „Wir haben es gleich geschafft. Sieh sie einfach nicht an und mach einen Schritt nach dem anderen."

Ich wollte seine Ratschläge befolgen, doch es war nicht einfach, diese Kreaturen zu ignorieren. Zwar hielt ich den Blick gen Decke gerichtet, aber ich roch die Feuerseelen. Mit jedem Atemzug nahm ich ihren Gestank nach Asche und feuchtem Moder wahr, nach verwesendem, nassem Fleisch. Viel schlimmer waren allerdings die grauenhaften Laute, die sie von sich gaben. Zum einen das tiefe, knatternde Röcheln, zum anderen das Geräusch der Leiber, die sich über den Untergrund zogen.

Als eine kalte Hand sich um meinen Knöchel schloss, zuckte ich zusammen, schaffte es aber gerade so, nicht aufzuschreien. Hastig schüttelte ich sie so schnell und stark ich konnte von meinem Fuß und ging weiter.

Kurz wagte ich einen Blick nach vorne Richtung Podest. Wir hatten es fast erreicht. Nur noch wenige Schritte ... Ich spürte erneut, wie ich stolperte, konnte mich aber mit Rays Hilfe nochmals fangen. Mir war klar, dass ich nicht mehr lange durchhalten würde. Mittlerweile zuckten ständig helle Lichtblitze durch mein Sichtfeld, in meinen Ohren rauschte es und immense Schmerzen rasten durch meinen ganzen Körper. Wir mussten hier raus!

In diesem Moment erreichten wir endlich das Buch. Es sah sehr alt aus, die Seiten waren stark vergilbt und der Einband hatte mehrere Risse. Die Buchstaben, die den Titel ergaben, waren kaum mehr lesbar.

Ray begutachtete den Band eingehend und sagte dann zu Bartholomäus: „In den Legenden heißt es, dass die Bücher von Wächtern beschützt werden. Ich nehme mal stark an, dass damit nicht die Feuerseelen gemeint waren. Der richtige Wächter wird also wahrscheinlich auftauchen, sobald ich das Buch an mich nehme. Ich werde es dann gleich an euch weitergeben, und ihr zieht euch damit so weit wie möglich zurück, verstanden? Währenddessen werde ich mich um den Dämon kümmern. Bartholomäus, ich will, dass du Emily beschützt, hörst du? Pass auf sie auf und bringe sie heil wieder hier raus."

Die Katze nickte entschlossen.

Rays Worte drangen nur langsam zu mir durch. Es dauerte einige Sekunden, bis ich verstand, was er da gerade gesagt hatte.

Da griff er auch schon nach dem Buch, hob es hoch und – es geschah nichts. Bis auf die Geräusche der Feuerseelen, die weiterhin deutlich zu vernehmen waren, herrschte in der Höhle absolute Stille.

Ich atmete gerade erleichtert auf, als mich plötzlich ein gewaltiger Schlag von den Füßen riss.

Eine alles versengende Hitze schoss durch die Gemäuer, und ich war mir bereits sicher, dass sie mir Haut und Fleisch von den Knochen brennen würde. Ich spürte, wie mich etwas zur Seite stieß und kurz darauf saß ich auf dem Boden, nur wenige Meter von Ray entfernt. Er warf mir hastig das Buch zu, das klatschend neben mir auf dem steinernen Untergrund landete. Ich streckte mich rasch danach und drückte es schützend an meine Brust.

Erst langsam begriff ich, was gerade geschehen war und woher dieses riesige Monster plötzlich kam, das neben dem Podest stand und immer größer und größer wurde. Diese

Gestalt bestand aus nichts als lodernden Flammen. Lediglich die Umrisse erinnerten an die eines Menschen.

Der Wächter musste mit einer riesigen Feuerwelle in den Raum gerast sein. Ich vermutete, dass es Bartholomäus gewesen war, der mich vor den Flammen gerettet hatte, indem er mich einige Meter weit durch den Raum geworfen hatte. Er stand jetzt direkt neben mir, sträubte das Fell und baute sich schützend vor mir auf.

Doch der Dämon hatte keinen Blick für uns. Er war nur an Ray interessiert, den er als denjenigen erkannte, der den Tertius vom Podest genommen hatte. Das Wesen blähte sich immer weiter auf, wurde größer und größer, bis es schließlich gellend aufschrie. Feuer und Lava spritzten von seinem Körper, regneten auf uns hernieder und ließen alles, was sie berührten, in Flammen aufgehen.

Bartholomäus stand weiterhin schützend vor mir. Verwundert stellte ich fest, dass keiner der Funken zu mir durchdrang. Und dann erkannte ich, weshalb: Ein sanftes grünes Licht umgab die Wächterkatze und mich wie eine Kugel und bewahrte uns somit offenbar vor den Angriffen.

Weitere Feuerkugeln regneten herab; setzten die Wände, den Boden und selbst die Decke in Brand. Noch nie hatte ich Stein und Felsen brennen sehen, doch dieser tat es. Die Flammen breiteten sich weiter aus. Ich spürte die Hitze, die den Raum erfüllte, und sah, wie die Leiber der Feuerseelen jedes Mal qualvoll zusammenzuckten, wenn sie von einem der Geschosse getroffen wurden. Asche und Rauch sammelten sich in der Höhle und stoben durch die Luft. Ich kam mir vor, als wäre ich direkt in der Hölle gelandet.

Der Wächter stieß einen weiteren Schrei aus; sauste anschließend auf Ray hernieder, der schnell beiseitesprang und gerade so einem Schlag der Kreatur auswich. Behände und flink entging er jedem Angriff, doch das Wesen entzündete jedes Mal, wenn es Boden oder Wände traf, weitere Feuer. Der

Felsboden begann sich langsam zu verflüssigen; der Stein schmolz und wurde zu lodernder Lava. Der Untergrund löste sich nach und nach auf; die ersten Feuerseelen wurden von der glühenden Masse verschluckt. Andere versuchten zu entkommen, indem sie von den Löchern fortkrochen. Doch zu schnell schmolz das Gestein und eine nach der anderen versank in der todbringenden Glut.

Noch waren Bartholomäus und ich in Sicherheit, aber die glühende Masse kam stetig näher, immer mehr Boden schmolz und drohte, auch uns zu verschlucken. Ich wich weiter zurück, spürte die Steinwand in meinem Rücken und blickte zu Bartholomäus. Hätte er nicht weiterhin den Schutzzauber aufrecht gehalten, wäre ich bestimmt längst an der entsetzlichen Hitze, die außerhalb der Kugel herrschen musste, gestorben.

Der Wächter öffnete sein Maul und spie eine helle Feuerkugel nach Ray; der sprang hastig zur Seite, fand eine der Felsplatten, die auf der Lava trieben, und landete darauf. Dort verharrte er plötzlich, legte die Hände aneinander und rammte die rechte Faust schließlich auf die Platte unter sich, die daraufhin besorgniserregend ins Schwanken geriet.

Zunächst verstand ich nicht, was er da tat, doch dann wurde mir klar, dass sich etwas an ihm verändert hatte. Seine Augen waren blutrot, seine Lippen zu einem kalten Lächeln verzogen. Er wirkte angriffslustig und beinahe so, als würde er sich auf den bevorstehenden Kampf freuen. Noch immer dieses fremde Grinsen auf den Lippen, richtete er sich langsam auf.

Auf seiner rechten Gesichtshälfte zogen sich seltsame schwarze Zeichen bis zu seiner rechten Hand hinab. Es sah aus wie ein einziges, stark verästeltes Symbol, das sich mehrfach geteilt hatte – wie ein riesiges schwarzes Tattoo.

„Was ist das?", fragte ich entsetzt.

„Mein Meister hat gerade die dämonischen Kräfte in sich freigesetzt. Wenn er diese ruft, werden seine Augen glutrot und die Zeichen erscheinen."

„Aber was ... was ist das?"

„Sie zeigen, dass er über äußerst große Macht verfügt."

Ich schluckte schwer. So hatte ich Ray noch nie gesehen. Jeder seiner Muskeln, sein gesamter Körper wirkte gespannt und bereit, sich jeden Moment auf seinen Gegner zu stürzen. Und in seinen roten Augen erkannte ich nichts als den Wunsch, zu töten.

Der Wächter wartete nicht lange und ließ sich in einem Feuersturm auf ihn nieder. Lediglich ein kleiner Teil der Hitze, die von den Flammen ausging, drang bis zu mir durch, und dennoch glaubte ich, nicht mehr atmen zu können. Schweiß trat mir aus allen Poren, mein Puls raste, stolperte.

Während die Kreatur auf Ray niedersauste, blieb dieser einfach stehen, bis die Flammengestalt ihn erreicht hatte und ihn schließlich umhüllte. Wieso wich er nicht aus? Ich riss die Augen auf, machte einen Satz nach vorn, wollte zu ihm ... Doch wo war er? Ich konnte ihn in dem Feuer nicht mehr ausmachen.

Plötzlich wurde der Wächter mit einer unfassbaren Geschwindigkeit nach hinten geschleudert und prallte gegen eine Wand, die sich unter der Hitze der Kreatur langsam zu verflüssigen begann. Das Wesen hing in der Luft und versuchte, die Hände, die um seinen Hals lagen, zu lösen. Es waren Rays Hände, die den Wächter gepackt hielten. Ich begriff, dass Rays Haut und sein Fleisch der Hitze nicht mehr lange würden standhalten können und langsam verbrannten.

Dennoch ließ er nicht nach. Mit diesem schrecklichen Lächeln und den schwarzen Zeichen im Gesicht hielt er seinen Gegner weiterhin gepackt. Als er seine linke Hand schließlich kurz zur Seite streckte, bildete sich um sie ein glühender Ring aus türkisfarbenem Licht.

Das Licht tanzte vor meinen Augen, bunte Punkte flackerten und mir fiel es schwer, nicht bewusstlos zusammenzusacken. Ich schmeckte Blut, roch den entsetzlichen Rauch, der die Höhle füllte und in meiner Lunge brannte. Mein Herz stotterte in meiner Brust, setzte immer wieder einige Schläge aus. Ich schnappte heftig nach Luft, doch meine Lunge wollte sich einfach nicht mit Sauerstoff füllen. Ich schaute weiterhin zu Ray, der nun die linke Hand zur Faust ballte, um die noch immer der grün schimmernde Ring lag. Er holte aus und stieß sie dem Wächter mitten in den Leib. Ich hörte noch die zischenden Schreie, die die Kreatur von sich gab, und nahm wahr, wie sie explodierte. Ich sah den Feuerregen und wie die Lichter tanzten … dann wurde alles schwarz.

Ich erkannte meine Eltern. Sie hielten ein kleines Mädchen in ihren Armen und strahlten vor Glück. Ich beobachtete dieses Kind, wie es an der Hand der Mutter zum ersten Mal in den Kindergarten ging, wie es aufgeregt mit den fremden Kindern spielte, wie es Freunde fand und langsam älter wurde. Ich sah das Mädchen, als es krank war, von ihren Eltern liebevoll gepflegt wurde und von ihnen Geschichten vorgelesen bekam. Es konnte so wundervoll strahlen und lachen. Doch auch ihre Tränen sah ich und spürte, wie mein Herz erneut in Stücke gerissen wurde, als zunächst der Vater zu Grabe getragen und das Kind schließlich aus den Armen der Mutter gerissen wurde.

Ich verfolgte, wie das Mädchen neue Freunde fand; erkannte Nells und Svens Gesichter, aber auch die vielen anderen, die es einmal gekannt hatte und von denen es ein Stück weit ihres Lebens begleitet worden war.

Schließlich beobachtete ich, wie es in einem Museum in einen seltsamen Kreidekreis trat, wie sich Rauch bildete und ein junger Mann erschien. Ray … Ich lächelte, als ich ihn erkannte, und durchlebte all die vergangenen Momente mit ihm noch einmal.

Mein ganzes Leben zog an mir vorbei, jedes einzelne Bild war eine Erinnerung, mal eine gute, mal eine schlechte. Ich spürte, wie ich mit jedem Erlebnis leerer wurde, als würde ich meinen inneren Frieden schließen. Das alles war vorbei und zählte nicht mehr. Stattdessen empfand ich eine angenehme Sorg- und Schwerelosigkeit, die mich vollkommen umhüllte und beschützte. Es war so leicht, sich darin zu verlieren, einfach alles andere los- und ziehen zu lassen. Ich war so vollkommen im Einklang mit mir selbst, war im Reinen mit meiner Vergangenheit und meinem Leben insgesamt. Da war nichts mehr, um das ich mich kümmern oder sorgen musste. Nichts, was noch irgendeine Rolle gespielt hätte. Ich versank immer tiefer in mir, verlor mich im Nichts und hatte das Gefühl, mich stetig weiter aufzulösen.

Doch langsam kam da noch etwas anderes zum Vorschein. Zunächst fühlte es sich fremd an, und am liebsten hätte ich mich dagegen zur Wehr gesetzt. Es störte mich in meinem Frieden, brachte mich durcheinander und zog mich aus der angenehmen Leere heraus. Aber dann erkannte ich, wie sanft und warm es war – wie die Berührung einer liebvollen Hand, die zärtlich über mein Gesicht und meinen Körper strich. Wie ein warmer Regen, der mir Emotionen schenkte und mir neue Kraft verlieh.

Meine Gedanken setzten wieder ein, mein Körper wurde mit Leben gefüllt. Diese Wärme fühlte sich so vertraut an und entfesselte zugleich eine unbändige Sehnsucht. Ich wollte mich an ihr festhalten, mich darin verlieren, wollte sie immer an meiner Seite spüren. Sie weckte meinen Lebenswillen, meine Kräfte und Gefühle.

Ich nahm plötzlich so viel wahr: ein Glühen in meinem Inneren, das stetig heißer wurde; mich schließlich schier zu verbrennen drohte, sowie eine unglaubliche Kraft, die in meinem ganzen Körper steckte und wohl von Anfang an darin geruht hatte. Ich konnte sie nun mit jeder Faser meines Inneren spüren und wusste plötzlich, dass sie zu mir gehörte. Dass sie immer da gewesen war - ich nur nie den Mut gehabt hatte, tief genug in mich zu gehen und mich all den schrecklichen Dingen zu stellen, die ich dort vergraben hatte. Doch jetzt, da ich es gewagt hatte, sah ich sie und wusste, dass ich Ray von nun an eine Hilfe sein konnte.

„Ein Glück, Sie sind endlich wach!", rief eine Stimme aufgeregt, als ich langsam die Augen öffnete. „Sie sind drei Tage lang bewusstlos gewesen. Das war wirklich keine angenehme Situation. Ich selbst musste sogar in den Verstand Ihrer Großeltern eindringen, um ihre Erinnerungen so zu verändern, dass sie Sie zwar in der Schule krankmelden, aber nicht nach Ihnen sehen."

Ich runzelte die Stirn und brachte die Sätze nur langsam in die richtige Reihenfolge. „Ich verstehe nicht ganz", murmelte ich, unterbrach mich aber, als ich spürte, dass etwas meine Hand hielt. Ray …

Er saß neben meinem Bett und hatte den Kopf auf meine Beine gelegt. Er schlief. Dennoch hielt er weiterhin meine Hand. Ich spürte, wie eine flammende Hitze in meine Wangen stieg. Was machte er da?

„Mein Meister hat Ihnen das Leben gerettet", beantwortete Bartholomäus meine ungestellte Frage. „Sie wären in der Höhle von Nachtfels beinahe gestorben. Um ein Haar hätten Sie nicht überlebt. Mein Herr war deshalb die ganze Zeit bei Ihnen, hat Ihre Hand gehalten und Ihnen so einen Teil seiner Lebenskraft übertragen. Da Sie und er durch den Pakt miteinander verbunden sind, konnte er Sie am Leben halten und Ihnen genügend Energie geben, damit Sie gesund werden konnten. Er ist in all den Tagen nicht von Ihrer Seite gewichen."

Ich starrte Ray fassungslos an. Er war die ganze Zeit bei mir gewesen, hatte an meinem Bett gesessen und mir von seiner Kraft geschenkt? Ich war ihm zum einen dankbar, zum anderen war ich unglaublich gerührt von seiner Tat. Er hatte mir das Leben gerettet.

Noch immer sah ich ihn an, betrachtete sein wunderschönes Gesicht, die langen, geschwungenen Wimpern, die elegante Nase und die fein geschnittenen Gesichtszüge.

„Es geht ihm gut, oder? Er schläft doch nur?", hakte ich nach.

„Es ist sehr viel Kraft, die er an Sie hat abgeben müssen, daher ist er etwas geschwächt. Es wird noch ein paar Tage dauern, bis er sich davon erholt haben wird."

Ich schluckte schwer und ließ langsam seine Hand los, ich war wohl mittlerweile über den Berg und wollte ihm nicht weiter zusetzen. Sachte beugte ich mich zu ihm vor, streichelte ihm über sein weiches Haar, die Wange und die wundervollen Lippen. „Ray, ich danke dir", wisperte ich leise und küsste ihn auf die Stirn.

Da öffnete er seine Augen; er schien erst verwundert, lächelte aber schließlich, als er mich erblickte. Dieses liebevolle, erleichterte und zugleich atemberaubende Lächeln war das Wundervollste, was ich je gesehen hatte.

„Ich bin so froh, dass du es geschafft hast", sagte er und seine Stimme war wie flüssiger Honig. Süß, sanft und verführerisch. „Ich hätte wirklich nicht gewusst, was ich hätte machen sollen, wenn dir etwas geschehen wäre."

„Mir geht es gut", sagte ich. „Dank dir." Ich drückte seine Hand und konnte dem Wunsch, mich an ihn zu schmiegen, nur schwer widerstehen. „Du bist sicher sehr erschöpft."

„Es geht. Lass mich einfach nur noch kurz so liegen."

Ich ließ es nur allzu bereitwillig zu, dass er seinen Kopf zurück auf meine Beine bettete, die Augen schloss und mit diesem vollkommen zufriedenen und glücklichen Ausdruck im Gesicht einschlief.

Schatten der Vergangenheit

Ray saß in dem Sessel neben meinem Bett, hielt den Tertius in seinen Händen und las darin. Seit ich aus meinem komatösen Schlaf erwacht war, waren drei Tage vergangen. In dieser Zeit hatte er jede freie Minute mit Lesen verbracht. Die Texte im Tertius waren in einer sehr alten Sprache verfasst, bei der selbst Ray alle Mühe hatte, sie zu entschlüsseln. Doch zumindest hatte er mittlerweile den richtigen Spruch gefunden.

Einerseits freute ich mich darüber, dass sich unser Einsatz gelohnt hatte, andererseits rückte der Abschied damit immer näher. Ich wollte gar nicht daran denken, wie es sein würde, wenn er wieder aus meinem Leben verschwunden wäre.

Ich streckte mich müde und schlug mein Mathebuch zu. Momentan konnte ich mich einfach nicht auf die Aufgaben konzentrieren. Auch wenn ich auf dem Weg der Besserung war, fühlte ich mich nicht richtig fit, sondern schlapp und hatte hin und wieder Kreislaufprobleme. Auch Ray war die ersten Tage sichtlich erschöpft und müde gewesen. Er hatte versucht, sich nichts anmerken zu lassen, und war weiterhin auf Patrouille gegangen. Doch zwischendurch hatte er sich stets für ein paar Stunden in den Sessel gesetzt und geschlafen.

Ich konnte noch immer nicht recht fassen, was er in den Tagen, in denen ich im Koma gelegen hatte, für mich getan hatte. Ohne seine Lebensenergie wäre ich mit hoher Wahrscheinlichkeit gestorben.

Ich erinnerte mich nur zu gut an diesen Zustand, an diese zufriedene Leere. Für einen Moment war ich tatsächlich bereit gewesen, loszulassen und zu sterben. Doch dieses warme Gefühl, bei dem es sich um Rays Energie gehandelt haben musste, hatte mich letztendlich davon abgehalten, aufzugeben, und mir neue Kraft gespendet. Auf diese Weise hatte ich den Mut aufbringen können, ganz tief in mich zu gehen und mich mitsamt meiner schrecklichen Vergangenheit zu akzeptieren. Nur so hatte ich auch das finden können, was in mir verborgen geruht hatte: meine magischen Kräfte.

Sobald es mir besser gegangen war, hatte ich es ausprobiert. Ich war zu der Kerze auf meinem Schreibtisch geeilt, mit der ich in den vergangenen Wochen vergeblich etliche Stunden mit dem Versuch zugebracht hatte, sie mithilfe meiner Magie zu entzünden.

„Und Sie denken wirklich, dass Sie nun über Ihre Kräfte verfügen können?", fragte Bartholomäus verwundert.

Ich nickte. „Als ich dem Tod nahe war und mit meinem Leben abgeschlossen hatte", erklärte ich, während ich langsam die Hände ausstreckte, „war ich ganz tief mit mir selbst verbunden. Ich bin mit mir ins Reine gekommen und habe mich samt meiner Vergangenheit schließlich annehmen können. So war ich in der Lage, auch auf jene Teile zurückzugreifen, die bis dahin in mir verborgen lagen. Wie meine magischen Kräfte. Es ist schwer zu beschreiben, aber ich weiß einfach, dass ich die Magie nun anwenden kann."

Ray trat neben mich und beobachtete geduldig, was als Nächstes passieren würde.

Hoffentlich ging es wirklich gut. Doch ich war mir absolut sicher, dass ich diese Kerze entfachen konnte. Es war nahezu ausgeschlossen, dass etwas schiefging. Ich atmete ein letztes Mal tief durch, stellte mir den Lichtschein der kleinen Flamme vor und sah regelrecht vor mir, wie die Kerze brannte. Ich runzelte angestrengt die Stirn und fühlte, wie mir schwindelig wurde, während ein großer Teil an Energie aus mir herausgezogen wurde. Ich blinzelte und war mir zunächst nicht sicher, ob das, was ich vor mir sah, tatsächlich real war: Der Docht der Kerze brannte. Das kleine Licht leuchtete gelbrot und strahlte eine angenehme Wärme aus. Ich hatte es geschafft!

Jubelnd sprang ich auf: „Es hat geklappt! Ich kann es!"

Noch ehe ich begriff, was ich da eigentlich tat, lag ich auch schon in Rays Armen und drückte mich euphorisch an ihn. „Hast du das gesehen? Ich habe …“ Als ich in seine Augen blickte, hielt ich schlagartig inne.

Er lächelte, und in seinem Blick tanzte dieselbe Freude wie sie sicher auch in meinem zu finden war. Er wirkte stolz, erleichtert und glücklich. „Ich wusste, dass du es schaffen würdest. Das war wirklich klasse.“

Er hatte seine Arme nun ebenfalls um mich gelegt und hielt mich fest an sich gedrückt. Ich sog seinen vertrauten Duft nach Zimt und Sandelholz ein, spürte die starken Arme um mich und fühlte, wie mein Blut in heißen, lodernden Wellen durch meine Adern floss.

Ray strich mir sanft übers Haar, berührte meine Wange und ließ seine Hand darauf ruhen. Diese Geste hatte etwas so Inniges, etwas so Vertrautes und Zärtliches, dass mir der Atem stockte. Ich vergaß alles um mich herum; sah nur noch seine wundervollen Mitternachtsaugen und sein strahlend schönes Gesicht.

Ich konnte in seinem Blick sehen, dass er mit sich rang und kurz davor war, mir etwas zu sagen. Etwas Wichtiges …

„Ich denke, wir alle haben uns nun genug für Sie gefreut“, unterbrach Bartholomäus die Stimmung. Er wirkte ernst und wenig erfreut darüber, was sich da gerade vor ihm abgespielt hatte.

Mit roten Wangen trat ich verlegen einen Schritt von Ray zurück. Mein Herz donnerte noch immer in meiner Brust.

„Wir sollten auf den Boden der Tatsachen zurückkehren. Natürlich ist es erfreulich, dass Sie Ihre Kräfte gefunden haben. Nur wird es nicht allzu leicht werden, damit umzugehen. Zum Glück müssen Sie nur diesen einen Spruch durchführen. Sie so weit zu unterrichten, dass Sie Ihre Kräfte uneingeschränkt nutzen können, würde ohnehin zu weit gehen.“

Eigentlich hatte ich gehofft, ich könnte von nun an eine echte Hilfe sein und die nötigen Zaubersprüche lernen, um Ray im Kampf gegen die Dämonen zu unterstützen. Aber so wie es aussah, war es bis dahin noch ein viel zu weiter Weg. Es ging lediglich darum, diesen einen Zauber anzuwenden, danach brauchten sie mich nicht mehr. Warum auch? Immerhin würden die Dämonen uns dann in Ruhe lassen.

„Ich denke, wir sollten jetzt so schnell es geht den Pakt lösen. Mit dem Buch bin ich so weit durch", sagte Ray und holte mich damit in die Gegenwart zurück. „Der Zauber ist einfacher als gedacht. Zumindest muss ich nicht allzu viel dafür vorbereiten." Er musterte mich kurz. „Trotzdem wird es nicht leicht für dich. Du wirst eine ganze Menge Kraft dabei verlieren."

„Das schaffe ich schon."

„Bist du dir ganz sicher?"

Ich nickte.

„Okay. Ich muss zwar noch ein paar Dinge besorgen, aber ich denke, bis morgen Mittag müsste ich alles beisammen haben."

Ich schluckte schwer. So bald schon.

„Wenn alles klappt, werden wir den Pakt also morgen lösen."

Ich lächelte und versuchte, möglichst glücklich auszusehen. In meinem Inneren zerbrach jedoch gerade etwas, und eine dunkle, tiefschwarze Angst schloss sich um mein Herz.

Eine Hand wedelte vor meinen Augen herum und riss mich so aus meinen Gedanken.

„Sag mal, träumst du? Ich rede seit einer halben Ewigkeit mit dir und bekomme einfach keine Antwort. Was ist denn los? Du bist schon den ganzen Tag so seltsam", stellte Nell fest, während sie einen großen Löffel von ihrem Schokopudding nahm.

Es fiel mir wirklich schwer, mich auf irgendetwas zu konzentrieren. Ich spürte einen so abgrundtiefen Schmerz in mir, eine so schreckliche Leere, dass ich glaubte, daran zu zerbrechen. Mittlerweile zählte ich bereits die Stunden bis zum Schulende und betete darum, die Zeit möge stehen bleiben. Heute Nachmittag sollte es so weit sein …

Ray war nicht zum Unterricht erschienen, sondern besorgte stattdessen die Utensilien, die wir benötigten, um den Zauber, mit dem wir den Pakt lösen wollten, durchzuführen. Nur noch wenige Stunden und wir wären nicht länger aneinander gebunden. Ich wusste, was das bedeutete: Er würde in seine Welt zurückkehren, um dort sein altes Leben aufzunehmen, und auch ich würde wieder in meinen Alltag finden müssen. Nur wie genau mir das gelingen sollte, war mir nicht ganz klar. Er würde mir so entsetzlich fehlen. Ständig war er an meiner Seite gewesen, ihm hatte ich sogar meine verletzliche Seite zeigen und von meinen schrecklichsten Ängsten erzählen können. Trotz aller Vorsicht hatte ich ihn nach und nach in mein Herz gelassen und mich schließlich unsterblich in ihn verliebt.

„Sie hat recht", schaltete sich Sven ein. „Du bist bereits den ganzen Tag so abwesend. Selbst im Unterricht hast du nichts mitgeschrieben, sondern einfach nur dagesessen und Löcher in die Luft gestarrt." Er musterte mich misstrauisch.

„Du behältst sie aber gut im Auge. Machst dir wohl Sorgen um sie, was?" Nell schmunzelte und stieß ihn neckend in die Seite.

„Natürlich mache ich mir Gedanken um Emily, wenn es ihr schlecht geht. Das tust du doch auch."

„Jaja, du hast ja recht." Nun wandte sie sich wieder mir zu. Sie schob sich den Löffel mit dem letzten Rest Pudding in den

Mund und schlug sich dann mit dem leeren Löffel nachdenklich gegen die Lippen. „Ray fehlt in letzter Zeit ziemlich häufig. Heute hat er sich noch gar nicht blicken lassen. Hat deine Laune vielleicht was damit zu tun?"

Svens Augen verfinsterten sich allein bei der Erwähnung des Namens, aber ich ignorierte seinen Argwohn. Mir war nicht danach, eine erneute Diskussion über Ray anzufangen. Mir fehlte einfach die Kraft dazu, ihn in Schutz zu nehmen oder gar zu lügen.

„Er wird wohl in den nächsten Tagen nach Hause zurückgehen", erklärte ich ohne Umschweife. Sie würden ohnehin früher oder später erfahren, dass er nicht mehr hier war.

Nells Augen weiteten sich fassungslos. „Was?! Er geht zurück nach ... *Hause*?" Hastig blickte sie zu Sven, der weiterhin keine Ahnung davon hatte, was Ray eigentlich war. „Hat er ..." Sie suchte offenbar nach unverfänglichen Worten. „Hat er einen Weg gefunden, die Probleme auszuräumen, damit er zurück kann?"

Ich nickte. „Er erledigt gerade noch ein paar Sachen, aber heute Nachmittag will er einen Versuch starten, sich, ähm ... mit seinen Eltern endgültig zu versöhnen. Wenn alles gut geht, ist er also heute Abend schon nicht mehr hier."

Svens grimmiger Ausdruck war mit einem Mal komplett verschwunden. „Das sind ja tolle Neuigkeiten! Wurde auch langsam Zeit, dass er endlich verschwindet."

„Jetzt sei endlich mal still", fuhr Nell ihn an. Sie merkte wohl, dass mir der bevorstehende Abschied alles andere als leichtfiel. Dann wandte sie sich an mich: „Hör mal, ich bin immer für dich da, wenn du jemandem zum Reden brauchst."

„Warum sollte sie mit jemandem reden wollen, nur weil der Kerl endlich abhaut? Das ist doch fantastisch!"

„Danke", sagte ich an sie gewandt und überging Svens Kommentar. Er hatte offenbar wirklich keine Ahnung, wie viel Ray mir mittlerweile bedeutete. Sicher war das auch besser so.

Ich wollte nicht, dass er mich bemitleidete oder versuchte, mich aufzumuntern. Ich wollte weder ihm noch Nell eine Last sein. Mit diesem Schmerz würde ich schon allein fertigwerden. So wie ich es in meiner Vergangenheit auch getan hatte …

Nell begleitete mich an diesem Nachmittag nach Hause. Da Ray den Tag über nicht hatte auf mich aufpassen können, hatte er Bartholomäus damit beauftragt, der den Befehl wie immer gehorsam ausführte. Während ich im Unterricht saß, hatte er entweder vor dem Fenster in einem hohen Baum gesessen und mich von dort aus im Auge behalten oder er war hin und wieder auf den Fenstersimsen an meinem Klassenzimmer vorbeigesprungen. Von dieser Art der Überwachung fühlte ich mich beinahe schon bedrängt und kam mir ziemlich hilflos vor. Immerhin gab er mir so das Gefühl, als könnte man mich keine Sekunde allein lassen.

Auch jetzt begleitete uns die Wächterkatze auf dem Heimweg und schaute sich ständig suchend in alle Richtungen um. Nachdem wir die ersten Minuten nur schweigend nebeneinander hergegangen waren, unterbrach Nell schließlich die Stille. „Dir scheint der Abschied ja wirklich sehr nahezugehen."

„Ich habe mich in all der Zeit irgendwie an ihn gewöhnt", räumte ich ein. „So war immer jemand da, mit dem ich reden und meine Sorgen teilen konnte. Es tat mir unheimlich gut, in seiner Nähe zu sein."

Sie schwieg einen Moment, ließ mich dabei allerdings nicht aus den Augen. „Das klingt beinahe so, als hättest du dich wirklich sehr in ihn verliebt."

„Auf keinen Fall!", kreischte Bartholomäus plötzlich los. Stets tat er so, als würden ihn unsere Gespräche nicht interessieren und er darum nicht zuhören, doch er hatte uns nur allzu gut belauscht. „Mein Meister ist ein Dämon, Sie sind ein Mensch", fauchte er abfällig. „Es mag ja sein, dass Sie ihm gegenüber Gefühle entwickelt haben, diese sollten Sie aber so schnell wie möglich abtöten. Es ist vollkommen ausgeschlossen, dass mein Herr sich jemals mit einem Menschen einlässt. Vielleicht haben Sie seine Freundlichkeit falsch verstanden. Er empfindet jedenfalls ganz sicher nichts für Sie, ersparen Sie sich also besser den Schmerz und vergessen Sie ihn. Das ist für uns alle besser."

Nell sprang hastig zwei Schritte nach vorn, packte Bartholomäus am Nackenfell und zog daran. „Sei nicht immer so wahnsinnig arrogant und unhöflich. Was zwischen den beiden vor sich geht, hat dich überhaupt nicht zu interessieren, also misch dich nicht ein."

„Ist schon gut", wandte ich ein. „Ich weiß ja selbst, dass meine Gefühle vollkommen daneben sind, aber was soll ich machen?"

„Sie müssen ihn sich sofort aus dem Kopf schlagen. Mein Meister und ein Mensch? Das wäre ja noch schöner! Vergessen Sie nicht, dass wir in nur wenigen Stunden nach Hause zurückkehren. Dann müssen Sie ihn ohnehin vergessen, denn freiwillig setzen wir ganz sicher keinen Fuß mehr in diese Welt."

„Du bist so fies", schimpfte Nell. Sie legte tröstend ihren Arm um meine Schultern. „Hör nicht auf ihn. Gefühle lassen sich nun mal nicht ein- und ausschalten, wie es einem gerade passt. Du hast ihm bislang doch sicher noch nicht gesagt, wie du für ihn empfindest. Sprich nachher gleich mit ihm. Es wird dir helfen, klare Verhältnisse zu schaffen. Zudem wird es dir guttun, dir das von der Seele zu reden."

Ich konnte nicht antworten. Wir waren nur noch wenige Minuten von meinem Haus entfernt. Der Abschied rückte damit immer näher und mein Herz wollte mir schier in der Brust zerspringen. Mein Hals schnürte sich weiter zu, während Tränen an die Oberfläche drängten.

„O Nell“, heulte ich und war selbst über meine Reaktion überrascht. Noch nie hatte ich vor ihr so sehr die Fassung verloren. „Es tut so verdammt weh. Warum musste es ausgerechnet er sein? Nicht mehr lange und er wird fortgehen. Ich weiß nicht, wie ich damit fertigwerden soll.“

Sie nahm mich in den Arm, hielt mich einfach nur fest und streichelte mir beruhigend über den Rücken. „Sprich mit ihm. Selbst wenn er ablehnt, wird es dir danach besser gehen. Hauptsache, du schleppst das nicht weiter mit dir rum und hast Klarheit. Du kannst mich jederzeit anrufen, wenn dir danach ist. Ich bin für dich da, hörst du?“

Sie war wirklich eine liebe Freundin, und ich war froh, sie an meiner Seite zu haben. Sicher würde sie zu mir stehen und mir helfen, das alles zu überwinden. Ich zweifelte nur, dass mir dies tatsächlich irgendwann gelingen würde. Dazu bedeutete mir Ray einfach zu viel …

Meine Hände zitterten, mir war übel und mein Herz tat so entsetzlich weh; aber innerlich spürte ich bereits nichts mehr. Ich war vollkommen leer und überwältigt von dem Abschied, der mir nun bevorstand.

Ray hatte alles für den Zauber bereitgelegt, den magischen Kreis auf den Boden gemalt und ihn anschließend mit mehreren Kräutern und Pulvern geweiht. Nun war alles bereit und der Moment gekommen, vor dem ich mich so lange gefürchtet hatte.

„So weit ist alles fertig“, sagte er in meine Richtung.

Ein Eisenring aus Schmerz und Trauer schnitt in meine Brust, doch ich versuchte standhaft zu bleiben und nickte knapp.

„Wir müssen beide in dem Symbol stehen“, erklärte er. „Anschließend lese ich dir die Worte des Spruchs vor und du wiederholst sie. Wichtig ist, dass du dich vollkommen auf den Zauber konzentrierst und deine ganze Kraft hineinlegst."

Erneut nickte ich schweigend. Ihm entging wohl nicht, dass ich nicht bester Stimmung war. Während ich auf den Kreis zuging, griff er plötzlich nach meiner Hand und hielt mich fest. „Was ist mit dir? Du kannst es sagen, wenn du Zweifel hast. Der Spruch wird wie gesagt eine Menge Kraft fordern. Ich weiß, dass du nach deinem Aufenthalt in Neffarell nicht wieder vollkommen fit bist. Es ist also völlig in Ordnung, wenn du dich noch nicht dafür bereit fühlst."

Bartholomäus schnappte empört nach Luft, doch Ray schenkte ihm nur einen warnenden Blick, woraufhin die Wächterkatze ihre Worte hinunterschluckte.

Kurz überlegte ich, ob ich diesen Grund vorschieben sollte. Immerhin würde ich somit noch einige Tage Zeit gewinnen und er würde etwas länger an meiner Seite bleiben.

Ich sah in sein sorgenvolles Gesicht. Er machte sich Gedanken um mich und hatte Angst, dass er mir nach all den Erlebnissen der letzten Zeit zu viel zumutete. Das durfte ich nicht einfach ausnutzen. Zudem würde es den Abschied nur aufschieben. Es war besser, es gleich hier und jetzt hinter mich zu bringen. Dann war es vorbei ...

„Nein, nein, es geht schon. Ich werde mir alle Mühe geben, damit wir den Pakt lösen können."

„Gut, wenn du dir sicher bist."

Ich nickte bestätigend und trat in den Kreis. Meine Beine zitterten und auch meine Hände bebten vor Angst. Noch einmal atmete ich tief durch.

Ray war nun neben mir, das Buch in seiner Hand, und begann die ersten Sätze daraus vorzutragen.

Ich gab mir alle Mühe, sie genau so auszusprechen, wie er es mir vormachte. Es war ein langer Text, doch tapfer hielt ich durch, konzentrierte mich auf den Wortlaut und legte all meine Kraft hinein.

Ich sah, dass sich sein Blick allmählich dem Ende der Seite näherte, und fühlte mein Herz pochen. Gleich war es so weit. Gleich war der letzte Satz gesprochen und wir wieder frei, sodass jeder sein altes Leben aufnehmen konnte. Ich wiederholte den letzten Satz, den er mir vorgetragen hatte, und atmete seufzend aus. Es war vorbei …

Prüfend schaute ich zu Ray, der nachdenklich die Stirn in Falten legte.

Auch Bartholomäus war unruhig und trat aufgeregt näher zu uns. „Hat es wirklich funktioniert?", hakte er nach und sah uns fragend an. „Ich spüre weiterhin die Verbindung zwischen Euch und ihr!"

Ray schwieg einen Moment, überflog noch einmal den Text und sah dann zu mir. „Nein, ich fürchte, es hat nicht geklappt."

Erschrocken schaute ich auf. Wie konnte das sein? Hatte ich einen Fehler gemacht? Oder hatte ich mir zu wenig Mühe gegeben? Lag es daran, dass ich im Grunde gar nicht wollte, dass er ging? Ich war der festen Überzeugung gewesen, alles dafür getan zu haben, damit der Zauber wirkte. Doch was war dann schiefgegangen?

„Sie ist einfach zu schwach", schimpfte die Wächterkatze. „Ich habe ja geahnt, dass ihre Kräfte nicht ausreichen würden. Nun sitzen wir hier noch länger fest."

„Es liegt nicht an Emily", nahm Ray mich in Schutz. „Sie hat keinen Fehler gemacht. Sie hat die Worte richtig ausgesprochen und sie verfügt gewiss auch über genügend Magie, sonst hätte es gar nicht zu dem Pakt kommen können."

Bartholomäus' Augen wurden schmaler. „Vielleicht hat sie den Zauber nicht aus ganzem Herzen gesprochen oder nicht all ihre Kraft hineingelegt."

Ich wusste, worauf er anspielte. Was bildete sich diese Katze eigentlich ein? Ich hatte mir Mühe gegeben und war mir sicher, alles mir Mögliche getan zu haben, damit der Zauber funktionierte. Ich wollte, dass Ray glücklich war und endlich nach

Hause zurückkehren konnte, auch wenn damit für mich eine Welt unterging.

„Du hast sie doch gesehen und es auch gespürt. Sie hat nichts zurückgehalten. Es muss einen anderen Grund geben", erklärte er und betrachtete weiterhin das Buch. „Wir haben alle Anweisungen aus dem Text genau befolgt, daran kann es also auch nicht liegen." Ray schwieg kurz und dachte offenbar nach. „Möglicherweise liegt es an dem Tertius selbst."

Er legte den Band auf meinen Schreibtisch, begutachtete ihn kurz und sagte dann: „Ich denke, ich werde den Blutbann anwenden. Danach wissen wir auf jeden Fall Bescheid, ob mit dem Buch irgendetwas nicht in Ordnung ist."

Mit einer raschen Handbewegung rief er einen Zauber und hielt schließlich in seiner Rechten einen kleinen Dolch aus goldenem Licht. Damit fuhr er sich blitzschnell über den Unterarm, sodass in Sekundenschnelle Blut hervortrat.

„Was machst du da?", rief ich entsetzt.

„Meister, das könnt Ihr nicht tun", warf Bartholomäus gleichzeitig ein. „Ihr habt so viel von Eurer Lebenskraft auf das Mädchen übertragen, davon habt Ihr Euch noch nicht vollständig erholt. Ihr könnt einen solch starken Zauber wie den Blutbann nicht durchführen."

„Ach was, ich bekomme das schon hin. Außerdem haben wir keine andere Wahl. Irgendetwas stimmt hier nicht, und ich will wissen, was."

Er hielt seinen blutenden Arm über das Buch, die ersten Tropfen fielen darauf hernieder und färbten den Einband dunkelrot. Wie ein trockener Schwamm sog der Tertius das Blut in sich auf und hinterließ dunkle Flecken.

Rays Miene wirkte verkrampft, er schwankte ein wenig und hatte sichtlich Mühe, sich auf den Beinen zu halten.

Ich wollte gerade helfend zu ihm eilen, als ein gleißendes Licht aus dem Buch schoss; in die Höhe raste, bevor es direkt auf Rays Kopf zuhielt und schließlich darin verschwand.

Erschrocken schrie ich auf, als ich sah, wie sich seine Augen blutrot färbten und sich erneut diese schwarzen Linien auf seiner Haut ausbreiteten. Ganz starr stand er nun, regte sich keinen Millimeter, und auch sein Brustkorb hob und senkte sich nicht mehr.

Voller Panik rannte ich zu ihm und packte seinen Arm. Da sackte er auf einmal in sich zusammen und sank auf den Boden. Das Licht schoss aus seinem Körper heraus und zog sich wieder in das Buch zurück.

Ray schnappte hektisch nach Luft und stützte sich mit den Armen ab. Das Rot in seinen Augen verschwand nach und nach und auch die schwarzen Linien zogen sich so schnell zurück, wie sie gekommen waren. „Das ist nicht das echte Buch", erklärte er rasch. Als er den Blick hob, erkannte ich darin Entsetzen und eine gewisse Furcht. „Es ist eine Fälschung, die jemand mit Absicht in der Höhle deponiert haben muss."

Ergab das irgendeinen Sinn? Warum sollte jemand so etwas tun? Weshalb gab sich jemand die Mühe, einen falschen Band anzufertigen, um ihn anschließend in dieser schrecklichen Höhle zu hinterlegen?

„Das alles hängt sicher mit uns zusammen", erklärte er weiter, während er langsam aufstand. „Ich vermute, jemand wollte uns daran hindern, den Pakt zu lösen, und hat aus diesem Grund die Fälschung dort deponiert, um weiter Zeit zu schinden. Der Zauber hat mir gezeigt, dass das Buch dieselbe magische Energie aufweist, die auch in dem Symbol im Museum steckte." Er schaute mich voller Sorge an; ich erkannte deutlich, dass er wirklich Angst um mich hatte. „Es handelt sich dabei um eine dämonische Energie, und zwar eine, die alles andere als schwach ist. Dieser Dämon hat offenbar alles von langer Hand geplant. Mir war stets klar, dass es kein Zufall sein konnte, dass ausgerechnet wir beide aneinander gebunden wurden … aber diese Kraft, die ich gerade in dem Buch gefühlt habe …" Er hielt kurz inne. „Jeder Dämon und jeder magische

Gegenstand strahlt seine ihm eigene Energie aus; sie ist wie ein Fingerabdruck. Diese Kraft ist besonders stark zu spüren, wenn ein Zauber angewandt wird. Mit der Zeit verfliegt diese Energie allerdings wieder ... Doch die, die ich gerade in dem Band gespürt habe, war noch deutlich wahrzunehmen; nicht so wie die Kraft damals im Museum, die sich bereits fast vollkommen verzogen hatte. Und ich habe das Gefühl, sie zu kennen."

Bartholomäus und ich hielten gleichermaßen die Luft an. Uns war wohl beiden klar, dass Ray gerade etwas Entscheidendes entdeckt hatte.

„Ich habe dieser Energie schon einmal gegenübergestanden", fuhr er fort. „Aber irgendwas ist anders." Er schüttelte verwirrt den Kopf. „Da haften so viele andere magische Spuren an dem Buch. Ich weiß noch nicht, wie das alles miteinander zusammenhängt, doch wenn wirklich *er* dahintersteckt ..." Er hielt kurz inne und eilte dann Richtung Fenster. „Ich muss sofort los und ein paar Dinge überprüfen. Bartholomäus, pass auf Emily auf, hörst du? Wenn es stimmt, was ich vermute, dann ist sie in enormer Gefahr."

„Aber was ist los?", fragte ich. „Von wem sprichst du? Wessen Energie haftet an dem Buch?"

Er drehte sich zu uns um und niemals hatte ich solch einen kalten Blick in seinen Augen gesehen. Sie waren blutrot und in ihnen tanzte der blanke Hass. „Sie gehört Talef", sagte er, „dem Dämon, der schuld ist am Tod meiner Eltern."

Er war bereits seit Stunden unterwegs. Mittlerweile war es Nacht, doch ich ging weiterhin unruhig in meinem Zimmer auf und ab und versuchte, meine Gedanken zu ordnen.

Ray kannte den Dämon also, der uns verfolgte und offenbar alles eingefädelt hatte. Nur aus welchem Grund hatte er das getan und wer war dieser Kerl überhaupt? Alles, was ich verstanden hatte, war, dass er ziemlich stark und gefährlich war … Weshalb war er aber hinter uns her? Und warum ausgerechnet jetzt? Gleich nachdem Ray gegangen war, hatte ich Bartholomäus nach diesem Talef gefragt, woraufhin sich die Miene der Wächterkatze augenblicklich verfinstert hatte. „Wir sprechen nicht über Talef al Dinnarai, sondern versuchen, ihn und die schrecklichen Dinge, die damals geschehen sind, zu vergessen. Etwas anderes hat er nicht verdient."

„Aber ich muss doch wissen, was passiert ist. Vielleicht verstehe ich dann besser, warum er dafür gesorgt hat, dass Ray und ich diesen Pakt geschlossen haben."

„Wenn es etwas gibt, das Sie wissen müssen, werden wir Sie darüber in Kenntnis setzen. Alles andere geht Sie nichts an. Das sind Angelegenheiten, die nur uns Dämonen zu interessieren haben und sicher keinen Menschen." Damit hatte er sich abgewandt, war zum Fenster geeilt und hatte gesagt: „Ich sehe mich draußen ein wenig um und behalte Sie von dort im Auge. Nach all den Neuigkeiten brauche ich erst mal ein wenig frische Luft."

Seitdem war ich allein in meinem Zimmer und suchte vergeblich nach einer Lösung. Ich wollte hier nicht untätig herumsitzen, während der Mörder von Rays Eltern dort draußen herumlief und nun wahrscheinlich auch noch uns nach dem Leben trachtete. Doch was konnte ich schon tun, solange ich nicht in der Lage war, meine magischen Kräfte richtig einzusetzen? Zwar hatte Bartholomäus es abgelehnt, mir Zaubersprüche beizubringen, aber möglicherweise gelang es mir auch ohne Hilfe, meine Kräfte weiterzuentwickeln. Ich wusste, dass es nicht einfach werden würde, doch vielleicht schaffte ich es ja, sodass ich am Ende im Stande wäre, mich selbst zu verteidigen. Allein das wäre alle Mühe wert.

Fest entschlossen, sofort mit dem Üben zu beginnen, setzte ich mich im Schneidersitz auf mein Bett, lehnte mich mit dem Rücken an die Wand und streckte meine rechte Hand aus.

Wenn es mir gelungen war, eine Kerze zu entzünden, würde ich es sicher auch irgendwie schaffen, eine kleine Flamme in meiner Hand entstehen zu lassen. Natürlich wusste ich, dass es für stärkere Magie eines Zauberspruches bedurfte, aber vielleicht gelang es mir wenigstens, die Flamme größer werden zu lassen und sie dann als eine Art Feuerball zu benutzen.

Ich atmete also tief durch und konzentrierte mich. Die erste Zeit geschah gar nichts, außer dass ich mich zusehends schwächer fühlte. Nach einigen Minuten spürte ich ein seltsames Prickeln in meiner Hand und fühlte, wie die Innenfläche stetig heißer und heißer wurde. Auch wenn die Gefahr bestand, dass ich mich verbrannte, wollte ich dennoch nicht so schnell aufgeben und versuchte es weiter. Angestrengt saß ich da, starrte nur auf meine Handfläche und konzentrierte mich. Ein leises Geräusch ließ mich schließlich aufblicken.

„Ray, du bist wieder zurück." Ich war erleichtert und verwundert zugleich.

Er kletterte gerade durchs Fenster und schaute mich überrascht an. „Du bist ja noch wach."

Mit einem raschen Seitenblick sah ich zur Uhr. Es war bereits nach halb drei. Ich hatte wohl wirklich jegliches Zeitgefühl verloren ...

„Hast du etwas herausfinden können?", hakte ich nach.

Er nickte vage, während er langsam auf mich zukam. „Ein wenig, aber nichts, was uns wirklich weiterhilft." Neben meinem Bett blieb er stehen und schaute mich prüfend an. „Was hast du da eigentlich gerade gemacht?" Er musterte mich noch einmal und fragte dann grinsend: „Übst du dich etwa im Zaubern?"

Ich fühlte mich ertappt, antwortete aber, ohne zu zögern: „Ich möchte dir kein Klotz am Bein, sondern eine Hilfe sein. Ich will allein auf mich aufpassen können und dir vor allem dabei helfen, gegen diesen Kerl zu kämpfen, der deine Eltern auf dem Gewissen hat."

Sein Lächeln verschwand und machte einem anderen Ausdruck Platz, einer Mischung aus Zärtlichkeit, Anerkennung und Dankbarkeit, die mein Herz zum Rasen brachte.

Er setzte sich neben mich aufs Bett, nahm meine linke Hand und sagte: „Ich werde dir ein paar Dinge zeigen. Wahrscheinlich würden mich die anderen Dämonen umbringen, wenn sie wüssten, dass ich einem Menschen Sprüche beibringe, aber was solls." Er grinste und nahm nun auch meine andere Hand. Kleine Blitze durchzuckten meinen Körper, als er sacht über meinen Handrücken strich. Er zeigte mir, wie ich den Zeigefinger und den Ringfinger strecken musste und wie hoch ich die Arme zu halten hatte, damit die magische Kraft besser hineinfließen konnte. Mir war mittlerweile schrecklich heiß und ich hörte meinen eigenen Pulsschlag laut in meinen Ohren pochen. Ray saß direkt neben mir, sodass ich seinen Atem spürte, der über die nackte Haut meines Nackens strich. Ich lauschte seiner wundervollen Stimme und vergaß darüber beinahe, dass er nur bei mir war, um mir etwas erklären.

„Wenn du die Hände so hältst, kannst du die Kraft direkt hineinströmen lassen. Das ist besonders gut, wenn du Feuer oder Eisbälle entstehen lassen willst."

Ich nickte und war froh, dass sich seine Finger weiterhin um meine schlossen und sie zärtlich streichelten. Ich erschauerte unter dieser Berührung, und in meinem Magen begann es zu kribbeln. Irgendwie musste ich meinen rasenden Puls und das kochende Blut in mir beruhigen. Wenn das so weiterging, würde ich das nicht mehr lange durchhalten. Seine Nähe brachte mich vollkommen durcheinander und drängte jegliche Vernunft beiseite, sodass nur noch diese unstillbare Sehnsucht, dieses quälende Verlangen übrig blieb.

„Dieser Talef ist wohl sehr stark?", sprach ich meine drängendste Frage aus. „Hast du eine Ahnung, warum er hinter uns her ist?"

Ray zögerte kurz. Sein Blick verdunkelte sich eine Nuance, sodass ich es beinahe bereute, dieses Thema angesprochen zu haben.

„Ich könnte mir vorstellen, dass er Rache nehmen möchte. Immerhin waren es meine Eltern, die ihn letztendlich um die Herrschaft Neffarells gebracht haben. Ich glaube aber auch, dass er deine und meine Kraft in sich aufnehmen will. Wahrscheinlich hat er vor, erneut einen Versuch zu starten, die Dämonenwelt anzugreifen."

Demnach schwebten wir sowie ganz Neffarell in großer Gefahr.

„Glaub mir, dieser Kerl ist wirklich gefährlich", sagte er leise. Ich spürte, wie sich seine Finger fester um meine Hand schlossen. Sein Blick wirkte abwesend, beinahe als sähe er alte Erinnerungen vor seinen Augen. „Du kannst dir nicht vorstellen, wie viele Dämonen er damals bei diesem einen großen Angriff getötet hat. Wie viel er vernichtet und zerstört hat."

Ich sah den Schmerz in seinem Gesicht und zögerte kurz. „Warst du dabei? Hast du etwa gesehen, wie deine Eltern gestorben sind?" Ich wollte keine alten Wunden aufreißen und dennoch hatte ich das Gefühl, es wissen zu müssen, um die Zusammenhänge und auch Ray besser verstehen zu können.

Er hielt für einen Moment inne, nickte dann aber schließlich. „Ich war noch ein Kind und saß mit meiner kleinen Schwester beim Abendessen. Ich weiß noch, dass sie die ganze Zeit herumblödelte und mit ihrem Besteck auf den Teller klopfte, dass es nur so schepperte. Plötzlich sah ich durchs Fenster die hellen Lichter am Nachthimmel. Es wurden immer mehr, Rauch stieg auf und dann erkannte ich das Feuer. Es musste durch einen der Zauber entfacht worden sein. Ich hörte das Donnern und Zischen der Sprüche und spürte die Erschütterungen, wenn sie den Boden trafen.

Meine Eltern sprangen sofort auf. In ihren Gesichtern erkannte ich Angst, aber auch Entschlossenheit. Sie sagten, ich solle zu Hause bleiben und auf meine Schwester aufpassen. Sie hatten uns bereits ein paar Tage zuvor vorgewarnt, dass ein Dämon vorhabe, Neffarell anzugreifen, und sie dies unbedingt verhindern mussten. Und nun war es so weit.

Meine Mutter nahm uns noch einmal kurz in den Arm, und mein Vater sah mich mit diesem Blick an, in dem sowohl Stolz als auch Wehmut lagen." Er hielt kurz inne, als er sich an diesen Moment erinnerte. „Sie ließen uns allein und zogen mit etlichen anderen Dämonen in die Schlacht. Doch schon nach einer halben Stunde hielt mich nichts mehr. Die Gefechte waren zusehends schlimmer geworden. Meine Schwester hatte wahnsinnige Angst. Ich hatte sie ins Bett gebracht und war bei ihr geblieben, aber nun hielt ich es nicht mehr länger aus. Ich wollte meinen Eltern helfen und genau wie alle anderen Dämonen gegen Talef kämpfen. Heute weiß ich, dass das dumm war, doch ich war noch viel zu jung und wusste nicht, worauf ich mich da einließ."

Rays Hände waren während seines Erzählens kalt geworden. Noch immer umklammerte er meine Hand, als hielte er sich daran fest, um nicht von all dem Schrecken aus jener Nacht erfasst und fortgespült zu werden. Ich strich ihm sanft über seine Finger und erwiderte den festen Händedruck. Ich verstand nur zu gut, wie schwer es war, über solche Dinge zu reden. Gerade darum war ich dankbar, dass er sich mir gegenüber so weit öffnete und mich ins Vertrauen zog.

„Je näher ich dem Schlachtfeld kam", fuhr er fort, „desto lauter wurde das Dröhnen der Zauber. Ich spürte die Erschütterungen in jedem Winkel meines Körpers und hörte schließlich auch die Schreie. Als ich den Hügelkamm erreichte, sah ich die schwarz verkohlte Erde, die einst voller Gras und Bäume gewesen war. Ich erkannte den Ort beinahe nicht wieder. Überall lagen Schutt und Asche … und unzählige

Leichen. Ich war regelrecht erstarrt und glaubte, in einen Albtraum geraten zu sein. Um mich herum fand ich nur tote Gesichter, die mich mit leeren Augen anstarrten. Ihre Glieder waren verdreht oder weggerissen, die Haut schwarz verbrannt. Es waren Leute, die ich tagtäglich gesehen hatte, die sich mit mir unterhalten, und uns zu Hause besucht hatten. Nun erkannte ich die zerfetzten Leiber kaum wieder.

Wie in Trance ging ich an ihnen vorbei und durch ihre Blutlachen, die meine Schuhe durchtränkten. Ich hatte nur noch eines im Sinn: Ich wollte meine Eltern finden, um sicherzugehen, dass sie am Leben und nicht genauso zugerichtet waren. Als ich das Zentrum der Schlacht erreichte, sah ich, wie mehrere Dämonen einen anderen umkreisten und ihn mit ihren Zaubern zu töten versuchten. Ich konnte seine Gesichtszüge in all dem Rauch nur schwer erkennen, aber er war groß, muskulös und allem Anschein nach sehr stark. Er hatte langes schwarzes Haar, das im Wind wehte, ein blasses Gesicht, auf dem ein schreckliches Grinsen lag, und dunkelrote Augen, in denen ich trotz der Entfernung die Freude tanzen sehen konnte. Man sah ihm an, wie viel Spaß es ihm machte, gegen all die vorzugehen, die gekommen waren, um ihn aufzuhalten. Am schlimmsten war jedoch diese Energie, die er ausstrahlte. Die werde ich nie vergessen ... Sie ist es auch, die ich in dem gefälschten Buch wiedergefunden habe."

Ich konnte mir nur allzu gut vorstellen, wie schrecklich die Erkenntnis für Ray gewesen sein musste, dass sich derjenige, der ihm seine Mutter und seinen Vater genommen hatte, ganz in seiner Nähe aufhielt.

„Schließlich fand ich meine Eltern. Sie waren beide rußverschmiert und hatten bereits etliche Verletzungen erlitten. Sie bluteten an mehreren Stellen, wirkten aber dennoch entschlossen, ihren Gegner um jeden Preis aufzuhalten. Doch dann geschah es: Talef malte mit schnellen Fingerzeichen ein magisches Symbol in die Luft, das daraufhin giftgrün aufleuchtete. Das Grün wurde immer greller und greller, und der Boden begann plötzlich zu beben, sodass ich mich kaum mehr auf den Beinen halten konnte. Als sich das Licht schließlich zu einer Säule schloss und sich um ihn legte, setzte ein lautes Donnern ein.

Ich sehe noch immer vor mir, wie er triumphierend grinsend die Arme hochriss und der Lichtstrahl emporraste. Diesen Zauber kannte ich damals nicht, allerdings weiß ich mittlerweile, dass es der Apokalyptische Ruf war. Ein Spruch, der alles und jeden auseinanderreißt. Es gibt nichts, was dieser Kraft standhalten kann ... Er hatte tatsächlich vor, jegliches Leben im Umkreis von mehreren Hundert Kilometern auszulöschen.

Meine Eltern schlossen hastig ihre Hände ineinander, hielten sich fest, blickten sich ein letztes Mal an und lächelten dabei, bevor sie ebenfalls einen Zauber sprachen ... und daraufhin in Flammen aufgingen. Beide waren komplett von diesem prasselnden Feuer umhüllt, dessen Licht immer stärker und heißer wurde.

Ich wollte zu ihnen und rannte los, während ich nach ihnen schrie. Aber es war zu spät. In einer riesigen Explosion sprengten sie sich in die Luft ... gerade noch rechtzeitig, bevor Talef seinen Zauber zu Ende führen konnte. Ich erinnere mich an diese alles verzehrende Hitze, dir mir entgegenschlug. Eine entsetzliche Kraft packte mich, riss mich von den Füßen und schleuderte mich mehrere Hundert Meter fort, wo ich zunächst bewusstlos liegen blieb.

Erst Stunden später fand man mich und brachte mich nach Hause zu meiner Schwester. Meine Eltern hatten es tatsächlich geschafft, unsere Welt zu retten, doch dafür hatten sie sich selbst opfern müssen.

Bis heute haben wir alle immer in dem Glauben gelebt, Talef sei bei dieser Explosion umgekommen, aber nun wissen wir es besser: Dieser Dreckskerl lebt weiterhin und ist nun hinter uns beiden her."

Ich sah die Wut in seinem Gesicht, den Schmerz und den Wunsch, Talef für das, was er getan hatte, zu bestrafen.

„Ich werde an deiner Seite sein", sagte ich. „Ich werde dich so gut ich kann unterstützen. Irgendwann wird es uns ganz sicher gelingen, ihn zu finden und zu besiegen."

Ich wusste zwar, dass meine Kräfte nicht groß genug waren, dass ich damit wirklich hätte helfen können, doch ich wollte mein Bestes geben.

Als Ray zu mir schaute, wurde mir erneut bewusst, wie nah wir uns in diesem Moment waren. Nur wenige Zentimeter trennten uns voneinander. Nie zuvor hatte ich ihm so tief in die Augen sehen können; in dieses Dunkle, Unergründliche darin … Mein Herz schlug mir bis zum Hals, und einige Male vergaß ich glatt zu atmen.

„Du bist wirklich etwas Besonderes", sagte er und legte seine Hand auf meine Wange. Er berührte mich so unglaublich zärtlich, ließ ganz sanft seine Finger über meine Haut gleiten und sah mich dabei mit diesem atemberaubenden Blick an. „Ich bin froh, dass du an meiner Seite sein willst. Das bedeutet mir viel, auch wenn ich Angst habe, dass dir dabei etwas geschehen könnte. Nicht, weil ich um mein eigenes Leben fürchte. Viel mehr Angst macht mir die Vorstellung, dass du nicht mehr da sein könntest."

Ich war noch immer gebannt von seinen Augen und gefesselt von seinen Berührungen, die einen angenehmen Schauer nach dem anderen durch meinen Körper jagten.

„Du bist mir unglaublich wichtig. Viel mehr, als es eigentlich sein dürfte …" Der letzte Satz war nicht mehr als ein sanfter Hauch, der sacht über meine Haut strich und mich erzittern ließ. Noch immer lag seine Hand an meinem Gesicht, er streichelte es und ließ seine Fingerspitzen erst zärtlich über meinen Wangenknochen und schließlich über meine Lippen wandern.

Als er sich langsam zu mir beugte, wagte ich nicht mehr zu atmen. Mit bebendem Herzen schloss ich die Augen und spürte kurz darauf seine Lippen auf meinen. Es war ein warmes, zartes Gefühl, das mich zittern und beben ließ. Ich fühlte seinen weichen Mund und glaubte, mein Herz müsse jede Sekunde explodieren. Nie zuvor hatte ich so einen Kuss erlebt. Alles in mir vibrierte, raste, tobte, brannte.

Er öffnete die Lippen, und ich spürte, wie seine Zunge sanft mit meiner spielte.

Ein heißes, loderndes Feuer war in mir entbrannt, das mit nichts mehr zu löschen war. Ich ließ meine Hände durch sein samtenes Haar gleiten und zog ihn noch näher an mich heran. Ich wollte ihn so sehr, ja brauchte ihn.

Der Kuss wurde stetig drängender und leidenschaftlicher. Einige Male musste ich heftig nach Luft schnappen; mir war schwindelig und alles drehte sich vor lauter Glück und diesem berauschenden Gefühl.

Ganz langsam löste er sich von mir, hielt mich aber weiterhin in den Armen und ließ seine Hände zärtlich über meinen Körper streifen. „Bereust du es?“, fragte er.

Eine Spur von Angst drängte nach oben, als mir Bartholomäus’ Worte in den Sinn kamen. Hatte sich Ray vielleicht nur von dem Moment hinreißen lassen? War ich nur ein angenehmer Zeitvertreib, eine Geliebte, bis er genug von mir hatte?

„Bereust *du* es?“, wiederholte ich seine Frage und sah ihn besorgt an.

Er lächelte und strich mir über meine Brauen, die Wangenknochen, den Hals. Jeder seiner Finger hinterließ eine brennende, prickelnde Spur auf meiner Haut, die meinen Pulsschlag nur verstärkte.

„Nein, ich bereue nichts. Eigentlich hatte ich mir fest vorgenommen, mich von dir fernzuhalten. Ich wollte nicht das Risiko eingehen, dich erneut zu verletzen. Du hast bereits so viel durchgemacht – das Letzte, was du da gebrauchen kannst, ist ein Dämon an deiner Seite." Er küsste mein Haar, dann meine Stirn, und ich hörte, wie er den Geruch meiner Haut einatmete. „Aber du machst es einem unheimlich schwer, standhaft und den eigenen Vorsätzen treu zu bleiben."

„Bartholomäus hat mir erzählt …" Ich unterbrach mich und suchte nach den richtigen Worten. „Er sagte, dass ihr Dämonen euch nicht verliebt, sondern dass ihr euch Geliebte sucht, mit denen ihr euren Spaß haben könnt. Aber ohne tiefere Gefühle." Ich schaffte es nicht, meine Ängste auszusprechen, doch Ray verstand wohl auch so.

„Und du glaubst, dass du für mich nichts anderes bist?"

Ich wich seinem Blick aus, denn wenn ich ihm in die Augen sah, kam mir meine Frage selbst so vollkommen unsinnig vor.

„Was Bartholomäus gesagt hat, ist zum Teil richtig. Er hat es allerdings so erklärt, dass es beinahe so klingt, als würden wir uns nie verlieben. Das stimmt aber nicht. Zwar entwickeln wir solche Gefühle seltener, als es bei euch Menschen der Fall ist, doch wenn es geschieht, dann aus ganzem Herzen."

„Heißt das, du empfindest etwas für mich?", hakte ich beinahe verlegen nach.

Er legte seine Lippen an meinen Hals, küsste ihn und ließ seinen Mund dabei immer höher wandern. Schließlich knabberte er sacht an meinem Ohrläppchen und raunte: „Wie kannst du nur denken, dass ich nichts für dich empfinde? Weißt du, wie unglaublich anstrengend es war, dir ständig aus dem Weg zu gehen und mich von dir fernzuhalten? Ich wollte dir einfach nicht wehtun, allmählich halte ich jedoch nicht mehr länger durch. Ich denke nur an dich. Das Einzige, wonach ich mich sehne, ist, bei dir zu sein. Ich weiß, dass es vollkommen unvernünftig ist, aber für dich würde ich jedes Risiko eingehen.

Ich will einfach daran glauben, dass es für uns eine Zukunft geben kann."

Ich hätte niemals gedacht, dass Worte solch tiefe und berauschende Gefühle in mir auslösen könnten. Sie übermannten mich förmlich, brachten mein Blut zum Kochen und entfachten erneut diese tiefe Sehnsucht.

„Geh mir nie wieder aus dem Weg", sagte ich an seinen Lippen und küsste ihn. Ich legte all meine Gefühle in diese Berührung, meine ganze ungestillte Sehnsucht, mein tiefes Verlangen nach ihm und hörte ihn leise genussvoll unter meinem Kuss stöhnen.

Aufgebracht ging Talef in dem dunklen Raum umher, der nur vom kalten Schein einiger Kerzen erhellt wurde. Sein Verstand raste, etliche Gedanken schossen ihm durch den Kopf, während er darüber nachdachte, welche Schritte er als Nächstes einleiten musste.

Er hatte das gefälschte Buch erschaffen und es sicherheitshalber mit einigen Zaubern belegt, die nur schwer auszumachen waren. So hatte er sofort gespürt, als dieses Mädchen versucht hatte, den Pakt zu lösen.

Auch wenn es ihr nicht gelungen war – das alles war so nicht geplant gewesen. Er war davon ausgegangen, dass sie sehr viel länger benötigen würde, um ihre Kräfte zu entwickeln. Er hätte diese Zeit dringend gebraucht, um sich weiter zu erholen. Er war noch immer so schwach, dass es ein Wagnis war, schon jetzt die letzten Schritte zu tun. Womöglich brachte das alles zum Scheitern ...

Er versuchte sich zu beruhigen: Natürlich hatte er gespürt, dass Refeniel mit seiner Magie das Buch untersucht hatte. Und mit Sicherheit war ihm dabei nicht entgangen, dass es sich um eine Fälschung handelte. Aber mehr konnte er eigentlich nicht herausgefunden haben, denn dafür beherbergte er, Talef, zu viele verschiedene Energien in seinem Körper, die damit auch an dem Buch hafteten. Es war höchst unwahrscheinlich, dass Refeniel diese Energien einzeln wahrnehmen konnte. Und selbst wenn, so kannte er doch ihn, Talef, und damit auch seine Energie nicht. Er würde also nicht so leicht herausbekommen, wer hinter all dem steckte. Womöglich würde er aber weitere Nachforschungen anstellen. Was, wenn er ihm dabei doch auf die Schliche kam?

Wie sollte Refeniel das aber? Er hatte sich schließlich nie irgendwo gezeigt und war in Neffarell jedem Dämon aus dem Weg gegangen. Und auch sonst war er unglaublich vorsichtig gewesen. Bevor er sich auf die Suche nach den Büchern gemacht hatte, war er so vorausschauend gewesen, Fälschungen anzufertigen, um diese gegen die Originale auszutauschen – nur um sicherzugehen, dass niemand über das Fehlen der Bände stutzig wurde, falls sich doch ein Dämon in eines der Verstecke verlaufen sollte.

Er seufzte schwer und begutachtete seine Hand. Sie war voller grauer Flecken, die Haut faulte und löste sich hier und da bereits vom Fleisch, sodass man teilweise sogar die blanken Knochen sehen konnte. Sein Körper zerfiel immer schneller. Er brauchte mittlerweile wesentlich öfter die Seelen anderer Dämonen als noch vor einigen Wochen. Und zudem jedes Mal eine beachtliche Menge mehr. So konnte es nicht weitergehen. Er musste sich beeilen.

Das Mädchen hatte nun seine Kräfte gefunden, und damit war es nur eine Frage der Zeit, bis sie ihm auf die Spur kamen. Er musste handeln und ihnen zuvorkommen. Noch einmal würde er genügend Seelen in sich aufnehmen, um sich für den letzten Kampf zu wappnen, und dann angreifen. Er würde sie schon bekommen, die Lebensenergie und die Rache, nach der er sich bereits so lange sehnte …

In dunklen Gemäuern

So recht konnte ich es noch immer nicht glauben, dass ich in jener Nacht vor über einer Woche tatsächlich mit Ray zusammengekommen war

Ich starrte mit leerem Blick an die Tafel, wo Herr Thomann soeben lateinische Verben anschrieb und konjungierte. Seit dem Liebesgeständnis war ich geistig permanent mit diesem beschäftigt und der langatmige, staubtrockene Unterricht trug nicht gerade zu meiner Konzentrationsfähigkeit bei. Meine Gedanken waren ständig bei Ray und drehten sich um jene Nacht, in der er mir von seiner Vergangenheit erzählt hatte.

Bis zum Morgengrauen hatte ich in seinen Armen gelegen und seinen warmen Körper an meinem gespürt. Er hatte mich gestreichelt und mich immer wieder so leidenschaftlich und intensiv geküsst, dass mein Puls allein bei der bloßen Erinnerung daran schneller schlug …

„Ich sollte langsam aufbrechen und dich schlafen lassen. Es ist schon fast morgen", raunte er mit heißem Atem in mein Ohr.

Ich schmiegte mich noch enger an ihn, spürte die Muskeln unter seinem Hemd und atmete seinen unnachahmlichen Duft ein. „Nur noch ein paar Minuten." Ich legte meine Lippen auf seine und brachte damit sein Vorhaben, zu gehen, kurzzeitig zum Erliegen.

Seine Hände wanderten über meine Halsbeuge, mein Schlüsselbein und meine Taille, wo sie blitzende Schauer hinterließen.

Es fiel uns beiden schwer, uns in diesem Moment voneinander zu trennen. Doch Ray wollte in Neffarell in Erfahrung bringen, ob es sich bei unserem Gegner tatsächlich um Talef handelte. Zu diesem Zweck wollte er erneut die Dämonen befragen, die damals behauptet hatten, Talef sterben gesehen zu haben. Und er wollte sich umhören, wie es ihm möglicherweise gelungen sein konnte, sich von seinen schrecklichen Verletzungen von damals zu erholen.

Ray konnte nicht abschätzen, wie lange er dafür brauchen und wann wir uns wiedersehen würden. Darum fiel mir der Abschied nicht leicht. Es war ein atemberaubendes Gefühl, ihm so nahe zu sein, seinen Körper direkt an meinem zu spüren. Ich wollte nicht, dass er ging, und dennoch war mir klar, dass wir keine andere Wahl hatten.

Nachdem die Sonne aufgegangen war, verabschiedeten wir uns schließlich schweren Herzens voneinander.

„Bartholomäus wird ein Auge auf dich haben, und ich bin so schnell es geht wieder hier." Er betrachtete mich ein letztes Mal und zog mich fest an sich. „Glaub mir, es wäre mir wirklich lieber, ich könnte bei dir bleiben."

Mir ging es genauso, doch ich versuchte zu lächeln, um ihm die Abreise nicht noch schwerer zu machen. „Wenigstens siehst du jetzt endlich deine Schwester und deine Freunde wieder. Sie machen sich bestimmt Sorgen um dich. Immerhin bist du schon ziemlich lange fort und keiner weiß, wo du steckst."

Ein dunkler Schatten schob sich vor seine Augen und er wirkte für einen Moment nachdenklich. „Es kommt hin und wieder vor, dass ich für unbestimmte Zeit weg muss, ohne dass ich ihnen vorher Bescheid geben kann. Sie werden also sicher nicht vollkommen krank vor Sorge sein. Dennoch sollte ich mir vorher eine Antwort zurechtlegen. Wenn sie die Wahrheit wüssten ..." Er schüttelte kurz den Kopf. „Daran will ich lieber gar nicht denken."

Ich hatte mir bereits gedacht, dass die anderen Dämonen es nicht gerne sahen, wenn einer von ihnen an einen Menschen gebunden war ... Und nun war Ray auch noch mit mir zusammen.

Dennoch gab mir der Ausdruck in seinen Augen zu denken. War es wirklich so schlimm, wenn seine eigene Schwester und seine Freunde die Wahrheit kannten?

Er legte seine Lippen auf meine und küsste mich, als wollte er diesen letzten Moment noch einmal vollends auskosten, bevor wir uns für eine Weile nicht mehr sehen konnten. Ich klammerte mich an ihn und erwiderte seinen Kuss aus vollem Herzen.

Er strich mir zärtlich übers Gesicht und sagte: „Bevor ich gehe, gebe ich Bartholomäus Bescheid, dass ich fort muss. Er wird sich dann gleich auf den Weg zu dir machen."

Ich nickte und erwiderte seinen Blick, in dem so viel Gefühl und Zärtlichkeit lagen. „Du wirst mir fehlen."

„Du mir auch."

Er hatte ein letztes Mal meine Hand gedrückt, war zum Fenster gegangen und gleich darauf verschwunden.

Während Herr Thomann weiterhin eine Vokabel nach der anderen an die Tafel schrieb, ließ ich meinen Blick zum Fenster schweifen. Wann Ray wohl wiederkommen würde? Wie es ihm ging? Ich hoffte wirklich, dass er etwas über Talef in Erfahrung bringen konnte. Noch immer war es mir ein Rätsel, wie dieser die Schlacht und die schreckliche Explosion, die Rays Eltern in Gang gebracht hatten, hatte überleben können.

Ein heller Fleck, der am Fenster vorbeizischte, holte mich in die Gegenwart zurück. Ich seufzte leise auf. Bartholomäus landete gerade auf dem nächsten Fensterbrett und spähte zu uns ins Klassenzimmer. Ich hatte ihm zigmal gesagt, er solle sich ein Versteck suchen und nicht für alle sichtbar vor dem Fenster herumlungern. Doch er hielt sich nicht daran, und so durchfuhr mich jedes Mal aufs Neue ein Schrecken.

Was, wenn ihn jemand entdeckte? So unwahrscheinlich war das nicht, doch Bartholomäus ignorierte meine Warnung weiterhin. Seit Ray weg war, kam er mir noch gereizter vor als sonst. Sofern das überhaupt möglich war. Ständig wies er mich wegen irgendwelcher Kleinigkeiten zurecht, schimpfte und jammerte in einem fort vor sich hin. Er war nie ein besonderer Sonnenschein gewesen, aber so hatte ich ihn noch nie erlebt. Wahrscheinlich hing es damit zusammen, dass er sich erhofft hatte, bald nach Hause zurückkehren zu können. Nun stand jedoch fest, dass er und Ray weiter hierbleiben mussten, und das auf unbestimmte Zeit.

„Ist er mal wieder da draußen?“, fragte Nell und blickte in Richtung Fenster. Bartholomäus erwiderte den Augenkontakt, doch als sie breit zu grinsen begann und ihm zuwinkte, zuckte er entsetzt zusammen und sprang eilig davon.

„Siehst du, es ist gar nicht so schwer, ihn zu vertreiben“, erklärte sie schmunzelnd. „Gib ihm nur das Gefühl, dass er gleich erwischt wird, und schon eilt er von dannen.“

„Deine Ruhe hätte ich gern“, erwiderte ich. „Bartholomäus wird von Tag zu Tag unausstehlicher. Hoffentlich kommt Ray bald zurück, dann reißt er sich bestimmt wieder zusammen.“

„Er fehlt dir wohl sehr“, wechselte sie abrupt das Thema und sah mich fast bedauernd an.

Als ich damals versucht hatte, den Spruch aus dem Buch anzuwenden, und dabei so kläglich gescheitert war, hatte ich sie am selben Abend angerufen und ihr davon erzählt. Sie hatte mich mit ihrer fröhlichen Art aufzumuntern versucht und erklärt: „Na und? Das ist doch nicht deine Schuld. Es liegt an diesem gefälschten Buch. Es ist verständlich, dass du dir deswegen Sorgen machst. Immerhin ist es wirklich seltsam, dass irgendwer so einen Aufwand betreibt. Aber Ray kümmert sich darum. Er wird herausfinden, wer dahintersteckt. Das Gute daran ist: Bis dahin wird er weiterhin bei dir bleiben. Sieh es mal von dieser Seite.“

Mittlerweile ahnten wir ja, wer das alles geplant hatte. Auch davon hatte ich Nell in Kenntnis gesetzt. Nur eines hatte ich ihr bislang verschwiegen: dass Ray und ich inzwischen zueinandergefunden hatten.

Vielleicht, weil ich es selbst noch gar nicht glauben konnte. Möglicherweise aber auch, weil ich mich doch irgendwo tief in mir vor ihrer Reaktion fürchtete. Ich wusste, dass sie sicher nichts gegen meine Beziehung zu ihm einzuwenden hatte. Trotzdem wollte ich einfach nicht riskieren, dass sie mich vielleicht nicht verstand und mir zu einer Trennung riet.

In diesem Moment klingelte es zum Ende der Stunde, und sofort sprangen meine Mitschüler auf, um ihre Sachen zusammenzupacken. Lautes Geplapper, das Geräusch von rückenden Stühlen und das Lachen der anderen erfüllten den Raum.

„Na los, komm", forderte mich Nell auf. „Wollen wir die Freistunde im Aufenthaltsraum verbringen?"

Sven, der bereits mit gepackten Sachen neben uns stand, nickte erfreut. „Wir können ja gleich mit dem Aufsatz für Geschichte anfangen, dann nutzen wir die Zeit wenigstens sinnvoll."

Nachdem auch ich mein Schreibzeug zusammengeräumt und meinen Rucksack geschultert hatte, verließen wir das Klassenzimmer.

„Ich hab gerade echt keinen Nerv für Geschichte", sagte Nell und rümpfte angewidert die Nase. „Wir könnten doch stattdessen ein wenig im Internet surfen oder einfach nur ein bisschen quatschen."

„Jetzt stell dich nicht so an. Den Aufsatz musst du sowieso irgendwann schreiben. Lass es uns lieber gleich erledigen, so können wir uns wenigstens gegenseitig helfen."

„Als ob du Hilfe bräuchtest."

„Dann sieh es doch mal so …" Weiter kam er allerdings nicht. Ein Junge stellte sich uns plötzlich in den Weg. Ich hatte ihn gar nicht kommen sehen und war dementsprechend überrascht.

„Chris", sagte ich verwundert und lächelte gleich darauf. „Wie gehts dir?"

„Ihr habt sicher noch einiges zu bereden, wir wollen dann mal nicht weiter stören", erklärte Nell, legte ihre Hände auf Svens Schultern und schob ihn, seine Einwände ignorierend, vor sich her und damit von uns weg.

„Danke, ganz gut so weit", antwortete Chris.

Wir hatten uns in letzter Zeit nicht mehr allzu oft gesehen. Zwar waren wir uns immer mal wieder in den Pausen über den Weg gelaufen und er hatte sich auch ein paar Mal während der Mittagspause mit mir unterhalten, aber zu ausgiebigeren Gesprächen, geschweige denn einer neuen Verabredung war es nicht gekommen. Immerhin war in letzter Zeit viel geschehen, sodass ich ziemlich beschäftigt gewesen war. Im vergangenen Schuljahr hatten wir uns dank der Literatur-AG regelmäßig gesehen, doch da der Kurs in diesem Jahr nicht stattfand, sahen wir uns nun deutlich weniger.

„Ich bin froh, dass wir uns mal wieder miteinander unterhalten können", sagte er und lächelte auf diese charmante Weise. „In letzter Zeit war für längere Gespräche ja keine Zeit. Mir geht der Abend auf dem Herbstfest noch immer nicht aus dem Kopf. Es hat mir wahnsinnig gut gefallen und eigentlich hatte ich vor, dich schnellstmöglich wiederzusehen. Leider kam irgendwie immer was dazwischen und dann hatte ich diese schlimme Grippe." Ein schmerzhafter Ausdruck huschte kurz über sein Gesicht. Mit fast traurigen Augen sah er mich an und fragte: „Du hast noch Lust, oder? Ich meine, du kannst es sagen, wenn du dich vielleicht doch nicht mehr mit mir treffen möchtest."

„Nein, so ist das nicht", erklärte ich schnell. Es war gut, dass wir nun endlich Gelegenheit hatten miteinander zu reden, denn mir war es wichtig die Lage zwischen uns zu klären. „Ich hatte nur eben genau wie du wenig Zeit. Allerdings ist es auch so, dass ich dich als Freund mag und das Gefühl habe, du könntest vielleicht mehr von mir wollen. Falls dem so ist, muss ich sagen, dass ich nichts dergleichen für dich empfinde ... Aber du bist mir dennoch wichtig." Ich hoffte, er würde meine Worte akzeptieren und nicht allzu enttäuscht oder gar wütend werden. So, wie er mich nun aber ansah – warmherzig und ein wenig enttäuscht –, schien er zu verstehen.

Er nickte und sagte: „Danke, dass du so offen zu mir bist. Dein Gefühl trügt dich nicht, ich habe mir tatsächlich Hoffnungen gemacht. Allerdings sehe ich es wie du: Ich möchte dich ebenfalls nicht verlieren. Natürlich bin ich auch enttäuscht – wen würde so eine Abfuhr nicht schmerzen? Dennoch würde ich gerne weiterhin mit dir befreundet bleiben."

Ich lächelte und fühlte, wie mir ein Stein vom Herzen fiel.

„Wie geht es eigentlich Ray?", fragte er und beendete so das unangenehme Thema. „Ich habe ihn in den letzten Tagen nicht mehr allzu oft in der Schule gesehen. Es heißt, er sei krank gewesen."

„Es geht ihm so weit ganz gut. Er ist wieder öfter bei seinen Eltern. Er will sich mit ihnen aussprechen, um einen Weg zu finden, wie es weitergehen kann."

„Dann steht also auch im Raum, dass er bald zu ihnen zurückgeht?"

Ich nickte langsam. „Ja, auch darüber denken sie nach. Allerdings sieht es momentan noch nicht so aus, als würde das allzu bald passieren."

„Das tut mir leid für ihn. Es muss schlimm sein, wenn man sich mit der eigenen Familie so zerstritten hat. Ich wünsche ihm jedenfalls, dass er die Differenzen aus dem Weg räumen kann."

„Das hoffe ich auch."

Eine kurze Pause des Schweigens entstand und Chris räusperte sich. „Okay", sagte er und lächelte nun beinahe ein wenig unsicher, „ich fände es dennoch schön, bald mal wieder etwas mit dir zu unternehmen. Natürlich nur als Kumpel."

Ich lächelte: „Klar, das machen wir."

„Gut, wie wäre es mit nächstem Wochenende? Da hätte ich Zeit. Wir könnten ins Kino gehen, etwas trinken oder einfach nur ein bisschen spazieren gehen."

Ich zögerte kurz. Einerseits war es nett, dass er mich einlud, andererseits hatte ich keine Ahnung, wann Ray wieder hier sein würde. Ich wollte ungern mit jemand anderem unterwegs sein, während er von nichts wusste und womöglich gerade in unsere Welt zurückkehrte. „Ich weiß leider noch nicht genau, ob ich da tatsächlich Zeit habe. Aber ich gebe dir Bescheid, sobald ich es abschätzen kann, okay?"

„Abgemacht." Er lächelte und wirkte zu meiner Erleichterung keineswegs enttäuscht. „Und falls es nicht klappt, finden wir sicher einen anderen Termin."

„Na klar."

„Gut. Also dann, ich muss langsam in meine Klasse zurück. Falls wir uns bis zum Wochenende nicht mehr über den Weg laufen sollten, gib mir einfach übers Handy Bescheid, sobald du was sagen kannst. Meine Nummer hast du ja."

Ich nickte und sah ihm kurz nach, wie er den Korridor hinuntereilte und verschwand. Es war wirklich eine Erleichterung, dass er offenbar verstanden hatte, dass meine Gefühle für ihn über keine freundschaftlichen hinausgingen. Ich bewunderte ihn dafür, wie gut er damit umgegangen war.

Diese Aussprache hatte mich zumindest für einen Moment auf andere Gedanken gebracht und meine Laune deutlich gebessert.

Schnellen Schrittes eilte ich in Richtung Aufenthaltsraum, wo Nell und Sven sicher bereits warteten. Hoffentlich würden wir dort nicht wirklich an diesem blöden Geschichtsaufsatz arbeiten.

Ich bog gerade um die nächste Ecke und passierte ein leeres Klassenzimmer, als sich plötzlich zwei starke Arme von hinten um mich legten und mich fest an einen Körper zogen. Ich wollte mich schon umdrehen, denjenigen anschreien und mich losreißen, als ich den mir bekannten Duft nach Zimt und Sandelholz wahrnahm. Ray! Ich brauchte ihm nicht erst ins Gesicht zu sehen, um zu wissen, dass er es war.

Ich drehte mich sofort um und drückte mich fest an ihn. „Du bist wieder zurück!“

Als ich zu ihm aufsah, lag ein atemberaubendes Lächeln auf seinen Lippen. Seine Augen funkelten so sehr vor Glück und Freude, dass mir schier der Atem stockte.

„Ist alles gut gegangen?“, fragte ich und fügte gleich hinzu: „Was machst du hier überhaupt? Du hattest doch gesagt, wir würden uns bei mir zu Hause treffen, sobald du wieder da bist.“

Er strich mir zärtlich eine Haarsträhne hinters Ohr. „Es gibt ein paar Dinge, die ich in Erfahrung bringen konnte. Das erzähle ich dir aber alles später. Ich muss noch einmal ganz kurz weg, aber gegen Abend komme ich zu dir und berichte alles. Ich bin nur hier, um nachzuschauen, ob es dir gut geht ...“ Seine Augen strahlten in dem geschmolzenen Gold seiner Iris, das wie tausend Sterne funkelte. „Und vor allem weil ich dich sehen wollte. Du hast mir gefehlt.“

„Du mir auch“, antwortete ich und spürte sogleich, wie er seine Lippen auf meine legte und mich voller Begehren küsste. Es war ein berauschendes Gefühl, ihn nach über einer Woche wieder spüren und schmecken zu können. Meine Beine begannen zu zittern, während mein Körper von heißen, lodernden Wellen durchspült wurde.

„Wir sollten hier besser nicht mitten auf dem Gang stehen“, sagte er an meinem Mund und grinste dabei schelmisch. „Immerhin glauben alle, ich wäre dein Cousin. Das käme sicher ziemlich seltsam rüber, wenn uns jemand so sehen würde.“

Mir war in diesem Moment im Grunde vollkommen egal, was irgendwer womöglich über uns dachte. Hauptsache, er war wieder da. Schließlich gewann aber doch die Vernunft kurz die Oberhand und ich zog ihn hastig in das leere Klassenzimmer hinter uns. Kaum hatte ich die Tür geschlossen, zog ich sein Gesicht zu mir heran und presste meine Lippen auf die seinen.

Rays Atem stockte. Für einen Moment schien er überrascht, doch dann zog er mich ebenfalls fest an sich. Ich spürte seine Zunge und schmeckte die Süße seines Atems – ein Gefühl, das mich fast wahnsinnig werden ließ vor Verlangen.

Ich fühlte, wie seine Finger an der Mulde meines Schlüsselbeins entlangwanderten, zärtlich meine Taille hinabglitten und sich langsam unter meinen Pullover schoben.

Als ich seine Hände auf meiner nackten Haut spürte, stöhnte ich auf und wurde von heißen, blitzenden Schauern ergriffen. Ganz sanft wanderten seine Fingerspitzen an meiner Hüfte entlang, tasteten sich über meine Rippen und wanderten allmählich höher. Mein Körper glühte an den Stellen wo er über meine Haut strich und entfachte ein unbändiges Verlangen in mir, das mich schier zu verzehren drohte. Wären wir allein gewesen und nicht mitten in der Schule – ich hätte für nichts mehr garantieren können.

Ich vergrub meine Hände in seinem seidenweichen Haar, sog seinen Geruch und seine Berührungen ein, während sein Mund meinen Hals erkundete. Es war jedes Mal wie ein elektrischer Schlag für mein klopfendes Herz, das sich so sehr nach ihm gesehnt hatte. Erneut legte er seine Lippen auf meine, drängend heiß und voller Begehren, sodass mir schier der Atem stockte.

„Das kann nicht sein!"

Die Stimme drang nur langsam in mein Bewusstsein vor, doch Ray hatte sie wohl schon vor mir wahrgenommen und sich von mir gelöst.

Verblüfft und noch ehe mir richtig klar war, dass uns gerade jemand gesehen hatte, wandte ich mich um.

Nell stand in der Tür und Sven direkt hinter ihr. Sein Gesicht war zunächst leichenblass, allerdings breiteten sich nun langsam hektische rote Flecken darauf aus. Ohne ein weiteres Wort zu sagen, drehte er sich um und rannte mit wütenden Schritten davon.

„Na klasse", murmelte Ray und strich sich verärgert durchs Haar. „Das hat uns gerade noch gefehlt."

„Ich fass es einfach nicht!", kreischte Nell. Sie hatte sich nur kurz nach Sven umgesehen und eilte nun auf mich zu. „Ihr seid zusammen?! Ich freu mich so für euch", fuhr sie fort, während sie uns mit glänzenden Augen musterte. „Meine beste Freundin und ein echter Dämon! Ich hätte mir niemals träumen lassen, dass so etwas geschieht. Jetzt musst du einfach nett zu mir sein und mir ein paar Sprüche verraten", sagte sie und zwinkerte ihm dabei zu.

Er verdrehte die Augen. „Okay, ich denke das ist der Zeitpunkt, wo ich allmählich wieder verschwinden sollte." Kaum sah er zu mir, entspannten sich seine Gesichtszüge wieder. „Ich komme später zu dir." Er beugte sich zu mir und küsste mich.

Für einen kurzen Moment war es mir unangenehm, so direkt vor Nell. Doch dann verlor ich mich in dieser Berührung, drängte mich ganz automatisch an ihn und zog ihn fester zu mir.

„Ach, es ist schon echt süß, dich so verliebt zu sehen", sagte sie, was mich dazu veranlasste, ihn augenblicklich wieder loszulassen.

„Wir ... wir sehen uns dann nachher", krächzte ich, noch ziemlich außer Atem von dem letzten Kuss.

„Dann bis später." Mit geschmeidigen Bewegungen verließ er das Klassenzimmer, wobei ich unfähig war, meinen Blick von seinem starken Rücken und den breiten Schultern abzuwenden.

„Mann", schimpfte Nell in gespieltem Tonfall und gab mir einen leichten Klaps auf die Schulter. „Warum hast du mir nichts gesagt? Ich meine, du und Ray, das ist einfach unglaublich! Ich freu mich so für euch."

„Ja, ich bin wahnsinnig gerne in seiner Nähe", gab ich zu.

„Das sieht man. Du musst mir alles erzählen. Seit wann seid ihr denn nun ein Paar und wie ist es dazu gekommen?"

Nachdenklich blickte ich den Flur entlang, wo Ray und kurz zuvor Sven verschwunden waren. „Später, versprochen. Sag mal, weißt du, warum Sven eben so sauer war?", fragte ich.

Ihre Freude verschwand für einen Moment aus ihrem Gesicht. „Ach, Emily, wenn es um solche Dinge geht, bist du manchmal echt schwer von Begriff."

Ich verstand nicht ganz, was sie damit meinte, und ging in Gedanken Svens seltsames Verhalten der letzten Zeit durch. Ganz langsam keimte in mir ein Verdacht auf. Aber das konnte unmöglich sein. Wir waren doch seit Jahren Freunde ... Wann hatte sich das für ihn geändert?

„Du hast es wohl verstanden", stellte sie fest.

„Ich kann das gar nicht glauben", murmelte ich. „Seit wann weißt du es?"

Sie zuckte mit den Schultern. „Seit einer Weile. Er hat sich ja auch äußerst seltsam benommen, wenn es um dich ging: Er war ständig eifersüchtig und ist wegen jeder Kleinigkeit regelrecht ausgetickt. Da war es mir irgendwann klar."

Für mich war der Gedanke, dass Sven in mich verliebt sein könnte, so abwegig, dass ich es nie auch nur in Erwägung gezogen hätte. Darum hatte ich all die Zeichen vollkommen falsch interpretiert.

„Das hätte ich mir nie vorstellen können", meinte ich. „Ich werde wohl mit ihm reden müssen."

„Lass ihn am besten erst mal", sagte sie. „Ich denke, er braucht ein bisschen Zeit, um das Gesehene zu verdauen." Auf ihrem Gesicht machte sich ein schelmisches Grinsen breit. „Mann, ihr seid aber auch ganz schön rangegangen."

Ihre Worte trieben mir regelrecht die Schamesröte ins Gesicht. Die beiden hätten uns dabei wirklich nicht erwischen sollen.

„So, und nun erzähl mir erst mal alles", forderte sie mich erneut auf und legte freundschaftlich ihren Arm um meine Schultern.

Herr Rieger saß am Lehrerpult, hatte die Hände ineinander verschränkt und schaute mit finsterem Blick zur Klasse. „Ich bin wirklich schwer enttäuscht von Ihren Aufsätzen. In jedem einzelnen spürt man geradezu die enorme Gleichgültigkeit, mit der sie das Thema angegangen sind. Ganz offensichtlich hat sich keiner von Ihnen näher mit der Bibel befasst oder sich dazu tiefere Gedanken gemacht." Er schüttelte resigniert den Kopf.

Seine Augen glänzten voller Wut und Verachtung. Mir wurde dieser Lehrer von Mal zu Mal unheimlicher. In der letzten Zeit war er zusehends schmaler und blasser geworden. Seine Wangenknochen traten bereits hervor, seine Haut wirkte teigig und spröde, als würde seit Wochen eine hartnäckige Krankheit an ihm zehren.

Momentan hatte ich allerdings andere Sorgen, als mir Gedanken um einen fanatischen Religionslehrer zu machen. Ich warf einen Seitenblick auf Sven, der drei Plätze weiter saß. Nachdem er und Nell mich mit Ray erwischt hatten, war ich gegen Ende der Freistunde doch zu ihm gegangen. Ich hatte mit ihm reden wollen, aber er hatte mich nur wutentbrannt angeschaut und war dann einfach abgezischt, ohne mir auch nur eine Sekunde lang zuzuhören.

Im Grunde wusste ich selbst nicht genau, was ich eigentlich sagen wollte. Dass es mir leidtat, seine Gefühle nicht eher erkannt zu haben? Ich wünschte mir einfach, dass wir über alles reden und es wieder wie früher werden würde. Danach sah es momentan allerdings ganz und gar nicht aus.

Sven war mir stets ein guter Freund gewesen, weshalb ich es nicht so einfach hinnehmen konnte, dass er nicht mehr mit mir sprach. Ich kritzelte also ein paar Zeilen auf ein Stück Papier: *„Es tut mir leid, dass ich nicht erkannt habe, dass du etwas für mich empfindest und dass du von Ray und mir ausgerechnet auf diese Weise erfahren hast. Ich weiß, ich hätte es euch sagen sollen, und dafür möchte ich mich entschuldigen. Aber so kann es doch nicht weitergehen. Wir sind Freunde … Willst du mir weiterhin aus dem Weg gehen und das alles einfach hinwerfen? Lass uns bitte reden"*, und warf es ihm zu.

Ich beobachtete, wie er das Blatt stirnrunzelnd entfaltete, es las und sich sogleich daranmachte, zu antworten. Als Herr Rieger sich der Tafel zuwandte, warf er es zu mir zurück.

„Ich will nicht mit dir reden. Du hast dich entschieden und daran lässt sich wohl nichts mehr ändern. Ich kann deinen Lover einfach nicht ausstehen! Vor einigen Wochen hast du selbst gesagt, dass man sich nicht auf ihn einlassen darf. Was hat deine Meinung nun so schnell geändert? Aber eigentlich spielt das auch gar keine Rolle. Du merkst einfach nicht, wie sehr der Typ dich verändert hat, und genau das gefällt mir nicht. Du bist ständig nur noch mit ihm beschäftigt, oftmals kaum ansprechbar und mit deinen Gedanken andauernd woanders. Letztendlich ist es natürlich deine Entscheidung, nur will ich nicht dabei zusehen müssen, also lass mich in Ruhe. Ich will nicht mehr über dieses Thema reden und auch nichts mehr davon hören!"

Ich schluckte schwer bei diesen harschen Worten. Kurz schaute ich zu ihm, doch er wich meinem Blick sofort aus und widmete sich erneut seinem Block.

Hatte er vielleicht recht? Hatte ich mich durch Ray wirklich verändert? Es tat mir unglaublich gut, ihn an meiner Seite zu haben. Er hatte mir geholfen, das damals Erlebte näher an mich heranzulassen, und vor allem hatte er mir einen erheblichen Teil meiner Angst genommen. Ich spürte, dass zumindest er mich so mochte, wie ich war. Mit all meinen Schwächen, Sorgen, Problemen. Er hatte mich stets ernst genommen und mir Hoffnung gegeben, trotz des Erlebten nicht so zu enden wie meine Mutter. Insofern konnte ich tatsächlich verstehen, wenn Sven davon sprach, dass ich mich verändert hatte. Allerdings war ich froh über diese Entwicklung.

„Er kriegt sich schon wieder ein", raunte mir Nell leise zu. „Glaub mir, es wird vielleicht etwas dauern, aber du bist ihm immer noch wichtig. Er wird sich irgendwann damit abfinden, dass du jetzt einen Freund hast und seine Gefühle nicht erwiderst."

Ich runzelte nachdenklich die Stirn. „Hoffentlich hast du recht."

Ich saß über meine Hausaufgaben gebeugt, seufzte kurz und legte den Stift beiseite. Es hatte keinen Sinn. Mit Mathe kam ich einfach nicht weiter. Zum einen verstand ich die Aufgabenstellung nicht, zum anderen stand es um meine Motivation nicht gerade zum Besten. Ich würde einfach Sven fragen, der konnte mir die Fragestellung sicher erklären und mir zeigen, wie diese Rechnung zu lösen war.

Ich schluckte schwer, als mir einfiel, dass dies momentan wohl nicht möglich war. Er war ja sauer auf mich und ging mir aus dem Weg. Ob ich mich wirklich an Nells Rat halten und ihm Zeit lassen sollte? Vielleicht war es doch besser, noch einmal mit ihm zu reden. Allerdings hatte ich genau das bereits mehrfach versucht, und er hatte sich davon nur wenig begeistert gezeigt.

Ich blickte auf die Uhr. Bereits nach siebzehn Uhr. Wo Ray nur blieb? Es war unerträglich, tatenlos hier herumzusitzen und mit meinen Gedanken vollkommen allein zu sein. Sobald er wieder zurück war, musste er unbedingt berichten, ob er etwas herausgefunden hatte und wie es ihm in der letzten Zeit ergangen war. Dann würde sich bestimmt auch Bartholomäus' schlechte Laune legen. Momentan hatte ich das Gefühl, dass auch er mir aus dem Weg ging. Zumindest zog er es immer häufiger vor, mich aus der Ferne im Auge zu behalten. Ich fragte mich ernsthaft, was mit ihm los war.

„Du scheinst ja wirklich tief in Arbeit versunken zu sein“, sagte eine Stimme hinter mir und ließ mich zusammenschrecken.

„Ray“, murmelte ich, stand auf und drückte mich an seine Brust. „Du hast dir ja wirklich Zeit gelassen. Mir war schon so langweilig, dass ich mich doch tatsächlich an meinen Matheaufgaben versucht habe.“

„Dann ist es ja gut, dass ich wieder da bin.“ Er setzte sich auf mein Bett und zog mich auf seinen Schoß. Ich sah ihm in die Augen und verfolgte das Spiel der golden schimmernden Sprenkel darin.

Er ließ seine Hand durch mein Haar gleiten, was mir sanfte Schauer über den Rücken jagte und mir ein Gefühl von tiefer Zufriedenheit schenkte. Zärtlich und fest zugleich legte er seine Lippen auf meine und küsste mich. Ich schmeckte die Süße seines Mundes, spürte die glühende Wärme, die von ihm ausging und sich immer weiter in meinem Körper ausbreitete. Es war ein Gefühl von absolutem Glück.

„NEIN!“, kreischte eine Stimme voll blankem Entsetzen hinter uns.

Ich zuckte zusammen, drehte mich um und entdeckte Bartholomäus, der uns mit weit aufgerissenen Augen anstarrte. Sein entgeisterter Blick lag auf uns. „Das kann nicht wahr sein … bitte sagt, dass das nicht wahr ist“, murmelte er beinahe panisch vor sich hin. „Das könnt Ihr nicht tun, Meister. Das geht nicht!“

Rays Miene verdüsterte sich ein wenig, allerdings schien er die Sorge der Wächterkatze nicht recht ernst zu nehmen. „Halt dich mit deiner Meinung zurück. Mich interessiert nicht im Geringsten, was du zu unserer Beziehung zu sagen hast. Also hör auf, dich so idiotisch aufzuführen, und reiß dich zusammen."

„Aber Meister ...", stammelte Bartholomäus. „Das ist einfach ausgeschlossen!" Seine Stimme gewann nun wieder an Festigkeit. „Ihr vergesst wohl, dass Ihr eine wichtige Aufgabe zu erfüllen habt. Und selbst wenn es diese nicht gäbe: Ihr seid ein Dämon, sie dagegen ist nichts weiter als ein Mensch. Es ist ausgeschlossen, dass Ihr Euch auf so etwas einlasst. Ihr könnt doch genug Dämoninnen haben, vergnügt Euch mit einer von ihnen, aber bitte nehmt Abstand von diesem Menschen hier."

So wie er über mich sprach, kam ich mir beinahe wie ein Feind vor, der Ray den Kopf verdreht hatte.

„Wenn du dir die Mühe gegeben hättest, sie besser kennenzulernen, und bereit gewesen wärst, deine dämlichen Vorurteile beiseitezuräumen, wüsstest du, wie schwachsinnig deine Worte sind." Er funkelte die Wächterkatze warnend an. „Ich brauche deine Erlaubnis nicht und lege auch keinerlei Wert auf deine Meinung. Behalte sie also für dich und sei still. Und glaub mir, wenn ich noch einmal etwas von dir höre, was in diese Richtung geht, kannst du dir einen neuen Meister suchen."

Seine Worte waren hart und trafen Bartholomäus offenbar bis ins Mark. Zunächst stand Entsetzen in seinem Gesicht, schließlich pure Enttäuschung und Wut. „Wie Ihr meint, Herr." Langsam hob er den Kopf und schaute mich mit eiskaltem Blick an. „Irgendwann werdet Ihr Euch an meine Worte erinnern und sehen, dass ich mit meiner Warnung recht hatte: Dieses Mädchen wird Euer Verderben sein!" Damit wandte er sich um, eilte zum Fenster und sprang schnurstracks hinaus.

Seine Worte hallten jedoch weiterhin in mir nach und ließen mich frösteln. Was hatte er damit gemeint? Konnte ich Ray tatsächlich schaden? Wenn die anderen Dämonen auch nur im Entferntesten so reagierten wie Bartholomäus, dann stand uns noch so einiges bevor. Würden sie so weit gehen, Ray oder gar mich anzugreifen? Zum ersten Mal wurde mir wirklich bewusst, was es hieß, als Mensch eine Beziehung mit einem Dämon zu führen. Die ganze Zeit hatte ich nur das enorme Glück gesehen und mich in den berauschenden Gefühlen verloren, die er in mir auslöste. Aber nun sah ich auch die Probleme, die eine solche Beziehung womöglich mit sich brachte ... Möglicherweise bedeutete sie eine große Gefahr für uns. Mein Blick wanderte zu Ray, der mich sanft anlächelte und meine Hand streichelte.

„Mach dir nichts draus. Bartholomäus ist und bleibt ein Sturkopf und Menschen gegenüber nicht gerade freundlich gesinnt. Aber mit der Zeit wird er sich schon an den Gedanken gewöhnen, dass wir zusammen sind."

„Da habe ich so meine Bedenken", sagte ich leise.

„Hast du Angst?", fragte er nach, und seine Augen schienen mich dabei bis auf den Grund meiner Seele zu durchdringen.

Ich legte meine Hand in seinen Nacken und streichelte sein samtweiches Haar. „Ich habe Angst um dich. Wenn bereits Bartholomäus so außer sich gerät, wie werden dann erst die anderen Dämonen reagieren, sollten sie von uns erfahren?"

Sein Blick war ernst, offen und ehrlich, als er antwortete: „Ich will dir nichts vormachen, denn das wäre dir gegenüber nicht fair. Du musst wissen, worauf du dich einlässt, wenn du an meiner Seite bleiben willst." Er streichelte mir über die Wange und schaute mich dabei an, als fürchtete er sich fast davor, die Worte, die ihm auf der Zunge lagen, auch tatsächlich auszusprechen. „Erst wollte ich mir meine Gefühle für dich nicht eingestehen, und als ich das nicht mehr konnte, habe ich nur aus einem Grund versucht, mich von dir fernzuhalten: weil ich dir all das ersparen wollte, was noch auf uns zukommen könnte. Doch eigentlich möchte ich nichts mehr, als mit dir zusammenzusein. Falls dir das aber zu viel oder zu gefährlich sein sollte, kann ich verstehen, wenn du die Sache hier und jetzt beenden willst." Er zögerte kurz. „Soweit ich weiß, hat es bislang nie einen Dämon und einen Menschen gegeben, die ein Paar waren. Dafür hassen und verabscheuen unsere beiden Völker einander viel zu sehr. Der Hass der Dämonen geht wahrscheinlich sogar noch tiefer. Sollte irgendwer von unserer Beziehung erfahren, könnte das zu Problemen führen. Keiner meines Volkes wäre damit einverstanden und würde es sicher auch nicht einfach hinnehmen. Es besteht die Möglichkeit, dass sie mich verstoßen oder dass sie uns sogar angreifen. Ich will dir keine Angst machen, aber es könnte in der Tat gefährlich für uns werden. Ich bin bereit, dieses Risiko einzugehen, aber ich möchte nicht für dich sprechen, sondern dir die Wahl lassen."

Mit so etwas hatte ich im Grunde bereits gerechnet. Natürlich behagte mir die Vorstellung nicht, von weiteren Dämonen verfolgt und womöglich attackiert zu werden. Aber wenigstens wäre Ray dann an meiner Seite. Er war sogar bereit, seine Heimat für mich aufzugeben, seine Freunde, seine Familie, sein Zuhause.

Ich legte meine Hand auf seine Wange und strich sanft darüber. „Mein Leben war oft alles andere als schön. Ich habe viele schreckliche Momente durchlebt, die mich bis heute nicht loslassen. Doch du hast mir neuen Mut gegeben, hast alles verändert. Ich würde alles für dich tun und jedes Risiko eingehen, um dich nicht zu verlieren."

Er schmunzelte und legte seine Lippen auf meine; es war ein zarter, sanfter und unglaublich inniger Kuss, der mich ein Gefühl tiefen Glücks spüren ließ.

„Ich hoffe nur, du bereust deine Entscheidung nicht irgendwann", fügte er leise hinzu.

Ich legte meinen Zeigefinger auf seinen Mund und sagte: „Das werde ich ganz sicher nicht, dafür bedeutest du mir zu viel." Ich grinste. „So, aber nun erzähl mir, was du über Talef herausgefunden hast. Ist wirklich *er* es, der hinter allem steckt?"

„Sicher weiß ich es noch nicht", gab Ray zu. „In Neffarell glaubt man weiterhin an seinen Tod. Sobald ich auch nur versucht habe, eine andere Möglichkeit in Erwägung zu ziehen, bin ich auf starken Widerstand gestoßen. Was auch verständlich ist. Talef hat damals etliche Dämonen getötet, weshalb man sich selbst heute nur ungern und voller Grauen an ihn zurückerinnert."

„Das heißt, wir wissen noch immer nichts Näheres."

„Nein, ganz so würde ich es nicht sagen. Während meiner Abwesenheit sind in Neffarell einige Dinge geschehen, denen man auf den ersten Blick keine große Bedeutung beimessen würde. Doch nach dem, was wir bezüglich Talef vermuten, passt es ganz gut ins Bild. Es heißt, dass seit einigen Monaten immer mehr Dämonen verschwinden. Dabei handelt es sich zwar weitestgehend nur um niedere, weshalb man dieser Begebenheit bisher nur wenig Aufmerksamkeit geschenkt hat, aber ich denke, dass das alles miteinander zusammenhängt."

„Du glaubst also, Talef ist für das Verschwinden dieser Dämonen verantwortlich?", hakte ich verwundert nach. „Aber was macht er mit ihnen? Tötet er sie? Warum sollte er das tun?"

„Ich bin mir nicht ganz sicher", gab Ray zu. „Entweder schart er Gefolgsleute um sich, die bei einem Angriff auf Neffarell an seiner Seite kämpfen sollen, oder er versucht, sich weitere Macht einzuverleiben, indem er ihre Seelen in sich aufnimmt. Das würde bedeuten, dass er momentan ziemlich geschwächt ist und darum auf die Dämonen zurückgreifen muss. Das könnte ein Vorteil für uns sein. Allerdings nur, wenn wir möglichst bald herausfinden, wo er steckt. Ansonsten könnte er seine Kraft mit den Seelen bereits so sehr verstärken, dass es schwierig wird, gegen ihn anzugehen."

Uns blieb also nicht mehr viel Zeit. Doch wie und vor allem wo sollten wir nach Talef suchen? Er konnte überall sein. „Gibt es denn einen Weg, um herauszufinden, wo er sich momentan aufhält?"

„Ich will noch mal nach Neffarell gehen", erklärte Ray. „Jeder Dämon besitzt seine ganz eigene magische Kraft, die man wie ein Energiefeld spüren kann. Wenn es mir also gelingt, Restspuren dieser Kraft der verschwundenen Dämonen zu finden, könnte ich diesen möglicherweise bis an den Ort folgen, an den sie hingezogen wurden."

Er würde also wieder gehen müssen. Ich verstand, dass es nicht anders ging, hatte aber kein gutes Gefühl dabei. Was, wenn er Talef wirklich auf die Schliche kam und dieser merkte, dass Ray ihm dicht auf den Fersen war? Er würde sicher nicht tatenlos herumsitzen und sich suchen lassen.

„Ich werde höchstens drei, vier Tage weg sein", sagte er. „Länger werden sich die Spuren sicher nicht mehr halten. Es ist ohnehin fraglich, ob ich überhaupt noch irgendetwas finden werde, aber versuchen muss ich es zumindest."

Ich nickte. „Es wird Bartholomäus sicher nicht freuen, dass er wieder auf mich aufpassen muss."

Ray streichelte mir tröstend über die Wange. „Er nimmt seine Aufgaben immer sehr ernst und erfüllt sie, selbst wenn er anderer Meinung ist. Er muss sich einfach nur an den Gedanken gewöhnen, dass wir ein Paar sind. Du wirst sehen, er wird sich wieder einkriegen. Und selbst wenn nicht ..." Er zuckte mit den Schultern. „Es geht ihn schließlich nichts an, mit wem ich zusammen bin."

Und dennoch wäre es mir lieber gewesen, nicht mit Bartholomäus allein bleiben und seinen hasserfüllten Blick ertragen zu müssen.

„Es wird alles gut werden", versprach Ray und strich zärtlich mit den Lippen an meinem Ohr entlang. „Ich brauche nur noch ein paar Tage. Irgendwie werde ich diesen Mistkerl finden und zur Strecke bringen. Und danach lösen wir den Pakt. Dann musst du dir auch erst mal keine Sorgen mehr um irgendwelche Dämonen machen."

„Und was dann?", fragte ich nach. „Wirst du anschließend in deine Welt zurückgehen?"

Er nickte. „Das muss ich wohl, aber ich werde immer wieder zu dir kommen." Er zog mich fest an sich und raunte leise: „Ich werde dich nicht allein lassen, das verspreche ich dir."

Wenn ich ihm ins Gesicht sah, erkannte ich, wie ehrlich und ernst er sein Versprechen meinte. Auch wenn er zurück nach Hause musste, würde er jede freie Minute mit mir verbringen. Ich würde ihn nicht verlieren. Langsam legte ich meine Lippen auf seine, um ihn zärtlich und innig zu küssen, als ein kurzes Klingeln ertönte. Eine SMS.

„Schau ruhig nach", sagte er lächelnd. „Vielleicht ist es ja Sven."

Ich griff nach meinem Handy. Die Nachricht war nicht von Sven, sondern von Chris: *„Hallo Emily, ich wollte fragen, wie es mit morgen aussieht. Weißt du schon, ob du Zeit hast? Wenn du willst, könnten wir nach der Schule einen Kaffee trinken gehen. Würde mich freuen. Viele Grüße."*

„Die SMS ist von Chris", erklärte ich.

„Der Typ, der in dich verknallt ist?", hakte Ray überrascht nach.

Ich grinste ein wenig über seine verwunderte Miene. Lag da etwa eine Spur Eifersucht in seinem Gesicht? „So ist es nicht ...", erklärte ich und lehnte mich an seine Brust. „Zumindest nicht mehr. Er hat verstanden, dass ich nur freundschaftliche Gefühle für ihn empfinde, und akzeptiert das auch."

Er legte seine Arme um mich und zog mich fest an seinen warmen, muskulösen Körper.

„Er hat jedenfalls gefragt, ob ich morgen mit ihm einen Kaffee trinken gehe."

Ray schwieg einen Moment, streichelte meinen Arm entlang und löste damit ein elektrisierendes Prickeln aus, das langsam meinen Rücken hinabrieselte. „Also meinetwegen musst du dir keine Gedanken machen. Es ist okay, wenn du dich mit ihm triffst. Zumindest wenn er verstanden hat, dass du nichts von ihm willst", fügte er schmunzelnd hinzu.

Ich hatte Chris bereits mehrere Male vertröstet und wäre morgen zudem wieder allein. Ray wollte nach Neffarell gehen und damit wäre ich erneut mir und meinen rasenden Gedanken überlassen. Vielleicht war es wirklich ganz gut, diese Einladung anzunehmen.

Ich nickte langsam. „Okay, dann sage ich ihm für morgen zu. Es reicht ja, dass ich schon einen meiner Freunde vergrault habe, da muss ich nicht noch einen weiteren vor den Kopf stoßen."

„Wer dich aus solchen Gründen fallen lässt, kann wirklich nicht mehr ganz bei Verstand sein", sagte er und küsste mich.

Es war ein süßes, prickelndes Gefühl, das langsam in heiße, blitzende Schauer überging. Ich drückte mich fest an ihn und versuchte, diese Berührung so lange wie nur möglich auszukosten. Wer wusste schon, wie viele solcher Momente uns noch blieben?

Bartholomäus schritt unentwegt vor dem dunklen Haus auf und ab. Es war spät und erst vor etwa einer Stunde hatte sein Meister ihm erneut den Befehl gegeben, auf das Mädchen achtzugeben.

Er hatte sich weitere Widerworte verkniffen, doch seine Miene hatte sicher Bände gesprochen. Wie konnte sein Herr sich nur auf jemanden wie diese Emily einlassen?

Sie war nichts weiter als ein Mensch – schwach, unbedeutend und letztendlich eine Last. Was, wenn irgendwer in Neffarell von dieser Beziehung erfuhr? Er wollte sich das daraus entstehende Chaos nicht einmal vorstellen. Wenn Nayel Kenntnis darüber erhielt …

Er schüttelte entsetzt den Kopf und ging ein paar Schritte, um sich zu beruhigen. Das würde im reinsten Blutbad enden. Er kannte sie nur zu gut. Er bewunderte zwar ihre Disziplin, der sie alles unterordnete – sie war eine ebenso starke wie erhabene und gewissenhafte Person, die ihre Aufgabe absolut ernst nahm –, aber sie konnte auch unglaublich kalt sein, beinahe schon grausam. Sie durfte auf keinen Fall von den beiden erfahren, so viel stand fest. Doch konnte sein Herr diese Beziehung wirklich auf Dauer geheim halten?

Er schnaufte. Warum musste ausgerechnet er sich um solche Dinge Gedanken machen? Er war eine Wächterkatze und damit ein äußerst edles und erhabenes Geschöpf. Üblicherweise schätzten die Meister ihre Katzen und verehrten sie geradezu. Weshalb war er an einen Herrn wie Refeniel geraten, der sich so gar nichts aus Konventionen machte, sondern stets seinen eigenen Dickkopf durchsetzen wollte?

Bartholomäus blieb stehen und seufzte leise. Nein, eigentlich hatte er es mit seinem Herrn nicht schlecht getroffen. Refeniel war stark, hatte ein äußerst gutes Herz und erfüllte seine Aufgaben in der Regel voller Gewissenhaftigkeit. Gerade darum schmerzte es ihn so sehr, dabei zuschauen zu müssen, wie er nun in den eigenen Untergang rannte und alles und jeden, der ihm am Herzen lag, mit sich riss …

Chris und ich hatten uns nach Schulschluss am Hofeingang der Schule verabredet. Mit einem raschen Blick auf die Uhr stellte ich fest, dass ich Bartholomäus nun seit über zwei Stunden nicht mehr zu Gesicht bekommen hatte. Er mied mich ganz offensichtlich: Auf dem Schulweg war er mehrere Meter vorausgelaufen, hatte sich nicht einmal nach mir umgeschaut und sich strikt geweigert, auch nur ein Wort mit mir zu wechseln. Irgendwann hatte ich meine Versuche, mit ihm zu reden, eingestellt und war ihm schweigend gefolgt.

Auch während des Unterrichts hatte ich nur hin und wieder gesehen, wie er in einem Baum vor dem Fenster saß oder kurz daran vorbeizischte. Aber immerhin hatte ich ihn da noch gesehen ... Ich fragte mich wirklich, wo er gerade steckte. Hielt er sich möglicherweise so gut verborgen, dass sogar ich ihn nirgends finden konnte, oder war er tatsächlich nicht mehr in meiner Nähe? Letzteres konnte ich mir im Grunde nicht vorstellen. Niemals hätte er es gewagt, sich einem strikten Befehl Rays zu widersetzen. Aber wo steckte die Katze dann?

Ich seufzte und schüttelte über mich selbst den Kopf. Normalerweise störte es mich und trieb mich beinahe in den Wahnsinn, ihn ständig um mich zu haben. Ich kam mir dabei so eingesperrt und überwacht vor. Eigentlich hätte ich also froh sein sollen ... Nur war ich das nicht.

„Sollen wir los?“, wollte Chris wissen, der neben mich trat.

Ich nickte langsam und ließ noch einmal meinen Blick umherschweifen, konnte Bartholomäus aber weiterhin nirgends entdecken. Vielleicht versteckte er sich wirklich so gut. Möglicherweise wollte er sichergehen, dass Chris ihn nicht sah, und war deshalb besonders vorsichtig. Mit diesem Gedanken versuchte ich mich zu beruhigen und setzte ein Lächeln auf. „Ja, lass uns gehen. Hast du dir schon ein Café überlegt?“

Er nickte. „Es gibt eins, das nicht weit von hier ist. Dort haben sie auch ziemlich guten Kuchen und hervorragende Torten.“

„Klingt gut", erwiderte ich und folgte ihm.

Während er über den Schultag redete, schweiften meine Gedanken erneut ab. Es ließ mich einfach nicht los, dass ich Bartholomäus nirgends fand. Normalerweise sah ich ihn früher oder später immer irgendwo auftauchen. Ob verborgen hinter einem Busch, als kleiner, schneller getigerter Fleck, der an mir vorbeizog, oder hoch oben sitzend in einem Baum.

Konnte ihm womöglich etwas zugestoßen sein? Dieser Gedanke kam mir so plötzlich, dass ich unvermittelt stehen blieb.

„Alles okay?", fragte Chris verwundert.

Ich nickte. „Ja ... Mir ist nur gerade eingefallen, dass ich noch einen Aufsatz schreiben muss. Der ist morgen fällig, es liegt also ein ganzes Stück Arbeit vor mir."

„Wenn du willst, kann ich dir dabei helfen. Vielleicht geht es dann schneller", schlug er vor.

„Oh, das ist nicht nötig, wirklich", wehrte ich hastig ab. Es fehlte noch, dass er meine Lüge so schnell durchschaute.

„Na gut. Dann lass uns nur kurz was trinken gehen, dann hast du danach sicher noch genügend Zeit. Es ist auch nicht mehr weit."

Dagegen konnte ich wohl nichts einwenden, auch wenn mir gerade so gar nicht nach einem netten Kaffeeklatsch war. Immer stärker überkam mich das Gefühl, dass mit Bartholomäus irgendetwas nicht stimmte. Angst kroch in mir hoch und stellte mir die Nackenhaare auf.

Auch die Umgebung trug nicht gerade zur Besserung meiner Laune bei. Die Straße, der wir nun folgten, wirkte ziemlich verlassen und führte uns an heruntergekommenen Häusern vorbei. Wir gingen jedenfalls nicht in die Innenstadt mit den vielen Einkaufspassagen und den herrlichen Cafés. In diesen Stadtteil verschlug es mich nur selten, sodass ich mich hier auch überhaupt nicht auskannte.

In den Hecken und Büschen lag überall Müll, der sich darin gesammelt hatte und langsam vor sich hin rottete. Die Häuserfassaden waren allesamt grau und schmutzig und hätten einen neuen Farbanstrich gebrauchen können, zumal der Verputz teilweise abgebröckelt oder mit Rissen durchzogen war. Ich konnte mir beim besten Willen nicht vorstellen, hier zu wohnen. Gänsehaut kroch über meine Arme und ich fröstelte.

„Bist du sicher, dass das Café in dieser Gegend ist?"

Das ungute Gefühl, das mich mittlerweile ergriffen hatte, ließ sich nicht mehr abschütteln. Irgendwas stimmte nicht. Hatte er nicht gesagt, das Café sei ganz in der Nähe der Schule? Waren wir mittlerweile nicht schon mindestens fünfzehn Minuten unterwegs?

„Die Gegend sieht ziemlich schäbig aus. Ich kann mir gar nicht vorstellen, dass man hier irgendwo was trinken gehen kann."

„Keine Sorge, wir sind gleich da", sagte Chris, ohne sich nach mir umzuschauen. Seine Stimme klang beinahe fremd und distanziert; er jagte mir damit einen weiteren Schauder über den Rücken. Mein Herz klopfte mir nun bis zum Hals. *Etwas stimmt wirklich nicht. Ich muss von hier fort!*

Doch da hielt er plötzlich inne.

„So, da wären wir", erklärte er und nickte in Richtung eines verfallenen Gebäudes. Es stand ganz eindeutig leer, denn die Fensterscheiben waren allesamt herausgebrochen, die Fassade war mit Graffitis beschmiert und der Garten vollkommen verwildert. Überall lagen Bauschutt, herabgefallene Steine und Müll.

„Wo hast du mich hingebracht?", fragte ich mit tonloser Stimme. „Was soll das?"

Ich konnte die Angst nicht länger unterdrücken, meine Beine wurden weich, während mein Verstand nach einer Erklärung für all das suchte.

„Wenn du willst, dass deine kleine Wächterkatze am Leben bleibt, dann solltest du besser mitkommen."

Woher wusste er von Bartholomäus?

Als sich Chris zu mir umwandte, erkannte ich sein Gesicht kaum wieder. Es war so voller Hohn und Hass; seine sonst so wundervollen blauen Augen glühten geradezu vor Eiseskälte.

Ich zweifelte keine Sekunde an seinen Worten: Er hatte etwas mit Bartholomäus' Verschwinden zu tun.

„Sei vernünftig, Emily. Es sind nur noch ein paar Schritte", erklärte er und seine Stimme war nicht mehr als ein kaltes Hauchen.

Ich ballte die Fäuste und nahm all meinen Mut zusammen. Mir war klar, dass ich, indem ich ihm folgte, geradezu in eine Falle lief, doch was blieb mir anderes übrig? Er hatte Bartholomäus in seiner Gewalt. Mein Herz donnerte hart in meiner Brust, während ich über weitere Schuttteile stieg und durch den Eingang ins Gebäude hineinging. Mir war schrecklich kalt, und die nackte Angst durchschnitt mich wie ein siedend heißes Messer. In diesem Moment war ich mir sicher, dass ich Ray und das Sonnenlicht, das durch die dichten Wolken drang, niemals wiedersehen würde.

Verzweifelt versuchte ich, die aufkeimende Panik zu unterdrücken und mir stattdessen einen Plan zu überlegen. Das war jedoch äußerst schwierig, da ich keine Ahnung hatte, wo Chris mich hinführen und ob ich dort auch tatsächlich auf Bartholomäus treffen würde.

Wir folgten einem langen, baufälligen Korridor, aus dessen mit Graffitis beschmierten Wänden etliche Kabel heraushingen. Hier und da war der Putz herausgebrochen. Zudem umgab uns ein entsetzlicher Gestank nach Urin und Erbrochenem. Ich wollte mir gar nicht ausmalen, worum es sich bei den dunklen Flecken auf Boden und Wänden handeln mochte.

Nur wenige Meter weiter wandte sich Chris einem Raum zu, der rechts neben ihm lag. Er beobachtete mich aus den

Augenwinkeln und prüfte, ob ich ihm auch weiterhin folgte. Am liebsten wäre ich weggerannt, doch die Sorge um Bartholomäus ließ mich weitergehen.

Der Raum, den wir nun betraten, war recht groß und wurde von Dutzenden von Kerzen erhellt, die überall auf dem Boden aufgestellt waren. An der rechten Wand lagen mehrere Decken und Kissen, die zu einer Bettstatt aufgetürmt waren. Daneben stand ein alter Schreibtisch aus Holz, auf dem mehrere alt aussehende Schriftstücke lagen. Andere Einrichtungsgegenstände suchte man hier allerdings vergebens. Was meine Aufmerksamkeit jedoch am meisten in seinen Bann zog, war der aufgemalte magische Kreis in der Mitte des Raumes.

Ich schaute zu Chris, wobei ich versuchte, meine Angst so gut es ging zu verbergen. „Arbeitest du etwa für Talef?", fragte ich mit überraschend fester Stimme.

Er wirkte verwundert. Offenbar hatte ich ihn mit dieser Frage aus dem Konzept gebracht: „Du kennst meinen Namen? Das wundert mich. Dann hat dir Refeniel also von mir erzählt?"

Eisige Kälte zog durch meine Knochen und ließ mich kurz erstarren. In meinem Kopf überschlugen sich die Gedanken; ich war vollkommen fassungslos. Mein Mitschüler Chris, mit dem ich befreundet und in den ich sogar für kurze Zeit verliebt gewesen war, war Talef? Ausgerechnet er war der Dämon, der seit Wochen hinter uns her war und dafür gesorgt hatte, dass Ray und ich den Pakt geschlossen hatten? Wie war das nur möglich?

Vorsichtig ließ ich meinen Blick weiter durch den Raum schweifen. Wo steckte Bartholomäus nur? Hielt Talef ihn in einem anderen Zimmer gefangen?

„Ray weiß schon seit einer ganzen Weile, dass du hinter uns her bist", sagte ich. Ich wollte Zeit schinden, bis mir etwas einfiel, was ich tun konnte. Oder wenigstens bis ich herausgefunden hatte, was mit Bartholomäus geschehen war.

Talefs Miene verfinsterte sich und für einen kurzen Moment legte sich ein Ausdruck von Überraschung hinein. „Soso … er hat also geahnt, dass ich hinter all dem stecke? Das hätte ich ihm gar nicht zugetraut."

„Du hättest besser dafür sorgen sollen, dass man an dem gefälschten Tertius nicht deine magischen Spuren findet. Ray hat deine Energie wahrgenommen und bald darauf in Erfahrung gebracht, dass du etliche Dämonen aus Neffarell beschworen hast."

„Er kennt also meine Energie", stellte er fest und konnte dabei nicht verhindern, dass sich seine Stirn nachdenklich und verärgert runzelte. „Es spielt aber keine Rolle, woher. Ich kann gar nicht sagen, wie froh ich bin, dass dieser Moment nun endlich gekommen ist", sagte er langsam, während er ein paar Schritte auf mich zutrat. „Ich hatte alles seit Langem bis ins kleinste Detail geplant. Jeder Schritt war perfekt auf den anderen abgestimmt, und dennoch seid ihr mir immer wieder in die Quere gekommen." Er lächelte kalt. „Ich muss ehrlich zugeben, ich habe nicht damit gerechnet, dass Refeniel meine Energie erkennt. Immerhin bin ich ihm zuvor nie begegnet. Auch du hast mich überrascht, du hast viel zu schnell Zugang zu deiner Magie gefunden und mich damit zu einem verfrühten Handeln gezwungen. Noch bin ich nicht ganz bei Kräften, aber der Zeitpunkt war perfekt. Refeniel war tagelang nicht mehr in der Schule, an seiner Stelle hat dich diese Wächterkatze überallhin begleitet. Ein eindeutiges Zeichen dafür, dass Refeniel nicht in deiner Nähe ist. Das wiederum bedeutet für mich, dass der Zeitpunkt gekommen ist, meinen Plan in die Tat umzusetzen und dich zu töten."

Ein eisiger Ausdruck voll Triumph, Freude und Hass legte sich in sein Gesicht, während er seine rechte Hand ausstreckte und ein grün gleißendes Licht darin entstehen ließ.

Ich wich langsam vor ihm zurück. Vermutlich blieben mir nur noch wenige Minuten, vielleicht auch nur Sekunden, bis er zu einem Angriff ansetzte. „Was hast du mit Bartholomäus gemacht?“, fragte ich, um weiter Zeit zu gewinnen.

„Nun, ich musste dich natürlich an einen sicheren Ort bringen. Ich konnte nicht das Risiko eingehen, dich in der Schule oder mitten auf der Straße anzugreifen. Das hätte leicht schiefgehen können; womöglich wärst du mir entkommen, wir wären gestört oder gesehen worden. Und glaub mir, nach all den Problemen freue ich mich darauf, deinen Tod auszukosten. Darum musste ich dich hierherbringen. In mein Versteck, wo ich mich in aller Ruhe um dich kümmern kann. Allerdings musste ich dafür erst einmal diese schreckliche Wächterkatze loswerden.“ Ein grausames Lachen zog sich über seine Lippen, während in seinen Augen nichts als blanke Genugtuung stand. Noch immer hielt er in seiner Hand die strahlende Kugel, die sein finsteres Antlitz in ein eigentümliches Licht tauchte.

Er hatte offenbar keine Eile damit, mich umzubringen, wusste er doch, dass ich keine Chance und er damit alle Zeit der Welt hatte. Wahrscheinlich genoss er diesen Moment sogar und zog ihn absichtlich in die Länge, um sich an meiner Angst und Wut zu ergötzen.

„Es war gar nicht so einfach, denn dieses Mistvieh hat sich ganz schön zur Wehr gesetzt. Am Ende hat es ihm aber nichts genützt. Falls es dich beruhigt: Er hat nicht lange leiden müssen.“

Ich schnappte erschrocken nach Luft. „Du hast Bartholomäus getötet?“ Ich ballte die Fäuste vor Zorn und war drauf und dran, mich auf ihn zu stürzen. „Du elender Mistkerl, wie konntest du das tun? Warum bringst du nur so viel Leid über alle? Weshalb kannst du uns nicht einfach in Ruhe lassen?!“

„Das fragst du noch?!“, brüllte er plötzlich los und warf gleich darauf den Zauber in seiner Hand nach mir.

Ich sah das gleißende Licht auf mich zurasen und hechtete gerade noch rechtzeitig zur Seite, sodass es neben mir in den Boden einschlug und diesen sogleich aufsprengte.

Talefs Gesicht war wutverzerrt; die Adern an seinem Hals und seiner Stirn waren deutlich angeschwollen und pochten gefährlich. „Die Eldraneis haben mir alles genommen!", brüllte er. „Ich war kurz davor, die Herrschaft über Neffarell zu erlangen; strotzte geradezu vor Macht und Kraft. Ich war praktisch nicht aufzuhalten, ich habe Hunderte, ach was, Tausende Dämonen mit nur einem Handstreich getötet. Doch dann kamen die Wächter des Nordtors, Refeniels Eltern, und haben alles zunichte gemacht. Sie haben mir alles genommen und einen vollkommen zerstörten Körper zurückgelassen.

Nur mithilfe meiner Dienerin gelang es mir, vom Schlachtfeld zu fliehen. Sie brachte mich in die Menschenwelt, wo ich schließlich einen folgenschweren Schritt gehen musste. Ich suchte mir einen Menschen, der empfänglich für die dunklen Mächte war, und übertrug meine Seele auf seinen Körper, denn mein eigener war nicht mehr zu retten." Seine Augen brannten förmlich vor Hass und Widerwillen. Es musste ihm aus tiefster Seele widerstreben, in dieser Menschengestalt festzusitzen. „Seitdem bin ich an diesen fremden Leib gebunden", fuhr er fort. „Dieser Körper ist schwach, ich bin nichts im Vergleich zu meiner früheren Stärke. Noch dazu ist ein menschlicher Körper nicht dafür geschaffen, eine dämonische Seele in sich zu beherbergen. Dir ist sicher aufgefallen, dass ich einige Male nicht in der Schule war ... Die Büchersuche hat mich enorm geschwächt, sodass ich stellenweise mit dem Tod gerungen habe. Allerdings war dieser schwache Leib bei ebendieser Suche auch von Vorteil. Denn dadurch, dass ich als Dämon in einem menschlichen Körper festsitze, konnte ich die Verstecke betreten, ohne die Schutzzauber auszulösen.

Dieser Leib zerfällt jedoch immer mehr, fault langsam vor sich hin und stirbt. Darum muss ich ständig niedere Dämonen aus Neffarell beschwören und die Kraft und Lebensenergie ihrer Seelen in mich aufnehmen. Nur so kann ich diesen Körper vor dem Verrotten bewahren und am Leben bleiben. Doch ich benötige von Tag zu Tag mehr Seelen, das Sterben ist einfach nicht aufzuhalten; irgendwann werden mich auch die Zauber und Dämonen nicht mehr retten können. Darum brauche ich Refeniel und dich. Indem ich dich töte, erlange ich euer beider Kraft, die mir von ungemeinem Nutzen sein wird. Was aber noch von viel größerer Bedeutung ist …", sein Blick nahm einen schon beinahe irren Ausdruck an. „Mithilfe deines Todes werde ich endlich in der Lage sein, Refeniels Lebenszeit auf mich zu übertragen und damit das Sterben dieses Körpers zu beenden. Um den Spruch im Quartus anwenden zu können, muss Refeniel im Sterben liegen. Was wäre da leichter, als dich zu töten, damit er in diesen Zustand gerät? Mit der Kraft von euch beiden und mit Refeniels Lebenszeit werde ich endlich wieder zu einem vollwertigen Dämon, so dass ich Rache nehmen kann. Ich werde nach Neffarell zurückkehren und meine einstigen Pläne erneut aufnehmen. Am Ende werde ich es sein, der über die Dämonenwelt herrscht."

Seine Worte machten mich für einen Moment sprachlos.

„Aber warum hast du ausgerechnet Ray für dein Vorhaben ausgewählt? Nur um dich an seinen Eltern zu rächen?"

Talef lachte schallend und schüttelte den Kopf. „Nein, das ist nicht der einzige Grund. Du hast recht, ich will mich tatsächlich an ihm rächen. Doch zum anderen verfügt er als einer der vier Wächter über eine außerordentliche Kraft und eine enorm hohe Lebensenergie."

Ich runzelte die Stirn. Er hatte gerade eben schon erwähnt, Rays Eltern seien Wächter gewesen. Und nun sollte er ebenfalls einer sein? Was bedeutete das überhaupt?

Erneut schallte sein kaltes Lachen durch den Raum und jagte mir einen eisigen Schauer über den Rücken.

„Sag bloß, du weißt nichts von den vier Toren und Refeniels Aufgabe dabei?"

Ich antwortete nicht, aber offensichtlich machte es ihm Freude, einen wunden Punkt bei mir gefunden zu haben.

„Vertraut er dir etwa so wenig, dass er seine Herkunft vor dir verbirgt?"

Ich schwieg weiterhin und versuchte, mir meine Unsicherheit nicht anmerken zu lassen.

„Nun gut, dann will ich dir mal auf die Sprünge helfen. Vielleicht verstehst du dann, warum es ausgerechnet Refeniel sein muss. Er ist der Wächter des Nordtors, eines von insgesamt vier Toren, die direkt ins Fegefeuer führen, wo solch schreckliche Kreaturen eingesperrt sind, dass sie niemals den Weg nach Neffarell finden dürfen. Dies sicherzustellen, ist die Aufgabe der Wächter, die sowohl mit außergewöhnlichen magischen Fähigkeiten als auch mit besonderen körperlichen Kräften ausgestattet sind – sie sind die Stärksten unter uns. An ihrer Seite haben sie je eine Wächterkatze. Auch von ihnen gibt es nur vier, die ebenfalls über bemerkenswerte Fähigkeiten verfügen. Du siehst also, es müssen die Magie und die Kraft eines der vier Wächter sein, die ich in mir aufnehme. Nur so kann ich verhindern, dass mir dieser menschliche Körper unter den Händen wegfault."

Wut packte mich, als ich all das hörte. Talef hatte wirklich alles von langer Hand geplant. Er hatte Ray speziell ausgewählt und wollte nicht nur seine Kräfte, sondern sich auch rächen und ihn vernichten.

„Dann gehörte es also auch zu deinem Plan, dich als Schüler auszugeben und mein Vertrauen zu erschleichen?", fuhr ich ihn voller Kälte an.

„Glaub mir", sagte er langsam, während er einen neuen Zauber rief.

Ich wusste, dass es ihm Freude bereitete, mich zu ängstigen und zu jagen, bevor er tatsächlich zum letzten Schlag ausholen würde.

„Es hat mir wirklich keinen Spaß gemacht, mich unter den Menschen aufzuhalten und mich dir gegenüber so freundlich zu verhalten", fuhr er fort, während das Licht in seiner rechten

Hand rot glühte. „Aber wenigstens zu diesem Zweck eignete sich dieser menschliche Körper hervorragend." Er grinste schief. „Immerhin waren weder Ray noch seine verdammte Wächterkatze in der Lage, meine dämonische Energie wahrzunehmen und dadurch zu erkennen, wer und was ich in Wirklichkeit bin. Die menschliche Hülle schirmt meine dämonischen Energien nach außen hin so weit ab, dass sie nicht zu spüren sind, wenn ich nicht gerade einen Zauber anwende.

Nur indem ich vorgab, dich zu mögen, vielleicht sogar etwas für dich zu empfinden, konnte ich mich unerkannt in deiner Nähe aufhalten und dein Vertrauen erlangen, um zu beobachten, wie sich deine Kräfte entwickeln. Zu Beginn war der größte Teil davon tief in dir vergraben und du warst nicht in der Lage, sie bewusst zu steuern. Ich konnte jedoch spüren, als es dir gelungen war, sie komplett zu befreien und zu lenken. Nun musste ich nur noch auf den perfekten Zeitpunkt für meinen Angriff warten. Da ich dein Vertrauen hatte, war es ein Leichtes, dich hierherzulocken."

In diesem Moment ließ er den Zauber los. Ich warf mich zu Boden und spürte, wie er ganz dicht an mir vorbeizischte. Ich fühlte die Erde unter mir beben, als er einschlug und die Wände erzittern ließ.

Nein, er hatte nicht vorgehabt, mich mit diesem Spruch zu treffen. Zumindest noch nicht .... Der Kerl wollte mich weiter quälen und leiden sehen. Er war eiskalt, ohne Gewissen.

Meine Stimme zitterte, als ich fragte: „Warum ich?" Voller Zorn ballte ich die Fäuste, erhob mich und schrie: „Weshalb hast du mich für deine Pläne ausgesucht? War das purer Zufall? War ich einfach nur zum richtigen Zeitpunkt am richtigen Ort?"

Seine Augen verengten sich, sodass sie beinahe heimtückisch blitzten. „Glaubst du wirklich, ich würde irgendetwas dem Zufall überlassen? Natürlich habe ich auch dich bewusst ausgesucht, und das bereits vor etlichen Jahren."

Ein Draht aus purem Entsetzen legte sich um mein Herz und schnürte sich immer weiter zu. Seine Worte lösten in mir eine unbestimmte Angst aus, ein eigenartiges Gefühl, das ich kaum zu ertragen vermochte.

„Du bist eine Sancti, so jemanden findet man heutzutage unglaublich selten. Doch ich brauchte eine wie dich, nur du warst stark genug, den Symbolkreis, den ich gezeichnet hatte, durch dein bloßes Betreten zu aktivieren. Nur eine Sancti ist in der Lage, einen so starken Dämon wie Refeniel zu binden. Aber es gab ein Problem ..." Er grinste kalt, sodass ich seine weißen Zähne sehen konnte und erschauderte. „Erst nach dem Tod der Eltern geht ihre Kraft auf ihr Kind über, sodass es zu einer Sancti wird. Deine Eltern lebten aber noch, also musste ich zunächst dafür sorgen, dass sie starben."

Ich zitterte und bebte mittlerweile am ganzen Körper; jegliches weitere Gefühl war gewichen. Ich stand einfach nur da, fassungslos über das, was ich da hörte. Ich sah in Gedanken meine Eltern vor mir, ihre Gesichter, ihr Lächeln ... und dann wieder Talefs grauenhaftes Grinsen.

„Also habe ich Dämonen geschickt, damit sie deine Eltern töteten. Leider war der Imardia nicht gerade der Schlaueste. Er stellte sich euch in den Weg, als ihr im Auto auf der Straße gefahren seid. Dein Vater hat wohl gesehen, dass etwas auf der Fahrbahn stand, und muss versucht haben, auszuweichen. Dabei kam es zu diesem tödlichen Unfall. Damit hatte der Imardia seinen Auftrag zwar erfüllt, war dabei allerdings das Risiko eingegangen, dass auch du dabei umkommst. Das konnte ich unmöglich hinnehmen. Der Dämon hat den Abend dieses Tages jedenfalls nicht mehr erlebt."

Ich spürte, wie mir heiße Tränen die Wangen hinabliefen.

„Bei deiner Mutter war es da schon wesentlich schwieriger. Sie hatte wohl seit ihrer Jugend ein außerordentlich feines Gespür für die Energien der Dämonen entwickelt. Ihre Fähigkeit reichte sogar so weit, dass sie nicht nur die Anwesenheit von Dämonen spüren, sondern sie auch hin und wieder hören und sehen konnte.“ Er kicherte diabolisch. „Nur schade, dass ihr keiner geglaubt und man sie stattdessen für verrückt erklärt hat. Kein Wunder, dass sie darüber irgendwann tatsächlich den Verstand verloren hat.

Es war nicht leicht, an sie heranzukommen. Sie hatte eine Art Schutzschild entwickelt, der sie vor dämonischen Angriffen bewahrte. Ich musste sie also erst dazu bringen, diesen Schild abzulegen. Und was hätte sich da besser geeignet, als dafür zu sorgen, dass sie dem Wahnsinn noch weiter verfällt und in eine Klinik gebracht wird, wo man sie mit Medikamenten vollstopft, sodass sie den Schild nicht mehr halten kann? In einer regnerischen Nacht war es endlich so weit: Ich schickte meine Dämonen, die zu ihr ins Zimmer drangen, über sie herfielen und langsam erwürgten.“

Alles drehte sich vor mir und ich glaubte einen Moment lang, gleich zusammenzubrechen. Meine Eltern ... Sie waren beide nur wegen mir gestorben. Ich hatte immer vermutet, meine Mutter hätte sich umgebracht, doch auch sie war getötet worden ... Im Auftrag dieses Mistkerls! Ich schüttelte den Kopf. Das konnte einfach nicht wahr sein! All die Jahre hatte ich mich gefragt, weshalb ausgerechnet mir solch schreckliche Dinge widerfahren waren. Nun kannte ich die Antwort: All das Leid, all die schrecklichen Momente, die Qual darüber, dass meine Mutter zusehends den Verstand verloren hatte – das alles war Talefs Schuld!

Im nächsten Moment packte mich ein nahezu rasender Hass und durchflutete jeden Winkel meines Inneren: Er hatte mir meine Eltern genommen. Er hatte Bartholomäus getötet und war auch am Tod von Rays Eltern schuld. Er hatte alles zerstört! Und nun wollte er auch mich umbringen, nur um als vollwertiger Dämon nach Neffarell zurückzukehren und dort erneut Leid über alle zu bringen.

Wie von Sinnen rannte ich auf Talef zu, der nur grinsend dastand. Ich hasste dieses Gesicht, hasste diesen Kerl mit jeder Faser meiner Seele. Mir kam nicht eine Sekunde lang in den Sinn, dass es eigentlich purer Selbstmord war, was ich hier gerade tat. An all das dachte ich nicht. Das Einzige, was zählte, war, diesen Kerl, der so viel Unheil über mich gebracht hatte, irgendwie zu verletzen.

Ich sprang auf, schrie und wollte mich auf ihn stürzen, als ich einen schnellen Schatten von links wahrnahm. Er kam auf mich zu, und in der nächsten Sekunde lag ich auch schon auf dem Boden. Eine junge Frau war über mich gebeugt, hielt mich auf den kalten Stein gedrückt und blickte mich an, als wäre ich der letzte Abschaum.

„Wenn ich vorstellen darf: Meine Dienerin Isigia, von der ich bereits gesprochen habe."

Ihre stahlblauen Augen bohrten sich in meine; sie nahm jede noch so kleine Regung von mir wahr und wartete wohl auf weitere Befehle ihres Meisters.

„Ich denke, wir haben genug Zeit vertrödelt. Wir sollten es jetzt zu Ende bringen: Schalte sie so weit aus, dass ich sie töten kann", verlangte er mit breitem Grinsen.

Ich biss die Zähne zusammen, spannte jeden meiner Muskeln an und machte mich bereit, mit allem, was ich hatte, gegen diese Frau zu kämpfen. Doch auf die Kraft, die mir nun entgegenschlug, war ich nicht gefasst.

„Endlich wird mein Meister wieder zu dem, der er früher einmal war. Er hat so viel durchmachen müssen, und das nur wegen dir und diesem Refeniel!", sagte sie leise, holte zum Schlag aus und stieß mir ihre Faust mitten ins Gesicht.

Ich versuchte vergeblich, den Hieb mit meinen Armen abzuwehren, aber die Wucht ihrer Schläge konnte ich mit nichts abmildern. Ich spürte, wie meine Lippe aufplatzte, und schmeckte das Blut. Ich hörte das Knirschen meines Nasenbeins und fühlte, wie meine Augenbraue aufsprang. Obwohl ich keinerlei Schmerz wahrnahm, mich vielmehr wie taub fühlte, so war mir doch bewusst, dass ich diesen Angriffen nicht mehr lange würde standhalten können. Meine Sinne schwanden bereits und versuchten, mich in tiefe Bewusstlosigkeit zu ziehen. Sollte das geschehen, wäre das mein Ende.

Kreischend bäumte ich mich noch einmal auf und schlug mit aller Härte nach Isigia, die weiterhin auf mir saß. Es kam mir vor, als träfen meine Hände auf Stein. Es tat entsetzlich weh, auf sie einzuschlagen, und ich fühlte, wie meine Haut aufsprang und sich in blutende Fetzen auflöste.

Es folgte ein harter Hieb der Dämonin, der mich heftig in den Magen traf und mich vor Schmerz aufschreien ließ.

„Dann wollen wir mal!“, sagte sie, und schon sah ich ihre Faust auf mich zurasen, als Isigia plötzlich kreischte.

Eine kleine Gestalt hatte sich in ihren Arm verbissen und grub mit aller Kraft seine Zähne in das Fleisch.

„Bartholomäus“, flüsterte ich verwundert.

Die Wächterkatze sah grauenhaft aus: Ihr Fell war rot verschmiert, das linke Auge zugeschwollen und mehrere offene Wunden klafften auf ihrem dünnen Körper. Aber Bartholomäus war am Leben!

„Du dreckiges Mistvieh!“, fauchte Talef. „Ich dachte, ich hätte dich umgebracht.“

„Das nächste Mal solltest du besser genauer nachschauen!“, erklärte eine kalte Stimme. Ray trat in den Raum und ließ Talef nicht aus den Augen.

„Wie kommst du hierher?“, fragte der wutschnaubend.

„Du unterschätzt die Kraft der Wächterkatzen wohl um einiges. Sie sind nicht nur äußerst zäh, sondern verfügen auch über einen außerordentlichen Geruchssinn. Selbst Tage später hätte er noch Emilys Spur aufnehmen können.“

Talef bleckte die Zähne. Sein Gesichtsausdruck verriet, dass er gerade jeglichen Vorteil, den er bis eben noch gehabt hatte, zunichtegemacht sah.

„Das alles spielt keine Rolle!“, knurrte er leise. „Dann wird es eben etwas aufwendiger, aber dennoch habe ich so viele Seelen in mir aufgenommen, dass ich es mit euch allen aufnehmen kann!“

„Das wollen wir erst mal sehen!“, sagte Ray und stürmte auf ihn zu.

Derweil wehrte sich Isigia wie eine Besessene gegen Bartholomäus. Sie griff nach ihm und versuchte ihn irgendwie von sich zu schleudern. Schließlich gelang es ihr, ihn an seinem Fell zu packen. Sie riss ihn von sich und schmetterte ihn zu Boden.

Bartholomäus blieb benommen liegen. Er atmete zwar noch und bewegte sich, hatte aber ganz eindeutig Probleme, sich wieder aufzuraffen.

Da trat die Dämonin ruhigen Schrittes auf ihn zu und rief einen Zauber. Das goldene Licht erhellte ihr Gesicht, das vollkommen emotionslos auf die Katze gerichtet war.

Mein Herz pochte in meiner Brust. Ich konnte nicht zulassen, dass sie ihr Vorhaben in die Tat umsetzte. Ich schrie auf, stürmte auf sie los und warf mich voller Wucht auf sie. Im letzten Moment drehte sie sich nach mir um. Ich erkannte die Überraschung in ihren Augen, bevor sie den Spruch nach mir warf, der daraufhin allerdings vollkommen verfehlte.

Dafür landete ich direkt auf Isigia; riss sie zu Boden, wo sie sich mit Händen und Füßen gegen mich zur Wehr setzte. Ich kämpfte mit aller Macht gegen sie, versuchte, sie unten zu halten, schlug und trat immer wieder zu. Aus den Augenwinkeln nahm ich die zischenden Lichter wahr, die durch den Raum rasten und mit donnerndem Beben auf Boden und Wände trafen.

Ray und Talef lieferten sich einen erbitterten Kampf. Hin und wieder gelang es mir, einen Blick auf die beiden zu erhaschen, doch war es mir nicht möglich, auszumachen, welcher von ihnen die Oberhand hatte.

„Du elendes Miststück!“, fluchte die Dämonin. Sie bekam ihre linke Hand frei, rief einen Zauber und stieß ihn mir so schnell entgegen, dass ich nicht einmal mehr dazu kam, Luft zu holen.

Ein entsetzlicher Schmerz durchzuckte mich und raubte mir für ein paar Sekunden alle Sinne. Ich wurde durch die Gegend geschleudert, während mein ganzer Körper wie von elektrischen Schlägen gepeinigt wurde. Als ich auf dem Boden aufschlug, rutschte ich noch einige Meter und blieb schließlich benommen liegen. Ich spürte, wie mir Blut an der rechten Gesichtshälfte entlangfloss, doch blieb mir keine Zeit, mich um die Verletzung zu kümmern.

Bartholomäus hatte sich mittlerweile aufgerafft und verbiss sich nun erneut in Isigias Schulter. Die brüllte, drehte sich und versuchte, die Wächterkatze irgendwie zu packen zu bekommen. Ich wusste, dass Bartholomäus ihre Attacke nicht überleben würde, wenn ihr dies gelingen sollte.

Ich hob meinen rechten Arm und versuchte, mich nur auf diesen zu konzentrieren. Ich lenkte meine ganze Kraft hinein, bis sich meine Hand langsam erwärmte. Die Wärme steigerte sich zu einem heißen Glühen, bis schließlich die ersten Lichtschimmer in meiner Hand auftauchten. Sie wurden stetig größer und bildeten schließlich eine tiefblaue Kugel. Mit bebendem Herzen rannte ich auf die Dämonin zu, die noch immer damit beschäftigt war, sich von Bartholomäus zu befreien. Sie war unachtsam, und diese Chance nutzte ich. Mit aller Kraft, die ich mobilisieren konnte, rammte ich ihr die Faust mit dem Zauber in den Bauch.

Einen Moment lang geschah nichts, dann röchelte Isigia, und ihre Augen verdrehten sich, bis lediglich das Weiße zu sehen war. Blut tropfte ihr am Mundwinkel herab, sie zitterte und schwankte. Schließlich gaben ihre Beine nach und sie sank regungslos zu Boden.

Ich wusste nicht, ob sie noch lebte oder ob ich sie wirklich getötet hatte. In diesem Moment war mir das auch vollkommen gleichgültig.

Bartholomäus ließ von ihr ab und stellte sich keuchend neben mich. Er konnte sich kaum mehr auf den Beinen halten und machte sich trotzdem für den nächsten Angriff bereit. Wir beide blickten zu Ray, über dessen rechten Arm sich eine tiefe Schnittwunde zog.

Talef sah nicht besser aus. Mitten auf seiner Brust wies er eine tiefe Brandverletzung auf, aus der dunkles Blut floss. Das Hemd darum herum war zerfetzt, sodass ich einen Blick auf seine Haut darunter werfen konnte.

Voller Ekel wandte ich mich ab. Er hatte nicht übertrieben, als er davon gesprochen hatte, dass sein Körper wegfaulte. Nicht allein die Haut, sondern selbst das Fleisch war stellenweise brandig, schwarz und beinahe schon gallertartig. Die Verwesung war teilweise so weit fortgeschritten, dass man das Weiße der Knochen darunter durchblitzen sehen konnte.

Ray blickte seinen Gegner hasserfüllt an, ein seltsames Licht begann ihn einzuhüllen; seine Kleider und Haare wurden von einem starken Wind erfasst und ließen sie tanzen. Ganz langsam kamen die schwarzen Zeichen, die ich bereits während des Kampfes in der Höhle auf seinem Gesicht gesehen hatte, zum Vorschein. Sie wanderten über seinen Hals und krochen den rechten Arm entlang.

Als Talef sah, dass Ray einen starken Zauber rief, rannte er auf ihn zu, wollte ihn wohl von seinem Vorhaben abbringen, doch es war bereits zu spät: Rays Augen glühten blutrot, als das Licht sich um ihn herum teilte, in seine Hände wanderte und dort giftgrüne Flammen formte.

Talef machte daraufhin einige schnelle Bewegungen und war augenblicklich von einem pechschwarzen Rauch umgeben. Er sprang direkt vor Ray in die Höhe und riss die Arme empor, woraufhin der Qualm sich Richtung Decke verteilte und tausende Blitze wie scharfe Messer daraus hervorschossen.

Ich schrie voller Entsetzen auf, doch Bartholomäus war sofort an meiner Seite, um einen Schutzschild um uns zu errichten.

Ray wiederum wich mit schnellen, galanten Bewegungen jedem dieser Geschosse aus, sodass sie stattdessen auf den Boden trafen, wo sie zu einer zähflüssigen roten Masse schmolzen, die selbst den Beton wegätzte.

Als Talef nach seinem Sprung wieder auf den Untergrund trat, stieß Ray seine Arme nach vorne. Die grünen Flammen verbanden sich zu zwei meterhohen Lichtsäulen, die auf den Dämon zurasten und dabei sowohl Boden als auch Wände in Stücke rissen. Das Licht war so grell, dass meine Augen schmerzten, aber ich hielt sie weiterhin offen. Ich musste sehen, was da vor mir geschah …

Die beiden gleißenden Lichtsäulen wurden größer und größer. Ich beobachtete, wie Talefs Augen nach einem Ausweg suchend hin und her wanderten und sich schließlich vor Furcht zusammenzogen.

Steinsplitter des Bodens schlugen ihm entgegen, die Kraft der Säulen zerrte zunächst an seinen Kleidern und schleuderte ihn schließlich von den Füßen. Er riss die Arme nach oben, als könnte er sich so vor der Gewalt des Spruchs retten, doch die Säulen waren mittlerweile so riesig, dass er ihnen nicht mehr entkommen konnte. Als sie ihn erfassten, brüllte er markerschütternd auf. Seine entsetzlichen Schreie gingen im Krach der Explosion unter, als die Lichtsäulen zersprangen und dabei alles, was sie berührten, mit sich rissen.

Als diese unglaublich starke Kraft durch den Raum raste, kniff ich die Augen zusammen und konnte mich nur schwer auf den Füßen halten. Trotz Bartholomäus' Schutzschild gelang es mir kaum, nicht hinfortgeschleudert zu werden.

Mit einem prasselnden Geräusch verschwanden die Lichter; der Boden war vollkommen zerfetzt und aufgesprengt, überall lagen Steine und Geröll.

Ray stand regungslos da, noch immer glühten seine Augen rot, und das schwarze Zeichen zierte seinen Körper.

Als sich der Staub legte, entdeckte ich zwischen all den Trümmern eine Gestalt am Boden liegen. Mehrere Steine waren über ihr zusammengebrochen und begruben sie.

Das kann er nicht überlebt haben. Dieser Kraft hat selbst er machtlos gegenübergestanden. Es ist vorbei.

Ich hatte diesen Gedanken kaum zu Ende geführt, als die Trümmer sich bewegten. Sie fielen beiseite, und ganz langsam erhob sich Talef. Er war schmutzig, blutete an etlichen Stellen, doch er war quicklebendig. Auf seinen Lippen lag erneut dieses kalte Grinsen, und auch seine Augen glühten weiterhin vor Hass.

„War das etwa schon alles?", höhnte er. „Dann bin *ich* jetzt wohl an der Reihe!"

Mit einem Schlag riss er die Arme empor und sofort erhob sich der tiefschwarze Rauch, der zwischen all dem Schutt nicht mehr zu sehen gewesen war. Als folgte er den Handbewegungen Talefs, schoss der Qualm erst in die Höhe und raste anschließend auf Ray zu. Es ging so schnell! Der Rauch umschloss ihn, bildete einen röhrenförmigen Strudel und begann sich immer schneller um ihn zu drehen. Ich hörte Ray aufschreien, bevor er von der Gewalt dieses Strudels regelrecht in Stücke gerissen wurde. Seine Kleidung wurde zerfetzt, die Haut weggerissen, bis blankes offenes Fleisch zu sehen war.

„Nein!", brüllte ich gellend, sprang augenblicklich los und eilte auf Talef zu.

Ich ließ Ray nicht einen Moment lang aus den Augen, sah sein enormes Leid und spürte meine panische Angst davor, ihn zu verlieren.

Ich rief einen Feuerball in meine Hand, kam Talef dabei immer näher und sprang auf ihn zu. Mit der Linken krallte ich mich in seinen Rücken. Kaum wandte er sich verwundert nach mir um, schlug ich auch schon zu. Ich legte all meinen Hass, all meinen Zorn in diesen einen Hieb und traf ihn in die linke Seite. Ich spürte einen kurzen Widerstand, dann brach seine Haut auf und meine Hand drang in ihn ein. Ich ließ den Zauber durch das Loch in ihn hineinjagen und eine entsetzliche Flamme schlug aus der Wunde heraus, was Talef gellend aufschreien ließ. Ich fiel zu Boden, erkannte aber, wie seine Augen vor Schmerz hervorquollen und er sich an die Seite fasste, wo sich noch immer die Flammen in sein faulendes Fleisch fraßen.

Der dunkle Wirbel verschwand augenblicklich und gab Ray frei, der sogleich Unaufmerksamkeit des Gegners nutzte. Die schwarzen Linien auf seinem Körper begannen sich zu bewegen; sie wanderten in Richtung seiner Hände, wo sie unter seine Haut krochen, bis sie nicht mehr zu sehen waren. Für einen kurzen Moment schloss er die Augen; als er sie wieder öffnete, erkannte ich sie beinahe nicht wieder. Schwarze Striche zogen sich durch die blutrote Iris, wanderten an seinen Wangen hinab und durchzogen sein Gesicht. Gleißend blaue Lichter bildeten sich um seine Hände und formten einen blitzenden Ball. Ein seltsames Grinsen legte sich auf seine Lippen, als er sich nach vorn beugte und die Fäuste in den Boden rammte. Ein ohrenbetäubendes Kreischen erklang, während die Lichter in den Untergrund trafen, diesen aufrissen und auf Talef jagten. Nichts hielt dieser Kraft stand, der Stein wurde förmlich weggesprengt, der Boden und selbst die Wände begannen zu beben, zu wackeln und bedrohlich zu schwanken. Ich war mir sicher, das Gebäude würde jeden Moment einstürzen und uns unter sich begraben.

Talef starrte ungläubig auf die Lichter, als diese auf ihn zuschossen, und wirkte beinahe wie erstarrt. Als er getroffen wurde, hörte ich ihn schreien. Es war ein so unglaublich grauenhaftes und schmerzerfülltes Geräusch, dass mir eisige Schauer durch Mark und Bein fuhren.

Er schlug auf den Boden, Steine und Trümmer fielen auf ihn herab und begruben ihn unter sich. Immer mehr Schutt fiel krachend hinab, und mir war, als würde sich die Hölle auftun. Wände krachten in sich zusammen, die Decke stürzte ein. Die von Staub erfüllte Luft verklebte mir die Lunge, sodass ich nur noch hustend atmen konnte. Ich war kaum mehr in der Lage, etwas zu sehen, und erkannte nur Isigia, die weiterhin bewegungslos auf derselben Stelle lag und sich nicht rührte.

Ich spürte, wie ich von jemandem gepackt und hochgerissen wurde. Dieser jemand bewegte sich rasend schnell und hastete mit mir aus dem Gebäude, bevor dieses donnernd zusammenfiel.

Ich konnte nichts mehr sehen, kaum mehr atmen. Ich keuchte, schnappte nach Luft und fühlte, wie sich eine schwere Dunkelheit um mich legte. Gerade als ich glaubte zu sterben, sah ich das Tageslicht. Ray hielt mich in seinen Armen, und ich fühlte etwas Weiches neben mir. Es war Bartholomäus, der mittlerweile das Bewusstsein verloren hatte und ebenfalls von Ray getragen wurde.

In sicherer Entfernung zum Gebäude kamen wir zum Stehen. Ich beobachtete, wie das Haus mit einem ohrenbetäubenden Lärm in sich zusammenfiel und alles unter sich begrub. Ich glaubte schon, es sei vorüber, als plötzlich ein blaues Licht aus den Trümmern emporschoss, sich glutrot färbte und sich in einer grauenhaften Explosion entlud.

Ray drückte mich fest an sich und schützte mich mit seinem Körper, sodass ich von den herabfallenden Steinen verschont blieb.

Als ich meine Augen erneut öffnete, war von dem Haus nichts mehr übrig. Dort, wo es gerade noch gestanden hatte, befand sich nun ein tiefer schwarzer Krater. Rauch stieg daraus hervor, und noch immer brannten kleinere Feuer.

Ich spürte, wie sich die Wut langsam in mir löste und sich eine tiefe Ruhe ausbreitete. Der Hass legte sich und wich einer seligen Zufriedenheit: Talef war tot und hatte für alles, was er angerichtet hatte, gebüßt. Meine Eltern machte das zwar nicht wieder lebendig; auch meinen Schmerz konnte diese Tatsache nur in gewisser Weise mildern, aber immerhin hatte er nun für seine Taten bezahlt und würde niemandem mehr Schaden zufügen können.

Nach dem Kampf hatte Ray Bartholomäus und Emily zu ihren Großeltern nach Hause gebracht. Besonders die Wächterkatze hatte schwere Verletzungen davongetragen, von denen er sich in den nächsten Tagen erst einmal würde erholen müssen.

Langsam stieg Ray über die Trümmer, die um das Schlachtfeld lagen. Er musste sich beeilen, denn sicherlich würden jeden Moment Polizei und Feuerwehr eintreffen. Als er in die Nähe des Kraters trat und hinab in die Tiefe blickte, überkam ihn eine seltsame Ruhe. Endlich hatte er es geschafft und für seine Eltern Rache nehmen können.

Langsam streckte er die Arme aus, schloss die Augen und versuchte, sich auf die starken magischen Energien des *Buchs der Schwarzen Seelen* zu konzentrieren. Er wusste, dass alle Teile unzerstörbar waren und sie hier irgendwo begraben liegen mussten. Ganz sicher hatte Talef sie in seinem Versteck aufbewahrt.

Er richtete seine Sinne in alle Himmelsrichtungen aus, bis er schließlich etwas wahrnahm. Hastig rannte er über die Trümmer zu der Stelle und sprach einen Zauberspruch, um heraufzuholen, was unter dem Schutt begraben lag. Die Steine setzten sich augenblicklich in Bewegung und knirschten, als sie sich beiseiteschoben. Kiesel und Staub wurden in die Luft gehoben, während etwas aus der Tiefe hervorkam.

Zu seiner großen Verwunderung waren es drei Bücher, die nun auf ihn zuschwebten und direkt vor ihm zum Stehen kamen. Er hatte nicht damit gerechnet, dass sich drei der vier Teile in Talefs Besitz befunden hatten. Fast ehrfürchtig nahm er die Bände an sich, strich über das alte, aufgeraute Leder und nahm den erdigen Geruch wahr, den sie verströmten. Vor allem aber fühlte er die Kraft der magischen Sprüche, die in ihnen niedergeschrieben waren.

Nun würden sie den Pakt zwischen Emily und ihm lösen können. Sie wäre endlich wieder frei und vor allem in Sicherheit. Noch einmal blickte er auf die schweren Bücher in seinen Händen. Er würde sie irgendwo verstecken müssen. Es war viel zu gefährlich, sie in seiner Nähe aufzubewahren ... Doch darum würde er sich später Gedanken machen.

Nach dem Kampf hatte ich mich vollkommen erschöpft und ausgelaugt gefühlt. Erneut sah ich das einstürzende Gebäude vor mir und musste an Rays unglaubliche Kraft denken, die es schließlich hatte explodieren lassen. Zu diesem Zeitpunkt hatte ich geglaubt, niemals wieder das Tageslicht zu sehen.

Nachdem er mich nach Hause gebracht hatte, war ich schließlich völlig ermattet in meinem Bett eingeschlafen.

Bartholomäus schlief auf seinem Lieblingssessel und zuckte hin und wieder, während er leise Knurrlaute von sich gab. Als ich eine schnelle Bewegung am Fenster wahrnahm, wäre ich am liebsten sofort aufgesprungen, doch da war Ray schon bei mir. Er setzte sich neben mich und schloss mich in seine Arme.

„Hast du dich ein bisschen ausruhen können?“, fragte er.

Ich nickte. „Mir geht es schon wieder besser. Ich hoffe nur, dass sich Bartholomäus auch erholen wird. Er scheint ziemliche Albträume zu haben.“ Noch immer zuckte die kleine Katze, wackelte mit der Pfote, als würde sie rennen, und piepste dann leise: „Mehr Okrapudding.“

Ray grinste. „Sieht nicht so aus, als würde er allzu schlecht schlafen.“

Auch ich musste lächeln, wurde aber sogleich wieder ernst. Es gab noch einiges, was wir besprechen mussten. „Hast du die Bücher in dem Schutt finden können?“

Er nickte und griff neben meinem Bett auf den Boden. „Diese Bücher sind unzerstörbar und haben den Kampf deshalb unbeschadet überstanden.“

Ich blickte verwundert die Bände an. „Gleich drei Stück?“

„Ja, ich hätte auch nicht gedacht, dass es Talef gelungen ist, fast alle Teile in seinen Besitz zu bekommen. Er muss wirklich lange gebraucht haben, sie zu finden. Es hat ihn mit Sicherheit etliche Anstrengungen gekostet, sie an sich zu bringen.“

„Was Talef da erzählt hat“, wechselte ich hastig das Thema, denn diese eine Sache brannte mir geradezu auf der Seele. Ich musste einfach wissen, warum Ray mir nichts gesagt hatte. „Es stimmt, oder? Du bist einer der vier Wächter."

Seine Miene verdunkelte sich ein wenig, doch schließlich nickte er. „Ja, das ist richtig." Er nahm schnell mein Gesicht in seine Hände, sodass ich ihn ansehen musste. Mit seinen nachtdunklen Augen hielt er mich gefangen, sodass es mir nicht gelang, den Blick zu senken.

„Es hat nichts damit zu tun, dass ich dir nicht vertraue. Zu Beginn war es einfach so, dass wir uns beide aus dem Weg gehen und Abstand halten wollten. Darum habe ich es dir damals nicht erzählt. Aber es ist auch so, dass es für mich nicht wichtig ist, welche Position ich in Neffarell innehabe. Das spielt keine Rolle. Aus diesem Grund war es für mich einfach nie von Bedeutung, darüber zu sprechen."

„Das Zeichen, das sich auf deinem Körper ausbreitet, wenn du starke Zauber sprichst … Hat das etwas mit deinem Leben als Wächter zu tun?"

Er nickte. „Es gibt vier Tore – je eines im Norden, Süden, Westen und Osten. Dementsprechend gibt es auch vier Wächterfamilien, von denen jede jeweils eines der Tore bewacht. Die Tore sind Pforten in eine Welt, die tief unter unserer ruht. Wir nennen sie Fegefeuer. Dort hausen die schrecklichsten Kreaturen, die du dir nur vorstellen kannst. Sie verfügen über eine unfassbare Stärke, besitzen aber weder ein Gewissen, noch fühlen sie etwas anderes als den Drang zu töten.

Ganz zu Beginn, als es noch keine Wächter gab, gelang es einer der Gestalten, aus dem Fegefeuer zu entkommen. Sie fiel über Neffarell her und war nicht aufzuhalten. Millionen Dämonen starben bei diesem Angriff und unsere Welt stand kurz vor der Vernichtung. Nur mithilfe eines sehr alten Zaubers gelang es schließlich, die Kreatur in eine Falle zu locken. Doch sie war weiterhin zu stark, um sie zu töten.

Aus diesem Grund schlossen sich vier der stärksten Dämonen zusammen und entzogen dem Geschöpf seine Kraft. Diesen Spruch anzuwenden, kostete sie beinahe das Leben, aber sie schafften es, dem Wesen die Macht zu rauben. Allerdings war diese Kraft zu groß, als dass sie sie einfach hätten freilassen können. Sie mussten sie an etwas binden, das sie in Schach halten konnte, und stellten sich letztendlich selbst zur Verfügung. Jeder der vier Dämonen übernahm einen Teil dieser magischen Kraft, das sich als schwarzes Symbol auf ihrer Haut abzeichnete.

Geschwächt, wie der Angreifer nun – ohne seine Magie – war, gelang es den Dämonen, ihn zu vernichten.

Gleichzeitig schworen die vier sich, dass so etwas nie wieder geschehen durfte. Neffarell hatte entsetzliche Schäden erlitten, und es hat Jahrhunderte gedauert, bis die Welt sich davon erholt hatte. Die vier beschlossen, sich zusammenzutun und die Tore von nun an gemeinsam zu überwachen. Keine Kreatur aus dem Fegefeuer sollte es je wieder nach oben schaffen. Dafür wollten sie die neu gewonnene Kraft einsetzen.

So waren die ersten vier Wächter erschaffen worden und die Macht, die in ihnen gebunden war, ging von einer Generation auf die nächste über, wobei bis heute der größte Teil an den jeweils Erstgeborenen übergeht."

„Dann ist es wohl umso wichtiger, dass du bald nach Hause zurückkehrst", sagte ich lächelnd, allerdings gelang es mir nicht, den Schmerz völlig aus meiner Stimme herauszuhalten.

Er küsste mich sanft aufs Haar und zog mich fester an seine warme Brust. „Ich habe eine Aufgabe zu erfüllen, das stimmt. Aber das bedeutet nicht, dass ich ein Gefangener bin. Ich kann Neffarell durchaus verlassen und werde immer wieder zu dir kommen. Ich werde dich nicht verlassen; ich möchte an deiner Seite sein." Ganz sanft küsste er meinen Hals und ließ seine Lippen daran hinabwandern, sodass es mir schier den Atem raubte. Es war unglaublich, welch starke Gefühle er selbst mit solch kleinen Berührungen in mir auslöste.

„Weißt du schon, wann du zurückgehst?", fragte ich leise nach und schmiegte mich fest an ihn.

„Je schneller wir den Pakt lösen, desto eher bist du außer Gefahr. Noch immer sind eine ganze Reihe von Dämonen in unserer Nähe, die wohl nur auf ihre Chance warten." Er schwieg kurz, während er seine Hände durch mein Haar gleiten ließ. „Es ist bereits Abend und du bist sicher ziemlich erschöpft, aber wenn du es dir zutraust, würde ich sagen, wir versuchen es gleich morgen früh."

Ich nickte an seiner Brust, nahm seine Wärme und seinen Duft in mir auf. Schon morgen würde er also nach Hause zurückkehren. Obwohl ich daran glaubte, dass er sein Versprechen halten würde, war ich auch traurig. Sobald der Bund gelöst war, würde sich einiges ändern. So nah wie jetzt konnten wir uns danach sicher nicht mehr sein.

„Bleibst du heute Nacht bei mir?", fragte ich leise.

Ray wirkte von meiner Frage zunächst überrascht, nickte dann aber. „Ich werde die ganze Zeit bei dir sein."

Sanft legte ich meine Lippen auf seine, vergrub meine Hände in seinem Haar und küsste ihn lang und voller Sehnsucht. Immer wieder sagte ich mir, dass ich ihn nicht verlieren würde, und dennoch hatten meine Berührungen beinahe etwas Verzweifeltes. Ich konnte mir ein Leben ohne ihn nicht mehr vorstellen …

Die ersten Sonnenstrahlen des neuen Tages drangen durchs Fenster. Ich versuchte sie zunächst zu ignorieren und schmiegte mich noch enger an Rays nackte Brust.

Obwohl in der Nacht zuvor ein unbändiges Feuer in mir gebrannt hatte, das von seiner Nähe und seinen Berührungen nur weiter angestachelt worden war, war nichts weiter zwischen uns geschehen. Ängstlich, voller Verlangen und Sehnsucht hatte ich mich an ihn geklammert. Es war ein unglaubliches Gefühl gewesen, seine Küsse und Hände auf mir zu spüren, und obwohl ich mich so sehr danach gesehnt hatte, war es nicht der richtige Zeitpunkt für mehr gewesen. Das hatte Ray wohl gespürt; mich schließlich zärtlich zu streicheln begonnen und mich einfach nur schützend in seinen Armen gehalten.

Diese Nacht würde immer zu einer der schönsten in meinem Leben zählen. Ich hatte mich geborgen und ihm so unsagbar nah gefühlt. In seinen Armen war ich einfach nur glücklich gewesen. Doch nun war die Nacht vorbei, und der unausweichliche Abschied rückte näher.

In diesem Augenblick musste auch Bartholomäus aus seinem Schlaf erwacht sein, denn mit einem lauten Gähnen streckte er die Glieder von sich.

Ray küsste mich sanft auf den Nacken, stieg anschließend langsam aus dem Bett und machte sich fertig. Als ich aus dem Badezimmer kam, hatte er bereits den magischen Kreis auf den Boden gezeichnet und ihn mit Kräutern und Pulvern geweiht. „Bist du sicher, dass es losgehen kann?“, fragte er.

Ich atmete noch einmal tief durch und nickte. Es ging nicht anders, wir mussten den Pakt lösen, es wurde Zeit.

Langsam sprach ich die Worte nach, die er mir vorlas. Dabei konzentrierte ich mich erneut so gut wie möglich und versuchte, all meine Kraft und Hoffnung hineinzulegen. Dieses Mal würde es klappen.

Und tatsächlich hatte ich das Gefühl, dass nun etwas anders war als bei unserem letzten Versuch. Ein eigenartiges Prickeln entwickelte sich in meinem Magen und breitete sich von dort in meinem ganzen Körper aus; meine Hände und Beine wurden taub und ich bekam nur schwer Luft. Ich wusste nicht, wie lange ich das durchhalten konnte, aber schließlich war auch das letzte Wort gesprochen. Genau in diesem Moment schoss eine grüne Lichtsäule aus dem magischen Kreis hervor und legte sich um Ray und mich. Das Licht fühlte sich warm an, wurde immer heißer und heißer. Als ich plötzlich einen heftigen Stich spürte, schrie ich erschrocken auf, doch der Schmerz war genauso schnell fort, wie er gekommen war, und mit ihm das gleißende Licht.

„Sieht ganz danach aus, als hätte es dieses Mal geklappt", stellte Ray fest. Er nahm meine Hand und versuchte, das magische Zeichen zu rufen, das unseren Pakt symbolisierte. Es erschien jedoch nicht.

„Wir sind wohl wieder frei", sagte er und sein Lächeln wirkte beinahe ein wenig wehmütig.

„Ja", stimmte ich ihm langsam zu.

„Ein Glück! Endlich können wir nach Hause zurückkehren", meldete sich Bartholomäus zu Wort. „Wir sollten keine Minute verschwenden. Man erwartet uns sicher schon."

„Ich muss vorher noch etwas erledigen", wandte Ray ein und sah zu den Büchern auf meinem Tisch. „Ich weiß noch nicht genau, was ich mit ihnen anfangen soll. Eines ist aber sicher: Wir können sie nicht bei uns behalten, das wäre zu gefährlich. Bis wir also eine bessere Lösung gefunden haben, suche ich ein Versteck und versiegele es, sodass sie erst einmal in Sicherheit sind."

Er nahm sich die Bände, gab mir einen Kuss und sagte: „Es dauert nicht lange. Ich bin gleich wieder bei dir, um mich von dir zu verabschieden."

Bei diesen Worten schnürte sich mein Herz zu, doch ich lächelte tapfer.

„Dann bis gleich", sagte er und war auch schon aus dem Fenster verschwunden.

Ich blieb nachdenklich zurück und rang mit den unzähligen Gefühlen, die in mir wüteten.

„Wir müssen wohl ebenfalls gleich Abschied voneinander nehmen", sagte Bartholomäus. Seine Stimme hatte erneut diesen schneidenden Ton angenommen, der mich sofort aufhorchen ließ.

„Ich bin froh, dass sich nun, wo mein Meister weg ist, die Möglichkeit ergibt, noch einmal mit Ihnen zu reden", fuhr er fort und ließ mich währenddessen nicht aus den Augen. Er trat nun direkt auf mich zu und war dabei so entschlossen, dass er mir beinahe Angst machte. Was hatte er vor? Doch egal was mir für Bilder durch den Kopf schossen, damit hatte ich nicht gerechnet: Bartholomäus verbeugte sich vor mir!

„Ich kann meinen Meister nicht davon abbringen, sich weiterhin mit Ihnen zu treffen und diese Beziehung fortzuführen. Er ist mein Herr und ich habe ihm zu gehorchen. Dennoch will ich nur das Beste für ihn. Ich sorge mich um ihn und möchte verhindern, dass er in sein Unglück rennt." Seine tiefgrünen Augen blitzten mich flehentlich an. „Darum bitte ich Sie: Geben Sie meinen Meister frei. Trennen Sie sich von ihm, bevor Sie ihn in sein Verderben ziehen und er wirklich sein Herz an Sie verliert."

„Was … was meinst du damit?", fragte ich entsetzt nach. „Warum willst du unbedingt, dass wir uns trennen? Ich weiß, dass du mich nicht leiden kannst, aber …"

„Das ist es nicht", unterbrach er mich. „Ich sagte Ihnen schon einmal, dass Dämonen anders lieben als Menschen. Sie binden sich normalerweise nicht an einen Partner, sondern pflegen lockere Beziehungen – ohne Verpflichtungen, aber so, dass beide Seiten davon profitieren. Es besteht allerdings durchaus die Möglichkeit, dass ein Dämon sich ernsthaft in jemanden verliebt. Wir nennen es *das Herz an jemanden verlieren*. Dieser jemand ist dann die einzig wahre Liebe im Leben des Dämons, sodass dieser nie wieder in der Lage sein wird, Gefühle für einen anderen zu entwickeln, sondern für immer an dieser einen Person hängen wird. Sollte meinem Meister genau das mit Ihnen passieren, wäre das schrecklich. Es geht nicht nur darum, dass er damit ein enormes Risiko einginge, denn vermutlich würde er von seiner Familie und all seinen Freunden verstoßen, von seinem Posten und aus seiner Heimat vertrieben werden, obwohl er dort eine wichtige Aufgabe zu erfüllen hat ... Vielmehr noch würde es bedeuten, dass er niemals wieder jemand anderes lieben könnte, sollte er wirklich sein Herz an Sie verlieren. Bitte bedenken Sie, dass Sie ein Mensch sind und damit nur eine sehr geringe Lebenserwartung haben. Mein Meister hingegen wird als Dämon und Wächter weit über tausend Jahre alt, und all die Zeit müsste er dann allein verbringen; dem Schmerz in seinem Herzen ausgeliefert, den Ihr Tod über ihn brächte. Er wäre für immer allein und würde Ihnen nachtrauern. Und das würde ihn auf kurz oder lang zerstören.

Deshalb bitte ich Sie: Nehmen Sie ihm nicht seine Zukunft und sein Leben, seine Heimat und Familie. Wenn er Ihnen wirklich etwas bedeutet, dann trennen Sie sich von ihm."

Ich konnte nicht glauben, was die Wächterkatze da sagte. Ich wusste, wie sehr man unter dem Verlust eines geliebten Menschen litt. Auch ich kam nicht über den Tod meiner Eltern hinweg, und es würde stets ein enormer Schmerz und eine tiefe Leere zurückbleiben. Konnte ich Ray das wirklich zumuten? Über tausend Jahre lang? Sein Herz würde mir auf ewig nachtrauern, er würde für niemand anderes mehr Gefühle entwickelt können, und das bis zu seinem letzten Atemzug. Und was, wenn er wirklich aus Neffarell verbannt würde? Das alles meinetwegen – wegen eines Menschen, der nur für eine so kurze Zeitspanne bei ihm bleiben konnte? Ich würde ihm damit tatsächlich Grauenhaftes antun ...

„Denken Sie bitte über meine Worte nach", sagte Bartholomäus und wandte sich ab, als ich etwas durchs Fenster hereinkommen hörte.

„Es hat alles geklappt", erklärte Ray und trat zu mir. „Die Bücher sind erst einmal sicher untergebracht."

Noch immer tobte ein Sturm von Gefühlen in mir, die Bartholomäus' Worte ausgelöst hatten.

Ray stand nun direkt vor mir und sah mich mit seinen wundervollen Augen an. „Ich komme in den nächsten Tagen wieder zu dir, ich verspreche es. Wir bleiben zusammen, auch wenn wir nun nicht mehr in derselben Welt leben."

Er legte seine Lippen auf meine und küsste mich unglaublich innig und intensiv. Ich schmeckte die Süße seines Mundes; seiner Zunge, und dennoch konnte ich diesen Moment nicht genießen. Ein Teil von mir blieb vor Schock erstarrt; aus Angst vor dem, was ich möglicherweise anrichten konnte.

Ray legte nun seine rechte Hand auf den Boden, woraufhin sich magische Zeichen formten. Sie glühten auf, und er lächelte mich noch einmal an. „Ich liebe dich", sagte er mit strahlenden Augen und diesem atemberaubenden Ausdruck auf den Lippen, der normalerweise mein Herz zum Rasen brachte.

Doch nun stand ich nur da, hauchte ein „Ich dich auch" und kämpfte mit den Tränen.

Ich hätte mich über seine Worte freuen sollen, sie hätten mir alles bedeuten müssen. Aber ich sah nur Bartholomäus, der mich weiterhin mit seinen tiefgrünen Augen anstarrte. Ich erkannte die Warnung in seinem Blick: *„Wenn er Ihnen wirklich etwas bedeutet, dann trennen Sie sich von ihm."*

Mit bebendem Herzen sah ich mit an, wie die beiden in ihre Welt zurückkehrten. Ich blieb allein in meinem Zimmer zurück, spürte den Schmerz in meiner Brust, die Ratlosigkeit und die Angst. Gab es wirklich keine Zukunft für uns beide?

Polizei, Feuerwehr und Hilfskräfte waren dabei, den Ort abzusperren, an dem noch vor wenigen Stunden ein baufälliges Haus gestanden hatte. Nun war davon nichts mehr übrig als Schutt, Geröll und eine tiefe Grube. Man war sich schnell einig, dass eine verheerende Explosion, wahrscheinlich einer defekten Gasleitung, der Auslöser gewesen war. Da das Haus in einem Industriegebiet lag, das nur spärlich besiedelt war, war es zu keinen Verletzten gekommen. Die Beamten wanderten sorgfältig durch die Unfallstelle, um sich ein Bild zu machen, doch würden sie niemals in Erfahrung bringen, was wirklich geschehen war, oder gar herausfinden, dass sich, kurz nachdem das Gebäude explodiert war, eine Gestalt durch das Geröll gegraben hatte.

Isigia musste für einige Minuten das Bewusstsein verloren haben, denn als sie wieder zur Besinnung kam, war von dem einstigen Unterschlupf nichts mehr übrig.

Sie spürte noch immer die Hitze, die der Zauber ausgelöst hatte, fühlte selbst jetzt das Beben des Bodens und hatte vor allem den schrecklichen Lärm im Ohr, der ertönt war, als alles in Flammen aufgegangen und eingestürzt war. Sie hatte versucht, sich hinter einer zusammengebrochenen Wand zu verbergen und sich mithilfe eines Schildes vor dem Tod zu schützen. Sie hatte äußerst großes Glück gehabt.

Die Dämonin sah an sich herab und verstand, woher diese heftigen Schmerzen kamen. Sie war eingeklemmt, ihr Körper war stark verbrannt, und dicke rote Blasen überzogen ihre Haut, die an manchen Stellen geradezu verkohlt war. Sie sah schwarzes Fleisch und darunter ihre eigenen Knochen. Am liebsten hätte sie geschrien vor Qual und um einen raschen Tod gebettelt.

Doch sie war allein, und diese Gewissheit weckte ihre Lebensgeister.

Isigia grub sich durch das Geröll, um ihren Herrn zu suchen. Sie wusste, wie sehr sie ihn enttäuscht hatte. Es war ihre Schuld, ganz allein ihre: Sie hatte dieses Mädchen und diese elende Wächterkatze unterschätzt und darum versagt. Sie hatte ihrem Meister während des Kampfes nicht beistehen können, und nun nagte die blanke Furcht an ihr: Wo war Talef? Sie ahnte Schreckliches und sagte sich ständig, dass das nicht sein durfte, nicht sein konnte! Ihr Meister durfte nicht bei dieser Explosion umgekommen sein. Das würde sie nicht ertragen. Ein Leben ohne ihn war für sie unvorstellbar!

Also grub sie weiter, zog sich über Steine, räumte ganze Brocken aus dem Weg. Unermüdlich suchte sie nach ihrem Herrn, bis sie schließlich in einem Hohlraum zwischen Geröll und Schutt etwas Helles erkennen konnte. Es war ein vollkommen zerschundenes Gesicht, blutüberströmt und verkohlt.

Es dauerte weitere Minuten, die ihr wie eine Ewigkeit erschienen, bis sie ihn endlich erreichte. Sie blickte Talef an, und Tränen sammelten sich in ihren Augen. Er war zwischen mehreren Felsbrocken eingeklemmt; mit Sicherheit waren etliche Knochen gebrochen, das Schlimmste aber waren die grauenhaften Verbrennungen. Das alles erinnerte sie so sehr an den Moment, als er in der Schlacht gegen Refeniels Eltern gekämpft hatte. Auch da war sie es gewesen, die ihn gefunden hatte. Doch hatte er damals nicht so schlimm ausgesehen.

Die Dämonin biss sich auf die Lippe, während nackte Verzweiflung sie packte. Sie brüllte ihren Schmerz heraus, kreischte in den hellsten Tönen, weinte, bis sie schier besinnungslos war. Sacht nahm sie Talefs Hand, die unter einem Felsen hervorragte.

„Meister, Ihr könnt mich nicht verlassen, bitte", schluchzte Isigia. Sie schmiegte ihre Wange an seine vollkommen verbrannte Hand und klammerte sich daran wie eine Ertrinkende. Der Schmerz raubte ihr die Sinne, wollte sie schier auseinanderreißen. Es war unerträglich.

Plötzlich hob sie erstaunt den Kopf. Ihre Augen weiteten sich. Hatte er wirklich gerade ihre Hand gedrückt?

„Meister?", fragte sie fast tonlos.

„I … sigia", hörte sie ein leises Hauchen.

Tränen strömten ihr über die Wangen, pures Glück erfasste sie und versetzte sie in blanke Aufregung.

„Du musst mich hier rausholen", krächzte ihr Herr.

„Natürlich!", erklärte sie hastig. „Ich befreie Euch, das verspreche ich. Es ist so grauenhaft, was dieser Kerl Euch angetan hat." Sie biss die Zähne zusammen und blanker Hass legte sich in ihr Gesicht.

„Ich werde nie wieder derselbe sein", erklärte Talef mit kratziger Stimme.

„Sagt das nicht, Herr." Doch im Grunde wusste sie, dass er recht hatte. Seine Verletzungen waren zu schlimm, als dass er sich je davon erholen würde. Es grenzte überhaupt an ein Wunder, dass er überlebt hatte. Aber er war stark, das durfte man nicht vergessen. Sie würde fortan an seiner Seite bleiben, ihn pflegen und am Leben erhalten.

„Du musst mich rächen, hörst du? Sie dürfen nicht ungeschoren davonkommen." Seine Stimme wurde lauter, fester und bestimmter.

Sie nickte ehrfürchtig, umklammerte die Hand ihres Herrn und versprach mit fest entschlossener und kalter Miene: „Refeniel und dieses Mädchen werden für all das büßen. Ich werde sie finden und ihnen ebenso Grauenhaftes antun wie sie Euch. Ich werde ihnen alles nehmen und Rache für Euch üben."

„Danke, ich wusste immer, dass ich mich auf dich verlassen kann", hauchte ihr Meister, bevor er langsam in tiefe Bewusstlosigkeit zurücksank.

Seine Worte rührten sie. Sie würde ihren Fehler, ihr Versagen wiedergutmachen und ihr Versprechen halten. Es war das erste Mal, dass ihr Herr vollkommen von ihr abhängig war, und er hatte ihr gedankt. Das allein ließ sie jede andere Qual ihres Körpers vergessen. Sie machte sich an die Arbeit und grub sich und ihren Meister frei.

Es ging nur sehr langsam voran, doch ihr Hass spornte sie an. Stück für Stück näherten sie sich der Oberfläche, wo sie schließlich mit zitternden Händen das letzte Stück Erde beiseiteschob und ihre Hand ins Freie brach.

Sie hatte einen festen Vorsatz und würde nicht noch einmal versagen. Refeniel und dieses Mädchen sollten büßen, und sie würde dafür Sorge tragen. Es würde schrecklich werden …

Lesen Sie weiter in:

Midnight Eyes – Finsterherz (Band 2) erscheint im Sommer 2015

Lust auf mehr?

Weitere Bücher von Juliane Maibach:

- Necare -

Verlockung (Band 1)

Verlangen (Band 2)

Versuchung (Band 3)

Verzweiflung (Band 4)

Vollendung (Band 5)

Als E-Book und
Softcover erhältlich.

Quellenverzeichnis:

- De Bello Gallico: Liber 1 – Kapitel 1 / http://de.wikibooks.org/wiki/De_Bello_Gallico:_Liber_I_-_Kapitel_I Stand 01. Februar 2015

- Johann Wolfgang von Goethe, Faust I, Vers 1104 ff. / Wagner / http://de.wikiquote.org/wiki/Freude

Printed in Poland
by Amazon Fulfillment
Poland Sp. z o.o., Wrocław